BASTEI
LÜBBE

Über die Autorin:

Die Amerikanerin Annie Ward ist eine ausgewiesene Bulgarienkennerin. Sie hat das Land vielfach bereist, zwei Jahre dort gelebt und für eine englische Zeitung gearbeitet. Später kehrte sie als Fulbright-Stipendiatin nach Sofia zurück und unterrichtete dort *Creative Writing* an der Universität. Heute lebt sie in New York City. *Bulgarische Romanze* ist ihr erster Roman.

Annie Ward

Bulgarische Romanze

Ins Deutsche übertragen von
Michael Kubiak

BASTEI LÜBBE

BASTEI LÜBBE TASCHENBUCH
Band 15161

1. Auflage: Juli 2004

Vollständige Taschenbuchausgabe

Bastei Lübbe Taschenbücher ist ein Imprint der
Verlagsgruppe Lübbe

Namen, Personen und Begebenheiten in diesem Roman
sind frei erfunden. Ähnlichkeiten mit lebenden oder verstorbenen
Personen sind nicht beabsichtigt und rein zufällig.

Titel der Originalausgabe: *The Making of June*,
erschienen bei G. P. Putnam's Sons, New York

Umschlaggestaltung: Bianca Sebastian
Titelbild: CORBIS/Paul Almsy
Satz: hanseatenSatz-bremen, Bremen
Druck und Verarbeitung: Maury Imprimeur A/S
Printed in France
ISBN 3-404-15161-5

Für meine Familie,
für ihre unerschütterliche Liebe
und Unterstützung.

Und für eine andere Familie:
die unglaubliche und verrückte Truppe von Typen,
die sich während der letzten zehn Jahre auf dem Balkan
herumdrückten und einander im verzauberten Sofia fanden.
Ihr wisst, wen ich meine, ihr wisst, wer sonst
noch da war, und wir alle wissen, wie es war.

Mein herzlichstes Dankeschön geht an ...

meine Lektorin, Hillery Borton, und an meinen Agenten, Douglas Stewart, für ihre Freundschaft, ihre Ratschläge, ihre Sachkenntnis und ihre Unterstützung, aber am meisten für ihren Glauben an mich.

Die Leute von Penguin Putnam, die zu meinen engsten Vertrauten oder geachteten Ratgebern wurden: Marilyn Ducksworth, Mih-Ho Cha, Michael Barson, Ken Siman, Robin Caine, Julia Fleischaker, Peter Hynes und Wendy Patin.

Die Mitverschwörer im Balkan-Abenteuer: Darren Fitzgerald, die große Liebe meines Lebens, der mir am Anfang die Hand hielt; Amy Gorin und Lindsay Moran, die beiden intelligentesten und inspirierendsten Frauen, die je auf den Tischen Sofias getanzt haben und deren Freundschaft ich höher schätze, als Worte ausdrücken können; Kamen Welkovsky für seine unerschütterliche Loyalität und Kritik; Bea und Kras Gorin, Chip Gulick, Steve Angel, Anthony Zarr, Loreen Vonnegut, Andrew Vonnegut, Michelle Stern, Chris Saunders, Kamen Kalev, Todor Todorov, Matthew Brunwasser, Ajani Williams, Vessela Apostolova und Phillip Bay dafür, dass er so viele von uns im »Balkan Summer Camp for Wayward Drifters« zusammengebracht hat.

Meine Mentoren: Carolyn See, Anna Roth (wo wäre ich

ohne dich?), Lynn Roth, Nancy Sackett und die außerordentlich engagierten Lehrer des Blue Valley School District in Stanley, Kansas, die uns beibrachten, dass alles möglich ist.

Die denkwürdige Hilfstruppe: Jennifer Niven, Martin Garner, Douglas Sadler, Bruce Mason, Shirin Ghotbi und Gioia Parnell.

Danken möchte ich schließlich meiner Familie: Laura, Wendy und besonders Russ, – der die ursprüngliche 750-Seiten-Fassung tatsächlich las und der Geschichte zu einem glücklichen Ende verhalf. Mom und Dad, mir fehlen die Worte, um eure Kraft, eure Güte, eure Ausdauer und euren Einfluss zu beschreiben. Ich hätte nichts von alledem geschafft, wenn ihr mir nicht mein ganzes Leben lang immer wieder gesagt hättet: »Pack's an.«

Amerika ist jenseits von Macht: Die Nation handelt wie im Traum, als Antlitz Gottes. Amerika dachte, es wäre wach, hellwach, aber in Wirklichkeit schlief es und träumte: Und es war völlig alleine. Es wollte gut sein, es wollte besser sein – etwas Besonderes. Diesen Wunsch haben wir alle. Wenn man den Verstand verliert, was geschieht dann? Man will gut und rechtschaffen sein: Schafft man es so? Kann Liebe es bewirken? Zu viel Liebe und von der völlig falschen Art. Unerwiderte Liebe, rasende Liebe, die umschlägt in verletzte Gefühle. Zerfetzte, misshandelte Gefühle. Untröstliches Amerika, grausam getroffen, mühsam nach Luft ringend und nicht gewillt, sich der Wirklichkeit zu stellen. Fähig und umworben für jedwede Partnerschaft, schlief die Nation und träumte und glaubte, sie wäre wach.

– MARTIN AMIS, London Fields

TEIL EINS

»Das Ende der Mrs. Carver«

[APRIL 1997]

1

Betrifft: Griechenland-Trip?
Datum: Di. 8. April 1997, 20:07:17 -0800
Absender: James McKinnon <McKinnonJ@smnet.com>
An: June <jcarver@sof.cit>

Genossin June: Agent McKinnon übernimmt seine Mission und wird Ihre Befehle genauestens befolgen. Ich erwarte Sie an der Fähre in Athen mit einer Flasche Jim Beam, einem Liter Cola Light, einer Packung Marlboro Lights und einer 69-Cent-Tüte Taco-Bell-Tacos. Wie gewünscht, werde ich nichts außer einer Badehose mit dem Muster der amerikanischen Flagge tragen (meinst Du das wirklich ernst?) und sämtliche *Variety*-Ausgaben eines Monats unterm Arm haben, um Ihr Informationsdefizit aufzufüllen.

Ernsthaft ... maile mir mehr über die Santorin-Reise. Ich kann nicht glauben, dass ich Dich wiedersehen werde. Ich bin schon jetzt wie berauscht von der Aussicht, mit Dir eine Flasche Wein zu leeren und nach so langer Zeit Dein Gesicht statt nur auf Fotos in Fleisch und Blut vor mir zu sehen. Ich hoffe, Du hast mir verziehen, was ich mit Deinem Leben gemacht habe. Es tut mir immer noch Leid, aber eigentlich auch wieder nicht. Das habe ich mir nämlich all die Jahre immer gewünscht. Du bist noch immer meine beste Freundin.

IN LIEBE, JAMES

Zuerst war sie nur in ihrer Fantasie eine Ehebrecherin gewesen. Gelegentlich ein verbotener Gedanke, ein kurzer Abstecher auf die verruchten Kanäle des nächtlichen Kabelprogramms, wenn niemand in der Nähe war. Ehebrecherin. Ein schönes Wort für eine schlechte Frau. Vielleicht war es ja profan, in diesen geflüsterten Silben so etwas wie Schönheit zu suchen. Wenn sie sie langsam aussprach, wenn die Laute aufreizend zwischen ihren Lippen nach draußen drangen wie das Tasten eine Schlange, die sich nach langer Dunkelheit ans Licht wagt. *Ehebrecherin.*

Schlangen und Sünde. Passt zusammen, dachte June. Auf jeden Fall in der Bibel, obgleich sie eine solche Schwarz-Weiß-Ansicht von Gut und Böse nicht mehr teilte. Entsprach sie selbst dann wirklich dem Schundromanimage von einer Hure? Kein Geld war von Hand zu Hand gegangen. Keine Netzstrümpfe waren heruntergestreift worden, um im Schritt offene Schlüpfer zu enthüllen, und keine aus Plastik gefertigten, batteriebetriebenen Apparate oder kleinen Haustiere waren zum Einsatz gekommen. Wenn ein Wort sie beschrieb, dann Ehebrecherin. Etwas Gediegenes und Historisches und Literaturwürdiges wie *Les Liaisons Dangereuse*. Gewöhnliche zügellose Frauen wurden einfach so geboren. Ehebrecherinnen hingegen wurden von Shakespeare-Schauspielern mit Südstaatenakzent und Schlafzimmeraugen oder von ausländischen Wirtschaftstycoons geschaffen, die leise flüsterten: »Zaharche, lass mich dein Sklave sein.«

June spazierte den Boulevard Lewski hinunter und putzte sich die Nase mit einem Papiertaschentuch. Ich werde nicht weinen. Ich werde nicht weinen, obgleich ich gute Gründe dazu habe. Ich werde kein weinerliches Mädchen mehr sein. Stattdessen bin ich in Zukunft ein betrunkenes Mädchen, ein sarkastisches Mädchen, ein geiles Mädchen, ein zügelloses Mädchen. Ich werde schlimmer sein als ein Countrysong. Ich werde gefährlich sein oder mich einfach jeder Gefahr aussetzen. Ich werde zu Hochzeiten nur noch Schwarz tragen und mich ungeschützt in die Sonne legen.

Sie wäre die Lady in Rot, obgleich sie eher triste Sachen anhatte. Nun, da es soweit gekommen war, konnte sie nicht glauben, dass sie und Ethan jemals darüber Witze gemacht hatten. »Wir sind zwar verheiratet, aber nicht tot«, sagten sie immer, wobei sie einander nachsichtig anlächelten. Sie waren über Neid erhaben, zwischen den Welten, und das war besser als Treue. »Dumm«, sagte sie laut. »Wir waren so dumm.«

Donnerstagabend, zehn Uhr, und die Straßen waren voll. Männer mit runzligen Gesichtern und hängenden Schultern verkauften auf Schnüre aufgezogene harte Brotkringel und Sonnenblumenkerne in zu Tüten gerollten alten Zeitungen. Buchhändler säumten die Bürgersteige mit Klapptischen voller bulgarischer Übersetzungen von Jackie Collins und John Grisham. In Salzwasser gekochte Maiskolben wurden aus Plastikwannen und Blechtöpfen angeboten, und magere Frauen standen herum und pulten sich die Reste davon mit langen, lackierten Fingernägeln aus den Zahnlücken. Exotisch aussehende Jugendliche, die trotz ihrer schlechten Zähne und stumpfen Haare bildschön waren, scherzten miteinander, tranken Coca Cola und Fanta Orange aus Plastikbechern und rauchten Marlboro Reds. Über allem drang Techno-Musik aus den zahlreichen Schwarzmarktbuden, in denen raubkopierte westeuropäische Tanz-Mixe verhökert wurden. Die Straße war regelrecht eine Party. Eine Party, hier auf dem leiderfüllten Balkan, mit toll aussehenden Menschen, deren innerer Glanz gedämpft wurde von der Tristesse ihrer zerschlissenen Flohmarktmode.

June kaufte eine Flasche Wein an einem Straßenkiosk und unterbrach ihren Spaziergang auf dem langgestreckten Platz vor dem Nationalen Kulturpalast. Das moderne, schwarz verglaste Gebäude hatte eine der Attraktionen von Sofia sein sollen. Früher, so hatte Chavdar June erzählt, war der Palast eine Pracht gewesen. Seit Jahren herrschte jedoch Wasserknappheit, und der Springbrunnen vor dem Bau war trocken. Die freiliegenden Rohre waren mit einer dicken braunen Rostschicht bedeckt. Ein lokaler Mafiakrieg hatte seinen Höhepunkt in einem Bombenanschlag auf die Kellerdiskothek gefunden, und es war seitdem nie genug Geld für die notwendigen Reparaturen vorhanden gewesen. Nackte Stahlträger und freihängende Versorgungskabel zeugten noch immer von dem Attentat.

Auf dem Dach befand sich eine Terrassenbar mit einem phantastischen Blick auf die Stadt bis zum Sofia Sheraton, zur Sweta-Nedelya-Kirche und zur Banya Bashi Moschee. Jenseits dieser Wahrzeichen erhoben sich die nördlichen Ausläufer des Balkan, der sich im Westen bis nach Mazedonien, im Norden bis nach Serbien erstreckte und schließlich in Rumänien auslief. Das Gebirge bildete einen wunderschönen Hintergrund zu der tief liegenden Stadt, aber seit den Bombenattentaten, den Aufständen und der anhaltenden Periode der Hyperinflation war niemand bereit, mit seinem Leben oder seinen Ersparnissen dafür zu zahlen, vor dem Panorama der allmählich zerfallenden Stadt lauwarmes Zagorka-Bier zu trinken. Die Terrassenbar stand jetzt leer, und gelangweilte Kellnerinnen rauchten Zigaretten und streuten ihre Asche auf die Häupter der Fußgänger unten auf der Straße.

June spazierte an den erleuchteten Spielautomatenhallen und den Straßencafés mit ihren teilweise zerbrochenen Plastikmöbeln und ihrer lauten Musik vorbei bis hin zu dem Bereich, wo die Bürgersteige und Bänke im Dunkeln lagen, aber nicht menschenleer waren. Unter einer Straßenlaterne in einiger Entfernung vollführte ein Junge auf seinem Fahrrad artistische Tricks. Er umkreiste eine Frau in weitem Pullover, weitem Rock und dicken Sportsocken, die allein mitten auf dem Gehweg tanzte. Während er seine Schlangenlinien fuhr, drehte sie mit geschlossenen Augen müde Pirouetten und bewegte sich dabei wie eine verkrüppelte und blinde Ballerina.

June nahm all das in sich auf, während sie einen Korkenzieher aus ihrer Handtasche holte. Ein Korkenzieher in einer Damenhandtasche. Rotwein aus einem Plastikbecher anstatt aus Kristallkelchen.

Während des ersten Schlucks musste sie an die entrüstete Miene ihrer Mutter denken und glaubte gleichzeitig ihren leichten Südstaatenakzent zu hören: »June-Schätzchen, mit jedem Drink verkürzt du dein Leben um einen Monat und raubst deiner Schönheit ein Jahr.«

June leerte ihren Weinbecher. Der Zeitpunkt anzurufen rückte näher. Mit diesem Anruf würde June das Spiel beenden. Es dauerte schon lange genug.

Vielleicht war sie anfangs nur in ihrer Phantasie eine Ehebrecherin gewesen. Am Ende jedoch hatte sie die physischen Anforderungen erfüllt, die nötig waren, um sich den

Titel auch in der Realität zu verdienen. Little Jimmy McKinnon, der alte Freund der Familie aus Texas. Trotz zahlreicher vorpubertärer Schlafpartys, bei denen sie einander aus Doppelbetten und im Schimmer der Palmen-Nachtlampe, ohne den June, bis sie elf war, nicht einschlafen wollte, »Gute Nacht« zuflüsterten, hatten die beiden sich noch nicht einmal geküsst. Als Jimmy (jetzt James und einsfünfundachtzig groß mit braunen Augen, braunem Haar, Cowboystiefeln und Grübchen) nach Los Angeles umgezogen war, um im Los-Feliz-Theater anzufangen, waren sie einander noch näher gekommen – aber niemals *sooo* nahe. Nicht bis zu jener Nacht, als Ethan sieben Wochen in Kapstadt gewesen war. Eine Nacht, in der June seit neun Tagen weder eine E-Mail noch einen Telefonanruf erhalten hatte und in der ihre Grippe, die Einsamkeit und ihre Gedanken an Ethans erste ernsthafte Freundin, eine blonde südafrikanische Volleyballspielerin namens Ellie, das Warten auf seine Rückkehr unerträglich machten.

James hatte ein paar Videos mitgebracht, eine Tüte Taco-Bell-Soft-Tacos und eine Flasche Whiskey für den Tee, um ihren Hals zu pflegen. Er hatte die Kissen in ihrem Rücken aufgeschüttelt und ihr versichert, sie sähe trotz der roten Nase und der dunklen Ränder unter den Augen einfach umwerfend aus. »Ich weiß, dass du krank bist, aber warum weinst du, Liebling?«

»Ich mache mir Sorgen um Ethan. Kapstadt ist gefährlich. Er sagte, er wolle am Wochenende anrufen. Und das war vor einer Woche.«

James nahm sie in die Arme, drückte sie. Lange. Er massierte ihren Rücken und bereitete ihr einen zweiten heißen Punsch. Er genehmigte sich auch einen. Das Leih-Video war ein Liebesfilm.

Es spielte keine Rolle. Es gab keine Entschuldigungen.

June wusste das. Sie hatte Ethan alles erzählt. Auf einem türkischen Teppich in einem Hotelzimmer stehend, in dem es nach Kloake stank, hatte sie ihrem Mann diesen einzigen, flüchtigen Seitensprung offenbart. Sie hatte sich entschuldigt, hatte ihn angefleht, ihm alles erklärt und ihn angebettelt, aber ohne Erfolg. Er hatte sie verlassen, und zwar für jemanden, auf den er längst ein Auge geworfen hatte. Oh, zur Hölle damit! Zur Hölle, zur Hölle, zur Hölle! Es war ein Sprechchor, an dem sie damals in ihrer albernen Cheerleaderzeit sicherlich Gefallen gehabt hätte.

Nun würde das Telefongespräch, das sie führen wollte, sie aus der Stadt, in der ihr Mann mit einer anderen Frau zusammenlebte, wegbringen. Es würde sie mit ihrem besten Freund wieder vereinen, der eigentlich ein Freund hätte bleiben sollen und der nun der einzige Mensch war, der sie vielleicht aufmunterte. Schon bald wäre June keine Ehebrecherin mehr, sondern eine Geschiedene. Noch so ein Wort. Wirklich super. Der Stoff für Schülerfantasien. Alleinstehend, sexbesessen und alt genug, um Schlüpfer mit Leopardenmuster zu tragen und wenigstens ein wenig auszusehen wie Mrs. Robinson.

Wie konnte das alles passieren, fragte sie sich. War sie noch nicht für die Ehe bereit gewesen? Claire hatte gerade Selbstmord begangen, und das Leben erschien ohnehin kurz und freudlos. Mit zweiundzwanzig hatte June angenommen, sie wäre alt genug, um zu geloben, niemals einen anderen Mann anzufassen. Ethan ewige Treue und Offenheit zu schwören. Alt genug, um unabhängig zu sein und ihn in jeder Hinsicht zu unterstützen, wenn er manchmal monatelang in der Weltgeschichte unterwegs war und für sein Buch recherchierte. Um verständnisvoll zu reagieren, als er in der Bibliothek nicht gefunden werden konnte, wo er eigentlich hatte sein wollen und wo sie ihn angepiept hatte, als sie eines

Nachts einen Blinddarmdurchbruch erlitt und zusammengekrümmt auf dem Fußboden ihrer Wohnung lag. Sogar als er weit weg in Hongkong zu sein schien, obgleich er direkt neben ihr im Wohnzimmer saß, vertieft in CNN BizAsia, und von ihr verlangte, zu schweigen und ihn nicht zu stören – sie hatte tatsächlich angenommen, sie käme damit zurecht.

Als er sie gebeten hatte, ihren Job aufzugeben und ihre Familie zu verlassen, um ihn in ein postkommunistisches Land auf dem Balkan zu begleiten, wo ihre Haustiere und Freunde genauso schnell und systematisch verschwanden, wie neue Kriege aufflammten, wo ihre Welt aus Betonbauten bestand und niemand ihr in die Augen sah, hatte sie erklärt: »Ja, das will ich.«

June schaute nach unten, und die Weinflasche war mehr als zur Hälfte leer. Der Park war ein dunkler Fleck, stellenweise erhellt von Lichterketten, die trügerische Fröhlichkeit signalisierten und die in den Bäumen über Plastiktischen diverser Straßencafés hingen. *Wie konnte das passieren?* Sie wusste darauf keine Antwort. Es war einfach passiert.

Ein Junge und ein Mädchen, beide noch Teenager, setzten sich neben June auf die Bank. Beide hatten fettiges Haar und leicht geschlitzte Augen mit langen dunklen Wimpern. Die Haut war glatt und makellos, und das Mädchen war ungeschminkt. Sie zündeten sich Zigaretten an und streiften June mit gelegentlichen Blicken. Es waren die älteren Balkanbewohner, die ausgelaugt aussahen. Diese Kinder hier sahen nur schön und arm aus.

June wusste, dass sie kein Geld für Schulbücher oder neue Schuhe, geschweige denn für einen abendlichen Drink besaßen. Sie hielt ihnen einladend ihre Weinflasche hin. »Iskate li malko?«

Der Junge nahm wortlos die Flasche und trank, und dann war das Mädchen an der Reihe. Um sich zu revanchieren, boten sie June eine billige bulgarische Zigarette an, die sie annahm. »Danke. Heute Nacht rauche ich, obgleich ich es mir abgewöhnt habe. Nur eine, weil ich etwas zu feiern habe. Ich feiere, weil ich nach Griechenland gehe. Ich gehe ins sonnige Griechenland und kaufe mir ein Sommerkleid mit Spaghettiträgern und gehe mit einer Rose im Mund spazieren.«

Der Junge nickte, und das Mädchen schlug ungeduldig die Beine überkreuz. Sie trug einen sehr kurzen Rock und Schuhe mit Plateausohlen.

»Ein festliches Kleid. Kurz und todschick, wie ich es auf dem College trug. Ehe ich heiratete.«

Der Junge sah das Mädchen an und hob eine Augenbraue.

»Damals hatte ich eine bessere Figur. Mehr Fleisch auf den Knochen. Ich war als Teenager sogar Schönheitskönigin! Ernsthaft, kein Scherz. Es gab eine Zeit, da hatte ich, wie Claire es immer ausdrückte, eine scharfe Karosserie.« Sie lachte, das erste richtige Lachen nach langer Zeit. »Genau. Nicht klein, bewahre. Nicht knochig. Mein Freund James – er sagte, ich sei ein Knackarsch mit Persönlichkeit.«

Der Junge lächelte, und seine Freundin musterte ihn wütend. »Einhundert Dollar für Sex«, sagte sie plötzlich. Es klang, als hätte sie es schon früher mal gesagt.

»Was?«

»Ist dieser Ehemann hier? Wartet er auf Sie? Sagen Sie ihm, hundert Dollar.«

June war für einen Moment geschockt und wusste nicht, was sie sagen sollte. Dann: »Wie kommt es, dass Kinder wie ihr nie Englisch verstehen, wenn ich nach dem Weg frage?«

»Fremde zahlen nicht für Wegbeschreibungen. Sie zahlen für Sex«, sagte der Junge.

»Oh«, sagte June, legte den Kopf schief und dachte darüber nach. »Ich denke, das klingt einleuchtend. Aber hundert Dollar? Das ist ziemlich teuer, oder nicht? Ich meine, ich bin zwar eine Ausländerin, aber ich lebe schon über ein Jahr hier, und das ist doch mehr als ein normales Monatseinkommen.«

»Okay, fünfzig.« Das Mädchen stand auf.

»Stopp mal«, sagte June. »So reizvoll die Aussicht auch sein mag, die Wirksamkeit meiner Hepatitis-A-Impfung zu testen, so muss ich leider ablehnen. Ich war nur neugierig wegen des Preises. Mein Ehemann, oder mein Ex ... nun ja, eigentlich mein Ex in spe ... Wie dem auch sei, Ethan ist ein Locke-Fields-Stipendiat, der hergekommen ist, um ein Buch über den Wandel vom Sozialismus zur Marktwirtschaft zu schreiben, und ich dachte mir, er interessiert sich vielleicht für eure Demonstration eines ... nun, ich denke, er würde es zügellosen Kapitalismus nennen.«

»Wie lange haben Sie diesen Ehemann schon?«, fragte der Junge.

»Hatte. Vergangenheitsform des Verbs.« June senkte den Blick. »Tut mir Leid. Das war die Sprachlehrerin in mir.«

Die Frau mittleren Alters im weiten Pullover und mit den Sportsocken führte noch immer ihren lächerlichen Tanz auf und sang dabei vor sich hin. Sie schauten ihr zu, rauchten, und der Junge produzierte Rauchkringel.

Plötzlich streckte June die Hand aus und legte sie dem Jungen auf den Arm »Liebt ihr euch?«

»K'vo?« Das Mädchen sah mit einem fragenden Stirnrunzeln zu ihnen herüber.

»Ihr wisst, wie man ›hundert Dollar für Sex‹ sagt, aber nicht, wie man auf die Frage ›liebt ihr euch?‹ antwortet. Nun kommt schon. Liebe ist wichtig. *Sehr* wichtig.«

»Wollen Sie uns jetzt etwa den Unterschied zwischen Sex und Liebe erklären?«

»Nein. Das kriegt ihr schon selbst heraus. Wie wir alle.«

»Was dann?«

»Nichts. Ich wünschte mir nur, die Menschen in diesem Land würden einmal hellere Farben tragen. Es ist hier so verdammt deprimierend.« Dann wandte June sich von den Jugendlichen ab, damit die ihre Augen nicht sehen konnten. Der Junge stand auf und ging zu dem Mädchen, und sie ließen June auf der Bank zurück, wo sie ihre Zigarette rauchte und das Zigarettenpapier mit dem Finger anfeuchtete, mit dem sie ihre Tränen weggewischt hatte.

Später lag June im Bett und starrte zur Decke. Sie hatte zu viel getrunken und ließ ihre Gedanken treiben. Sie streckte die Arme seitlich über den Rand des Bettes, und die Bettdecke verwandelte sich in den Fliegenden Teppich ihrer Kindheitsfantasien. Er konnte sie überall hinbringen, genauso wie der Teppich auf Großmutter Pennys Speicher und wie der, den sie und Ethan während ihrer Türkeireise gekauft hatten.

Sie hatten ein grässliches Hotelzimmer gehabt, weil sie vorher keine telefonische Reservierung vorgenommen hatten. June hatte versucht, das Beste daraus zu machen. Sie kaufte Blumen und zündete Kerzen an, sodass sie das Licht nicht anzuknipsen brauchten, damit sie den Schmutz auf den Laken nicht sehen mussten. Ethan verbrannte Weihrauch, um den Gestank des Plumpsklos zu vertreiben. Sie wollten den Fußboden mit dem Teppich bedecken und diesen dann als Andenken nach Hause mitnehmen.

Als Sohn eines Diplomaten hatte Ethan in seiner Jugend

im Dreck fast jedes Kontinents gespielt. Er sprach fließend Französisch und Spanisch und konnte sich in einer Reihe anderer Sprachen einigermaßen verständlich machen. Er hatte genug Türkisch gesprochen, um mit einem Händler im Großen Basar zu feilschen, und als er und June in das Hotelzimmer in Sultanahmet zurückkehrten, rollte Ethan ihren neuen Teppich auf dem Fußboden aus. Er bat June, sich auf den bunten Kelim zu setzen und die Augen zu schließen. »Erinnerst du dich noch, wie du mir erzählt hast, dass deine Großmutter, als du noch ein Kind warst, dich und Lilly auf dem Speicher auf lange Reisen mit dem Fliegenden Teppich mitnahm?«

»Und dass sie während dieser Flüge manchmal eine ganze Flasche Sherry leerte und sie vor meinem Großvater versteckte, wenn er kam, um sie herunter zu holen?«

»Ja, das auch. Nun, wir spielen jetzt nach denselben Regeln. Ich nehme dich auf eine Teppichreise mit und beschreibe dir alles, was ich unter uns sehe, aber wenn du die Augen aufmachst, dann wird der Zauber gebrochen, und wir sind sofort wieder in diesem Dreckloch von Hotel. Und das wollen wir doch auf keinen Fall, oder?«

»Ganz bestimmt nicht.«

»Und jetzt verrate mir mal, wo du hin willst. Du kannst es dir aussuchen, mein liebes Mädchen. Geld ist kein Thema, nach oben sind keine Grenzen gesetzt. Und sag nicht, dass ich dich niemals verwöhne.«

Junes Lächeln verflog.

»June? Dein Reiseveranstalter wartet auf eine Antwort. Ah-ah! Brich nicht den Zauber!«

Wenn sie ehrlich antworten wollte, hätte sie gesagt, zurück nach Los Angeles, zurück auf den Futon von Ikea in dem Apartment in Santa Monica, wo James gesagt hatte: »Ssschhh, sschhh, es ist alles okay, Liebling«, vor diesem ersten und fatalen Kuss. Kehr dorthin zurück und streiche es. Mach es ungeschehen. Radier es aus.

June wurde schlagartig wach und war, nur für einen kurzen Moment, überrascht, sich alleine in dem Bett in der Wohnung in Sofia wiederzufinden, das sie stets mit Ethan geteilt hatte. Dann erinnerte sie sich. Erst vor ein paar Stunden hatte James gesagt, ja, morgen würde er sein Ticket für Griechenland kaufen. Ihr Ehemann hielt sich auf der anderen Seite der Stadt am Rand der türkischen Slums auf, wo er auf einer schmalen Schlafcouch mit einer nur wenige Zentimeter dicken Matratze in den Armen eines zwanzig Jahre alten bulgarischen Dienstmädchens namens Nevena lag und friedlich schlummerte.

Ich habe es getan, dachte June, als ihr bewusst wurde, dass sie die Augen geöffnet hatte. Ich habe den Zauber gebrochen.

2

Betrifft: WooHoo, Frühling!
Datum: Mi. 9. April 1997, 14:36:19 -0800
Absender: <DD@netcal.com>
An: June Carver <jcarver@sof.cit>

Hey, Mädchen, es scheint, als wärst Du schon eine ganze Ewigkeit weg. Jemand hat bald Geburtstag! Wie kommt man sich vor mit fast dreißig in der Dritten Welt? Hast Du die Oscar-Verleihung gesehen? Sah Madonna nicht entsetzlich aus? Sie braucht eher einen Herzspezialisten und weniger Krafttraining. Ich mache immer noch Aerobic, und ich liebe es. Ich kann dabei auf wundervolle Art und Weise meine Energien rauslassen. Seit der Frühjahrs-Tagundnachtgleiche hatten wir hier den reinsten Sommer, abgesehen von »gebietsweise morgendlicher Bewölkung und Nebel an der Küste, ansonsten vorwiegend sonnig.« Los Angeles!!(

Jedenfalls hatte ich plötzlich die Idee, mir eine neue Inlineskate-Kluft zu kaufen. Blau-grüne Shorts mit großen weißen Blumen auf dem farblich dazu passenden Sport-BH. Antworte mir und erzähl, was mit Ethan und »der anderen Frau« läuft. Es tut mir so Leid, Kleines. Komm nach Hause, und wir essen Sushi und gehen tanzen, und du wirst dich bald besser fühlen.

Ich vermisse und liebe dich, Dee

Für Ethan war es wieder ein wunderschöner Morgen in Sofia. Der Himmel war klar, der Winter hatte sich soeben in den Frühling verwandelt, und die Aussicht von Nevenas Balkon war sensationell. Dank einer seltsamen Laune des Schicksals verfügte das enge Einzimmerapartment im Stadtzentrum über einen Balkon nach Süden, und die Gebäude in dieser Richtung ragten auf derart harmonische Art und Weise auf, dass man durch die aufgehängte Wäsche und den Wald von Fernsehantennen hindurch bis zum Gipfel des Vitosha Planina blicken konnte.

Ethans zerzaustes Haar schimmerte im morgendlichen Licht. Er trank einen Schluck von dem türkischen Kaffee, den Nevena für ihn zubereitet hatte. Der Vitosha grünte bereits im vorzeitig warmen Frühlingsanfang, und der Himmel dahinter war strahlend blau. Er dachte an den vorangegangenen Samstag, als er und Nevena auf den Berg gestiegen waren. Sie waren mit der Seilbahn vom Fuß des Berges die Hälfte des Weges bis zur Skistation hinaufgefahren. Auf dem Berghang wimmelte es von Leuten aus der Stadt. Familien veranstalteten Picknicks, halbwüchsige Mädchen sonnten sich in Bikinis, die von den moralischen Wachhunden des kommunistischen Regimes sicherlich sofort verboten worden wären, und Kinder sammelten Wildblumen, Himbeeren und wilde Erdbeeren.

Er und Nevena ließen das Picknickgelände weit hinter sich. Sie querten die Bergseite und stiegen weiter hinauf bis zur Baumgrenze. Wo die Luft dünner wurde, gedieh nur noch spärliches Gras, sah man nur noch seltsame hellfarbene Blumen und riesige Felsbrocken. Nevena, nur in Shorts und T-Shirt, breitete eine Decke aus. Ihr glattes, feines, kaffeefarbenes Haar flatterte leicht im Wind, und Ethan konnte seinen Blick nicht von ihren fohlenhaften Beinen lösen, während sie sich bückte, um die Picknickvorräte zu inspizieren.

Ethan hatte Nevena Geld gegeben, damit sie die Zutaten für das Picknick einkaufte, und sie hatte für ein geradezu dekadentes Nachmittagsfestmahl gesorgt. Sie packte alles aus, was sie in der Tasche hatte: Tomaten- und Gurkensalat mit weißem bulgarischem Käse, frisch gebackenes Brot, pikante Lukankawurst, Schwarzmeerkaviar, Zwetschgen und Feigen. Als die Speisen verzehrt waren, legte Ethan eine Hand auf Nevenas olivfarbenen Bauch und küsste sie und schmeckte dabei das Salz, das sie auf alles gestreut hatte, das sie gegessen hatte. Sie liebten sich auf der Decke, rollten über die Feigenschalen und tauchten in flüchtige Schatten ein, die von den vereinzelten, eilig über den Himmel wandernden Wolkenfetzen erzeugt wurden.

Ethan wandte dem Bergpanorama den Rücken zu. Er lehnte sich gegen das Balkongeländer, während er Nevena dabei zusah, wie sie das Bett wieder in ein Sofa verwandelte und sich für ihre Arbeit zurechtmachte. Auf dem Weg zu Roxannes Haus trug sie Straßenkleidung, die sie dort gegen ihre Hausmädchentracht auswechselte. Sie setzte sich auf die Couch, und das Haar fiel ihr übers Gesicht, während sie in ihre Schuhe schlüpfte. Ihre dunklen Augen waren traurig, unendlich traurig. Ihre Miene und ihre herabhängenden Schultern signalisierten tiefen Pessimismus. In dieser Hinsicht war sie die typische Bulgarin, und seine augenblickliche Mission bestand darin, sich eingehend mit den Bulgaren zu befassen, ihre Wirtschaft, ihre Politik und ihre Ansichten zu studieren. Seit kurzem hatte er sein Projekt jedoch erheblich vernachlässigt und sich um nichts anderes gekümmert als darum, alles über Nevena in Erfahrung zu bringen, sie zu lesen wie ein Buch und sich ihre Kindheitserinnerungen einzuprägen, als seien es Geschichtslektionen. Sie war melancholisch, intelligent, aber bescheiden, manchmal passiv und voll blinden Vertrauens in ihn und die Zukunft. Atemberaubend konnte man sie nicht gerade nennen. Ihr Körper war schlank, sie hatte feines Haar, und ihr Gesicht war melancholisch und eher unauffällig. Man konnte auch nicht behaupten, dass sie so etwas wie klassische Schönheit besaß, aber Nevenas Augen waren gefühlvoll, ihre Lippen glänzten in einem sanften Rot, und die drei kleinen Muttermale, die ihr Gesicht zierten, verliehen ihr einen natürlichen Charme, wie er von Sommersprossen auf Kindergesichtern erzeugt wurde. Sie hatte zierliche Hände und eine weiche Stimme, und nachts schlief sie mit dem Kopf auf Ethans Schulter und einer Hand auf seinem Herzen.

Nevena kam zu ihm. »Ethan, ich will nicht weggehen«, sagte sie, schlang einen Arm um seinen Taille und lehnte den Kopf an seine Brust.

»Hat Roxanne dir Schwierigkeiten gemacht?«

Roxanne war Junes Freundin, die erste, die June gefunden hatte, nachdem sie nach Sofia umgezogen waren. Sie war Schriftstellerin, Amerikanerin und reich. Sie war in der ganzen Welt herumgekommen, und der Grund, dass sie seit fünf Jahren in Sofia wohnte, hatte mehr mit der zentralen Lage der Stadt zwischen ihren beiden Geliebten, einem Griechen und einem Türken, zu tun als mit irgendetwas anderem.

»Sie hat aufgehört, mich böse anzuschauen. Ethan, du weißt, was ich mir wünsche.«

Ethan hauchte einen Kuss auf Nevenas Ohr und streichelte zärtlich ihren Rücken. »Ich habe dir gesagt, du sollst nicht über June nachdenken. In deiner Welt gibt es sie nicht.«

»Du bist meine Welt. Ich habe Angst, sie nimmt dich mir weg«, erwiderte Nevena in ihrem stark akzentuierten Englisch. Sie hatte die Sprache seit ihrer Kindheit aus eigenem Antrieb gelernt, und nachdem sie seit sechs Jahren die Wohnungen von Engländern und Amerikanern säuberte, beherrschte sie die Sprache beinahe fließend. Ethan fand die Fehler, die ihr unterliefen, liebenswert. »Ich wünschte, sie würde nach Amerika zurückkehren.«

»Sie wird es bald tun, da bin ich mir ganz sicher.«

»Gut«, sagte sie. Nevena küsste ihn voller Inbrunst, dann nahm sie ihre Handtasche und brach auf, wobei sie ihm über die Schulter einen letzten Blick zuwarf, ehe sie die Wohnungstür hinter sich schloss.

Ethan genoss die Ruhe, die auf ihren theatralischen Abgang folgte, bis er seine Kaffeetasse geleert hatte. Eine Melodie vor sich hin summend, spülte er die Tasse im Waschbecken im Badezimmer aus. Nevena hatte keine Küche, lediglich eine einzelne Kochplatte. Er blickte in den gesprungenen Spiegel und musste lächeln. Es war ein gutes Gefühl, zu leben, verliebt zu sein und im Dreck zu hausen.

Ethan verließ Nevenas Apartment und ging die fünf Minuten hinunter zum nicht überdachten Zhenski Pazar, auch »Weibermarkt« genannt wegen all der Frauen, die aus den kleinen Städten der Umgebung hierher kamen, um von Ständen und auf den Bürgersteigen ihre Waren zu verkaufen.

Er suchte sich seinen Weg zwischen den Bekleidungsbuden, die mit türkischen Produkten und nachgemachter amerikanischer Markenware gefüllt waren. Ein zahnloser Teenager pfiff vor sich hin und tanzte dazu, während er LEVVI-Jeans und raubkopierte CDs verhökerte. Ethan hatte einem jüngeren Cousin zu seinem High-School-Abschluss auf diesem Markt ein passendes Geschenk gekauft. Die Rolex-Uhr hatte ihn gerade zwölf Dollar gekostet.

Das war reinstes privates Unternehmertum. Familien eröffneten Cafés in ihren Wohnzimmern mit nur zwei Tischen und serviertem jedem, den sie hereinlocken konnten, Espresso und geröstetes Brot. Pensionäre kamen mit dem Bus aus den Dörfern, um in den Straßenunterführungen einen Sack Tomaten oder ein einziges Bündel Petersilie zu verkaufen. Zum ersten Mal konnten sie tun, was sie wollten, und sie waren darin sehr kreativ. Sie boten alte sowjetische Soldatenmützen und –uniformen, handgefertigte Spitze, antike türkische Familienerbstücke und Zuckerwatte an und ließen gegen ein geringes Entgelt Interessenten von Goldhamstern die Zukunft voraussagen. Sicherlich war das meiste davon billiger Tinnef, dachte Ethan, während er sich umsah. Aber es war hübscher Tinnef. Und auch historischer und zu Hoffnungen Anlass gebender Tinnef.

Auf dem Boulevard Stambolijski stieg er in seine Straßenbahn. Sie war derart überfüllt, dass er nur noch einen Platz außerhalb der Tür auf dem Trittbrett fand, aber er genoss den ungehinderten Blick auf die Straße. Mädchen in engen, gerade bis zum Schritt reichenden Röcken stellten sich vor den Läden zur Schau, und zwei langhaarige Jungen, Skateboards unter die Arme geklemmt, gingen vorbei. Sie waren unterwegs zur Straßenbahn, um zum Denkmal der Sowjetarmee zu fahren. Dort probierten die jugendlichen Skateboarder ihre Tricks aus und entweihten gleichzeitig das Mahnmal, das Soldaten der Roten Armee darstellte, die mit theatralischer Gestik eine Bauersfrau und ihr Kind vor einer imaginären Gefahr beschützten. Die strengen Mienen der russischen Wächter über die bulgarische Regierung blickten jetzt friedlich und duldsam auf die

Teenager in Jeans und Turnschuhen hinunter, die auf dem geheiligten Grund aus Gelatine hergestellte, täuschend echt aussehende eitergrüne Spuckebatzen verhökerten. Ethan fand die Ironie dieser Situation höchst amüsant.

Eine halbe Stunde später sprang Ethan in Darvenitsa, wo er und June eine Wohnung hatten, von der Straßenbahn herunter. Er überquerte die Gleise und schlug die Richtung zu dem Viertel fast wolkenkratzerhoher Mietskasernen ein, die, grau, eintönig, zu einem selbstmörderischen Sprung in die Tiefe geradezu einluden. Jetzt hingegen freute er sich über die Blumen auf den ärmlichen Balkonen und empfand eine rührende Zuneigung zu den Kindern, die aus dem sonnigen Vormittag das Beste zu machen versuchten, indem sie mit Metallschrott und halb verfaulten Kanthölzern spielten. Gegen die Anweisungen ihrer Eltern hatten einige schmutzige Küchenhandtücher in den Händen und veranstalteten ein fröhliches Tauziehen mit den streunenden Hunden, die in den Garagen der Wohnblocks hausten. Überall in der Stadt fand Ethan Dinge, die seine Fantasie anregten. Die Stadt war zugleich nagelneu und alt, im Aufbau begriffen und kurz vor dem endgültigen Verfall, war von der Mafia bezahlte Leibwächter, die in ihren Ferraris durch kopfsteingepflasterte Straßen vorüberfuhren an Bauern mit Eselskarren voller Melonen. Sofia war ein einziges großes Wunder, vorwiegend deshalb, weil dort Nevena Petkova zu Hause war.

Also war es mit June wirklich vorbei. Immer wieder hatte Ethan im vergangenen Jahr daran gezweifelt, dass er ihre Ehe beenden könne. Am Anfang hatte er sich so sehr gewünscht, June verzeihen zu können, hatte sich so sehr gewünscht, einen Teil der Schuld auf sich zu nehmen, obwohl er ganz bestimmt nicht der Typ war, so etwas freiwillig zu tun. Es hatte mal eine Zeit gegeben, in der er durchaus bereit gewesen war zu erklären: »Vielleicht hätte ich nicht so egoistisch sein sollen«, aber davon hatte seine Wut ihn am Ende abgehalten. Diese Wut hatte ihn zu Nevena geführt, und dort blieb er. In ihrem Bett, in ihren Armen, in ihrer Welt. Ethan empfand eine überwältigende Verantwortung für Nevena. Er liebte sie, und sie brauchte ihn – auf eine Art und Weise, wie June ihn niemals gebraucht hatte.

Ethan hatte niemals das Gefühl gehabt, dass June ohne ihn nicht leben könnte. Dass sie ihn liebte, hatte er nicht bezweifelt. Aber sie war zum Überleben geboren, und im Gegensatz zu Nevena würde sie auch ganz gut alleine zurechtkommen. Man brauchte sich nur anzusehen, was sie getan hatte – kaum hatte er seine Affäre mit Nevena begonnen, schon hatte sie jemand neuen gefunden. Und es musste gleich ein sozialistischer Mafioso sein. Ein Großindustrieller des Terrors. Er konnte den Gedanken daran kaum ertragen.

Der einzige Gedanke, der ihm noch mehr zusetzte, war der, dass June nach Los Angeles zurückkehren würde – dass sie ihre Bücher und Gewürze, Kunstdrucke und Fotos, Gemälde und Lieblings-CDs einpackte – und alles, was IHR gehörte, IHM wegnehmen würde. Das tat weh. Natürlich würde es June gut gehen. Sie würde nach einer Weile sogar wieder bestens dastehen. Ethan vermisste und hasste sie gleichzeitig. Vor allem wünschte er sich, dass er endlich aufhören könnte, an sie zu denken. Ja, sie sollte nach Amerika zurückkehren. Sie sollte weggehen, damit er sie endlich ein für allemal vergessen könnte.

Es gab keinen Zweifel, dass er Nevena liebte, aber hatte er wirklich aufgehört, June zu lieben? Nevena mochte arm und bedürftig sein, aber sie war nicht dumm. Vielleicht hatte sie Recht, wenn sie sich wegen ihrer gemeinsamen Zukunft Sorgen machte.

3

Betrifft: RE: WooHoo, Frühling!
Datum: Di. 15. April 1997, 14:36:19 -0800
Absender: June Carver <jcarver@sof.cit>
An: <DD@netcal.com>

Dee! Was meinst Du denn, wie es ist, mit Dreißig in der Dritten Welt herumzugeistern? Es ist WUNDERVOLL, ERFREULICH, AUFREGEND und ERHEBEND! Allein auf einer Schlafcouch zu liegen, ist total erregend. Durch einen von Ratten wimmelnden Park zwischen händchenhaltenden Liebespaaren spazieren zu gehen, erfüllt mich mit unsagbarer Glückseligkeit. Und nein, ich habe die Oscar-Verleihung nicht gesehen. Ich besitze nämlich keinen Fernseher. Versteh das nicht falsch, Dee, aber wenn Du mich weiterhin über Deine Inlineskate-Abenteuer auf dem Laufenden hältst, blockiere ich den Absender dieser Meldungen.

Du weißt, dass ich Dich liebe, aber bitte sei ein wenig taktvoller. Schließlich kommst du aus dem Süden, oder?

IN LIEBE, JUNE

Nevena stieg an der Orlov Most aus dem Bus, der Brücke, die ihren Namen den bedrohlichen Adlerstatuen, die wie Wächter an ihren beiden Ende stehen, verdankt. Es war eines der wohlhabendsten Viertel von Sofia. In den meisten Wohnblocks teilten sich mehrere Generationen Ein- und Zweizimmerwohnungen mit Betten in der Küche und Matratzen auf dem Wohnzimmerfußboden und auf den Balkonen. In dieser Gegend jedoch standen Satellitenschüsseln auf Dächern und Balkonen und holten CNN und die westliche Welt in die Wohnzimmer der Reichen und derer, die über gute Beziehungen verfügten. Jedes Eingangstor und jede Tür war mit hellen Aufklebern bedeckt, die verkündeten, dass Grundstück und Gebäude von einer der vier größten Schutzagenturen der Mafia kontrolliert wurde. Organisierte Erpressung war an der Tagesordnung, wurde als notwendig hingenommen und allgemein akzeptiert. Wenn Bulgaren sich über die Korruption und die Macht der Mafia unterhielten, trösteten sie sich häufig damit, dass sie auf die Geschichte der Mafia in den Vereinigten Staaten verwiesen. Man brauchte sich nur einen der Scorcese-Filme anzusehen, die man jetzt in den neuen Videoläden in Sofia ausleihen konnte. Die Mafia war eine Phase; ein notwendiges Übel, das geradezu selbstverständlich zum Aufbau einer kapitalistischen Wirtschaft gehörte. Und genauso wie die Türken und die Kommunisten würden die Stiernacken mit ihren ausländischen Automobilen und ihren Mobiltelefonen irgendwann auch wieder verschwinden. Im Augenblick war dies der Wilde Osten, wo gerade die Bösen alles unter Kontrolle hatten.

Nevena betrat das vielfach gesicherte Apartmenthaus und stellte fest, dass die Alarmanlage bereits ausgeschaltet worden war. Roxanne stand immer früh auf. Als sie an Roxannes Arbeitszimmer vorbei ging, hörte sie Finger über eine

Computertastatur fliegen. Sie hielten plötzlich inne. »Wie spät ist es?«, rief Roxanne.

»Es ist Viertel nach, Roxanne. Tut mir Leid, dass ich mich verspätet habe. Der Bus, Sie wissen schon.«

Roxanne gab keine Antwort. Nach ein paar Sekunden hörte Nevena, wie die Finger weitertippten, und sie beeilte sich, in ihre Arbeitskleidung zu schlüpfen. Sie begann ihren Tag, indem sie die Katzenstreu wechselte und Roxannes Kleider in die Waschmaschine stopfte. Es war immer irgendwelche Wäsche zu waschen, denn Roxanne trug ihre Sachen jeweils nur einmal und fand sie dann schmutzig. Nevena hatte durch ihre Arbeit bei den im Ausland lebenden Amerikanern viel von deren Maßlosigkeit in allem kennengelernt, aber sie hielt den Mund. Amerikaner mochten es nicht, wenn man ihr Verhalten kritisierte und sie sich dadurch irgendwie schuldig fühlten. Sie wollten nicht, dass ihre Verschwendungssucht erwähnt wurde. Anstatt Roxanne darauf anzusprechen, holte Nevena die vertrockneten Brotreste aus dem Abfall und gab sie den streunenden Hunden zu fressen, und regelmäßig pflegte sie die Glasflaschen der Amerikaner zu sammeln und sie in die Läden zurückzubringen, um sich das Pfand auszahlen zu lassen. Nevena wusch und trocknete und benutzte die Plastiktüten mehrmals, in denen die Amerikaner ihre Einkäufe aus den Lebensmittelläden nach Hause brachten. Die Plastiktüten kosteten nur einen Penny, aber das addierte sich im Laufe der Zeit zu einer beträchtlichen Summe, und Nevena konnte sich gut an die Zeit erinnern, als ein Vierteldollar sie, ihren Bruder und ihre Schwester davor hätte bewahren können, abends mit leerem Magen ins Bett zu gehen.

Nevena kniete neben dem Abfalleimer und schaute hoch. Roxanne lehnte im Durchgang zur Küche und rauchte eine

Zigarette. Ihr jettschwarzes Haare, war zerzaust, und sie trug einen seidenen Hausmantel und Pantoffeln. Sie sah aus, als sei sie noch nicht lange aus dem Bett aufgestanden und als habe sie nicht gut geschlafen. Dunkle Ränder waren unter ihren geröteten Augen. Nevena ging zur Spüle. Sie wrang einen Schwamm aus, drehte den Wasserhahn auf und begann das Geschirr zu spülen.

»Was hat dich heute Morgen aufgehalten, der Bus? Hast du in Wahrheit nicht mit Junes Ehemann im Bett herumgetrödelt??« Roxanne schnippte die Zigarettenasche auf den Fußboden. Sie wussten beide, dass Nevena später noch putzen würde.

»Ich habe zwanzig Minuten auf den Bus gewartet. Irgendwo auf der Strecke muss es eine, Sie wissen schon, Katastropha gegeben habe.«

»Eine Katastrophe.«

»Ja.« Nevena konzentrierte sich auf das Seifenwasser in der Spüle.

Roxanne blieb noch ein paar Sekunden stehen, dann ging sie zum Frühstückstisch und setzte sich. Nevena wandte Roxanne den Rücken zu. Sie schloss die Augen und biss die Zähne zusammen. Alles, was sie wollte, war, ihre Arbeit zu erledigen und zu verschwinden. »Nevena«, begann Roxanne.

»Ja?«

»Was gibt's Neues?«

»Hmm?«

»Mit dir. Und Ethan. Gibt es etwas Neues?«

»Nein. Nichts.«

»Nun komm schon. Reden wir. Es wird allmählich Zeit.«

»Aber jetzt ist die Zeit nicht so gut.« Die Qualität von Nevenas Englisch ließ deutlich nach, wenn sie nervös war.

»Nun ja, tut mir Leid, aber es gibt Dinge, die sollte man

nicht aufschieben, und ich bin gerade in der Stimmung, mich damit zu befassen. Ich will hier nicht die Erfahrene spielen, aber ich bin sicher doppelt so alt wie du und war fünfmal verheiratet. Ich weiß über die Männer und die Liebe ganz gut Bescheid.«

Nevena hätte am liebsten gesagt: »Für mich klingt das, als hätten Sie von Männern und von der Liebe überhaupt keine Ahnung«, aber sie schwieg und schrubbte an einem Fleck Curry herum, der sich in den Boden einer Bratpfanne eingebrannt hatte.

»Ethan ist verheiratet, Nevena. Ich vertrete hier keinen moralischen Standpunkt. Ich selbst habe ein- oder zweimal die Rolle einer Geliebten gespielt, und glaube mir, du könntest wahrscheinlich kaum eine Sünde begehen, die mich in irgendeiner Weise schockieren würde.« Sie stand auf und schenkte sich aus einer Karaffe im Kühlschrank ein Glas Orangensaft ein. Nevena wusste, dass er reichlich mit Wodka gemischt war. »June und Ethan bleiben vielleicht zusammen, vielleicht auch nicht, aber, Schätzchen, ein verheirateter Mann ist nicht gerade der schnelle und einfache Weg zu einer amerikanischen Green Card. Wenn du unbedingt ein Ticket für die Vereinigten Staaten brauchst, dann musst du dir jemanden suchen, der frei ist. Das rate ich dir als Freundin.«

Nevenas Hand erstarrte unter dem aus dem Wasserhahn strömenden Wasser.

Roxanne setzte sich mit ihrem Drink wieder an den Frühstückstisch. »Ich könnte dich mit Jerry bekannt machen. Du erinnerst dich sicher noch an ihn. Er war der Mann, der neulich mit den beiden Jensens hier war. Leichte Glatze, aber nicht übel. Er ist Diplomat, kommt aus Ohio und ist ledig. Zugegeben, was sein Aussehen betrifft, macht er nicht viel her, aber dadurch wird er nur zu einer umso leichteren Beute. Also –«

Nevena drehte sich zu Roxanne um. Ihre Hände waren nass, und sie streckte sie vom Körper weg. Ihre dunklen Augen waren weit offen. »Sie glauben, ich will nur irgendwie nach Amerika?«

Roxanne schüttelte mit einem Ausdruck gespielten Unglaubens den Kopf. »Willst du etwa *nicht* dorthin?«

Nevena schaute zur Decke. »Aber Sie denken, dass ich ...« Sie suchte nach dem richtigen englischen Wort. Nicht schlafen, nicht bumsen. Nicht prostituieren. »Sie glauben, dass ich ... dass ich ... und Ethan ...«

»Sieh mal, Nevena«, ergriff Roxanne wieder das Wort und stand auf. »Ich verurteile nichts und niemanden. Es ist alles absolut verständlich. Übergewichtige amerikanische Diplomaten mittleren Alters, die in unterentwickelten Ländern überall auf der Erde arbeiten, kommen irgendwann mit bildhübschen jungen Bräuten nach Hause zurück. Eine Menge alte Jungfern im Staatsdienst nehmen sich heiße Lover in die Heimat mit. Das Leben ist kurz, also nimm, was du kriegen kannst, sage ich immer. Aber du, Schätzchen, bist völlig auf dem falschen Dampfer. Ganz gleich, wie June die Angelegenheit zu regeln gedenkt, Ethan wird für eine ganze Weile nicht frei sein. Und ich glaube nicht, dass er das Risiko oder das lange Warten wert ist.«

Roxanne hob eine Augenbraue und lächelte Nevena verständnisvoll an. »Hey, Mädchen, wenn du mit jemandem ein raffiniertes Spielchen treiben willst, dann solltest du dich vorher überzeugen, ob du dir dazu auch den Richtigen ausgesucht hast. Es passiert ständig, dass Männer zu ihren Frauen zurückkehren, Schätzchen. Und ich rede von Frauen, die nicht halb so schön und intelligent sind wie June.« Roxanne verließ die Küche, um in ihr Arbeitszimmer zu gehen. Sie kam noch einmal zurück und schaute durch die Tür herein. »Wenn ich es recht überlege, Nevie, gibt es vielleicht noch eine andere Möglichkeit. Ich habe da einen Freund in der amerikanischen Botschaft, von dem ich dir vor längerer Zeit erzählt habe. Lass mich mit ihm reden und sehen, ob er irgendetwas tun kann. Ich hoffe, du verstehst, dass ich nur helfen will.«

»Natürlich.«

»Okay. Dann zurück an die Arbeit. Das gilt für uns beide.«

Nevena wartete, bis sie hörte, wie die Tür von Roxannes Arbeitszimmer sich schloss. Dann trocknete sie die Hände am Geschirrtuch ab und setzte sich an den Frühstückstisch. Sie schlug die Hände vors Gesicht.

Roxannes Andeutung, dass Ethan zu June zurückkehren könnte, tat weh. Das war Nevenas geheime Furcht: dass Ethan die stille und sich oft als ungebildet erweisende Geliebte zu Gunsten der fantasiereichen und gebildeten amerikanischen Ehefrau mit dem freundlichen Lächeln und dem glänzenden Haar im Stich ließ. Noch schlimmer aber war der Vorwurf, dass sie ihren Körper für ein Visum verkaufte. Das hätte Nevenas Stolz unter allen Umständen verletzt, aber die Tatsache, dass sie als Moslemin erzogen und aufgewachsen war, machte den Vorwurf geradezu unerträglich. Bis zu ihrem elften Lebensjahr hatte Nevena in einem kleinen Dorf in den Rhodopen nordwestlich der türkischen Grenze gelebt. In ihren frühesten Erinnerungen sah sie ältere, gebeugte Frauen aus ihrem Ort die steinigen Bergpfade hinaufsteigen, gestützt auf knorrige Wanderstöcke, in Gewänder gehüllt, die nur ihre Gesichter und Hände frei ließen. Moslemische Frauen waren heilig, und man durfte sie nicht einmal im Zustand der Leidenschaft anschauen.

Selbst wenn Roxanne gewusst hätte, dass Nevena als Moslemin aufgewachsen war, hätte sie die Wirkung ihrer Worte wahrscheinlich nicht ermessen können. Aber Roxanne wusste es nicht. Nevena war weder ein türkischer noch ein moslemischer Name. Ebenso wenig Boryana oder Georgi, die Namen ihres jüngeren Bruders und ihrer jüngeren Schwester. Sie praktizierte nicht den Islam und las nicht im Koran oder bedeckte ihr Haar mit einem Tuch.

Niemand konnte es wissen, solange sie es nicht selbst erwähnte, und warum sollte sie es auch irgendjemandem erzählen? Sie hatte keine Veranlassung, die Nacht zu dramatisieren, als sie gerade elf Jahre alt war und die Parteisoldaten in ihr Dorf kamen. Wenn überhaupt, wollte sie am liebsten das Bild ihres Vaters vergessen, als er um drei Uhr morgens die Tür öffnete und blinzelnd das Dokument betrachtete, das Soldaten aus Todor Schiwkows Armee ihm unter die Nase hielten. Mehmed hatte seine Lesebrille nicht zur Hand, und sie erlaubten ihm nicht, sie zu holen. »Unterschreib einfach«, hatten sie verlangt.

Nevena, die damals von ihrer Familie und Freunden im Dorf nur Nashe genannt wurde, hatte das Geschehen vom Dachboden aus beobachtet, wo sie mit ihrer Schwester schlief, die erst acht Jahre alt war. Die Soldaten brüllten ihren Vater an, redeten von »nationaler Einheit« und vom »Wohl der Partei«. Der Begriff, der im Zusammenhang mit den damaligen Ereignissen in jüngster Zeit des Öfteren in den Medien auftauchte, war »ethnische Säuberung«. Sie erklärten ihrem Vater, sie wollten ihm das zurückgeben, was die Türken, die osmanischen Eroberer, seiner Familie vor hunderten von Jahren gestohlen hatten: das Recht auf einen bulgarischen Namen und auf eine echte bulgarische Nationalität. Sie holten Nevenas Mutter aus dem Bett und zwangen sie, vor ihnen zu stehen, erniedrigt mit offenem Haar. Sie erklärten ihr, sie befreiten sie von der Unterdrückung durch den Islam. Sie könnte jetzt der Welt ihr Gesicht und ihr Haar offen zeigen. Ihre Töchter würden eine Ausbildung erhalten und die Möglichkeit, einen richtigen Beruf zu erlernen.

Mehmed hatte den Kopf geschüttelt. Während er seine verängstigte Frau in den Arm nahm, erwiderte er, dass seine Frauen gut behandelt und erzogen würden. Er weigerte sich, das Dokument zu unterschreiben. Er weigerte sich, in seinem Alter seinen Namen auf Verlangen einer Brigade von unflätige Reden schwingenden, halbwüchsigen kommunistischen Soldaten zu ändern.

In diesem Moment schaute einer der Soldaten, es war der größte und kräftigste mit dem ausgeprägtesten Kinn und den grauesten Augen, zufällig nach oben. Sein kalter Blick fiel auf Nevena und veränderte sich. Sie lugte über das Holzgeländer, ihr langes braunes Haar offen und zerzaust vom Schlaf. Der Strahl seiner Taschenlampe glitt über ihre großen Augen und roten Lippen. Er wanderte weiter nach unten, dorthin wo ihr weißes Nachthemd am Hals aufklaffte, denn sie kniete vornübergebeugt da und stützte sich mit den Händen ab. Mit dem Gewehr stieß der Soldat ihren Vater durch die Tür nach draußen und drängte sich ins Haus, gefolgt von vier anderen. Mehmed brüllte auf, wütend, dass die Soldaten es wagten, in sein Haus einzudringen, und dann drehte er sich um und sah, was sie entdeckt hatten: den Schlafraum seiner Kinder und das Gesicht seiner ältesten Tochter, das sich in den Schatten zurückzog. Mehmed lief rot an und warf sich mit ausgestreckten Armen gegen den Soldaten mit dem kantigen Gesicht. Die Worte drangen halb erstickt aus seiner Kehle. »Nehdeh! Nehdeh! Nicht tun!«

Nach diesem Moment erinnerte Nevena sich an nichts mehr – bis zum Nachmittag des folgenden Tages, als sie im Bett eines Nachbarn aufwachte, Tücher zwischen ihren Beinen, um das Blut aufzusaugen. Die Frau des Nachbarn pflegte sie mit zitternden Fingern und ängstlichem Gesicht.

Statt Nashe nannte sie sie Nevena. Immer und immer wieder wiederholte sie den Namen. Wie fühlst du dich, Nevena? Tut es sehr weh, Nevena? Sie erwachte aus einem Albtraum und stellte fest, dass sie eine völlig andere Person geworden war, ohne Eltern und ohne ein Zuhause, das bis auf die Grundmauern niedergebrannt war. Als das Land schließlich aus dem Chaos erwachte, war seine moslemische Minderheit um Tausende geschrumpft. Sie hieß jetzt Nevena. War das nicht ein wunderschöner bulgarischer Name?

Irgendwann später erklärte man Nevena, dass ihre Eltern Verräter des Staates gewesen wären. Nachdem sie ihre Kinder im Stich gelassen hatten, hätten sie mitten in der Nacht versucht, in die Türkei zu fliehen. Als sie von der Grenzpatrouille aufgehalten worden waren, wäre Mehmed durchgedreht und hätte einen Soldaten angegriffen. Es wäre zu einem Kampf gekommen, an dem auch Nevenas Mutter sich beteiligt hätte. Es war alles sehr vage und doch so, wie es immer geschah. Natürlich war das hysterische Ehepaar bei der Auseinandersetzung mit der Grenzpatrouille getötet worden. Mit ihren elf Jahren – sogar in diesem Alter ist es normal, alles zu glauben, was Erwachsene erzählen – wusste Nevena, dass diese Geschichte eine Lüge war. Nicht dass ihre Eltern gekämpft hatten und nicht dass sie geflohen waren – aber sie hätten niemals ihre Kinder zurückgelassen.

Nevena hatte niemals verlauten lassen, dass man ihr Lügen aufgetischt hatte. Tatsächlich hatte sie niemals über diese Nacht und die darauf folgenden Monate gesprochen. Warum sollte sie jemandem diese Geschichte erzählen, wenn es einfach unmöglich war, sie zu glauben? Erst nach dem »Großen Umschwung« kam die »Bulgarisierung der Türken«, wie man den Vorfall später nannte, öffentlich zur Sprache. Erst in jüngerer Zeit hatten einige Leute angefangen, sich kritisch mit Todor Schiwkows verzweifeltem Versuch auseinanderzusetzen, seine Macht zu erhalten und der Eskalation eines ethnischen Konflikts zuvorzukommen, der sich im ehemaligen Jugoslawien gefährlich zusammenbraute – ein Konflikt, der am Ende in religiös motivierten Kriegshandlungen gipfelte und amerikanische Truppen auf dem Balkan landen ließ. Schiwkows Plan sah vor, eine nationale Wiedergeburt durch die ethnische Säuberungsaktion herbeizuführen, die er so selbstherrlich als »vazroditelen protses« – Regenerationsprozess – bezeichnete.

Ethan hatte Nevena einmal gefragt, warum sie nach dem Umschwung ihren alten Namen nicht wieder angenommen hatte. »Welcher Umschwung?«, hatte sie fragen wollen, aber sie wusste, dass es nutzlos war, darüber zu diskutieren. Trotz all seiner Studien, trotz seiner Interviews, trotz seiner Zahlen und Fotos und Geschichtsbücher gab es viel, was Ethan nicht verstand. Die Türken hatten den Balkan fünfhundert Jahre lang beherrscht und unterdrückt. Sie rissen christliche Kirchen ab und ersetzten sie durch Moscheen. Sie übernahmen das Land und machten die Menschen zu Sklaven. Alle paar Jahre waren Gesandte aus Istanbul durch Bulgarien und das ehemalige Jugoslawien gezogen und hatten die besten Kinder mitgenommen, um sie zu Soldaten zu machen oder in den Harem des Sultans zu bringen. Der Balkan wurde total unterworfen, bis die Russen sie befreiten, aber wie hatte diese Befreiung ausgesehen!

Wie konnte man all das verstehen, wenn man nicht dort geboren war, dachte Nevena, wie sollte man den Hass und die Rachegefühle ermessen? Ethan war Amerikaner und besaß daher eine große Fähigkeit zu Entrüstung und Versöhnlichkeit und zum festen Glauben an die Macht individueller Aktion. Die Menschen auf dem Balkan waren nicht so. Sie hatten versagt, sie hatten gezaudert, und sie waren misshandelt, belogen, beraubt und vergessen worden. Empörung war etwas für Menschen, die glaubten, dass sie etwas würden ändern können. Schikanierung war ein Wort, das von jenen benutzt wurde, die nicht in Todesangst davor lebten, wieder zu Opfern zu werden. Warum hatte sie ihren alten Namen nicht wieder angenommen? Welchen Nutzen hätte es gehabt? Und egal was sie sagten, die Leute würden ganz anders von ihr denken. Sobald sie ihren Namen hörten, würden sie sie entweder als Nachkommin einer der Ungläubigen einordnen, die die bulgarische Wiedergeburt verhindert hatten, oder als Pomak, eine ethnische Bulgarin, deren Vorfahren während der Okkupation ihre wahre Religion aufgegeben hatten.

Amerikaner mit ihrem überheblichen Stolz, ihrem lächelnden Präsidenten, ihrer gesunden Wirtschaft, ihrer Bill of Rights und ihrer von Erfolg geprägten Geschichte mochten sich fragen, warum sie das Andenken an ihre Eltern nicht ehrte, indem sie ihren Namen wieder benutzte. Ein Amerikaner würde niemals verstehen, dass dieselben Parteisoldaten, die ihre Eltern umgebracht hatten, jetzt älter waren und noch mehr Macht besaßen. Sie hatten andere Namen, trugen andere Uniformen und hatten sich auf eine andere Ideologie eingeschworen, aber tief in ihrem Innern waren sie die Gleichen geblieben. Ethan würde niemals verstehen, dass Nashe ein Mädchen aus einem kleinen Dorf war, das mit den Ziegen ihrer Eltern in einem Haus gelebt hatte und von fünf Männern vergewaltigt worden war, ehe sie für kurze Zeit der Fürsorge ihrer Nachbarn übergeben wurde. Diese Soldaten hatten einem kleinen Mädchen die Eltern, den Namen, die Religion und die Jungfräulichkeit geraubt, aber in derselben Nacht war ein anderes Mädchen geboren worden. Sein Name lautete Nevena, und es war ein ganz neues Mädchen. Es konnte Englisch lernen und davon träumen, das Land zu verlassen, in dem ihre Eltern ermordet worden waren. Es konnte in die Hauptstadt gehen und bei den Reichen arbeiten und für ihre jüngeren Geschwister sorgen. All das konnte es tun. Was Nevena nicht konnte, war, sich von dem Gefühl zu befreien, dass diese Soldaten sie ruiniert hatten, dass sie sie zu etwas gemacht hatten, was sie niemals hätte werden oder sein können, wenn ihre moslemischen Eltern am Leben geblieben wären. Sie war die Geliebte eines verheirateten Mannes. Sie war das, als was sie sich durch Roxannes gedankenlose Worte tatsächlich fühlte.

Nevena presste die Hände auf ihren Bauch und wiegte sich vor und zurück und stellte sich ihre kleine Schwester vor, die vor fast einem Jahr verschwunden war. Als sie Boryana das letzte Mal gesehen hatte, war diese weinend vor einer Gruppe Teenager vor der Nationalbibliothek geflüchtet. Sie und Nevena hatten auf den Stufen gesessen, vor sich ein Buch über osmanische Architektur und hatten ein paar Worte nachgeschlagen, an die sie sich aus ihrer Kindheit erinnerten. Nevena hatte niemals die Wut in den Stimmen der Jungen vergessen können. Sie konnte noch immer ihre verzerrten, schreienden Gesichter und ihr herablassendes Grinsen sehen. Boryana hatte es nicht ertragen können. Sie war weggelaufen, und als Nevena ihr nachgerufen hatte, sie solle warten, solle zurückkommen, hatten die Jugendlichen sie umringt, hatten mit den Fingern auf sie gezeigt, hatten ausgespuckt und ihr entgegen geschleudert, dass sie nichts anderes sei als eine verkommene ... türkische ... Hure.

4

Betrifft: Alles okay
Datum: Fr. 22. April1997, 18:14:41 PST
Absender: James McKinnon <McKinnonJ@smnet.com>
An: June <jcarver@sof.cit>

June, hey Liebling. Natürlich versäume ich für diese Ferien keine wichtigen Vorsprechtermine. Es ist alles unter Kontrolle. Wir fangen mit Reikos Fassung von *Die Katze auf dem heißen Blechdach* an, wenn ich wieder zurück bin. Vielleicht bist du dann wieder in Los Angeles, um mich auf der Bühne in meinem verschwitzten weißen T-Shirt zu sehen, während ich mir wie ein totaler Narr die Seele aus dem Leib brülle. (Das könnte noch erniedrigender sein als dieser postmoderne *Macbeth*, in dem du mich damals in Austin gesehen hast – wenn ich es mir recht überlege, solltest du vielleicht doch lieber ganz weit weg bleiben.)

Wie dem auch sei, hör zu. Ich verstehe sehr gut. Ich habe keine Erwartungen. Du machst im Augenblick eine schwierige Zeit durch, und ich komme, um als Freund bei dir zu sein, als der Freund, der ich immer gewesen bin – trotz einiger Hürden. Du brauchst dir keine Sorgen zu machen, was ich denke. Ich bin erwachsen (nun, die meiste Zeit), und ich komme mit jeder Situation zurecht, mit der du mich konfrontierst. Okay?

Ich habe vor zwei Tagen deine Schwester auf dem Bauernmarkt gesehen. Sie hat einen neuen Freund – ein netter Kerl. Ich glaube, du wirst ihn mögen. Wir haben uns darüber unterhalten, wie sehr wir uns wünschen, du würdest nach Hause kommen. Für immer.

ICH VERMISSE DICH, LIEBES. JAMES

Das Mobiltelefon vibrierte an seiner Brust, und Chavdar Kozhuharov zuckte zusammen. Das könnte sie sein. Sein Herz schlug heftig, und er wühlte auf der Suche nach dem Telefon hektisch in seiner Sakkotasche herum. An der Ecke Bulevard Vitosha und Patriarch Evtimii war der Lärm der Taxis, Stereoanlagen und rufenden Menschen ohrenbetäubend. »Alo?«, brüllte er ins Telefon und hielt sich mit der freien Hand das andere Ohr zu. »Alo? Chuvate li? Kazhete?«

Die Verbindung war schlecht, und er konnte nichts als Rauschen hören. Nach ein paar Sekunden klappte er das Telefon zu und steckte es wieder zurück in die Tasche. Er hatte im Laufe der Zeit tatsächlich gelernt, das verdammte Ding zu hassen. Vor zwei Jahren war es noch sein Lieblingsspielzeug gewesen. Damals hatten ihn vorwiegend Frauen angerufen. Nun, so schien es, waren die Anrufe gewöhnlich geschäftlicher Natur: wer unzufrieden war, wer verhaftet worden war, wer verschwunden war. Die Frauen riefen noch immer an, aber es interessierte ihn nicht mehr. Es gab nur einen persönlichen Anruf, den er annehmen wollte, und dieser eine Anruf kam nicht.

Chavdar machte ein finsteres Gesicht und stürmte bei Rot auf die Fahrbahn. Ein Taxi hupte. Chavdar richtete seinen eisigen Blick auf den Fahrer, und das Taxi stoppte. Aus der Nähe betrachtet sah Chavdar aus, als sollte man ihm lieber das Überqueren der Straße gestatten, wann und wo immer er es wollte. Er war hochgewachsen, dunkel und wütend. Er sah aus, als gehörte ihm nicht nur die Straße, sondern die ganze Stadt mit allen, die sich darin aufhielten.

Während er die Richtung zu seinem Büro in der Nähe des Plaza Baba Nedelya einschlug, lenkte er die Blicke interessierter Frauen und neidischer Männer auf sich. Er trug einen maßgeschneiderten italienischen Anzug, und in seinem reservierten, aber düsteren und gelangweilten Gesichtsausdruck lag die unverkennbare Selbstsicherheit, die mit Macht einhergeht. Er hatte dunkelbraune Augen mit einem leichten grünen Schimmer, kräftiges, nach hinten gekämmtes Haar und breite Schultern über einem schlanken Oberkörper und langen, muskulösen Beinen. Seine Schönheit hatte etwas Obszönes an sich. Die römische Nase und ausgeprägten Lippen waren zu perfekt, und seine Kinnpartie war wie aus Stein gemeißelt. Er sah nicht nur wie ein Ladykiller aus, sondern wie jemand, der zu einem Mord fähig war. Seit kurzem geriet Chavdar zunehmend ein wenig außer Kontrolle.

Auf den Bürgersteigen herrschte dichtes Gedränge, und dennoch kam es mit niemandem zu einem körperlichen Kontakt. Die Leute machten ihm Platz. Zur Zeit setzte er auf dem Weg zur Arbeit immer eine finstere Miene auf. IZTOK, Chavdars Sicherheitsdienst, unterhielt Büros über ganz Sofia verstreut. Das Hauptbüro war nicht weit von der Newski-Kathedrale entfernt. Zu jeder Tages- und Nachtzeit bewachten zehn Leibwächter die Drehtür am Eingang. Eine Marmortreppe führte nach oben zu drei Büroetagen. Die besten Büros, die den »prominentesten« Familienmitgliedern gehörten, blickten auf das Denkmal des gefeierten bulgarischen Freiheitshelden, Vasil Lewski, der sein Leben dem Kampf gegen die osmanische Herrschaft verschrieben hatte. Jetzt genossen die Führer der Mafia Sofias einen Logenblick auf das geliebte Monument. Sie betrachteten es sehr oft und empfanden fast immer einen Anflug von patriotischem Stolz, während sie ihrem täglichen Geschäft nachgingen, das darin bestand, die ums Überleben kämpfende Arbeiterklasse des Landes um ihr letztes Geld zu erleichtern.

Chavdar spürte Blicke auf sich, aber er war daran gewöhnt, dass man ihn feindselig anstarrte. Die Erinnerung an die harte Winterrevolution mit Warteschlangen an den Brotausgabestellen, offenen Feuern zum Aufwärmen und Protestmärschen im Schnee vor dem Parlamentsgebäude war noch sehr frisch. Eine galoppierende Inflation und Engpässe bei der Gas-, Wasser- und Stromversorgung hatten für ein Klima der Angst und Wut gesorgt, das von kurzzeitigem freundlichem Frühlingswetter nicht vertrieben werden konnte. Mit seinen auf Hochglanz polierten Schuhen und seiner gebräunten Haut sah Chavdar aus, als hätte er die Wintermonate gemütlich in einer griechischen Villa südlich der Grenze verbracht. Tatsächlich hatte er im Januar nur drei Wochen Urlaub in Mykonos gemacht, und das tat er nur für June. Die reizende, hassenswerte, undankbare June.

Chavdar zog die Sonnenbrille von seinem Scheitel nach unten vor die Augen, um zu den Wogen des Hasses, die ihm auf der Straße entgegenwallten, auf Distanz zu gehen. Hinter den dunklen Gläsern fühlte er sich geschützt. Er konnte alles Mögliche sein. Er brauchte kein Angehöriger der Gangsterszene Sofias zu sein. Stattdessen könnte er ein reicher Deutscher sein, der hergekommen war, um in eine der kurz vor der Privatisierung stehenden staatlichen Firmen zu investieren. Oder vielleicht war er auch ein Filmproduzent aus Frankreich auf der Suche nach billigen Drehorten. Das war es, was er eigentlich immer hatte sein wollen – ein Filmproduzent. Der Geldgeber hinter Scorcese oder Tarantino oder Besson. Der Geldgeber hinter den Künstlern. Der Geldgeber hinter dunklen Brillengläsern. Mit seiner nach westlicher Mode gestalteten Sonnenbrille war er anonym. Niemand konnte einen Fremden zur Rechenschaft ziehen.

Chavdar hasste es, dass man ihm die Verantwortung zuschob, und dennoch konnte er die Wut der Menschen verstehen. Er war ein gebildeter Mensch, intelligent und wach. Er wusste genauso gut wie sie, dass er von ihren Verlusten profitiert hatte. Als der Umschwung sich abzeichnete, hatten all die alten Regeln plötzlich und erschreckenderweise aufgehört zu existieren, aber es war kein funktionierendes neues System von Recht und Gesetz eingesetzt worden. Der Balkan wurde zu einer Zuflucht für Gesetzlose, Betrüger und Wirtschaftskriminelle. Banken wurden von Seilschaften aus der ehemaligen Kommunistischen Partei gegründet, die dazu ihre vielfältigen Beziehungen nutzten. Die Zeit verging, und als Kunden versuchten, ihre Konten aufzulösen, wurden sie vertröstet, in einer Woche – oder in einem Monat – noch einmal wiederzukommen, und schließlich hieß es nur noch: *»Später. Kommt später wieder her.«*

Irgendein Insider hatte mit den Zeitungen geredet, und die Schlagzeilen verkündeten, dass mehrere der führenden Banken pleite gegangen waren. Alle rannten los, um wenigstens einen Teil ihrer Ersparnisse zu retten. Chaos brach aus, und die Zeitungen gaben bekannt, dass zehn bulgarische Banken Konkurs angemeldet hatten. Dann fünfzehn, dann dreißig und schließlich fast alle. Das Geld war praktisch verschwunden.

Natürlich wussten ein paar Leute, wohin das Geld gegangen war. Nach einer ersten Verschnaufpause auf Schweizer Konten war ein Teil davon ins Land zurückgekehrt und hatte den Aufbau von Diskotheken, Stripteaseclubs und Spielkasinos ermöglicht. Einiges war für Schmuck und Pelze ausgegeben worden, und ein großer Teil hatte den Weg in die Taschen von Vertretern der Justiz gefunden. Es war fast genauso wie in den vorangegangenen fünfundvierzig Jahren, und die »Credit Millionaires«, wie die Zeitungen sie nannten, blieben ungenannt und unbestraft. Ausländische Anwälte kamen massenweise ins Land, um bei der Formulierung von Gesetzen zum Unterbinden der Korruption mitzuhelfen, aber der Prozess lief nur sehr langsam ab. Unterdessen kontrollierten die gleichen Familien die Geldströme und das Land, schickten dieselben Familien ihre Kinder auf ausländische Universitäten, und anstatt aus ihren Villen auszuziehen, bauten die ehemaligen Kommunistenführer neue Flügel an, hoben Gruben für Swimmingpools aus und planten extravagante Grundstückskäufe an der Westküste der Vereinigten Staaten.

Was die betraf, die alles verloren hatten, sie waren nicht mehr so naiv, ihr Geld der Bank anzuvertrauen. Sie bohrten Löcher in die Wände ihrer Heime, machten die Lewa genauso ein, wie sie es mit ihren Lebensmittelvorräten taten, und versteckten sie. Die Banken wurden zahlungsunfähig und mussten für immer schließen, wieder, denn jede bulgarische Familie war mit ihrer Einmachglas-Bank, die in der relativen Sicherheit der eigenen Behausung versteckt und strengstens bewacht wurde, zu einem eigenen Finanzunternehmen geworden.

Chavdar war gegen Schuldgefühle nicht immun. Er empfand ein tiefes, echtes Mitleid mit den Rentnern, die während des Winters gestorben waren, weil sie aus Geldmangel ihre Rechnungen nicht bezahlen konnten und deshalb ihre Zentralheizungen abgedreht hatten. Aber er war auch Realist. Noch war Bulgarien keine Demokratie. Er war sich nicht sicher, was das Land war. Es war wie etwas Ungeformtes im Mutterleib, dessen charakteristische Merkmale zu verschwommen oder gar zu deformiert waren, um eine zuverlässige Aussage über die Art des Wesens zu machen, das dort heranwuchs. Es könnte ein Monster sein, aber Kapitalismus war doch etwas Monströses, nicht wahr? Hieß es dort nicht, dass jeder für sich allein kämpft? Jede Frau und jeder Rentner, jeder verkrüppelte Kriegsveteran und jeder geistig Behinderte? War er daran schuld, dass das Leben nun anderen Gesetzen gehorchte, dass nur noch die Stärksten überlebten? Natürlich nicht. Die Menschen mussten lernen. Die Menschen mussten das Gleiche tun, was auch Chavdar getan hatte, und die Übersetzung des *New York Times-Bestsellers* von Joseph Kirschner, *Die Kunst, ein Egoist zu sein*, lesen. Diese Art von Büchern war erst vor kurzem ins postkommunistische Land gelangt, und Chavdar war einer ihrer ersten Fans.

Bei den seltenen Gelegenheiten, bei denen Chavdar irgendwie in eine philosophische Diskussion über die Wirtschaftskrise in Bulgarien verwickelt wurde und darüber, wie die Menschen ausgebeutet worden waren, wich er nicht aus, sondern erklärte stattdessen mit leiser, fester und selbstsicherer Stimme, dass seine Sicherheitsfirma den Bürgern einen sehr wertvollen Dienst erweise. »Es ist eine unwidersprochene Tatsache«, erläuterte Chavdar, wobei er den jeweiligen unglücklichen Frager beinahe drohend fixierte, »dass in sich im Aufbau befindlichen Ländern, ob in Osteuropa, Afrika oder Asien, solche Sicherheitsfirmen für eine gewisse Zeit die Rolle und Funktion von Justizbehörden übernehmen müssen. Die bulgarische Polizei ist wirkungslos. Sehen Sie sich die Beamten nur mal an! Sie fahren russische Ladas! Und welcher Kriminelle lässt sich von einem Lada jagen und zur Strecke bringen?«

Chavdar schüttelte dann verächtlich den Kopf. »Wenn jemand in seinem Heim beraubt wird, wenn seine Privatsphäre verletzt wird, kann die Polizei ihm dann helfen? Wenn jemandem das Auto gestohlen wird, kommt die Polizei, um es zurückzuholen? Natürlich nicht. Die Polizei ist unterbezahlt, faul und inkompetent. Aber ...«, und an diesem Punkt beugte Chavdar sich zu seinem Gesprächspartner vor und hob einen Zeigefinger, »... wenn Sie meine Firma engagiert haben und unser Sticker auf Ihrem Wagen, Ihrem Haus, Ihrer Wohnung oder Ihrer Ladentür klebt, dann ist es genauso, als hätten Sie einen Polizisten als ständigen Wächter eingestellt. Es ist so, als wäre für vierundzwanzig Stunden am Tag ein Scheinwerfer auf ihr Eigentum gerichtet. Die Kriminellen wissen genau, was mit ihnen passiert, wenn sie dabei erwischt werden, wie sie einen unserer Kunden bestehlen.« Darauf folgte meistens ein kaltes, selbstsicheres Lachen. »Und sie werden immer geschnappt, mein Freund. Unsere Kunden verlieren ihr Eigentum nicht. Niemals. Das ist unsere Garantie, und bis die Polizei in diesem Land wieder an Präsenz und Einfluss gewinnt, ist meine Sicherheitsfirma die einzige Einrichtung, die die Menschen in die Lage versetzt, sich nachts beruhigt mit der Gewissheit schlafen legen zu können, dass ihr Leben und ihre Besitztümer beschützt werden.«

Nach mehreren Jahren derartiger Rechtfertigungen glaubte Chavdar fest daran, dass er – auch wenn das, was er tat, auf einer ideologischen Ebene höchst fragwürdig war – keine andere, keine bessere Wahl hatte. Seine Eltern waren in die Partei eingetreten, damit ihr Sohn eine anständige Ausbildung bekam und sie bessere Jobs und ein komfortableres

Heim hatten. Sein Vater war innerhalb der Parteihierarchie aufgestiegen und hatte seine Intelligenz und sein entgegenkommendes, freundliches Wesen dafür eingesetzt, eine gewinnbringende Karriere zu machen und ein Leben in vergleichbarem Luxus zu führen. Chavdar war sicher, eines Tages eine Ehefrau und Kinder zu haben. Sein Schicksal unterschied sich nicht so grundlegend von dem seiner Eltern. Entweder er regierte, oder er wurde regiert. Er hatte sich für das Regieren entschieden, und das tat er mit stillem, Angst einflößendem Nachdruck.

Chavdar begrüßte einige seiner Angestellten mit einem zerstreuten Winken, während er durch den Flur zu seinem Büro eilte. Dort wartete, in die Lektüre der Morgenzeitung *24 Chasa* vertieft, sein Assistent und oberster Leibwächter, Stoyan Dimitrov. In Stoyans fleischiger Hand befand sich ein kleiner Haufen Sonnenblumenkerne, und der Aschenbecher war voller Schalen, die von Speichel feucht glänzten. Er schaute hoch, als Chavdar eintrat, spuckte auf den Fußboden und schlug mit der Faust auf den Tisch. »Wo warst du?« Chavdar hatte eine persönliche Schutztruppe von fünf Mann und sollte ständig von zwei Angehörigen dieses Teams auf Schritt und Tritt flankiert werden. »Sasho und Rossen warten vor deinem Haus auf dich. Was zum Teufel fällt dir eigentlich ein?«

Stoyan verfügte nicht über das zuvorkommende, intelligente gute Aussehen, das Chavdar so gefährlich gebieterisch erscheinen ließ. Der äußeren Erscheinung nach dunkel, klein und schwerfällig, sah er im Großen und Ganzen genauso aus wie Chavdars andere Leibwächter, und alle sahen aus wie das, was sie eigentlich waren: osteuropäische Mafiaschläger.

Chavdar legte seinen Aktenkoffer auf den Tisch und holte ein Paperback heraus. Der Titel lautete *Kak da Preodoleem Bezpokoistvoto y da ce Radvame na Zhivota*, und es war die Übersetzung eines Führers des amerikanischen Selbsthilfe-Gurus Dale Carnegie zu größerer persönlicher Erfüllung. »Ich wollte einmal völlig ungestört und alleine sein. Ich bin zu Fuß zur Arbeit gegangen, und wie du siehst, bin ich noch am Leben. Du solltest einmal eins dieser neuen Bücher lesen, Stoyan. Dort steht, dass Zu-Fuß-Gehen die Konzentration und Entspannung fördert. Ich glaube, daran ist sehr viel Wahres.«

Stoyan stand auf, und sein massiger Körper vermittelte den beunruhigenden Eindruck, als wäre er genauso breit wie hoch. Wie viele der Leibwächter war er ein ehemaliger Ringkämpfer, verfügte über wenig gesunden Menschenverstand, dafür aber über ein hohes Maß an brutaler Grausamkeit. Die Leute nannten diese Angehörigen der Mafia die »Stiernacken«, und Gerüchte besagten, dass viele von ihnen in ähnlicher Funktion als Personenschützer für den KGB gearbeitet hatten. Die Leute hassten diese kaltblütigen Wächter sogar noch mehr als die Geschäftsleute, die sie beschützten, denn diese Kretins mit den unsteten Blicken waren nicht nur reich, arrogant und kaltblütig. Sie waren, fast durch die Bank, absolut dumm.

Stoyan war gescheiter als die meisten seiner Kollegen, und das machte ihn ehrgeiziger. Er war seiner Natur nach der typische Aufwiegler. Am wohlsten fühlte er sich, wenn es Ärger gab, und falls die Arbeit ihm zu ereignislos und eintönig war, ließ er es sich nicht nehmen, eigenhändig für Unruhe zu sorgen. Trotz seiner schwerfälligen und einschüchternden äußeren Erscheinung hatte er eine unerschöpfliche Energie. Es war wie ein inneres Feuer, das er ständig mit stark gesüßtem Espresso in Gang hielt. »Hast du auch an diesem Wochenende einen deiner Spaziergänge gemacht? Du hättest eigentlich zu Manevs Beerdigung kommen sollen.«

Chavdar schüttelte ernst den Kopf. »Ich weiß.«

»Seine Frau war beleidigt. Es macht keinen guten Eindruck. Man könnte meinen, dass du dich versteckst.«

»Vielleicht tue ich das. Ich brauche Zeit zum Nachdenken.«

»Jetzt ist der Zeitpunkt zum Handeln. Nicht zum Nachdenken.«

Plötzlich schaute Chavdar hoch. »Und was ist mit dir? Eh? Warum tust du nichts? Geh los und such unser verschwundenes Geld. Mach dich auf die Socken und such das Mädchen.«

»Ich dachte, wir hätten wichtigere Probleme.«

»Das sind meine Probleme, und ich habe sie im Griff. Apostolov ist unter Kontrolle.«

»Woher weißt du das?«

»Ich habe gestern mit jemandem im Club gesprochen.«

»Das reicht nicht. Wenn das Innenministerium die restlichen Akten öffnet, dann kriegen wir Probleme, Chavdar. Wir brauchen Garantien. Wir müssen uns sofort mit Varezhdov, Zlatarov und Ognev zusammensetzen und überlegen –«

Chavdar hob eine Hand, um Stoyan zum Schweigen zu bringen. Er massierte seinen Nasenrücken und dann seine Stirn. »Sei einfach still.«

Stoyan stand verlegen neben dem Schreibtisch, frustriert, dass er nicht los wurde, was er sonst noch zu sagen hatte.

Chavdar blätterte die Notizen durch. »Hat jemand angerufen, während du hier warst?«

»Ja. Viele Leute. Leute, die wissen wollen, was wir diese Woche tun werden, wenn Bogomil –«

»Ich meine June. Hat sie nicht angerufen?«

»Nein.«

Chavdar seufzte und setzte sich hin. Er senkte den Kopf und strich seine Locken mit seinen langen Fingern zurück. »Das verstehe ich nicht.«

»Was?«, fragte Stoyan wütend. »Was verstehst du nicht?«

»Wie ihre Gefühle sich so schnell haben ändern können. Ich war so gut zu ihr. Ein kleiner Streit, ein einziges Mal habe ich mich gehen lassen, und schon will sie mich nicht mehr wieder sehen.«

Stoyan holte tief Luft. Er wusste, dass er über June reden musste, ehe sie sich einem anderen Thema zuwenden konnten. »Wann hast du das letzte Mal mit ihr gesprochen?«, fragte er. Sein Tonfall war so herablassend, wie in Anbetracht der Tatsache, dass er mit seinem Arbeitgeber sprach, gerade noch vertretbar war.

»Oh ...« Chavdar rieb sein Kinn. »Nicht mehr seit dem Abend im *Tango*, als das Geld gestohlen wurde.«

Stoyan explodierte. »Seit dem Abend, an dem sie, wie du erzählt hast, davongerannt ist wie ein kleines Kind? Meinst du diesen Abend?«

»Sie war wütend. Und sie hatte Angst. Sie ist Amerikanerin. Sie zeigt offen ihre Gefühle. Sie versteckt sie nicht und erzählt dir, was du hören willst. Sie verhält sich aufrichtig und impulsiv. Das macht zu einem großen Teil ihren Reiz aus.«

»Oh, ich verstehe, Chavdar. Sie ist reizvoll, weil sie den Mann beleidigt, der alles für sie getan hat.« Stoyan marschierte jetzt vor Chavdars Schreibtisch auf und ab. »Du siehst nicht, was ich sehe, Chavdar. Ich kenne dich jetzt schon viele Jahre. Ich habe gesehen, wie du viele Frauen nach Hause mitgenommen hast, viele hübsche, aufregende bulgarische Frauen und Mädchen. Respektvolle Mädchen. Mädchen, die dich verehrt haben, die alles getan hätten, um dich glücklich zu machen. Und du lässt zu, dass diese amerikanische kuchka –«

Chavdars Kopf ruckte drohend hoch.

Stoyan hob beschwichtigend die Hand. »Schon gut. Tut mir Leid. Aber du hast zugelassen, dass diese Frau dich völlig beherrscht und dein Urteilsvermögen beeinträchtigt. Zugegeben, sie sieht gut aus. Und wenn sie charmant sein will, kann sie einen um den Finger wickeln. Aber die meiste Zeit ist sie eigensinnig, unabhängig, feministisch, kämpferisch – nicht normal! Mein Gott, Chavdar! Lass diese verderbliche Angelegenheit auf sich beruhen! Vergiss sie! Eines Tages wirst du dich an diesen Winter, diesen sehr langen, kalten Winter erinnern und erkennen, dass diese Amerikanerin nicht mehr war als eine hübsche, warme Frau, die sich keinen Deut von den anderen unterschied.«

Chavdar erwiderte nichts darauf. Natürlich nannte Stoyan June eigensinnig und unabhängig. Natürlich wollte er den wilden Reiz einer ungezähmten Frau nicht erkennen. Viel von dem, was Stoyan gesagt hatte, traf zu. Chavdar hatte wirklich eine Menge Frauen gehabt: anschmiegsame, sanfte, entgegenkommende, weiche, süße Frauen. Sie beteten die Erde an, auf der er wandelte, und sie hätten wirklich alles getan, um ihn glücklich zu machen. Viele von ihnen waren gebildet, selbstbeherrscht und selbstbewusst, wobei sie sich bereitwillig in ihre Rolle fügten. Und sie stammten aus angesehenen Familien. Es fiel sogar Chavdar selbst schwer, zu begreifen, weshalb er nicht mit einer dieser vollkommenen Frauen eine Familie gründete, wie sollte er es daher Stoyan erklären? June hatte ihm verziehen, dass er so war, wie er war, und er hatte ihrer Großzügigkeit hilflos gegenübergestanden.

Wenn er mit June zusammen war, gab es Momente, in denen fühlte er sich überhaupt nicht wie ein seriöser Geschäftsmann vom Balkan. Sie paffte dann seine Zigarren und kitzelte seinen Bauch, bis er nur noch hilflos lachen konnte. »Gnade, Gnade – ich bitte um Gnade!« Das war sein Lieblingsspiel.

Er erinnerte sich an Abende, an denen sie die Kellnerin und das Mädchen an der Garderobe zu sich hochzog, damit sie mit ihr auf der Bartheke in seinem Club tanzten, wobei sie ihr Haar schüttelte wie eine Filmhexe. Sie hatte auch versucht, Chavdar zum Tanzen zu bewegen, doch er hatte entschieden abgelehnt. Er wünschte sich, er könnte seine Selbstbeherrschung fahren lassen, er könnte etwas anderes sein, er könnte wild und gut und frei zugleich sein. Wenn er mit June zusammen war, kam er diesem Zustand am nächsten. Natürlich, es hatte auch stillere Zeiten gegeben, friedliche Momente, wenn sie wie ein Schulmädchen auf seinem Schoß saß und ihm Geschichten von Filmstars und Regisseuren erzählte – wer von ihnen ein Genie war und wer eine Primadonna – und zwischen den Geschichten, die alle in Südkalifornien spielten, küsste sie ihn auf die Nase, auf die Augenlider, auf die Wangen und schließlich auf den Mund.

Sobald ihre Ehe vor dem Gesetz aufgelöst wäre, so träumte er, würde sie sich ihm loyal und treu mit Herz, Seele und Körper für den Rest ihres Lebens hingeben. Sie hatte ein nettes Spiel inszeniert, hatte ihn dazu gebracht, ihr regelrecht nachzulaufen. Das war es, was Frauen gerne taten, und es gehörte einfach dazu. Er hatte genug Beziehungen gehabt, um die verschiedenen Spielarten weiblicher Schüchternheit, um nicht zu sagen Sprödigkeit, zu kennen. Aber nun, da sie ihn für sich gewonnen hatte, ihn mit Haut und Haar erobert hatte, wünschte er sich, dass sie damit aufhörte. Sie müsste seine Anrufe erwidern, müsste, sehr bald, wieder in sein Bett zurückkehren, weil er ihre Abwesenheit einfach nicht ertragen konnte. Wilde June, dachte er, ich habe mich in dich verliebt, und du wirst gezähmt werden. Ich muss nur gut genug sein, gut genug für dich. Dann wirst auch du mich lieben.

Sie würde zu ihm kommen. Sobald seine Geschäfte wieder unter Kontrolle wären, würden seine Wünsche mit June in Erfüllung gehen. Dessen war er sich so sicher wie bei allem anderen.

Chavdars Augen glänzten jetzt, als hätte er Fieber. Einige Sekunden lang massierte er seine Schläfen, dann legte er Stoyan eine Hand auf die Schulter. »Ich will, dass du jetzt June suchst. Wo sie ist und was sie tut, ist nicht von Bedeutung. Wenn du sie gefunden hast, bring sie bitte zu mir. Ich bin sicher, dass du sehr überzeugend sein kannst.«

Stoyan ballte die Fäuste. Der Internationale Währungsfond hatte soeben die Gründung eines Antiterrorkommandos angeordnet, und die neue demokratische Regierung hatte das Innenministerium von der Notwendigkeit überzeugt, die geheimen Polizeiakten über prominente Bankiers, Politiker und Versicherungsunternehmer wie Chavdar zu öffnen. Und was der jetzt wollte, war, dass Stoyan sich seiner widerspenstigen amerikanischen Geliebten an die Fersen heftete. Der Mann verspürte Mordlust. »Wie du willst«, sagte Stoyan mit zusammengebissenen Zähnen. »Dieser Auftrag wird mir eine Freude sein.«

5

Betrifft: Ich verschwinde von hier!
Datum: Sa. 26. Apr. 1997, 15:03:29 -0400 (EDT)
Absender: June Carver <jcarver@sof.cit>
An: Benny <bgatwick@asb.com>

Benny-Baby, ich nehme endlich den Rat aller an und sehe zu, dass ich schnellstens von hier verschwinde. Es ist gut, dass ich für eine Weile weggehe, denn ich fing schon an, mich mit den hygienischen Vorzügen von Stehtoiletten anzufreunden, verlauste vierbeinige Streuner in den Straßen knuddelnswert zu finden und mich über defekte Telefonleitungen zu freuen, weil sie eine hervorragende Entschuldigung liefern, für Wochen nicht erreichbar zu sein. Ich habe in Butter gebratenes Hirn gegessen, aus alten Socken Tampons gebastelt, Lewascheine als Toilettenpapier benutzt und vor kurzem auf Bulgarisch um den Preis einer Weste aus ungegerbtem Schafsfell gefeilscht. Ich entwickle mich langsam aber sicher zu einer Barbarin.

Wie ist das Leben dort? Großes Geld, große Träume? An was für einem Film arbeitest Du zurzeit?

IN LIEBE, JUNE

Die kahle weiße Decke konfrontierte June mit ihrem Mangel an Verzierungen. Sie sah traurig und öde aus, und June gelangte zu der Erkenntnis, dass Decken für sie noch nie eine ganz gleich wie geartete emotionale Bedeutung gehabt hatten. Wahrscheinlich deshalb, weil sie gewöhnlich zu ihnen hochsah, während sie neben oder unter Ethan lag. Jetzt war er weg. Sie war so weit gereist, um so viel aufzugeben. Verdammt! Sie hatte nicht nur Ethan verloren, sondern auch ein ganzes Leben. Sie war wirklich im Begriff gewesen, voranzukommen, Erfolge einzuheimsen, ehe sie aufbrachen. Sie war zur Projektmanagerin befördert worden, und die Qualität der Filme, für deren Fertigstellung die neue Start-Up-Firma die entsprechenden vertraglich gesicherten Aufträge bekam, verbesserte sich mit jeder Produktion. Zurück auf das Startfeld. Und ganz von vorne angefangen. Alleine im Bett auf dem Balkan. Das war nicht der Ort, wo June mit dreißig hatte sein wollen.

Als sie fünf war, sah sie in ihrer verschwommenen Vision von einer Zukunft eine Mutter in Schürze, die Betty die Flasche gab, Crocker-Kuchen backte, und Babys, die aussahen wie leblose Puppen mit weißem Synthetikhaar. Mit vierzehn, nachdem ihre Mutter sie schon das dritte Jahr als Kandidatin für einen Schönheitswettbewerb herausgeputzt hatte, hätte sie automatenhaft geantwortet, dass sie von einer Karriere im Sozialdienst träumte oder dass sie Tierärztin werden wollte, weil sie (lächeln, June, zeig uns deine schönen Zähne) Tiere und Menschen liebte.

Später begann June so zu tun, als litte sie unter Lampenfieber, und infolgedessen endete ihre Karriere. Claire redete nicht mehr mit ihrer Tochter, und in diesem Schweigen schlug June eine neue Richtung ein. Während ihres letzten Jahrs auf der High-School, als sie ihr Gesicht jeden Tag totenbleich puderte und in Kampfstiefeln zur Schule ging, dachte sie nur daran, von ihrer Mutter mit ihrer ständigen Kritik und ihren strengen Essvorschriften wegzukommen. (Wenn doch die stumme Phase ewig angedauert hätte.) Wenn jemand die siebzehnjährige June gefragt hätte, wo sie mit dreißig sein wollte, dann hätte das zornige, schwarz gekleidete Mädchen erwidert: »So weit weg von hier wie möglich!« Danach wäre sie auf ihr Zimmer gestürmt, hätte den düstersten Song von *The Cure* aufgelegt und die Fenster rot gestrichen, als trieften sie von Blut.

Dass sie die Abschiedsrede bei der Schulentlassung halten sollte, war somit also eher unwahrscheinlich. Sie durfte bei diesem Anlass nicht ans Rednerpult, da man befürchtete, dass sie zu fast jeder Kühnheit fähig sei, wenn der Preis stimmte. (Gerüchte besagten, dass sie sich für hundert Dollar habe tätowieren lassen, dass jedoch der Ort der Tätowierung Nachweis und Bezahlung verhindert hätten.) Der Direktor fürchtete sich vor Stripteaseauftritten, Eimern voll Blut oder regierungsfeindlichen Krawallen. Die Schönheitskönigin war zu einem Problem geworden.

Ethan war der rebellische Typ, auf den sie gewartet hatte, zwar eher intellektuell als hip, aber das gefiel ihr. Nachdem sie so lange in Los Angeles gelebt hatte, war sie bereit für Veränderungen, und er war wirklich anders. Sie hatte noch nie einen Diplomatensohn kennen gelernt, und für sie war er so exotisch wie ein Prinz oder ein Herzog oder ein Scheich. Außerdem war er gescheit. Dessen war sie sich sicher aufgrund seiner ungeschminkten Ausdrucksweise im Seminar über den italienischen Film, das sie gemeinsam besuchten. In der Campuspolitik vertrat er zudem militante Ansichten, er war bekannt in Avantgarde- und künstlerisch aufrührerischen Kreisen, besaß außerdem ein Mustang Kabriolett und hatte eine Vorliebe für Sonnenuntergangspicknicks am Strand. June hatte ihn geliebt, aus all diesen und weiteren Gründen. Wie der Tatsache, dass er sie aus allem herausgeholt und in ein verschwiegenes Hippiehotel in Desert Hot Springs gebracht hatte, damit sie sich vom Selbstmord ihrer Mutter erholte.

In einem ramponierten Strandkorb mit Blick auf skeletthaft kahle Josuabäume und rote Berge hatte er sie im Arm gehalten und gewiegt. Er trocknete ihre Tränen mit Küssen und versprach ihr flüsternd, dass die Verzweiflung schon bald vergehen würde, dass der Tod ihrer Mutter sie nicht jeglicher Liebe beraubte und in einen Abgrund von Einsamkeit stürzte, der so tief war, wie diese herzzerbrechend schöne Wüste weit wäre. Das würde er nicht zulassen. Er würde immer bei ihr sein. Sie rollte sich in seinem Schoß zusammen. Sie dankte Gott für seine beschützenden Arme, die sie auf der kahlen, leeren Erde festhielten, als sie sich ausgebrannt und zweidimensional genug fühlte, um davongeweht zu werden und unterzugehen.

Als er sie, an jenem Wochenende auf einem Felsplateau, von dem aus man einen Sonnenuntergang sehen konnte, der den Himmel grenzenlos erscheinen ließ, fragte, ob sie seine Frau werden wollte, hatte sie keine Sekunde gezögert. Und welches Glück – Las Vegas war nur eine kurze Wüstenfahrt weit weg. Innerhalb von zwei Wochen hatte sie eine Mutter verloren und einen Ehemann gewonnen.

Das Telefon klingelte erneut, und June bedeckte ihr Gesicht mit dem Kopfkissen. Wer würde das Telefon derart unangenehm lange klingeln lassen? Nur Chavdar.

»Chavdar ist ein Prachtstück, June«, hatte Roxanne gesagt. »Ein Mann von Weltklasse. Du musst die Erfahrung machen, wie es ist, mit einem *richtigen* Mann zusammen zu sein.« Mit Chavdar zusammen zu sein bedeutete: ein Telefon, das zu jeder Tages- und Nachtzeit klingelte, um festzustellen, wo sie sich gerade aufhielt; seltsame bulgarische Männer in Freizeithosen und Polohemden, die ihr Apartment aus auffälligen Sportwagen von der gegenüberliegenden Straßenseite aus beobachteten; kalter Champagner; sehnsüchtige Blicke; dreißig Minuten lange Handygespräche mit seinem Büro während des Abendessens und ein haariger Arm, der sie die ganze Nacht festhielt und gegen einen ebenso haarigen Bauch drückte.

Nackt stand Chavdar in der Küche und bereitete Sandwiches, das Mobiltelefon zwischen Wange und Schulter geklemmt. Von der Couch aus verfolgte sie das Spiel seiner Rückenmuskeln, das genaue Ebenbild des David von Michelangelo, betrachtete seinen straffen Hintern, der sich anspannte, als er über die Anrichte hinweg nach der Mayonnaise griff. Ungeachtet ihrer Anwesenheit im dunklen Wohnzimmer schwatzte er über Bomben und Schmiergelder. Später aß er sein Sandwich und schenkte ihr ein Grinsen, während er mit vollen Backen kaute. Dann trank er einen Schluck Apfelschorle, spuckte ein wenig davon auf ihren Bauch und leckte es mit seiner geschickten Zunge auf. Es war ein gutes Gefühl, obgleich sie genau wusste, dass es nicht richtig war.

Wo wäre sie mit dreißig? Jetzt hatte sie die Antwort. Alleine in einem Bett in einem Apartment mit einer Telefonnummer, die sie sich nie eingeprägt hatte, in einer Stadt voller Menschen, mit denen sie kaum reden konnte. In einer post-revolutionären Landschaft aus grauen Gebäuden, mit wilden Hunden und Müll, in der niemand ihr Lächeln erwiderte. Wie sah sie aus? Dünn, aber nicht von erschöpfender Steppergymnastik im *Hollywood Athletik Club*. Stattdessen konnte man ihre Schlankheit großem Stress und der Tatsache zuschreiben, dass sie vergessen hatte, dass Essen auch ohne Ethan schmecken konnte; und die Transparenz ihrer Haut war nicht die Folge intensiven Gebrauchs diverser Kosmetika von Clinique, sondern ein eindeutiges Anzeichen von Blutarmut und schlechter Ernährung. Ihr Ehemann war mit einer Haushilfe durchgebrannt, ihr hiesiger Geliebter, der mit Berufsmördern zu dinieren pflegte, ließ sie überwachen, und sie selbst war im Begriff, mit einem Mann zu verschwinden, der Shakespeare zitierte, unter der Dusche Songs aus Broadway-Musicals schmetterte und besser als jeder andere Frisbee spielen konnte – und der recht bereitwillig zum Scheitern ihrer Ehe beigetragen hatte. Es war kein besonders schönes Arrangement.

Ethan betrat das Apartment erst nach Mittag. June erschien in der Diele. Sie war in Trainingshose und T-Shirt, und ihr Haar hatte sie zu einem schiefen Pferdeschwanz gebunden, der an einer Seite ihres Kopfes herabhing. Ihre linke Hand umklammerte eine fast leere Flasche seines Raki, und sie hob sie plötzlich hoch über den Kopf. »Hallo! Zdrasti.«

Es sah aus wie ein militärischer Salut, und Ethan war sich nicht sicher, wie er reagieren sollte. Sie weckte in ihm noch immer den Wunsch zu lächeln. »Hey«, sagte er, stellte den Aktenkoffer ab und begann sein Jackett auszuziehen.

June schüttelte die Flasche, die sie noch immer hochhielt. »Ich habe deinen ganzen Raki getrunken.«

Ihre Kleider waren über die ganze Wohnung verstreut. Er stützte eine Hand auf die Hüfte. »Ist das ... Gras in deinem Haar?«

June fuhr sich mit einer Hand über den unordentlichen

Pferdeschwanz. »Gras? Nein, nein. Nun, vielleicht. Ich hatte einen kleinen Unfall.« Sie blickte auf ihre aufgeschürfte Handfläche. »Ich bin gestern Abend gestürzt, als ich vom Denonoshtno auf dem Popaplatz zurückkam.«

»Du bist hingefallen, hm? Bist du okay?«

»Sehe ich nicht okay aus?«

»Nein.«

»Weißt du was? Ich bin okay. Vielleicht nicht in genau diesem Augenblick, aber es wird schon. Also mach dir keine Sorgen. Im Ernst. Ich gehe nach Griechenland, und ich kaufe mir dort eine Rose von einer dieser Frauen mit den Schnurrbärten und gehe durch die Straßen und trage sie zwischen perlweißen, perfekt überkronten Zähnen. Mir wird es gut gehen. Besser als gut.«

»June, hör auf.«

June rieb sich mit ihrer zur Faust geballten freien Hand ein Auge. »Unmöglich. Mein automatischer Pilot ist eingeschaltet.«

»Komm her.«

Die Rakiflasche rutschte ihr aus der Hand. Sie machte den unbeholfenen Versuch, sie zu fangen, aber sie zerklirrte auf dem Fußboden. June schaute erst auf die Glassplitter und dann hoch zu Ethan. Als sie lachte, waren Tränen in ihren Augen. »Autsch!«

Ethan konnte nicht anders. »June, komm her. Es tut mir Leid. Wirklich, ich –«, Ethan wurde durch die Türklingel unterbrochen. »Wer ist das?«

»Keine Ahnung.«

»Erwartest du jemanden?«

»Nein«, sagte sie, wandte sich zum Fenster, dann wieder zu Ethan. Und wiederholte dieses Manöver wie ein verängstigtes Tier in einem Käfig.

»Vielleicht ist es dein Freund, hm?«

»Er ist nicht mein Freund«, sagte June und bemühte sich vergeblich, die Rollos zu schließen. »Zieh die Vorhänge vor.«

»Ich mache nicht mit, wenn du mit deinem mutra irgendwelche Spielchen spielst, June.«

Jemand klopfte an die Tür. »Alo?«

»Oh, Gott, das ist einer von Chavdars Schlägern. Versteck dich.«

»Wer?«

»Psssttt!«

June ergriff Ethans Hand. Sie gingen auf Zehenspitzen in die Diele und stiegen in den Wandschrank. Sie stolperten über Junes Schuhe, und Ethans Gesicht presste sich gegen ihren Wintermantel. Der Schrank war kaum geräumig genug für sie beide, und das Holzbrett, auf dem sie standen, knarrte und bog sich durch. Sie ließen sich nach unten sinken und zogen die Knie an. Ethan konnte kaum fassen, was er tat. »Das ist das Lächerlichste, Albernste, was ich –«

»Still«, sagte June, und im wenigen Licht, das durch die Spalten der Tür hereindrang, sah er, dass die Angst sie hatte nüchtern werden lassen und dass ihre grünen Augen weit aufgerissen waren. Plötzlich war ihm äußerst unbehaglich zu Mute, und er wurde still.

Sie hörten beide, wie ein Schlüssel ins Schloss gesteckt und herumgedreht wurde. Ethan stieß June in der Enge den Ellbogen in die Rippen. »Du hast ihm deinen Schlüssel gegeben?«

»Sie brauchen keine Schlüssel.«

Stoyan betrat das Apartment und nahm das wahr, was er als angenehmen Geruch eines Saufgelages identifizierte. Für eine Sekunde stand er in der Türöffnung und klimperte mit den Schlüsseln. »June?«

Nach einem kurzen Moment begab er sich in die Küche. Sie war unaufgeräumt, und in der Spüle stand schmutziges

Geschirr. Stoyan schüttelte angeekelt den Kopf und drehte sich um. »June? Tuk li si?«

Auf dem Küchentisch stand eine Schüssel mit Tomaten. Stoyan nahm eine der hellroten Früchte und biss hinein. Nach dem ersten Bissen fand er den Salzstreuer und ließ ein wenig davon ins Innere der Tomate rieseln. Während er sie in der linken Hand hielt und wie einen Apfel verzehrte, zog er mit der rechten Hand sein Mobiltelefon aus der Tasche. Er legte es mit dem Gesicht nach oben auf die Anrichte und tippte die Büronummer ein. Mit dem Mund voller Tomate sagte er: »Elga, dai mi Chavdar.«

June und Ethan konnten Stoyans murmelnde Stimme kaum hören, während er mit Chavdar sprach. »Sie ist nicht da. Wo soll ich als Nächstes nachsehen? Wie lautet Roxannes Adresse noch mal? Moment, ich suche eben einen Stift.«

Stoyan begann in den Küchenschubladen herumzukramen. Er fand einen Schreiber und daneben ein Flugticket mit Junes Namen darauf. Stoyan hob es hoch, um es eingehender zu betrachten. »Willst du mit June einen Ausflug machen? Hm-hm. Weil sie morgen nach Griechenland abreist. Balkan Air gegen Mittag. Mal sehen ... Ja, da steht etwas wie Sunset Villas. Da. Da, da. In Ordnung, ich bin in zwanzig Minuten zurück.«

Stoyan aß den letzten Bissen der Tomate und ließ den grünen Stengel auf den Fußboden fallen, wo er mit einem leisen Klatschen landete. »Ich wette, der liegt in einem Monat auch noch da«, murmelte er. »Da muss die Hausfrau sich eine faule Ausrede einfallen lassen.« Er pfiff eine Melodie, während er das Apartment verließ, und Ethan und June konnten hören, wie er von außen das Sicherheitsschloss verriegelte.

Sie warteten noch ein paar Minuten, ehe sie sich aus ihrem Versteck herauswagten.

»Das war toll. Einzigartig. Es macht unheimlich Spaß, von Zeit zu Zeit in deiner Seifenoper mitzuspielen ...«

June sah aus, als müsste sie sich jeden Moment übergeben. »Bitte nicht.«

»Das mag ja dein neues Leben sein, aber mir passiert so was nicht jeden Tag. Ich bin fasziniert. Das war richtig cool. Was machst du, spielst du jetzt die Spröde, die nicht so leicht zu kriegen ist? Du hast ein wenig Hollywood aus der Kiste geholt, nicht wahr? Die vielen Liebschaften der June Carver. Ein Tag im Leben der June Carver. Du könntest ein Buch schreiben. Wie man Kerle scharf macht und abblitzen lässt, in zehn leichten Lektionen.«

June ging ins andere Zimmer und setzte sich auf das Klappsofa.

Ethan folgte ihr. »Verheiratet mit dem Mob. Ich war die Geliebte eines bulgarischen mutra, der sensationelle neue Film des aufstrebenden, jungen Genies June Carver. Bravo!« Er applaudierte und stieß einen Pfiff aus. »Bravo!«

June löste den Pferdeschwanz und begann, ihn mit den Fingern durchzukämmen und die Laubreste zu entfernen.

Ethan ließ sich neben sie sinken. Nach einer Sekunde sagte er: »Okay, es tut mir Leid.«

»Aber das tut es doch nicht. Es ist trotzdem okay, denn endlich ist es mir egal. Ich meine, es ist mir nicht egal, aber ich kann mich nicht daran festhalten. Es ist vorbei mit dir, und es ist vorbei mit Chavdar, und ich gehe weg. Ich gehe ganz weit weg und komme nie mehr zurück, und ich werde nie mehr an dich denken, denn ich werde genug damit zu tun haben, glücklich zu sein.« June stand auf und ging zum Badezimmer. Während ihres großartigen Abgangs musste sie sich am Ende noch das Knie am Nachttisch stoßen.

Ethan schüttelte den Kopf und dachte, was für ein trauriges Finale das doch sei für das, was vor langer Zeit eine wirklich wunderbare Produktion gewesen war. »June?«, rief er, da er fühlte, dass er ihre Liebe nicht einfach so zurücklassen könne. Wenn sie schon gestorben war, dann sollten sie ihr wenigstens die Ehre erweisen, sie anständig zu begraben und etwas Nettes zu sagen. Sie wandte sich um, und alles, was ihm einfiel, war: »Junie, wie zum Teufel konnte es mit dir und mir so weit kommen?«

TEIL ZWEI

»Die Verwandlung der Mrs. Carver«

[Juli 1996 – EIN JAHR FRÜHER]

6

Betrifft: Update
Datum: Di. 16. Juli 1996, 04:52:44 -0700
Absender: June Carver <jcarver@sof.cit>
An: Alle <Mailing-Liste>

Hallo, Ihr alle,

Ein schnelles Update - versuche immer noch, die Ankunft zu verarbeiten, komme aber schon viel besser damit zurecht. Ich fühle mich, als wäre ich eher im Vorderen Orient als in irgendeinem bekannten Teil Europas. Hier gibt es wirklich überall wilde Hunde, und sie heulen die ganze Nacht. Das Leben hier hat wenigstens einen armseligen, bohemehaften Schimmer. Es gibt jede Menge Straßencafés voller Leute, die rauchen und Raki trinken. Zigeuner, die Tanzbären an Leinen umher führen, gut aussehende Menschen, Teenagerbanden, die ausgiebig Klebstoff schnüffeln - Gegensätze, wohin man blickt. Mein E-Mail-Anschluss ist stationär und ein großes, gähnendes Loch in der Zimmerwand, und Ameisen und kleine Spinnen kriechen rein und raus. Ich versuche dabei, einen klaren Kopf zu behalten.

Ich hoffe, Ihr seid alle glücklich und genießt den Sommer im sonnigen L. A. Hier ist der Himmel grau. Aber, Kopf hoch, Leute, ihr seid noch jung, nicht wahr? Carepakete sind herzlich willkommen – Ms. Fields Schokoplätzchen, Filmmagazine, Mace (als möglicher Schutz gegen Attacken der oben erwähnten wilden Hunde und zombiehaften Klebstoffschnüffler), Selbstbräunungscreme und Old El Paso Salsasauce (ja, ich weiß, niemand außer mir mag sie) stehen ganz oben auf meiner Wunschliste. Alles nur ein Scherz. Das Einzige, was ich mir wünsche, ist Klatsch und Tratsch von zu Hause. Ich vermisse Euch alle schrecklich!

MIT LIEBE, JUNE

Es war Mitte Juli, eines ungewöhnlich schwülen Juli, als sie ankamen, und ein Sommergewitter entlud sich gerade am düsteren Himmel. June wischte das Kondenswasser vom Taxifenster. In der Ferne konnte sie eine Skyline aus hoch aufragenden Mietskasernen ausmachen, die dieselbe Farbe hatten wie die schiefergrauen Wolken hinter ihnen. Eine nach der anderen, nichts unterbrach die Monotonie. Sie waren alle gleich: hohe Betonklötze mit schwarzen Fenstern und Türen. Die Locke-Fields-Organisation hatte ihnen mitgeteilt, ihr kvartal trüge den Namen Darvenitsa und wäre von mehreren anderen Wohnungsbauprojekten aus der Zeit des sozialistischen Wiederaufbaus umgeben mit Namen wie Mladost, was so viel wie Jugend heißt, und Nedezhda, Hoffnung.

Block 231, Block 232, Block 233, Block 234. Die Adressen, die mit Sprühfarbe auf die Häuserwände gekritzelt worden waren, verschmolzen mit den Graffiti. Einiges war in Kyrillisch, anderes in schlechtem Englisch: »Klassenkampf Jetzt!« und »Hitler Lebt!« Im Regen rannen die aufgemalten Zahlen an den Ziegelmauern der Mietshäuser herab, wodurch es fast unmöglich war, die hässlichen Bauten voneinander zu unterscheiden. June streckte die Hand aus. »Sieh mal, Ethan. ›Tod den Kapitalistenschweinen.‹ Reizend.« June kicherte, und Ethan musterte sie streng. Sie schluckte und ließ zu, dass das Fenster wieder beschlug.

Der Flug hatte ewig gedauert, und June war so müde, dass sie ein wenig übermütig wurde. Augen und Kehle waren ausgetrocknet, und ihr Ann-Taylor-Reisekostüm aus »luftigem Sommerleinen« war mit Tomatensaftflecken von ihrem dritten Bloody Mary im Flugzeug besudelt. Junes Schönheitssalon-Abschiedsorgie im *Beverly Garden Spa* war ruiniert: Sie hatte ihre französische Maniküre abgekaut, ihre massageverwöhnten Muskeln schmerzten mehr als je zuvor, und ihre neue Frisur hing feucht und strähnig in ihrem Gesicht und klebte auf einer Haut, die pflaumenweich aussah wie nach einer ihrer regelmäßigen Gesichtsmasken aus roter Tonerde. Sie brauchte eine heiße Dusche und ein bequemes Bett. (Und einen weiteren Bloody Mary, obgleich sie den aller Wahrscheinlichkeit nach nicht bekäme.)

Endlich hielt der Taxifahrer vor einem der Blocks und stellte den Motor aus. Er blickte hinaus in den strömenden Regen und drehte sich dann zu dem Ehepaar um. »Haus dvestachetirisetidevet«, murmelte er und drückte auf einen Knopf an seinem Taxameter, das sofort den doppelten Preis anzeigte. »Ihres.«

Die schwere stählerne Eingangstür gab nach minutenlangem Kampf mit dem Schlüssel endlich nach. Sie schleppten ihre Koffer in die unbeleuchtete Vorhalle und standen dort erst einmal triefnass, während sie die Sperrholzbriefkästen und den wenig einladenden Treppenaufgang betrachteten, der zu einem Vier-Personen-Lift führte. Niemand war zu sehen, und das einzige Geräusch war der Regen, der gegen das Gebäude prasselte. »Ich denke, das Gepäck kann ruhig einige Minuten hier stehenbleiben«, sagte Ethan. »Wir sollten jetzt die Computer holen und uns erst einmal hier umsehen.«

Sie schlossen die Holzfalttür hinter sich und fuhren mit dem schaukelnden Lift hinauf in den dreizehnten Stock, wo sie die nächste unbeleuchtete Vorhalle betraten. June tastete sich durch den dunklen Korridor und betätigte den Lichtschalter, während Ethan Nummer 89 suchte und fand.

Die Stahltür schwang auf zu einem kleinen Wohnzimmer mit einer Couch und einem Panoramafenster, das auf einen Balkon hinausging. Der Regen und der Nebel machten es unmöglich, etwas vom Ausblick zu erkennen.

»Es ist ein Einzimmerapartment«, stellte Ethan fest. »Mit einer Schlafcouch.«

Es dauerte nur ein paar Minuten, um in Erfahrung zu bringen, dass es in dem Apartment keine Decken oder Handtücher gab, dass der Heißwasserboiler nicht funktionierte, dass die winzige Waschmaschine ihr Wasser in die Küchenspüle entleerte und dass die Badewanne eher aussah wie eine Viehtränke. Das Telefon war ein Gemeinschaftsanschluss, und von sämtlichen Steckdosen funktionierten nur zwei. Dort waren kleine, gelbliche altmodische Lampen eingestöpselt, die beim Einschalten in einem matten Krankenhauslicht erstrahlten.

Ethan sah June müde an. Er zuckte die Achseln, und seine langen Arme hingen hilflos herab. Sie hasste es, ihn so deprimiert zu sehen.

»Hey«, sagte sie und versuchte den Gürtel ihres Regenmantels neu zu binden. »Warum nehmen wir uns nicht ein Zimmer in einem Hotel? Dann bestellen wir beim Zimmerservice eine Flasche Wein! Massieren uns gegenseitig, bis wir wieder richtig am Leben sind. Nach vierundzwanzig

Stunden in einem Flugzeug haben wir es verdient, es uns gut gehen zu lassen. Wir können ja morgen früh, nachdem wir uns gründlich ausgeschlafen haben, den Kampf gegen diesen Schlamassel aufnehmen.«

»Das dürfen wir nicht. Wir müssen sofort anfangen, uns anzupassen. In ein Hotel zu ziehen, ist nicht gerade die heilsamste Methode, einen Kulturschock zu verarbeiten. Ich denke dabei vor allem an dich, June. Du bist es, die sich kopfüber hineinstürzen muss.«

June nickte und ging zum Fenster. Das war nicht der spontane Ethan, der ihr in Desert Hot Springs einen Heiratsantrag gemacht und sie fünf Tage später in Las Vegas geheiratet hatte. Das war nicht der Mann, der im *Chateau Marmont* ein Zimmer genommen hatte, als ihr Apartment nur vierzig Minuten entfernt war, weil er *jetzt* mit ihr schlafen wollte.

June fühlte sich zurzeit immer schuldig – aber auch er war schuldig. Er las *The Economist*, als sie sich mit ihm über ihr nächstes Vorstellungsgespräch für einen Job unterhalten wollte, er trug Hausschuhe und schlug gemütlich die Beine übereinander, während er seine Pfeife rauchte und dazu seinen Single-malt Scotch trank und stundenlang an die Decke starrte und über Dinge nachdachte, die »zu kompliziert sind und dich sowieso nicht interessieren.« Er war schuldig. Er hatte die Leidenschaft absterben lassen. Er machte keinen Spaß mehr.

June schwieg und war aufgebracht, als sie an ihre dicke Daunendecke und die weichen Baumwolllaken dachte, an ihre ganz speziellen Kaffeebohnen im Tiefkühlfach, an ihren Radiowecker, der sie mit Elvis-Songs weckte, an den Amaretto und den Whisky im Barschrank, mit dem sie ihre heiße Schokolade taufte, die sie immer trank, wenn sie in Fachzeitschriften blätterte, ehe sie zufrieden einschlief. Sie dachte an ihren Schreibtisch in der sonnigen Ecke des Büros mit Blick hinaus aufs Meer und an ihre neuen Freundinnen im Yoga-Kursus in Venice. All das hatte sie für dies hier verlassen – und jetzt wurde sie aufgefordert, sich kopfüber hineinzustürzen. Prima. Sie holte eine Notfallzigarette aus ihrem Rucksack, obgleich sie sich das Rauchen abgewöhnt hatte. Sie zündete sie an und schaute hinaus in den Regen. Nun, da wären wir, dachte sie. Zu Hause im Wohnblock.

Ethans Vorstellung von einem Kopfsprung in ein neues Leben war, genau das zu tun, was seine Eltern immer getan hatten, als sie sich als amerikanische Diplomaten alle zwei Jahre irgendwo anders in der Welt einrichten mussten. Innerhalb von drei Wochen nach ihrer Ankunft hatte Ethan bereits Pläne für eine Cocktailparty im Heim des Locke-Fields-Sponsors gemacht und fast die gesamte internationale Gemeinde eingeladen. Er hatte June gebeten, das Kochen zu übernehmen, da sie ihm einmal gesagt hatte: »Vielleicht ist das Bewirten von Gästen etwas, was ich in Bulgarien nebenbei ohne gesonderte Arbeitserlaubnis tun kann. Das klingt ganz lustig.«

Das Ganze wächst mir ein wenig über den Kopf, dachte June, als sie zwischen Umrühren und Zerkleinern und Waschen und Abgießen hin und her hetzte. Die Küche des Locke-Fields-Sponsors war eine Katastrophe. Auf dem Herd kochten grüner und roter Paprika wie rasend, weil die Kontrollknöpfe der Kochplatten keine Gradeinteilung hatten. Der Kontrollknopf des Backofens war völlig blank, sodass man keine Ahnung von der Temperatur im Innern hatte – aber die drei Quiches, die darin standen, rochen, als wären sie gar. Sämtliche Messbecher waren mit europäischen Maßangaben versehen, und June hatte auf der High-School bei den Umrechnungsübungen nicht sehr gut aufgepasst, weil sie dummerweise niemals ernsthaft in Erwägung gezogen hatte, eines Tages darum gebeten zu werden, auf dem Balkan eine Dinnerparty für sechzig Personen vorzubereiten. Die Spüle war verstopft mit Brotkrümeln, Käseresten und Gemüseschnipseln, und June schaffte es nicht, dass das darin stehende Wasser ablief. Ich muss ganz ruhig sein, dachte sie. Ich schaffe das. Ich hab's schon früher geschafft, und das ganz souverän. Es ist nichts dabei. Ich muss nur ganz ruhig sein und mich zusammenreißen. Kein Grund zur Sorge. Nur die Gewürztüten mit bulgarischer Aufschrift, Joghurt, der wie Milch aussieht, Reis, der nicht weichkochen will, Hühnerfleisch, das verdächtig nach Schwein riecht, und ein paar Dinge, die ich aus Mehl zubereitet habe, das am Ende überhaupt kein Mehl ist.

»O Gott«, sagte sie, und ihr Blick irrte durch die für sie völlig fremde Küche. »Das wird ein Riesendesaster.« Sie trank einen Schluck von dem Küchensherry, den auch ihre Großmutter Penny am liebsten getrunken hatte.

Als Ethan in die Küche kam, um den Stand der Vorbereitungen zu überprüfen, lagen zwei schwarze Pasteten auf dem Herd und eine auf dem Fußboden. »Was ist das?«, fragte er und kniete sich neben sie vor die Gebilde aus verkohltem Ei und Teig.

»Ich habe gerade noch danach geschaut, Ethan«, sagte sie. »Wirklich, ich habe sie noch vor einer Minute inspiziert, und sie waren genau richtig. Und dann habe ich etwas gerochen und versucht, sie schnellstens rauszuholen, und jetzt sieh dir das an! Das ist meine gottverdammte Quiche!«

Ethan drängte sich hektisch durch die Partygäste auf der Suche nach einer Lösung. Eine Amerikanerin namens Roxanne meinte, dass ihre Haushaltshilfe in einer Viertelstunde da sein und innerhalb einer Stunde ein spektakuläres Festmahl zubereiten könnte.

Während June mit den Essensvorbereitungen (und mit dem Sherrygenuss) fortfuhr, ging Ethan im Wohnzimmer auf und ab. »Roxanne«, sagte er schließlich, »jetzt ist fast eine halbe Stunde vorbei. Soll ich etwas von auswärts bestellen?«

»Kein Grund zur Sorge«, sagte sie und lächelte ihn mit ihrem stark geschminkten Mund an. »Die Hilfe in der Not ist gerade eingetroffen.« Sie vollführte eine graziöse Geste mit der Hand, um die junge Frau zu präsentieren, die ein graues durchgeknöpftes Kleid mit elegantem Kragen, dicksohlige schwarze Schuhe und einen langen, braunen Schafsfellmantel trug, der für dieses Wetter viel zu warm war. Das Haar, das die gleiche Farbe wie ihr Mantel hatte, war zu einem Pferdeschwanz gebunden, aber ein paar Strähnen hatten sich im Sommerwind selbstständig gemacht. Ihre Wangen waren gerötet. Roxanne half ihr aus der Jacke und sagte: »Nevena, das ist Ethan Carver.«

Die junge Frau nickte mit unbewegter Miene höflich, aber reserviert. »Sehr angenehm.«

»Ich kann Ihnen gar nicht sagen, wie sehr ich mich freue, Sie kennen zu lernen«, meinte Ethan ein wenig fahrig. »Warten Sie, ich helfe Ihnen.« Er ergriff zwei schwere Plastiktüten voller Gläser und Lebensmittel. Während er sie in die Küche trug, schaute er über die Schulter auf die dünnen Arme der schlanken Frau. »Wie haben Sie das alles den weiten Weg hierher bekommen?«

Nevena zuckte die Achseln. »Das ging schon.«

Ethan betrat die Küche, und das Mädchen folgte ihm.

Die Lage hatte sich verschlimmert. Als Ethan und Nevena gerade hereinkamen, erwischten sie June dabei, wie sie aus der Sherryflasche trank. »Huch«, sagte sie errötend. »Auf frischer Tat ertappt.«

»June, um Himmels willen!«

»Was ist? Seit wann bist du Abstinenzler?«

»Vergiss es. Diese Frau wird uns helfen.«

Nevena schaute sich prüfend in der Küche um. Sie ging sofort zur Spüle, kauerte sich drunter und löste den Haltering um das Abflussrohr. Mit den Fingern pulte sie die nassen Essensreste und Teile eines Flaschenkorkens heraus, die das Rohr verstopften. Das schmutzige Wasser in der Spüle geriet in Wallung, und Nevena hielt einen Plastikeimer unter das Rohr, während sie den Dichtungsring mit einem Schraubschlüssel festzog. Als sie sich die Hände abspülte, blickte sie über die Schulter. »Wenn Sie wollen, können Sie wieder zu Ihrer Party rausgehen. Bestellen Sie Roxanne, dass das Essen in einer Dreiviertelstunde fertig ist.«

»Ich bleibe hier und helfe Ihnen. Sagen Sie mir nur, was ich tun soll«, bat June. »Ich kenne mich mit vielen Zutaten nicht aus und weiß nicht, wie einige Geräte funktionieren, aber ich versichere Ihnen, dass ich Anweisungen ausführen kann.«

»Ich schaffe es am besten allein, vielen Dank.«

»Oh, bitte. Zumindest müssten Sie zwei weitere Hände zum Schneiden und Hacken gebrauchen können.«

June verfolgte, wie Nevena ein Messer ergriff und begann, Tomaten mit der Fertigkeit und Geschwindigkeit eines Profikochs in Scheiben zu schneiden. »Vielen Dank, aber es geht.«

»Na schön. Was ist nun, Ethan?«

»Hmm?« Er konnte den Blick nicht von Nevena lösen.

»Kommst du mit nach draußen zur Party?«

»Hmm-hmm.«

June wartete noch einen kurzen Moment, dann verließ sie die Küche.

Ethan stand da und schaute der jungen Frau bei der Arbeit zu. Ihr Haar war nicht frisch gewaschen, aber es war nicht schmutzig, nur glatt und ein wenig stumpf.

Nevena kostete die gefüllten Paprikaschoten, die June gekocht hatte, und stellte sie zur Seite. »Sie hat den falschen Käse genommen.« Nevena sah zu Ethan und nahm sein Gesicht zum ersten Mal bewusst wahr. »Ich bereite neue zu. Aber das brauchen wir ihr nicht zu verraten. Wenigstens glaubt sie dann, dass sie etwas hingekriegt hat, das gut schmeckt. Dobre li e? Ist das okay?«

»Da, dobre.« Ethan überlegte, wie alt sie war. Dem Körper nach noch sehr jung, er war so dünn und knochig und fast unbeholfen, aber ihr Gesicht wirkte abgespannt und müde. Sie hatte nichts von einer jungen Amerikanerin. Ihr fehlte nicht nur jedwedes affektiertes und kokettes Auftreten, sondern sie hatte, seitdem sie hereingekommen war, noch kein einziges Mal gelächelt, nicht einmal ein wenig. Plötzlich fühlte er sich sehr unbehaglich alleine mit ihr in der Küche, wie er ihr so beim Kochen zuschaute und die anmutigen Bewegungen ihrer kindlichen Arme verfolgte. »Danke, Nevena«, sagte er und zupfte am Kragen seines Pullovers, und das obwohl er nie eine Krawatte trug.

Sie schaute hoch, während sie weiter Tomaten schnitt. Ihre braunen Augen sahen ihn direkt an, auf eine Weise, die dramatisch wirkte. »Es ist nichts.«

»Oh, doch. Sogar eine ganze Menge.« Ethan war verwirrt. Er verspürte den dringenden Wunsch, sie lächeln zu sehen. Er hatte selbst ein paar Schlucke Sherry getrunken und wusste, dass es am besten wäre, wenn er hinausging. Stattdessen sagte er: »Wo haben Sie Kochen gelernt?«

»Bei meiner Mutter natürlich«, antwortete Nevena schnell, als würde sie verhört. »Alle bulgarischen Frauen können kochen.«

Ethan bemerkte sehr wohl, dass er sie störte, schaffte es aber nicht zu schweigen. »Ach, wirklich? Ich kann kaum erwarten, zu kosten, was Sie zubereiten.«

Nevena sah ihn mit einem seltsamen Gesichtsausdruck flüchtig an.

Ethan senkte den Kopf und klatschte in die Hände. »Okay, ich lasse Sie jetzt mit Ihrer Arbeit alleine. Ich gehe mir mal an der Bar einen Drink holen. Soll ich Ihnen etwas bringen?«

Diesmal hob Nevena nicht den Kopf. »Ich arbeite und bin nicht auf einer Party.«

»Stimmt«, sagte Ethan und fand schließlich einen Anlass, zur Tür zu gehen. »Stimmt. Okay, wir unterhalten uns später, Nevena. Noch einmal vielen Dank.«

Sie sagte kein Wort, und ihre Hände wurden nicht langsamer. Als die Küchentür sich hinter ihm geschlossen hatte, schaute sie endlich hoch. Er hatte einen ganz speziellen Duft zurückgelassen. Nevena erkannte ihn als den eines amerikanischen Haarwaschmittels, das auch andere amerikanische Männer, bei denen sie gearbeitet hatte, in ihren Badezimmern stehen hatten. Es war gegen Schuppen, und aus irgendeinem Grund empfand sie den Geruch heute als angenehm. Sie neigte für einen kurzen Moment den Kopf zur Seite und blinzelte. Dann konzentrierte sie sich wieder auf ihre Arbeit.

June gesellte sich nicht zu der Party, wie Nevena vorgeschlagen hatte. Stattdessen ging sie nach oben ins Schlafzimmer, nahm sich eine Zigarette aus der Packung auf dem Nachttisch und schloss sich im Badezimmer ein. Die Tür ließ sich nicht verriegeln, und June hielt sie mit dem Fuß zu, während sie auf dem geschlossenen Toilettendeckel saß und rauchte. Plötzlich hatte sie das Gefühl, sie müsse ausgiebig weinen.

Also war Ethan von ihr enttäuscht und beeindruckt von dem Mädchen mit europäischen Kochkenntnissen und japanischen Kochfertigkeiten. Wie auch immer. Bring mich nach Los Angeles und gib mir einen Herd wie den Cuisinart, einen Wok, ein Paket Seetang und eine Portion rohen Fisch, und dann werden wir sehen, wer zuletzt lacht. Scheiß auf die Kocherei. Es gab viele andere Dinge, die sie bestens beherrschte. Sogar sehr viele Dinge!

June versuchte sich Ethans Gesichtsausdruck vorzustellen, wenn sie zur Party hinunterkäme, sich auf einen Stuhl stellte und mit einem lauten Cheerleaderklatschen die Anwesenden im Raum um Aufmerksamkeit bäte. Ihre Ansage würde ungefähr so lauten: »Mein Name ist June Carver, aber er war mal June Summer. Es stimmt, meine Mutter nannte mich June Summer, aber ich habe es geschafft, darüber hinwegzukommen und trotzdem ein normales Leben zu führen. Das ist doch durchaus eine Leistung, oder? Und das ist nicht alles! Allein im letzten Monat habe ich mich mit einigen bösartigen Gewerkschaftsleuten herumgeschlagen, habe es geschafft, auf der Sunset Avenue eine Schauspielerin, die Selbstmord begehen wollte, von einer Reklametafel herunterzuholen, habe mitten in der Stadt ein dreistöckiges Bauernhaus aus der Jahrhundertwende für Außenaufnahmen ausfindig gemacht und ich konnte *ohne* Aufsehen fünf Minuten vor dem Start für drei zweitklassige Schauspieler für einen Flug von Los Angeles nach New York Sitzplätze in der Ersten Klasse ergattern. Wie schmecken Ihnen übrigens die Äpfel?? Und abgesehen von meiner Arbeit sollte jeder von Ihnen wissen, dass es eine Menge Dinge gibt, die ich weitaus besser beherrsche als Kochen. Zum Beispiel kann ich Stepptanz ...«

Sie stellte sich vor, wie sie in diesem Moment eine Shirley-Temple-Nummer vorführte, für die nicht mehr Platz nötig war als die Sitzfläche eines Stuhls. Während sie tanzte, könnte sie auch zum Rhythmus ihrer klackenden Füße singen: »Ich war Miss Pre-Teen Encino und Miss Teenage Sherman Oaks. Schönheit, Talent und Sonderpunkte für Anzeichen von Intelligenz. Ich habe einen Mastergrad, und was noch besser ist ...« Das wäre die Stelle, die Ethan besonders gefallen würde. »Und was noch besser ist, meine Brüste sind echt!« Sie könnte ihr Kleid ausziehen und den BH öffnen und sie kreisen und wackeln lassen wie ein Go-Go-Girl.

Ethan würde vor Scham ohnmächtig werden. Die Vorstellung von der verwahrlosten bulgarischen Köchin, die ihm einen Eimer Wasser über den Kopf schüttete, um ihn wieder zum Leben zu erwecken, zauberte schließlich ein Lächeln auf Junes Gesicht.

Jemand klopfte an die Tür, und June drehte den Wasserhahn auf, um die Zigarette zu löschen. Sie wedelte mit der Hand in der kleinen Kabine herum, als würde daraufhin die Rauchwolke auf magische Weise verschwinden, obgleich es nichts gab, wohin sie sich hätte verziehen können. »Einen Moment.«

»Sie sind schon zehn Minuten da drin, Liebes.«

June öffnete die Tür zum Ankleidezimmer mit dem Waschbecken. Rauch umwallte sie, und sie musste husten. Eine Frau mittleren Alters mit jettschwarzem Haar und rubinroten Lippen saß auf der Marmoranrichte und drehte sich einen Joint. Sie beobachtete, wie June sich vornüber beugte und krampfhaft hustete. Als June sich schließlich erholte, klebte die Frau den Joint mit der Zungenspitze zu und fischte ein Feuerzeug aus ihrer Handtasche. »Leben Sie noch?«

»Leider. Sie sind die Retterin in der Not, nicht wahr?«

»Ja, sie ist meine Köchin.«

»Prima. Danke.«

Roxanne hielt June den Joint hin. »Ich nehme an, Sie wollen auch.« Sie lächelte sarkastisch. »Schließlich kommen Sie aus Los Angeles.«

»Das wissen Sie?«

»Die Ausländergemeinde in Sofia ist ziemlich klein. Wenn wir einander auch nicht kennen, so wissen wir immerhin übereinander Bescheid.« Roxanne schlug die Beine überkreuz. Sie waren sehr mager und steckten in dicken schwarzen Strümpfen.

»Geboren bin ich allerdings in North Carolina.«

»Hey«, sagte Roxanne und lehnte sich gegen den Spiegel. »Das braucht niemand zu wissen.«

June lachte und musste abermals husten.

»Sie glauben sicher, ich scherze, aber das tue ich nicht. Oscar Wilde sagte: ›Traue nie einer Frau, die dir ihr wahres Alter nennt. Wenn sie dir das verrät, verrät sie dir alles.‹ Das liebe ich. Schriftsteller könne sich alles erlauben. Das ist einer der Gründe, warum ich einer bin.«

»Sie leben davon? Vom Schreiben?«

Roxanne schnaubte. »Verdammt, nein. Wenn ich mir meinen Lebensunterhalt mit irgendwas verdienen müsste, wäre ich längst am Ende. Ich war fünfmal verheiratet, Schätzchen. Ich bin reich und unabhängig.«

»Sie scherzen«, sagte June und betrachtete Roxannes hohe Wangenknochen und glatte Haut. »Das ist nicht Ihr Ernst, stimmt's?«

»Ich bin älter, als Sie denken. Ich habe in Wien einen guten Arzt.« Roxanne drehte sich um und studierte im Spiegel ihr Profil. Sie strich sich mit der Hand über ihr Kinn und ihren Hals.

June ging ein paar Schritte auf Roxanne zu. »Wirklich? Ich kann nichts sehen. Ich meine, er muss wirklich gut sein, denn gewöhnlich erkenne ich es sofort. Claire hat eine Menge bei sich machen lassen.«

»Claire?«

»Meine Mutter. Ich meine wirklich viel. Die Augen, die Nase, und sie hat sich das Gesicht liften lassen. Und den Bauch und eine Fettabsaugung an den Oberschenkeln. Ich glaube, als Letztes waren die Brüste dran.«

Roxanne legte den Kopf zur Seite. Die Badezimmerbeleuchtung war unvorteilhaft grell. »Und wie hält sie sich?«

June schaute zu Boden und begann nach ein paar Sekunden in ihrer Handtasche nach dem Lippenstift zu suchen. »Nun ... gar nicht mehr.«

Während der Taxifahrt zurück nach Darvenitsa redeten June und Ethan kein Wort. June musste ständig an Claire denken. Ihre Mutter war keine besonders gute Köchin gewesen – einer der Gründe, weshalb June es nie richtig gelernt hatte. Es gab viele Dinge, die Claire nicht tun konnte, wie zum Beispiel an kalten Tagen aus dem Bett aufstehen. June wollte nicht glauben, dass sie und ihre Mutter einander ähnlich waren, aber es ließ sich nicht verleugnen, dass sie die Party grandios versiebt hatte. Claire hatte auch nichts dazu getan, Unordnung zu verbreiten. Das geschah immer einfach so. Was wäre, wenn sie selbst genauso wenig dafür konnte? Es heißt, dass man eines Tages aufwacht und sich in seine Mutter verwandelt hat. Wie wäre es wohl, wenn man wirklich abbaut, fragte sich June, und würde man merken, wenn es anfing? Welches wären die Anzeichen? Wäre es der irrationale Wunsch, einen Striptease hinzulegen, um den Ehemann in Verlegenheit zu bringen, oder die zunehmende Bedeutung der heimlichen Portion Whisky im Kakao vor dem Schlafengehen? Vielleicht nicht, aber wie wäre es mit immer wiederkehrenden Albträumen, in denen man den Kopf senkt, um sich die glitzernde Krone aufsetzen zu lassen und plötzlich eine Maschinenpistole unter dem Ballkleid hervorzaubert, bereit, die Fernsehmodenschau-Models und Schönheitswettbewerbsrichter umzunieten? Wie wäre es damit, dass man derart obsessive und ernsthaft eifersüchtige Fantasien über die Untreue des abwesenden Ehemanns entwickelt, dass man am Ende selbst derjenige ist, der betrügt? Vielleicht folgten darauf krankhafte Begegnungen mit der Schönheitschirurgie, Wonderbras, Elektrolyse, Schlammpackungen, Wachsbehandlungen, Haartönungen und Hennakuren, Prozac, Retin-A, Kortison, Gelatinetherapie für kräftige Fingernägel, Behandlungen mit heißem VO5-Öl, Zellulitecremes, köstliche Cocktails zum Frühstück und zum Mittagessen, Jane Fondas Video- und Kochbuchpakete und die Badeortgeheimnisse der Schönen und Reichen Europas. Wenn all dies dann nicht mehr wirkte, würde sie es vielleicht mit einer neuen tödlichen Kombination von Präparaten versuchen, die garantierten, dass man aufhörte alt zu werden. So wie Claire es getan hatte.

Zu Hause, alleine in der Küche, trank Ethan einen Raki und schenkte sich dann noch einen zweiten ein. Er dachte an das bulgarische Mädchen mit den Muttermalen und den großen braunen Augen. Das geschah sicherlich nur wegen der Spannungen mit June. Er war aufgebraust, und sie war missgelaunt, und er wollte an etwas anderes denken. So einfach war das. Aber diese *Anziehungskraft*. Sie hatte ihm fast den Atem geraubt. Nicht dass er nie zuvor an andere Frauen gedacht hatte. Natürlich hatte er das. Alte Freundinnen, Studentinnen in seinen Vorlesungen und Seminaren, schöne Frauen auf der Straße. Natürlich war da mal etwas mit seiner Forschungsassistentin Moira gewesen, aber er zog es vor, daran nicht zu denken. Auf jeden Fall war es nicht das Gleiche gewesen. Er war noch nie so sehr von diesem Drang zu handeln überwältigt worden.

Er wollte Nevena anrufen, wollte ihr nach Hause folgen, wollte ein zufälliges Treffen vor einem dunklen und einladenden Café herbeiführen. Das geht vorbei, sagte er sich. Es war eine flüchtige, aus Trunkenheit geborene Obsession, so als versuchte man, sich an den Text eines alten High-School-Songs zu erinnern. Am Morgen würde er neben June aufwachen, sie hätte die Augen geschlossen und würde sich die Decke bis zum Kinn hochziehen. Sie würde aussehen wie ein Engel, und diese Gedanken wären verschwunden. Er würde sich noch nicht einmal an ihren Namen erinnern. Nevena. O Gott ... *Nevena.* Er erlaubte sich das Vergnügen, ihn laut auszusprechen, in einem unterdrückten Flüstern. Das Wort allein war wie ein Gedicht. Er schmeckte es süß auf seiner Zunge. Was dachte er da? Was tat er da? Stand er tatsächlich in seiner Küche in der Dunkelheit und flüsterte den Namen eines bulgarischen Hausmädchens, während seine Frau sich im Nebenzimmer anschickte, zu Bett zu gehen?

Er trank seinen zweiten Raki, putzte sich die Zähne und begab sich ins Wohnzimmer. June hatte bereits das Sofa aufgeklappt und lag unter der Decke. Ihr Gesicht war halb im Kopfkissen vergraben.

»Mach das Ganze nicht schlimmer, als es wirklich ist. Dramatisiere den Abend nicht, okay?«

»Vielen Dank für die freundlichen Worte.«

»Es ist keine Tragödie.«

»Nun, ich habe kein giftiges Kugelfischfilet serviert und alle umgebracht, das stimmt.«

»Nun hör schon auf.«

»Vielleicht ärgere ich mich über etwas ganz anderes. Vielleicht geht es mir überhaupt nicht um das Essen.«

»June ...« Er sah ihren verwirrten Gesichtsausdruck und seufzte. Er nahm ihre Hand und drückte sie an seine Lippen. »Was hast du?«

»Was geschieht mit uns?«

»Wir machen gerade eine schwierige Zeit der Neuorientierung durch.«

»Aber ansonsten ist alles in Ordnung?«

Ethan sah sie im gedämpften Licht an. Sie war losgezogen und hatte Tücher gekauft, um sie über die hässlichen Lampen zu hängen, und endlich sah das Apartment nicht mehr so schrecklich aus. Die weichen Schatten waren pastellfarben. »Was meinst du?«

»Ich habe heute bemerkt, wie du dieses Mädchen angeschaut hast, Ethan. Ich sah, wie du dich die ganze Zeit am Hals gekratzt hast, während du mit ihr redetest.«

Ethan leugnete es nicht, und June stand aus dem Bett auf. Während sie aus dem Zimmer hinausging, zog sie eins der roten Seidentücher von einer Lampe. Ethan zuckte zusammen. Jetzt konnte er die entsetzliche orange-braune Couch, den schäbigen Wollteppich und die schwarzen, vermoderten Risse im Parkettfußboden erkennen. June ließ das Tuch auf den Boden flattern, wo es als kleiner, seidener Haufen zu ihren Füßen liegenblieb. »Alles ist nicht in Ordnung, Ethan. Es ist so trügerisch und unecht wie verwehender Rauch und verlogene Spiegel.«

7

Betrifft: Was liegt an, Party-Girl?
Datum: Mo. 05. Aug. 1996, 10:30:19 -700
Absender: June Carver <jcarver@sof.cit>
An: Laney Nathaniel <laney@smnet.com>

Also, erinnerst Du Dich, dass ich hierher kommen wollte und fotografieren und malen und schreiben und Bulgarisch lernen und ernsthaft zu schwimmen anfangen und Englischstunden geben und einen Kräutergarten anlegen? Nun, bisher habe ich, anstatt eines der o. g. Dinge anzufangen, es geschafft, pro Tag nicht weniger als eine Flasche Wein zu trinken und zweihundert Dollar auszugeben für eine Schwimmgarnitur aus Mütze, Speedo-Anzug, Badelatschen, Schwimmbrille, Clubmitgliedschaft und den Versuch, mich in eine Esther Williams zu verwandeln, ohne es tatsächlich bis in ein Schwimmbecken geschafft zu haben. (Im Augenblick ist mir das Rauchen viel wichtiger als das Schwimmen und jeden Tag dafür eine halbe Stun-de zu erübrigen.) Ich habe im Kaufhaus einige Kräuter gekauft und meine Küchenschränke gestrichen (keine besonders kreative Übung) und eine Bulgarischlehrerin engagiert. Ich werde mich wahrscheinlich für diese große Leistung selbst belohnen, indem ich heute Abend eine halbe Extraflasche Wein trinke und mir erlaube, morgen die erste Stunde zu schwänzen.

SCHREIBE BALD ZURÜCK, ICH LIEBE DICH. JUNE

P.S. Was geschehen ist, beschäftigt mich noch immer. Ich fühle mich schuldig und ekelhaft. Ich glaube, ich werfe Ethan Dinge vor und gebe ihm die Schuld an allem, während eigentlich ich für alles verantwortlich zu machen bin. Ich glaube, ich werde ihm dies erklären.

Raina wohnte im zwanzigsten Stock eines riesigen Mietshauses in einem Apartment, das nur halb so groß war wie das von June und Ethan. Der Fahrstuhl bot gerade zwei schlanken Personen Platz und hatte kein Licht. Sie hatte den Fahrstuhl schon bei ihrem ersten kurzen Besuch nicht gemocht, und anstatt sich diesmal darin ein wenig wohler zu fühlen, litt sie zu ihrer Verwunderung unter einer schrecklichen Angst. Sie hatte das Gefühl, als würde sie auf ihrem Weg zu Raina stetig schrumpfen.

Die Lehrerin erwartete June an der Wohnungstür. »Sehen Sie es?«, rief sie. »Der Lichtschalter ist an der Wand neben dem Lift, erinnern Sie sich?«

»Ja, danke«, rief June vom anderen Ende des langen, betongrauen fensterlosen Flurs zurück.

Rainas korpulente Gestalt stand als Silhouette im Eingang zu ihrem Apartment. Sie trug Rock und Pullover, und ihre ohnehin schon dicken Beine sahen in Stricksocken noch dicker aus. Die Füße steckten in Hauspantoffeln.

Das Wohnzimmer war mit einer kleinen Couch vor einem Tisch und zwei Stühlen mit geraden Rückenlehnen vor der gegenüberliegenden Wand möbliert. Raina ließ June auf der Couch Platz nehmen und zog einen Stuhl herüber, sodass sie sich ihr gegenüber hinsetzen konnte. »Wollen Sie sich nicht auf die Couch setzen?«, fragte June.

»Nein. Als Sie das letzte Mal hier waren, haben wir nur geschwatzt. Diesmal muss ich die strenge Ausbilderin sein. Wir müssen mit dem Unterricht vorankommen. Wenn wir beide auf dem Sofa sitzen, schlafen wir am Ende noch ein.« Rainas Augen wirkten in ihrem fleischigen Gesicht ungewöhnlich klein. Das Haar trug sie extrem kurz geschnitten. Trotzdem sah sie aus, als wäre sie einmal eine Schönheit gewesen. Sie betrachtete June eingehend. Nach ein paar Sekunden stand sie auf und sagte: »Ich bin gleich zurück.«

Raina kam kurz darauf aus dem Schlafzimmer und reichte June eine Tube Creme. »Sie haben offensichtlich ein Hautleiden.«

»Mir wurde erklärt, ich müsse mich erst an das Wasser gewöhnen, und dann würde sich alles wieder normalisieren«, sagte June. Sie drückte ein wenig von der Lotion aus der Tube verteilte sie auf der trockenen Haut in ihren Mundwinkeln. »Eine schöne Creme«, sagte sie und roch an ihren Fingerspitzen. »Meine Schwester hat ein eigenes Geschäft in Los Angeles. Sie stellt organische Hautpflegeprodukte her. Sie hat in ihrem Programm eine Vanille-Gesichtsmaske, die ein wenig riecht wie dies hier. Sie verkauft sich sehr gut.«

»Hmm. Ich will uns nur eben Tee zubereiten.«

June blieb steif auf der Couch sitzen und wartete auf das Pfeifen des Teekessels. Sie war von Braunschattierungen umgeben, als wäre sie in einem riesigen Pappkarton gefangen. Der Geruch erinnerte ebenfalls an Pappkarton, als ob das Apartment ein Aufbewahrungslager für vergessene Bücher, Kleider und alte Zeitungen wäre. Sogar die blass cremefarbene Decke wies einen braunen Fleck auf, der von einem Leck in der Wasserleitung herrührte und der sich offenbar langsam ausdehnte. Der Raum war zu traurig, zu trist für die Frau, die darin wohnte. Im Großen und Ganzen war er genauso wie die meisten bulgarischen Wohnzimmer, die June bereits gesehen hatte, minus die serbische Pornografie. Sie beschloss jedoch, diese Beobachtung für sich zu behalten.

Als Raina mit dem Tee zurückgeschlurft kam, forderte sie June auf, ihr Sprachbuch aufzuschlagen. »Haben Sie sich die Lektion von letzter Woche noch einmal angesehen?«

June blätterte in dem Buch. »Ja. Ich habe die Einführung zum kyrillischen Alphabet durchgearbeitet. Danach ging es um das Vorstellen und das Bestellen von Essen in einem Restaurant.«

»Konnten Sie eine der Lektionen anwenden?«

»Nun, ich wollte mir ein Paar Handschuhe kaufen, Ich habe mein Glück an dem Stand auf der Graf Ignatiev versucht. Sie wissen schon, ›kolko struvat‹ und so weiter, aber der Mann nannte mir einen anderen Preis als den, der auf den Handschuhen stand, und ich konnte ihn nicht verstehen. Dann wollte er, dass ich ihm mein Portemonnaie gebe, damit er mir zeigen könnte, welchen Geldschein ich ihm geben müsste, und an diesem Punkt ging ich einfach weiter.«

»Nun, heute nehmen wir eine andere Lektion durch. Sie schreiben alles auf, was ich Ihnen sage, und lernen es bis nächste Woche.«

June holte Papier und Schreibstift hervor. »Okay.«

Raina sprach langsam. »Az sum chuzhdenka no rasbiram mnogo dobre che me luzhete. Nyama da doida tuk nikoga poveche. Blugodariya, dovizhdane.«

June brauchte einige Zeit, um die Worte niederzuschreiben. »Das ist aber ein Zungenbrecher. Was heißt es denn?«

Raina lächelte verschmitzt. Dann lachte sie schallend, wobei sich ihr ganzer Körper schüttelte: »Ah. Es ist sehr formell, sehr höflich. Es heißt: ›Ich bin zwar eine Ausländerin, aber ich verstehe sehr wohl, dass Sie mich belügen. Ich werde niemals hierher zurückkommen. Vielen Dank, auf Wiedersehen.‹«

June strahlte. »Perfekt.«

Der Unterricht sollte eigentlich drei Stunden dauern, aber Raina hörte schon früher auf. »Ich denke, wir sollten uns die Nachrichten ansehen. Das wird für Sie ganz gut sein, und mich interessieren die neuesten Meldungen über die Wahl.«

Raina schaltete den kleinen Schwarzweißfernseher ein, und sie sahen ein körniges Bild. Sie schaute auf die Uhr. »Noch fünf Minuten. Ich habe viele schlechte Gewohnheiten. Ich trinke und rauche. Ich trinke jetzt einen Raki und gönne mir eine Zigarette. Möchten Sie auch etwas?«

»Das gleiche wie Sie, Raina. Es klingt gut.«

Raina ging in die Küche und kehrte mit Orangenlimonade, einer Flasche Raki und vier Gläsern auf einem Tablett zurück. »Selbst gebrannt«, sagte sie und deutete mit dem Kinn auf die Flasche. »Gut und stark.« Dann ging sie zum Speiseschrank und holte ein Glas Sardinen und Knabberzeug heraus. »Es ist eine alte Tradition, Raki zu trinken und dazu eine Kleinigkeit zu essen. Nicht so wie die Russen, wissen Sie, die nur trinken, um am Ende betrunken zu sein. Ich knabbere gerne etwas, wenn ich mir die Nachrichten ansehe.«

Es war das erste Mal, dass June selbstgebrannten Raki versuchte, und sie hatte Mühe, sich nichts anmerken zu lassen und das Gesicht nicht zu verziehen. »Hey! Donnerwetter! Der ist gut.«

»Hm-hm. Der nächste Schluck ist schon besser. Nehmen Sie ein wenig Orangenlimonade.«

Raina wartete mit dem Anzünden ihrer Zigarette, bis die Nachrichten begannen. June konnte kein einziges Wort verstehen. Alles, was sie sah, war ein Bildschirm voller Männern mittleren Alters, die sich gegenseitig anbrüllten. Es dauerte ewig. »Hmm«, sagte Raina. »Sie können sicher nichts verstehen. Sie diskutieren bloß, sagen aber nichts von Bedeutung, buh buh buh buh buh. Außerdem ist die Wahl sowieso nicht so wichtig. Sie bestimmt nur den Präsidenten. Hier ist es der Ministerpräsident, der zählt.«

»Wen werden Sie wählen?«

»Das weiß ich noch nicht«, sagte Raina und streckte eigensinnig die Unterlippe vor. »Sie sind doch alle korrupt.«

»Mögen Sie keinen von ihnen?«

»Natürlich nicht. Nichts wird sich ohne eine richtige Revolution ändern. Rote, Blaue, Sozialisten, Kommunisten, Monarchisten, die Demokratische Reformpartei. Was mich am meisten interessiert, ist der Brotpreis, und den wird die Wahl nicht beeinflussen.« Sie spießte mit einer Gabel eine Sardine auf und ließ den Blick vom Fernseher zu June wandern. »Was tun Sie hier? Wenn ich das fragen darf.«

»Mein Ehemann ist Locke-Fields-Stipendiat. Er schreibt ein Buch und bereitet hier seine Dissertation vor – es geht um wirtschaftliche Veränderungen. Ich meine, es ist viel komplizierter als das, aber um ehrlich zu sein, ich verstehe nicht alles, worum seine Recherchen sich drehen. Er ist ein richtiger Büchergelehrter, wissen Sie? Und ich halte es mehr mit der Praxis. Daher arbeite ich in der Produktion. Beim Film in Los Angeles. Und dafür muss man wirklich schlau und gerissen sein und wissen, wo es langgeht. Was ich im nächsten Jahr tue, das weiß ich noch nicht. Vielleicht schreibe ich oder arbeite als Englischlehrerin – ich habe mich noch nicht endgültig entschieden.«

»Warum Bulgarien? Das werden Sie sehr oft gefragt werden. Die meisten Bulgaren glauben, dass die Fremden nur aus einem von zwei Gründen hier sind: um uns zu belügen und zu bestehlen, oder um belogen und bestohlen zu werden.«

June wischte sich über die Stirn. Plötzlich war ihr sehr heiß. Raina füllte ihr Schnapsglas wieder auf. »Ethan ist hergekommen, weil dies eine historisch wichtige Periode in Osteuropa ist. In Bulgarien herrschen demokratische Verhältnisse erst seit –«

»Falsch.« Raina schenkte sich nun auch selbst einen frischen Raki ein.

»Wie bitte?«

»Falsch. Die Polizei belauscht uns noch immer, es gibt noch immer geheime Akten. Wie viele Privatunternehmen gibt es in diesem Land? Und wem gehören sie? Wer sind überhaupt unsere demokratischen Führer? Erzählen Sie mir was über Videnov, zum Beispiel. Kennt Ihr Mann die Antworten auf diese Fragen? Fragen Sie die Leute auf der Straße, wie lange Bulgarien eine Demokratie ist, und Sie werden ausgelacht. Ihr Mann sollte sich lieber erst mal darüber aufklären lassen.«

»Na ja, wir sind erst seit sehr kurzer Zeit hier.« Sie nahm eine Sardine am Schwanz aus dem Glas. Sie war silbern, komplett mit Kopf, Augen und einer Flosse am Schwanz. Sie machte es Raina nach und steckte das ganze Tier in den Mund. Es war glitschiger und knuspriger, als es den Anschein gehabt hatte. »Oh Junge«, sagte sie, nachdem sie alles hatte herunterschlucken können. »Köstlich. Mnogo vkusno.«

»Hm-hm.« Raina wandte ihre Aufmerksamkeit wieder

den Nachrichten zu. »Das ist interessant. Sie kommen aus Hollywood, das müsste Ihnen gefallen.« Sie hörte eine Minute lang zu. »Der ehemalige Ministerpräsident, Andrei Lukanov, erhält Morddrohungen. Er hat angekündigt, dass er vor den Wahlen die Namen der Regierungsmitglieder offenlegen will, die von dem Bankenskandal profitiert haben. Er wird einige der höchstrangigen Kreditmillionäre bloßstellen.«

»Kreditmillionäre?«

»Nach dem Umschwung gründeten sie Banken, nahmen das Geld der Leute an und zahlten es nicht mehr zurück. Die Banken gaben dem Staat, der Mafia, Verwandten und Freunden hohe Kredite. Und wissen Sie, was geschah?« Raina schnippte mit den Fingern. »Peng! Es gibt keinerlei schriftliche Nachweise für diese Darlehen. Die Papiere sind weg, verschwunden.«

Raina presste die Lippen zusammen und schaute blinzelnd auf den Bildschirm. »Die Leute waren so dumm, ihnen zu vertrauen. Wir haben auf sie gehört, als sie beteuerten, unser Geld wäre absolut sicher, buh buh buh buh, der Staat wird euch schützen, buh buh buh. Ich war ebenfalls so dumm. Ich hatte Geld dort liegen, als die Banken zusammenbrachen.« Sie deutete zum Fenster, auf die Straße. »Schwindler. Viele von Ihnen waren Regierungsbeamte, viele gehörten zur Mafia. Kakvo da praciya? Was soll man tun?« Sie streckte June die offenen Hände entgegen und riss die Augen in einer übertriebenen und sarkastischen Demonstration von Hilflosigkeit auf. »Was soll man tun? Die Drohung, die Lukanov ausgestoßen hat, ist sehr gefährlich. Er hat jetzt viele Feinde. Die mutras werden ihn umbringen.«

»Was sind die mutras?«

»Mafia. Ein wichtiges Wort, das Sie kennen, aber niemals

benutzen sollten. Viele von ihnen waren Ringkämpfer, Leibwächter oder Berufsmörder. Der KGB ließ sie alle möglichen schmutzigen Arbeiten erledigen. Es ist nicht sehr schön, dass ein Land mit so schönen Stränden, Bergen und Dörfern am meisten für seine cleveren und grausamen Mörder bekannt ist. Für seine Verbrecher. Alles Kretins. Ehhhh! Shibanite mutri!« Raina knallte ihr Glas auf das Fernsehtablett, und Raki spritzte nach allen Seiten. Sie verschränkte die Arme wieder vor der Brust und blickte starr geradeaus.

Nach fast einer ganzen Minute räusperte June sich. »Ich war mit meinem Mann in den Bergen. Es war phantastisch.«

»Hmmph. Gefällt es Ihnen denn hier? Sind Sie glücklich?«

June überlegte. Ob es ihr hier gefiel? Ob sie glücklich war? Wenn June ihr Leben aufteilte, in vorher und nachher, dann sah es in etwa so aus: vor Bulgarien, nach der Ankunft, bevor Ethan zu reisen begann, nachdem er aufhörte, zwischen den Reisen zu Hause auszupacken, vor dem, was Claire tat, nach dem, was Claire tat. Jetzt war immer noch nachher. Genau genommen – nachdem Claire gestorben war, war alles nachher gewesen.

Mrs. Summer stand kurz vor ihrem fünfzigsten Geburtstag. June war gerade mit Ethan zusammengezogen und war anlässlich der Geburtstagsparty nach Hause gefahren. Sie hatte für Claire bei *Color Me Mine* in der Montana Street eigenhändig eine Keramikvase bemalt, hatte ihr einen Gutschein für einen Aufenthalt im neuen *Bliss Spa* in Beverly Hills besorgt und außerdem bei *Baskin-Robbins* eine fettlose Joghurt-Eistorte gekauft. (June wusste, dass Claire Kalorien und Fettmengen zählte, und das sogar an ihrem Geburtstag.) Sie hatte all das im Arm, als sie die Tür öffnete. Es war ein Samstagvormittag, und im Haus war es still.

June sah die nackten Füße ihrer Mutter auf dem Fußboden, ehe sie irgendetwas anderes sah, und sie war wütend – nicht traurig, nicht ängstlich, nur wütend. Es war bei weitem nicht das erste Mal, dass dies geschah. Sie eilte nicht zu ihrer Mutter, wie sie es früher immer getan hatte. Stattdessen ging sie in die Küche, stellte die Torte auf den Tisch und wählte die Telefonnummer neun-eins-eins. Nachdem sie einen Krankenwagen angefordert hatte, deponierte sie die Torte im Gefrierfach, ehe sie ins Wohnzimmer zurückging. Dann kniete June sich neben Claire, deren Kopf zur Seite gedreht war und die sich diesmal keinen Drink übers Kleid geschüttet hatte. Ihr Lippenstift war makellos. June gab ihr einen Klaps. »Wach auf«, sagte sie. »Wach auf, Claire.« Sie sollte sie immer Claire nennen, niemals Mom.

June gab ihr abermals einen Klaps, und die Haut fühlte sich anders an. »Wach auf, Claire.« Ihre Mutter rührte sich nicht. Es war, als säße June in einem dunklen Kino und verfolgte eine dramatische Szene auf der Leinwand. Das konnte nicht möglich sein, nicht jetzt, nicht nach so vielen Jahren mit immer dem gleichen Spiel, nicht nachdem Claire Champagner und ein neues Kleid für ihre eigene Party gekauft hatte, nicht nachdem sie sich am Morgen die Nägel hatte machen lassen. Neil war zum Golfspielen, Lilly kam von Palm Springs herüber, und June wusste, dass ihre Mutter diesmal endgültig von ihnen gegangen war.

»Mom?«, sagte sie. »O Gott, Mom.« June fiel über den Körper ihrer Mutter, weinte und berührte ihre Wange. Sie küsste ihre eigenen Finger und legte sie auf das Gesicht ihrer Mutter, streichelte die mit Rouge stark geschminkten Wangen und entschuldigte sich wieder und wieder. »Es tut mir Leid. Es tut mir so Leid, dass ich dich geschlagen habe.«

Als die Sanitäter eintrafen, wollten sie von June wissen, was geschehen war. June konnte ihre zitternde Hand nicht vom Gesicht ihrer Mutter wegziehen. Claires Lippenstift war über ihre ganze Handfläche verschmiert. Immer wieder fuhr sie mit den Fingern über Claires Wangen, um die letzte aggressive Geste wegzuwischen.

Die Sanitäterin versuchte, June wegzuziehen, doch sie wollte nicht von Claires Seite weichen. Das Zittern wurde schlimmer. Die Sanitäterin kniete sich jetzt hin und wiederholte ihre Frage: »Was ist passiert?«

»Ich habe sie geschlagen.« June sank neben der Toten in eine sitzende Position zurück. Sie schaffte es nicht, ihren Beinen die richtigen Befehle zu geben. Sie deutete auf Claires kalte Wange. »Ich habe sie geschlagen.« June blickte zu den Sanitätern hoch. »Ich habe Claire geschlagen. Ich habe meine Mom so verdammt kräftig geschlagen.«

Einer der Sanitäter wandte sich an den anderen und flüsterte: »Okay, ich nehme an, sie hat sie geschlagen.« Der andere Sanitäter lachte halblaut, während er sich nach Claires Füßen bückte, sie hochhob und dadurch Claires geblümter Rock bis zu ihrer Taille hochrutschte. June stützte sich auf den antiken Rauchtisch und stieß einen Dufttopf um, während sie versuchte, auf die Füße zu kommen. Claire war in einer schlank machenden Strumpfhose gestorben, und alle konnten es sehen. June stolperte zur Küchenspüle und übergab sich.

Weniger als einen Monat später, an dem, was eigentlich der glücklichste Tag in ihrem Leben hätte sein sollen, stand June vor dem älteren Prediger in Las Vegas, der ihre Trauung vornehmen sollte, und überlegte: »Was wäre, wenn er wüsste, dass ich meine Mom geschlagen habe.«

»Das ist eine schwere Frage«, sagte sie schließlich zu Raina. »Ich wahre den Schein. Ich ergehe mich nicht in Selbstmitleid. Aber wenn Sie die Wahrheit wissen wollen, ich gehöre nicht wirklich zu diesen glücklich strahlenden Menschen. Verstehen Sie mich nicht falsch. Ich bin ganz und gar nicht morbide und deprimiert und halte das für besonders toll. Es sind eigentlich nur die Umstände, die mir zusetzen. Das geht aber nicht gegen Ihr Land.«

Raina schien die Antwort zu gefallen. »Wir werden schon wieder auf die Beine kommen«, sagte sie und füllte die Rakigläser erneut. »Und wir beide werden prima miteinander auskommen.«

8

Betrifft: Gefeuert
Datum: Sa. 28. Sept. 1996, 12:21:46 +0000
Absender: Greg Schwartz <gschwartz66@horizon.com>
An: June Carver <jcarver@sof.cit>

Hey June,

ich schreibe dir nur schnell, dass ich rausgeworfen wurde. Rob sagt Jess, sie solle mir sagen, ich soll die Fahnenabzüge von Stephen Kings neuem Buch besorgen, und ich telefoniere und du weißt schon wer sagt nein. Also sage ich Jess Bescheid, aber sie sagt Rob nichts davon. Also ruft Rob an und fragt, wo der Fahnenabzug ist, und ich sage, er ist noch nicht fertig, sie wollen ihn nicht rausgeben. Und er fragt, wusstest du, dass er für Jeff Berg ist? Und ich sage nein. Und Jess sagt zu Rob, sie hätte es mir gesagt. Was sie nicht getan hat. Was ich Rob auch erkläre. Daraufhin macht sie mich an, ob ich damit andeuten wolle, sie wäre eine Lügnerin. Was sie ist. Was ich noch einmal bejahe. Woraufhin sie anfängt zu weinen.

Unterdessen ruft Rob den Agenten an und kriegt den Fahnenabzug ohne Probleme, aber zu dieser Zeit sitzt Berg bereits in einer Maschine nach Kalkutta. Oder Cancun. Ich weiß es nicht mehr.

Und Jess sitzt in ihrem dämlichen Büro und knetet dieses verdammte dicke Gummispielzeug, dass sie immer knetet, wenn sie unter Stress steht, und Rob tut so, als würde er ins Telefon brüllen: »Jemand kriegt wegen dieser Sache den Arsch aufgerissen, Jeff, darauf können Sie sich verlassen«, während er in Wirklichkeit seine psychologische Terror-Technik praktiziert, und Melanie von HR ruft mich an und sagt: »Lass die Finger vom Computer, lass die Finger vom Rolodex, lass die Finger von den Akten und benutz das Telefon nicht.«

Eigentlich wollte ich nur Deine letzte Mail beantworten: Du hast also das Gefühl, Du hättest Deinen Mann und Deine Karriere und Deine Familie und alle Deine Freunde verloren? Herzlichen Glückwunsch. Du hast gerade das getan, wovon jeder, den ich kenne, träumt. Und Du brauchst noch nicht mal Deinen eigenen Tod zu inszenieren. Es tut mir Leid, dass Du so unglücklich bist, aber ich kann Deinen Wunsch, wieder hier zu sein, überhaupt nicht nachempfinden. Ich werde wohl im Partyservice meiner Schwester arbeiten. Wie aufregend. Dabei wollte ich mal ganz groß rauskommen.

Kann ich nicht bei Dir wohnen?

IN LIEBE, GREG

Ethan war mit seinem neuen Freund Stan, einem Anwalt, der für das Zentrum für Demokratische Studien arbeitete, außerhalb. Stan, mit seiner beginnenden Glatze und seiner Gewohnheit, Kautabak zu kauen, war ein Expatriierter aus Des Moines und hatte sich sofort an Ethan gehängt. Stan war Mitte Dreißig, übergewichtig, kurzsichtig und trug stets eine Baseballmütze mit dem Schirm nach hinten. In seinem ständigen Bemühen, seine physischen Unzulänglichkeiten wettzumachen, war Stan ein Mensch des lauten Lachens, des intensiven Händeschüttelns und diskriminierender Witze geworden. Er hielt sich seit zwei Jahren auf dem Balkan auf, um die undurchsichtige Aufgabe, »die Bücher neu zu schreiben«, wahrzunehmen und war gebeten worden, anlässlich der Präsidentschaftswahlen eine von der USAID zusammengestellte Gruppe Beobachter in die Provinzen zu begleiten. Überall im Land sollten Beobachter eingesetzt werden, um die Wahlen zu überwachen und zu gewährleisten, dass die Mafia nicht versuchte, Wählerstimmen zu kaufen, oder die Einheimischen unter Androhung von Gewalt zwang, die Roten zu wählen. Stans Wochenendtrip zeichnete sich durch eine Menge Raki, kubanische Zigarren, Bergwanderungen und Krutchma-Partys aus, zu denen gehörte, dass er hübschen, naiven Bauernmädchen seine wertvollen amerikanischen Besitztümer zeigte. Ethan hatte vorgeschlagen, dass June das Wochenende für ihre Sprachstudien nutzen sollte.

Nachdem sie den ganzen Freitag mit einer Tasse Kakao mit Whisky und einem Anne-Tyler-Roman, den sie schon einmal im Flugzeug gelesen hatte, verbracht hatte, beschloss June, mit Roxanne zu telefonieren. »Hier ist June, hallo! Oh nichts ... nichts von Bedeutung. Ethan ist mit Stan nach Pazardzhik unterwegs und meinte, es wäre am besten, ich bliebe in Sofia und vertiefe meine Bulgarischkenntnisse.«

»Oh. Wie interessant.«

»Ja. Ich dachte mir, heute Abend wäre vielleicht eine gute Gelegenheit, den praktischen Sprachgebrauch in der lockeren Konversation zu üben.«

»Ach? Wirklich! Das ist ein höchst interessanter Aspekt!«

»Wann kannst du mich abholen?«

Das Taxi setzte die beiden Frauen vor einem tristen grauen Gebäude nicht weit von der Parteizentrale entfernt ab. Es war, als hätten die früheren Bewohner, nachdem sie von einem Molotowcocktails werfenden Mob in ihrem Hauptquartier ausgeräuchert worden waren, einfach ihren großen roten Stern vom Dach abmontiert und wären um die Ecke in eine gemütlichere Umgebung umgezogen. Inoffiziell, natürlich. In dem Club mit seinen Sofas, glänzenden Tischen, Holztäfelungen, Marmorsäulen, Kerzen und gedämpfter Beleuchtung hinter einer verwirrenden Kollektion diverser Spirituosen in verspiegelten Regalen herrschte ein Flair von altem Geld. Schwaden von Zigarettenqualm trieben durch den Raum, und aus einer Stereoanlage erklang amerikanischer Jazz im Dixielandrhythmus. Ein Barkeeper in einem Smoking stand an der hinteren Wand neben einer Eisskulptur eines Saxofons.

Mit einem Glas Rotwein in der Hand stieg June hinter Roxanne die Treppe hinunter, und als sie fast unten waren, hörte June Rock and Roll. Die Tanzfläche war dichtbesetzt mit Männern, die ihre Jacketts und Krawatten abgelegt hatten. Sie wirbelten Frauen mit fliegenden Haaren herum, bis ihre Kleider hochflatterten und aufreizende Unterwäsche enthüllten.

Eine blonde Frau mit britischem Akzent winkte Roxanne

aus einer mit Lederpolstern versehenen Nische an der Wand zu. »Roxy! Juuu–huuu, Roxy!«

Roxanne erwiderte das Winken mit den Fingern. »Ich bin gleich wieder da«, sagte sie zu June.

June war sich nicht sicher, ob es ihr dort wirklich gefiel. Es schien eher der richtige Ort für Leute zu sein, die Dinge wie Roxy, juuu-huuu, Roxy sagten. Sie leerte ihr Glas und ging zur Bar, um sich ein frisches zu holen.

Kurz darauf erschien Roxanne mit einer Flasche Tequila, zwei Schnapsgläsern, einem Salzstreuer und einer Schüssel halbierter Zitronenscheiben. »Sieh mal, was ich organisiert habe!«

»Wenn ich Tequila trinke, muss ich dich warnen.«

»Mich vor was warnen?«

»Dann werde ich unheimlich lustig. Es wird dich umbringen. Tod durch June. Tod durch einen schweren Fall schrecklich auf die Nerven gehender June.«

»Kakvo e tova?«, fragte ein Mann mit einem ungewöhnlich großen Kopf vom Tisch hinter ihnen. Er hatte sich in aristokratischer Manier einen Schal um den massigen Hals geschlungen. Er deutete auf die Tequilagläser und grinste.

Nicht lange, und Junes Armbeuge war mit Salz bestreut. »Ich mag dieses taki shak«, sagte der Mann, dessen Name Petko lautete, zu June. »Versuchen wir noch ein taki shak.« Als er ihren Arm mit seiner rauen Zunge ableckte, kam er ihr vor wie ein Haustier. Ein schlecht erzogener Pitbull. »Ich bin aus Zuckerfabrik.«

»Verzeihung? Zuckerfabrik?«

»Ja. Sie kennen Plovdiv?«

»Nein.«

»Plovdiv ist beste bulgarische Stadt. Das dort ist Stoyan«, sagte Petko und deutete auf einen Mann, der gerade in sein Mobiltelefon brüllte. »Er ist auch aus Nachbarschaft von Zuckerfabrik. Wir gehören beide zu Schutztruppe für einen wichtigen Mann. Sie wissen, Spezialsicherheitsdienst.«

»Leibwächter.«

»Mehr als Leibwächter! Mehr! Wir aus Zuckerfabrik, wir sind wie Schutztruppe. Spezialpolizei.«

»Ich verstehe.«

»Als wir Kinder waren, stahlen wir Bon-Bons aus Zuckerfabrik in Plovdiv. Unser Viertel ist berühmt.«

»Fürs Stehlen von Bonbons? Das ist ja großartig.«

»Nein, nicht groß. Zuckerfabrik ist berühmt für Zuhälter und Rauschgiftdealer. Nur wenige von uns sind so mächtig. Ich und Stoyan und ein paar andere. Nicht viele. Fragen Sie rund. Leute wissen, wer in Sofia große Männer aus Zuckerfabrik in Plovdiv. Fragen Sie rund.«

»Okay, das mache ich.«

»Ja, machen Sie. Okay. Und dann, eines Tages vielleicht, haben Sie nichts dagegen, wenn mein Fahrer Sie abholt zu einer Party in einer Villa in den Bergen, wo ich meine Trophäen und mein Jacuzzi habe.«

»Sicher.« Sie schaute sich nach einer Fluchtmöglichkeit um, aber sie wurde von Petkos massigem Körper regelrecht an der Wand festgenagelt. Die Schar der Gäste war außer Rand und Band und betrunken, und sie entschied, dass sie sich keinen Deut um das scherten, was sie tat. Sie musste unbedingt weg von Petko, dessen fetter kleiner Finger sie jetzt leicht am Knie kitzelte. Sie stieg auf den Ledersitz, raffte den Rock hoch und schickte sich an, über die Rückenlehne aus der Nische herauszuklettern. Dabei zeigte sie der Bar mitten im Raum ein ansehnliches Stück weißen Oberschenkel und gepunkteten Schlüpfer.

Stoyan, der immer noch per Handy den respektlosen Inhaber der Diskothek *Neron's* in höchster Lautstärke beschimpfte, bekam Junes kleine Shownummer mit. Er deckte für einen kurzen Moment die Sprechmuschel zu und stieß den Mann an, der neben ihm saß. Chavdar trank gemütlich einen Ballantine's und war in ein richtungsloses und eher langweiliges Gespräch über die Oper mit Ani vertieft, der attraktiven Tochter eines seiner Geschäftspartner. »Chavdar, vizh«, sagte Stoyan.

Chavdar drehte sich um. Junes Hintern wackelte kurz, ehe sie erfolgreich in ihren Pumps auf den Fußboden sprang. Sie schüttelte ihr Haar auf, schwankte, legte dann eine Hand auf die Rückenlehne der Sitzbank, um sich abzustützen. An der Bar, quer durch den Raum, hörte Chavdar sie ausatmen und sagen: »Wow!«

Ein spontanes Lachen drang über Chavdars Lippen, und er hielt sich eine Hand vor den Mund, um sein Grinsen zu verbergen. Die Tochter seines Geschäftsfreundes redete weiter, nicht ahnend, dass sie ihren Zuhörer verloren hatte. »Und mein Vater hat hervorragende Karten für Verdis *Aida*. Natürlich wird es nicht so spektakulär sein wie die Freiluftproduktion im Dimitrov Mausoleum, aber vielleicht wird die Akustik in der Staatsoper der Musik eher gerecht. Obgleich, wurde die Oper ursprünglich nicht unter freiem Himmel aufgeführt? Wie dem auch sei, als die Arabesque Ballett Compagnie vom Palast in die Staatsoper umzog, hatten sie eine wunderschöne ...«

Ani redete und redete, und Chavdar schüttelte geistesabwesend den Kopf. Seine Blicke folgten June, während sie zur Damentoilette ging oder eher schwankte. In ihren hellen Augen, ihrem unbeschwerten und fröhlichen Lächeln war etwas Entwaffnendes. June fächelte sich mit einer Cocktailserviette frische Luft zu, während sie den

Raum durchquerte. »Sie ist eine Schönheit«, sagte er zu Stoyan.

Stoyan unterbrach endlich die Verbindung. »Ein hübscher Slip«, sagte er und trank einen Schluck Raki.

»Ich will sie kennen lernen.«

Als June aus der Toilette herauskam, rief Roxanne sie zu einer Nische herüber. Zwei Flaschen Champagner standen auf dem Tisch und Roxanne wirkte neben den drei Bulgaren, die bei ihr am Tisch saßen, winzig klein. Zwei der Männer waren ausgesprochen dick, ihre Hemdkragen scheuerten an ihrem Doppelkinn. Der Dritte war im Vergleich dazu groß und schlank. Selbst im Sitzen überragte sein Oberkörper die anderen, und er war athletisch gebaut. June betrachtete den hochgewachsenen Mann mit den grünlich-braunen Augen und der sportlichen Figur flüchtig, während sie in die Nische rutschte. »Hi.«

Roxanne war die Freundlichkeit in Person. »June, ich möchte dir meinen neuen Freund Damyan und seine Partner, Gospodin Samardjiev und Gospodin Kozhuharov, vorstellen.«

Chavdar streckte ihr höflich die Hand entgegen. »Chavdar. Nennen Sie mich Chavdar, bitte.«

June gab ihm die Hand, die er behutsam mit Daumen und Fingern ergriff, während er den Kopf neigte. »Schön, Sie kennen zu lernen«, sagte sie. Er hatte gepflegte Fingernägel und war sonnengebräunt. Das dunkelbraune Haar auf seinem Handrücken wucherte auch auf seinem Unterarm und verbarg teilweise eine goldene Uhr am Rand einer gestärkten weißen Hemdmanschette.

Chavdar kitzelte ihre Handfläche, ehe er ihre Hand losließ. »Danke gleichfalls«, erwiderte er und zwinkerte ihr viel sagend zu. Nach dem kurzen Zugriff Petkos kurz vorher unter dem Tisch begann June zu vermuten, dass das Kratzen von Handflächen und das Kitzeln mit dem kleinen Finger zum bulgarischen Anmachritual gehörten.

June fand Chavdar auf Anhieb außerordentlich amüsant. Ein richtiges Unikum mit seinem schicken Anzug, dem Schmuck, dem kitzligen Händedruck und den vieldeutigen Blicken. Sein Gesicht, einerseits ungemein attraktiv, war einfach zu elegant. Jedes dunkle Haar war zurückgekämmt und lag wie abgezirkelt an Ort und Stelle. Seine Lippen waren zu üppig und weich und sahen aus, als wären sie niemals rau oder aufgesprungen gewesen. Seine Fingernägel funkelten regelrecht, und sie erkannte, dass sie mit Transparentlack behandelt und poliert waren. Am liebsten hätte June schallend gelacht. Sie war im Begriff, ihren ersten Dandy kennen zu lernen.

June räusperte sich und beschloss, sich an einer Unterhaltung zu beteiligen, wie sie vielleicht unter Weingutbesitzern üblich war. Squash, Zigarren, Whisky, Autos, Politik, die Concorde und Sex mit Stewardessen. »Nun«, sagte sie, »was treiben Sie alle denn so?«

»Wir sind bei IZTOK, der Versicherungs- und Sicherheitsfirma«, antwortete Damyan.

»Sicherheit. Ich nehme an, es ist gut, wenn man in Sofia so etwas hat.«

»Ja.« Chavdar lächelte und zwinkerte June wieder zu. Sie spürte unter dem Tisch, wie er sein Knie gegen ihr Bein drückte.

»Das ist ein herrlicher Champagner. Vielen Dank«, sagte June und prostete den am Tisch Sitzenden zu.

»Wundervoll«, pflichtete Roxanne ihr bei.

»Nishto, nishto«, sagten Damyan und Chavdar im Chor.

»Hm, hmm ...« June räusperte sich abermals und verspürte den Drang, das Schweigen auszufüllen, zumal Chavdars Bein sich jetzt stärker an ihrem bemerkbar machte. Es schien, als versuchte er, ihre Beine auseinander zu drücken. June hielt ungläubig mitten im Satz inne. Dieser gut über dreißig Jahre alte Geschäftsmann benahm sich wie ein Schüler, der soeben die Freuden des Sex entdeckt hatte. »Also, okay. Sicherheit in Sofia. Hey, was war denn kürzlich mit diesem Attentat?« June freute sich insgeheim, dass sie sich tatsächlich an den Namen des Ermordeten erinnern konnte. »Lukanov, so hieß er doch, nicht wahr? Was war damit?«

Eine unbehagliche Stille senkte sich auf den Tisch, und Roxanne holte ihren Lippenstift aus der Handtasche. Stoyan blickte von Damyan zu Chavdar und wieder zurück zu Damyan. Chavdar kratzte sich am Hals, und sein Gesicht verzog sich bestürzt. Dann lachte er. »Was ist damit?«, fragte er und sah Stoyan an und genoss offensichtlich das Gefühl, diesen amerikanischen Satz über seine Lippen zu lassen. »Kato, kakvo stava sus, tova, nali? Gute Frage. Damyan ...« Und jetzt legte Chavdar eine besondere Betonung auf die Frage. »Was ist damit?«

Jetzt war Damyan derjenige, der lachte. Roxanne hatte ihre Lippen zu Ende geschminkt und gestattete sich ein verspätetes unbegründetes Kichern. Nur Stoyan blieb still. Der Blick seiner verhangenen Augen glitt zur Seite und konzentrierte sich auf June.

»Wie dem auch sei«, sagte Roxanne und leerte ihr Champagnerglas. »Ich würde vorschlagen, wir verschwinden aus diesem Laden. Hier wird es mir zu eng, und ich habe Lust zu tanzen.«

Damyan nickte und legte einen Arm um Roxannes Schultern. »Das ist eine gute Idee.«

»Ich mag die Disco unter dem Palast«, sagte Roxanne. *»Neron's.«*

Die drei Männer wechselten schnelle Blicke, und Chavdar erhob sich. »Nicht heute Abend.«

»Warum nicht?«, fragte Roxanne.

Chavdar half June beim Aufstehen. Erneut massierte sein Daumen ihre Handfläche. »Dort findet heute etwas Besonderes statt. Eine geschlossene Gesellschaft.«

Stoyan knurrte. »Genau. Tochno taka.«

Chavdar schenkte Roxanne sein charmantestes Lächeln. »Wie wäre es stattdessen mit ein wenig Jazz? Oder ist das ...« Er schaute zu June. »Zu harmlos für Sie?«

Roxanne zuckte die Achseln und schnappte sich ihre Handtasche. »Ich mag Jazz. Und du, June?«

»Ja. Super.«

Stoyan sah June an. »Dann *super*. Ich gehe nach Hause.«

Chavdar beugte sich vor und flüsterte Stoyan etwas ins Ohr. June glaubte ihn sagen zu hören: »Ruf mich an, wenn du bei Neron fertig bist.« June schüttelte den Kopf. Ihr Bulgarisch war immer noch so schlecht. Sie konnte nichts verstehen.

Im Jazzclub waren keine Tische mehr frei, und June schlug den Weg zur Bar ein, wo sie hoffte, sich einen Stehplatz erkämpfen zu können. Chavdar ergriff sanft ihren Arm. »Wollen Sie sich nicht hinsetzen, June?« Sie wandte sich um und wollte ihm erklären, es gäbe keine freien Tisch mehr, doch er deutete auf einen freien Stuhl. Die Gesellschaft, die an dem Tisch saß, war gerade im Begriff aufzustehen und Geld für die Rechnung zu zählen. Die Frauen wirkten ein wenig ungehalten, aber die Männer entfernten sich ruhig und nickten Chavdar flüchtig zu. Dann schob er für June den Stuhl zurecht. »Nehmen Sie Platz. Was kann ich Ihnen zu trinken holen?«

»Rotwein?«

»Einen Moment«, sagte er und berührte ihre Schulter. Es war eine ungewöhnlich lange Berührung, und seine Finger strichen über ihren Nacken, während er sich entfernte.

Roxanne lehnte sich zu ihr hinüber. »Er ist einer der interessantesten Männer in Sofia!«

»Wer?«

»Chavdar, du Dummchen!«, sagte Roxanne. »Ich habe mir schon seit einer Ewigkeit gewünscht, ihn kennen zu lernen.«

June drehte sich um und schaute zu ihm hin. Er stand gerade an der Bar und zählte seine Geldscheinbündel, als wäre er ein Kartengeber beim Blackjack. »Ich glaube, er ist eine richtige Schmalzlocke«, flüsterte sie. »Ein Westentaschen-Don Juan –«

»Pssst«, sagte Roxanne, während Chavdar mit Getränken für alle zum Tisch zurückkam.

»Also, June«, sagte Chavdar und wandte sich ihr mit einem fragenden Gesichtsausdruck zu. »Wie lange sind Sie schon in der Stadt?«

»Ich wohne hier. Mein Ehemann recherchiert hier für ein Buch.«

»Und was tun Sie?«

»Bei meinem letzten Film in Los Angeles war ich Projektmanagerin. Ich würde gerne hier arbeiten, aber bis jetzt hat sich noch nichts ergeben.«

»Sie kommen vom Film?«, fragte er aufrichtig erfreut. Er schüttelte den Kopf, als würde das alles erklären. »Durchaus möglich, dass jetzt in Bulgarien die Zeit für die Filmindustrie günstig ist. Billige Drehorte, gut ausgebildete Drehteams, eine Menge ungenutzte Studios und Ausrüstungen.«

»Sie kennen sich im Filmgeschäft aus?«

»Nun, es war mal mein Traum, dort zu arbeiten. Ich wollte schon vor vielen, vielen Jahren Filme machen. Ein Kollege von mir ist jetzt in der Tschechischen Republik und dreht einen Film nach dem anderen. Prag wird bei Filmemachern aus Hollywood immer beliebter. Ich hoffe, dass Bulgarien irgendwann einmal auch diese Bedeutung bekommt. Aber Bulgarien ist anders. Vielleicht dauert es hier noch einige Zeit. Vielleicht kommt es auch nie dazu.«

»Haben Sie Film studiert?«

»Oh nein: Es ist etwas, wie würden Sie sagen? Etwas, das mir Spaß macht?«

»Ein Hobby.«

»Ja, ein Hobby.« Er redete ganz offen und hatte offenbar vergessen, dass er unter dem Tisch mit seinem Fuß ihr Bein gestreichelt hatte. Seine Miene zeigte ein breites, schönes, jungenhaftes Lächeln. »Was halten Sie von Martin Scorcese?«

»Er ist ein Genie.«

»Ich bewundere ihn sehr. *Raging Bull, Der Pate, Scarface.* Kennen Sie ihn?«

»Natürlich, aber *Taxi Driver* ist mein Lieblingsfilm. Jodie Foster mit diesem breitkrempigen Hut und den weißen Plateauschuhen, mit Hotpants und Ringellocken. Travis – ich habe Travis *geliebt*.«

»Ich wollte Travis *sein*.« Er zwinkerte und zeigte ihr ein Robert-De-Niro-Grinsen. »Alle Tiere kommen erst bei Nacht heraus.«

»Aber eines Tages wird ein großer Regen kommen und ...«

»... diesen ganzen Schmutz von den Straßen spülen.« Er lehnte sich zurück, um sie anzusehen. »Mnogo su hubava«, sagte er. »Wissen Sie, was das heißt?«

»Ja. Danke.«

»Es heißt, Sie sind sehr schön.«

»Ich weiß. Ich nehme Bulgarisch-Unterricht.«

»Wirklich? Die meisten Ausländer kommen her und nehmen sich nicht die Zeit, auch nur ein einziges Wort unserer unwichtigen kleinen Sprache zu lernen. Sie erwarten von uns, dass wir mit ihnen in ihrer Sprache reden, ihrer überlegenen Sprache.«

»Nun, das ist ziemlich schlimm.«

»Ja.«

June fühlte sich unbehaglich unter seinem Blick. Chavdar biss sich auf die Unterlippe und versuchte gar nicht erst den Weg seines Blicke zu verbergen: von ihrem Gesicht zu ihren Brüsten zur Wölbung ihrer Hüften, als sie die Beine überkreuzte. Dann lächelte er auf eine Weise, die keinen Zweifel daran ließ, was er in diesem Moment dachte. Er beugte sich vor, legte eine Hand auf ihr Knie und flüsterte: »Iskam da te izpapkam.«

»Wie bitte?«, fragte June mit belegter Stimme. »Das – das habe ich noch nicht gelernt.«

»Es heißt, ich möchte dich verschlingen.«

»Schön. Schön, das – steht nicht in meinem Lehrbuch.«

Er lächelte, ergriff ihre Hand und faltete sie zu einer Faust. Er senkte seinen Mund auf sie herab und berührte mit der Zungenspitze sanft die Kerbe zwischen ihrem Mittel- und ihrem Zeigefinger.

»Oh.« June sah ihn an, und er sah sie an. Dabei löste er seinen Mund nicht von ihrer Hand. Seine Lippen umschlossen einen Knöchel, und er saugte sacht. »O Gott.«

»Mögen Sie das?«

Abrupt stand June auf. »Roxanne? Schätzchen, danke, aber ich muss gehen. Vielen Dank für alles. Für einen tollen Abend. Ich bin plötzlich sehr müde.«

Chavdar erhob sich gleich nach ihr und stieß dabei beinahe seinen Stuhl um. »Was ist?«

»Es tut mir Leid«, sagte June und zerrte an ihrem Jackenärmel, der sich halb um die Stuhllehne gewickelt hatte. »Es wird für mich Zeit, nach Hause zu gehen.«

»Ich bringe Sie hin.«

»Oh danke, aber ich nehme mir lieber ein Taxi.«

»Kommt nicht in Frage. Ich lasse es nicht zu, dass Sie alleine in einem Taxi nach Hause fahren.« Chavdar wandte ihr für einen kurzen Moment den Rücken zu, um seinen Trenchcoat zu nehmen, und als er sich wieder umdrehte, war sie weg.

»Sie ist schnell, nicht wahr?«, sagte Roxanne. »Wie der Blitz.«

Chavdar ließ sich auf den nächstbesten Stuhl fallen, zerknüllte eine Cocktailserviette und sah Damyan wütend an. »Was ist? Warum lachst du?«

»Weil ich noch nie einen solchen Ausdruck auf deinem Gesicht gesehen habe, und ich bezweifle, dass ich dieses Glück jemals wieder haben werde.«

June winkte einem Taxi und ließ sich durch Sofia in Richtung Stadtrand fahren. Sie kam sich ein wenig töricht vor wegen ihres plötzlichen Abgangs, aber es war spät, sie war müde, und – woran sie sich mittlerweile gewöhnt hatte – Ethan war da, wo er meistens war – weit weg. Sie wollte sich hinlegen und den Kopf auf das Kissen betten, das nach ihrem Mann roch, damit sie nicht ständig Chavdars Eau de Cologne in der Nase hatte. Sie wollte einschlafen, während sie sich vorstellte, wie es mit Ethan mal vor langer Zeit gewesen war. Chavdar war sehr gut darin, Frauen den Hof zu machen, aber June war an solchen Spielchen nicht interessiert. Sie sagte sich das immer wieder, hämmerte es sich geradezu ein, wobei sie den Geruch seines Eau de Colognes an ihren Kleidern wahrnahm und die Berührung seiner

Hand immer noch auf ihrer Schulter zu spüren glaubte. Es war so lange her, dass jemand ihr derart viel Aufmerksamkeit geschenkt hatte. Alleine im Bett liegend, beschleunigte ihr Pulsschlag sich, als sie an die Worte dachte *Ich möchte dich verschlingen*.

»Nein, nein, nein!«, sagte sie laut und drehte sich auf die Seite. Sie versuchte an Ethan zu denken, wie er zu ihr zurückkehrte, sie küsste – aber stattdessen sah sie ihn an seinem Kragen ziehen und zerren, während er die halbwüchsige bulgarische Köchin angaffte. Sie streckte die Hand aus, packte sein Kopfkissen und tauchte ein in den Geruch seines Antischuppenshampoos. Es half überhaupt nicht.

9

Betrifft: Ich vermisse Dich, Fleisch von meinem Fleisch
Datum: Sa. 09. Nov. 1996, 04:08:59 -7000
Absender: Lilly Summer <org.beauty@ink.net>
An: June Carver <jcarver@sof.cit>

Hermana mía, cómo estás? (Ich treffe mich regelmäßig mit einem bildschönen Engel namens Joaquín aus Mexico City. Er stellt Keramikfiguren für den »Tag der Toten« her und bringt mir Spanisch bei.) Ich habe ihn in meinem neuen Kickbox-Kursus kennen gelernt. Mein Chiropraktiker meinte, diese Art von Fitnesstraining wäre gut für meinen Kreislauf, und die kribbelnden Gurkenmasken reichen für das Gesicht und die Füße mittlerweile nicht mehr aus. Aber verrate das bloß nicht meinen Kunden.

Also, niemand glaubt es, wenn ich erzähle, meine Schwester lebt in Bulgarien. Mein Akupunkteur betont jedoch, dass Bulgarien berühmt wäre für seine gesundheitsfördernden Mineralbäder und homöopathische Medizin. Ich hoffe, du vernachlässigst nicht Dein physisches und mentales Wohl, wenn ein solcher Luxus wirklich so leicht zugänglich ist, wie er mir erzählt hat. Auf jeden Fall solltest Du, wie ich finde, für die Feiertage nach Hause kommen. Ich brauche Dich und liebe Dich und möchte mit Dir von Angesicht zu Angesicht reden, sodass ich sicher sein kann, dass Du nicht vor Deinen Problemen wegläufst. Falls Du nicht zu Weihnachten nach Hause kommst, nenn mir bitte eine Adresse, an die ich das Anleitungsbuch *Yoga im Selbstunterricht* schicken kann. June, ist alles okay? Antworte mir.

GESUNDHEIT UND GLÜCK LILLY

June hielt sich an ihrem neuen Lieblingsplatz in Sofia auf: in der hässlichen Badewanne mit den Löwentatzen. Sie hatte zu dem Stahltrog eine wundervolle, wenngleich an Abhängigkeit grenzende Beziehung entwickelt. Sie weinte darin an den Tagen, an denen Ethan außer Haus war, und durchlebte immer aufs Neue mit schlechtem Gewissen ihre Unbedachtheit mit James. Nachdem sie regelmäßig ihren nackten Hintern und ihre nackten Füße aufgenommen hatte, kannte die Wanne sie sehr gut. Sie hieß ihre salzigen Tränen genauso willkommen wie die Haare aus ihrem Rasierapparat.

»June?« Ethan klopfte an die Badezimmertür. June zuckte zusammen und kippte beinahe ihren Whisky ins Badewasser. Sie hatte damit angefangen, den Kakao ganz wegzulassen.

»Was ist?«

»Telefon.«

June hatte nur eine Freundin. »Sag Roxanne, bitte, ich rufe sie zurück.«

»Es ist irgendein Typ namens Kozhuharov.«

Ethan hörte einen dumpfen Laut, gefolgt von einer veritablen Sturzflut auf den Fliesenboden. »Einen Moment.«

In ein Badetuch gewickelt tauchte June kurz darauf aus dem Badezimmer auf. Sie hinterließ eine Tropfenspur, als sie auf nackten Füßen zum Telefon tappte. »Hallo?«

»June, hier ist Chavdar Kozhuharov.«

»Wirklich? Was für eine nette Überraschung.«

»Nun, das hoffe ich doch. Damyan hat sich Ihre Telefonnummer von Roxanne geben lassen. Ich störe Sie doch nicht?«

»Mich stören? Nein, nein. Überhaupt nicht. Wie geht es Ihnen?«

»Gut.« Er klang sehr sachlich. »Ich rufe Sie an, weil ich mich entsinnen konnte, dass Sie sagten, Sie suchten Arbeit. Dass sich ›irgendwas ergibt‹, war, glaube ich, Ihre Formulierung. Ja?«

»Ja.« June war aufrichtig überrascht.

»Schön. Kennen Sie diese Zeitung, den *Sofia Sentinel*?«

»Ich habe schon davon gehört.«

»Nun, dann wissen Sie, dass es eine englischsprachige Zeitung ist. Sie hat einen Unterhaltungsteil, der aber nur sehr klein ist.«

June löste den Griff um den Telefonhörer und wischte die schwitzende Handfläche am Badetuch ab. »Hmm, hmm?«

»Ich kenne den Chefredakteur, und ich erzählte ihm, ich hätte eine reizende junge Frau aus Los Angeles kennen gelernt, die beim Film gearbeitet hat, die schreibt und dazu noch eine akademische Ausbildung hat – einen Mastergrad.«

June verschlug es den Atem. Es klang so gut, wie er es aussprach, akademische Ausbildung und so weiter. »Das war sehr nett von Ihnen.«

»Nun, er erzählte mir, sie brauchten einen Journalisten für diese Unterhaltungsabteilung, die sich mit Ballett, Oper und natürlich mit Film und Theater befasst. Was bei der Zeitung fehlt, sind Leute mit Englisch als Muttersprache. Der Journalist, den sie suchen, müsste auch zweimal in der Woche in der Nachtredaktion mitarbeiten. Interessiert Sie das?«

»Natürlich!«, platzte June heraus. »Das interessiert mich so sehr, dass Sie es sich gar nicht vorstellen können! Vielen Dank für die Empfehlung.«

»Es war nichts. Der Redakteur wird sich bei mir bedanken, wenn er Sie erst einmal kennen gelernt hat.«

»Wie lautet seine Telefonnummer? Damit ich ein Vorstellungsgespräch vereinbaren kann.«

»Ein Vorstellungsgespräch ist nicht nötig. Sie sind engagiert.«

»Aber, ja nun, da gibt es ein kleines Problem. Ich habe keine Arbeitserlaubnis für Bulgarien.«

»Kein Problem. Jetzt muss nur noch die Bezahlung geklärt werden.«

June hätte auch umsonst gearbeitet. Ihr war es gleich, wie man sie bezahlte, von ihr aus auch in Naturalien wie Baklava. »Oh, das ist einfach zu großzügig.«

»Nein, ich fürchte, Sie werden die Bezahlung gar nicht großzügig finden. Jedenfalls nicht nach amerikanischen Standards.«

»Oh, es ist schon in Ordnung. Ich verstehe das sehr gut.«

»Roxanne erzählte mir, Sie wohnen in Darvenitsa und würden gerne in die Stadt ziehen.«

»Das stimmt. Mein Mann und ich denken ständig darüber nach. Ich komme mir hier draußen manchmal ziemlich isoliert vor.«

»Ich denke, Sie werden im Zentrum etwas geeignetes finden, das nicht allzu viel kostet.«

»Das habe ich auch schon gehört.«

Chavdars Stimme klang leise und zuversichtlich. »Ich werde die Augen für Sie offen halten.«

Roxanne verbrachte das Wochenende außerhalb der Stadt. Nevena hatte die Schlüssel zum Apartment und war angewiesen worden, die Katzen zu füttern, die Wäsche zu waschen und einen Schmorbraten vorzubereiten.

Stattdessen fütterte Nevena die Katzen, startete die Waschmaschine, schaltete die Stereoanlage ein, nahm ein Schaumbad, las mehrere importierte Ausgaben des *People*-Magazins, trank zwei Coca Colas und eine Fanta Orange, rauchte zwei von Roxanne Cartier-Zigaretten, sah sich eine halbe Stunde lang Euro MTV über Kabel an, roch an allen Parfüms, die Roxanne besaß, und hatte gerade angefangen, Roxannes Kleider anzuprobieren, darunter auch ihre Unterwäsche.

Nevena stand vor Roxannes großem Spiegel, bekleidet mit einem schwarzen Minirock, kniehohen Stiefeln und einem zu großen zinnoberroten Büstenhalter, der lose über ihren kleinen Brüsten saß. Ihr Gesicht war völlig ungeschminkt, und ihr schlaffes Haar lag strähnig auf ihren Schultern. Sie betrachtete ihr Ebenbild und kam sich vor wie eine Fremde. Sie konnte nicht so lächeln wie die Prominenten in den Modezeitschriften, sie konnte nicht posieren oder Kusshände verteilen. Das Einzige, was sie tun konnte, war traurig in Roxannes endlosem Meer von Kleidern zu suchen, eine halbherzige Auswahl zu treffen und das zu große Kleidungsstück über ihren hageren Körper zu ziehen. Elegante Tops, reich verzierte Mieder, Seidenstrümpfe mit malvenfarbenen Strumpfhaltern. Dann stand sie da, blickte trübsinnig in den Spiegel und sah nur ihre knochigen Knie und die Ränder unter ihren Augen.

Nevena konnte dastehen und für immer die endlosen Doppelspiegelbilder ansehen. Es gab sie millionenfach von ihr, lebensgroß und kleiner und kleiner ganz tief in den Spiegel hinein, bis ihr Bild nur noch eine winzige Puppe in weiter Ferne war. Die Zeit würde verstreichen wie im Schlaf, denn sie wäre in einen Tagtraum eingetaucht. Sie war eine amerikanische Frau mit einem Schrank voller kurzer Plaidröcke und mit einem Freund, der ihr Blumen brachte. Sie studierte an einer Universität, hatte ihr eigenes Auto und Eltern, die noch lebten, sowie eine Anzahl guter Jobangebote, die nach dem Studienabschluss auf sie warteten. Oder sie war Roxanne, eine Schriftstellerin, eine Frau von Bildung und Eleganz, eine Frau, die jede Woche Dinnerpartys veranstaltete und es ihrem Hausmädchen überließ, anschließend aufzuräumen.

Ihr liebster Traum war der simpelste. Sie war einfach sie selbst, die ganz normale Nevena, und sie hatte in der Visa-Lotterie gewonnen. Außer sich vor Freude würde sie nach Amerika gehen können, wo sie einen guten Job als Haushälterin oder Kindermädchen bei einer reichen Familie fände, und dann würde sie ihren Bruder und ihre Schwester nachkommen lassen. Sie würden zusammen in den Bergen wohnen, vielleicht in Colorado oder in Kalifornien oder New Mexico, und von dem Geld, das sie verdienen würden, könnten sie die Abendschule besuchen. Sie wäre Nevena und niemand anderer, und sie könnte sich Kleider leisten wie die, die sie gerade trug, nicht nur für sich selbst, sondern auch für ihre Geschwister, und sie würde sich ihre eigenen Magazine und Rosenwasser kaufen und würde fließend Englisch sprechen. Sie würde in den Spiegel blicken und lächeln können.

Nevena stand stocksteif da, völlig entrückt, den Blick starr auf die Lederstiefel an ihren Füßen gerichtet, als die Türklingel ertönte. Sofort riss sie sich den roten Spitzen-BH vom Leib, ließ sich einfach auf den Hintern fallen und streckte die Beine in die Luft, um sich die engen Lederstiefel von den Füßen zu ziehen, an denen sie festsaßen.

Ethan pfiff eine kleine Melodie und blickte auf die Uhr, während er darauf wartete, dass Roxanne die Tür öffnete. June hatte für ihre Freunde und Ethans Kollegen Weihnachtsgeschenkkörbe gebastelt, und Ethan hatte sich bereit erklärt, einen zu Roxanne zu bringen, obgleich er es eilig hatte. Er war zum Mittagessen mit dem Wirtschaftsattaché der Schweiz verabredet und hatte am späteren Nachmittag noch einen Termin mit einem Vertreter der *Balkan National Bank*, mit dem er sich über die Bankreform in Bulgarien unterhalten wollte. Es war manchmal eine mühsame Arbeit, aber Ethan machten die Recherchen großen Spaß. Er war überzeugt, dass sein Buch, das gleichzeitig seine Dissertation sein sollte, besondere Bedeutung erlangen könnte. Optimistisch malte er sich aus, dass sein Werk eine wichtige Rolle bei der Entwicklung eines Reformmodells spielen würde, das Länder wie Bulgarien aus Wirtschaftskrisen herausführen könnte. Er hatte das Gefühl, er schaffte etwas durchaus Weltbewegendes, und er war so glücklich wie schon lange nicht mehr.

Seine Gedanken beschäftigten sich ausschließlich mit seiner Arbeit, und als sich die Tür endlich öffnete, brauchte er ein paar Sekunden, um die junge Frau zu erkennen, die vor ihm stand. Nevena trug ihren Hauskittel und Turnschuhe ohne Strümpfe, und sie trat von einem Fuß auf den anderen. Ihr Haar war zu einem unordentlichen Pferdeschwanz zusammengebunden. »Ja, bitte?«, fragte sie mit gesenktem Blick.

»Hi!«, sagte Ethan. »Nevena! Was tun Sie denn hier?«

Nevena öffnete die Tür ein kleines Stück weiter und verengte die Augen. Vor ihr stand ein Mann, der dermaßen in Winterkleidung verpackt war, dass sie kaum sein Gesicht sehen konnte. Noch seltsamer war, dass er einen alten sowjetischen Offiziersmantel trug und in der Hand einen lächerlich feminin wirkenden Korb voller Schleifen und anderem unsinnigem Zierrat in der Hand hielt. Ihre Finger schlossen sich um die Kette und überzeugten sich, dass die Tür vor diesem offensichtlichen Psychopathen gesichert war. »Ich arbeite hier. Wer sind Sie?«

Ethan hielt verblüfft inne. Dann riss er sich die Mütze vom Kopf und zog an seinem Schal, der um seinen Hals gewickelt war. »Ich bin's. Ethan. Ein Freund von Roxanne. Wir haben uns auf dieser Dinnerparty kennen gelernt.«

»Auf welcher Dinnerparty?«

»Hm, die, bei der Sie und ich waren, wir haben uns eine Weile unterhalten, und äh ...«

»Lassen Sie nur. Es ist nicht wichtig.«

»Sie kamen im letzten Moment, um zu helfen, und ich war bei Ihnen in der Küche.«

Nevena musterte ihn jetzt und nickte knapp. »Ja. Es ist auch egal. Roxanne ist nicht zu Hause.« Sie wollte nichts anderes, als die Tür schließen, sie verriegeln und weggehen. Ihr war für heute der Spaß verdorben worden, und sie musste am Nachmittag noch in anderen Häusern und Wohnungen putzen.

»Darf ich das hier schnell reintragen und irgendwohin stellen?«, fragte Ethan und deutete mit einem Kopfnicken auf den Korb in seinem Arm.

»Ich nehme ihn schon«, sagte sie und löste schließlich die Sicherheitskette.

»Es ist ziemlich schwer. Warum lassen Sie mich das nicht tun?«

»Mir ist es lieber, wenn ich das mache«, sagte Nevena

und streckte die Hand nach dem Korb aus. Sobald sie das tat, rutschten jedoch mehrere von Roxannes Armbändern an ihrem Arm zu ihrem Handgelenk hinab und klirrten leise dabei. Nevena zog sofort ruckartig die Hände zurück und verschränkte sie auf dem Rücken. »Aber wenn Sie es unbedingt wollen ... Tragen Sie den Korb ruhig herein.«

Ethan schleppte den Obstkorb in die Wohnung. Der Fernseher war eingeschaltet und zeigte die Europanachrichten, und im anderen Zimmer lief die Stereoanlage und spielte laute orientalische Musik mit türkischen Texten.

Nevena schaute zu Boden und hielt ihre mit Schmuck behängten Arme versteckt. »Stellen Sie ihn ruhig auf diesen Tisch dort.«

Die leeren Limodosen, die Zigarettenstummel und die Filmmagazine lagen noch immer dort, wo Nevena sie liegengelassen hatte. Man brauchte kein Genie zu sein, um sich alles zusammenzureimen. Ethan schaute Nevena lächelnd an und stellte fest, dass sie ihren violetten Hauskittel verkehrt herum trug. Die Knöpfe rutschten stellenweise aus den Knopflöchern. »Wo ist Roxanne?«

»Ich sagte doch, sie ist nicht da.« Das Zimmer war nicht ausreichend erleuchtet, und Ethan konnte nicht sehen, wie Nevenas Gesicht sich rötete und wie ihre Unterlippe ganz leicht zu zittern begann.

Ethan war von den Getränkedosen und von den Magazinen entzückt und hatte das Gefühl, dass es durchaus in Ordnung wäre, wenn er sie ein wenig in die Enge trieb. Endlich hatte er ein annehmbares Gesprächsthema gefunden. Er stellte den Obstkorb ab und zeigte Nevena sein gewinnendstes Lächeln. »Sie ist außerhalb, nicht wahr?«

Nevenas Gesicht rötete sich jetzt noch stärker, während sie alle Mühe hatte, die Tränen zurückzuhalten. Sie stampfte mit einem Turnschuh auf dem Fliesenboden auf und putzte sich die Nase. »Ich mache hier gute Arbeit!«, sagte sie wütend und schaltete wütend den Fernseher aus. »Ich arbeite wie ein Pferd, ich mache alles richtig!« Sie zerrte sich die Armbänder vom Handgelenk und schloss die Faust darum. »Sagen Sie, was Sie wollen, es ist mir egal.«

»Was glauben Sie denn, was ich sagen will?«

Nevena hielt ihre zitternde Hand mit den Armbändern hoch. »Sie werden von dem hier erzählen.«

»Nein. Das werde ich nicht. Mir ist es egal, ob sie den Kühlschrank ausräumen oder vor dem Fernseher sitzen, während sie verreist ist. An Ihrer Stelle hätte ich wahrscheinlich eine Party veranstaltet. Und wenn ich in Ihrem Alter wäre, hätte ich sogar ganz bestimmt eine Party veranstaltet.«

Nevena sah Ethan wachsam an. »Ich habe keine solche Party gemacht.«

»Ich weiß. Wollen Sie ...« Ethan deutete mit einem Finger auf ihren Kittel. »Wollen Sie das Haus so verlassen?«

»Wie?«

»Mit dem Kittel verkehrt herum.«

Nevena schaute an sich herab und fummelte erfolglos für eine Sekunde an einem Knopf herum. »Das ist extra so«, sagte sie wenig überzeugend. »Damit der Kittel von draußen nicht schmutzig wird, wenn ich putze.« Sie schaute hoch, aber ihre Finger ließen die Knöpfe nicht los. »Wissen Sie, dass das, was Sie da tragen, der Mantel eines sowjetischen Offiziers war?«

Ethan lachte. »Sie meinen, dass er mal einem Sowjetoffizier gehört hat?«

»Ja, das habe ich gemeint.«

»Ist das schlimm?«

Nevena zuckte die Achseln. »Einige Leute finden es vielleicht nicht äh ... dobur vkous?«

»Geschmackvoll?«

»Ja, vielleicht sagen einige, dass das nicht gerade guten Geschmack beweist.«

»Gehören Sie auch zu diesen Leuten?«

»Ja.«

Ethan hatte seine Nachmittagsverabredung vergessen. »Darf ich Sie zu einer Tasse Kaffee einladen?« Er schaute auf den Tisch. »Oder zu einer Limo? Offenbar haben Sie schon eine getrunken.«

»Ich hatte genug Limonade.«

»Dann ein Cappuccino?«

Nun, da sein russischer Mantel offen war, konnte sie den zerknitterten Anzug und die Krawatte darunter sehen. Auf seinem Kopf stand das rotblonde Haar ab, statisch aufgeladen von seiner Mütze, die er gerade abgenommen hatte. Seine Wangen waren vom Wind draußen gerötet, er lächelte, und er hatte Roxanne Obst und Weihnachtsschmuck in einem Korb gebracht. Nevena kannte keinen einzigen bulgarischen Mann, der durch die Straßen gelaufen wäre und ein solches Geschenk getragen hätte. »Ich mag Cappuccino«, sagte sie leise. »Aber ich muss vorher andere Kleider anziehen.«

»Prima.« Er deutete auf die Couch. »Ich lese ein wenig in Roxannes Magazinen, trinke was Kaltes und sehe mir ein wenig MTV an.«

Nevena zögerte in der Türöffnung. »Erlauben Sie sich einen Spaß mit mir?«

Ethan nickte. »Ja.«

Nevena sah ihn für einen langen, stummen Moment an und lächelte dann. Ihre braunen Augen hellten sich auf, und ihre Lippen öffneten sich leicht. Nur ein wenig, keine Zähne wurden entblößt. »Okay«, sagte sie. Jetzt waren ihre Grübchen zu erkennen.

»Das ist das Lokal«, sagte Nevena und deutete auf ein tristes kleines Café. Darin standen fünf weiße Plastiktische und rote und gelbe Plastikstühle. Die hellen Farben nutzten dem Laden nicht viel, sie konnten nicht die schmuddeligen Wände oder die mürrische Miene der Frau hinter der Theke vertreiben.

»Prima«, sagte Ethan und hielt die Tür auf, sodass sie eintreten konnte.

Nevena zog ihren schweren Mantel aus, und Ethan lernte den sehr eigentümlichen Geruch ihres Körpers kennen. Mittlerweile hatte er sich an diesen Geruch gewöhnt, in den Straßenbahnen, in den kleinen Büros, vollgestopft mit Schreibtischen und zu vielen Menschen. Ihm machte das Fehlen von Haarspray, Körperlotionen, Parfüms und Deodorants nichts mehr aus, aber er war nicht vorbereitet auf die erregende Wirkung von Nevenas natürlichem Körpergeruch. Es war nicht Schweiß oder Schmutz, sondern etwas Moschushaftes und Feminines – etwas durch und durch Sexuelles. Ethan wandte den Blick ab, während er seinen eigenen Mantel auszog. »Cappuccino dann?«

»Ja.« Nevena schickte sich an, zur Theke zu gehen.

Ethan hielt sie am Ellbogen fest. »Setzen Sie sich. Ich hole alles.«

Nevena musterte ihn seltsam. »Das wollen Sie tun?«

»Klar.«

»Ich wollte sagen, Sie wollen mir servieren?«

»Ja.«

»Oh. Okay.«

»Auch etwas zu essen?«

»Nein, danke.«

»Ganz sicher? Ich hole etwas.«

Nevena hatte furchtbaren Hunger. »Ich möchte sonst nichts, danke.«

Ethan kam zweimal zurück an den Tisch, zuerst mit den Cappuccinos und dann mit einem Baklava, einem Banichka und einem mit Schokolade gefüllten Croissant. »Ich habe ein paar Happen mitgebracht, für den Fall, dass Sie doch Appetit bekommen. Ich wusste nicht, was Sie besonders mögen.«

Nevena zupfte mit den Zähnen an einem Hautfetzen an ihren aufgesprungenen Lippen, während sie den mit Speisen beladenen Tisch betrachtete. Cappuccinos waren doppelt so teuer wie ein Schuss Espresso, und sie leistete sich nur sehr selten einen. Sie hatte noch nie drei Desserts gehabt, und erst recht hatte noch nie ein Mann ihr diese gebracht und gelächelt und dann gewartet, dass sie den ersten Bissen nahm. Sie schaute sich ein wenig unsicher um. Ja, die Leute gafften bereits. »Danke«, sagte sie. »Das war sehr nett.«

»Greifen Sie zu«, forderte Ethan sie auf.

»Greifen Sie zu«, wiederholte sie leise und griff nach ihrer Gabel. »Das ist ein neuer Satz für mich. Greifen Sie zu. Okay.« Nevena aß ein kleines Stück von dem Baklava und legte dann die Gabel zur Seite. »Das ist viel zu großzügig. Wirklich.«

»Zu spät«, sagte Ethan und nahm einen Bissen von dem Schokocroissant. »Jetzt müssen wir alles aufessen. Das ist meine Art, mich zu entschuldigen.«

»Es ist keine Entschuldigung nötig.«

Ethan wischte diese Bemerkung mit einer Handbewegung weg. »Sie müssen wirklich gerne für Roxanne arbeiten, wenn Sie so aufgeregt reagieren.«

Nevena nahm einen weiteren Bissen von dem Baklava und versuchte, durch nichts zu verraten, dass sie den ganzen Tag noch nichts gegessen hatte und am liebsten ihre Finger gleich mit verschlungen hätte. »Ich arbeite nicht gerne für sie. Deshalb war ich nicht so aufgeregt.«

»Warum dann?«

»Ich arbeite für fünfzehn Familien, und ich brauche jede Stunde Arbeit. Sie bezahlt mich gut. Wenn ich ihr Haus verliere, muss ich zwei andere Stellen dazu nehmen, um den Verlust auszugleichen, und ich habe schon jetzt nur noch sehr wenig Freizeit.«

»Fünfzehn Häuser?«, fragte Ethan.

»Fünfzehn. Ja.«

»Wie viele Stunden arbeiten Sie in der Woche?«

Nevena sah ihn verwirrt an. »Alle.«

Ethan stellte seinen Cappuccino hin. »Sie arbeiten von morgens, wenn Sie aufstehen, bis abends, wenn Sie wieder zu Bett gehen, Montag bis Freitag?«

»Oh nein. Ein Missverständnis.«

»Aha. Okay.«

»Samstag und Sonntag auch.«

Ethan lehnte sich auf seinem Stuhl zurück und schüttelte den Kopf. »Wie schaffen Sie das?«

»Ich mache Kaffeepausen. Mehrere am Tag.«

»Das ist eine Menge Arbeit.«

Nevena zuckte die Achseln. »Einige Leute machen mehr. Einige machen weniger.« Nevena saß ruhig da, aber Ethans bohrender Blick ging ihr auf die Nerven. Sie seufzte. »Sehen Sie, ich habe eine jüngere Schwester und einen Bruder, denen ich helfen muss.«

»Wohnen sie bei Ihnen?«

»Nein.« Nevena hielt inne und schaute sich in dem Café um. Die Leute blickten weiterhin zu ihnen herüber und studierten das bulgarische Mädchen, das offensichtlich ein persönliches und möglicherweise unangemessenes Gespräch mit einem Mann führte, der offensichtlich ein Ausländer war. Das Gespräch wurde viel zu schnell zu persönlich. Sie hätten sich über das Wetter, über die steigende

Inflation, über den Brotpreis im Laden nebenan unterhalten sollen. Nevena hätte Ethan seinen Kaffee an den Tisch bringen sollen, und es hätten keine drei Desserts für zwei Personen auf dem Tisch stehen dürfen.

Nevena räusperte sich und blickte auf den Tisch. »Meine Schwester hat mal bei mir gewohnt, aber ich habe sie so plötzlich nicht mehr gesehen.«

»Sie meinen in letzter Zeit?«

»Ja, das meine ich.« Nevena schien sich ausschließlich für ihre Zuckerportion zu interessieren. »Genau genommen habe ich nichts mehr von ihr gehört, seit ... Nun, es ist schon viele Monate her. Und mein Bruder, er arbeitet in einer Fabrik, eine Stunde von Sofia entfernt. Es ist zu weit, um jeden Tag diese Fahrt zu machen.«

»Sind das Ihre jüngeren Geschwister?«

»Ja.«

»Wie alt sind sie?«

Nevena rührte nervös in ihrem Cappuccino.

»Wollen Sie lieber über etwas anderes reden?«

»Nein, es ist kein Problem. Boryana ist zwanzig, und Georgi ist neunzehn.«

»Warum haben Sie nichts von Ihrer Schwester gehört?«

Nevena schaute abrupt hoch. »Das weiß ich nicht! Wie kann ich das wissen?«

»Wissen Ihre Eltern es nicht?«

»Oh, meine Eltern? Sie ... sie ...« Nevena erkannte, so nett Ethan auch war, sie konnte seine Neugier nicht länger ertragen. Sie trank ihren Cappuccino. »Es tut mir Leid, dass ich so unhöflich bin, aber ich muss gehen. Sonst komme ich noch zu spät zu meinem nächsten Termin. Er ist auf der anderen Seite der Stadt, und ...« Nevena verstummte. Ethan sah sie zutiefst enttäuscht an.

»Habe ich irgendetwas gesagt, das Sie verletzt hat? Ich

wollte mich nur mit Ihnen unterhalten. Manchmal bin ich zu ... ich weiß es nicht. Manchmal sage ich ganz einfach nicht, was ich wirklich meine.«

»Es ist schon okay.«

»Nein, das ist es nicht. Es ist nur, dass ich mich für Sie interessiere. Ich meine, auf eine angenehme Art und Weise. Nicht so, wie es im amerikanischen Slang gemeint ist. Auf eine anständige Art und Weise –«

»Bitte! Sie haben mich doch gerade erst kennen gelernt!« Alle schauten jetzt ganz offen hinter ihren Zeitungen hervor. Ein massiger Mann mit dicken Speckrollen im Nacken drehte sich auf seinem Stuhl fast ganz herum und blickte über die Schulter zu ihnen. Er verengte die Augen und musterte böse den respektlosen Ausländer, weil er so aufdringlich und laut mit dem netten bulgarischen Mädchen redete, das versuchte, ruhig und sittsam zu bleiben. Ethans freundliche Dreistigkeit, so wirkungsvoll in Kalifornien, wurde hier als verlogen und verdächtig, sogar als kindisch und unverschämt betrachtet.

Nevena sah, wie der Mann die Zeitung hinlegte und den Kopf reckte, um ihr anzuzeigen, dass er bereit war, ihr zu Hilfe zu eilen. Es würde Ärger geben. Sie stand schnell auf, schlüpfte in ihren Mantel und versuchte, Ethans verletzten Gesichtsausdruck zu ignorieren. Sie machte kehrt und ging zur Eingangstür. Ehe sie hinaustrat in die Kälte, schaute sie ihn noch einmal an. »Danke, Ethan.«

Ethan winkte ihr. Er hatte sie zum Lachen bringen wollen, stattdessen hatte er dafür gesorgt, dass sie die Flucht ergriff. Er sank auf seinem Stuhl nach hinten und seufzte. Wahrscheinlich war es am besten so.

10

Betrifft: Re: Der wilde, wilde Osten
Datum: Fr. 15. Nov. 1996, 03:05:04 -0700
Absender: Benny <bgatwick@asb.com>
An: June <jcarver@sof.cit>

Hallo, Du da. Okay, Du willst den neuesten Klatsch? Da hast Du ihn.

Letzten Donnerstag wurden wir informiert, dass unser Film 5 Mil über dem Budget liegt. Die Produzenten kamen mit Schätzungen von 50 Mil, und jetzt legen wir zwecks einer Neuberechnung die Produktion still. Alle hiesigen Mietleute wurden vorübergehend entlassen. Erinnerst Du Dich an Sarah, die reizende Lesbierin von *Sandcastle Productions?* Sie hat soeben einen Drehbuch-Deal mit *Global* abgeschlossen. Es geht um eine moderne Version der Schneewittchen-Story, nur ist es eine Hippietante/Prinzessin aus Haight Ashbury, die mit sieben abgedrehten obdachlosen Kids (den Zwergen) zusammenlebt, und die böse Hexe ist irgendeine reiche Highsociety-Tussi aus Pacific Palisades. Natürlich ist der strahlende Prinz ein hehrer Umweltschützer, der immer noch hip genug ist, um ein Motorrad oder ähnlichen Schrott zu fahren. So ein Stoff ist heutzutage hunderttausend wert.

Wenn Du da drüben irgendetwas Bedeutungsvolles schreibst, June, dann halte es von dieser Stadt fern. Sie würden eine Geschichte über klebstoffsüchtige Zigeunerkinder auf dem Balkan zu einem fröhlichen Musical über eine Truppe zwergenwüchsiger, Engelsstaub konsumierender Flamencotänzer verarbeiten, die schließlich mit ihren Tanzbären glücklich werden, bis dass der Tod sie scheidet.

Und schließlich zu der Situation mit Ethan – Ihr hattet für fast zehn Jahre eine erfolgreiche Beziehung. Ich bin immer noch ungebunden, ungezähmt und völlig unerfahren, was Beziehungen von mehr als einem halben Jahr betrifft. Wenn fast dreißig zu sein und sich mit Beziehungsproblemen herumzuschlagen wirklich so tragisch ist, wie Du es schilderst, dann sollten wir eine Art »Club der verlorenen Seelen« gründen. Oder ein Bowling-Team.

PASS AUF DICH AUF, BENNY

Die Taverne war verraucht und voll, und das sogar am Nachmittag. Die meisten Gäste waren Männer mittleren Alters mit verwitterten Gesichtern und zerknitterter Kleidung. Der Raum war klein und dunkel mit vielen dicht beieinander stehenden Tischen. Nüsse, krümeliges dunkles Brot, harte halbrunde Enden einer schwarzen Wurst und gelbe Käsestücke lagen auf den Tischen zwischen vielen Gläsern Raki und Mineralwasser. *Chalga*, eine bulgarische Kombination aus serbischer, griechischer und türkischer

Volksmusik, drang leise aus einem Kofferradio auf der Bar. Raina ließ sich auf einen Stuhl in der Ecke sinken. »Da wären wir«, sagte sie zu June, während sie ihre Zigaretten hervorholte. »Ist das für Sie interessant?«

»Und wie. Vielen Dank, dass Sie mich hergebracht haben – dass Sie dafür gesorgt haben, dass ich endlich mal vor die Tür gehe.«

»Hmm. Es ist, als würde man in der Zeit zurückgehen.«

»Bis wohin?«

»Zurück in eine Zeit, in der wir immer in Läden wie diesem unsere Pausen verbrachten und meistens bis zum Abend blieben. Zurück in eine Zeit, als die Regierung so tat, als würde sie uns bezahlen, und wir so taten, als würden wir arbeiten.« Raina wandte sich zur Bar um, streckte zwei Finger hoch und kam wieder zu June zurück.

»Ich kann nicht begreifen, wie jemand Geld für irgendetwas hatte.«

Raina musterte June ungläubig. »Niemand hatte viel. Es reichte so gerade aus. Außer die Privilegierten in der Partei. Wenn der Winter so hart wird, wie man uns prophezeit, dann werden Sie auf den Straßen einiges aus unserer Vergangenheit zu sehen bekommen.« Sie berührte ihr schlecht geschnittenes, grau werdendes braunes Haar. »Es gibt zum Beispiel keine importierten Haartönungen. Alle Frauen haben die gleiche Haarfarbe, wahrscheinlich orange, genauso wie in den Zeiten des Kommunismus.« Raina lachte. Sie klopfte auf die Zigarettenpackung und stellte fest, dass sie leer war. Sie hörte nicht auf zu reden, während sie nach dem Aschenbecher griff und die ausgedrückten Zigarettenstummel herausfischte. June bemühte sich, nicht zu auffällig hinzusehen, während Raina die Stummel aufriss und den restlichen Tabak auf der Tischplatte zu einem kleinen Häufchen zusammenschob.

Dann holte Raina ihre Tabakspfeife hervor, füllte sie und rauchte weiter. »Westler, die damals zu uns kamen, meinten, wir hätten einen schlechten Geschmack mit solchen hässlichen Kleidern, solchen schrecklichen Frisuren. Sie wussten nicht, dass bei uns nur deshalb alle so gleich aussahen, weil es unmöglich war, anders auszusehen. Wir kauften, was in den Läden angeboten wurde, und hatten dabei keine Auswahl. Eine Sorte schreckliches Toilettenpapier, von dem man einen wunden Hintern kriegte, Arzneien für Babys, die das Verfallsdatum längst überschritten hatten und die wir unseren Kindern nur ungern gaben, eine Haarfarbe für alle Frauen, um ihre grauen Strähnen zu verdecken, eine Sorte hässlicher weißer Schuhe, von denen am Ende jeder mindestens ein Paar besaß.«

»Wenn es für Sie und Ihre Familie einfacher gewesen wäre, warum sind Sie nicht in die Partei eingetreten?«

Raina suchte auf dem kleinen Holzstuhl für ihren massigen Körper eine bequemere Position. »Gute Frage. Ich wundere mich, dass nicht mehr Leute sie stellen.«

»Amerikaner sowieso nicht, sie glauben wahrscheinlich, dass sie die Antwort kennen.«

»Haben Sie vom American College gehört? Es wurde nach dem Umschwung wieder aufgemacht. Fünfundvierzig Jahre war es geschlossen gewesen. Natürlich.«

»Natürlich.«

»Meine Eltern besuchten das American College. Dort haben sie sich kennen gelernt, damals vor dem Krieg. Den Zweiten Weltkrieg, meine ich. Mein Vater studierte Volkswirtschaft, meine Mutter Geschichte. Ihre Professoren waren Amerikaner, gute Leute. Meine Eltern sprachen beide ein vorzügliches Englisch. Mein Vater auch noch Deutsch und meine Mutter Französisch. Sie hatten eine hervorragende Ausbildung genossen. Sie waren nicht sehr reich, aber es ging ihnen gut. Meine Mutter war Lehrerin in einer Schule, und mein Vater arbeitete bei einer Investmentfirma. Das ging so bis zum Krieg.«

»Und was geschah dann?«

»Der Tag der Befreiung«, erwiderte Raina knapp. »Die Geburt der Volksrepublik. Die Einsetzung des gefeierten Fünf-Jahres-Plans. Und damit war das Leben, das meine Eltern bis dahin kannten, beendet. Die Kommunisten standen sämtlichen Absolventen der Amerikanischen Universität misstrauisch gegenüber.« Raina beugte sich vor, legte ihre Hand seitlich an den Mund, damit niemand ihre Lippen lesen konnte, und flüsterte spöttisch: »Spione, wissen Sie, Spione! Überall diese amerikanisch ausgebildeten Spione!«

Sie lehnte sich zurück und verschränkte die Arme über ihrem gewaltigen Busen. »Meine Eltern wurden wie Vieh aufs Land transportiert, nach Borowetz, wo es Arbeit für sie gab. Meine Mutter arbeitete in einer Fabrik, und mein Vater erhielt eine Stelle als Gepäckträger. Er schleppte Pakete. Für den Rest seines Lebens, hören Sie, trug mein Vater Pakete und Koffer und Taschen und Kisten.«

Raina hielt inne, drehte den Kopf zur Seite und ließ den Blick über die vielen müde aussehenden Männer wandern, die an den umstehenden Tischen zusammengesunken vor ihren Getränken saßen. Einige spielten Karten mit Freunden, und mehrere saßen alleine da und starrten auf die glimmenden Zigaretten zwischen ihren fleckigen Fingern. »Und dann starb mein Vater. Er war sehr müde und sehr enttäuscht, und er hatte große Angst vor der Zukunft. Immer wenn jemand stirbt, der einem nahe steht, betrachtet man das Leben als solches ein wenig genauer. Es ist unvermeidlich, dass man sich verändert. Ich habe ebenfalls lange nachgedacht und mich dann geweigert, in die Partei einzutreten. Mein Mann hingegen wollte um jeden Preis Mitglied werden. Raina, sagte er, sei nicht so dumm. Er wollte einen besseren Job, bedeutende Freunde, eine schönere Wohnung. Bitte, Raina, sagte er. Es wäre so gut, buh buh buh buh, es würde für uns so viel bedeuten, buh buh buh buh. Bitte, Raina, denk darüber nach. Raina, sei nicht so stur. So ging es jahrelang, buh buh buh.«

»Und Sie haben sich stets geweigert?«

»Hmm-hmm. Am Ende wurden wir geschieden.«

»Haben Sie jemals daran gedacht, wieder zu heiraten?«

Raina zupfte eine Strähne trockenen, glanzlosen Haars aus ihren Locken und hielt sie sich vor die Augen, um sie zu inspizieren. »Sehen Sie sich das an. So hässlich. Unser Haar war schon lange vor seiner Zeit grau. Es war keine Zeit, eine Frau zu sein, zu versuchen schön oder feminin zu sein. Außer in einem französischen Magazin habe ich niemals ein Negligé oder ein Mieder gesehen, bis es sie seit kurzem auch in unseren Läden zu kaufen gibt. Stellen Sie sich bloß vor, wie ich aussähe, wenn ich jetzt so etwas tragen würde! Und trotzdem wünsche ich es mir. Manchmal ...« Ihre Stimme versiegte. »Wie dem auch sei, wie waren Sklaven, reine Arbeitstiere. Und die Männer sahen uns an und sagten, buh buh buh, das ist keine Frau; das ist keine zhena, buh buh buh. Was ist das, was ich geheiratet habe?« Sie zog heftig an ihrer Pfeife. »Ich heiratete, als ich jung und schön war. Und als ich geschieden wurde, war es zu spät.«

June griff über den Tisch und nahm Rainas warme Hand in ihre kühle und drückte sie. »Sie sind noch immer schön, und es ist nie zu spät.«

Raina schnaubte. »Eine typisch amerikanische Bemerkung.«

»Nun ja, manchmal wissen wir Yankee-Trampel sogar, wovon wir reden.«

Nach einem kurzen Moment, lachten beide Frauen schallend auf. Sie prosteten einander zu und tranken.

Raina und June waren beschwipst, als sie die Taverne verließen. Die Sonne ging unter, und es war in den Straßen deutlich kälter als vorher. Raina hakte sich bei June unter. »Vielen Dank, meine Liebe. Das war richtig schön.«

»Es war doch nichts«, sagte June, und sie meinte es auch. Die Getränke und das Essen hatten weniger als drei Dollar gekostet, und Raina tat so, als hätte June sie zu etwas ganz Besonderem eingeladen.

»Oh lei lei! Meine Ohren«, sagte Raina und bedeckte sie mit den Händen. »Bis zum ersten Schnee dauert es nicht mehr lange.« Sie gingen an einer kleinen Boutique vorbei, und im Schaufenster stand eine Puppe, die eine wuschelige lilafarbene Mütze trug. Sie sah unglaublich weich aus, wie Angora. Raina blieb stehen. »Finden Sie, dass ich für so etwas zu alt oder zu reif bin?«

»Ganz bestimmt nicht«, sagte June. »Warum probieren Sie sie nicht einmal an?«

»Ich glaube, lieber nicht«, sagte Raina, und zog die Nase hoch. »Ich bin nicht so elegant, also lieber nicht.«

»Kommen Sie schon, nur so zum Spaß.«

»Nur so zum Spaß, sagen Sie«, meinte Raina und betrachtete immer noch die Mütze. »Es ist kein Spaß, albern zu sein.«

June ergriff Rainas Arm und zog sie in den Laden. »Aber es macht immer Spaß, Hüte und Mützen anzuprobieren.«

Der Laden war klein und wurde durch einen elektrischen Heizlüfter geheizt. Eine Frau mittleren Alters mit der mohrrübenroten Haarfarbe, von der Raina gesprochen hatte, sprang von ihrem Stuhl auf, als sie eintraten. »Moga li da vi pomogna?«, fragte sie. Dabei klang ihre Stimme viel zu drängend, und sie hatte die Hände gefaltet, fast als würde sie beten.

»Wir wollen uns nur umschauen«, antwortete Raina.

»Wir haben diese hübsche Mütze im Schaufenster gesehen.«

»Davon habe ich ganz viele«, sagte die Ladeninhaberin. »Und zwar in jeder Farbe. Ich bringe sie Ihnen. Sie können aussuchen. Nur einen kurzen Moment.« Sie eilte durch einen Vorhang zu einem Wandschrank, und Raina und June konnten hören, wie sie in Kartons und Seidenpapier wühlte.

Raina kratzte sich am Kopf. Sie flüsterte halblaut auf Englisch: »Das war ein Fehler. Wir sollten nicht so zum Spaß tun, als wollten wir etwas kaufen.«

Die Ladeninhaberin kam mit einem ganzen Stapel Mützen, den sie an die Brust presste, aus dem Hinterzimmer. Sie hatte nicht übertrieben; es gab sie wirklich in allen Farben. »Bitte«, sagte sie und streckte einladend den Armvoll Mützen vor. »Nehmen Sie eine und probieren Sie sie an. Fühlen Sie mal, wie weich sie sind. Nur zweitausend Lev. Das ist ein guter Preis.«

Raina seufzte und griff nach der lilafarbenen Mütze. June stülpte sich eine orange auf ihr helles Haar. Nebeneinander stehend, blickten sie und Raina in den Spiegel, den die Ladeninhaberin für sie hochhielt. »Sehr schön«, sagte die Verkäuferin und berührte nervös eine Strähne von Junes Haar.

June wollte lachen. Raina sah einfach lächerlich aus, ihr rundliches Gesicht, gekrönt von einer lilafarbenen Federkrone, und June dachte, mit ihrer Mütze sieht sie aus wie ein Kürbis. Raina drehte sich hin und her. Ihre vollen, geröteten Wangen wirkten noch dicker und praller, und die Farbe unterstrich die roten Ränder der blutunterlaufenen Augäpfel. »Ich glaube nicht«, sagte sie, nahm die Mütze ab und gab sie zurück.

»Das war nicht die beste Farbe für Sie«, sagte die Verkäuferin. Ihr Hände zitterten, als sie den Haufen Mützen nach einer grünen durchsuchte. »Das ist die Richtige für Sie.

Sie unterstreicht Ihre Haarfarbe.« Sie streckte Raina die Mütze entgegen, und in ihren Augen lag ein Flehen. »Diese Mütze wird Sie im langen, kalten Winter warm halten.« Die Ladeninhaberin wandte sich an June. »Es wird ein sehr strenger Winter. Man kann nicht genug warme Kleidung haben.«

Juna gab die orange Mütze zurück. »Vielen Dank, aber nein. Sie ist nicht das Richtige für mich.«

Der Verkäuferin fiel sofort ihr Akzent auf. »Ah! Eine Ausländerin! Dies Mütze finden Sie nirgendwo sonst in Sofia. Und für Sie ist es nicht nur ein besonders günstiger Kauf, für Sie ist die Mütze praktisch geschenkt! Sie ist so billig, dass Sie unmöglich nein sagen können. Nicht wenn sie bei Ihnen so schön aussieht und angenehm wärmt. Bitte, wenn Ihnen die orange nicht gefällt, probieren Sie eine andere auf.«

Raina ergriff Junes Arm. »Ich glaube, wir sind hier fertig.«

»Bitte!« Die Ladeninhaberin hielt zwei Mützen hoch, eine schwarz und eine grün. »Bitte probieren Sie. Setzen Sie sie auf! Vielleicht gefallen sie Ihnen! Vielleicht wollen Sie sie haben!«

June konnte nicht weggehen von diesen flehend ausgestreckten Armen, diesem traurigen Gesicht, das vor wenigen Minuten noch so voller Hoffnung gewesen war. Die Augen der Frau waren tatsächlich feucht. Raina zerrte June durch die Tür und hinter sich her die Straße hinunter.

Ein Stück weiter ließ Raina sich auf ein Fenstersims sinken. Sie legte eine Hand auf ihre Herzgegend und machte ein paar tiefe Atemzüge. Nach einigen Sekunden holte sie ihre Zigarettenpackung hervor. Sie war immer noch so leer wie beim letzten Mal, als sie nachgeschaut hatte. Sie zerknüllte sie und stieß einen halblauten Fluch aus.

»Hat sie geweint, weil wir die Mütze nicht gekauft haben?« June fühlte sich unerklärlicherweise schuldig. »Ich sollte zurückgehen und sie kaufen.«

»Nein«, sagte Raina. »Es ist nicht nur das. Sie weinte wegen des Winters. Leute mit kleinen Läden wie dem ihren fragen sich, wie sie überleben sollen. Fünfundvierzig Jahre lang ist für diese Leute gesorgt worden. Viel hatten sie nicht, wissen Sie, aber sie brauchten nicht auf der Straße zu betteln oder kein Dach über dem Kopf zu haben. Jetzt muss jeder selbst zusehen, wie er seinen Lebensunterhalt zusammenkratzt. Hüte verkaufen oder Popcorn oder Blumen oder Kaffee, so groß ist der Unterschied nicht. Sie haben Angst.« Raina stand auf, streckte sich und ging weiter. »Die Wahrheit ist, ich habe auch Angst.«

Die Straßenbahnschienen neben ihnen begannen zu summen, und in der Ferne konnten sie Lichter sehen, die sich näherten. »Das ist meine Bahn«, sagte Raina. »Ich fahre jetzt nach Hause. Wollen Sie nicht mit zu mir kommen? Auf eine Tasse Kaffee, ein wenig Fernsehen?«

June legte einen Arm um Rainas Schultern. »Ich habe schon viel zu viel von Ihrer Zeit mit Beschlag belegt.«

Raina lachte und bückte sich dann, als sie ein heftiger Husten schüttelte. June klopfte ihr auf den Rücken, und als sie sich wieder aufrichtete, lächelte Raina. »Nun, trotz allem bezahlen Sie mich.«

»Sie müssen sich bestimmt auf Ihre anderen Studenten vorbereiten.«

»Hm, hm.« Raina senkte den Blick. »Aber wissen Sie, die Botschaft hat eine junge Frau gefunden, die den ganzen Tag unterwegs ist und den Angestellten und ihren Ehepartnern in ihren Wohnungen und Büros Sprachunterricht gibt.

Damit kann ich nicht konkurrieren. Ich habe noch nicht einmal Lust, mich auf so eine Konkurrenz einzulassen.« Die Bahn rollte polternd heran und bremste quietschend. Ihre verrosteten orangefarbenen Türen öffneten sich mit einem Pfeifen und einem lauten Knall.

»Raina«, sagte June und half ihr beim Einsteigen in die Straßenbahn, »das ist nicht fair.«

»Still«, sagte Raina, ließ Junes Hand los und legte einen Zeigefinger auf ihre Lippen. »Hören Sie auf mit diesem amerikanischen Blödsinn von wegen fair oder unfair. Sie sind jetzt in Bulgarien. Wenn Sie wollen, können Sie nach der Lektion in der nächsten Woche zum Essen bleiben. Ich habe nichts Wichtiges zu tun, June, Sie sind meine einzige Schülerin.«

11

Betrifft: Nachricht für June von Dad
Datum: Di. 19. Nov. 1996, 21:47:35 -0500
Absender: Dad <Summer2@ncal.tech>
An: June <jcarver@sof.cit>

Hallo June,

es ist Dienstagabend, und ich bin gerade von San Antonio zurückgekommen. Ich war mit Adelaide, dieser Frau, von der ich schon mal sprach, vier Tage auf der CCC (Classic Car Convention). Wir hatten großen Spaß und sahen sogar Kenny Rogers. Vor dem Treffen hatte ich noch die Bremsen des Nomad überholt. Die vorderen Bremssättel blieben immer hängen. Das stellte ich fest, als ich die Vorderräder anlässlich der Vorführung wechseln wollte. Jetzt, wo die Bremsen nicht mehr schleifen, ist der Wagen viel schneller.

Während wir weg waren, ist Shelby gestorben, aber sie hatte ein wirklich schönes langes Leben. Sie hatte große Probleme mit den Hüften (offenbar ein weit verbreitetes Leiden bei Deutschen Schäferhunden), und sie wurde von einem Auto angefahren. Seth von nebenan hat sie mit Futter versorgt, und er fand sie. Ich habe ihm hundert Dollar gegeben. Begraben wurde sie auf dem Hundefriedhof in Encino. Wir können ja mal zu ihrem Grab fahren, wenn du wieder hier bist. Es ist eine hübsche Anlage.

Morgen heißt es wieder zurück an die Arbeit. Warum erwähnst Du nie, wie Ethan mit seiner Arbeit vorankommt?

Übrigens, nur damit Du es weißt, zu meiner Zeit waren die meisten Frauen »Hausfrauen«. Du tust so, als wäre es ein schlimmes Wort. »Verdammt«, »piss« und »scheiß«, die in deinen E-Mails immer wieder vorkommen, sind die wahren schlimmen Wörter. Ich will nicht mehr hören, wie »beschissen« das Land ist oder dass Ethan ständig »piss-sauer« ist.

Aber was noch wichtiger ist, hör endlich auf zu jammern, dass Deine Karriere »vermasselt« ist. Wenn Du etwas wirklich Wichtiges tun willst, dann krieg ein Baby. Du solltest mal sehen, wie alt Lilly geworden ist, so wie sie in ihrem Kosmetikladen schuftet. Wenn es das eine nicht ist, dann ist es etwas anderes.

ALLES GUTE, DAD

Der Busbahnhof im Zentrum von Sofia war wie ein anderes Land oder wie viele Länder nebeneinander auf der Fläche eines Parkplatzes. Die Gerüche exotischer Speisen vermischten sich mit Dieselabgasen und dem Gestank der Toiletten. Die Menschen aßen bulgarische Kebapche-Fleischbällchen, geröstetes Brot, türkische Dönerkebabs und belgische Pommes frites mit Mayonnaise, während sie auf die Busse nach Sarajevo, Skopje, Athen, Tirana, Ankara und Belgrad warteten. Es war noch früher Morgen, und die Sonne schickte sich soeben an, am dunstigen Himmel aufzusteigen. Menschen drängelten und schubsten einander in den Warteschlangen vor den Espressobuden. Zigaretten klemmten zwischen den Lippen der Wartenden.

June und Ethan fanden Mataruk, die Buslinie, die Sofia mit Istanbul verband. Die Reise war Junes Idee gewesen.

»Ein romantisches Wochenende, nur wir beide! Überleg doch mal. Türkischer Kaffee, Einkaufen, Museen und Moscheen. Wir werden auf großen Kissen vor einer Wasserpfeife sitzen und Bauchtänzerinnen zusehen. Es wird genauso sein wie in deinen Geschichten von den Reisen nach Istanbul mit deinem Dad, als du dreizehn warst. Was meinst du, Ethan? Ich habe meine Filmkritiken für die Zeitung fertig. Kannst du nicht ein paar Tage frei nehmen?« Ethan hatte umständlich seine Lesebrille geputzt und lange geschwiegen. »Komm schon, altes Haus«, sagte June und kitzelte ihn. »Wo könnte man Thanksgiving besser verbringen als in der Türkei?«

Er lächelte. »Du hast Recht. Es ist eine prima Idee.«

Es brauchte Stunden und viele verschenkte Zigaretten und Whiskyflaschen, um die Grenze zur Türkei zu überqueren. Zehn Stunden nach der Abfahrt in Sofia setzte ein klappriger, verrauchter Doppeldeckerbus voller verschleierter Frauen und quengelnder Kinder June und Ethan in Istanbul ab. Nachdem sie die Stadt vergeblich nach einem Hotel mit freien Zimmern abgegrast hatten, ließen June und Ethan sich schließlich auf zwei schmale, an die Wände eines schrankgroßen Hotelzimmers herangeschobene Betten fallen. Vor dem Fenster befand sich ein Baustellenpanorama, und der Gestank aus dem Badezimmer nebenan war grässlich. Die Laken auf den Betten waren schmuddelig grau, und die Decken sahen aus, als starrten sie vor Dreck. June richtete sich auf, schlang die Arme um ihre Knie und betrachtete die Wände. Sie waren hellgrün, und stellenweise sahen sie aus, als wären sie mit etwas Braunem beschmiert worden. Der einzige Versuch, den Eindruck mit einer Dekoration zu mildern, war ein billiger Kunstdruck vom Meer mit Palmen hinter einer Plastikfolie.

Ethan war losgezogen, um eine Zeitung zu kaufen, und June saß auf den schmutzigen Decken und kämmte sich die Haare. Sie betrachtete den Kunstdruck. Irgendetwas daran kam ihr vertraut vor. Sie stand auf, ging hin und beugte sich vor, um die Schrift unter dem Foto zu lesen. Die leuchtend blaue Strandszene, die an der Wand der türkischen Slumherberge hing, war in Malibu fotografiert worden. Plötzlich hatte June schreckliches Heimweh und sehnte sich nach ihrem Eckbüro, ihrem alten Apartment, den hellen Gartenrestaurants mit ihren gutaussehenden Kellnern, Sonnenschirmen und Blumen und nach einem Himmel, der so sauber und klar und wenig bedrohlich war wie ein Bürgersteig in Santa Monica.

Die Schaufenster auf der Main Street präsentierten keine Wintermützen, klobigen Schuhe oder Kollektionen gestopfter Strümpfe wie die Läden in Bulgarien. Stattdessen waren die Schaufensterpuppen genauso schlank und gepflegt wie die Leute, die sie von der Straße aus betrachteten, und die Plastikgesichter waren ebenso ausdruckslos. Die Sonnengebräunten, Fitnessbewussten und ewig Jugendlichen saßen in Gartencafés, wo sie ihre Handys neben ihrem Gebäck und ihren Sauerstoffduschen deponiert hatten. Wenn June vorbeiging, winkten ihr Nachbarn, Arbeitskollegen und alte

Freunde aus der Filmakademie zu und riefen sie an ihre Tische, um mit ihr über die Besucherzahlen bei den Filmpremieren vom Wochenende oder über neue Produktionen zu diskutieren. Sie lächelten einander strahlend mit makellos geraden weißen Zähnen an, erkundigten sich, wie es so lief, und versicherten einander mit glänzenden Augen, dass alles bestens wäre, wirklich absolut bestens. Super. Fantastisch. Sie hätten eine Menge zu tun und wären glücklich. Sein und Schein?

June hatte eine solche Sehnsucht, dass sie fast Magenkrämpfe bekam. Sushi und mexikanisches Essen, Strandpicknicks bei Sonnenuntergang, der Geruch der Santa Ana-Winde, Kramläden auf der Melrose Avenue, Collegestudenten auf Fahrrädern unterwegs zum Strand, Transvestiten auf dem Santa Monica Boulevard, Partys in der Wüste, donnernder Applaus und stehende Ovationen am Ende von Filmpremieren. Zu viel Schönheit, um sie mit den Augen zu erfassen, viel zu viele Reize, um schlafen zu können. Das Gefühl der Nostalgie konnte einen richtig benommen machen, und June erkannte, dass der Krampf in ihrer Magengrube sich anfühlte wie Angst. Zum ersten Mal seit ihrer Abreise aus Los Angeles begriff sie, was sie alles zurückgelassen hatte. Die leeren Augen der makellosen Mannequins schwebten vor ihr, nicht mehr zu unterscheiden von den Silikonkörpern und dem einstudierten Lächeln von Schauspielern und Schauspielerinnen. Aus dieser großen Distanz erblickte June plötzlich die Leere in dem, was sie im Laufe der Zeit so lieb gewonnen hatte. Sie sah Dee in ihrer schicken Inlineskate-Kombination, Janice beim Mittagessen mit ihrem Medium und James in seinem Isolationstank, wo er über Macbeth meditierte. Sie sah ihre Schwester, wie sie in Lotushaltung dasaß und Räucherstäbchen abbrannte und um möglichst hohe Profite betete, und sie sah sich selbst im *Beverly Garden Spa*, wie sie nackt in einen Trog voll roter Tonerde stieg. Buh, buh, buh, buh. Trotz ihres Heimwehs gefiel June gar nicht, was sie sah.

Sie und Ethan unternahmen an ihrem ersten Morgen einen Spaziergang durch den Hafen. Andere Paare schlenderten ebenfalls dort umher. Frauen mit Schals über dem Haar und in langen Kleidern, die ihre Körper verbargen, bummelten Arm im Arm mit Ehemännern, die Jeans und Sporthemden trugen. Nach dem Frühstück überquerten June und Ethan die imposante Brücke über dem Goldenen Horn. Unter ihnen auf dem lehmigen Wasser herrschte ein reges Hin und Her von Segelbooten und Touristendampfern. Sie machten Fotos von den Hunderten von Anglern am Geländer, die zappelnde Fischen aufs Trockene hochzogen, die es geschafft hatten, in der dreckigen Brühe zu überleben.

Schließlich drängten sie sich durch die verwinkelten Gassen und begaben sich zum weltberühmten Grand Bazaar. Bogengang auf Bogengang erstreckte sich vor ihnen in jede Richtung und führte zu unzähligen Gewölben und überkuppelten Räumen. Es war wie eine optische Illusion. Ein Raum mit hunderten von Spiegeln, die gewundene Gänge und weiße Säulen reflektierten und bis in unendliche Fernen vervielfältigten.

Goldene und silberne Kessel waren in unordentlichen Haufen auf dem Lehmboden ausgebreitet. Persische Teppiche hingen von der Decke herab und waren in so großer Zahl auf dem Fußboden gelagert, dass die Stapel die Ladeninhaber überragten. Ganz in Weiß gekleidete Männer eilten mit auf den Rücken geschnallten Teebehältern umher, um all den Beschäftigten etwas zu trinken zu bringen, die ihre

Waren nicht unbewacht lassen konnten. Die Verkaufsstände wechselten einander ab und enthielten Säcke voll exotischer Gewürze, wertvollen Schmuck, Kinderbekleidung, Lederjacken, Turnschuhe, Bauchtanzkostüme, Lampen, Porzellan, Vögel, Fußmatten und kitschige Souvenirs.

June zog Ethan ein Stück zur Seite. »Ich weiß, dass das hier eine Touristenfalle ist, aber vielleicht können wir uns den Spaß erlauben und einen Teppich für unser Apartment kaufen. Wir brauchen wirklich einen, weißt du.« Sie sah einen Teppich von der Decke herabhängen mit blauen und türkisfarbenen Fransen an den Rändern. In der Mitte des Teppichs befanden sich sechseckige Muster aus Hyazinthen und Lilienblättern in Grün, Türkis und Rosé auf einem blauen Untergrund. Schwarze Ranken schlängelten sich an den Rändern entlang. »Der ist doch wunderbar«, sagte sie und deutete auf den Teppich. »Komm, wir sehen ihn uns einmal an.«

Ethan ging hin und feilschte ein paar Minuten lang mit dem Ladeninhaber, während June zurückblieb und das Gespräch verfolgte. Schließlich holte der Verkäufer einen langen Stock mit einer Greifklaue am Ende und angelte damit den Teppich vom Deckenhaken. Während der Mann den Teppich zusammenrollte, deutete er auf die schwarzen Ranken am Rand. »Diese Art von Verzierung reicht zurück bis in die damaszenische Periode. Das Muster in der Mitte ist eher rhodischen Ursprungs. Sie haben sich einen wirklich kunstvollen Teppich ausgesucht. Es ist ein sehr schönes Stück. Sie werden viel Freude daran haben.«

»Schließ die Augen«, sagte Ethan.

June gehorchte. Sie saß mit überkreuz geschlagenen Beinen auf dem Fußboden ihrer Pension. Der türkische Teppich lag ausgebreitet unter ihr. In der Hand hielt sie ein Glas Rotwein, und die Luft im Zimmer war mit dem Moschusduft von Räucherstäbchen geschwängert, die sie gekauft hatten, um den Geruch aus dem Badezimmer ihrer Herberge zu überdecken. »Ich bin ein wenig beschwipst, Ethan. Wenn wir nicht bald etwas essen, drehe ich noch durch.«

Ethan saß ihr gegenüber, ebenfalls mit überkreuz geschlagenen Beinen. Brennende Kerzen standen auf dem Nachttisch und auf dem Fußboden. »Erst machen wir ein kleines Spiel«, erwiderte er. »Okay, erinnerst du dich an die Geschichte, die du mir von der Mutter deines Vaters erzählt hast, von deiner Großmutter Penelope?«

June trank einen Schluck Wein, hielt aber die Augen geschlossen. »Ich hab dir wahrscheinlich viele Geschichten von ihr erzählt. Sie war eine ziemlich verrückte Lady.«

»Ich meine die Geschichte, als sie mit dir und Lilly auf den Dachboden eures Hauses stieg und euch auf den Fliegenden Teppich gesetzt hat.«

»Ach die meinst du. Ja.« June lächelte versonnen.

»Äh-äh! Lass die Augen geschlossen! Hier gelten dieselben Regeln. Ich nehme dich mit auf eine Reise mit dem Fliegenden Teppich und beschreibe dir alles, was wir unter uns sehen, aber wenn du die Augen öffnest, ist der Zauber gebrochen, und wir sind sofort wieder in diesem schrecklichen Dreckloch von einem Hotel. Okay?«

June nickte. Immer noch lächelnd.

»Und jetzt sag mir, wo du hin willst. Du kannst es dir aussuchen, mein Liebling. Geld spielt keine Rolle, nach oben sind keine Grenzen gesetzt. Und behaupte ja nicht, dass ich dich nicht verwöhne.«

Wenn sie ehrlich antwortete, würde sie sagen, zurück nach Los Angeles, zurück in eine Zeit, ehe Ethan angefangen hatte, sich in seinem Arbeitszimmer einzuschließen, bevor James mit einer Flasche Four Roses zu ihr kam und meinte, der Whisky wäre eine Medizin für ihren entzündeten Hals *und* ihren Kummer.

»June? Dein Reiseagent wartet auf deine Antwort. Äh-äh! Nicht den Zauber brechen!«

»Kann ich auch in der Zeit zurückgehen?«, fragte sie. »Kannst du mich nach Westwood um neunzehnhundertfünfundachtzig bringen? Zu einer Party in einem Apartment in der Gayley Street, veranstaltet von einem Mädchen, das ständig einen Overall und Gesundheitssandalen trug. Ich glaube, sie hieß Illona. Die Naturkosttante mit dem rot gefärbten Haar und dem Jimi-Hendrix-Poster am Balkon. Du weißt, welchen Abend ich meine?«

»Ja, ich weiß, und ich glaube, es funktioniert. Immerhin ist das ein Zauberteppich. Mach dich bereit für den Start ...« Ethan beugte sich vor und blies June ins Gesicht. »Spürst du den Wind? Wir steigen jetzt auf und schweben über Istanbul.« Er blies ihr abermals ins Gesicht.

»Seltsam«, sagte June. »Der Wind riecht nach Hähnchenkebab.«

»Sei still«, befahl Ethan. »Du brichst sonst den Zauber. Wir bewegen uns nach Westen, und zwar sehr schnell. Unter uns ist das Ägäische Meer, also halte dich fest. Du sollst schließlich nicht runterfallen und im Wasser untergehen. Okay, wir nähern uns dem Festland. Wir sind über Griechenland und fliegen weiter. Jetzt drehe ich richtig auf, es wird unendlich schnell, also Achtung. Wir sind über Italien, dem Mittelmeer, Spanien ...«

»Oh, sollen wir in Spanien nicht kurz zwischenlanden?«

»Unmöglich. Ich habe bereits unser Ziel programmiert, und so beweglich ist der Zauberteppich auch nicht. Okay, während wir redeten, haben wir den Atlantik fast hinter uns gelassen und nähern uns den Vereinigten Staaten. Wir überwinden die Zeitgrenze und gehen ein paar Jahre in die Vergangenheit, und wenn wir in L. A. ankommen, befinden wir uns auch im Jahr 1985. Ich sehe Weizenfelder und das größte Garnknäuel der Welt. Ich sehe die Rocky Mountains und ein paar Machotypen, die an einem Lagerfeuer sitzen und Coors trinken ...«

June lachte jetzt schallend, und Ethan hielt ihr mit der Hand die Augen zu. »Achtung, du guckst gleich und sorgst dafür, dass wir auf einem Kaktus in Joshua Tree eine Bruchlandung machen. Okay, wir verlassen die Wüste und jagen dem Horizont entgegen, wo die Westküste der guten alten U.S.A. auf uns wartet. Wir sinken, Stück für Stück, und werden langsamer. Okay, wir schweben über Silverlake. Die Wolkenkratzer der Stadt der Engel liegen hinter uns mitsamt den erleuchteten Bürofenstern – typisch amerikanische Workaholics. Rechts ist Hollywood zu erkennen. Da ist das Observatorium und die Hollywood Bowl. Dort findet heute ein Konzert statt, und es sieht so aus, als veranstalteten einige Leute dort ein Picknick. Wir passieren den Hollywood-Schriftzug, und unter uns auf einer Decke sind ein paar Kids, die es miteinander treiben. Ich sehe jetzt hinunter auf den Beverly Boulevard, und da vorne ist auch unser mexikanisches Stammlokal.«

»Oh! Ich vermisse *El Coyote* so sehr!«

»Moment mal! Ich glaube, ich kann Lilly sehen. Ja, sie ist es. Deine Schwester sitzt auf dem Patio und trinkt eine eisgekühlte Margarita.«

»Das ist typisch. Was sonst noch?«

»Es geht weiter nach Beverly Hills. Dort gibt es nicht viel Interessantes, nur ein Haufen Idioten, die zehn Dollar für ein Bier bezahlen. Lass uns von hier verschwinden und nach Westwood weiterfliegen. Oh-oh, wir sausen über dem

Wiltshire dahin, ganz tief über dem Verkehr. Jetzt sind wir über Westwood. Da wir 1985 haben, sind alle Straßen gesperrt, und die Hare-Krishna-Jünger mit ihren orangen Gewändern und rasierten Schädeln schütteln Tambourine und tanzen auf dem großen Platz. Eine Straßenkapelle spielt vor dem *Chart House*. Und etwa dreißig Leute mit Bierkrügen in den Händen bilden vor Strattons eine Schlange und warten darauf, reingelassen zu werden. Wir fliegen die Straße hinauf und durch das Fenster in Illonas Apartment. Die Musik ist laut, und alle Kids tragen südamerikanische Landarbeiterhosen und Hemden mit indianischen Mustern.«

Ethans Stimme senkte sich jetzt zu einem Flüstern. »In der Ecke sehe ich ein wunderschönes Mädchen. Ihr langes braunes Haar ist zu Zöpfen geflochten, und sie hat grüne Augen und lächelt. Mein Gott, June, warst du schön. Sieh dich an, nur neunzehn Jahre alt und mit Löchern in deinen Jeans. Ich bin auch auf der Party, beobachte dich aus der Küche und habe weiche Knie. Deine weiße Bauernbluse ist von der Schulter gerutscht – sie ist von der Sonne gebräunt, und an einigen Stellen schält sich die Haut, und das rosige Fleisch scheint durch. Diese Schultern. Ich würde wer weiß was dafür geben, sie küssen zu dürfen. Ich frage jemanden, wer du bist, und man sagt mir, du wärst eine Filmstudentin. Jetzt gehe ich zu dir hin und tue so, als würde ich mich fürs Kino interessieren. Ich sage etwas sehr Einfühlsames, zum Beispiel dass die Welt mehr Filme mit einem traurigen Schluss braucht. Du siehst mich an, als wäre ich völlig bescheuert, und erkennst sofort, was für ein blöder Heini ich bin ...«

»Nein, das tue ich nicht«, protestierte June. »Ich denke nur, wie blau deine Augen sind und wie gut mir der japanische Fisch gefällt, der an einer Lederschnur um deinen Hals hängt. Ich habe total abgedroschene Teenygedanken wie zum Beispiel, dass kein Film traurig wäre, wenn du neben mir säßest und meine Hand hieltest.«

»Wirklich? Ich wünschte, ich hätte das damals gewusst. Jetzt ist unser Held, der unglaublich unbeholfene und nervöse einundzwanzigjährige Ethan Carver, ein totaler Gentleman: Er hängt den Selbstsicheren und Kultivierten raus und lädt dich ein, mit ihm auf die Terrasse zu gehen und ein Bier zu trinken. Ich verspreche dir etwas wie ›Ich sorge auch dafür, dass du nicht zu viel Schaum kriegst, Baby‹. Und jetzt reagierst du ganz cool und hältst deinen Joint hoch und erwiderst, dass du keinen Alkohol trinkst.«

»Ach hör doch auf, Ethan«, sagte June lachend. »Ich habe gar nicht versucht, besonders cool zu sein.«

»Doch, das hast du. Aber okay, egal, du lässt mich abblitzen. Aber nicht ohne mir vorher anzudeuten, dass du dich im nächsten Semester mit dem italienischen Film beschäftigen willst.«

June konnte nicht mehr mitspielen. Sie schlug die Augen auf, und Ethan protestierte nicht. »Ich habe dir an diesem Abend gesagt, ich wollte im nächsten Semester etwas über den italienischen Film hören?«

»Ja. Was meinst du denn, warum ich ebenfalls das Seminar besucht habe? Was meinst du, warum ich in diesem Seminar ein derart unangenehmer Student war und dauernd quatschen und diskutieren musste?«

»Du hast fünf Minuten mit mir gesprochen und entschieden, du wolltest vierzig Stunden damit verbringen, dir Vorträge über *Die Fahrraddiebe* und *La Dolce Vita* anzuhören, nur um mich kennen zu lernen?«

Ethan ergriff Junes Hand und küsste sie. »Ja, Liebes. Ich dachte, ich hätte dir das schon mal erzählt. Es war Liebe auf den ersten Blick. Ich brauchte weniger als fünf Minuten, um zu erkennen, wie wunderbar du warst, innerlich und äußerlich. Den Bruchteil einer Sekunde, um zu wissen, dass ich mein ganzes Leben mit dir verbringen wollte.«

»O Gott«, sagte June und stand auf.

Ethan deutete ihre Reaktion völlig falsch. »Überrascht, was? Ist es nicht seltsam, dass wir uns nach all den Jahren immer noch ausgiebig unterhalten und neue Dinge übereinander herausfinden können?«

June presste die Hand auf den Mund und starrte Ethan an, der immer noch auf dem Boden hockte. Im Kerzenschein sah er aus wie ein Engel. Er lächelte unschuldig, und er hatte sich innerhalb von fünf Minuten in sie verliebt, und sie hatte ihn betrogen. »Ethan, du hast ja keine Ahnung. Aber du solltest es wissen, wirklich, das solltest du. Ich sollte es dir sagen.«

June begann auf und ab zu gehen, und sie hatte einen gequälten Ausdruck in den Augen. Sie trank einen tiefen Schluck Wein. Als sie sich umdrehte und der Kerzenschein ihre Augen traf, konnte er erkennen, dass sie weinte und dass ihre Unterlippe heftig zitterte. »Junie«, sagte er und streckte ihr hilflos die Hände entgegen. »Was ist los?«

»Oh, Ethan«, sagte sie. »Ich liebe dich. Ich liebe dich so sehr. Bei mir war es das Gleiche, was ich für dich bei unserer ersten Begegnung empfunden habe und was ich nach unseren ersten Rendezvous im Planetarium empfand. Ich liebe dich.«

»Ich weiß. Ich liebe dich auch.«

»Es tut mir so Leid. Ich habe etwas getan. Die Dinge änderten sich, und du wolltest nicht mir reden, und du bist so abrupt nach Südafrika gegangen, und du hast mir sogar gesagt, du wolltest diese holländische – südafrikanische – Ex-Freundin treffen. Und du hast mir so selten geschrieben.«

»Ich hab dir doch erklärt, wie beschäftigt ich war.«

»Ich weiß. Aber in diesem Jahr warst du plötzlich dauernd beschäftigt! Und arrogant und kalt und abweisend.«

»Du machst mir Angst. Komm endlich zur Sache, June.«

»Ich habe etwas Schlimmes gemacht. Einen großen Fehler.«

»Mit wem?«

»James McKinnon.«

»Mit Jimmy?«

»Ja.«

»Wann?«

»Während deines letzten Monats in Südafrika.«

»Was hast du getan?«

»O Gott, Ethan. Nur einmal. Es tut mir so Leid. Ich weiß nicht, was ich sagen soll. Ich bedauere so sehr, dass ich es dir nie erzählt habe. Und es tut mir so Leid, dass ich es dir erzählen muss. Es ist so schrecklich.«

Ethan blinzelte und schien die Information nicht richtig zu verstehen. »Du hast mit Jimmy *geschlafen*?«

June schluchzte. Sie konnte nicht reden, daher nickte sie nur mit dem Kopf und schlang die Arme um sich, als fröre sie.

Ethan sah aus, als hätte er einen Tiefschlag erhalten. Er konnte June nicht ansehen. Der einzige Ort, auf den er seinen Blick richten konnte, war der Fußboden. Seine Schultern fielen herab und zitterten, und er schlug beide Hände vors Gesicht. Als er schließlich redete, klang seine Stimme erstickt, weil seine Hände auf seinen Lippen lagen. »Gerade habe ich noch gemeint, wie toll es ist, dass wir immer noch etwas Neues übereinander erfahren können. Ist das nicht verrückt? Absolut und total verrückt?«

12

Betrifft: Das Leben in der Heimat
Datum: So. 30. Nov. 1996, 00:27:10 -0500
Absender: Die Carvers <M&Dcarver@tech.com>
An: Ethan <ecarver@sof.cit>

Lieber Ethan,

ich dachte, ich schicke Dir einen Brief, während im Fernsehen endlose Footballspiele laufen. Dallas hat heute erneut gewonnen. All diese Penner haben eine erfolgreiche Woche, inklusive Clinton. Weitere vier Jahre Unentschlossenheit, langweilige Reden, Peinlichkeiten, Zwergenaufstände und Kehrtwendungen.

Gestern habe ich Mrs. Camarillo bei Ralph's getroffen. Sie erzählte, die Berringers wollen sich einen großen Pavillon in den Vorgarten stellen lassen. Sie sagte, das Ding sähe aus wie das Taj Mahal, und die Betonmischmaschinen liefen schon seit Oktober. Ich weiß, Du warst mit Daphne befreundet, aber Sandy Berringer tötet mir wirklich den Nerv. Ständig versucht er, alle anderen zu übertrumpfen. Nun, das wär's soweit, außer, dass ich mich wieder mal einmische, aber das ist mir egal ...

Vor kurzem haben wir von June eine SEHR seltsame E-Mail erhalten. Sie klang ein wenig verzweifelt und auch ein wenig durcheinander. Sag ihr nicht, dass ich Dich frage, aber trinkt sie etwa? Du solltest ihre Familiengeschichte eigentlich am besten kennen. Pass da drüben bloß auf sie auf. Ich habe Jahre damit verbracht, Deinem Vater rund um den Globus zu folgen, und ich weiß, wie einsam das Leben sein kann. Denk daran, sie ist Tausende Meilen weit weg von zu Hause, um mit Dir zusammen zu sein, während Du an Deinem Projekt arbeitest. Ich möchte keine E-Mail wie die letzte mehr kriegen. Dad sagt, pass auf. Wie dem auch sei ...

Wie geht es mit Deiner Dissertation voran? Wir haben seit langem kein Lebenszeichen mehr von Dir erhalten!

IN LIEBE, M & D

Ethan hängte den gebrauchten russischen Offiziersmantel ganz hinten in den Schrank und kaufte sich einen neuen schwarzen Trenchcoat. Er trug ihn, während er die Iwan Assen-Straße zu Roxannes Haus hinunterging. Seit er in Sofia wohnte, zog Ethan auf der Straße neugierige Blicke auf sich. Es lag nicht nur an seinem erdbeerblonden Haar, seinen blauen Augen oder seiner westlichen Kleidung, obgleich all das ihn zu einer auffälligen Erscheinung machte. Mehr als alles andere war es sein Gesichtsausdruck und seine Haltung. Wenn er durch die sonnigen Straßen schritt, grüßte er Passanten und hatte stets ein leichtes Lächeln auf seinen Zügen. Er hielt sich gerade und schritt aus wie ein Mann, der wusste, was er wollte. Er war so flott, dass er, wenn er in einer anderen Zeit gelebt hätte, sicherlich ein Stöckchen geschwungen, vor den Damen den Hut gezogen und eine fröhliche Melodie gepfiffen hätte. Für die Bulgaren sah Ethan stets aus wie ein beschäftigter Mann, der es sich bei einer sich bietenden Gelegenheit jedoch nicht nehmen ließ, stehen zu bleiben und an einer besonders schönen Blume zu riechen. Ethan war unter den Massen aufgefallen, weil er selbstbewusst und glücklich aussah.

Jetzt allerdings nicht mehr. In seinem schwarzen Trenchcoat, die Hände tief in den Taschen vergraben und durch die matschigen Reste des ersten Schnees trottend, sah Ethan geradezu jämmerlich aus. Er hatte tiefe Ränder unter den Augen, sein Bart wucherte wild, und er duckte sich unter der Kälte. Sein langer, schmaler Körper wurde von dem formlosen, weiten Mantel umhüllt, und sein rötliches Haar war ungewaschen und bohrte sich durch seine graue Wollmütze. Niemand auf der Straße nahm Notiz von ihm.

An diesem Morgen war der Lew auf ein Rekordtief gefallen. Die Preise hatten sich verdreifacht, und das Wort »Hyperinflation« war in aller Munde. Das Land ging langsam unter und stöhnte unter einer Wirtschaftskrise, die katastrophal ausfallen würde. Alle litten darunter, drängten und schubsten einander in langen Schlangen, um ihre Lewa in Dollars umzuwechseln. Ein Laib Brot hatte vor einem Monat noch vierzig Lewa gekostet, jetzt musste man hundert Lewa dafür bezahlen.

Angesichts einer Wirtschaft, die sich derart drastisch verschlechtert hatte, hätte Ethan die Menschen auf den Straßen interviewen und sich mit seinen Kontaktleuten in den Banken oder im Zentrum für Demokratische Studien in Verbindung setzen sollen. Er hätte in der Bibliothek sitzen und nach Präzedenzfällen für die augenblickliche Lage suchen und über kurz- und langfristige Lösungen nachdenken sollen. Aber er tat nichts von alledem, und er hatte deshalb noch nicht mal ein schlechtes Gewissen. Ganz im Gegenteil. Er hatte stattdessen Rachegelüste. Er befand sich auf einer Mission. Er hielt sich in Roxannes Nachbarschaft auf und war auf der Suche nach Nevena.

Roxannes Haustür öffnete sich. Ethan ging hinter einer halb zusammengebrochenen Ziegelmauer in Deckung und beobachtete den Aufgang. Nevena kam heraus und blieb kurz auf dem Absatz stehen. Während sie ihr braunes Haar aus dem dicken Kragen ihres Schafsfellmantels herauszog, spürte Ethan, wie sein Herzschlag sich beschleunigte. Adrenalin kreiste durch seine Adern, während Nevena langsam die Stufen hinunterging und sich dabei schwarze Handschuhe überstreifte. Sie trug dasselbe graue Kleid, denselben braunen Mantel und dieselben Schuhe, die sie auch zu der Dinnerparty getragen hatte. Wegen der Kälte hatte sie außerdem dicke, schwarze Leggings an, und auf dem Kopf saß eine nicht mehr ganz weiße Wollmütze. Sie wandte sich nach links, und Ethan atmete erleichtert auf. Er brauchte nur in Höhe der Nebenstraße auf sie zu warten, und sie würde ihm direkt entgegenkommen. Es wäre sehr unverdächtig.

Ethan lockerte den Schal um seinen Hals, sodass Nevena sein Gesicht sehen konnte, und dann wandte er sich ab, um in das Schaufenster eines Friseurladens zu blicken, als wäre er fasziniert von dem jungen Mann, der im Drehsessel saß und sich die Haare schneiden ließ. Er wurde nervös, als er ihr Spiegelbild in der Glasscheibe gewahrte. Sie bog um die Ecke, sie kam näher, war nur noch ein paar Schritte von ihm entfernt ... Ethan trat so natürlich er es vermochte vom Schaufenster zurück. Er drehte sich zu ihr um, und ihre Blicke trafen sich.

Nevena blieb abrupt stehen und betrachtete Ethan von Kopf bis Fuß. Er sah deutlich anders aus als vorher. Viel attraktiver, dachte sie. Menschlicher. Nicht so protzig und verlogen und verrückt. Nevena wurde sich plötzlich bewusst, dass sie ihn von oben bis unten angegafft hatte, als wäre er ein Stück Fleisch, das auf dem Markt zum Kauf angeboten wird, und sie errötete.

»Hallo.«

Nevena wandte ihr errötetes Gesicht ab. »Hallo. Guten Tag.« Sie schaffte es gerade noch, ihm höflich zuzunicken, dann umrundete sie ihn hastig, um ihren Weg fortzusetzen.

»Guten Tag?«, wiederholte Ethan und schaute ihr nach. »Warten Sie. Eine Sekunde. Wo gehen Sie hin?«

Nevena wandte sich um. Seine Stimme hatte unangemessen befehlend geklungen. »Entschuldigung?«

Ethan ärgerte sich jetzt nicht nur über Nevena, weil sie so reserviert reagierte, sondern auch über sich selbst, weil es ihn störte. Er war einfach wütend, basta. »Ich kenne Sie. Wir haben zusammen Kaffee getrunken. Können Sie nicht einen Moment warten und sich einigermaßen zivilisiert verhalten?«

Nevena sagte nichts, sie machte aber auch keine Anstalten weiterzugehen.

Ethan hob in einer hilflosen Geste die Hände. »Ich meine, wenn ich neulich Ihnen gegenüber irgendeine kulturell beleidigende Bemerkung oder mir irgendein überheblich und unsensibel amerikanisches Verhalten zu Schulden gemacht haben sollte, dann tut es mir Leid. Es tut mir Leid, okay? Aber Sie brauchen mich nicht wie einen Aussätzigen zu behandeln. Sie können ruhig stehenbleiben und ein oder zwei Worte mit mir reden. Sogar über das Wetter, wenn Sie wollen.«

Nevena zog sich ihre Wollmütze tiefer über die Ohren. Ihre Nase war gerötet. »Das Wetter verschlechtert sich«, sagte sie nach einem kurzen Moment.

Ethan starrte sie an und fragte sich, was zum Teufel er da tat. Vielleicht hatte sie kein Hirn im Kopf oder auch nur eine Spur von Persönlichkeit in ihrem Körper. »Was auch immer«, sagte er und kapitulierte. »Okay, Nevena. Bye.« Verärgert, geschlagen und sich ziemlich dämlich vorkommend, weil er seine Zeit vergeudet hatte, machte Ethan auf dem Absatz kehrt und entfernte sich.

Nevena rief ihm nach: »Ethan?«

Er drehte sich um. Sein Atem gefror und stand als weiße Wolke vor seinem Gesicht. »Was ist?«

Nevena machte einen Schritt auf ihn zu. Er konnte erkennen, dass ihre Lippen aufgesprungen waren, dass rotviolette Farbe in ihr Gesicht sickerte, als ob ihr Lippenstift verschmiert sei. »Nun«, sagte sie und schob den Gurt der Armeetasche höher auf ihre Schulter. »Ich habe das Gefühl, irgendetwas ist mit Ihnen geschehen. Sie sind so ganz anders als bei unserer letzten Begegnung.«

»Nichts ist geschehen.« Er ging nicht auf sie zu. Es lief viel besser, wenn er den Reservierten spielte.

Nevena schaute zu Boden. »Dann ist es wohl nur das Leben hier«, sagte sie. »Wahrscheinlich hat allein die Tatsache, dass Sie hier leben, Sie so verändert.«

»Wahrscheinlich.« Er zuckte die Achseln.

Nevena machte einen weiteren zaghaften Schritt auf ihn zu. »Wissen Sie, es tut mir Leid, wenn ich unfreundlich war. Ich glaube, niemand ist heute ... wie sagen Sie ... v chas dneska?«

»Guter Stimmung.«

»Ja. Heute ist jeder ein Fremder. Sie verstehen?«

»Denken Sie nicht drüber nach«, sagte er und schlug seine behandschuhten Hände gegeneinander. »Ich komme noch mal bei Ihnen vorbei.«

»Ethan, warten Sie.« Nevena fühlte sich nicht besonders wohl. Ethan wirkte plötzlich viel weniger bedrohlich. Wenn er jetzt mit ihr sprach, sah er sie an, und nicht auf sie herab, als befände er sich in einer höheren Position des Geldes, der Macht und des Luxus. Der aufdringliche Spaßvogel, der bei ihr ein Gefühl der Unterlegenheit erzeugt hatte, indem er sie mit Desserts und lauter Konversation traktiert hatte, war durch jemanden ersetzt worden, der deutlich zurückhaltender war, der vielleicht sogar jemand war, mit dem sie gemütlich schweigend hätte zusammensitzen können. Seine Haltung drückte eine gewisse Niedergeschlagenheit aus, die sie nachempfinden konnte und irgendwie reizvoll fand. Er kam ihr ebenso neu vor wie sein Mantel. »Müssen Sie jetzt irgendwo sein?«, fragte sie.

»Nicht gleich. Warum?«

»Ich gehe jetzt durch den Park. Wenn Sie frei sind, können wir zusammen gehen.«

»Das klingt nicht schlecht.«

»Ich mag Ihre Gesellschaft«, sagte sie, und diese entwaffnende Offenheit überzeugte Ethan, dass es nicht falsch gewesen war, sie zu suchen. Er achtete darauf, sie nicht zu berühren und nicht zu lange anzusehen. Er ahnte das Risiko und die Belohnung, die sich daraus ergaben, wenn man Nevena den Hof machte.

Sie kamen am westlichen Ende des Parks aus der Schnellstraßenunterführung heraus. Der Teich am Sportstadium begann bereits, vom Rand her zuzufrieren, und der Trümmerhaufen ramponierter Paddel- und Ruderboote war für den Winter auf dem Trockenen aufgestapelt worden. Trotz der

Kälte saß dort eine Frau mit ihrem tragbaren Softeisspender im Freien. Sie verkaufte Schokolade- und Vanillehörnchen, und der Preis auf ihrem Pappschild war mehrmals durchgestrichen und erhöht worden, um mit der Inflation Schritt zu halten.

»Ich habe heute einen Witz gehört«, sagte Nevena. »Er geht so: Man sollte sein Bier sofort bezahlen, wenn man es bestellt. Denn wenn man es erst bezahlen will, nachdem man es getrunken hat, könnte es schon doppelt so teuer sein.«

»Hmm. Das ist ... lustig.«

»Ist es nicht. Heute stieg der Preis für die Busfahrkarte von hier nach Kardzhali von vierhundert auf neunhundertfünfzig Lewa.«

»Wo ist Kardzhali?«

»Südlich von Plovdiv. Weiter im Osten. Kurz vor der Grenze nach Griechenland und zur Türkei. Es ist eine sehr wilde, einsame Gegend Bulgariens. Noch völlig unbekannt.«

»Und weshalb wollen Sie dorthin?«

»Ich wurde in einem Dorf in der Nähe geboren. Es heißt Vodenicharsko. Ich fahre jedes Jahr dorthin.«

»Um Ihre Eltern zu besuchen?«

»Nein«, sagte sie. »Um ihres Todes zu gedenken.«

Ethan blieb stehen und schaute sie an.

»Sie sind fünfundachtzig gestorben. Jedes Jahr hänge ich das ...« Sie hielt inne und suchte nach dem richtigen Wort. »Noch einmal, ich weiß nicht, ob es dafür in Englisch ein Wort gibt. Wenn Sie durch Sofia gehen, haben Sie vielleicht schon mal Papiere an Bäumen oder an Wänden gesehen, und auf diesen Papieren ist ein Kreuz und ein Foto von jemandem, der tot ist.«

Ethan nickte. »Ich habe gesehen, das sie dort angenagelt

sind«, meinte er. »Und als ich in Bansko war, habe ich viele davon gesehen. Manchmal hing auch noch ein schwarzes Band daneben.«

»Hm, hm«, sagte Nevena. »Das meine ich. Es ist eine alte Tradition. Nicht so sehr in Sofia, obgleich auch dort einige Menschen diesen Brauch pflegen. Aber in den Dörfern ist es sehr wichtig, dass man sich jedes Jahr an dem Tag, an dem eine geliebte Person gestorben ist, an sie erinnert und andere bittet, ihrer ebenfalls zu gedenken. Auf den Papieren befindet sich ein Foto, und es steht darauf, wie viele Jahre die Person schon tot ist. Das ist das Wichtigste überhaupt. Die Toten müssen wissen, wie sehr sie uns fehlen.«

»Das ist etwas, das ich in der Bücherei niemals erfahren hätte.«

»Das stimmt. Menschen, die glauben, sie könnten dieses Land aus Büchern kennen lernen, machen einen großen Fehler. Bulgarien hat zahlreiche Geheimnisse und ist sehr vielschichtig. Die Menschen sind nicht sehr freigiebig mit Informationen. Um Bulgarien zu verstehen, muss man sich lange hier aufhalten, muss man mit den Menschen vertraut werden, leben wie sie und unsere Sprache sprechen. Selbst dann ist es fraglich, ob man der Wahrheit wirklich nahe kommt. Was Sie sehen, ist das, was von uns übrig geblieben ist. Vielleicht wenn Sie zehn Jahre mit der ganzen Familie in einer Einzimmerwohnung leben und all unsere Sorgen kennen lernen würden. Vielleicht würden Sie dann wissen, was wir wissen. Dass wir in der dunkelsten Ecke Europas leben, und dass man uns vergessen hat.«

»Lassen Sie mich nach Kardzhali mitfahren. Ich bezahle Ihnen Ihre Fahrkarte und begleite Sie. Ich muss Ihr Land kennen lernen, für mein Projekt. Im Grunde würden Sie mir einen Gefallen tun. Bitte.«

Nevena spürte, wie das Gewicht ihrer Tasche ihre Schulter herabzog. Boryana fuhr nicht nach Vodenicharsko und Georgi auch nicht. Sie erinnerten sich kaum an ihre Eltern. Es war die Pflicht Nevenas, und sie war eine gehorsame Tochter. Sie sah Ethan an, der geräuschvoll in der Kälte die Nase hochzog, während seine blauen Augen kaum zu sehen waren, weil er sie im heftigen Wind zusammenkniff. »Einverstanden.«

Ethan kam für einen winzigen Moment in den Genuss ihres Lächelns. Die vorderen Schneidezähne standen ein wenig über, und ihre Lippen waren zu dünn. Er fand diese kleinen Makel wunderschön. »Dann starten wir am Freitag?«

»In Ordnung. Der Bus fährt um halb zehn ab. Wir treffen uns um neun am Busbahnhof.«

»Klingt gut.« Ethan schob die Hände in die Taschen. Er hatte Mühe, dem Drang zu widerstehen, ihren Arm zu berühren, eine Hand auf ihre Schulter zu legen, sie an sich zu ziehen und zum Abschied zu umarmen.

»Na schön«, sagte Nevena und schaute auf die Uhr. »Ich muss zu meiner nächsten Arbeitsstelle. Dort vorne hält gleich mein Bus.« Sie deutete zur Einmündung auf die Hauptstraße.

»Okay. Dann wünsche ich Ihnen einen schönen Tag.«

Ein großer, schmutziger Bus der Nummer Zweiundachtzig kam langsam die Straße herauf, wobei die eine Seite deutlich weiter durchhing als die andere. Nevena begann in Richtung Haltestelle zu rennen, die kurzfristig in einem Schwall Abgaswolken verschwand. Als sie den halben Weg hinter sich hatte, drehte sie sich noch einmal um und winkte. »Danke, Ethan«, rief sie, wobei sie aus ihren behandschuhten Händen vor dem Mund einen Schalltrichter bildete. »Sie haben mich sehr glücklich gemacht.«

Zu seinem Schrecken spürte Ethan, wie er rot anlief.

13

Betrifft: Nachricht von Onkel Bob
Datum: So. 8. Dez. 1996, 23:13:45 -0500
Absender: Onkel Bob <bsum@link.com>
An: Kleine Prinzessin <jcarver@sof.cit>

Hey, kleine Prinzessin, hier ist Onkel Bob,

Dein Dad erzählte mir von Deiner E-Mail, dass Stan, ein Freund von Ethan, während einer Schlägerei in einer Kneipe verprügelt wurde, und ich wollte mich kurz bei Dir melden. Es klingt, als würde es immer schlimmer, wenn jetzt Leute sogar ohne Grund geschlagen werden. Du musst Dir darüber klar sein, dass Du Dein Leben nicht riskieren darfst, um auf dem Balkan zu bleiben, schließlich hast Du nicht unterschrieben, Dich in Lebensgefahr zu begeben. Es ist einiges da drüben im Gange, was sich ziemlich hässlich entwickeln kann. Wenn Du ganz sicher gehen willst, dann wird es Zeit, dass Du verschwindest. Ich kenne mich in diesen Dingen aus. Die US wollen diesen Ländern helfen, aber ich weiß nicht, ob sie immer genau wissen, was sie tun. Clinton schickt Truppen und Leute in die ganze Welt, aber er würde natürlich niemals für die Freiheit der Vietnamesen kämpfen. Ich denke, dass Clinton irgendwann während der nächsten vier Jahre seines Amtes enthoben wird. Es gibt eine Menge unbeantworteter Fragen, und sie stellen weiterhin ihre Untersuchungen an.

Nun, wie dem auch sei, benutz Deinen Grips.

IN LIEBE, ONKEL BOB

Gelegentlich brachen Sonnenstrahlen durch die Wolkendecke und fielen auf klapprige Eselskarren, die über kopfsteingepflasterte, stellenweise im Matsch versinkende Straßen rollten, vorbei an grausigen Friedhöfen und betongrauen Mietskasernen. Auf der anderen Straßenseite, June gegenüber, waren stillgelegte Fabriken dem endgültigen Verfall preisgegeben. Glasscherben ragten aus den Rahmen der Fensterhöhlen, und die Stahltüren waren braun und orange vor Rost. Stacheldrahtzäune hielten Zigeuner nicht davon ab, die Müllhaufen zu durchsuchen, und streunende Hunde schnüffelten in dreckigen Lumpen herum, in Schrott- und Geröllhaufen auf der Suche nach irgendwelchen genießbaren Resten. Sofia war June irgendwann einmal ausgesprochen hässlich vorgekommen. Nun, da Ethan nicht mehr mit ihr redete und den größten Teil der vorangegangenen Woche bei Stan verbracht hatte, erschien ihr die Stadt unerträglich. Zur Arbeit zu gehen war wie ein Marsch zu einer Beerdigung. Sie hielt ständig den Blick gesenkt.

Iwan Zlatarov, der Eigentümer des *Sofia Sentinel*, war auf seine Art nervend und arrogant. Er sprach ein makelloses Englisch mit britischem Akzent. Iwan war nicht sehr glücklich darüber, dass die wirtschaftlichen und politischen Umstände in seinem Land ihn dazu degradiert hatten, eine mittelmäßige englischsprachige Druckschrift für einen überschaubaren ausländischen Leserkreis zu besitzen und in Gang zu halten.

Der Radiergummi seines Bleistifts drückte sich in seine Unterlippe, und die dunklen Augen hinter dicken Brillengläsern überflogen die Seite mit hohem Tempo. June lehnte sich auf dem Stuhl zurück und lauschte, während Iwan ihren Text laut vorlas. »›William Hurt besitzt einen rauen Charme. Wenngleich nicht genauso vierschrötig und arrogant wie der Rochester der Romanvorlage, schafft er es, zugleich abzustoßen und anzuziehen, grausam und abgestumpft, aber auch verletzlich und mitfühlend zu sein.‹« Iwan hielt inne und machte am Rand ein paar Notizen. June verfolgte es voller Unbehagen, bis er meinte: »Nicht übel.«

Nachdem er noch einige Minuten lang die Worte des restlichen Artikels vor sich hingemurmelt hatte, rückte Iwan seine Brille zurecht und setzte sich in Positur. »Nicht übel, Mrs. Carver. Es ist nicht gerade eine überzeugende *akademische* Würdigung der Kinoadaption eines literarischen Klassikers, aber es ist ... wie würden Sie sagen ... sehr flott und treffend?« Es klopfte an der Tür. »Herein«, bellte Iwan.

»Zdrasti, Iwane.« Eine kurze Pause. »Zdravei, June.«

June blickte über die Schulter, und dort, an den Türpfosten gelehnt, stand Chavdar. Er trug einen dunklen Anzug und dazu ein Hemd, das im Kontrast zu seiner olivfarbenen Haut nahezu unerträglich weiß aussah.

Iwan winkte mit dem Bleistift. »Hallo, Kozhuharov. Ich habe meiner neuen Angestellten nur den Pedanten und Dogmatiker vorgespielt.«

Chavdar zwinkerte June zu, ehe er sich über Iwans Schreibtisch beugte. »Iwan, Sie kennen meine Englischkenntnisse. Versuchen Sie etwa, mich vor dieser wunderschönen Frau ganz dumm aussehen zu lassen, damit Sie sie für sich selbst haben können?«

»Wenn ich pedantisch und dogmatisch bin, Chavdar, dann heißt das, ich benehme mich wie ein bösartiger alter Schullehrer. Der jedem seine Meinung aufzwingt.«

»Oh ja. Ich kenne diese Worte. Sie beschreiben, wie Sie damals waren, stockbetrunken im Garten mit meinem Vater. Stets bereit, eine Diskussion vom Zaun zu brechen.«

»Unsinn«, sagte Iwan und lehnte sich zurück. »Niemand hatte an meinen besoffenen Dogmen so viel Spaß gehabt wie Ihr Vater.«

»Also, was halten Sie von der Journalistin, die ich Ihnen besorgt habe?«, fragte Chavdar und lächelte June an. »Deshalb bin ich nämlich hergekommen. Um Ihre offizielle Meinung zu hören.«

»Ich glaube, ich muss jetzt gehen«, sagte June und stand auf.

»Sie ist wunderbar, Chavdar«, sagte Iwan und hob eine Hand, um ihr anzudeuten, sie sollte noch nicht weggehen. »Flink und hübsch. Eine sehr schöne Frau. Erst recht für eine Amerikanerin.«

»Nun, so was hört man immer gerne.« June griff nach ihrem Aktenkoffer. »Nett, Sie mal wiedergesehen zu haben, Chavdar. Und noch einmal vielen Dank – Ihnen beiden. Die Arbeit macht mir wirklich Spaß.«

»Haben Sie einen wichtigen Termin?«, erkundigte Chavdar sich. »Oder haben wir Sie vertrieben?«

»Oh, ganz und gar nicht«, erwiderte June. »Ich muss nur ...« Es war, als könnte sie Chavdars Körperwärme quer durch den Raum wahrnehmen. »Ich muss etwas essen.« Sie nickte. »Ich brauche was im Magen. Ich habe schrecklichen Hunger, und mein Gehirn funktioniert nicht so gut, wenn der Blutzuckerspiegel zu niedrig ist. Und das ist er im Augenblick. Das merke ich daran, dass ich leicht benommen bin, wenn ich aufstehe. Und im Augenblick bin ich benommen.« Sie blickte sehnsüchtig zur geschlossenen Bürotür. »Sogar ... sehr ... benommen.«

»Hätten Sie nicht Lust, in Gesellschaft zu speisen?«, fragte Chavdar. »Ein Geschäftsessen? Ich kenne ein sehr nettes Restaurant.«

»Oh, das ist lieb von Ihnen! Aber heute geht es wirklich nicht. Bei mir jagt ein Termin den anderen.«

»Bitte, June«, sagte Chavdar. »Ich bestehe darauf.«

»Es klingt wunderbar, aber nein, vielen Dank.«

»Aber ich *bestehe darauf.*«

June hielt inne, verblüfft über die Ungehaltenheit, ja sogar Wut in seiner Stimme. »Ich glaube, ich könnte meinen Terminplan kurzfristig ändern.«

Während sie mit dem Fahrstuhl nach unten fuhren, holte Chavdar sein Mobiltelefon aus der Tasche. »Sasho, ich bin's, Chavdar. Ich bin im Augenblick gegenüber der Holländischen Botschaft und will mit einer Freundin essen gehen. Nein, nein, ich gehe lieber alleine, deshalb sollen Doichin und Anton schon zum *Club Marmonte* weiterfahren. Anton soll dafür sorgen, dass Zhanetta einen Tisch für zwei Personen vorbereitet, und anschließend soll er gegen sechzehn Uhr draußen im Wagen warten. In Ordnung. Nein, ich vergesse es nicht. Vielen Dank, Sasho. Ciao.«

»Ich hoffe, Sie haben keine Schwierigkeiten«, sagte June. »Es ist wirklich nicht nötig.«

Chavdar lächelte June kühl an. »Wenn es Sie beruhigt, June, es gibt keine Schwierigkeiten. Es ist ein ganz normaler Tag.«

»Oh.« June nickte. »Okay.« Dann beschränkte sie sich darauf, die Ziffern der Stockwerknummern auf der Anzeigetafel über der Lifttür zu betrachten. Zum ersten Mal in ihrem Leben wünschte sie sich ein wenig leise Fahrstuhlmusik.

Sie schritten durch einen Garten, der mittlerweile sämtliche Blüten verloren hatte. Steinbänke und Holzzäune wirkten irgendwie kahl und völlig fehl am Platze in einem Hof, in dem sich kahle graue Bäume und verkrüppelte Pflanzen mit knotigen Ästen drängten, die keine Früchte mehr trugen. Der Weg führte zu einer Treppe und einem verandaähnlichen Vorbau mit einer gotischen Lampe, die von einer gewölbten Betondecke herunterhing. In der Mitte der weißen Tür glänzte ein großer Messingklopfer. Chavdar streckte die Hand danach aus, als die Tür auch schon von einer gut aussehenden Frau in einem engen schwarzen Kleid, schwarzen Strümpfen und schwarzen Stöckelschuhen geöffnet wurde. Ihr Haar war wunderschön und hatte einen auffälligen rötlichen Schimmer, und ihre Augen waren so dunkel wie die Kleidung, die sie trug. »Gospodin Kozhuharov«, sagte sie und winkte sie herein. »Kommen Sie aus der Kälte.«

Die Frau lächelte June freundlich an und half ihr aus dem Wintermantel. »Folgen Sie mir bitte«, sagte sie über die Schulter. »Ihr Tisch wartet schon.«

Das Innere des Hauses war eine Mischung aus moderner Eleganz und altmodischem Charme. Die Wände des Speisesaals bestanden aus roten Ziegelsteinen, die von Gaslampen beleuchtetet wurden. Ein Feuer prasselte im Kamin, und zwei Dobermänner räkelten sich davor auf einem flauschigen beigen Wollteppich.

Die Empfangsdame brachte Chavdar und June zu einem Platz nicht weit vom Kamin. Eine Flasche Chardonnay stand bereits in einem silbernen Eisbehälter auf dem Tisch. »Genießen Sie Ihr Mittagessen«, sagte die Empfangsdame, zog Junes Stuhl hervor und präsentierte gleichzeitig die Speisekarte.

»Merci, Zhanetta«, sagte Chavdar, während die Frau sich zurückzog. Er legte die Hände gegeneinander und beugte sich vor. »Und, gefällt es Ihnen hier?«

»Es ist wunderschön.«

»Gut. Es freut mich, dass es Ihnen gefällt. Ich möchte Ihnen zeigen, dass wir hier in Bulgarien eine ganze Reihe erlesene Dinge zu bieten haben. Das, was Sie auf der Straße sehen, ist nicht alles, wissen Sie? Dies hier ist ein sicherer Ort. Ein geschützter Ort.«

»Diese Hunde ...« Sie deutete mit einem Kopfnicken zum Feuer. »Sind sie dazu da, das Ambiente aufzuwerten, oder sind es echte Wachhunde?«

»Wahrscheinlich beides«, antwortete Chavdar und schenkte den Chardonnay ein.

»Ich frage mich plötzlich – vor was genau bin ich hier geschützt?«

Chavdar trank einen Schluck von dem Weißwein. »Vor Schaden, June. Diese Stadt ist gefährlich. Das ganze Land ist gefährlich. Aber an diesem Ort können Sie, wenn auch nur für ein paar Stunden, Ihre Angst vergessen.«

»Die Angst vergessen«, wiederholte sie. »Das habe ich schon mal irgendwo gehört. Und nicht in einem Film, den ich sah – obgleich es sicherlich kein schlechter Titel wäre.«

»Es freut mich, dass Sie mir zustimmen. Ich denke, dieser Spruch ist zündend. Es ist der Slogan, mit dem wir für meine Firma werben. Eine Sicherheitsfirma. Nun, es war mal eine Sicherheitsfirma, bis die Regierung die Gesetze änderte und Sicherheitsdienste für ungesetzlich erklärte. Nun nennen wir uns alle Versicherungsagenturen.«

»Man hat mir einiges über die so genannten Versicherungsagenturen hier erzählt.«

»Wirklich? Das überrascht mich nicht. Was haben Sie denn gehört? Dass wir alle mal beim KGB waren? Dass wir vor dem Umschwung allesamt Ringkämpfer waren und uns anschließend entschlossen, ein elitäres Sportteam zu gründen, um das Land zu regieren? Oder sogar noch mehr? Was haben Sie gehört?«

»Ich habe gehört, dass es sich bei den Sicherheitsfirmen um Gangsterbanden handelt, und dass die Versicherungen nicht viel besser sind. Ich habe gehört, es gebe da ›kriminelle Elemente‹, so könnte man es wohl formulieren.«

»Wie lange leben Sie schon hier?«

»Seit dem Sommer.«

»Dann waren Sie sicherlich schon auf dem Ploshtad Slaveiko, ja? Der Platz im Stadtzentrum, wo all die Schwarzmarktmusik, Bücher und Software angeboten werden? Bulgarien ist der weltgrößte Produzent von unerlaubt nachgepresster oder nachgedruckter Musik, Literatur und Computersoftware. Oder, June, wenn Sie hier schon mal von der Polizei angehalten wurden, dann wissen Sie, dass die einzige Möglichkeit, mit den Beamten zu verhandeln, darin besteht, sie zu bestechen. Wenn Sie eine neue Wohnung beziehen und einen Telefonanschluss brauchen, kommen Sie für mindestens drei Jahre auf eine Warteliste ... es sei denn, Sie wissen, wem Sie etwas bezahlen müssen. Wer immer Ihnen erzählt hat, dass man glaubt, in den Sicherheitsfirmen in Sofia gebe es ›kriminelle Elemente‹, ist ein kompletter Narr. Natürlich gibt es sie. In diesem Land gibt es überall ›kriminelle Elemente‹. In allem.«

In diesem Moment trat der Kellner an ihren Tisch. »Haben Sie gewählt?«, fragte er.

Als Chavdar sich zu dem Kellner umdrehte, konnte June sein Profil studieren. Seine römische Nase war gerade und makellos, und seine Wangenknochen waren hoch und betont. In dem animalischen Magnetismus, den er verströmte, lag etwas Obszönes. »Als Vorspeise Mineralwasser mit Eis, Salate des Hauses und Quiche aux Crevettes. Für die Dame Filets de poisson en soufflé und für mich eine Moussaka. Dazu geschmorte Pilze und ... Wurst, Sirine und Toastbrot. Zum Nachtisch eine Crème brúlée und einen Crêpe mit Eiskrem, Schokolade und frischem Obst.«

»Ist das alles, Gospodin?«

»Ja«, sagte Chavdar. »Nein, einen Moment. Für mich zum Salat einen Raki. June? Auch einen Raki?«

»Nein, danke.«

»Die Dame möchte nur Wein. Wäre Ihnen zur Quiche Kaviar lieber gewesen?«

»Ich glaube, Sie haben absolut perfekt bestellt. Ich bin sehr zufrieden.«

»Gut.« Chavdar wandte sich an den Kellner. »In Ordnung. Das ist alles.«

»Ein hübscher Akzent«, sagte June. »Sprechen Sie Französisch?«

»Ja, ein wenig. Englisch, natürlich, und ein wenig Russisch und Deutsch.«

»Wo haben Sie so gut Englisch gelernt?«

»Das Leben hier war bei weitem nicht so rückständig, wie Ihre amerikanische Propaganda es Sie vielleicht glauben machen will.«

»Das habe ich damit gar nicht andeuten wollen. Ich dachte nur, dass es ziemlich schwierig gewesen sein muss, unter einer kommunistischen Regierung Englisch zu lernen.«

»Es gab viel Englisch zu hören. Wenn ich Ihnen erzählte, dass Led Zeppelin auf dem Gymnasium meine Lieblingsband war, komme ich Ihnen dann sehr alt vor?«

»Sie sind gar nicht so viel älter als ich.«

»Was haben Sie denn auf dem Gymnasium gehört? Nein, noch besser, warum erzählen Sie mir nicht ein paar interessante Dinge aus Ihrer Kindheit?«

»Sie hätten kein weniger interessantes Thema finden können. Wirklich.«

»Das glaube ich nicht.«

»Das können Sie aber. Ich hatte eine völlig durchschnittliche Jugend. Das gesamte familiäre Theater, wissen Sie. Völlig normale langweilige Eltern.« Sie wich seinem prüfenden Blick aus.

»Roxanne hat mir erzählt, Sie wären mal Schönheitskönigin gewesen.«

»Es war nicht das, was Sie vielleicht denken. Meine Mutter hat mich dazu gezwungen. Ich habe es gehasst.«

»Für mich ist das sehr interessant.«

»Nein. Sicherlich glauben Sie, ich halte mit Geschichten von notdürftig bekleideten Teenagerschönheiten hinter dem Berg, die sich wie die Kesselflicker um die Diamantkrone streiten, aber es ist wirklich *absolut* langweilig.«

»Okay, okay«, sagte Chavdar lachend. »Ich kapituliere. Ich werde dieses Thema nicht weiterverfolgen.«

»Tut mir Leid«, sagte June. »Es ist nur so, dass ich nicht gerne darüber rede.«

»Worüber reden Sie denn gerne?«

»Donnerwetter«, sagte June. »Sie haben wirklich den Trick heraus, Leute in Verlegenheit zu bringen. Haben Sie das geübt, oder ist das eine angeborene Fähigkeit?«

Chavdar lachte und spielte mit seiner Gabel. »Ich bin so geboren worden. Es hilft mir bei meinen Geschäften.«

»Das ist es, worüber ich reden möchte. Über Ihre Geschäfte.«

»Ich zitiere Sie: ›Es gibt sicher kein weniger interessantes Thema.‹«

»Wollen Sie sich über mich lustig machen? Sie gehen in privaten Clubs ein und aus, trinken Champagner, haben Leibwächter, persönliche Chauffeure und Mobiltelefone, und ich habe noch nie jemanden gesehen, dem alle Leute so bereitwillig in den Hintern kriechen. Ich denke, dass ist ein Gesprächsthema. Vielleicht sogar ein Thema für einen Film.«

Chavdar nickte zufrieden. »Ich denke, es gibt da gewisse Teile, in denen dramatisches Potential steckt.«

»Und wie.«

»Nicht nur für einen Krimi oder einen Abenteuerfilm. Sondern auch für etwas Erotisches.«

June verschluckte sich an ihrem Wasser und gab sich Mühe, nicht schallend aufzulachen. Glücklicherweise erschien der Kellner und servierte jedem von ihnen eine Portion Salat und mehrere Mini-Quiches. Chavdar ignorierte das Essen, während June hungrig zugriff. »Roxanne hat mir auch erzählt, Sie hätten mal Drehbücher geschrieben.«

»Nicht ganz. Wenn man in der Produktion arbeitet, kriegt man viele Manuskripte zu lesen. Die meisten waren schlecht. Ich dachte, ich könnte es besser. Ich wollte etwas richtig Grandioses schaffen, wissen Sie? Etwas Wertvolles. Und ich dachte, wenn ich es schaffen würde, die Geschichten auf dem Papier so schön aussehen zu lassen, wie ich sie in meinem Kopf hatte, würde sie vielleicht irgendjemand kaufen und mich reich machen.« Sie lächelte. »Irgendwie hat das nicht ganz geklappt. So sehr ich den Job liebe, zu dem Sie mir verholfen haben, ich kann nicht behaupten, dass ich das Drehbuchschreiben aufgegeben hätte, um für den *Sofia*

Sentinel Rezensionen über die neuesten Jean-Claude-Van-Damme-Schinken zu produzieren.«

»Ich mag, was Sie über die schönen Geschichten in Ihrem Kopf gesagt haben.«

»Für mich waren sie schön, aber ich weiß nicht so recht. Sie waren nicht gerade *Cinema Paradiso* oder *Il Postino*. Ich habe eine Schwäche für italienische Filme. Wahrscheinlich habe ich mich während meines Studiums zu intensiv damit beschäftigt.«

»La Dolce Vita?«

»Brillant, aber deprimierend.«

»Der Mensch als Tier. Dekadenz und Hedonismus.«

»Davon habe ich in der realen Welt schon genug. Seit kurzem halte ich mehr von Liebe und Verzeihen.«

»Tatsächlich?«

»Nun ja, ich meine nicht die kitschige Variante mit Blumen und goldenen Herzchen im Mondschein und so weiter.«

»Kein Wunder, dass Ihnen *Cinema Paradiso* gefällt, June. All diese wunderschönen Szenen voll unglaublicher Leidenschaft, die von den Faschisten zensiert wurden. Ein erstaunlicher Film.«

»Ich dachte, ihr Kinogeschmack bewegte sich mehr in die gewalttätige Richtung. Scorcese und so weiter.«

»Sie fangen gerade erst an, mich kennen zu lernen, so wie ich noch sehr viel von Ihnen in Erfahrung bringen muss. Ich kann Ihnen jetzt so viel sagen, nämlich dass ich mich für viele, teils gegensätzliche Dinge interessiere. Für *sehr* viele, June.« Unter dem Tisch schob sich Chavdars Knie zwischen Junes Oberschenkel. »Erzählen Sie mal, June. Ich hatte das Gefühl, als wäre an dem Abend neulich zwischen uns irgendetwas gewesen. Und ich hatte das Gefühl, dass Sie mich auf eine ganz spezielle Art ansahen. Und daher kam ich zu dem Schluss, dass Sie sehr viele Probleme haben.«

»Ich soll viele Probleme haben? Ich hoffe wirklich, dass wir es im Augenblick mit einer Sprachbarriere zu tun haben.«

»Ich will Sie nicht beleidigen. Ich dachte nur, Sie hätten Probleme mit Ihrem Mann. Ich sprach mit Roxanne. Ich dachte, vielleicht bin ich der Mann, der Ihnen helfen kann.«

June rutschte ein Stück vom Tisch zurück. »Wie wollen Sie mir helfen?«

Chavdar schaute sich im Restaurant um. Er hob beschwichtigend die Hand. »Bitte, June, denken Sie jetzt nichts Schlechtes. Ich habe nichts Ehrenrühriges gemeint.«

»Dann verraten Sie mir, was Sie genau gemeint haben?«

»Ich habe eine Wohnung für Sie gefunden.«

»Sie ...« June schüttelte verwirrt den Kopf. »Was?«

»Ein Kollege von mir hat viele Jahre außer Landes gelebt, da er sich wegen seiner Tätigkeit in Wien aufhalten muss. Kürzlich hat er durch Wiedergutmachung ein Apartment geerbt. Sie wissen, was das ist?«

»Ja, sie geben den Leuten ihr Eigentum zurück, das die Kommunisten ihnen weggenommen haben.«

»Mehr oder weniger. Es ist ein sehr hübsches Haus in der Ulitza Shishman. Schlafzimmer, eine große Küche und ein Balkon mit Blick auf einen Garten. Er würde es gerne vermieten, aber weil er nicht hier ist, kann er keinen Mieter suchen. Ich erzählte ihm, ich würde eine junge Dame kennen, die vielleicht an dem Apartment interessiert wäre. Die Miete ist sehr niedrig, wenn man überlegt, dass es beste Stadtlage ist und dass Möbel darin stehen und ein Telefonanschluss vorhanden ist. Sehen Sie, mein Freund braucht das Geld nicht, und er ist schon so lange im Ausland, dass er keine Ahnung von den heutigen Preisen hat.«

»Wie viel?«

»Wert ist das Apartment wahrscheinlich zweihundert im Monat, aber ich glaube, mit einhundert wäre er zufrieden.«

»Wenn jemand so nett zu mir ist, werde ich gewöhnlich misstrauisch.«

»Das ist gut für Sie«, sagte Chavdar lachend, »aber es ist wirklich bloß ein glücklicher Zufall.«

June atmete tief durch. »Donnerwetter.«

»Außerdem möchte ich, dass Sie glücklich und zufrieden sind.« Chavdar griff über den Tisch und schloss seine starke Hand um ihre zierliche. »Und, June, ich glaube, wir beide wissen, dass ich auch noch etwas anderes möchte.«

»Chavdar«, sagte sie leise, »das kann ich nicht. Es ist unmöglich.«

»Das verstehe ich. Das ist auch kein Geschäft oder Tauschhandel. Ganz bestimmt nicht, denn das wäre beleidigend. Ich wollte nur mit Ihnen keine Spielchen spielen. Ich möchte nicht, dass Sie überlegen, ›Welche Absichten hat er?‹, wo meine Absichten doch sehr einfach sind. Ich mag Sie, aber im Augenblick sind wir noch Freunde. Ich habe Ihnen angedeutet, dass wir mehr sein können, ich habe Sie eingeladen, mit mir zusammen zu sein, von mir wie eine Prinzessin behandelt zu werden und sich dabei herrlich zu fühlen. Ich bitte Sie um nichts anderes, als dass Sie zu mir genauso ehrlich und offen sind wie ich zu Ihnen.«

June blinzelte und begriff, dass sie sich bei den Händen hielten. »Okay«, sagte sie, und es war nur ein mattes Flüstern.

»Dann sind wir uns einig«, sagte Chavdar, ließ ihre Hand los und lehnte sich auf seinem Stuhl zurück. »Nun, da das geregelt ist, glaube ich, dass wir beide uns um einiges wohler fühlen und das Essen jetzt genießen können.«

»Ich kann das Apartment nicht annehmen, Chavdar.«

»Ich sagte doch, es ist kein Tauschhandel.«

»Das ist egal.«

»Schön. Dann lassen Sie es mich wissen, wenn Sie es sich anders überlegen.« Chavdar schaute hoch, und wie durch ein Wunder stand der Kellner vor ihrem Tisch, in den Händen zwei silberne Teller mit dampfenden Speisen. Chavdars Umsicht war atemberaubend. Es schien, als brauchte er sich nur etwas zu wünschen, und schon wurde es sofort und auf wunderbare Art und Weise wahr.

14

Betrifft: Sonntag
Datum: So. 15. Dez. 1996, 12:21:46 +0000
Absender: Greg Schwartz
<crazycatering!@netcal.com>
An: June Carver <jcarver@sof.cit>

Hey, June,

Donnerwetter! Es ist schon erstaunlich, dass man in L. A. um vier Uhr morgens bei einer Tankstelle einen Cappuccino kriegt, aber im Postamt in Sofia keine Briefmarken kaufen kann. Keine Sorge, eine aktuelle E-Mail von Dir ist mir sowieso viel lieber als eine Weihnachtskarte. Kein Benzin, kein Toilettenpapier, keine Limonade, kein Fleisch, kein Haarwaschmittel, kein Ethan? Das klingt sehr ernst. Vielleicht solltest Du nach Hause kommen.

Vielleicht auch nicht.

Das Bewirtungsbuisiness ist immer noch beschissen, aber besser als die Agentur. Nun, ich schilder Dir mal mein Wochenende. Am Freitagabend traf ich Ray in der *Lava Lounge*, dann gingen wir in die *Garage*, um Lisp zu hören, die waren jedoch Mist. Wir tranken zu viel Bier und gingen dann zu *Barneys*, um weiter zu trinken. Am Samstag habe ich mit Gannon zu Mittag gegessen. Hatte um ein

Uhr eine riesige Bloody Mary, womit die Marschrichtung für das restliche Wochenende gesetzt wurde. War am Manhattan Beach, um mir den Tyson-Kampf anzusehen, und dann im *Road House* für ein paar Gläser Bud. Zwischendurch stellte das Girl, das von Orange County raufgekommen war, um mich zu treffen, aber von dem ich nicht besonders beeindruckt war, fest, dass ihre Freundin einen großen Eindruck auf mich machte. Ein wilder Streit entwickelte sich, und ich nahm keine der beiden nach Hause mit. Verließ Manhattan Beach um 2:30 morgens, um nach Newport zu fahren und ein anderes Girl zu treffen, mit dem ich öfter ausgehe. Kam um 3:30 dort an und ging gegen 6:00 ins Bett. Stand um 11:00 auf, um zur Geburtstagsparty ihrer Cousine zu gehen. Trank Bier und aß Kuchen. Verließ die Party und traf ihre Freunde in einer Bar bei weiteren Drinks. Dann zurück in ihr Apartment, damit sie für mich Gitarre spielen und die Einfühlsame und Verliebte mimen konnte. Wenig beeindruckt von ihren musikalischen Fähigkeiten verabschiedete ich mich nach einer Dreiviertelstunde und fuhr nach Hause. Jetzt schreibe ich Dir meine E-Mail und trinke ein letztes Wochenendbier. Und morgen früh binde ich mir wieder meine Schürze um und bin der beschissene Partyservice.

Ich weiß, wie nahe Dir diese Sache mit Ethan geht, aber ich denke, er wird Dir verzeihen, und es ist nicht, wie Du meinst, das Ende der Welt. Aber ich gebe Dir hinsichtlich der dämlichen Ironie, die Wahrheit zu sagen, Recht. Die gute alte Wahrheit macht einen, wie die Leute so schön sagen, wirklich frei.

Wie dem auch sei, den anderen geht's IMMER besser ...

GREG

Roxanne hatte die nackten Beine auf ihren Schreibtisch gelegt und hielt eine Tasse Tee in der Hand. Sie zeichnete sich teilweise als Silhouette vor dem Fenster ab, und June konnte hinter ihr den Hof sehen, in dem die Äste kahler Bäume den Blick auf die anderen Apartmenthäuser versperrten. Der Himmel war eine gleichförmige graue Kuppel, nur eine Schattierung heller als der im Morast versinkende Hof und die schwarzen Bäume. Roxanne blies auf ihren Tee und trank einen Schluck. »Ich weiß nicht, was dein Dilemma ist, June«, sagte sie. »Chavdar bietet dir die Gelegenheit deines Lebens und beteuert sogar, dass er dafür keine Gegenleistung erwartet.«

»Er will trotzdem etwas von mir, und ich versuche, die Dinge mit Ethan wieder ins Reine zu bringen.«

»Ja, und während du eine einmalige Chance sausen lässt, zieht Ethan weiter. Er weiß, was er will, und tut etwas dafür, damit er es auch erreicht. Er sitzt nicht herum und trauert um die verlorene Liebe oder ergeht sich in Schuldgefühlen.«

»Was meinst du damit, dass er etwas dafür tut, um es zu erreichen?«

Roxanne nahm die Beine vom Tisch, bedeckte sie mit ihrem seidenen Hausmantel und drehte sich wieder zum

Computer um. »Frag ihn, was er am Wochenende treibt. Und mit wem.«

Ethan hatte das Apartment für sich. Anstatt die Ruhe und den Frieden auszunutzen, um einen möglichst großen Teil der Arbeit für sein Projekt zu erledigen, unterzog er sich einem komplizierten Hygieneritual, das er mehr oder weniger schon vor Jahren aufgegeben hatte. Er reinigte die Zähne mit Zahnseide – jeden einzelnen und sehr gründlich – und benutzte Junes Pinzette, um die verirrten roten Haare auszuzupfen, die an allen seltsamen Stellen in seinem Gesicht wucherten. Dann Aftershave auf die Haut und ein wenig Gel ins Haar. Reichlich Deodorant. Er war wie ein Teenager, der sich auf sein erstes Rendezvous vorbereitet.

Junes Hände zitterten, als sie den Schlüssel ins Schloss der Tür ihres Apartments in Darvenitsa schob. Ethan hatte seine Schönheitspflege beendet und saß jetzt mit mehreren Büchern, die aufgeschlagen auf dem Fußboden lagen, im Wohnzimmer und arbeitete am Computer. Er tat so, als habe er June nicht hereinkommen gehört.

»Ethan, dreh dich um.«

Er tippte weiter.

»Ich möchte mit dir reden«, sagte sie und machte einen Schritt auf ihn zu. »Ich habe dieses Schweigen lange genug ertragen, und jetzt werden wir reden.«

Ethan drehte sich um. »Was?«

»Was hast du an diesem Wochenende vor?«

Ethan sah sie einen Moment lang an, dann wandte er sich wieder seinem Computer zu. »Ich fahre in den Süden runter, um mit ein paar Dorfbewohnern in den Rhodopen zu reden.«

»Weshalb?«

»Um zu erfahren, wie ihr Leben sich seit neunundachtzig verändert hat. Ich brauche diese Informationen für mein Projekt.«

»Alleine?«

»Was?«

»Fährst du alleine?«

Ethan rieb sich die Augen und stand auf, um sich zu strecken. Er sah June an, und die Pose, die er dabei einnahm, sah aus wie eine Kampfhaltung. »Ich fahre mit Nevena Petkova. Sie stammt aus einem der Dörfer da unten und dient mir als Führerin.«

»Als deine Führerin!«

»Ja.«

»Roxannes Köchin? Der sechzehn Jahre alte Kate-Moss-Verschnitt mit der Schmollschnute?«

»Sie ist keine sechzehn.«

»Willst du das wirklich tun?«

»Was tun? Mit jemandem eine Informationsreise unternehmen, der mir helfen kann? Ja. Ob ich ein Verhältnis mit ihr anfange und dich lächerlich mache? Wahrscheinlich nicht.«

»Ich hatte nie ein *Verhältnis*!«

»Wie würdest du es denn nennen, wenn du mit jemand anderen schläfst? Vielleicht fühlst du dich mit dem Begriff ›One-Night-Stand‹ wohler, aber siehst du dabei nicht noch viel eher aus wie eine Hure?«

»Ethan!«

»Was ist? Du hast selbst davon angefangen!«

June setzte sich auf das Sofa. »Ethan, ich weiß, wie du dich im Augenblick fühlen musst ...«

»Quatsch.«

June holte tief Luft und fuhr fort: »Ich kann mich in deine Situation hineinversetzen. Ich hab's geschafft, also solltest du es auch schaffen. Aber ich habe alles, was ich hatte, zurückgelassen, um mit dir hierher zu kommen, weil *ich dich liebe*. Es war kein Verhältnis, es war ein *Fehler*. Wenn du das tust, wenn du jetzt, in unserer Situation, ein Verhältnis anfängst, dann ist es aus. Ich stoße keine dummen Drohungen aus, und ich stelle dir kein Ultimatum. Ich entschuldige mich und zähle nur das auf, was ich für die Fakten halte: nämlich dass wir eine weitere Runde dieses Swinger-Spiels nicht überstehen werden. Du glaubst, es ist eins deiner kindischen Machtspielchen; aber man lädt dabei Schuld auf sich, und alles gerät schnell außer Kontrolle! Wir werden es nicht schaffen, Ethan. Es gibt andere Wege, diese Krise zu meistern.«

»Okay, dann fang jetzt an mit den Klischees deiner Mutter. Es ist nicht so, dass zwei Fehler sich am Ende aufheben und was Gutes dabei herauskommt.«

»Das stimmt. Indem du diesem Mädchen wehtust und mir wehtust, verletzt du dich am Ende nur selbst.«

»Verdammt noch mal, ich fahre nur für ein Wochenende mit einer Freundin weg!«

Sie stand auf und trat neben ihn, und ihre Stimme hatte einen flehenden Klang. »Ethan, was meinst du, wie ich mich an all den Nachmittagen gefühlt habe, als du sagtest, du brauchtest ›Ruhe zum Schreiben‹, dich in den Wagen gesetzt hast und einfach weggefahren bist?«

»Mein Arbeitspensum war mörderisch. Meinst du, es war leicht für mich?«

»Sieh doch, bei uns lief doch lange vor James schon eine Menge schief, und ich weiß nicht, ich glaube, ich habe etwas gesucht, um mich mal wieder wohl zu fühlen. Ich suchte nach jemandem, der mir das Gefühl vermittelte, ich würde gewollt, ich wäre begehrenswert, während du nichts anderes getan hast, als mich alleine zu lassen, mich zu ignorieren, mich bei allen Gelegenheiten zu korrigieren ...«

»Hör damit auf, mir die Schuld für deine Affäre zu geben!«

»Ich habe dich immer geliebt, aber ich bin mir ungeliebt vorgekommen! Ich hatte gehofft, alles würde besser. Dass wir irgendwann Händchen haltend in unseren Schaukelstühlen sitzen würden. Dass wir Arm in Arm sterben würden. Du bist mein bester Freund.«

June berührte seine Schulter, und er zuckte zurück. »Im Augenblick, June, empfinde ich für dich keine Freundschaft. Im Augenblick hasse ich dich.« Seine Augen straften ihn Lügen. In ihnen lagen verletzter Stolz und Liebe. »Ich habe mit deiner Familie und mit *ihm* zu Abend gegessen. Ich habe mit deinem Dad, deinem Onkel und *ihm* Tennis gespielt. Du hast mir erzählt, er wäre einer deiner spinnerten Kinofreakfreunde und hast ihn mir vorgestellt. Du hast mich ausgelacht ...«

»Ich habe dich niemals ausgelacht! Und er war auch nur ein Freund. Mein ganzes Leben lang war er nur ein Freund, und er ist noch immer nur ein Freund.«

»Sag bloß, dass du noch immer Kontakt zu ihm hast.«

»Was? Nun ... ja, Ethan! Ich kenne ihn, seit ich im Kindergarten war.«

»Sei still! Wirklich, June, sei einfach still. Wenn du ernsthaft annimmst, ich könnte dir so einfach verzeihen, was du getan hast, dann bist du verrückt. Und wenn du glaubst, dass du mich mit irgendetwas davon abhalten kannst, an diesem Wochenende mit Nevena wegzufahren, dann bist du noch abgedrehter, als ich befürchtet habe.«

June lachte. »Das klingt schon besser. Dann erzähl mir doch mal, wie abgedreht ich wirklich bin, Ethan.«

»Du bist egoistisch, ohne dass es dafür einen Grund gibt.«

»Besteht demnach das Problem nicht darin, dass ich

egoistisch bin, sondern dass ich keinen Grund dafür habe? Ich weiß nicht, ob ich dich richtig verstehe, aber wäre es ganz okay, egoistisch zu sein, wenn ich ein verdammter produktiver Locke-Fields-Stipendiat und Weltbürger wäre?«

»Es ist absolut egoistisch von dir anzunehmen, dass du mit jemand anderem schlafen kannst und ich dich mit offenen Armen wieder aufnehme. Es ist egoistisch von dir zu denken, dass nur du das tun kannst und ich nicht.«

»Hör auf, dich zu verhalten wie ein Kind, Ethan! *Wenn du es tust, tue ich es auch. Auge um Auge.* Du bist doch von uns beiden der ach so Gebildete, verdammt noch mal! Wie kannst du nur so tun, als wäre unsere Ehe ein Wettkampf im Armdrücken? Gerade du müsstest doch darüber stehen! Lass uns bitte damit aufhören, uns gegenseitig zu beschimpfen! Du hast immer gewusst, wer du bist. Tu mir und diesem Mädchen das nicht an. Ich bitte dich.«

»Ich habe es satt, immer der Gute zu sein, June. Die Guten werden am Ende immer bloß ausgenutzt.«

Junes Augen füllten sich mit Tränen. »Ethan, ich kann es nicht ertragen, dich so zu sehen.«

Ethan lächelte. »Das weiß ich. Und genau das freut mich ungemein.«

Nachdem der Bus Plovdiv verlassen hatte, wurde die Landschaft um Pamporovo zunehmend surrealistischer, als immer bizarrere Felsformationen das Panorama bestimmten. Während Nevena schlief, bewunderte Ethan die unterschiedlichen Farben der Gesteinsschichten, die von Grau über Hellgelb bis zu gedeckten Orange- und Rotschattierungen reichten. Mit bulgarischer *Chalga*-Musik aus den Buslautsprechern in den Ohren, einer vorüberfliegenden unwirklichen Landschaft draußen vor Augen und Nevenas Kopf – dem Kopf einer völlig Fremden – auf der Schulter hatte Ethan das Gefühl, dass er alles Bekannte zurückgelassen hatte und in ein anderes Leben unterwegs war.

June hatte immer gesagt, eine der Tragödien der menschlichen Existenz sei, dass jeder nur ein Leben habe, dass jeder nur wisse, wie es sei, eine Person zu sein. Er erinnerte sich, wie sie fortfuhr: »Ich werde niemals erfahren, wie es ist, auf den Balearen aufgewachsen zu sein, Spanisch zu sprechen und in einem Strandcafé zu arbeiten. Denk mal darüber nach, Ethan. Du und ich werden niemals wissen, wie es ist, als Junge in Brasilien gelebt oder als Prostituierte in Amsterdam gearbeitet zu haben. Oder die Tochter eines russischen Zaren oder ein Mönch in einem tibetanischen Kloster zu sein. Es ist unmöglich, sich in eine dieser Personen hineinzuversetzen. Ist das nicht traurig? Ist es nicht irgendwie tragisch, dass wir nur unsere eigenen beiden Augen haben, um eine so große Welt zu betrachten?«

Erst jetzt, zum ersten Mal, begriff er, wie erhebend es sein konnte, das System zu überlisten und zwei oder mehr Leben in einer Lebensspanne zu führen. Angesichts der wunderschönen dunkelbraunen Wimpern in Nevenas blassem Gesicht und ihres Atems, der sein Kinn warm umfächelte, hatte er plötzlich den Wunsch, sich selbst in kleine Stücke zerbrechen zu können, jedem, den er kannte, ein Stück von sich zu geben und überall, wo er hinging, ein weiteres kleines Stück zurückzulassen.

Als sie sich Kardzhali näherten, veränderte die Landschaft sich abermals. Nevena schreckte aus dem Schlaf hoch, wischte sich über den Mund und sah Ethan an, als sei er daran schuld, dass sie an seiner Schulter eingeschlafen war. Er lächelte sie an. »Sie waren für eine Weile weggetreten.«

»Entschuldigen Sie«, sagte sie, schob mit einer unsicheren Geste ihre Mütze zurecht, die ihr über ein Auge gerutscht war. »Es geschah nicht mit Absicht.«

»Ich weiß. Sie haben tief geschlafen.«

»Hmm-hmm«, sagte Nevena verlegen. Sie war noch nicht richtig wach und rieb sich die Augen mit ihren behandschuhten Fäusten. Eine Wollfluse blieb zwischen ihren Wimpern hängen.

Ethan streckte einen Finger aus. »Sie haben da etwas ...« Er deutete auf ihr Auge.

»Was ist es?«, fragte sie schläfrig.

»Nur ein Fädchen von Ihrem Handschuh. Eine Wollfluse an Ihren Wimpern.«

Nevena beugte sich zu ihm vor und schloss die Augen. »Können Sie sie entfernen, bitte?«

»Klar«, sagte er. »Halten Sie still.« Ethan ergriff das Fädchen mit spitzen Fingern und blickte dabei die ganze Zeit in das Gesicht, das sie ihm so vertrauensvoll entgegenhielt. So, wie sie ihm entgegenkam, sah es aus, als warte sie auf einen Kuss, und Ethan hätte in diesem Moment nichts lieber getan, als ihr einen zu geben, mitten auf die Nasenspitze.

Eine einzige unbefestigte, steinige Straße wand sich hinauf in Nevenas Dorf, und von ihr führten Feldwege hinauf zu den Häusern und Tavernen. Hoch über allen, auf der unebenen Seite des Berges, trieb ein Mann einen Esel in den Pferch um sein Haus. Sein klappriger Wagen, voll geladen mit Feuerholz, blieb davor stehen.

Ethan und Nevena begannen den Aufstieg und kamen dabei an kleinen Häusern mit Veranden vorbei, die teilweise mit Natursteindächern versehen waren, die auf dicken Holzbalken ruhten. Tierhäute waren zwischen den Pfosten aufgespannt und festgenagelt, welkes Gemüse war zum Trocknen aufgehängt worden. Schwere, langhaarige Teppiche waren auf Wänden sowohl als Dekoration wie auch als Wärmeisolation ausgebreitet. Die Türen zu den Häusern waren dunkel, und ihr Inneres erinnerte an Höhlen. Je höher sie kamen, desto mehr Häuser waren mit hohen Holzzäunen und schweren Holztoren gesichert.

Vor einem dieser Tore blieb Nevena mit einem seltsamen Gesichtsausdruck stehen. Sie strich mit den Fingern über eine ins Holz geschnitzte Rose. »In den meisten alten Städten Bulgariens wurden diese Tore während der Zeit der osmanischen Besetzung errichtet. Die Türken ritten damals regelmäßig durch die Ortschaften und verlangten Steuern, Lebensmittel, Obdach und Kinder. Haben Sie schon von der Enichari gehört?«

»Von der Blutsteuer? Es bedeutet doch, dass die ältesten Söhne mitgenommen wurden, um dem Sultan zu dienen, nicht wahr?«

»Genau.«

»Wir nennen sie Janitscharen.«

»Das ist, glaube ich, dasselbe. Wie dem auch sei, die Türken waren gefürchtet, und die Menschen glaubten, dass die Zäune und Tore Schutz vor ihnen boten. In dieser Stadt sieht es jedoch anders aus.«

»Was ist hier anders?«

»Dies war eine Stadt der Pomaks. Die türkische Grenze ist nicht weit, und die Menschen in diesen Bergen sind seit fünfhundert Jahren Muslime. Allerdings gibt es um diesen Punkt heftige Kontroversen. Und zwar, ob die Bewohner der Dörfer in den Rhodopen ethnische Bulgaren waren, die man gezwungen hatte, zum Islam überzutreten, oder ob es ethnische Türken waren, die sich zu Beginn der osmanischen Besetzung hier niedergelassen hatten. So oder so, sie waren Muslime, und die türkischen Eindringlinge erlaubten sich in den moslemischen Dörfern keinerlei Übergriffe. Daher brauchten wir bis zur Befreiung keine hohen Zäune und stabilen Tore.«

»Als die Russen kamen und die bulgarischen Revolutionäre in ihrem Kampf gegen die Türken unterstützten, kam es da zu Angriffen auf diese Dörfer?«

Nevena nickte. »Während des Aufstands von 1872 töteten die Türken in Batak, einer Stadt nördlich von hier, fünftausend Christen. So etwas lässt sich nicht ignorieren. Moslemische Familien flüchteten daher über die Grenze, und einige befestigten ihre Anwesen mit Zäunen und Toren, um sich zu schützen.«

Nevena deutete mit einer weit ausholenden Geste auf die unwegsame Gebirgslandschaft, die einen natürlichen Schutz bot. »Im Großen und Ganzen wurden die Dörfer hier in den Rhodopen in Frieden gelassen. Sie waren sehr isoliert, schwer zu erreichen, und sie zu plündern, lohnte sich kaum. Die moslemischen Familien führten hier ein ruhiges Leben. Nach einer Weile legte der Hass sich allmählich, und es entwickelte sich zwischen christlichen und moslemischen Dörfern ein versöhnliches Verhältnis. Was, wie Sie sicher wissen, auf dem Balkan ein kleines Wunder sein dürfte. Die Muslime stellten fest, dass sie ihre hohen Schutzwälle nicht mehr brauchten.« Nevena hielt inne und beugte sich vor, um die geschnitzte Rose zu küssen. »Jedenfalls nicht, bis Todor Schiwkow kam.«

Das Haus von Nevenas Baba stand am fernsten und höchstgelegenen Ende des Dorfs. In den Berghang hineingebaut, verfügte es über zwei Stockwerke aus sandfarbenen Steinen und zwei Holzbalkonen im oberen Stockwerk. Der einzige Eingang war eine gewölbte Tür in der Mitte des Gebäudes. Ethan folgte Nevena, ging durch die Türöffnung und fand sich in einem engen Tunnel wieder. Dort begann eine Treppe, die sie zum Licht emporstiegen. Sie gelangten in einen unbefestigten Innenhof, auf dem Hühner in den Überresten eines offenen Feuers umherstolzierten. Bündel getrockneter Maiskolben hingen neben Schnüren voller Chilischoten, Knoblauchzwiebeln und ausgehöhlten Kürbissen an den Steinmauern. Zwei schmutzige Hunde kamen herausgerannt, um Ethan und Nevena zu begrüßen. Dabei wedelten sie mit ihren ausgefransten Schwänzen.

Eine gedrungene Frau in einem weiten schwarzen Rock und einem dicken Wollpullover tauchte aus der Türöffnung hinter den Hunden auf. Während sie ging, nahm sie eine fleckige Schürze ab, doch als sie Ethan gewahrte, zuckte eine ihrer Hände hoch, um den Sitz ihres Haarknotens zu überprüfen. Um ihr Gesicht flatterten lose Strähnen grauen Haars im Wind.

»Baba Safi«, sagte Nevena und küsste die Frau auf beide Wangen, umarmte sie und zog sie an sich. Baba Safi ergriff Nevenas Hand, begann in einem unverständliche Dialekt zu reden und deutete dabei auf Ethan. Es war keine Willkommensgeste.

Nevena legte zärtlich einen Arm um die Schultern der alten Frau und sprach eindringlich mit ihr. Baba Safi sah Ethan an, und die Augen, die freundlich gewesen waren, als sie Nevena angeblickt hatten, waren jetzt zusammengekniffen und misstrauisch. Nevena deutete hinauf zur Bergspitze, und die Augen der Baba weiteten sich ein wenig, sodass ein weißer Schimmer ihrer Augäpfel zu sehen war. Sie schaute Nevena an, dann kehrte ihr Blick zu Ethan zurück.

Nach einem kurzen Moment faltete sie die Hände, legte sie auf ihr Herz und ging dann auf Ethan zu. Mit einer mitfühlenden und mütterlichen Geste tätschelte sie seine Wange, drückte einen Kuss auf seine Handfläche und führte ihn in ihr Haus.

»Tun Sie so, als wären Sie traurig und verzweifelt«, sagte Nevena. »Ich erkläre es Ihnen später.«

Am Abend spazierten Ethan und Nevena durch das Dorf. Jedes Haus erinnerte Nevena an ihre Kindheit. Jeder Geruch, der aus den Küchen an ihre Nase drang, belebte in ihr aufs Neue das Bild ihrer Mutter. Bis zum Umschwung war Nevena nicht nach Vodenicharsko gekommen, um das Andenken ihrer Eltern zu ehren, doch danach war sie jedes Jahr hier gewesen. In jenem ersten Jahr war es am schlimmsten gewesen. Selbst mit fünfzehn, nachdem sie alleine in Sofia gelebt und für den Lebensunterhalt für sich und ihre Geschwister gesorgt hatte, hatte sie sich gefürchtet, zurückzukommen. Sie hatte das Dorf betreten und nicht gewusst, wer noch da war und wer gestorben war. Irgendwie hatte sie erwartet, eine Geisterstadt vorzufinden, genauso verwaist und leer wie ihr Herz, genauso einsam wie ihr Leben, das sie seit dem Verlassen ihrer Heimat geführt hatte.

Stattdessen hatte sie erfahren müssen, dass ihr Zuhause, das beinahe völlig niedergebrannt war, als sie geflohen war, wiederaufgebaut worden war und von einer Familie bewohnt wurde. Das Tor mit der Rose, die ihr Großvater geschnitzt hatte, war wie durch ein Wunder vom Feuer verschont geblieben und aus den Trümmern geborgen worden. Nun stand es wieder, schützte das Leben von Fremden und bildete eine Barriere zwischen Nevena und ihrer Vergangenheit. Es gehörte ihr nicht mehr. Genauso wie ihre Eltern, ihr Geburtsname und sämtliche Hinterlassenschaften ihrer Familie, gehörten ihr das Tor und das Heim, welches es beschützte, nicht mehr.

Jetzt, sieben Jahre später, fiel es Nevena immer noch schwer, dort vorbeizugehen, wo sie als Kind gelebt hatte. Da war etwas in ihr, das am liebsten das Tor geöffnet hätte, hineingegangen wäre und nach ihren Eltern gerufen hätte. Es schien, als wären sie drinnen, wo sie sich um ihre Hühner und Ziegen kümmerten und ansonsten darauf warteten, dass ihre Kinder nach all den Jahren endlich einmal zu Besuch kämen. Sie wäre so gerne hineingegangen und hätte sich in der Küche umgesehen, wo ihre Mutter Auberginen gefüllt und geschmort hatte, oder im Garten, wo ihr Vater, genauso wie sein Vater und der Vater seines Vaters, im Sommer Rosen gezüchtet hatte. Wenn sie hineinginge, würde sie auch die Tür sehen, die die roten Soldaten eingetreten hatten. Ihr Blick würde auf den neuen Fußboden fallen, der den alten ersetzte, welcher mit dem Blut ihres Vaters getränkt gewesen war. Wenn sie hineinginge, würden ihre Mutter und ihr Vater ganz sicher nicht zu Hause sein, und der Traum von ihrer Existenz würde verschwinden wie die Unschuld. Die Illusion würde zerreißen wie ein Hymen oder ein Geist oder wie ihr Zuhause.

Nevena wandte sich an Ethan, der still neben ihr herging. »Lassen Sie uns zurückgehen. Ich wäre gerne eine Zeit lang alleine, ehe wir zu Abend essen.«

Ethan nickte. »Natürlich.«

Nevena legte eine Hand auf seinen Arm und bedankte sich wortlos dafür, dass er ihr Schweigen respektierte.

Das Abendessen wurde im langen Teil des Hauses eingenommen, der an eine Taverne erinnerte. Baba Safi saß am

Kopfende des Tisches vor dem Feuer, Ethan und Nevena saßen rechts und links von ihr einander gegenüber. Vor jedem standen eine Schüssel und ein Schnapsglas. Zum Zugreifen für alle drei gedacht waren ein Salat aus grünen Tomaten, jungen Zwiebeln und Petersilie in der Mitte des Tisches, ein Keramikkrug Quellwasser und eine Fantaflasche aus Plastik, gefüllt mit selbstgebranntem Raki. Zuerst schöpfte Safi Bohnensuppe mit Wurst in die Schüsseln. Die aßen sie mit Fladenbrot, das draußen im Backofen gebacken worden war und das mit Ziegenbutter bestrichen wurde. Danach brachte sie den Hammeleintopf, der dick und nahrhaft war. Ethan aß zwei Portionen, und Baba Safi freute sich über seinen gesunden Appetit. Immer wieder prostete sie ihm mit Raki zu und sorgte während der ganzen Mahlzeit dafür, dass ihre Schnapsgläser stets gefüllt waren. Als Nevena schließlich den Nachtisch holte, war Safi am Tisch eingeschlafen.

Nevena brachte ihre Baba in die Küche, wo direkt neben dem Herd ein Bett aufgestellt war. Es war der wärmste Platz im Haus. Nevena kehrte an den Tisch zurück und setzte sich wieder. »Es gibt Wein oder Wasser, je nachdem, was Ihnen lieber ist als Raki.«

»Trinken Sie denn etwas anderes?«

»Vielleicht ein wenig Wein«, sagte Nevena und nahm die Flasche von einem Beistelltisch. Sie steckte in einer Lederhülle, und der Korken war bereits herausgezogen. Nevena roch daran. »Er ist ebenfalls selbst hergestellt. Ich weiß nicht, ob er Ihnen schmeckt.«

»Schmeckt er Ihnen denn?«

»Sogar sehr. Aber ich bin an diesen Geschmack gewöhnt. Er ist ganz anders als die in Flaschen abgefüllten Weine der großen Weingüter, an die die Ausländer und Städter in Sofia gewöhnt sind.«

Sie schenkte ihnen beiden ein und lehnte sich dann auf

ihrem Stuhl zurück. Das Licht spiegelte sich in ihren Augen, und sie hatte das Haar gelöst. Ethan hatte sie bisher kaum jemals ohne einen schweren Mantel oder Mütze gesehen. »Nun«, sagte er. »Was haben Sie Baba Safi von mir erzählt, das mich in ihren Augen offensichtlich von einem hässlichen Frosch und einen strahlenden Prinzen verwandelt hat?«

Nevena hob mit einem schelmischen Lächeln die Augenbrauen: »Wollen Sie das wirklich wissen?«

»Bitte.«

»Zuerst war sie sehr verärgert, dass ich einen fremden Mann mitbrachte und auch noch wollte, dass er in diesem Haus schläft.«

»So viel habe ich mitbekommen.«

»Nun, ich musste zu einer kleinen Lüge greifen.« Nevena trank einen Schluck Wein und grinste leicht.

»Sie wollen es wohl besonders spannend machen, nicht wahr?«

»Ich erzählte ihr, Ihre Frau sei krank und Sie unternähmen eine Pilgerfahrt zum Adler-Kloster, um für ihre Genesung zu beten. Sie hätten mich als Führerin engagiert.«

Ethan zog sich innerlich zurück. Für eine Sekunde hatte er sich in eine köstliche Fantasie versenkt, in der sie bei einem intimen Abendessen zusammen saßen, während irgendwo in der Zukunft die Möglichkeit einer ernsthaften Romanze schlummerte. Die Erwähnung seiner Frau zerschlug diese Illusion, und er fühlte sich plötzlich nur noch müde und schwer, abgefüllt mit Hammelfleisch und Alkohol. »Das Adler-Kloster? Was ist das?«

»Es ist ein heiliger Ort hoch oben in den Bergen. Es gab dort mal eine Höhle, und man erzählt sich, dort hätten vor langer Zeit, vor etwa tausend Jahren, zwei Mönche gelebt. Sie nannten es Adler-Kloster, weil nur die Vögel seine Lage kannten und dorthin gelangen konnten. Vor der Höhle wurde zuerst eine sehr kleine Kirche gebaut, die später in eine Moschee umgewandelt wurde. Dann war sie für einige Zeit wieder eine orthodoxe Kirche. Nun ist der Ort da oben von Aberglauben und Legenden umwoben. Wir müssen dorthin. Es ist eine sehr schöne Wanderung.«

»Hmm«, sagte Ethan und rieb sich den Bart. »Und Safi denkt, dass ich an diesen Ort glaube?«

»Sie glaubt selbst daran.«

»Welche Religion hat sie?«

»Safi ist die Kurzform für Safiwa. Das ist ein moslemischer Name.«

»Und was ist mit Nevena? Der Name ist doch bulgarisch, nicht wahr?«

Nevena starrte in ihr Weinglas. »Ja. Ein weit verbreiteter, sehr nationalistischer Name.«

»Aber Ihre Eltern waren Muslime?«

Nevena nickte fast unmerklich.

Ethan schaute zur Decke. Sogar dort waren Ziegenhäute und Kaninchenfelle aufgespannt und aufgehängt. »Warum haben sie dann nicht ...«

Nevena hob eine Hand und unterbrach ihn. »Sehen Sie, Ethan, es gibt eine ganze Menge Dinge, die Sie noch nicht verstehen. Es ist spät. Ich glaube, morgen werden einige Ihrer Fragen beantwortet werden. Warum gehen wir nicht schlafen?«

Sie ging hinaus und ließ ihr Glas Wein zurück. Ethan blieb noch am Feuer, leerte erst sein Glas, dann Nevenas. Er stellte sich vor, wie er sich in ihr eiskaltes Zimmer schlich und zu ihr unter die Felle auf dem Bett kroch. Er wollte ihre Geheimnisse kennen lernen. Er malte sich aus, wie er ihre Lippen küsste, in der Hitze ihre Mundes zerschmolz und wie er ihr weißes Baumwollnachthemd hochzog und zu ihrer anderen Hitzequelle vordrang. Es war, als wüsste er längst, wie glatt ihre Haut war, wie weich ihr Haar und wie süß ihr Atem ... Ethan stellte sich vor, wie sie flüsterte: »Iskam te. Obicham te. Molya ti se.« *Ich will dich. Ich liebe dich. Bitte.*

Die Tür von Nevenas Zimmer öffnete sich, und sie schaute mit schläfrigen Augen heraus. »Ethan? Was machen Sie?«

Seine Stimme klang belegt, als er antwortete: »Ich habe keine Ahnung.«

Am nächsten Morgen, nach Baba Safis Frühstück aus geröstetem Brot, Omelettes mit Ziegenkäse, hausgemachter Wurst und einer Kanne mit starkem Kaffee schickten Ethan und Nevena sich an, hinaus in die Kälte zu gehen, um die Gedenkzettel aufzuhängen. Während Ethan in seine warme Kleidung schlüpfte, kam Safi mit einem Stapel Papier aus dem Hinterzimmer. Sie reichte Nevena die Papiere und sagte dazu ein paar leise Worte. Sie strich über Nevenas Haar, wandte sich ab und faltete dabei die Hände vor der Brust. Eilig verließ sie den Raum.

»Was ist das?«, fragte Ethan und betrachtete die Blätter.

»Gedenkzettel für Baba Safi. Sie möchte, dass wir die auch aufhängen. Können Sie sie mal für einen Moment festhalten?«

»Natürlich.« Er drehte eines der Blätter um. »Ist das ihr Sohn?«

»Ja«, antwortete Nevena und nahm eine Hand voll Heftzwecken aus einer rostigen Dose im Hof.

»Ist er in derselben Nacht gestorben wie Ihre Eltern?«

»Ja«, antwortete Nevena abermals und ging die rutschigen Steinstufen zur Straße hinunter.

Ethan folgte, wobei er immer noch den Gedenkzettel von

Safis Sohn las. »Ist das nur ein Zufall? Ist das vielleicht ...« Er brach mitten im Satz ab, sobald er aus der Dunkelheit des Tunnels hinaustrat. Am Vortag war der Fußweg noch völlig verlassen gewesen. Jetzt herrschte dort ein reges Treiben. Ältere Paare und junge Leute waren auf den kopfsteingepflasterten Straßen unterwegs. Sie drängten sich in Gruppen, einige hielten Kerzen in den Händen, einige Stapel von Papier, und andere schlangen schwarze Bänder um die Holztore. »Ich glaube, es ist kein Zufall.«

»Nein«, sagte sie. »Ich habe Ihnen versprochen, dass Ihnen heute einige Dinge klar werden würden.«

Ethan folgte Nevena zum nächsten Holztor. Es war bereits mit zahlreichen Fotos beklebt. Frauen und Männer, jung und alt. Es war sogar ein kleiner Junge dabei, der nicht älter als zehn gewesen sein konnte. Fünfzehn lächelnde Gesichter sahen ihn an, fünfzehn Menschen, die in derselben Nacht ihr Leben verloren hatten.

Nevena reichte Ethan eine Heftzwecke. »Warum hängen Sie nicht ein Bild von Yusef dorthin?«

»Ich kann es nicht glauben«, sagte er, trat zurück und nahm die Maßlosigkeit des Todes und der Trauer in sich auf, die das Tor vermittelte. »Gab es hier ein Erdbeben?«

Nevena schüttelte den Kopf. »Nein. Haben Sie jemals von dem Plan Todor Schiwkows in den achtziger Jahren gehört, Bulgarien zu vereinen? Es war dieselbe Art von ›Vereinigung‹, mit der sie jetzt in Jugoslawien anfangen.«

»Ja, aber in dem Artikel, den ich darüber gelesen habe, war nirgendwo die Rede von Massakern.«

»Nun«, sagte Nevena, »sehen Sie sich um. Sie brauchen keinen Artikel gelesen zu haben, um zu erkennen, was hier stattgefunden hat. Menschen wurden ermordet.« Sie hielt inne, und ihre Hand krampfte sich in ihren Bauch. »Und noch mehr Menschen wurden verletzt.«

»Wie alt waren Sie?«, fragte Ethan, während sie den Berg zum nächsten Tor hinuntergingen.

»Ich war elf«, berichtete Nevena. »Todor Schiwkows Armee kam mit Papieren in die Stadt, die jeder unterschreiben sollte. Sie tauchten mitten in der Nacht auf, um uns Angst einzujagen.«

»Was für Papiere waren das?«

»Einwilligungserklärungen, die Namen der Familienmitglieder vom Türkischen ins Bulgarische zu ändern und den Islam aufzugeben. Die offizielle Version besagt, dass diejenigen, die nicht unterzeichnen wollten, von der Polizei verhaftet wurden. Wenn man der offiziellen Version glaubt, dann haben die Leute, die sich geweigert haben zu unterschreiben, Aufstände angezettelt, und es soll auf beiden Seiten zu heftigem Blutvergießen gekommen sein.«

»Was ist denn jetzt? Die Wahrheit könnte doch jetzt ans Tageslicht. Sie könnten herausfinden, was wirklich passiert war.«

»Was jetzt ist? Jetzt haben wir die Zensur. Jetzt gibt es Lügen und Vertuschungen. Todor Schiwkow steht bereits unter Hausarrest, weil er fünfundzwanzig Millionen US-Dollar unterschlagen hat für Häuser und Autos für seine Familie und seine Freunde. Aber wann findet die Gerichtsverhandlung statt? Wann kommt die Wahrheit heraus? Niemals. Nichts wird passieren. Ganz bestimmt nicht Schiwkow hinter der Mauer, die ihn davor schützt, angeklagt zu werden, ethnische Säuberungen angeordnet zu haben.«

Von dem Augenblick an, als er sie das erste Mal gesehen hatte, wusste Ethan instinktiv, dass Nevena Geheimnisse hatte. Anstatt nun aber das Gefühl zu haben, er habe etwas über sie erfahren, kam er sich vor, als sei sie ihm noch zehnmal fremder, unergründlicher geworden. Er trat hinter sie. »Warten Sie, ich helfe Ihnen«, sagte er und nahm ihr die Heftzwecke aus der Hand. Er drückte sie ins Holz, während sie zurücktrat, zusah und sich die Nase putzte. Als sie den Berg weiter hinuntergingen, ergriff Ethan ihren Arm, um zu verhindern, dass sie auf den glatten Steinen ausrutschte. Die Berührung war sanft, ohne irgendwelchen Druck. Sie wehrte sich nicht dagegen, und er hatte nicht das Gefühl, aufdringlich zu sein. Alles hatte sich verändert. Ethan empfand jetzt so viel aufrichtige Zuneigung und so viel Achtung für sie, dass er sich wünschte, ihr Freund zu sein. Nur ihr Freund. Irgend etwas sagte ihm, dass sie im Augenblick genau das ganz dringend brauchte.

Ethan wachte am Sonntagmorgen auf und dachte sofort mit Schrecken an seine Heimkehr. Dort warteten E-Mails von der Universität und Telefonnachrichten auf ihn, in denen Termine für die kommende Woche bestätigt wurden. Nevena würde sich am Busbahnhof von ihm verabschieden und weggehen, und er würde ihr winken und lächeln und sich selbst versprechen, dass er sie in Ruhe lassen würde. Dieser Gedanke war unerträglich.

Nevena schien bester Laune zu sein, als sie zu ihm in die Küche kam. »Kommen Sie, wir machen noch einen Spaziergang«, sagte sie und zog sich einen dicken Pullover über ihr T-Shirt. »Es war ein so schönes Wochenende. Sehen wir zu, dass es noch ein wenig länger dauert.«

Ethan schaute zu, wie sie mit den viel zu langen Ärmeln kämpfte, und als ihr Kopf schließlich durch die Halsöffnung rutschte, nickte er langsam. »Ja, es war wirklich sehr schön.«

»Außerdem«, fuhr sie mit einem Blick in die Küche fort, »erwartet Baba Safi von uns, dass wir zum Adler-Kloster hochsteigen. Wir müssen den Anschein wahren, Sie wissen schon.«

»Okay. Ich hole eine Jacke und ziehe meine Schuhe an.«

Der Bergpfad begann gleich vor dem Dorf. Baba Safi begleitete sie in ihren Pelzstiefeln bis dorthin, wo der Weg steil wurde. Ehe sie sich trennten, drückte sie Ethan eine Zwanzig-Lewa-Münze in die Hand und murmelte etwas, das er nicht verstand.

»Baba Safi meinte zu Ihnen, Sie sollten dafür eine Kerze aufstellen und um die Genesung Ihrer Frau beten.«

»Oh«, sagte Ethan und starrte auf einen Boden, der mit losem Geröll bedeckt war.

»Habe ich etwas Falsches gesagt?«

»Nein.«

»Wollen Sie nicht über Ihre Frau reden?«

Ethan stolperte und fing sich gerade noch.

»Es tut mir Leid. War meine Frage zu aufdringlich?«

»Nein«, sagte er. »Sie ist nur schwer zu beantworten.«

»Ich glaube nicht, dass ich jemals heiraten werde.«

»Sind Sie nicht noch ein wenig zu jung, um diese Entscheidung zu treffen?«

Nevena zuckte die Achseln. »Es ist nur so, dass ich nicht allzu viele Menschen sehen, die einander gegenseitig glücklich machen. Ich habe Freunde gehabt, und es gefällt mir nicht besonders. Tu dies, tu das, mach dir eine andere Frisur, sieh zu, dass du nicht so dünn aussiehst. Die Mafiatypen sind ganz schlimm, denn sie haben Macht und wollen sie zeigen. Die anderen Typen sind schlimm, weil sie arm und müde sind und weil sie, wie ihre Väter, zu viel trinken, um zu vergessen.«

»Glauben Sie nicht, dass jemand Sie glücklich machen kann?«

»Wenn jemand wie Sie, der alles zu haben scheint, was

die Welt zu bieten hat – eine schöne Frau, Bildung, Geld, einen amerikanischen Pass – wenn Sie nicht in der Ehe glücklich sind, dann, so glaube ich, ist das ganz bestimmt nicht die richtige Hoffnung für mich. Die Hoffnung, mein Glück durch einen anderen Menschen zu finden.«

»Woher wissen Sie, dass ich nicht glücklich bin?«

Nevena neigte den Kopf auf die Seite. Der Wind wehte ihr Haare und die ersten Schneeflocken ins Gesicht, sodass Ethan ihren Ausdruck nicht deuten konnte. »Weil Sie nicht zu Hause sind, sondern hier, bei mir.«

Ihre Wangen waren gerötet, und das Leuchten des Schnees, der die gefrorene Erde bedeckte, lag in ihren Augen. Er hatte ein Schwindelgefühl, das nicht von der Höhe herrührte.

»Ethan, was ist los?«, fragte sie und ergriff eine seiner Hände. »Sagen Sie es mir!«

»Weil ich hier bei Ihnen bin. Sie sind es, Nevena, alles an Ihnen, es tut mir Leid. Ich ...«

Nevena ließ seine Hand nicht los. Sie nahm auch seine andere, presste beide Hände zusammen und küsste sie. »Es ist okay«, sagte sie. Und dann tat sie, was er sich schon so lange von ihr wünschte. Sie öffnete seine Jacke, schob die Arme hinein und machte einen Schritt nach vorne, sodass sie sich berührten. Lange standen sie so, regungslos, unterhalb des Adler-Klosters. Hoch oben sang ein bulgarischer Dudelsack, und die ersten Töne eines orthodoxen Kirchenliedes hallten durch die Bergschlucht. Ethan und Nevena lauschten und hielten einander weiterhin fest, während der weiße Himmel sie zu umfließen begann.

15

Betrifft: Ich schon wieder
Datum: So. 22. Dez. 1996, 01:11:02 -0500
Absender: June <jcarver@sof.cit>
An: Onkel Bob <bsum@link.com>

Onkel Bob, hi! Ich weiß, dass Du Dich für internationale Nachrichten interessierst, daher dachte ich, dass Du vielleicht in letzter Zeit mal bei CNN vorbeigeschaut hast. Hast Du schon von den Protesten hier in Sofia gehört? Nur für alle Fälle wollte ich Dir eine kurze Nachricht schicken, damit Du weißt, dass es mir gut geht und dass Du Dir keine Sorgen zu machen brauchst.

Es stimmt, dass hier einige Protestmärsche und Versammlungen stattgefunden haben, die von der Union Demokratischer Kräfte organisiert worden waren, und diese Gruppe rief: »Sagt *Nein* zur Angst«, was in Wirklichkeit heißt, »Sagt *Nein* zur Mafia«. Angeblich (angeblich deshalb, weil sämtliche Nachrichtensendungen praktischerweise »abgeschaltet« wurden, und der Staat zwei Wochen Zwangsurlaub verhängt hat) wird auf den Premierminister und das Parlament Druck ausgeübt zurückzutreten. Im Allgemeinen schildern die Nachrichten die Lage wahrscheinlich schlimmer, als sie es wirklich ist – für die meisten von uns geht das Leben wie gewohnt weiter, inklusive der diversen Versorgungs- und sonstiger Engpässe.

Meine Warmwasserversorgung ist ausgefallen, deshalb muss ich immer drei große Behälter mit Wasser auf dem Herd anwärmen und mich mit einer halbwegs gründlichen Katzenwäsche begnügen, um das Gefühl zu haben, sauber zu sein. Das Wasser ist in der ganzen Stadt abgesperrt. Es trifft nicht nur einen alleine, deshalb brauchte man sich nicht zu sehr aufzuregen. Es ist seltsam, aber nach und nach gewöhne ich mich an diese Dinge. Ist das nicht total irre? Und gut, oder? Eigentlich gefällt mir das einfache Leben. Besuchst Du überhaupt zu Weihnachten meinen Dad?

IN LIEBE, JUNE

P. S. Findest Du, dass eine geschiedene Frau so etwas wie angestoßene Ware ist? Claire hat mir das mal vor langer Zeit erzählt. Ich weiß, ich weiß, aber ich kann einfach nicht normal denken, wenn es um sie geht. Genau wie mein Dad, hm?

Die Bewohner von Sofia erwartete eine weiße Weihnacht. Eine kalte und stille weiße Weihnacht, während die Straßen ausgestorben waren und die Arbeit in den Fabriken und Handwerksbetrieben ruhte. Die Regierung hatte zwei Wochen allgemeine Ferien ausgerufen. Zeitungen würde es nur vereinzelt geben, Büros wären geschlossen, und sogar die Polizeireviere und Postämter würden ihre Öffnungszeiten drastisch reduzieren. Die meisten Wechselstuben hätten auf Grund der Lewa-Knappheit ebenfalls geschlossen. Die Warteschlangen vor den Bäckereien zogen sich nun mehrere Straßenblocks entlang. Es schien eher eine Zeit der Staatstrauer als des Weihnachtsfestes zu sein.

June eilte durch die Tür des *Sofia Sentinel* und wollte nichts anderes, als der Kälte entkommen und ihren dicken Wintermantel ausziehen. Im Büro herrschte jedoch die gleiche Temperatur wie draußen. Die Sekretärin hatte einen Raumstrahler unter dem Tisch stehen und tippte mit Handschuhen ohne Fingerspitzen. June band sich den Mantel um die Taille wieder zu und klopfte an Iwans Tür.

»Herein!«

June schob den Kopf durch den Türspalt und sah, dass Iwan Kyril bei sich hatte, den jungen Fotografen mit dem Lockenkopf. Kyril ging erregt auf und ab und sah zu June. »Tut mir Leid, wenn ich störe«, sagte sie. »Aber ich wollte bloß meine Texte abgeben.«

»Was haben Sie diese Woche?«, fragte Iwan.

»Zwei Filmkritiken und eine positive Besprechung der vom Theater 199 inszenierten Version von Eric Bogozhians *Sex, Drugs and Rock'n'Roll*. Diese Einmann-Show mit Andrei Batashov.«

»Oh, wie fantastisch!«, sagte Kyril und drehte sich zu Iwan um. »Dieser Quatsch ist wichtiger als ein Bericht über eine der größten Studentenunruhen seit dem Umschwung? Wegen ein paar Filmkritiken haben Sie keinen Platz für einen Bildbericht von der Revolte? Das ist keine Zeitung, das ist ein Touristenblättchen!«

»Das reicht jetzt. Verschwinden Sie!«, brüllte Iwan. »Und kommen Sie ja nicht zurück, ehe Sie sich wieder beruhigt haben!«

Kyril schnappte sich seine Tasche vom Stuhl und stürmte an June vorbei durch die Tür.

»Tut mir Leid«, sagte June zu Iwan. »Ich gebe Natalia nur eben meine Diskette.«

»Nein, nein. Kommen Sie rein. Setzen Sie sich. Ich bin ja froh, dass Sie uns unterbrochen haben. Ich war kurz davor, wegen dieser launischen Primadonna einen Herzinfarkt zu kriegen.«

»Von welcher Studentenunruhe redet er überhaupt?«, wollte June wissen und ließ sich auf einen Stuhl vor Iwans Schreibtisch sinken. Vor ihr lag ein Stapel Schwarzweißfotos, die Kyril offensichtlich vergessen hatte. Sie nahm eins hoch und sah ein Meer von Menschen, die sich vor der Newski Kathedrale versammelt hatten. Viele trugen Spruchtafeln. Auf einigen war zu lesen: »Sagt *Nein* zur Angst!«, und auf anderen: »Nieder mit der BSP.«

Iwan deutete auf die Fotos. »Nichts. Es war nichts. Nur ein lächerliches Open-air-Konzert, das von Teenagern besucht wurde, die offenbar nicht wussten, was sie sonst mit ihrer Freizeit anfangen sollten.«

»Das heißt doch *Nieder mit der Bulgarischen Sozialistischen Partei*, stimmt's?«

»Ja, ja.« Iwan tat die Fotos mit einer Handbewegung als unbedeutend ab.

»Das ist wirklich eine eindrucksvolle Aufnahme«, sagte sie und griff nach dem nächsten Foto. Es zeigte zwei Mädchen, die ein Spruchband mit der Aufschrift *»Die BSP ist die Mafia«* aufspannten.

»Dummes Zeug. Vergessen Sie das.«

June zuckte die Achseln und suchte in ihrer Handtasche nach der Diskette, auf der eine Woche ihrer Arbeit gespeichert war. »Ich fürchte, meine Filmkritiken sind nicht halb so aufregend wie dieses Zeug.«

»Vergessen Sie's!«, brüllte Iwan und schlug mit der flachen Hand auf die Tischplatte. »Hören Sie? Lassen Sie die Diskette hier und verschwinden Sie! Ich will von all dem nichts mehr hören!«

June stand auf und öffnete die Tür, um zu gehen, als Kyril hereinstürmte.

»Ich hab die dämlichen Fotos vergessen«, sagte er. »Ich brauche sie, um sie vielleicht an eine richtige Zeitung zu verkaufen. Eine, die mehr druckt als Blödsinn und kommunistische Mafia-Propaganda.« Kyril raffte die Fotos auf dem Schreibtisch zusammen. Er und June verließen das Büro gleichzeitig und mussten daher zusammen mit dem Fahrstuhl nach unten fahren. Kyril kochte offensichtlich vor Wut und starrte zur Decke. Er tat so, als existiere June gar nicht.

June fröstelte in der kalten Liftkabine und blickte verstohlen zu Kyril. Er hatte die Zähne zusammengebissen. Als der Fahrstuhl im Parterre anhielt, sagte June: »Ich habe Ihre Fotos gesehen. Ich finde sie hervorragend.«

»Sparen Sie sich Ihre Kommentare.«

June stieß die Stahltür auf, die Kyril ihr vor der Nase zugeschlagen hatte und lief hinter ihm her. »Hey!«, rief sie und rannte die Stufen zur Straße hinunter. »Hey, Moment mal! Warten Sie!«

Kyril drehte sich um. »Scheren Sie sich zum Teufel, Mutressa!«

»Mutressa? Stopp! Bleiben Sie sofort stehen!« Kyril funkelte sie wütend an, während sie auf ihn zuging. »Haben Sie mich gerade Mutressa genannt?«

»Sie wissen ja noch nicht mal, was das ist.«

»Quatsch. Ich verstehe genug Bulgarisch. Haben Sie mich eine Mafia-Hure genannt?«

»Wer hat Ihnen den Job bei der Zeitung verschafft?«

»Was hat das damit zu tun?«

»Weil ich wegen demjenigen, der Ihnen zu dem Job bei der Zeitung verholfen hat, und wegen all der anderen Leute wie ihm in der Stadt meine Fotos nicht veröffentlichen kann. Stattdessen drucken sie harmlose kleine Film- und Theaterkritiken, die von amerikanischen Mafiafreundinnen geschrieben werden. Sie sollten sich lieber in Acht nehmen und in Ihre idyllische amerikanische Heimat zurückkehren, so schnell Ihr Daddy Ihnen ein Flugticket schicken kann. Sie haben keine Ahnung, worauf Sie sich eingelassen haben. Spielen Sie von mir aus die Blinde, aber tun Sie es lieber bei sich zu Hause in Ihrer Heimat. Sie sind nun mal eine Yanki-Mafia-Hure.«

Der übergewichtige Deutsche stopfte deutsche Währung in den Tangaslip des Mädchens. Jedes Mal, wenn er mit einer Hand voll Scheinen winkte, stolzierte Boryana in ihren oberschenkelhohen Stiefeln mit fünfzehn Zentimeter hohen Stilettoabsätzen zu ihm hinüber und ließ ihren Unterleib vor seinem stieren Blick und seinem schlaffen Mund kreisen. Die Clubleitung hatte Boryana gebeten, hohe Stiefel zu tragen, um ihre mageren Beine zu verstecken. Sie war zu dünn, und Männer wollten einer gesunden, wohlgenährten Frau zusehen, wenn sie tanzte und obszön sich selbst befingerte.

Abgesehen von ihren dünnen Beinen war Boryanas restlicher Körper durchaus ansehnlich. Ihre Oberschenkel waren lang, ihr Po klein und fest, und ihr Bauch war glatt und straff. Boryana aß kaum. Ihr Brüste waren nicht so groß wie die einiger anderer Tänzerinnen, aber sie verfügten über makellos geformte Brustwarzen, die leicht nach oben gerichtet waren, und wenn sie tanzte, hüpften die Brüste mädchenhaft. Boryana erfreute sich aus all diesen Gründen einer besonderen Beliebtheit, aber das wahre Geheimnis ihres Reizes lag in ihrem Gesicht, ihrem schlichten, süßen, traurigen Gesicht. Die Männer, die ins *Tango* kamen, um den Stripperinnen zuzuschauen, blickten in Boryanas große, ernste Augen und sahen eine junge Frau, die in ihnen den Traum wachrief, sie nach Hause mitzunehmen und für immer bei sich zu behalten. Im Gegensatz zu den anderen Tänzerinnen mit ihrem perfekten Aussehen und den Mafiafreunden, die das Geschehen vom hinteren Teil der Bar aus verfolgten, erschien Boryana erreichbar und geduldig. Sie sah aus wie eine schüchterne kleine Nichte, das Mädchen von nebenan oder die Kellnerin vom Café um die Ecke. Abgesehen von ihrem nackten Körper war Boryana in jeder nicht-durchschnittlichen Hinsicht durchschnittlich. Die Männer konnten sich nicht an ihr satt sehen, denn anders als die Posterschönheiten und Filmstars und die bekannteste ungarische Stripteasetänzerin des Clubs mit ihren riesigen Silikonbrüsten sah Boryana aus, als könne sie eines Tages ihnen gehören.

Bierflaschen lagen verstreut auf dem Fußboden. Zigarettenkippen quollen aus den Deckeln von Mayonnaisegläsern, die als Aschenbecher dienten, und Pin-up-Kalender hingen über ungemachten Betten. Ethan gab sich alle Mühe, seinen neuen Pseudo-Junggesellenstatus auszukosten, indem er Pool spielte und sich mit Stan und den jungen Männern von MBA-Enterprise im *Marine House* betrank. Trinken, Sport, laute Musik und Rauchen – das schien im Augenblick der einzige sinnvolle Inhalt im Leben eines männlichen Singles zu sein. Das *Marine House*, ein dreistöckiges Gebäude im Stadtzentrum, war das Zuhause der unverheirateten Soldaten, die für die amerikanische Botschaft arbeiteten.

Ethan beugte sich über den Pooltisch und betrachtete die Lage der Kugeln. Seine Worte klangen ein wenig undeutlich. »Bereite dich darauf vor, eingesackt zu werden, mein lieber Freund. Genau, Stan, ich werde wohl am Ende Sieger bleiben. Nummer acht in die Ecktasche«, sagte er an und deutete den Weg mit dem Queue an.

»Unmöglich, du besoffener Hurensohn.« Mit seinen dicken Brillengläsern fiel es Stan schwer, die Macho-Nummer überzeugend zu spielen. Die Jahre seines Lebens in Des Moines hatten ihm zumindest zu einer ganzen Menge heißer Sprüche verholfen. »Oder, wie ich vielleicht lieber sagen sollte, rechne damit, dir deine Worte selbst reinschieben zu dürfen, sobald du deinen Stoß erwartungsgemäß vermasselt hast, mein bester Freund. Das ist ein Tipp von Stan, dem Pool-Hai.«

Danny und Michael, zwei amerikanische MBA-Absolventen, die sich freiwillig zu dem Einsatz in Bulgarien gemeldet hatten, saßen auf ihren Hockern und tranken Bier. Sie verfolgten Ethans und Stans Spiel. Hinter ihnen erstreckte sich ein Salon, der als allgemeiner Freizeitraum für die Marinesoldaten diente. Im Fernsehen lief Euro-MTV, und zwei athletische junge Männer mit Bürstenhaarschnitt saßen mit zwei Prostituierten zusammen und tranken. Die Mädchen waren mager und stark geschminkt. Sie trugen extrem kurze Röcke, Nylonstrümpfe und hohe Stöckelschuhe.

Ethan kniff ein Auge zu, zielte, versenkte die Kugel Nummer acht und gewann das Spiel. »Nehmt dies, ihr talentlosen Heinis.« Er ließ das Queue einfach fallen, stolperte über ein Paar Turnschuhe und ließ sich auf die karierte

Couch fallen. Er rülpste laut und ausgiebig. »Was ist? Was glotzt ihr Arschlöcher so dämlich?«

Danny schaute zu Stan und wieder zurück zu Ethan. »Vergiss es, aber was ist eigentlich mit June passiert?«

»Warum fragst du ihn solchen Scheiß?«, wollte Stan wissen und zündete sich eine Zigarre an. »Siehst du denn nicht, dass er versucht, die ganze Sache für eine Weile zu vergessen? Mein Gott.«

»Ich dachte nur, es bedrückt ihn irgendwie. Mehr nicht.«

»Okay, Kleiner, weißt du was? Es ist unser Job, diese Affäre von ihm fernzuhalten, also würdest du in Zukunft so nett sein, und deine einfühlsame, neugierige Klappe geschlossen halten?«

»Es ist schon okay«, meldete Ethan sich zu Wort. »Wir haben im Augenblick Sendepause. Ich habe eine andere kennen gelernt.«

»Schon?«, fragte Danny. »Gib nicht so schnell auf, Mann.«

»Er gibt nicht auf«, sagte Stan. »Er zieht weiter.«

»Aber June ist klasse.«

»Mann, sind wir Flaschen«, sagte Michael und beobachtete, wie die Spielkugel gemütlich ausrollte, ohne eine andere Kugel berührt zu haben. Er gab das Queue weiter und hob die Augenbrauen. »Hast du das gehört, Dan? Der alte Knabe hat schon eine Neue. Er ist nicht nur verheiratet, sondern er ist erst seit einer Woche wieder auf der Rolle, und schon hat er was am Haken. Du bist seit fünf Monaten hier, die ganze Zeit als totaler Single und hast nicht einen einzigen Treffer gelandet.«

»Sei still, Michael«, befahl Danny, der es endlich geschafft hatte, eine Kugel in einer Tasche zu platzieren.

Michael betrachtete das Geschehen am Pooltisch und sagte, als Danny gerade zum nächsten Stoß ansetzte: »Du schaffst es noch nicht mal mit deinem amerikanischen Pass, ein Girl flachzulegen.«

Danny vermasselte den Stoß, schwenkte das Queue herum und rammte es Michael in den Rücken. »Du redest, als wärest du der große Abräumer bei den bulgarischen Girls. Radost war nicht gerade eine Sensation.«

»Hey, schmier mich nicht mit Kreide voll«, sagte Michael und zog sich das Hemd aus der Hose, um es auf Flecken zu untersuchen. »Du wärest doch froh, du hättest mit Radost etwas anfangen können. Aus dir spricht der blanke Neid.«

Einer der Marinesoldaten drehte sich um. »Hört auf rumzumeckern, sondern sucht euch lieber was für stille Stunden.«

»Ein bisschen Gucken könnte nicht schaden«, sagte Michael zu Danny gewandt.

Stan nickte. »Ich gucke ganz gerne. Ethan? Eine Obenohne-Bar?«

»Jede Bar, Gentlemen. Egal welche.«

Zwei Taxis setzten Danny, Michael, Stan, Ethan und zwei Marinesoldaten in Ovcha Kopel vor dem hell erleuchteten Eingang des *Tango* ab. Der Nachtclub sah von außen aus wie ein Spielkasino mit zwei riesigen Glastüren, die vom roten Licht der im Inneren pulsierenden Lampen aufleuchteten. Das Schild über dem Eingang war eindeutig zweideutig und in keiner Weise dezent. Drei phallushafte Schwerter lagen quer über der Silhouette eines üppig ausgestatteten Frauenkörpers. Zwei Rausschmeißer in Wintermänteln saßen vor dem Eingang, tranken Kaffee und spielten Karten.

Als sie aufschauten, sahen sie eine Gruppe Amerikaner

ankommen. Sie brauchten nur wenige Sekunden, um die potentiellen neuen Gäste einzuordnen: Ausländer und betrunken. Ihre unterschiedlichen Hautfarben, das adrett geschnittene Haar und die auf Hochglanz polierten Schuhe hätten sie auch ohne ihr undeutliches Englisch verraten. Für die Rausschmeißer bedeuteten diese Männer zwei Dinge: Geld und Ärger. Es kam nur darauf an, möglichst viel von Ersterem aus ihnen herauszuholen, ehe sie sich mit zu viel vom Zweiteren herumschlagen mussten.

Die Rausschmeißer kassierten von den Männern das Eintrittsgeld und öffneten die rot angestrahlten Doppeltüren. Während die Amerikaner eintraten, sagte ein Rausschmeißer in holprigem Englisch: »Girls nicht anfassen. Nicht mit Girls reden. Sie verstehen? Girls nicht anfassen. Nicht mit Girls reden.«

Sie fanden einen Tisch mit guter Sicht auf die Bühne und bestellten eine Runde Bier. Trotz einer leicht unangenehmen Spannung, hervorgerufen durch die unbedeutende Gästeschar und die wachsamen Augen der Mafia, empfand Ethan in seiner Trunkenheit ein seltsames Gefühl männlicher Kameraderie. Obgleich er im Zuge seiner Arbeit in verschiedenen von Wirtschaftskrisen geschüttelten Ländern einige Abenteuer hatte erleben dürfen, hatte er sich noch nie so männlich, so unkompliziert und normal gefühlt. Er versuchte zu ergründen, weshalb er diesen Besuch eines Striptease-Clubs mit den Marinesoldaten derart genoss. Vielleicht weil er zum ersten Mal, anstatt das Verhalten der Arbeiterklasse zu untersuchen und zu analysieren, selbst an diesem Leben ganz unmittelbar teilnahm. Diese trunkene Erkenntnis brachte Ethan dazu, sein Bierglas hoch zu heben und laut »Cheers!« zu brüllen.

Jeder am Tisch erwiderte genauso lautstark seinen Toast, und Ethan revanchierte sich, indem er das tat, was in einer solchen Situation erwartet wurde: Er leerte sein Glas zur Hälfte und wischte sich mit dem Ärmel den Mund ab. Er fühlte sich pudelwohl. Er hatte es geschafft, den Schmerz, den ihm June erzeugt hatte und die durch Nevena hervorgerufene Frustration aus seinem Kopf zu verbannen. Vor ihm waren nackte Frauen, und in der Hand hatte er ein Bier. Ethan hatte nie geahnt, dass das Rezept für ein raues Vergnügen so simpel, natürlich, instinkthaft und, noch wichtiger ... so leicht erschwinglich war.

Seine Begleiter pfiffen und applaudierten und wedelten mit Dollarscheinen. Michaels Stimme war über die Musik zu hören: »Ihr müsst euch mal ansehen, was diese Tussis für einen Dollar tun!«

Ethan steckte beide Finger in den Mund und stieß einen Pfiff aus. Eine üppige Blondine kam auf der Tanzfläche heran. Dabei betonte das Neonlicht der Bühnenbeleuchtung ihren Unterleib besonders. Ihr folgte eine langbeinige Brünette. Die beiden Frauen näherten sich den neuen Gästen mit schlangengleichen Bewegungen. Die Blondine ging auf Hände und Knie hinunter und ergriff Dannys Dollarschein mit den Zähnen, während die Dunkelhaarige sich vor dem Marinesoldaten namens Terrence nach vorne beugte und sich den Geldschein hinter den mittleren schmalen Stoffstreifen ihres Tangaslips schieben ließ. Nach einem kurzen Moment erhoben sich beide Frauen und tanzten weiter. Währenddessen holten die Männer ihre Portemonnaies heraus, um dafür zu sorgen, dass die Mädchen in der Nähe blieben.

Michael stieß Ethan mit dem Ellbogen an. »Lass mal was springen, Mann. Bring sie richtig in Fahrt.«

Stan pfiff und sang vor sich hin und bewegte den Hintern auf seinem Stuhl hin und her. »Ich will dich noch mal wackeln sehen. Wackel doch noch mal so schön wie gerade!«

Ethan spürte, wie Michael ihm einen Geldschein in die Hand stopfte. Die Blondine hatte es gesehen, hob das Bein und stellte einen hochhackigen Schuh auf den Tisch. Sie beugte sich vor und begann im Takt der Musik mit den Hüften zu rollen. Alle Männer am Tisch starrten wie verzaubert auf ihren nahezu völlig entblößten Schritt. Sie hakte einen Finger hinter den fadendünnen Gummibund ihres Slips und schien Ethan damit zuzuwinken. Die Männer klatschten jetzt, und Ethan gab ihr das Geld, wobei er den Schein so tief wie möglich in den Slip hineinschob, damit er nicht herausfiel. Dabei lächelte die Blondine ihn an, und Ethan errötete vor Verlegenheit über so viel Aufmerksamkeit wie ein halbwüchsiger Oberschüler. Er blickte von der Fleischbeschau direkt vor seiner Nase hoch, und plötzlich verschlug es ihm den Atem.

Dort sah er eine junge Frau, die auf fünfzehn Zentimeter hohen Stilettoabsätzen die Bühne betrat. Er kannte sie. Sie hatte strähniges braunes Haar und das schmale, ernste Lächeln, das er so sehr liebte. Er stand abrupt auf und erschreckte damit sowohl die blonde Stripperin als auch die Leibwächter im hinteren Teil der Bar.

Ethan starrte die Stripperin auf der Bühne derart geschockt und traurig an, dass Danny sich neben ihm ebenfalls erhob. »Was ist los, Buddy?«

»Ich kenne diese Frau.« Er starrte weiterhin auf die Brüste, die er hatte berühren und küssen wollen, auf die nackte Haut, die er für viel zu wertvoll gehalten hatte, um sie zu entweihen. Dann blickte er weiter hoch in das Gesicht und war plötzlich völlig verwirrt. Die Augen waren die gleichen, aber anders. Das Haar hatte die gleiche Farbe, war aber länger. »Ich meine«, sagte er und rieb sich die Augen, »ich glaube, ich kenne dieses Mädchen.«

»Unmöglich«, sagte Michael. »Wie heißt sie denn?«

Ethan betrachtete die Tänzerin immer noch mit einem traurigen, verzweifelten Blick. Ihr Haar flatterte vor ihrem Gesicht hin und her, sie drehte und wand sich, und er war betrunkener als je zuvor. Er wehrte sich geradezu dagegen, sich ganz sicher zu sein. »Nevena«, sagte er zweifelnd.

Stan stieß seinen Stuhl um, während er aufstand. Er legte die Hände wie einen Schalltrichter an den Mund und rief: »Nevena! Hallo, junge Frau, hier ist ein Freund von Ihnen!« Er deutete auf Ethan. »Große Überraschung, Nevena! Kennen Sie diesen Knaben hier, junge Frau?«

Der Chef-Rausschmeißer und zwei seiner Kollegen standen innerhalb weniger Sekunden am Tisch. Terrence stand auf, um sie zu beschwichtigen. »Hören Sie, einen kleinen Moment ...«

Der Wächter riss die Augen mit einem Ausdruck gespielter Ungläubigkeit weit auf. »Was? Du redest mit mir, Nigger?«

»Was zum Teufel soll das? Du mieses Stück Balkanscheiße ...«

Die beiden anderen Schläger stießen Terrence vor sich her. »Nicht mit Girls reden«, sagte einer der beiden. »Raus.«

Ethan deutete auf die Bühne und begann holpriges Bulgarisch zu lallen: »Sezhulavam. Izvinaivete, mnogo, mnogo. Es tut mir Leid, ich dachte für einen kurzen Moment ...«

Ein weiterer Rausschmeißer erschien. »Nicht reden, Klugscheißer. Raus.«

Ethan unternahm einen letzten Versuch. »Nennen Sie mir nur ihren Namen. Lautet er Nevena?«

»Schnauze, Arschloch«, antwortete er und schob Ethan

mit unwiderstehlicher Gewalt hinaus in die Gasse. Terrence hielt sich bereit, sich auf ihn zu stürzen, als der mutra eine Pistole aus dem Hosenbund seiner Nike-Trainingshose zog. Er fuchtelte damit drohend herum. »Nicht zurückkommen. Nikoga, chu li? Nikoga!«

Dann wurden auch Stan, Terrence, Danny und Michael durch die Tür hinausgestoßen. Stan stürzte auf die Knie. »Oh, Scheiße«, schimpfte er und steckte einen Finger durch einen Riss in seiner Cordhose. »Meine letzte gute amerikanische Hose, beim Teufel!«

Terrence rang die Hände. »Oh, verdammt! Kann mir jemand mal verraten, was das jetzt zu bedeuten hatte?«

Stan schaute vom Erdboden hoch. »Ethan meinte, er würde diese Stripperin kennen.«

Terrence sah Ethan fragend an. »Stimmt das etwa? Kanntest du eine von ihnen?«

Ethan nickte. »Ich glaube schon.«

Terrence deutete zum Ende des Blocks und dann tiefer in die Dunkelheit der Gasse. »Seht mal«, sagte er. »Diese Mädchen, die Bill und Joey hatten, arbeiten heute hier. Man darf nur deshalb nicht mit den Mädchen reden, weil die Bosse nicht wollen, dass man sich mit ihnen privat verabredet. Sie wollen ihre Prozente. Aber wenn ihr die Gasse runtergeht und euch nach rechts wendet, dann ist da noch eine andere Tür zu dem Laden. Dort ist ein Typ, mit dem ihr reden könnt.«

Der Marsch zum Ende der Gasse und um die Ecke schien eine Ewigkeit zu dauern. Ethan ging langsam und fragte sich, ob er das Richtige tat. Wenn es Nevena war, was sollte er dann sagen? Er wusste gut genug über die wirtschaftliche Lage in Bulgarien Bescheid, um sich darüber im Klaren zu sein, dass viele Menschen gezwungen waren, für Geld Dinge zu tun, die sie früher niemals auch nur in Erwägung gezogen hätten. Nevena war wohl weder die erste noch die hässlichste junge Frau in Sofia, die sich vor Publikum auszog. Sie war höchstens die Erste, deren Schicksal Ethan so sehr am Herzen lag.

Ethan näherte sich der dunklen Hintertür mit den Händen in den Taschen und der Wollmütze tief über die Ohren gezogen. Dabei hoffte er, dass man ihn nicht als einen der Unruhestifter von vorhin erkannte.

Ein Mann in einem schwarzen Daunenskianorak bewachte die Tür. »K'vo iskash bay?«

»Ein Mädchen«, antwortete Ethan in seinem knappsten Bulgarisch.

»Mark oder Dollar?«

»Dollar.«

»Vierzig.«

»Ne«, sagte Ethan und schnalzte mit der Zunge, um seine Verachtung zu demonstrieren. »Dreißig.«

Der Mann starrte Ethan eine Sekunde lang an und gab dann klein bei. Er schickte sich an, die Tür zu öffnen, um hineinzugehen. »Stopp«, sagte Ethan. »Ich will ein bestimmtes Mädchen. Und zwar das in den hohen Stiefeln.«

Nun war es der Mann, der mit der Zunge einen verächtlichen Laut erzeugt. »Ne«, sagte er. »Vergessen Sie sie.«

»Wie heißt sie?«

»Vergessen Sie sie«, wiederholte er. »Für dreißig sowieso nicht.«

»Wie viel?«, fragte Ethan.

»Ich muss fragen.«

»Wie viel, damit Sie mir nur ihren Namen nennen?«

»Was?«, fragte der Mann, der jetzt ungeduldig wurde und zunehmend verwirrt war.

»Ich fragte, wie viel kostet es, dass Sie mir nur ihren ...« Ethan brach mitten im Satz ab.

Boryana hatte die Tür geöffnet und stand jetzt vor ihnen, eingehüllt in einen Pelzmantel. »Waren Sie das, der nach Nevena gefragt hat?«

Ethan brachte keinen Laut hervor. Sie war nicht Nevena, aber sie hätte ihre Zwillingsschwester sein können. Er nickte mit dem Kopf als Antwort auf ihre Frage.

Die junge Frau machte eine Kopfbewegung. »Kommen Sie herein.« Der Mann wollte protestieren, und Boryana hob eine Hand. »Raiko weiß Bescheid, Yuri. Er meinte, es wäre in Ordnung.«

Der Flur, durch den Boryana Ethan führte, war rot gestrichen. Sie betrat eine kleine Garderobe, und er folgte ihr. Boryana zog ihren Pelzmantel aus und setzte sich auf den Stuhl. Unter dem Pelzmantel trug sie einen dünnen Morgenrock mit einem Bindegürtel. Er rutschte von ihren Beinen, als sie sie übereinander schlug. Ethan hatte keine andere Wahl, als sich auf die weichen Polster der Chaiselongue sinken zu lassen. Er kam sich ziemlich lächerlich vor.

Boryana öffnete eine Packung Zigaretten und bot ihm eine an. Ethan lehnte dankend ab, und sie zuckte die Achseln. Sie legte den Kopf schräg und musterte ihn wachsam. »Eigentlich sollte ich nicht mit Ihnen sprechen.«

»Offensichtlich.«

»Normalerweise würde ich das auch nicht tun.«

Ethan stand auf. »Es ist nichts weiter als eine Personenverwechslung. Es ist meine Schuld. Ich gehe.«

Boryana zog an ihrer Zigarette und verfolgte, wie er zur Tür ging. »Was für ein Akzent ist das?«

»Amerikanisch.«

»Sie sprechen sehr gut Bulgarisch. Für einen Amerikaner ganz bestimmt.«

»Danke.« Er hielte inne, wusste aber nicht, was er sonst noch sagen sollte. »Nun, dann Ciao.«

»Warten Sie.«

»Was ist?«

»Sie kennen meine Schwester. Ich möchte wissen, wie es ihr geht.«

»Das ist es«, murmelte er. Er betrachtete sie von Kopf bis Fuß. Er wusste, dass sie jünger war als Nevena, und dennoch sah sie genauso alt, wenn nicht sogar älter aus. In diesem Licht konnte er die Ränder unter ihren Augen und den gelblichen Schimmer ihrer Haut erkennen. »Sie sind Nevenas kleine Schwester, nicht wahr?«

Boryana studierte Ethan genauso eingehend. »Hm, hm«, sagte sie. »Und Sie sind Nevenas ...?«

»Freund«, antwortete er und setzte sich wieder auf die Couch.

Boryana trank einen Schluck aus einer Flasche Mineralwasser auf ihrem Schminktisch. »Ich wusste nicht, dass Nevena amerikanische Freunde hat.«

»Ich bin ein neuer Freund.«

»Stimmt das auch?«

»Ja.«

»Dann ... beantworten Sie meine Frage. Wie geht es ihr?«

»Es geht ihr gut. Sie beide sehen sich sehr ähnlich.«

»Die Wahrheit ist, dass wir uns in keiner Weise ähneln.«

Sie saßen mindestens eine Minute da und redeten kein Wort. Es war keine besonders angenehme Stille, und Ethan hatte keine Ahnung, wie er sie ausfüllen sollte. »Nun, ich wollte eigentlich gehen, nicht wahr?«

Boryana schaute hoch, und Ethan sah, dass sie künstliche Wimpern trug. »Hören Sie«, sagte sie. »Ich wollte nicht, dass Sie denken, ich wäre Nevena, falls Sie mit ihr darüber reden. Wenn sie erfährt, dass jemand, der ihr ähnlich sieht, hier auftritt, weiß sie sofort, dass ich es bin. Und ich möchte nicht, dass sie das erfährt.«

»Warum?«

»Das geht eigentlich nur mich etwas an, oder?«

»Sie hat mir von Ihnen erzählt. Sie hat schon seit einigen Monaten nichts mehr von Ihnen gehört, und sie klang sehr besorgt. Ich glaube, sie würde sich freuen, wenn sie Sie wiedersehen könnte. Es interessiert sie sicherlich zu wissen, dass es Ihnen gut geht.«

»Mir geht es gut, aber das würde sie nicht glauben. Obwohl ich hier gutes Geld verdiene, würde sie nicht glauben, dass ich okay bin. Sie ist sehr altmodisch. Sie würde die Situation nicht verstehen.«

»Ich weiß vom Schicksal Ihrer Eltern.«

Boryana Augen weiteten sich überrascht. »Soso! Aber wissen Sie auch, wie viele Jahre Nevena geschuftet hat, um mich und Georgi zu unterstützen? Seit ihrem dreizehnten Lebensjahr. Sie arbeitete, damit wir zur Schule gehen konnten. Zur Abwechslung muss jetzt mal jemand anderer Geld verdienen.«

»Was ist mit Ihrem Bruder?«

»Georgi arbeitet in einer Chemiefabrik in Pernik. Er hat nie viel verdient, aber jetzt, in diesem Winter, ist es auch damit aus. Er ist noch jung. Wenn wir das Geld zusammenkratzen können, kann er die Schule besuchen. Er möchte Rechtsanwalt werden. Sie sehen also, wie wichtig es ist, dass ich ebenfalls Geld verdiene. Wenn Nevena Bescheid wüsste, würde sie mich hier nicht auftreten lassen. Sie würde mir ihr Geld geben und dafür sorgen, dass ich auf eine Sekretärinnenschule gehe oder so etwas in der Richtung.«

»Das klingt doch nicht übel.«

Boryana schnippte die Asche ihrer Zigarette auf den Fußboden und sah Ethan skeptisch an. »Sie kommen aus Amerika. Was wissen Sie schon, wie es hier ist.«

»Dann erzählen Sie mir mal, was ich wissen wollte.«

»Verdienen in Amerika Sekretärinnen genauso viel wie Nachtclubtänzerinnen?«

»Keine Ahnung.«

»Nun, hier in Bulgarien kommen die Sekretärinnen kaum über die Runden.« Sie deute mit einer umfassenden Geste auf die Garderobe. »Als diese Läden nach dem Umschwung die Tore öffneten, standen die Sekretärinnen Schlange, um Jobs als Tänzerinnen zu ergattern. Einige von den Tänzerinnen sind noch immer als Sekretärinnen tätig. Oder als Englischlehrerinnen, Buchhalterinnen, Verkäuferinnen und Haushaltshilfen. Was würde es mir nützen, einen Job als Sekretärin zu kriegen? Ich würde mich trotzdem ausziehen müssen, um genug zu essen zu haben. So habe ich wenigstens tagsüber genug Freizeit, um Englisch zu lernen. Und Nevena kann ihr Geld für Georgis Schule sparen.« Boryana lachte, und es klang rau und bitter. »Wissen Sie, Georgi hat keine andere Wahl, als auf die Schule zu gehen. Niemand würde meinen Bruder dafür bezahlen, dass er sich auszieht.«

Darauf konnte Ethan nichts erwidern. Was sie sagte, entsprach der Wahrheit.

»Versprechen Sie mir, Nevena von dem hier nichts zu erzählen? Egal, was passiert?«

»Ich finde, Sie sollten sich bei ihr melden. Sich vielleicht sogar mit ihr treffen.«

»Versprechen Sie es oder nicht?«

»Boryana ...«

»Ihr Scheiß-Amerikaner denkt, ihr müsst euch in alles einmischen! Sie haben nicht das Recht, dieses Geheimnis weiterzugeben! Das Ganze hier hat nichts mit Ihnen zu tun!«

»Okay, okay, ich verspreche es.«

Boryana studierte ihn mit zusammengekniffenen Augen. »Gut. Ich habe Ihr Wort. Dafür gebe ich Ihnen mein Wort. Ich werde meiner Schwester – *Ihrer Freundin* – nie erzählen, dass Sie hier waren. Das würde ihr auch nicht gefallen. Sie legt hohe moralische Maßstäbe an ihre Familie und ihre *Freunde*. Verstehen wir uns?«

»Ich glaube schon.«

»Gut. Dann dürfen Sie jetzt gehen.«

16

Betrifft: Frohe Weihnachten!
Datum: Mi. 25. Dez. 1996, 07:42:35 -0800
Absender: Mom und Dad <M&Dcarver@tech.com>
An: June und Ethan <ecarver@sof.cit>

Lieber Ethan, liebe June, hier ist Tante Fran. Ich war gerade damit beschäftigt, den Weihnachtsbraten vorzubereiten, als Deine Mutter meinte, wir sollten eine E-Mail schicken. Wie geht es Dir? Ich habe mir große Sorgen gemacht, als wir in der Zeitung lasen, dass Sofia nur noch über Heizmaterial für drei Wochen verfügt. Wenn die *Oregon Post* Meldungen über die Menschen in Bulgarien bringt, dann kann man davon ausgehen, dass wirklich ein Grund zur Sorge besteht. Ich hoffe von ganzem Herzen, dass Du und June okay seid und ein schönes Weihnachtsfest habt. Wir vermissen Dich ganz schrecklich.

Ethan, hier ist Mom. Wir wollen gleich mit einem von Tante Frans berühmten Festessen beginnen. Es gibt Schinken, Filet mignon, Krabbencocktail, grüne Bohnen, Austern und Champignonsauce, zwei Nachspeisen, Gebäck, Käsebällchen usw., usw. Genug Speisen für zwanzig Personen, dabei sind wir nur acht Erwachsene und drei Kinder. Wir vermissen Dich! Und hier ist Deine Großmutter Bea.

Lieber Ethan, liebe June, ich kann es kaum erwarten, etwas über Weihnachten in Bulgarien zu erfahren. Ich bin gespannt, ob Ihr eine Mitternachtsmesse in einer der Kirchen besucht, um Euch anzusehen, wie die Einheimischen das Fest feiern. Ich war gerade im Lloyd Museum und habe mir mundgeblasene Glasgegenstände eines Künstlers namens Chihuly angesehen. Speziell diese Ausstellung umfasst zehn Kronleuchter zwischen drei und vier Meter hoch, die zum Teil aus kleinen Kugeln aus mundgeblasenem Glas bestehen. Die Barringtons haben einen für das neue Kunstmuseum in Stanford gekauft und dafür 85.000 $ bezahlt. Alles Liebe für Euch beide. Wenn Ihr zu Besuch herkommt, dann kommt auch nach Solvang, und wir veranstalten ein Picknick wie in alten Zeiten.

ALLES LIEBE VON UNS ALLEN, UND FRIEDEN UND GLÜCK FÜR DIE GANZE WELT!

Während dieses Wochenendes geteilter Geheimnisse, der Armut und des Gedenkens an die Toten hatte Ethan vor sich selbst das Gelübde abgelegt, dass er Nevena ein Freund sein wollte. Er begehrte sie zwar insgeheim, aber er würde sie nicht anrühren, geschweige denn verletzen. Stattdessen würde er ihr helfen. Ein paar Tage nach dem betrunkenen Abend im *Tango* und dem heimlichen Gespräch mit Boryana rief er Nevena bei Roxanne an. Ethan teilte ihr mit, er habe einen Freund, Stan, der Rechtsanwalt sei und im Zentrum für Demokratische Studien arbeite. »Er überarbeitet die bulgarischen Gesetze und ist völlig mit Arbeit überlastet«, erklärte Ethan.

»Ja? Und?«

»Nun, ich wollte dich fragen, ob du jemanden kennst, der sich für Jura interessiert und vielleicht bereit wäre, im Zentrum zu arbeiten und meinem Freund ein wenig behilflich zu sein.« Ethan bemühte sich, so beiläufig wie möglich zu klingen. »Weißt du«, sagte er, »nach heutigen Begriffen bezahlt das Zentrum, das sich internationaler finanzieller Unterstützung erfreut, seine Angestellten sehr gut.«

Nevena war seltsam still geblieben und hatte dann geantwortet, dass ihr Bruder in der Tat an einer solchen Stellung interessiert sei. Stan führte ein kurzes Einstellungsgespräch und bot Georgi einen Posten als sein Assistent an, zu einem Gehalt, das doppelt so hoch war wie das, was der junge Mann in der Fabrik verdient hatte. Georgi plante, die ungesunde Luft und den mit Chemikalien verseuchten Fluss in Pernik zurückzulassen. Er wollte mit seiner Freundin Ivanka eine gemeinsame Wohnung in Sofia beziehen und würde in einer Woche, im neuen Jahr also, seinen Job antreten.

Das war das beste Weihnachtsgeschenk, das Ethan sowohl Georgi wie auch Nevena hatte machen können, und er empfand eine tiefe innere Zufriedenheit darüber, eine derart gute Tat begangen zu haben, während er seine wahren Motive und seine Begegnung mit Boryana geheim hielt.

Um ihren Dank auszudrücken, wollte Nevena Ethan zum Abendessen einladen. »Es wird nichts Besonderes sein«, sagte sie. »Ich koche eine Kleinigkeit in meinem Apartment. Es tut mir Leid, dass ich dich nicht in ein Restaurant einladen kann. Ich weiß ja, wie gerne ihr Amerikaner essen geht.«

Ethan, der von der Wohnung in Darvenitsa aus telefonierte, drehte sich um und blickte in den Dielenspiegel. Er fuhr sich mit der Hand durchs Haar und strich sein Oberhemd glatt. »Im Gegenteil. Ein Abendessen bei dir wäre wunderbar.«

Nachdem er aufgelegt hatte, zog er seinem Spiegelbild eine Grimasse. »Hör auf mit diesem Gesülze, du Schuljunge«, sagte er. »Reiß dich zusammen.«

Nevenas Apartment befand sich in einer Gegend, die, wie Ethan gehört hatte, früher als »Türkisches Viertel« bezeichnet worden war. In der Nähe war auch die Luvovbrücke, so genannt nach den steinernen Löwenstatuen, die in königlicher Haltung an beiden Enden der Brücke thronten. Am südlichen Ende der Brücke standen Prostituierte Zigaretten rauchend und schwatzend unter der einzigen funktionierenden Straßenlaterne. Der Zhenski Pazar, ein ständiger Markt unter freiem Himmel, sowie das Polizeirevier lagen gleich um die Ecke, und in der Gegend herrschte ständig lebhafter Verkehr. Lastwagen hielten mitten auf den kopfsteingepflasterten Straßen, um ihre Waren in Schubkarren zu entladen, und Läden, in denen gebrauchte Kleidung nach Gewicht verkauft wurde, säumten die Gehsteige. Dazwischen befanden sich Cafés, aus denen orientalische Musik drang. Rote Laternen in asiatischen Restaurants erhellten notdürftig vereinzelte dunkle Gassen.

Die Straßenbahngleise schlängelten sich durch das Viertel, und an jeder Haltestelle gab es Stände, an denen mit Salat und Kebabche-Fleischbällchen gefüllte Teigtaschen verkauft wurden. Junge Leute spazierten umher, in den Händen große Plastikliterflaschen, die mit einer Mixtur aus Fanta und billigem Wodka gefüllt waren. Die bulgarische Mafia ignorierte im Großen und Ganzen diese Gegend und gestattete den Immigranten und Zigeunern, dort ungestört zu leben und miteinander zu streiten.

Nevenas Apartment befand sich in einem um die Jahrhundertwende erbauten Gebäude mit abblätternder Farbe und deutlichen Anzeichen zunehmender Baufälligkeit. Während sie zu ihrer Wohnung im achten Stock hinaufstiegen, musste Ethan sich am Geländer festhalten. Die schiefen Treppenstufen waren völlig ausgetreten, und das Flurlicht wurde durch eine Zeitautomatik gesteuert. Er hatte keine Ahnung, wann das Licht automatisch erlöschen würde und sie im Dunkeln stehen würden.

Das Apartment selbst war viel kleiner als Ethans Wohnung in Darvenitsa. Es war ein Studio mit einem Bad, das aussah wie ein kleiner Wandschrank, und einem Balkon mit angrenzendem Alkoven, der als Frühstücksplatz dienen konnte. Die Tür zum Bad stand offen. Und er konnte sehen, dass darin kaum genug Platz für die Toilette war. Hoch über der Toilette ragte ein Rohr aus der Wand, bei dem es sich offensichtlich um die Dusche handelte. Nevena schloss die Badezimmertür und geleitete ihn weiter zum Ende des Apartments. Auf einem Tisch neben dem Fenster stand eine Kochplatte, und unter dem Tisch versteckte sich ein winziger Kühlschrank.

Nevena schaltete ein Radio ein, das nur durch Klebeband zusammengehalten wurde. Es sah aus wie eine Antiquität, die schon vor Jahren aufgehört hatte zu funktionieren. Der Sender, den sie aussuchte, brachte Musik, die exotisch und unverständlich klang. Irgendwie passte sie zu der Situation.

»Ist dir kalt?«, erkundigte sie sich.

»Es ist alles okay«, antwortete Ethan, obgleich er sich insgeheim wünschte, einen dickeren Pullover angezogen zu haben.

»Falls du frieren solltest, neben der Couch liegt eine zusammengefaltete Decke.« Nevena zündete mehrere Kerzen an. »Die Deckenbeleuchtung funktioniert nicht. Und die Steckdose hat den Geist vor zwei Wochen aufgegeben.«

Ethan stand auf und betrachtete die Lampenfassung. »Vielleicht sollte ich mir das Ding mal ansehen.«

»Halt dich nicht damit auf. Die Fassung ist; wie würdest du sagen, vermodert? Von oben ist Wasser durch die Decke und in die Fassung gesickert. Ich glaube sogar, es ist gefährlich.«

Ethan ging unter der Lampenfassung hin und her und blickte nach oben. »Hmm. Sie sieht kaputt aus. Völlig verrostet. Was meint denn dein Vermieter dazu?«

»Der Vermieter ist viel zu sehr damit beschäftigt, den Fahrstuhl reparieren zu lassen, der seit anderthalb Jahren defekt ist. Er war noch nicht einmal in meiner Wohnung, um sich den Schaden anzusehen.«

»Und was tust du jetzt?«

Nevena stellte die Kerzen nach oben auf ein Bücherbrett, und der Raum erstrahlte in einem orangefarbenen Licht. »Ich öffne jetzt eine Flasche Wein und bereite dir etwas zu essen.«

»Ich meine, wegen der Lampenfassung.«

»Ich werde die Nächte in Zukunft bei Kerzenschein verbringen. Und lernen, es schön zu finden.«

Ethan stützte die Hände auf die Hüften. »Nevena ...«

»Nein«, sagte sie und holte eine Flasche Wein aus dem Schrank. »Bitte, Ethan. Vergiss es einfach. Du musst nicht alles in Ordnung bringen. Nicht alles funktioniert dauernd, nicht hier. Lass uns einfach so tun, als gebe es keine Probleme. Ich will heute Abend nicht an Probleme denken. Okay?«

Sie ging zu dem kleinen Kühlschrank und holte Joghurt, Gemüse, Kräuter, Käse und Butter heraus. Aus dem Schrank über ihrem Kopf nahm sie mehrere Einmachgläser und ein Paket Fladenbrot. Ethan trank von seinem Wein und schaute zu, wie sie auf der Kochplatte Dips für das Brot erwärmte, und auf der Anrichte die Zutaten für kalte Salate vermischte.

Nach einer halben Stunde trugen Nevena und Ethan ihre Mahlzeit ins Wohnzimmer. Auf den Couchtisch stellten sie Schüsseln mit Joghurt, Gurken- und Dill-Snezhanka, Hummus, eine Paste aus Chilischoten und Auberginen, Knoblauch- und Kaviardip, Käse und geschmorte Champignons. Zuletzt kam noch eine Platte mit gerollten Weinblättern, die mit Wurst und Reis gefüllt waren. Nevena hatte sie im Laufe des Tages in einem der Häuser, in denen sie putzte, zubereitet. Sie saßen auf dem Fußboden auf Kissen und nahmen ihre Mahlzeit mit überkreuz geschlagenen Beinen ein, die einander an den Knien berührten.

»Was du für Georgi getan hast, war unheimlich nett«, sagte sie. »Und was du für mich getan hast, mit mir nach Vodenicharsko zu fahren, als ich es mir nicht leisten konnte, war auch unwahrscheinlich nett.«

»Ich bitte dich. Das war doch gar nichts.«

»Doch. Es war eine ganze Menge. Du verdienst sehr viel Dank.« Nevena streckte die Hand aus und berührte Ethans Wange. Sie fuhr mit den Fingern an seinem Unterkiefer entlang und betrachtete dabei die Konturen seines Gesichts mit einem geradezu andächtigen Ausdruck.

Ethan legte seine Hand auf ihre. »Nevena, wenn du mich jetzt streichelst, weil du glaubst, dass du es mir schuldig bist, dann hör bitte auf.«

Ihre Augen verengten sich. Sie flackerten, und ein verletzter Ausdruck lag für einen kurzen Moment in ihrem Blick. »Aufhören?«

»Aber wenn du mich streichelst, weil du das Gleiche für mich empfindest, wie ich für dich, dann mach weiter.«

»Ethan, wie können wir das Gleiche füreinander empfinden? Du bist verheiratet. Du denkst an jemand anderen, und ich denke nur an dich.«

Diese Worte, so direkt und ohne irgendwelche Berechnung ausgesprochen, überzeugten Ethan, dass Nevena das ungekünsteltste Wesen war, das er je kennen gelernt hatte. Dieses Mädchen mit ihren Muttermalen und Grübchen und ihrer tragischen Vergangenheit war anders als jedes, das er kannte, und was vorher bei ihm nur Neugier gewesen war, verwandelte sich jetzt in Hochachtung. »Nevena, ich habe noch nie für jemand anderen das empfunden, was ich für dich empfinde.«

»Dann bin ich glücklich.« Heute Nacht wollte sie ihm ihre Liebe und ihren Körper schenken, und sie war sich sicher, dass er beides richtig einzuschätzen wusste. Nevena wollte ihn nicht mit ihrem Angebot in die Enge treiben. Sie entschied, dass sie ihm nicht erzählen würde, dass er der erste Mann war, mit dem sie schlafen konnte – seit jenem Tag vor mehr als zehn Jahren, jenem Tag, an dem sie einen neuen Namen erhalten hatte.

Ethan lehnte sich zu Nevena hinüber. Er küsste sie nicht, denn er wollte nur ihren Atem und ihre Haut riechen. Die Vorfreude auf diesen Moment war unendlich gewesen, und nun, da er spürte, dass seine Wünsche in Erfüllung gehen würden, wollte er den Augenblick so lange wie möglich hinauszögern. Als seine Lippen die ihren endlich berührten, wusste er, dass sich jeder Moment seiner verzweifelten, manchmal enttäuschten Sehnsucht gelohnt hatte. Der erste Kuss war genauso, wie er ihn sich ausgemalt hatte. Der Kuss war genauso wie Nevena: direkt und ernsthaft, aber erfüllt mit einem undefinierbaren Zauber.

In seinem Kopf drehte sich alles. Im Apartment war es kalt, und dennoch brannte er lichterloh. Er berührte ihre

Lippen mit den Fingern und vergrub sein Gesicht in ihrem feinen Haar. Nevenas Hände strichen über seinen Rücken, und sie küssten sich wieder und stellten fest, dass sie davon nicht genug bekommen konnten. Sie sanken zurück auf die Kissen, und Ethans Lippen waren auf ihrem Hals, ihrem Schlüsselbein und dann in ihren Armbeugen. Er küsste ihre zierlichen Arme mit einer seltsamen Leidenschaft, denn es war diese Verbindung aus Zerbrechlichkeit und Kraft, die ihn zuerst auf sie aufmerksam gemacht hatte, nämlich als sie mit Taschen voller Lebensmittel von der feuchtschwülen Straße heraufgekommen war. Nevena seufzte, während seine Lippen über ihr Handgelenk wanderten, schaute nach unten und strich mit der anderen Hand ganz sanft über sein rötlich blondes Haar und wünschte sich dabei, er wäre noch näher bei ihr.

Auf diesem schmalen, zerschlissenen Sofa zusammen mit Ethan war Nevena nicht mehr das Mädchen, das schwieg und züchtig den Blick gesenkt hielt. Stattdessen ließ sie ihre Hände freizügig und ausgiebig über seinen Körper wandern, und ihr Rücken bog sich vor Lust. Sprungfedern bohrten sich durch den Schaumstoff der Polster, aber sie spürten nichts davon. Jemand in der Wohnung unter ihnen stieß wütend mit einem Besenstiel gegen die Decke, aber sie hielten nicht inne. Irgendwann hörte die Musik des Nachtsenders im Radio auf, und es war nur noch ein Rauschen zu hören, aber Ethan und Nevena achteten nicht darauf. Sie waren unendlich weit weg von ihrem Schlafsofa in der winzigen Mietwohnung in den türkischen Slums einer Hauptstadt auf dem Balkan.

Später küsste er sie auf die Stirn und schmiegte sein Gesicht an ihren Hals. Sie klammerten sich regelrecht aneinander, kamen langsam wieder zu Atem, schwiegen und waren wie betäubt. Nevenas Augen waren weit geöffnet und blickten staunend zur Decke. Eine Träne stahl sich aus einem Auge, und zum ersten Mal seit über zehn Jahren war es keine Träne des Zorns oder der Trauer.

June blickte aus dem Straßenbahnfenster. Zwischen dem Kontaktbügel der Bahn und der Oberleitung sprühten Funken und erhellten für einen winzigen Moment die verhärmten Gesichter, grauen Kleider und hohlen Augen der Menschen, die auf einem Platz eine Schlange bildeten und darauf warteten, Wasserbehälter an einem Brunnen zu füllen. June erkannte den Platz. Sie waren jetzt bei den türkischen Bädern. Sie drängte sich zur Tür und sprang aus dem Straßenbahnwagen, da sie plötzlich den Wunsch verspürte, durch den Schnee zu laufen.

Ein glatzköpfiger Blinder saß auf einer Holzkiste und umklammerte ein Kofferradio. Er war in Lumpen gekleidet, seine blau gefrorenen verkrümmten Füße waren der Kälte preisgegeben und er sang aus voller Brust. Er war fett, und seine Hinterbacken quollen über die Ränder seines provisorischen Sitzmöbels. Er saß immer dort und sang, wobei von seinen milchigen Augen stets nur das Weiße zu sehen war. June hatte sich im Laufe der Zeit an ihn gewöhnt und warf einige Münzen auf die schmutzige Decke, die unter der Holzkiste lag.

June ging an den Bädern vorbei und betrat eine Taverne, in der sie einen Nachmittag mit Raina verbracht hatte. Sie war froh über die Anonymität, die durch ihre Mütze und den dicken Schal geschaffen wurde. Niemand schaute auf. Alle waren zu sehr damit beschäftigt, in ihre Gläser zu starren. June ging zur Bar und ließ sich auf einen Hocker sinken. Eine Frau in einer Schürze kam zu ihr, und June bestellte einen Raki und ein Sodawasser.

Trotz der zahlreichen Gäste, die sich in dem Raum aufhielten, war es in der Taverne alles andere als warm, und alle trugen ihre Mäntel und Mützen. Ein paar Männer hielten ihre Gläser sogar mit dicken Handschuhen. June drehte sich zur Bar, wollte um ein paar Nüsse zum Knabbern bitten. Dort, hinter den Flaschen und den aufgehängten Tüten voller alter Salzbrezeln, befand sich ein streifiger runder Spiegel. Die Barkeeperin stand davor und versuchte, die Ränder unter ihren Augen wegzuwischen, als wären es lediglich lästige Schmutzflecken.

June war ebenfalls im Spiegel zu sehen. So wie sie in ihre Wintersachen eingepackt war, schob sich nur eine Strähne ihres hellen Haars vorwitzig unter ihrer schwarzen Mütze hervor. Ungläubig betrachtete sie ihr Ebenbild. Ihre Augen waren wie unergründliche meergrüne Tümpel, die mit unvergossenen Tränen gefüllt waren. In letzter Zeit hatte sie nicht einmal mehr weinen können. Sie trug dunkle Kleidung, verschmolz darin im Meer anderer trister Farben ringsum, beugte sich über ihren Raki und dachte daran, einen zweiten zu bestellen. Tabakrauch umwogte sie, und der Klang einer Sprache, die sie früher einmal fast unheimlich gefunden hatte, die sie aber mittlerweile selbst benutzte, füllte ihre Ohren. Die Gesichter der Männer und Frauen mit den müden Augen und der faltigen Haut verschwammen. Die Arbeitsschuhe unter den Tischen waren durchweg identisch, alle waren schwarz und winterfest. June saß auf dem zerfetzten Plastikpolster eines wackligen Barhockers. Um hierher zu gelangen, hatte sie eine Straßenbahn genommen, deren Scheinwerfer nicht funktionierten und die zwei defekte Türen hatte, die in einem fort auf und zu schwangen und dabei von Zeit zu Zeit Schneewolken in die Bahn eindringen ließen. Junes Nase war gerötet, ihre Hände waren rau, und ihre Füße schmerzten. Ihr Herz war gebrochen, und in ihrer Manteltasche befand sich eine Hand voll zerknüllter Lewascheine. Sie war völlig alleine. Ethan war in diesem Moment wahrscheinlich bei dieser anderen Frau, und das obwohl June alles aufgegeben hatte, um ihn in diese fremde Welt hier zu begleiten, die sogar die Bewohner des Balkans oft als die finsterste Ecke von Osteuropa bezeichneten.

June legte viel zu viel Geld auf die Theke und ging mit unsicheren Schritten zur Tür, um dem Anblick ihres eigenen, so fremd anmutenden Gesichts zu entfliehen. Draußen war es stockdunkel, und es hatte zu schneien begonnen. Sie ging über den schadhaften Gehsteig und bemühte sich, den tiefen Schlaglöchern und losen Steinplatten auszuweichen. Sie streckte die Hand aus, um sich an einem Gebäude abzustützen, und schaute nach oben. Da war die pinkfarbene, pelzige Mütze, die Raina so gut gefallen hatte, die sie aber nicht hatte kaufen können. Hinter der schmutzigen Fensterscheibe erkannte June die blasse Ladeninhaberin, die sie unabsichtlich zum Weinen gebracht hatte. Ein kleiner Junge in einem Schlafanzug hielt sein Bein hoch, und die Frau stopfte gerade den Strumpf an der Stelle, an der ein Zeh des Jungen herausschaute.

Raina bringt mich um, dachte June.

Es war ihr egal. Ganz gleich, wie unglücklich sie war, sie sträubte sich dagegen, die Frau zu werden, die sie gerade so verzweifelt aus dem Spiegel der Taverne angeschaut hatte. Ethan mochte sich weigern, mit ihr zu reden, er mochte ihre Entschuldigung ablehnen und sie leiden lassen – aber weder er, noch das Land, in das er sie mitgenommen hatte, würden sie dazu bringen, zu kapitulieren und sich aufzugeben. In ihr existierte immer noch so etwas wie Zuversicht, die dort weiter bestehen würde, ganz gleich wie lange der Winter und Ethans Zorn anhielten. In dieser Welt würde sie immer sie selbst sein, auch wenn sie nicht dorthin gehörte. June drückte die Tür zu dem Laden auf. Die Ladeninhaberin erschrak so sehr, dass sie beinahe den Zeh ihres Enkelkindes mit der Nähnadel durchbohrt hätte. »Dobur vecher?«

»Dobur vecher. Ich möchte für eine Freundin ein Geschenk kaufen.« Die Frau erkannte June und ihren amerikanischen Akzent wieder und stolperte über ihren Enkel, als sie sich beeilte, die Waren auszubreiten.

Eine halbe Stunde später verabschiedete June sich von der freudestrahlenden Verkäuferin. Sie verließ den Laden mit einem Paket mehrerer auffällig pinkfarbener Angorasachen für Raina und einem Lächeln auf ihrem schmalen Gesicht. Es war das erste Mal seit Istanbul, dass sie lächelte, und dieses Lächeln war echt und aufrichtig. Sie selbst trug eine kürbisgelbe Mütze sowie hellorangefarbene Handschuhe und einen gleichfarbigen Schal – ein Ensemble, das ihre Freunde in Los Angeles sicherlich unmöglich gefunden hätten. Dieser Gedanke löste bei ihr ein lautes Lachen aus – ein Befreiungsschlag gegen die bedrückende Einsamkeit der leeren Wohnung. Während sie durch den zunehmenden Schneesturm zwischen den trostlosen Gebäuden dahin stapfte, brachten der Mond und der Schnee ihre neu erworbenen bunten Kleidungsstücke zum Leuchten. »Zur Hölle mit dem Vorsichtigsein«, murmelte sie.

Sie ließ das Geländer der Straßenbahnhaltestelle los, lief ein paar Schritte und rutschte auf ihren Schuhsohlen durch den Schneematsch. Das Eis zwischen den Straßenbahngleisen sorgte dafür, dass sie sich zu drehen begann, und sie verlor das Gleichgewicht: Völlig außer Kontrolle rutschte und schlingerte sie dahin. Anstatt zu bremsen, ließ sie sich einfach gehen wie in einem Schleuderkurs einer Fahrschule. Während sie die Hände in den gelben Handschuhen ausstreckte, reckte sie das Gesicht dem Himmel entgegen und genoss das Absurde dieser Situation. Sie stellte sich vor, dass sie in diesem Moment aussah wie eine Drittwelt-Version von Mary Tyler Moore, die an einer verlassenen Straßenbahnhaltestelle inmitten von Abfallhaufen und Schneematschpfützen einen Freudentanz aufführte. Wäre es nicht so verdammt kalt gewesen, hätte sie sich sogar die kürbisgelbe Mütze vom Kopf gerissen und in einem echten Sitcom-Finale hoch in die Luft geschleudert.

Als sie schließlich rücklings in eine tiefe, eisige Schneewehe fiel und sah, wie sich ihre Beine hilflos in die Höhe streckten, bekam sie einen Lachkrampf, und die großen grünen Augen quollen von all der Traurigkeit und Verzweiflung über, und sie ließ ihren Tränen freien Lauf. Ein alter, einsamer Zuschauer auf einem Balkon über ihr blinzelte und rieb sich die Augen. Er glaubte, gesehen zu haben, wie leuchtende Sternschnuppen durch die trübe Dunkelheit tanzten. Er hatte sich eingebildet, für einen unmöglichen Augenblick so etwas wie fröhliches, ausgelassenes Gelächter in der tristen, eisigen Balkannacht gehört zu haben.

17

Betrifft: Hallo von Daheim
Datum: Sa. 21. Dez. 1996, 01:11:02 -0500
Absender: Mom und Dad <M&Dcarver@tech.com>
An: Ethan und June <ecarver@sof.cit>

Die Avocados sind bald reif, sodass sie geerntet werden können, deshalb hoffe ich, dass wir zu Weihnachten keinen Frost haben. Gestern Abend waren wir bei Mark und Mary Martellini in Palo Alto. Ich habe heute die Antipasti zubereitet. Ich gebe jedes Jahr Loraine und Steve etwas davon ab, aber in diesem Jahr bin ich ein wenig spät damit dran. Jedes Jahr schmeckt sie anders und aus irgendeinem Grund diesmal erheblich anders als damals, als Großmutter sie zubereitete. Sie hat Anchovis verwendet, aber außer mir scheint sie heute niemand mehr zu mögen. Wie sehen Eure Weihnachtspläne aus? Ich nehme an, es wird ein gemütliches, romantisches Fest für zwei. Genießt es, ehe ihr einen Stall voller Kinder habt, die Ihr mit dem Vorlesen von Weihnachtsgeschichten bei Laune halten müsst! Es war nur ein klener Scherz, Eure Kinder werden sicherlich das Glück Eures Lebens sein.

Wir haben seit längerem von June keine E-Mail mehr erhalten. Grüß sie von uns und sag ihr, dass wir sie und ihre lustigen Geschichten vermissen.

ALLES LIEBE FÜR EUCH BEIDE, MOM

Sie sahen aus, als trauerten sie. Vielleicht wie ein Bruder und eine Schwester, die soeben ihre Eltern verloren hatten. Ethan und June saßen mit deutlichem Abstand zueinander auf der Couch ihres Apartments, die Füße fest auf dem Holzfußboden, als brauchten sie diesen zusätzlichen Halt. Ethan hatte die Hände gefaltet und zwischen die Knie geklemmt, und Junes Hände lagen flach auf ihren Oberschenkeln. Sie starrten beide zu Boden, und das Schweigen zwischen ihnen war genauso leer und trostlos wie der Blick aus dem Fenster hinter ihnen.

June hob eine Hand und begann, an ihrem Daumennagel, der einen kleinen Riss aufwies, zu knabbern. Das beinahe unhörbare Geräusch, als ihre Zähne sich an dem Fingernagel rieben, reichte aus, um den Raum auszufüllen, und brachte Ethan dazu aufzuschauen. Seine Augen waren rot gerändert. »June. Kau nicht an deinen Nägeln.«

»Ich weiß.« June trug ein Footballtrikot der UCLA und an den Füßen flauschige Socken. Nach einem sehnsüchtigen Blick auf ihren Fingernagel setzte sie sich auf die Hand und begann sich zu kratzen, indem sie einen dicken Zeh über den anderen Fuß rieb. Sie schaute an Ethan vorbei in den weißen Lichtschein, der durchs Fenster drang. »Es ist seltsam«, sagte sie. »Trotz all des Schnees hat man nicht das Gefühl, dass Weihnachten ist.«

»Wir sind an warme, regnerische Weihnachten in Los Angeles gewöhnt.«

»Und daran, während der Feiertage zusammen zu sein.«

»Es ist wirklich seltsam.«

»Geradezu unheimlich.«

Ethan ging zum Fenster, lehnte sich an die Wand und blickte hinaus. Er verschränkte die Arme vor der Brust und wandte June weiterhin den Rücken zu.

»Wie lange soll das noch dauern?«, fragte sie schließlich.

»Der Schnee?«

»Du weißt genau, was ich meine.«

»Was?«

June seufzte. »Ich ertrage das nicht mehr. Lass uns damit aufhören.«

»Womit aufhören?«

»Mit dem hier. Was immer es ist. Was tun wir denn?«

»Wir reden, glaube ich.«

»Wir reden, aber wir kommunizieren nicht miteinander. Das sollten wir aber.«

»June, ich bin müde. Du bist es auch. Lass uns jetzt nicht wieder damit anfangen.«

»Dann sag mir nur eins. Hast du schon mit ihr geschlafen? Wenigstens das kannst du mir verraten.«

Ethan wirkte im harten Licht total erschöpft. »Du hast nicht das Recht, diese Frage zu stellen. Du hast dein Recht verwirkt, dich wie die geschädigte Partei zu verhalten.«

»Ich habe mich mehrmals entschuldigt und dich immer wieder angefleht, und weißt du was? Es hat mich keinen Deut weiter gebracht. Und weißt du, was auch noch ist? Anstatt immer wieder aufs Neue auf allen Vieren zu dir gekrochen zu kommen, werde ich dir jetzt sagen, was ich wirklich denke.«

»Ich kann es kaum erwarten.«

»Ich finde, was ich getan habe, war falsch, aber nicht so falsch wie das, was du tust, nämlich mit einem armen, naiven bulgarischen Mädchen zu schlafen, um es mir heimzuzahlen.«

Ethans Gesicht lief rot an. »Arm und naiv? Sie hat gelernt, was sie lernen konnte, und sie hat sich ihr ganzes Leben das wenige Geld, das sie zur Verfügung hat, erarbeitet – und mit arbeiten meine ich, dass sie nicht nur ein Walkie-Talkie benutzt hat, um für irgendeinen selbst ernannten Herrgott von Regisseur einen Cappuccino zu bestellen.«

»O Gott, du hast wirklich mit ihr geschlafen!«, stieß June hervor und sank auf die Couch zurück. »Sag es mir. Es ist nicht mehr so wie vorher. Jetzt ist alles egal.«

»Okay. Ich hab's getan.«

June ließ sich ihr Haar ins Gesicht fallen. »Ich will nach Hause«, sagte sie mit brüchiger Stimme. »Ich ertrage das nicht mehr. Die Kälte und die Depression und diesen Schnee. Ich kann all diesen Schmutz nicht mehr ertragen. Diese verdammte Hässlichkeit überall.«

»June ...«

Ihre Hände, mit denen sie die Augen bedeckte, zitterten. »Gott, oh Gott, Ethan. Ich hatte nicht erwartet, dass es so weh tut. Wie ist das möglich?«

Ethan wollte sie in die Arme nehmen, aber der Winter hatte ihn bereits hart gemacht. Er schluckte und meinte mit kühler Stimme: »Du sagtest, es sei egal.«

»Es ist nicht egal. Es bedeutet, dass es für uns keine Hoffnung mehr gibt.«

»Ich weiß nicht, was ich sagen soll. Nevena ist mir wichtig, und du bist mir auch wichtig. Du bist meine Frau, aber du bist auch ein Mensch, den ich nie richtig kannte. Du hast mich betrogen.«

Junes Kopf sank nach hinten, und ihr Körper wurde von einem krampfhaften Schluchzen geschüttelt. Sie wollte nichts erwidern, wollte sich nicht mehr wehren. »Eins musst du wissen, Ethan«, sagte sie schließlich, als sie wieder reden konnte. »Du musst wissen, dass ich dich immer geliebt habe. Ich weiß nicht, was in jener Nacht passiert ist. Irgend etwas hat gefehlt.«

»Für mich hat nichts gefehlt.«

»Jetzt sind wir quitt, nicht wahr?«, meinte sie und schaute hoch. »Das ist es, was du wolltest. Wir können jetzt alles weiterlaufen lassen, nicht wahr? Geht es mit uns weiter? Ich bin bereit dazu. Ich verzeihe dir, wenn du mir verzeihst. Du brauchst es nur zu sagen.«

Ethan knackte mit den Knöcheln und starrte zu Boden.

»Ethan, bitte, sag es. Denk an unsere Reise nach Lissabon oder an das Wochenende, als du erfuhrst, dass du das Locke-Fields-Stipendium bekamst und wir die nächste Maschine nach New Orleans genommen haben. Was ist mit dem Weinberg, den wir uns in Healdsburg kaufen wollten? Denk an den Swimmingpool im *Miracle Manor* mit Blick hinaus auf die Wüste, und denk daran wie du mich nach Claire getröstet hast. Wir würden einander nie mehr alleine lassen. Das hast du gesagt. Niemand würde uns verstehen. Bitte!«

»Es gibt in dieser Welt noch andere Tragödien als unsere.«

»Aber das ist unsere Tragödie! Es ist *unsere*, Ethan!«

Ethan schloss die Augen und ballte die Hände zu Fäusten. Er schwankte auf seinen langen Beinen, und am liebsten hätte er sich in ihren Schoß sinken lassen: »Ich liebe dich«, sagte er.

June machte Anstalten, aufzustehen und auf ihn zuzugehen, doch er hob eine Hand. »Aber ich kann es nicht sagen. Ich kann dir nicht verzeihen. Noch nicht. Und ich treffe sie heute Abend.«

June atmete tief durch, trocknete sich die Augen und

nickte. »Dann ist es also vorbei. Was ich getan habe, war wirklich unverzeihlich. Du warst immer so stolz, Ethan. Und ich war immer so stolz auf dich und hab mir sogar gewünscht, ich könnte sein wie du. So zielstrebig, so voller hoher Erwartungen.« Sie hielt inne. »So kämpferisch und unversöhnlich und scheinheilig. Glaubst du, ich weiß nicht, wo du in der Nacht warst, als man mir den Blinddarm herausnahm? Vielleicht hast du nicht mit deiner Assistentin geschlafen – das weiß ich noch immer nicht – aber du hast ganz bestimmt daran gedacht, und du hast mit ihr herumscharwenzelt. Ich habe Moiras Notizen gefunden, die sich auf dich bezogen. Und ich habe dir verziehen, von Herzen, denn ich dachte, wir wären es wert. Ich will nicht mehr so sein wie du. Ich könnte es nicht ertragen, so kalt zu sein. Du glaubst, du machst keine Fehler, aber das tust du. Und dies ist bis jetzt dein größter.«

Ethan öffnete den Mund, um etwas zu erwidern, aber er fand keine Worte. Seine Hand ging zu seinem unrasierten Kinn, wischte fahrig über sein Gesicht, als wollte er sich vor Junes Blick verstecken. »Du irrst dich«, sagte er schließlich. »Es war ganz und gar nicht so, wie du denkst.«

»Nein, so war es ganz bestimmt nicht«, erwiderte June. Und dann ging sie hinaus.

Eine Woche später, nachdem sie sich Abend für Abend vorgestellt hatte, wie Ethan mit einer Frau schlief, die zehn Jahre jünger war als sie, wusste June, was sie tun musste. Sie hatte gepackt und war bereit zu gehen – aber nicht zurück nach Los Angeles. So leicht würde sie nicht aufgeben. Wenn sie jedoch das Apartment, in dem seine Anzüge hingen und seine Papiere lagen, nicht verließe, würde sie irgendwann durchdrehen – und sie wollte halbwegs normal bleiben, und wenn auch nur in der Hoffnung, dass Ethans Bestrafung irgendwann aufhören würde. Sie bereitete sich eine Tasse Tee zu und nahm ein letztes Bad in ihrer besonderen Badewanne. Dann setzte sie sich auf ihren Koffer, ließ sich zweimal mit ihrem ganzen Gewicht darauf fallen, bis die Schlösser einrasteten und rief Chavdar an. Er versprach ihr, im Laufe des späteren Nachmittags in die Wohnung seines Freundes zu kommen, ihr aufzuschließen, die Miete für den ersten Monat entgegenzunehmen und ihr die Schlüssel auszuhändigen.

June schaute sich noch einmal um, ehe sie durch die Tür hinausging. Dieser Ort war ihr nie wie ein Zuhause vorgekommen. Sie und Ethan hatten niemals zum Abendessen Kerzen angezündet, hatten niemals dicht nebeneinander in der winzigen Frühstücksnische gesessen. Sie hatten sich nur selten auf der Schlafcouch geliebt und dabei kichernd über das Quietschen der Sprungfedern amüsiert. Und wenn sie es getan hatten, dann waren sie nur zwei Körper in Aktion gewesen, zwei Augenpaare, die es vermieden, einander anzusehen, zwei Geister, die sich daran erinnerten, wie es sein konnte – wie es früher gewesen war. Zwei Menschen, die sich wünschten, dieses Gefühl wieder heraufzubeschwören, aber die sich nicht sicher waren, ob es ihnen jemals gelänge. Vor ein paar Jahren vielleicht hätten sie in dieser armseligen kleinen Behausung genügend bohemehafte Pracht entdecken können, um sie mit Kissen und Gemälden, dem Duft von Räucherstäbchen und mit Liebe zu füllen. Vielleicht nach einer Trennung. Vielleicht niemals.

June fuhr mit einer Straßenbahn der Linie zwei in die Stadt, kam am Haus der Internationalen Presse vorbei und stieg auf dem Popaplatz aus. Indem sie sich an Chavdars

Wegbeschreibung hielt, ging sie durch die Graf Ignatiev-Straße bis zur Shishman-Straße. Diese war eng und besaß einen altertümlichen Charme, der durch das Kopfsteinpflaster noch unterstrichen wurde. Sie ging an einer Bäckerei vorbei und sah ein kleines Mädchen, das eine transparente Plastiktüte voller frischer Croissants in der Hand trug. Das Mädchen hatte Zöpfe und trug weiße Kniestrümpfe, und plötzlich hatte June das Gefühl, als befände sie sich in einem ganz anderen Teil der Welt. Die Umgebung war nicht nur atemberaubend, verglichen mit den sozialistischen Bauvorhaben in den Vororten, sondern in jedem anderen Teil Europas würde sie als kultiviert und gediegen eingestuft.

June löste den Blick von dem Kind. Chavdar wartete ein Stück weiter an der nächsten Querstraße. In der Hand hielt er ein Dutzend Rosen. Er stand halb unter einer Straßenlaterne und trug einen dunkelgrauen Anzug. Es war wie in einem Schwarzweißfilm aus den Zwanziger Jahren. Eigentlich hätte links von ihr eine Eisenbahn vorbeidonnern, hätte sie ihr Haar in einem Nackenknoten tragen müssen und anstatt einen ramponierten grünen Samsonite-Koffer in ihrer Hand mit den abgekauten Fingernägeln zu tragen, hätte sie in einen sorgfältig manikürten Hand einen geheimnisvollen kleinen braunen Koffer halten sollen.

»Hallo«, sagte Chavdar überaus liebenswürdig, berührte ihre Schulter und hauchte flüchtige Küsse auf ihre beiden Wangen. »Ich freue mich, dass Sie sich entschlossen haben, das Apartment zu nehmen.«

»Sie können mir glauben, das tue ich auch.«

Chavdar holte die Schlüssel aus der Hosentasche. »Sollen wir raufgehen?«

Die Vorhalle des Hauses bestand aus altem Marmor, und der Fahrstuhl verfügte über eine altmodische stählerne Falttür. June und Chavdar waren gezwungen, fast auf Tuchfühlung nebeneinander zu stehen, während sie in den fünften Stock hinauffuhren. Er trug dasselbe Aftershave wie an dem Abend, an dem sie sich kennengelernt hatten. »Gefällt Ihnen mein Duft, June?«

June war im Stillen dankbar, dass der Fahrstuhl in diesem Moment mit einem heftigen Ruck anhielt. »Hmm, hmm«, sagte sie, zog die Klapptür auf und trat hinaus in den Flur. »Aber wenn Sie mir nicht einen solchen großen Gefallen täten, hätte ich wahrscheinlich eine etwas sarkastischere Antwort auf eine solche Frage.«

»Ich glaube, das habe ich jetzt verdient. Es ist Nummer acht«, sagte er und deutete auf die Tür rechts von ihnen. »Ich sagte Ihnen ja schon, Konstantin hat die Wohnung umbauen und gründlich renovieren lassen. Ich habe sie mir schon angesehen und denke, dass sie in einem sehr guten Zustand ist. Sie werden wahrscheinlich einigen ... wie nennen Sie solche Dinge? ... Schnickschnack? ... brauchen.«

»Ich weiß nicht. Ich habe für Schnickschnack oder Nippes, wie wir sagen, nicht sehr viel übrig.«

Chavdar lachte, während er sie mit einer Handbewegung zum Eintreten aufforderte. »Ich hoffe, es gefällt Ihnen hier, June.«

June zog die Schuhe aus und betrat das Apartment. Das Wohnzimmer war so groß wie die gesamte Wohnung in Darvenitsa, und Glastüren gingen auf eine Veranda hinaus mit Blick auf einen kleinen Park mit hohen Bäumen und gemütlichen Sitzbänken. Spitzenvorhänge umrahmten das Panorama und waren mit blauen Schnüren zusammengerafft, die farblich auf das Muster des größten Teppichs abgestimmt waren. Gleich neben dem Wohnzimmer befand sich die Küche. Sie war hell und modern und mit einem großen Kühlschrank und einem Einbauherd ausgestattet. Ein Esstisch beherrschte den Raum. »Das könnte ein sehr schöner Arbeitsplatz sein«, sagte Chavdar. »Um Geschichten für Drehbücher zu schreiben. Oder Romane. Oder Liebesgedichte. Oder wonach immer Ihr Sinn steht.«

»Es ist einfach perfekt«, sagte June und stellte sich Laptop und Papiere ausgebreitet auf der handbestickten Tischdecke vor. Das Schlafzimmer war durch blaue Seidenvorhänge vom Wohnzimmer abgetrennt. Darin standen ein Bett mit Holzrahmen, eine alte Truhe, eine auf Hochglanz polierte Garderobe und ein dazu passender Spiegel. Eine rosafarbene altmodische Glaslampe hing über dem Bett und erzeugte mit ihrem weichen preiselbeerfarbenen Schein in dem Zimmer eine Atmosphäre wie in einem Märchen.

»Ohne die Möbel könnte dies Marlon Brandos Apartment in *Der letzte Tango in Paris* sein, nicht wahr?«, fragte Chavdar.

»Hier herrscht nicht die traurige Stimmung jenes Apartments«, erwiderte June und strich mit den Händen über die Vorhänge. »Ich werde dafür sorgen, dass dies kein von Tragik bestimmter Ort wird.«

»Aber jenes Apartment war auch ein Ort der Liebe und der Lust. Ein Schauplatz wilder Leidenschaft.«

»Ein Ort alkoholischer Exzesse, der Gewalt und der Ernüchterung.«

»Später erst. Am Anfang war es wunderbar zwischen ihnen.«

»Aber ich lege zurzeit mehr Wert auf Happyends.«

»Wie amerikanisch von Ihnen. Wie dem auch sei, ich habe ein kleines Einweihungsgeschenk mitgebracht.« Er blickte auf die Uhr, als müsse er noch einen wichtigen Termin wahrnehmen. »Ich denke, jetzt wäre der richtige Augenblick, dass Sie es sich ansehen.«

»Bitte sagen Sie mir, dass Sie nicht noch mehr für mich

getan haben. Ich meine, Sie waren so nett und großzügig. Sie haben sich solche Mühe gegeben ...«

»Psst«, sagte Chavdar und legte einen Finger auf die Lippen. »Ich möchte für Sie mehr tun als jeder andere.«

»Aber ...«

»Nein«, schnitt er ihr das Wort ab. »Wirklich. Wissen Sie, in meinem Gewerbe muss ich ständig Dinge tun, die mir nicht gefallen. Bitte erlauben Sie mir, Sie zu verwöhnen, June, denn es ist das Einzige, was mir im Augenblick richtigen Spaß macht.« Chavdar ergriff ihre Hand und führte sie in die Küche. »Öffnen Sie den Kühlschrank.«

June gehorchte. Im Kühlschrank erwartete sie eine Flasche Champagner, eine Dose grauen persischen Kaviars, eine Platte importierter Käsesorten, die man in keinem bulgarischen Laden finden konnte, und eine Schüssel Erdbeeren. Sie durchschaute die verführerischen Absichten sofort und errötete. Es war so offensichtlich, dass es schon fast wehtat, aber unter den gegebenen Umständen konnte sie nichts anderes dazu sagen als: »Wie haben Sie all das an einem Sonntag besorgen können, wo doch alle Läden geschlossen sind?«

»Ich habe meine Möglichkeiten«, sagte er, öffnete eine Schublade und holte einen Laib Brot hervor.

Nachdem sie den Briekäse angewärmt hatten, trugen sie die Speisen und den Champagner ins Wohnzimmer. Chavdar zog das Jackett aus, nahm die Krawatte ab und öffnete den obersten Knopf seines Hemdes. Er holte zwei Kerzen aus dem Geschirrschrank und stellte sie auf den Rauchtisch. »Setzen Sie sich zu mir auf die Couch.«

Der Balkon ging nach Süden hinaus, daher wurden sie von der Dunkelheit regelrecht überrascht, als die Sonne unterging. Chavdar trank langsam seinen Champagner und aß den Kaviar direkt mit einem kleinen Löffel. »Ich beneide Sie um Ihre Erfahrungen, June. Wenn ich die Chance zu einem zweiten Leben bekäme«, sagte er, »würde ich am liebsten Filme machen. Das hat mich schon immer gereizt. Dem Kino gehört seit langem meine große Liebe. Als ich noch jung war, bin ich mit meinem Vater in den Westen gereist, und er hatte ebenfalls eine Vorliebe fürs Kino. Er nahm mich mit nach Paris und nach Genf. Während er dort arbeitete, saß ich im Kino, und abends schauten wir uns gemeinsam alle möglichen Filme an. Es war eine wundervolle Fluchtmöglichkeit aus dem Alltag.«

»Ihr Vater muss ein mächtiger Mann gewesen sein, dass er sich so vieler Privilegien erfreuen durfte.«

Chavdars Gesicht lag jetzt teilweise im Schatten, und die Dunkelheit um seine Augen ließ ihn noch nachdenklicher erscheinen als üblich. »Das ist wahr«, sagte Chavdar langsam. »Er wusste gewisse Dinge, und aus diesem Wissen gewann er seine Macht.«

»Was für Dinge?«

Chavdar lächelte. »Dinge, aus denen man einen tollen Film machen könnte.«

»Erzählen Sie mal.«

»Nun«, sagte Chavdar und suchte eine bequemere Position, wodurch er näher an June heranrutschte, »ich erinnere mich an eine ziemlich wilde Geschichte. Er hat sie mir nicht erzählt, denn es hätte für mich gefährlich sein können, Bescheid zu wissen, und er wollte mich schützen. Ich war kein Kind mehr, aber noch sehr jung. Ich glaube, ich besuchte damals gerade die dritte Grundschulklasse und verbrachte die Sommerferien zu Hause. Eines Abends hörte ich, wie er sich mit Freunden auf der Veranda unseres Hauses in Plovdiv unterhielt. Iwan war dort, Ihr Boss, und sie tranken und rauchten, und doch erinnere ich mich daran, dass eine sehr ernste Stimmung herrschte. Viel zu ernst für einen Samstagnachmittag im Sommer.«

Chavdar schloss die Augen, dachte nach und reiste in der Zeit zurück. »Meine Mutter hatte soeben einen Brunnen im Garten anlegen lassen, und ich ging mit einem Mädchen namens Antoanetta. Es muss neunundsiebzig oder achtzig gewesen sein. Einer der Männer, die mit meinem Vater auf der Veranda saßen, war ein Gospodin Kalev. Ihm gehörte Kintex, die größte bulgarische Import-Export-Firma. Und zwei türkische Männer waren da. Ich habe von meinem Zimmer aus zugehört, weil mein Fenster auf den Garten hinausging. Nach ein paar Minuten wurde mir klar, dass die türkischen Männer zur Mafia in Istanbul gehörten. Es wurde davon gesprochen, Waffen von Bulgarien in die Türkei zu schmuggeln und Drogen vom Osten in den Westen. Offenbar hatte die nationale Import-Export-Firma irgendeine Vereinbarung mit diesen türkischen Geschäftsleuten.«

»Ein ziemlich umfangreiche Verschwörung.«

»Oh, wie umfangreich, können Sie sich gar nicht vorstellen. Während ich belauschte, wie Kalev mit den Türken sprach, wurde mir einiges klar. Dafür, dass wir den militanten Gruppen wie den nationalistischen ›Grauen Wölfen‹ und der marxistischen ›Türkischen Volksbefreiungsarmee‹ Waffen liefern durften, hatte Kintex sich bereit erklärt, Heroin aus dem Land zu schmuggeln. In Sofia befand sich das Zentrum der gesamten Operation. Ihre Stimmen wurden sehr leise, und mein Vater stand dicht bei der Tür zur Küche, wo meine Mutter gerade Sudjuk grillte.«

»Und was dann?«

»Außer den Türken, Kalev, Iwan und meinem Vater war auch noch jemand anderer anwesend. Ein Russe, und er äußerte sich sehr besorgt darüber, dass ein Pole zum Papst gewählt worden war. Sie können sich bestimmt vorstellen, dass die Sowjets große Angst hatten, dass das polnische Volk sich unter einem Papst aus ihren Reihen zusammenschließen und für religiöse Freiheit kämpfen würde. Ich glaube, in diesem Jahr war Kardinal Karl Wojtyla aus Krakau zu Papst Johannes Paul dem Zweite gewählt worden. Der Kreml war in Panik. Sie mussten sich unbedingt des Unruhestifters entledigen.«

»Sie meinen, es wäre der KGB gewesen, der versucht hat, den Papst zu ermorden?«

»Ja. Aber sie gaben den Auftrag an die Bulgaren weiter, die über die entsprechenden Kontakte verfügten, einen obskuren Attentäter aus dem Vorderen Orient in Marsch zu setzen. Man würde seine Motive im Bereich des islamischen Extremismus vermuten und ihn niemals mit den Auftraggebern in Moskau in Verbindung bringen.«

»Das ist ja ...« June hielt inne und suchte nach dem richtigen Wort, um ihm eine kleine Freude zu machen. »Reinstes Hollywood.«

»Hm, hm«, sagte Chavdar zufrieden. »Aber in diesem Fall stimmt es. Mehmet Ali Agja, ein türkischer Attentäter, hat tatsächlich versucht, den Papst zu ermorden. Und es war wirklich so, wie ich gesagt habe. Nur wusste mein Vater schon ein Jahr, ehe es passierte, genau darüber Bescheid.«

»Mein Gott«, murmelte June. Sie stieß einen leisen Pfiff aus, während sie den Kopf schüttelte. »Das ist ja richtig unheimlich. Ist Ihr Vater Ihnen daraufhin nicht irgendwie seltsam vorgekommen?«

»Mein Vater? Warum?«

»Nun, das ist doch wohl offensichtlich. Er wusste Bescheid, hat aber nichts dagegen unternommen.«

Chavdar stellte sein Champagnerglas auf den Tisch. Nach einem kurzen Augenblick stand er auf und ging zur Balkontür, wo er stumm und mit verschränkten Armen stehenblieb. Schließlich schaute er über die Schulter zu June.

»Wir kommen aus völlig verschiedenen Welten, June. Die Antwort auf Ihre Frage lautet nein. Diese Geschichte hat nicht bewirkt, dass mein Vater mir, wie Sie es ausgedrückt haben, *irgendwie seltsam* vorgekommen ist. Ich weiß, dass er seine Entscheidung aus Gründen getroffen hat, die zu begreifen ich nicht genug Informationen habe.«

»Ich kenne die ganze Geschichte nicht, und ich sollte mich daher lieber nicht dazu äußern. Ganz bestimmt hat Ihr Vater getan, was er tun musste. Ich bin auch sicher ...« June zögerte. »Ich bin sicher, dass Ihr Vater ein guter Mensch war.«

»Ein guter Mensch?«, sagte Chavdar. Er war vor dem Mondschein draußen nur als Silhouette zu erkennen. »Woher haben Sie diese Sprüche? Nur weil Sie aus Hollywood kommen, müssen Sie sich doch nicht solcher Klischees bedienen. Ein guter Mensch? Was ist ein guter Mensch oder ein schlechter Mensch? Wenn das, woran er glaubt, fehlschlägt und in der Folge großes Leid auslöst, macht ihn das zu einem schlechten Menschen? Oder ist er nur dann ein schlechter Mensch, wenn er etwas tut, hinter dem er zwar nicht voll und ganz steht, aber das er tat, um für seine Familie zu sorgen und ihr ein anständiges Leben zu ermöglichen? Was ist es genau, June? Wo ziehen Sie die Grenze?«

June stand auf. »Mord ist so eine Grenze, worin sich die meisten Menschen einig sind. Es sei denn, Sie sind ein *Psychopath* oder so etwas ähnliches.« Ein Blick in Chavdars wütendes Gesicht ließ sie ihre letzten Worte sofort bereuen.

Chavdar machte einen schnellen Schritt auf sie zu, und obwohl es dunkel war, konnte sie im Kerzenschein erkennen, dass bei ihm eine Stirnader angeschwollen war und heftig pulsierte. »Und wenn ein Mann unschuldige Leute beschützt. Macht ihn das zu einem guten Menschen? Und wenn er gleichzeitig anderen schaden muss, um den Schutz der Unschuldigen zu gewährleisten, ist er dann automatisch schlecht? Mein Vater und ich«, sagte er und ballte die Fäuste, »sind wir böse? Sind wir *schlechte* Menschen?«

»Chavdar, sehen Sie, dass ich Begriffe wie gut und schlecht benutze, heißt noch lange nicht, dass ich das Ganze für einfach halte. Die Wahrheit ist, dass auch ich kein so guter Mensch gewesen bin, wie ich es vielleicht hatte sein wollen. Es tut mir Leid, okay?«

Die Anspannung auf seiner Miene ließ ein wenig nach, und seine Gesichtszüge wurden weicher, so als hätte er gerade heftige Schelte einstecken müssen. Er berührte Junes Wange und ließ seine Hand bis zu ihrem Ohr wandern. »Wenn ich in Zorn gerate, dann nur, weil ich nicht anders kann, als Ihnen zuzuhören und mir zu Herzen zu nehmen, was Sie sagen. Wie kann ich gleichgültig reagieren, wenn jemand mich für einen schlechten Menschen hält? Jemand, dessen Meinung ich sehr schätze? Ich hasse das. Ich hasse es, mich zu schämen. Ich wünschte, ich könnte mich von der Neigung befreien, Scham zu empfinden.«

»Aber es ist nicht Ihre Schuld.«

»Ja«, sagte er. Er schaute zur Decke, und June konnte geradezu sehen, wie die Gedanken durch seinen Kopf wirbelten. »Das ist wahr. Es ist *nicht* meine Schuld. Danke, June, für Ihr Verständnis.« Die pulsierende Ader schwoll allmählich ab. Jetzt entspannten sich auch seine Hände, und er betrachtete seine Handflächen, die vom Druck der geballten Fäuste gerötet waren. Er sank auf die Couch und legte eine Hand auf die Augen. »Sie sind ein wahres Wunder, June. Wirklich.«

June setzte sich neben ihn und schenkte ihm den Rest aus der Champagnerflasche ein. »Wenn ich nicht gerade mal wieder in irgendein Fettnäpfchen trete.«

Chavdar ließ den Kopf zur Seite sinken. »Sie bringen

mich immer zum Nachdenken«, sagte er und streckte eine Hand aus, um ihren Hals zu streicheln. Seine dunklen Augen schlossen sich halb, und seine Stimme veränderte sich. »Offenbar bringen Sie immer wieder meine Leidenschaften zum Vorschein. Die schlechten ... und die guten.«

Ehe sie wusste, wie ihr geschah, schob Chavdars Hand sich unter ihr Haar, schmiegte sich um ihren Nacken, und er zog sie zu sich. Seine Lippen legten sich auf ihre, und sie spürte, wie ihr gesamter Körper augenblicklich reagierte. Chavdars Lippen öffneten sich, und sein anderer Arm legte sich um ihren Rücken.

Während Chavdar sie küsste, konnte June spüren, wie eine seiner Hände das Kissen hinter ihr wegschob, damit sie genug Platz hatten, sich hinzulegen. Ein Sturm von Angst und Schuld überfiel June. Angst, weil Chavdar in vieler Hinsicht furchteinflößend und brutal war. Schuld wegen Ethan. Verbunden mit der Tatsache, dass ihr Körper seit so langer Zeit nicht auf diese Art und Weise berührt worden war, brachten diese verbotenen Gefühle sie dazu, Chavdar die Hüften entgegen zu wölben und ihn gleichzeitig an sich zu pressen. Sofort ekelte sie sich über ihre eigene Reaktion auf seine Attacke, aber gleichzeitig staunte sie, wie erregt sie von eben diesem Ekel war. Das war ja geradezu barbarisch.

»Stopp!«, sagte sie und stieß ihn von sich.

»Was?«

»Ich sagte: Stopp.«

Er beugte sich wieder über sie, vergrub sein Gesicht an ihrem Hals.

Diesmal schrie sie regelrecht. »Weg!«

»Warum?«

»Soll das Geschäft etwa so laufen?«

»Was meinen Sie?«

»Kaviar, Champagner, Erdbeeren, *Der-letzte-Tango-in-Paris*-Gequatsche. Mag ich Ihren Geruch, verdammt noch mal? Weg! Sofort!«

Er wich schließlich zurück und wischte sich den Mund mit dem Handrücken ab. »Ich hatte den Eindruck, es macht Ihnen Spaß.«

»Ich werde heute Nacht hier schlafen. Ohne Sie. Und morgen verschwinde ich wieder. Sie haben mir versprochen, dies hier nicht zu tun. Sie haben geschworen, keinerlei Gegenleistungen zu erwarten.«

»Ich erwarte auch nichts. Tut mir Leid. Ich wollte ein wenig Spaß haben. Sie sehen wunderschön aus. Vielleicht habe auch ich zu viel Champagner getrunken.«

June spürte, wie ihr Herz einen kurzen Hüpfer machte. Er schien ehrlich zu sein. Die Worte erinnerten sie an James. Anbetungswürdiger James. Sie war schon einmal schwach geworden, aber noch nie so sehr. »Gehen Sie einfach, Chavdar. Bitte.«

Chavdars Augen schienen sie zu durchbohren. Er versuchte, sie einzuschätzen, ihre Entschlusskraft zu prüfen. Schließlich erhob er sich, griff nach seinem Jackett und ging schweigend zur Tür. Sie fiel hinter ihm ins Schloss, und June drehte sich auf die Seite. Sie drückte das Gesicht in das Polster des Sofas und zog die Knie an. Sie schlang die Arme um sich und zählte ihre Atemzüge, wie sie es lange nach Claires Tod jede Nacht getan hatte. Zusammengerollt versteckte sie sich in der Dunkelheit der fremden Wohnung und betete inständig, von diesen Gefühlen erlöst zu werden. Sie hatte sich in ihrem ganzen Leben noch nie so einsam gefühlt. Sie vermisste ihre Mutter, ihre Schwester, James, Laney, Ethan – und plötzlich hatte sie Angst vor der Dunkelheit. Ihr Magen schmerzte, ihr Kopf tat weh, sie wünschte sich jemanden, der ihre Hand hielt, so fest, wie sie es sich noch nie zuvor gewünscht hatte. *»Bitte lass es aufhören«*, flüsterte sie. *»Oh mein Gott. Bitte lass dieses Gefühl verschwinden.«*

Wenige Sekunden später verspürte sie eine sanfte Berührung in ihrem Nacken – und sie war erleichtert, dass sie nicht die ganze Nacht schluchzend im Bett liegen musste, alleine und unbeschützt.

»June?«, sagte Chavdar leise. »Ich kann dich nicht so verlassen. Ich kann es einfach nicht.«

June drehte sich um und sah zu ihm hoch, und er schickte sich an, eine Träne aus ihrem Augenwinkel zu wischen. Aber das Auge war trocken. »Du weinst nicht?«

»Ich kann nicht. Ich weiß nicht, was passiert ist. Ich kann es nicht mehr.«

»Es tut mir Leid, wenn ich dir Angst gemacht habe.« Er strich ihr das Haar aus der Stirn und küsste sie sanft auf den Scheitel. Dann küsste er sie auf die Schläfe. Dann drückte er die Lippen auf ihre Handfläche.

June seufzte und gestattete ihm, mit den Lippen zu ihrem Handgelenk zu wandern.

»Hast du Angst?«, fragte er.

»Ja. Aber nicht vor dir.«

Langsam knöpfte er ihre Bluse auf, und June schloss die Augen und hoffte, dass die zärtlichen Hände auf ihren Brüsten irgendwie die Wunde in ihrem Herzen schließen würden.

June stand in ihrem neuen Badezimmer. Sie benutzte es zum ersten Mal, um die Spuren Chavdars von ihrem Körper zu tilgen: seinen Speichel, seinen Sperma, seinen Geruch. Sie zitterte, während sie sich wusch, hielt die Hände immer wieder unter den Strahl aus dem laufenden Wasserkran, weil sie keinen Waschlappen zur Verfügung hatte. Ihre Brustwarzen waren immer noch hart, ihre Haut gerötet, die Lippen geschwollen. Es war ein ungehorsamer Körper. Er hatte ihr bewiesen, dass sie ihn nie unter Kontrolle haben würde. Niemals.

Als sie schließlich die sichere Zuflucht des Badezimmers verließ, um zu Chavdar zurückzukehren, hatte sie sich schon wieder besser im Griff. Sie war geduscht, sauber und ruhiger. Chavdar lag entspannt auf dem Sofa. Die Kerzen verbreiteten ein weiches Licht, leise Musik erklang, und er rauchte eine Zigarette. Er trug seine Sporthose, aber kein Oberhemd, und er sah satt und zufrieden aus wie ein großer, geschmeidiger, kräftiger Kater. June ging hinüber zu dem Sessel, doch Chavdar klopfte mit der Hand einladend neben sich auf das Sofa. »Wo willst du hin? Komm her.«

June zögerte und tappte dann mit nackten Füßen zu ihm hinüber. Sie setzte sich ein wenig linkisch hin und verschränkte die Finger, damit er nicht ihre Hand ergreifen konnte. Chavdars Blicke tasteten ihr Gesicht auf eine Art und Weise ab, die beunruhigend war. Nachdem er sie fast eine Minute lang eingehend betrachtet hatte, stellte er fest: »Es tut dir bereits Leid.«

»Es ist nicht deinetwegen.«

Chavdar berührte mit einer Hand ihr feuchtes Haar. Er drehte eine Locke um einen Finger und ließ das Wasser, das sich aus den Haaren löste, über seine Hand rinnen. »Es gibt keinen Grund, wegen dem, was heute Nacht war, traurig zu sein oder sich deswegen zu schämen. Was hier geschah, war wunderschön.«

»Ich bin verheiratet.«

»Du lebst getrennt.«

»Nicht offiziell.«

»Du lebst getrennt. Du hast gesagt, er wäre längst mit einer anderen Frau zusammen, und zwar körperlich wie auch emotional. Eure Liebe ist schon lange vorbei. Und nicht ich war es, der dafür gesorgt hat. Ich habe mich nirgendwo eingemischt. Deine Ehe besteht nur auf einem amtlichen Dokument, June. Auf Papier. Das hat keine Bedeutung. Ich finde, du solltest glücklich sein. Du bist jung, und du bist schön. Du hast gerade Champagner getrunken und Kaviar gegessen.« Seine großen Hände begannen, ihre Schultern zu massieren. »Ein Mann, der dich anbetet, hat dich gerade befriedigt. Er hat dafür gesorgt, dass du dich unendlich gut fühlst, und doch tust du dir selbst Leid. Warum?«

»Ich bin wütend auf mich, ich tue mir nicht selbst Leid. Ich bin eine Sklavin meiner eigenen Gefühle. Hilflos gegenüber der Versuchung. Schwach, wenn es um die Laster des Fleisches geht. Ein Priester könnte mich jederzeit als schlechtes Beispiel zum Thema einer ganzen Predigt machen.«

Chavdar drückte ihren Oberarm. »Du brauchst dich nicht schwach zu fühlen. Das ist ein starker Arm. Spann mal deine Muskeln an.«

June zog den Arm weg, musste aber lächeln. »Mach dich nicht lustig über mich.«

Chavdar grinste, und zum ersten Mal entdeckte June Grübchen in seinen Wangen. »Du willst nur nicht, dass ich weiß, wie stark du bist«, sagte er. Er senkte die Stimme und nahm mit dem rechten Arm eine Bodybuilderpose ein. »Amerikanische Frauen sind stark. Wie in den *Terminator*-Filmen, steinhart. Dank Aerobic und ihrem täglichen Kampf gegen Männer, die sie am Arbeitsplatz sexuell belästigen.«

»Eine Frau kann zehnmal so viel Schmerzen ertragen wie ein Mann. Das habe ich mal irgendwo gelesen.«

»Wie war das denn mit den Schmerzen, als man dir die

seltsame kleine Tätowierung auf deinem Hintern verpasst hat?«

»Die hast du gesehen?«

»Wie hätte ich die übersehen können? Was ist das?«

June versteckte ihr Gesicht hinter den Händen. »Es ist ein Pilz.«

»Hm-hm. Und ... warum hast du dir einen Pilz auf den Hintern tätowieren lassen?«

»Ich habe nicht allzu intensiv darüber nachgedacht, was ich als Tätowierung haben wollte. Ich hab's bloß getan, um meine Mom zu ärgern. Ich hab's getan, damit ich auf der Bühne keinen Bikini mehr zu tragen brauchte. Ich war damals ziemlich dumm und sehr jung. Ich glaube, ich war gerade vierzehn.«

»Und hat es wehgetan?«

»Ich weiß es nicht mehr.«

»Siehst du? Du bist stark.«

»Ach, hör auf.«

»Ich wette, du könntest mich fertig machen.«

»Das bezweifel ich.«

»Versuch's.«

June musterte ihn eine Sekunde lang, dann griff sie an. Sie drehte ihm den Arm auf den Rücken und schützte sich vor einer Gegenattacke, indem sie seinen anderen Arm mit Hilfe einer Beinschere an seiner Seite einklemmte. Chavdar bäumte sich auf und hatte dabei das Gesicht im Kissen vergraben. June konnte nicht anders als kichern, als sie ihn so hilflos vor sich sah. »Sag Gnade«, verlangte sie.

»Was soll ich sagen?«, fragte er. Seine Stimme war kaum zu verstehen.

»Gnade«, wiederholte sie und hatte Mühe, die Oberschenkel zusammenzudrücken, um seinen Arm festzuhalten.

Plötzlich rutschte sein Arm aus der Umklammerung und legte sich um ihren Rücken und zog sie in die Kissen hinunter. »Wie lautete das Wort? Was bedeutet es?« Er drückte ihren Körper an sich.

»Gnade«, flüsterte sie. »Wenn du es aussprichst, dann bittest du jemanden, Mitgefühl zu zeigen. Dann möchtest du, dass er sanft und freundlich ist.«

»Dann Gnade«, sagte er leise und beugte sich über sie. Während seine Lippen die ihren kaum berührten, strich er mit der Hand über ihre Wirbelsäule. »Gnade ... Gnade ... Gnade.«

18

Betrifft: Schick mehr Anais Nin-Zitate
Datum: Fr. 27. Dez. 1996, 02:36:14 -0800
Absender: June <jcarver@sof.cit>
An: Laney <laney@smnet.com>

Hi, Schätzchen –

ich unternehme mit Chavdar einen Trip nach Griechenland und bin deshalb für zwei Wochen nicht zu erreichen. Eigentlich sollte ich mich ganz toll fühlen, wo mich doch ein großes Abenteuer mit einem Traummann in einem exotischen Land erwartet. Aber weißt Du was? Viel lieber würde ich auf der Couch in meinem alten Mini-Apartment hocken und Ethan dabei zusehen, wie er mit dem Bleistift in seiner Nase bohrt, während er an seiner Dissertation arbeitet. Aber ich kann nicht zu Hause herumsitzen und darauf warten, dass er seiner neuen Freundin überdrüssig wird, und ihn dann in die liebenden Arme schließen, oder? Diese Art von Verzweiflung und Unterwürfigkeit ist nichts anderes als völlig übertrieben und lächerlich, stimmt's? Tu ich das Richtige, wenn ich ihm erkläre, ich will ihn zurückhaben, aber dass ich, wenn er mich nicht haben will, auf keinen Fall herumsitzen und warten werde, während er tut, was immer er möchte? Ein Unrecht kann niemals durch ein anderes ausgeglichen werden, ich weiß. Aber jetzt sind es drei, und bald sind es vier und dann fünf und wird es jemals aufhören? Nein, Laney, ich fürchte, es wird niemals, niemals, niemals aufhören.

IN LIEBE, JUNE

Silvester mieteten Ethan und Nevena sich einen Jeep mit Vierradantrieb, um damit in die Berge zu fahren. Für weniger als zwei Dollar pro Kopf wohnten sie bei einem älteren Ehepaar im Keller ihres Hauses, der zu einem Gästezimmer umgebaut worden war. Ihre beiden Einzelbetten waren mit Tierfellen bedeckt, und ein ausgehöhlter Kürbis, der mit dem Wasser einer Bergquelle gefüllt war, stand auf einem kleinen Tischchen zwischen den Betten.

Den Abend verbrachten sie in einer Taverne namens *Dyado Penyo*, so benannt nach dem Wirt, Großvater Penyo. Es war eine traditionelle Mahlzeit. Die Enkeltöchter eilten umher und brachten allen Gästen Schnapsgläser voller Raki und Keramikkrüge mit leicht trübem, warmem, selbstgekeltertem Rotwein mit Nelken und Zimt. Sobald alle Getränke serviert waren, machten die Mädchen die Runde mit großen Schüsseln und Platten, die beladen waren mit verschiedenen kalten Gemüse- und Joghurtsalaten, in Scheiben geschnittener Wurst und einheimischem Käse, Bratkartoffeln und heißen Brötchen, die frisch aus dem Backofen kamen.

Skelettierte und ausgestopfte Tierschädel hingen an den Wänden. Ein ausgestopfter Rotluchs in der oberen linken Zimmerecke blickte auf die Esser hinab, die Schnauze zu einem bösartigen Grinsen verzogen, sodass seine Fangzähne zu sehen waren. In der Taverne herrschte ein erdiger Geruch, den Ethan als eine Mischung aus frischer Bergluft und

Fäulnis identifizierte. Nevena erklärte ihm, dass der Geruch von den zottigen, unbehandelten Tierhäuten herrührte, die alle Wände bedeckten. Sie waren nicht gegerbt worden und würden daher den Tiergeruch nie verlieren, bis sie endgültig vermoderten.

Mehrere Stunden und viele Gläser Raki später wurde das Abendessen aus Schweinekoteletts und Sauerkraut aufgetragen. Während alle den Hauptgang zu sich nahmen, flog die breite Tavernentür mit einem lauten Krachen auf. Alle applaudierten, und Ethan stand auf, um besser sehen zu können. Der Tiergeruch wurde plötzlich sehr stark, und Ethan konnte eine Gruppe von Leuten erkennen, die von Kopf bis Fuß in lange Gewänder aus Ziegen- und Ochsenfellen gehüllt waren, zottige Stiefel und als Schmuck lange Halsketten aus Tierknochen trugen. Einige von ihnen hatten Fellmützen mit langen Stierhörnern auf den Köpfen, andere hatten sich große schwarze Augenhöhlen auf die Lederkappen gemalt. Sie schüttelten Kuhglocken, fuchtelten mit Ästen herum und brüllten, so laut sie konnten. Ein paar Halbwüchsige sprangen auf die Stühle und stimmten in das Gebrüll der Kostümierten mit ein.

Die Tür öffnete sich erneut und ließ noch mehr Männer in Tierfellen sowie eine Gruppe Zigeuner herein, die musizierten. Während sie ein anders Lied anstimmten, beeilten die Enkeltöchter sich, das Geschirr von den Tischen zu räumen. Überall in der Taverne kletterten Leute auf die Tische und begannen zu klatschen, zu pfeifen und zu tanzen. Die Mädchen brachten Gläser und Champagnerflaschen, und als das neue Jahr anbrach, tauchte Dyado Penyo aus der Küche auf, um auf einer Schnur aufgezogene Kuhglocken zu läuten, die von der Decke hingen. Alle umarmten und küssten einander und folgten dann der Zigeunerkapelle hinaus in den Schnee. Die Kapelle war in Gruppen aufgeteilt wie ein Orchester. Die mit den Gaidas, einer Art Dudelsack, befanden sich in der Mitte, auf der einen Seite flankiert von den Kavals und auf der anderen Seite von Saiteninstrumenten, Gadulkas und Tapans.

Mehrere junge Frauen sangen langsam zu den summenden Dudelsäcken, und Nevena zog Ethan in den Horo, einen Kreistanz, hinein. Die Tänzer bildeten eine Kette, die sich wie eine Schlange durch den Schnee wand, sie zogen immer größere Kreise, bis alle Gäste aus der Taverne in einem einzigen großen Ring verbunden waren. Ihre Füße hinterließen Muster im Schnee, und der dunkle, gewundene Trampelpfad funkelte im Licht der Sterne deutlich. Ethan spürte, wie sein Körper vor Energie geradezu vibrierte, so erregt war er durch die eiskalte Luft, den riesengroßen Mond, den Geruch des Todes und den Tanz des Lebens. Als die Musik langsamer wurde und die Leute nach und nach in die Taverne zurückkehrten, wo noch das Dessert auf sie wartete, war er enttäuscht. Er hätte die ganze Nacht Nevenas Hand festhalten und zum primitiven Trommelrhythmus unter den Sternen tanzen können. Es war das schönste Neujahrsfest seines ganzen Lebens.

Am frühen Morgen des ersten Tages im neuen Jahr lagen sie vor der Kälte geschützt und nackt unter einem ganzen Stapel von Tierfellen und Decken. Ethan zog Nevenas Kopf auf seine Brust und flüsterte: »Ich glaube, wir haben die Baba und den Dyado geweckt.«

Sie schaute hoch zur Decke, der einzigen Barriere zwischen ihnen und dem älteren Ehepaar. »Schon möglich.«

Ethan küsste sie auf den Scheitel. »Ist das nicht absolut unglaublich?«, fragte er, wobei er sich die Hand auf die Stirn legte und sein Atem sich nur langsam wieder beruhigte. »Dass es so sein kann?«

Nevena schwieg, und Ethan stützte sich auf den Ellbogen, um auf sie hinunterzublicken. »Was ist?«, fragte er. »Empfindest du es nicht genauso?«

»Doch, doch.« Nevena blickte zur Decke und befeuchtete ihre Lippen. »Aber ...«, sagte sie zögernd. »Es kann nicht immer so sein, oder?«

Ethans Blick fixierte Nevena. »Du meinst, dass es mit June so war? Nein, das war anders.« Er küsste sie auf die Wange. »War es für dich jemals so gewesen wie jetzt?«

Nevena drehte den Kopf zur Seite. Sie starrte die Wand an.

»Nevena«, sagte Ethan, legte die Hand unter ihr Kinn und versuchte, sie an sich zu ziehen. Seine Stimme klang besorgt. »Nevena, was ist los? Was habe ich gesagt?«

Sie ließ zu, dass er ihr Gesicht in seine Richtung drehte, und er sah ihre Tränen. »Bitte, Ethan. Bitte lass mir einen kleinen Moment Zeit.«

»Ich lasse dir alle Zeit, die du brauchst, aber ich möchte immer noch, dass du mit mir redest. Ich will nicht, dass du traurig bist. Ich möchte, dass du genauso glücklich bist wie ich.«

»Das bin ich.«

»Du weinst, Nevena.«

»Okay. Ja. Weil ich wütend bin«, sagte sie mit stockender Stimme. »Du weißt mittlerweile, warum ich weine.«

»Wütend?«, Ethan war geschockt.

»Bitte, Ethan, sieh mich nicht so an. Ich bin nicht auf dich wütend.«

»Was dann?«

»Ich wollte nur wissen, ob das normal ist. Dass es so ... wunderschön ist. Ich habe meine Frage gestellt, und du hast sie beantwortet. Jetzt können wir schlafen.«

»War es für dich denn niemals so schön? Überhaupt nicht?«

»Nein.«

»Lag es daran, mit wem du zusammen warst? Oder daran ...« Er hielt inne. »Hast du das noch nie gemacht? Du hast mir erzählt, du hättest schon Freunde gehabt, daher hatte ich angenommen, es wäre nicht das erste Mal für dich.«

»Nein, nein.« Nevena wischte mit dem Handrücken die Tränen ab. »Du warst nicht mein erster Mann.«

»Was dann? Du musst mir sagen, wenn es an mir liegt.«

»Nein«, sagte sie und schloss die Augen. »Es liegt nicht an dir. Es ... es waren die Soldaten in der Nacht, in der meine Eltern ermordet wurden.«

»Was?« Nach einer Sekunde weiteten sich seine Augen. »Nein!«, sagte er und barg ihren Körper in seinen Armen, als ob er sie gleich hochheben und wegtragen wollte. »O Gott, nein. Nein.«

Nevenas Tränen flossen jetzt reichlicher, und Ethan drückte ihre Wange an seine Schulter und wiegte sie wie ein kleines Kind. Eine seiner Hände hielt ihren Kopf, und mit der anderen streichelte er in einem fort ihr Haar. »O Gott«, sagte er wieder. »Oh, mein liebes kleines Mädchen. Es tut mir so Leid. Ich kann es nicht fassen. Wie konnten sie dir das antun? Wie konnte das passieren?«

Immer wenn sie nicht von einem krampfhaften Schluchzen geschüttelt wurde, konnte Ethan Nevena etwas murmeln hören. »Psst«, sagte er. »Es ist gut. Alles ist gut. Was ist los? Was möchtest du mir sagen?«

Sie schaute aus großen feuchten braunen Augen zu ihm hoch. »Ich sagte nur, ich bin es, der alles Leid tut.«

»Dir sollte nie etwas Leid tun«, sagte er, nahm ihr Gesicht in beide Hände und schaute sie beschwörend an. »Was sie dir angetan haben, war so schrecklich. Es soll dir nicht Leid tun, ich will nicht, dass dir jemals etwas Leid tut. Ich möchte auf dich aufpassen. Wenn ich es gewusst hätte, wäre ich viel vorsichtiger gewesen, dann hätte ich alles ganz anders angefangen.«

»Du hast alles richtig gemacht«, sagte sie und ließ den Kopf müde aufs Kissen sinken. »Sogar jetzt, heute Nacht, in diesem Moment.« Sie sah ihn an, und er konnte erkennen, wie viel Energie sie dieses Geständnis gekostet hatte. »Danke, dass du mir nicht die Schuld gegeben hast«, sagte sie leise. »Nach den Regeln der Religion meiner Eltern hat ein Mädchen den Tod verdient, wenn es zulässt, geschändet zu werden.«

»Du bist alles andere als geschändet. Du bist neu und vollkommen und wunderschön und rein. Nevena, mach dir keine Sorgen. Sei nicht traurig. Ich liebe dich.«

Nevena holte tief Luft. Er konnte die Erleichterung auf ihrem Gesicht erkennen. »Oh, Ethan«, flüsterte sie. »Ich liebe dich auch. Danke, dass du das gesagt hast. Danke, dass du den richtigen Moment ausgesucht hast. Ich liebe dich auch.« Sie lächelte und drückte seine Hand gegen ihr Herz. Dann schloss sie die Augen und schlief ein.

Ethan lag noch lange neben ihr wach und dachte über die Worte nach, die ihm entschlüpft waren. Er wollte sie nicht zurücknehmen, aber er war auch noch nicht soweit gewesen, sie auszusprechen. Er dachte an das, was Nevena vor so langer Zeit durchgemacht hatte und fühlte sich ihr näher als irgendeinem anderen Menschen auf der Welt. Genauso wie bei ihr hatte sich sein Leben in einem winzigen Augenblick grundlegend verändert. Von jetzt an, nach nur einer einzigen Nacht, war nichts mehr so wie vorher.

Wie die meisten Betriebe hatte auch ITZOK über Weihnachten geschlossen. Die normalen Angestellten erschienen nicht zur Arbeit, aber die Geschäftsleitung nutzte die Zeit, um Pläne für das neue Jahr zu besprechen. Die Versicherungsagenturen befanden sich in einer prekären Lage. Obgleich der Skandal im Herbst durch ein rechtzeitiges Attentat hatte verhindert werden können, würde es nicht lange dauern, bis jemand anderer auf sie zu zeigen begänne und damit drohen würde, die Verbrechen der Kreditmillionäre, der zur Mafia gehörenden Parlamentsabgeordneten und anderer korrupter »Stützen der Gesellschaft« aufzudecken. Es war eine unheilvolle Zeit bei ITZOK, und obgleich sie sich bemühten, es nicht offen zu zeigen, begannen sogar die Männer mit ihren Leibwächtern, Kampfhunden und Villen in Simeonovo sich auf eine sehr unbehagliche Art und Weise angreifbar und verletzlich zu fühlen.

»Wohin willst du?«, brüllte Rossen, unfähig, seine Entrüstung zu kaschieren. Rossen war nach Stoyan der zweite Mann in Chavdars Leibwächter-Team. Im Augenblick ging er erregt in Chavdars Büro auf und ab.

»Nach Mykonos«, sagte Chavdar, während er seinen Schreibtisch aufräumte. Rossen verfolgte, wie Chavdar Aktenordner und das Buch, das er gerade las – *Silita e v teb*, eine Übersetzung des amerikanischen Bestsellers *The Strength Is Within You* von Louis Hayes – in seinen Aktenkoffer legte.

»Wie kannst du jetzt nach Griechenland fahren?«, fragte Rossen und hob in einer hilflosen Geste die Hände. »Jetzt Urlaub zu machen, ist nicht gerade klug, Chavdar, und ich weiß, dass du klug bist. Sag doch, warum tust du mir das an?«

»Ich muss mal für eine Weile der Arbeit den Rücken kehren. June braucht ebenfalls eine Abwechslung. Der

Schnee und die ständige allgemeine Knappheit machen sie fertig.«

»Du kehrst zur ungünstigsten Zeit den Egoisten heraus.«

»Ich habe ein Recht darauf, egoistisch zu sein. Du solltest dieses Buch lesen, das ich gerade gekauft habe. Es handelt von einer neuen Art und Weise des Denkens. Ich habe das Recht, das zu tun, was für mich am besten ist. Ich gehe weg, um meine Kräfte für die große Schlacht zu sammeln. Betrachte es einfach von dieser Seite.«

»Zur Hölle mit deinen Büchern, die für Menschen geschrieben wurden, die in einer anderen Welt leben!«

»Es ist jetzt eine einzige Welt. Sie kann unsere Welt sein.« Chavdar hielt inne und schaute aus dem Fenster. Unten am Ende der Gasse hatte eine grauhaarige Frau einen Teppich auf eine Wäscheleine gehängt und schlug jetzt mit einem Stock darauf ein. Bei jedem Schlag wallte eine Staubwolke hoch. Der Haarknoten der Frau lockerte sich und löste sich auf, und ihre alten Arme zitterten. Chavdar wandte den Blick ab. »Wie dem auch sei. Um dir die Wahrheit zu sagen, diese Stadt macht auch mich fertig.«

»Warum Mykonos? Warum fährst du nicht für ein paar Tage ans Schwarze Meer, wo wir dich leicht erreichen können und von wo du schnell zurückkehren kannst, falls es nötig ist.«

»Ihr könnt mich überall erreichen. Und June war noch nie in Griechenland.«

»Oh?«, sagte Rossen. »Das wusste ich nicht. Deshalb musst du sofort aufbrechen! Lass dich bloß nicht dabei aufhalten, deine Schönheitskönigin zu verwöhnen!«

»Was hast du gegen June? Sie ist eine reizende Frau.«

»Was hattest du gegen Radka? Sie war auch reizend.«

Chavdar blinzelte. »Ich erinnere mich nicht an Radka.«

»Zhendovs Tochter. Die Ballettlehrerin.«

»Hm«, brummte Chavdar und rieb sich das Kinn. »Ich denke, das Problem war, dass sie nicht sehr einprägsam war.«

»Und diese amerikanische Frau, ist sie so viel besser? Ihre Unterhose mit Pünktchenmuster und ihr lautes Lachen, muss man deshalb mit ihr zu einem so ungünstigen Zeitpunkt eine Reise nach Griechenland machen?«

Chavdar schaute leicht verwirrt hoch. »Warum regst du dich so sehr darüber auf?«

»Chavdar, die Pension meiner Eltern reicht noch nicht einmal für Heizmaterial aus. Mein Bruder verkauft Bücher auf dem Slaveiko-Platz. Ich bin der Einzige, der richtiges Geld verdient, und selbst ich habe nichts mehr in der Tasche!«

»Wir haben im Augenblick eine kleine Rezession.«

»Nein. Wir befinden uns in der schlimmsten Krise, fünf neue Agenturen machen uns Konkurrenz, und es besteht die große Chance, dass in Kürze ein Währungskontrollrat eingesetzt wird.«

»Wir haben keine geschäftlichen Verluste zu verbuchen. Niemand hat uns beschuldigt oder gar verhaftet.«

»Wir haben unser Geschäft aber auch nicht ausweiten können, und dass noch niemand verhaftet wurde, liegt daran, dass sie erst die nötigen Beweise zusammentragen, damit sie sicher sein können, uns alle auf einmal von der Bildfläche verschwinden zu lassen.«

»Sei nicht so melodramatisch.«

»Die Revolution steht vor der Tür!«

»Hör auf.«

»Ich höre nicht auf! Du bist der Chef dieses Ladens. Wir müssen vorsichtiger sein. Müssen raffinierter zu Werke gehen. Wir müssen Geld verdienen! Meine Eltern brauchen einen neuen Warmwasserboiler.«

»Dann kaufe ihnen einen. Ich bezahle ihn. Mehr noch, kauf ihnen nicht nur einen Boiler, sondern gleich mehrere elektrische Heizgeräte. Ich übernehme die Rechnung. Betrachte es als einen Bonus.«

Rossen starrte Chavdar stumm an, die Lippen zu einer dünnen Linie zusammengepresst. Schließlich atmete er durch die Nase aus, sodass es wie ein Schnauben klang. »Okay. Prima.« Er stützte die Hände auf die Hüften und schaute zu, wie Chavdar seinen Aktenkoffer zuklappte und die Schlösser einrasten ließ. »Ich hoffe, du weißt, was du tust.«

Chavdar ging an Rossen vorbei und klopfte ihm auf die muskulöse Schulter. »Rossen, versuch in dir selbst die nötige Kraft zu finden und hoffe auf bessere Zeiten. Es ist Weihnachten.«

19

Betrifft: WICHTIG
Datum: Do. 2. Jan. 1997, 19:51:48 -0800
Absender: Bob Summer <bsum@link.com>
An: June <jcarver@sof.cit>

June, Dein Vater hat mich nach Deiner letzten E-Mail sehr besorgt angerufen. Die Proteste und Demonstrationen und was sonst noch alles gegen die Mafia bei Euch veranstaltet wird, erscheinen sicherlich aufregend und spannend, aber es geht für die Machthaber und die Machtlosen um ungeheuer viel. Du wirst ihren Plänen geopfert, ohne dass jemand auch nur im Entferntesten daran denkt, was das für Dich, Deine Familie und Deine Zukunft bedeutet. Als amerikanische Bürgerin auf dem Balkan hast Du alles zu verlieren und nichts zu gewinnen, wenn Du Dich aktiv beteiligst. Vielleicht bist Du längst irgendwelchen Leuten aufgefallen, und sie denken bereits darüber nach, wie sie Dich am besten für ihre Zwecke benutzen können (und ich meine das sehr ernst). Das allein sollte für Dich ein hinreichender Grund sein, schnellstens nach Hause zurückzukehren und die Situation aus einer besseren und distanzierteren Perspektive zu verfolgen. Ich habe die Erfahrungen, Dir diese Ratschläge zu geben, und ich weiß, wovon ich rede. Hör auf, Dich mit diesem Bulgaren zu treffen, von dem Du Deiner Schwester geschrieben hast, und komm nach Hause.

IN LIEBE, ONKEL BOB

June rutschte im Schnee aus, als sie ihr Gepäck hinaus auf die Straße trug, wo Chavdar und sein Fahrer warteten. Sie fing sich wieder, aber ehe sie ihren Koffer aus dem Schnee aufheben konnte, tauchte Chavdar neben ihr auf, hielt mit einer Hand ihren Arm fest und hob mit der anderen ihren Koffer hoch. »Dein edler Ritter ist schon zur Stelle«, sagte er.

Sie schaute sich um und stellte zu ihrer Überraschung fest, dass die Straßen voller Menschen waren. Bekleidet mit Wintermänteln, Mützen, Schals und Handschuhen, hatten sie Kochtöpfe und Bratpfannen und Kerzen in den Händen. Sie marschierten in Richtung Stadtzentrum. »Was ist los?«, erkundigte sie sich.

»Eine Demonstration«, antwortete er. »Schon wieder eine. Heute Nachmittag versammeln sie sich auf dem großen Platz vor dem Parlamentsgebäude, schlagen auf ihre Töpfe und beschweren sich über die Lebensverhältnisse und die Korruption, weißt du.« Chavdar hatte dafür nur ein geringschätziges Zungenschnalzen übrig. »Sie hassen den sozialistischen Ministerpräsidenten. Sie wollen ihn aus dem Amt entfernen. Sie glauben, wenn er zurücktritt, würde das Parlament sich für Neuwahlen aussprechen.«

»Und wird es das nicht?«

»Niemals. Selbst wenn das sozialistische Parlament bereit wäre, sich aufzulösen, und ich glaube nicht, dass die Abgeordneten das tun werden, wird es einfach durch andere Mitglieder der eigenen Partei ersetzt. Warum sollen sie der

Opposition die Chance geben, sie zu besiegen? Die Menschen sind dumm. Nichts wird sich ändern.«

Als sie sich beide in die Ledersitze sinken ließen, beugte er sich noch einmal vor zum Fahrer. »Halte am *Wiener Café* an, ehe wir die Stadt verlassen, damit wir dort noch Kaffee trinken können, danach fahr gleich weiter zum Flughafen.« Chavdar drückte Junes Arm. »Möchtest du noch einen Cappuccino, ehe wir starten? Ich muss auf dem Flug wach bleiben, weil ich noch einiges an Arbeit erledigen muss.«

»Vielen Dank. Ich brauche viel dringender ein Nickerchen als einen Kaffee. Ich schlafe gerne in Flugzeugen.«

»Möchtest du ein Valium, um dich zu entspannen?«

»Du hast Valium?«

»Ja. Sie sind wie Schlaftabletten. Pillen zum Entspannen.«

»Ich weiß, was Valium ist.«

»Ich nehme sie, wenn ich zu sehr an meine Arbeit denke und nicht einschlafen kann. Sie sind harmlos. Sie werden frei, ohne Rezept, verkauft.«

Claire hatte regelmäßig Valium genommen. Das war schon Grund genug, das Angebot abzulehnen, aber June hatte in dem neuen Apartment nicht geschlafen. Die meisten Nächte saß sie stundenlang alleine am Fenster, lauschte dem Geheul der streunenden Hunde und dem Jaulen der Autohupen. »Ich habe mit ihr geschlafen. Okay, ich hab's getan.« Wenn Chavdar bei ihr war, schlief June nicht, sondern dachte immer wieder über die Ereignisse nach, die dazu geführt hatten, dass dieser seltsame Mann neben ihr im Bett lag, und warum sie ihm weiterhin gestattete, zu ihr zu kommen. In anderen Nächten war es ein liebestoller Kater draußen auf dem Hinterhof oder ein weinendes Kind. *Ich habe mit ihr geschlafen. Okay, ich hab's getan. Ich hab's getan.* Hagel prasselte auf den Balkon, und eine Ratte huschte durch die Dunkelheit, ihre Mutter saß zwischen den Zuschauern und applaudierte, und Ethan saß unter ihrem Schlafsaalfenster in seinem Ford Mustang und ließ den Motor aufheulen. Sie war so unendlich müde.

June drückte Chavdars Hand. »Ja, bitte. Ich möchte eine Tablette.«

Großzügig wie immer gab er ihr zwei.

Die halbmondförmige Bucht in Mykonos war mit einem Pünktchenmuster aus bunten Fischerbooten übersät. Weiß gekälkte Häuser waren in den Berghängen, die scheinbar ansatzlos aus dem Meer aufstiegen, aufeinander gestapelt. Es war keine Feriensaison, doch das Wetter war für die Jahreszeit ungewöhnlich warm, und die Straßencafés waren dicht besetzt mit gut aussehenden Griechen, die für ein Wochenende vom Festland herübergekommen waren. Die Frauen trugen teure Sonnenbrillen, und das Haar hatten sie straff nach hinten frisiert, wodurch ihre Hälse noch länger, ihr Knochenbau noch aristokratischer wirkte. In weiten Leinenkleidern und Dreihundert-Dollar-Sandaletten saßen sie da und tranken Frappés in der Gesellschaft von Männern, die sich an Ouzo labten und deren Sonnenbräune von Minute zu Minute zuzunehmen schien und sie attraktiver aussehen ließ.

Während Chavdar sie an der Rezeption anmeldete, streifte June die Schuhe ab und spazierte zu dem schmalen Strandstreifen hinunter. Fischer leerten Fässer voller silbrig glänzender Fische aus ihren Booten in große Tröge aus. Seetang trieb in großen dunkelgrünen Bündeln im ansonsten glasklaren Wasser. June ging bis zur Wasserlinie, ließ sich auf einem Felsen nieder und tauchte die Füße ins Wasser. Auf einem Stein klebend, dicht unter der Wasseroberfläche, entdeckte June einen rötlich-orangen Seestern. Sie stieg ins Wasser, raffte den Rock hoch und watete ein paar Schritte, um ihren Fund besser betrachten zu können.

June hatte noch nie zuvor einen Seestern in natura gesehen, und während sie sich ihm näherte, kam es ihr so vor, als würde das seltsame Tier einen seiner dicken, dreieckigen Arme heben, um ihr zuzuwinken. Sie lachte laut auf und bückte sich. Das Lachen erstarb ihr in der Kehle. Der Seestern sägte sich seinen eigenen Arm an einer scharfen Steinkante ab. Langsam drehte das Tier seinen Körper hin und her, drückte und zog den Arm. Die Steinkante hatte die Wirkung einer stumpfen Rasierklinge, es dauerte nicht lange, und der Arm löste sich. Eine Welle trieb die dicke rote Gliedmaße in Junes Richtung, und sie verließ fluchtartig das Wasser, wobei sie sich den Fuß in ihrer Hast an einem scharfkantigen Stein verletzte. Ihr Blut hatte die gleiche Farbe wie der Seesternarm.

»Ich habe einen Seestern gesehen, der versucht hat, sich selbst umzubringen«, erzählte sie Chavdar, als sie zu ihm ins Foyer zurückkam. Der Gepäckträger war gerade aufgetaucht, um die Koffer auf ihr Zimmer zu schaffen.

»Wie bitte?«

»Ich sagte, ich habe gesehen, wie ein Seestern versucht hat, sich selbst umzubringen.«

»Warum redest du so?«

»Keine Ahnung.«

»Warum humpelst du?«

»Ich habe mich verletzt. Ich habe mich am Fuß geschnitten, als ich sah, wie ein Seestern sich umbringen wollte.« Sie ergriff ihren Fuß, zog den Schuh aus und zeigte den beiden Männern die Ferse. »Siehst du?«

Chavdar verzog das Gesicht und legte eine Hand unter ihren Ellbogen. »Ich glaube, du solltest dich hinlegen.«

Der Gepäckträger schüttelte den Kopf. »Er hat sich nicht umgebracht, Miss. Machen Sie sich keine Sorgen. Diese Tiere tun das schon mal.«

»Ist das normal?«, fragte June.

»Es ist völlig natürlich«, erwiderte der Gepäckträger. Während June davonhumpelte, beugte der Gepäckträger sich zu Chavdar vor und flüsterte: »Ich schicke Ihnen einen Arzt nach oben.«

Die ersten Tage auf Mykonos verflogen wie im Traum. Jeder Nachmittag war ausgefüllt mit dem Duft unzähliger Blumen und fernem Lachen. June fühlte sich zu Hause, ausgelassen, berauscht, als wäre sie mitten in die Strandszene in Malibu auf dem Poster an der Wand des Hotels in Istanbul versetzt worden. Vom Gestank in den absoluten Wohlgeruch, von der Not ins Paradies. Von einem Mann zum anderen. Gelegentlich verspürte sie einen Anflug von Trauer, von Bedauern, aber die Erschöpfung war wie eine Amnesie. Sie schlief zwölf Stunden am Tag.

Abends delektierten June und Chavdar sich bis tief in die Nacht in griechischen Tavernen an Meeresfrüchten. Sie bestellten Berge von Salaten mit ölig glänzenden schwarzen Oliven, süßen Paprikaschoten und dicken Scheiben Fetakäse. Sie fütterten einander von liebevoll zurechtgemachten Platten voller Muscheln und tranken dazu Unmengen von Wein.

Nach dem Abendessen, wenn der Ouzo ausgeschenkt wurde und die Kapellen zu spielen begannen, drehte June sich mit den griechischen Frauen auf der Tanzfläche und winkte Chavdar zu, er solle doch mitmachen. Manchmal tat er ihr den Gefallen, und manchmal schaute er nur zu. Während die Frauen sich zur Musik drehten und wiegten und mit den Fingern schnippten, knieten die Männer am Rand der Tanzfläche, klatschten rhythmisch in die Hände und erwiesen nach alter Tradition den Tänzerinnen ihre Reverenz. Sobald June nicht mehr allzu sicher auf den Beinen war, was fast immer zu vorgerückter Stunde geschah, nahm Chavdar sie auf die Arme und trug sie weg. Manchmal wachte sie nicht einmal mehr auf, und er streichelte ihren leblosen Körper und brachte sie zu Bett.

Eines Abends in einem Straßencafé pflückte ein Kellner – nicht mehr als ein halbwüchsiger Junge von der Insel – im Garten einen Strauß Wildblumen. Er brachte June, die auf der Tanzfläche war, den Strauß. Sie steckte sich die schönste und auffälligste Blüte hinter ein Ohr und tanzte mit geschlossenen Augen weiter, während sie den Strauß nachlässig in der rechten Hand hielt. Der Junge lächelte sie an, und sie bedankte sich, indem sie ihm eine Kusshand zuwarf. Er errötete, als wäre er im Begriff, sich in sie zu verlieben. Chavdar gefiel der Anblick Junes mit dem Blumenstrauß. Während sie mit halb geschlossenen Augen weitertanzte, stand er auf und ging zur Küche. June bemerkte nicht einmal, dass er nicht mehr an ihrem Tisch saß.

Chavdar fand den jungen Kellner im Hinterhof, wo er gerade damit beschäftigt war, einen Eimer mit Muschelschalen in eine Mülltonne zu entleeren. Der junge Grieche schaute hoch und lächelte Chavdar an, ehe eine Faust wieder und wieder in sein Gesicht krachte.

Als er zurück am Tisch war, bemerkte June mehrere dunkelrote Spritzer an Chavdars Wange und Kinn. »Was hast du ...?« Sie hielt mitten im Satz inne, während sie eine Hand nach seinem Gesicht ausstreckte.

»Was ist?«

June presste eine Hand auf ihren Mund und senkte den Blick.

»Stimmt etwas nicht?«

»Nein, nein.«

»Was ist los, was habe ich?«

»Da ist etwas. An deiner Wange.«

Chavdar berührte einen dunkelroten Fleck. »Calamaressauce«, sagte er und deutete auf die Platte mit den gegrillten Tintenfischringen auf ihrem Tisch.

»Calamaressauce?«, fragte sie zweifelnd.

»Natürlich.«

»Natürlich«, wiederholte sie und ergriff eine blaue Serviette, um das Blut ihres jungen Verehrers von Chavdars Kinn zu wischen. Sie musste ihm glauben, aber ihre Hand zitterte heftig.

Chavdar ergriff und drückte sie, fester und fester, bis das Zittern aufhörte.

Alleine im Hotelzimmer suchte Chavdar im Radio einen Sender mit traditioneller griechischer Volksmusik, und June tanzte nur für ihn. Mit einem Glas Scotch vor sich und mit einer Zigarre im Mund saß er da, schaute zu und klatschte, wie die Griechen, langsam den Rhythmus, während sie herumwirbelte, sang und beinahe über die eigenen Füße stolperte. Nachdem sie ihr Sommerkleid ausgezogen und den Schmuck abgelegt hatte, tanzte sie weiter, schloss die Augen und schlang die Arme um ihren Oberkörper. »Tanz nur«, flüsterte Chavdar, als sie müde zu werden begann. Sein Gesicht lag im Schatten und war nicht zu sehen. »Hör nicht auf, bis ich es dir sage. Hör nicht auf, bis ich bereit bin für dich. Komm her. Aber tanz weiter.«

Sie tanzte auf ihn zu, schwang ihre Hüften vor und zurück wie eine Bauchtänzerin. Er legte einen Arm um ihre Hüften und drückte mit der anderen Hand ihren Oberkörper nach hinten. Dann schüttete er ein dünnes, kaltes Rinnsal Scotch zwischen ihre Brüste. Während er begann, den Alkohol vom Bauchnabel aufwärts aufzulecken, murmelte er mit dem Mund dicht an ihrem Bauch: »Hör nicht auf, dich zu bewegen. Mach weiter. Tanze, bis ich dir sage, dass du dich ins Bett legen sollst.«

Obgleich es June war, sah sie nicht mehr aus wie June, denn ihr fröhliches, offenes, unbeschwertes Lächeln war verschwunden. Stattdessen wirkte sie wie in Trance, unter Drogen und kurz davor zusammenzubrechen. Als sie gegen den Tisch stieß und plötzlich seltsam kichernd auf dem Fußboden lag, stand Chavdar auf und trug sie ins Bett.

Als er mit ihr fertig war, wurde er wieder zärtlich.

In solch einem stillen Moment vor dem Sonnenaufgang konnte June vergessen, wie Chavdar aussah, wenn er verärgert war. Sie holte dann die Schachtel Valium hervor, die er ihr gegeben hatte, und nahm zwei oder drei Tabletten, je nachdem wie viel sie getrunken hatte. Als ihr Geist behaglich betäubt war von Tranquilizern, konnte sie vergessen, wie seine Stimme innerhalb von Sekunden vorwurfsvoll und herablassend werden konnte. Das Valium ließ sie auch vergessen, wo ihr Ehemann war und bei wem, ebenso wie die Worte *Mafialuder* und *Ich habe meine Mutter so verdammt heftig geschlagen*. Es war ein angenehmer Zufluchtsort, und sie zog sich häufig dorthin zurück. Sobald sie sich dort in Sicherheit wusste, schloss sie die Augen und summte alte Abba-Songs aus der Zeit, als sie und ihre Schwester noch kleine Mädchen waren. »Dancing Queen« überdeckte das Zirpen von Chavdars Mobiltelefon. Sie sang laut genug *»Feel the beat of the tambourine, oh yeaahhhh«*, um ihre eigenen Ohren auszufüllen. So brauchte sie seinen Gesprächen mit der Firma nicht zuzuhören – Gespräche, die ihr schreckliche Angst einjagten. Sie brauchte sich nicht an die Blutspritzer in seinem attraktiven, grausamen Gesicht zu erinnern.

Es war in diesem frühmorgendlichen Stadium zwischen Wachsein und Träumen, dass June sich an Chavdar gebunden fühlte, dass sie dankbar war für seine Finger, die ihre Wirbelsäule liebkosten, dass sie sich von seiner Begierde nach ihr und seiner überströmenden Großzügigkeit geschmeichelt fühlte. In den letzten Augenblicken, ehe sie sich der Wirkung der Beruhigungsmittel hingab, verspürte sie eine selige Zufriedenheit. Sofia schien genauso weit weg zu sein wie Los Angeles, Ethan erschien ihr weitaus weniger wichtig als Chavdar, und James war nur ein Produkt ihrer Einbildung. Es fiel ihr leicht, sich einzubilden, es gäbe nicht den geringsten Grund für Traurigkeit. Schließlich stirbt jede Mutter irgendwann einmal, und Scheidungen sind etwas völlig Normales. Sie kuschelte sich noch tiefer in die kühlen Laken und malte sich eine strahlende Zukunft aus. Auf Mykonos war diese Zukunft nicht weiter weg als das Erwachen an einem sonnigen Nachmittag, und sie bestand aus noch mehr Tanzen, Trinken und möglichst angenehmer völliger Zerstreuung.

Unten erklang wieder griechische Musik, während die Familie, die das Hotel betrieb, mit den Vorbereitungen für das Frühstück begann. Obgleich das Meer viel zu kalt war, um darin zu baden, standen die Leute schon früh auf, um einen Strandspaziergang zu machen. Kinder suchten Muscheln und bewarfen sich gegenseitig mit Seetang, der haufenweise im Sand lag. Wenn sie acht gaben, konnten sie vielleicht zwischen den Steinen einen vierarmigen Seestern sehen, dem gerade sein fünfter Arm nachzuwachsen begann.

Das Bett schwankte und schaukelte unter ihr wie ein

Boot bei leichtem Seegang, und June dachte voller Scheu und Entsetzen an den rötlich orangen Seestern. Er riss sich den Arm vom Körper, Stück für Stück, bis das abgetrennte Teil sich löste und davontrieb, tot. Es trieb durch eine Wolke von Junes Blut.

Geschirr klapperte im Parterre, und der Duft von frisch gebackenem Brot drang ins Zimmer. Chavdar schnarchte neben ihr, sein schweres haariges Bein quer über ihrem Leib. Sie war regelrecht festgenagelt, aber sie wagte es nicht, sich zu rühren. Während sie die Decke anstarrte, konnte June beobachten, wie sie in den Schlaf hinüberglitt. Ständig wiederholten sich die Bilder, wie sie selbst im Meer trieb, wie ein Seestern sich selbst zerstörte, ohne jedoch zu sterben, wie er wieder und wieder die Amputation seines Arms vollzog. June lag völlig still da. Mit ihren grünen, halb geschlossenen Augen suchte sie die Decke ab, an der sie im Wasser Kopftücher flattern, Seesternarme treiben, rotes Blut aus ihrem Fuß und aus der Nase eines bildschönen Jungen quellen sah. Es ist völlig natürlich, hatte der Gepäckträger gesagt. Im gerade noch halb wachen Zustand dachte June über die Vorteile des Ausweidens nach, während in der Küche unter ihr das Leben weiterging. Sie konnte nicht glauben, dass bereits ein neuer Tag begann und wünschte sich unwillkürlich, dass er zu Ende ging, anstatt anzufangen. Zu Ende, zu Ende, zu Ende. Es war ein tröstlicher Gedanke, ehe der Schlaf sie endgültig übermannte.

20

Betrifft: Was?
Datum: Mi. 8. Jan. 1997, 12:12:02 -0500 (EST)
Absender: Laney <laney@smnet.com>
An: June <jcarver@sof.cit>

June,

was ist los? Ich bin aus Deiner letzten E-Mail nicht schlau geworden. Was genau ist mit Deinem Fuß passiert? Wer ist dieser Typ überhaupt? Du hattest wegen Deiner Mutter schon lange keinen solchen Rückfall mehr. Bitte, schreib mir noch mal, und diesmal nicht um drei Uhr morgens, nachdem Du aus einem Albtraum aufgewacht bist, okay? Warum musst Du Dich an den Computer schleichen und schreiben, während er schläft? Das klingt nicht sehr gut.

Damit Du hier auf dem Laufenden bist – sicher weißt Du schon, dass die Goldmans O. J. auf acht Millionen Dollar verklagen. Und schon wieder heißt es, blutiger Handschuh hier, weißer Bronco dort, Geliebte, Therapeuten, Hausgäste und Tag für Tag neue Analysen des Verhaltens von Nicoles Hund oder ihren Angehörigen. Die ganze Nation ist gebannt von dieser Seifenoper. Anstatt IRGEND ETWAS von der Krise auf dem Balkan zu zeigen, von der Du berichtet hast, bringt CNN rund um die Uhr ausschließlich O. J. Ich bin fest davon überzeugt, dass die Vereinigten Staaten wie ein Schwarzes Loch sind. Nicht mehr lange, und wir fallen mit unserer Oberflächlichkeit in uns zusammen, und nicht ein winziger Hauch an Intellekt wird diesem Schicksal entfliehen. Die Dummheit ist allgegenwärtig.

Bitte, pass auf Dich auf!

ICH LIEBE DICH, LANEY

P. S. Ich hoffe, Du bist durch die Proteste nicht direkt betroffen. Ich habe mich heute im Internet über die Lage informiert, und es sieht sehr bedenklich aus.

In Sofia wurden die Hunde immer magerer. Die Rippen zeichneten sich durch ihr verfilztes Fell ab und erzeugten tiefe Einbuchtungen an ihren Seiten. Mit ihren heraushängenden Zungen und ihrem heißen Atem wie Dampf vor ihren Schnauzen sahen sie aus wie gestreifte Aasfresser aus dem Dschungel.

June legte den Kopf in den Nacken, um zu Rainas Wohnung hinaufzublicken. Jedes Fenster war dunkel und mit Reif bedeckt. Falls dahinter Licht brannte, wurde es von Vorhängen oder einer undurchsichtigen Schicht Schnee und Eis abgeschirmt.

Auf dem Zementboden im Eingang des Wohnblocks befand sich eine dünne Lage tauenden Schnees. Alles war tot und gefroren. June bog um die Ecke, ignorierte den nunmehr vertrauten Haufen Abfall und die Graffiti an den Wänden. Der Fahrstuhl war dunkel, und ein handbeschriebenes Schild an der Tür teilte mit, dass er außer Betrieb war. June benutzte die Treppe und eilte immer zwei Stufen auf einmal nehmend hinauf.

Auf dem Absatz im achten Stock hielt sie kurz an, um Atem zu schöpfen. Sie konnte Qualm riechen, der aus einem der Apartments drang. Es stank, als würden dort Abfall und Gerümpel verbrannt. Sie setzte ihren Aufstieg fort. Als sie schließlich im zwanzigsten Stock ankam, musste sie sich bücken, um Luft zu holen. »Raina!«, rief sie, immer noch an die Wand gelehnt.

»Raina!«, rief sie abermals und ging jetzt zu der Wohnung. »Bist du da?« June schlug gegen die Tür, und jedes Mal zuckte ein Schmerz durch ihre eiskalte Faust.

Es dauerte lange, bis die Tür langsam geöffnet wurde und ein bleiches, krank aussehendes Gesicht in dem Spalt hinter der vorgelegten Sicherheitskette erschien. Rainas Stimme klang, als spräche sie im Schlaf. »June? Bist du das?«

June atmete erleichtert auf, und sie musste an sich halten, um nicht geradewegs in die Wohnung hineinzustolpern. »Ich bin's.«

»Hallo, Liebes.« Raina trat zurück, um sie einzulassen, und es brach June beinahe das Herz. Die ältere Frau trug mehrere dicke Röcke über langen Hosen, mehrere Pullover unter einem langen, dicken Wintermantel und wattierte Winterstiefel. Der pinkfarbene Angoraschal und die gleichfarbene flauschige Mütze, die June ihr zum Geschenk gemacht hatte, wirkten neben den Schichten alter Kleider auf eine mitleiderregende Art und Weise völlig fehl am Platze. »Ich trage deine Mütze«, sagte sie und fuhr mit einer Hand, die in einem wärmenden Strumpf steckte, über den weichen

Pelz. »Es ist eine wunderschöne Mütze. Ich mag sie sehr. Hast du nicht auch so eine? Wo ist deine?«

June schlang die Arme um Rainas steifen Körper. Die alte Frau hielt völlig still, ließ die Umarmung geduldig über sich ergehen und streichelte zaghaft Junes Rücken. Schließlich trat June einen Schritt zurück und berührte die pinkfarbene Mütze. »Oh, Raina, sieh dich nur an.«

»Was ist?« Ihre Hände steckten in dicken Wollsocken. Sie schaute nach unten und streckte verschämt die Hände vor. »Ich habe auch die passenden Handschuhe«, sagte sie. »Aber die Strümpfe sind wärmer. Ich weiß, dass sie hässlich sind, aber ich dachte, hier sieht mich niemand. Ich schone die Handschuhe. Ich werde die ganze Garnitur bei einer besonderen Gelegenheit tragen, wenn man sich wieder ohne Gefahr nach draußen wagen kann.«

»Was ist passiert?«

»Was passiert ist?« Raina schien ein wenig durcheinander zu sein. »Nyama tok. Ich meine, keine Heizung, kein Strom. Ich hätte dich angerufen, aber weißt du, seit einiger Zeit geht mein Telefon nicht mehr. Und die Heizung ist kalt. Und jetzt ist auch kein Strom mehr da, nichts mehr. Ich habe kein Geld. Schon seit längerem ...« Ihre Stimme versiegte, und sie schleppte sich zu ihrem Sofa hinüber. Auf dem Couchtisch standen eine Flasche Raki und ein Schnapsglas.

»Ich hätte ja eingekauft oder Hilfe geholt oder so. Aber der Fahrstuhl«, sagte Raina undeutlich. »Und meine Arthritis ist ganz schlimm geworden.« Sie hustete in die Strümpfe, die ihre Hände wärmten. »Die Kälte tut nicht gut. Ich habe versucht, die Treppe hinunterzugehen, aber ich hab's nicht geschafft.«

»Hattest du genug zu essen?«

»Ein paar Kräcker, Tsa-tsa und diese kleinen Fische.«

»Wir müssen dich hier rausholen.«

»Meine Liebe«, sagte Raina und setzte sich abrupt gerade, »ich kann nirgendwo hin.« Ihre Blicke irrten umher, und sie starrte schließlich betrunken auf den Couchtisch, während sie redete. Ihr Kinn zitterte. »So viele bessere Orte gibt es auch gar nicht. Dieses Haus ist kein Ghetto. Es ist voll mit Lehrern und Wirtschaftsfachleuten. Mit arbeitenden Menschen und Familien.«

»Aber es gibt Wohnungen, die nicht im zwanzigsten Stock liegen. Wann wird der Fahrstuhl repariert?«

Raina zuckte übertrieben die Achseln, eine Reaktion, die sie beinahe nach hinten kippen ließ. »Sie sagen, bald. Buh, buh, buh. Der Fahrstuhl steht im Fünfjahresplan. Sehr bald, sagen sie. Nach dem Tag der Freiheit.«

June ging neben Raina in die Knie und blickte ihr in die Augen. Dabei drang ihr der Geruch eines Menschen, der aus langer Gewohnheit trinkt, in die Nase. »Hör mal«, sagte sie. »Du brauchst etwas zu essen. Ich lasse dich jetzt für etwa eine halbe Stunde alleine.«

»Nur zu«, sagte Raina, hob die Hand und schob die Unterlippe auf ihre typische Art und Weise vor. »Geh nur und verschwinde. Lass mich in Ruhe!«

»Warum hast du nicht das Geld, das ich dir hier gelassen habe, dazu benutzt, dass die Heizung wieder angestellt wird?«

Raina starrte zu Boden. Plötzlich hob sie den Kopf. »Ich sagte, verschwinde von hier! Ich will dich nicht mehr hier sehen, Maria! Bleib weg, genauso wie dein Vater!«

»Ich bin's – June, Raina. Ich komme gleich mit Lebensmitteln und Kaffee zurück.«

»Hau endlich ab!«, rief die Bulgarin mit heiserer Stimme. »Und komm bloß nicht wieder zurück!«

»In einer halben Stunde bin ich wieder hier, Raina. Ich verspreche es dir.«

Während sie die Tür hinter sich zuzog, konnte June hören, wie Raina Selbstgespräche führte. »Versprechungen. Sie versprechen einem alles Mögliche, buh buh buh buh. Versprechungen.«

Raina saß zusammengesunken auf der Couch und starrte ins Leere, als June zurückkehrte. In ihrer unförmigen, in den Strumpf gehüllten Hand befand sich ein leeres Schnapsglas, dessen Inhalt auf ihrem Rock verschüttet war. June betrat die Wohnung mit einem Karton vom nächsten Backwarenstand. Gefüllt war er mit zwei Bechern Espresso und vier Croissants.

»Wach auf. Ich hab dir etwas zu essen mitgebracht. Und jemand ist unterwegs hierher, der mir dabei hilft, dich die Treppe hinunterzuschaffen.«

Nachdem sie die beiden Becher Espresso geleert und zwei Croissants verzehrt hatte, lehnte Raina sich auf der Couch zurück. »Das ist schon besser«, sagte sie. »Ich fühle mich jetzt viel wärmer. Vielen Dank.«

»Gern geschehen«, sagte June und fragte sich, wann der Mann, den Chavdar herübergeschickt hatte, endlich eintreffen würde.

Raina öffnete die Augen, rieb sich das Gesicht und erzeugte mit den Lippen ein schmatzendes Geräusch. »Sei so nett und zünde mir eine Zigarette an, ja?«

»Oh Raina, bist du sicher, dass du ausgerechnet jetzt eine brauchst?«

Sie schüttelte trotzig den Kopf. »Ich brauche keine. Ich *möchte* eine.«

June seufzte und hielt Ausschau nach Rainas Zigaretten. Sie sah keine. Das Einzige waren ein paar ältere Stummel, die neben ihrer Pfeife lagen. »Nimm die Reste, die noch übrig sind, und reiß sie auf«, sagte Raina und deutete auf die Pfeife. »Reiß sie auf, sammle den Tabak und stopf ...«

»Ich weiß, Raina«, sagte June leise. »Keine Angst. Ich weiß, wie es geht.«

Raina rauchte genussvoll ihre Pfeife, als Petko erschien und mit der Faust gegen die Tür schlug. June eilte hinaus, um ihn herein zu lassen. »Zdraveite«, sagte sie. »Mnogo vi blugodariya da doida.«

»Erinnern Sie sich nicht an mich? Aus der Bar? Taki shaks?«

»Da. Ich erinnere mich.«

»Ich sprechen Englisch.«

»Sie sprechen Englisch?«

»Ja, ich sagte, ich sprechen Englisch.«

»Schön, okay. Danke, dass Sie gekommen sind.«

Petko trug einen langen schwarzen Trenchcoat. Sein Gesicht war von dem langen Aufstieg gerötet, und er atmete keuchend. Trotzdem musste er erst seine Zigarette zu Ende rauchen. Er ließ die Kippe auf Rainas Fußmatte fallen. »Chavdar sagte etwas von einem Notfall.«

»Ja«, sagte June und winkte ihn herein. »Meine Freundin Raina ist krank. Ich muss sie irgendwie nach unten bringen und nach Darvenitsa fahren.«

Petko hustete in sein Taschentuch. »Wollen Sie etwa behaupten, ich kotze gerade verdammte Lunge aus, um hier rauf zu kommen, und soll jetzt fette alte Kuh nach unten schleppen?«

June fuhr zu ihm herum und starrte ihn an.

»Hey«, sagte er, als er ihren Gesichtsausdruck bemerkte. »Tut mir Leid. Zwanzig Stockwerke machen Laune nicht besser, okay?«

»Dann lassen Sie uns endlich anfangen. Umso eher sind wir fertig.«

»Prima. Und wie sollen wir es tun?«

June betrachtete Rainas rundliche Figur auf der Couch. »Ich nehme an, tragen können Sie sie nicht, oder?«

Petko stützte eine Hand auf die Hüfte und musterte Raina eingehend. »Nicht alles den weiten Weg nach unten, das kann ich nicht. Vielleicht immer nur ein Körperteil, wissen Sie.« Sein selbstzufriedenes Grinsen verflog, als er erkannte, dass June seinen Scherz nicht zu würdigen wusste. Er ging hinüber zur Couch. »Okay, Baba«, sagte er zu Raina, während er seine Arme unter sie schob. »Gotova li si? Edno, dve, tri ...«

Raina war erstaunlich fügsam, während Petko sich abmühte, sie von der Couch zu heben. Er hielt sie für einen Moment in den Armen, als wollte er ihr Gewicht abschätzen. Dann ließ er sie wieder hinunter. »Wenn sie ein paar von ihren verdammten Kleidern ausziehen würde, kann ich es schaffen. Es dürfte allerdings eine Weile dauern.«

Während Petko Raina einen Treppenabsatz nach dem anderen hinunterschaffte, packte June eine Reisetasche mit warmer Kleidung und Toilettenartikeln. Als June die beiden im siebten Stock einholte, machte Raina gerade eine Szene. »Ostavine! Ostavi me na mira!«

Petko setzte sie unsanft auf den Fußboden.

Mit so viel Würde wie möglich erhob Raina sich und lehnte sich an die Wand. Indem sie auf Petko deutete, fragte sie June: »Wohin bringt er mich?«

June musste unwillkürlich lächeln. »Nach unten ins Parterre.«

»Er hat mir wehgetan!«

Petko streckte die Arme seitlich von sich. »Ich soll dir wehtun? Du hast mir wehgetan! Glaubst du, es ist so einfach, dich zwanzig Stockwerke weit Treppe runterzuschleppen?«

Raina reckte eigensinnig das Kinn vor und funkelte Petko wütend an. »Ich kann gehen. Und ich kann *richtig* Englisch sprechen.«

»Na prima«, sagte Petko und blickte spöttisch von June zu Raina und wieder zu June. »Sie geht, ich fahre nach Hause. Mal sehen, wie weit sie mit richtigem Englisch ihren fetten Hintern schleppen kann, hm?«

»Sie muss sich wenigstens auf Sie stützen können. Und wir brauchen eine Fahrgelegenheit.«

Da Rainas Gewicht sich auf sie beide verteilte, schafften June und Petko es, sie aus dem Haus und zu Petkos geparktem BMW zu bringen. »Wessen Wagen ist das?«, wollte Raina wissen, während June die Tür öffnete.

»Mein Wagen«, antwortete Petko.

»Ich steige nicht in diesen Wagen«, sagte sie und stemmte sich abwehrend gegen den Türrahmen. »Du kannst nicht erwarten, dass ich in einem Mafia-Auto durch die Stadt fahre.«

»Stell dir einfach vor, du würdest gekidnappt«, sagte June. »Du fährst gegen deinen Willen in seinem Wagen, also bist du nicht verantwortlich. Okay?«

Raina stieß ihre bestrumpfte Faust in Petkos Richtung, und ihr ausgestreckter Zeigefinger spannte das Wollgewebe fast bis zum Zerreißen. »Wer ist dieser stiernackige mutra? Er ist ein mutra, glaub mir nur!«

»Er ist eine Fahrgelegenheit, Raina«, erwiderte June. Ihre Stimme klang flehend. »Würdest du jetzt bitte in den Wagen steigen?«

Raina kniff die Augen zu Schlitzen zusammen. »Ich hätte nie gedacht, dass ich diesen Tag noch mal erlebe«, murmelte sie, während sie sich schwerfällig auf die Rückbank sinken ließ.

»Eine reizende Baba«, stellte Petko fest, während er den Wagen startete. »Sie *müssen* Baba mal in Club mitbringen.«

»Das wird sicher lustig. Und Sie *müssen* lernen, dass es im Englischen so etwas wie einen *Artikel* gibt.«

»Was?«

»Fahren Sie einfach.«

»Keine Befehle geben!«

»Okay. Darf ich mir dann mal kurz Ihr Handy ausleihen, damit ich Chavdar Bescheid sagen und ihn bitten kann, Ihnen denselben Befehl zu geben?«

»Maika mu mrusna, shibina kuchka«, murmelte Petko mit zusammengebissenen Zähnen und legte den Gang ein.

Raina kicherte hinten auf dem Rücksitz. Sie streckte die Hand aus und klopfte June auf die Schulter. »Bravo, milichka. Du hast eine Menge gelernt. Bra-vo!«

Ethan hatte soeben seine Sachen anlässlich eines weiteren Ausflugs mit Stan in die Provinz gepackt, als Nevena von der Arbeit nach Hause kam.

»Hallo, Bebcho!«, sagte sie, während sie eintrat. »Was tust du?«

»Ich habe ein wenig gearbeitet, während ich auf dich wartete. Du kommst spät.«

»Ich weiß. Ich hatte Angst, dich nicht mehr anzutreffen.«

Ethan warf einen Blick auf die Uhr. »Ich sollte gleich bei Stan sein, aber ich wollte mich noch verabschieden.«

»Wie lieb von dir«, sagte sie. »Es tut mir Leid, dass ich nicht eher hier sein konnte. Die Straßenbahnen waren völlig überfüllt.« Während sie den Raum durchquerte, um die Tasche mit den Einkäufen abzustellen und Ethan zu umarmen, klingelte das Telefon. Sie nahm den Hörer mit der freien Hand ab und meldete sich. »Alo?«

»Äh, Nevena?« Die Stimme am anderen Ende klang zögernd, fremd, und sie war weiblich.

»Da?«

»Hier ist, äh, hm, hier ist June.«

Nevena stand reglos da, den Hörer ans Ohr gepresst.

June räusperte sich. »Ähm, June Carver? Sie wissen schon, Ethans, äh ...«

»Ja, ja, ich weiß.«

Sie legte den Telefonhörer auf den Tisch und drehte sich zu Ethan um, der von seiner Arbeit hochsah. Als er ihren Gesichtsausdruck bemerkte, stand er auf. »Stimmt etwas nicht?«

Nevena spürte, wie ihr die Tasche mit den Lebensmitteleinkäufen zu entgleiten drohte. Sie deutete auf das Telefon. »Es ist ...« Sie konnte sich nicht überwinden, *deine Ehefrau* auszusprechen. Stattdessen zeigte sie abermals auf den Hörer und sagte: »Es ist für dich.«

Ethan nahm den Telefonhörer an sich. »Hallo?«

»Es tut mir Leid, dass ich dich dort anrufe. Ich musste Roxanne bitten, mir deine Nummer zu geben.«

Sobald Ethan wusste, wer am anderen Ende war, hob er entschuldigend die Augenbrauen, aber Nevena war bereits in der Küche, wo sie mit mechanischen Bewegungen die Einkäufe wegräumte. »Was möchtest du, June?«

»Ich muss mit dir etwas Wichtiges besprechen.«

»Können wir dafür nicht einen geeigneteren Zeitpunkt finden?«

»Ich bin im Augenblick in der Wohnung in Darvenitsa und ...«

»Was tust du dort? Du bist ausgezogen.«

»Es ist eine Art Notfall. Erinnerst du dich noch an meine Sprachlehrerin Raina? Nun, sie ist krank, und die Heizung in ihrer Wohnung wurde abgestellt, und sie wohnt im zwanzigsten Stock und sie hat Arthritis und konnte nicht runtergehen.« June holte tief Luft.

»Nun mal langsam, June, ich kann dich kaum verstehen.«

»Ich hatte Angst, sie würde ... du weißt schon.«

»Ich kann dich nicht richtig hören. Weinst du?«

»Weißt du, ich dachte schon, sie sei gestorben, aber das war sie nicht. Doch wenn ich jetzt nicht irgendetwas unternehme, passiert es vielleicht schon beim nächsten Mal und dann bin ich es, der sie findet. Und dann kommt ein Krankenwagen und holt sie ab und so weiter. Und ich will nicht, dass es so weit kommt, und da du auch nicht mehr richtig hier wohnst, nun ... ich meine, du verbringst die ganze Zeit bei Nevena. Und die Wohnung hier ist geheizt, und sie liegt im dritten Stock, und Dimchos Mutter hat diesen kleinen Gemüsestand in der Nähe der Stelle, wo die jungen Hunde immer waren, ehe der Typ aus Apartment Nr. 67 sie tötete. Ich wollte das tun, damit diese *andere Sache* nicht passiert. Nicht schon wieder. Bitte?«

»Bitte was? Ich weiß nicht, was du willst.«

»Könnte Raina hier wohnen, bis sie wieder in ihre eigene Wohnung zurückkehren kann?«

»Wird das nicht erst im Frühling sein? Oder vielleicht sogar nie?«

»Ich habe keine Ahnung. Aber sie braucht jetzt Hilfe.« June hielt inne, und nach kurzem Schweigen redete sie weiter. »Und wenn du willst, kannst du ein paar Sachen in meiner neuen Wohnung unterbringen, und wenn es jemals Probleme mit Nevena geben sollte, kannst du jederzeit dorthin kommen.«

Ethan ging einige Sekunden schweigend auf und ab. Dann: »Ja, ich meine, klar. Aber ich werde vorher mit Nevena reden müssen.« Er blieb stehen und senkte die Stimme. »Aber ich glaube, es ist okay. Ich finde gut, was du da tust. Wir werden dafür sorgen, dass es auch funktioniert.«

»Danke, Ethan.«

Nachdem sie das Gespräch beendet und beide aufgelegt hatten, ging Ethan langsam in die Küche. Nevena wandte ihm den Rücken zu und passierte Joghurt durch ein Sieb, um Snezhanka zuzubereiten. Er lehnte sich gegen die Tür und verschränkte die Arme vor der Brust. Nevena sagte nichts. »Es tut mir Leid, Aber es war wirklich ein Notfall.«

Nevena schüttelte den Kopf und fuhr mit ihrer Arbeit fort. »Hmm-hmm.«

»Ich wünschte, du würdest dich über diesen Anruf nicht aufregen. Sag etwas.«

»Das Brot kostet mittlerweile dreihundert Lewa. Und es gibt kein Fleisch und keine Milch mehr.«

»Das habe ich nicht hören wollen.« Ethan ließ die Arme sinken und hakte die Daumen in die Gürtelschlaufen seiner verwaschenen Jeans. »Weißt du, ich finde, wir sollten uns mal über einiges unterhalten.«

»Worüber?«

»Zum Beispiel darüber, was zwischen uns im Gange ist.«

Plötzlich ließ Nevena den Plastikbecher Joghurt ins Sieb fallen, und beides landete in der Wasserschüssel. »Po diavolite!«, rief sie, schlug gegen die Schüssel, die daraufhin über die Anrichte rutschte und mit lautem Klirren in die Spüle fiel. Joghurt spritzte nach allen Seiten.

»Nevena!«, sagte Ethan und ging auf sie zu.

»Nein!«, sagte sie und wich zurück. Sie hatte sich so sehr bemüht, freundlich und unbeschwert, glücklich und selbstsicher zu sein – wie eine amerikanische Frau. Wie oft hatte sie die Zähne zusammengebissen und sich nicht über seine Frau geäußert, wie oft hatte sie sich eingeredet, dass das, was sie erlebten, eine dieser modernen Romanzen war, wie man sie aus dem Kino kennt. Aber der Balkan war nicht der geeignete Ort für moderne Romanzen. Er war ein Ort, an dem es üblich war, Geliebte zu schlagen, sitzen zu lassen, sogar zu verkaufen. Nevena hatte derartige Dinge Dutzende von Malen mit eigenen Augen beobachtet. Ethan war vielleicht anders, vielleicht aber auch nicht. Was wusste sie schon von den Amerikanern und ihrer Kultur? Nichts außer dem, was er ihr darüber erzählt hatte. Und Männer hatten die Angewohnheit zu lügen. Sie war am entscheidenden Punkt angelangt. »Ich brauche nicht darüber zu reden, was zwischen uns beiden vorgeht. Ich weiß es. Du bist ein verheirateter Mann. Was gibt es sonst noch dazu zu sagen?«

»Sehr viel!«

»Ethan, ich weiß nicht, worüber wir deiner Meinung nach reden müssen und was du über die Zukunft unserer Beziehung sagen möchtest. Das ist für mich kein Gesprächsthema. In meiner Sprache gibt es kein Wort für teilhaben, sondern nur ein Wort, das zerteilen bedeutet. Und wenn du zerteilt bist wie all die anderen Männer, die hier eine Zahnbürste und dort ein paar frische Socken deponiert haben, dann bestehst du für mich nur noch aus Bruchstücken. Und deine Bruchstücke will ich nicht.« Sie bedeckte mit einer Hand die Augen und lehnte sich gegen die Anrichte. »Ich liebe dich, aber ich will dich nicht. Nicht so.«

»Wir müssen durchhalten, müssen die Zeit überstehen.«

»Ich kann nicht durchhalten, nicht wenn es da draußen, in dieser Stadt, eine Frau gibt, die ein gewisses Anrecht auf dich hat. Sie darf dich in meiner Wohnung anrufen, weil ihr zueinander gehört. Vor Gott und euren Familien habt ihr ein Gelübde abgelegt, und woher soll ich wissen, dass du nicht die Absicht hast, dich an dieses Gelübde zu halten? Und wo stehe ich dann am Ende?«

»Nevena«, sagte Ethan und streckte die Arme nach ihr aus. »Komm bitte her.«

Nevena gab nicht nach. »Kannst du mir in diesem Augenblick, hier und jetzt, ohne jeden Zweifel versichern, dass ihr beiden nie wieder zusammenkommen werdet?«

Ethan wurde von dieser Frage regelrecht überrumpelt. Es erschien viel logischer, dass Nevena ihn gefragt hätte, ob er June immer noch liebte. Das war die Frage, die er erwartet und befürchtet hatte. Stattdessen stellte sie ihm eine eher praktische Frage, wollte etwas wissen, das weitaus rationalere Überlegungen erforderte. Es war eine bulgarische Frage. Niemals? Das war ein gewichtiges Wort.

Er begriff, dass er viel zu lange mit einer Antwort wartete, und platzte heraus: »Ich glaube nicht. Ich meine, nein. Ich glaube nicht, dass es zwischen uns jemals wieder so sein wird, wie es war.«

Nevena ließ sich auf den Stuhl am Tisch sinken und stützte die Arme auf Ethans Papiere. »Das ist eine sehr schwache Antwort, Ethan.«

»Es ist die Wahrheit. Ich weiß nicht, was ich sonst sagen soll, außer dass ich dich liebe. Das müsstest du eigentlich wissen.«

»Ich weiß es. Und ich bin gescheit genug, um auch zu wissen, dass Liebe nicht automatisch bedeutet, dass wir zusammen alt werden. Liebe bedeutet nicht, dass wir immer freundlich miteinander umgehen. Liebe bedeutet nicht, dass wir niemals jemand anderen lieben werden.« Nevena schaute hoch und blickte Ethan in die Augen. »Begreifst du es denn nicht? Ich muss mich schützen. Es geht nicht anders.«

»Ich will dich nicht verletzen, Nevena.«

»Ich behaupte nicht, dass du es absichtlich tust, aber solche Dinge passieren. Vielleicht sollten wir über einiges nachdenken, ehe wir miteinander reden. Vielleicht tue ich das so oder so.«

»Ich will dich nicht verlieren, Nevena.«

Sie faltete die Hände im Schoß und meinte ruhig: »So wie ich es sehe, hast du nur sehr wenig zu verlieren.«

»Dann verstehst du mich überhaupt nicht.«

»Das ist möglich.«

»Ich finde ganz schlimm, wie kalt du im Augenblick bist.«

Nevena erwiderte in monotonem Tonfall: »Ich entschuldige mich, wenn meine Kälte dir Unbehagen bereitet.«

Ethan starrte sie an. Ihr Gesicht war teilnahmslos und müde. Enttäuschung und sogar ein Anflug von Ekel flackerten in den dunklen Augen. Er wurde an Junes Bemerkung erinnert, dass dies sein bisher größter Fehler wäre. Er wehrte sich gegen noch mehr Missbilligung, konnte keine Sekunde länger Nevenas regungslose Hände in ihrem Schoß, die entspannt überkreuz geschlagenen Beine, die pragmatische und unerschütterliche Gewissheit ihrer Augen ertragen, die ihn unverwandt musterten.

Er ging zum Tisch hinüber, an dem sie saß, und ihr Blick verfolgte ihn auf eine Art und Weise, die unerträglich war. Anstatt eine Hand auf ihren Arm zu legen oder sie sonstwie zu berühren, klappte er den Laptop zu, wickelte das Netzkabel auf und verstaute es in seiner Reisetasche. »Stan erwartet mich.«

»Ja, ich weiß.«

»Wir unterhalten uns, wenn ich wieder zurück bin.«

»Falls du zurückkommst.«

Ethan hängte sich die Tasche über die Schulter und ging zur Tür. Er drehte sich halb um, aber Nevena starrte zu Boden. Er ging hinaus, verharrte für einen kurzen Moment und sagte leise: »Ich bin bald wieder da.« Dann schloss er die Tür, und seine Schritte verhallten auf dem Flur.

Nevena wartete einen Moment, und dann betrachtete sie traurig den Tisch mit dem Schokoladenpapier, der klebrigen Bonbontüte und der leeren Kaffeetasse und flüsterte: »Ich warte.«

Die Hände tief in den Manteltaschen vergraben und das Gesicht zum Schutz vor dem eisigen Wind gesenkt, machte Ethan sich auf den Weg zu Stan. Während er auf den schadhaften Bürgersteig starrte, stellte er sich vor, wie die Wolken am Himmel über ihm einen wilden, wirbelnden Tanz aufführten. Eine grundlegende Veränderung stand unmittelbar bevor, er konnte es irgendwie spüren. Das Leben, das er in Los Angeles zurückgelassen hatte, schien weiter weg zu sein als je zuvor. Er verabschiedete sich von einem verblassenden Bild, das im Begriff war, hinterm Horizont zu verschwinden wie ein vergessener Traum, an den er sich erinnern könnte, wenn er wollte. – Aber genau das wollte er nicht.

Er kam sich vor wie die Ansammlung von Bruchstücken, die Nevena nicht haben wollte. Ein Teil von ihm war hier und jetzt in Sofia, und ein anderer Teil von ihm war in Los Angeles mit June zusammen auf einem fliegenden Teppich davongeflogen, um möglichst nie mehr zur Erde zurückzukehren. Da war sogar noch ein kleiner Junge, der durch die Welt irrte, durch Haiti und Sri Lanka und Tunesien, der immer noch den katholischen Geistlichen seiner Eltern glaubte, der immer noch überzeugt war, dass Wünsche in Erfüllung gingen, wenn man Vierteldollarmünzen in einen Opferstock in der Kirche warf und dafür Kerzen aufstellte.

Wie war es dazu gekommen, dass dieses Gefühl der Unvollständigkeit sich in seinem Körper eingenistet und dort festgesetzt hatte wie ein störender Splitter? Hatte er Haare auf einer Bürste zurückgelassen, als er in Panama Latrinen gegraben hatte? Hatte er sich die Zehennägel geschnitten und die Schnipsel in verschiedenen Zimmern zurückgelassen, als er einen Sommer lang durch Afrika gereist war und Englisch unterrichtet hatte? Vielleicht gab es eine Spur aus Ethan-Teilen, die über die ganze Erde führte und dafür sorgte, dass er sich unvollständig fühlte.

Er hob den Kopf, als er lautes Geschrei auf der Straße hörte. Ihm war unbehaglich zumute, und er fragte sich, warum er so tief erschüttert war. Eine Menschenmenge kam ihm vom Bulevard Vitosha entgegen. Die Leute sahen aus wie eine langsam auf ihn zurollende bunte Woge, die ihn gleich verschlingen würde. Er blieb stehen und wartete darauf, dass sie ihn erreichte, und je näher sie kam, desto deutlicher konnte er sie hören. Die Menschen hatten einen Sprechchor angestimmt und schlugen wie wild auf Töpfe und Pfannen, und einige schwenkten drohend abgebrochene Baumäste.

»Cherveni boklusi!«, riefen sie, und Ethan spürte, wie seine Beine taub wurden. Die Menge brüllte »roter Abschaum« und war unterwegs zum Parlamentsgebäude. Es hatten schon früher Proteste und Konzerte und Versammlungen stattgefunden, aber niemals in einem solchen Umfang. Zehntausende Menschen waren auf den Beinen. Das war höchst ungewöhnlich.

Ethan gesellte sich zu der Menge und erkannte voller Begeisterung, dass er offenbar Zeuge von etwas Bedeutendem wurde. Sich ihnen anzuschließen, schien genauso viel Sinn zu machen wie alles andere, und Ethan verspürte einen morbiden Drang, sich von den Massen verschlingen zu lassen. Stan würde warten. Stan würde nicht ohne ihn nach Silistra an der rumänischen Grenze fahren. Er hatte noch Zeit. Als er alleine zwischen den vielen Menschen auf dem Platz vor dem Parlament stand, wurde ihm bewusst, dass er kein richtiges Zuhause, kein richtiges Heimatland, keinerlei Verantwortung, eigentlich gar nichts hatte. Anstatt sich den Kopf darüber zu zerbrechen, wer vielleicht irgendwo an ihn dachte und sich wegen ihm Sorgen machte, wurde er zu einem Teil von allem. June, Nevena, Stan. Es war nicht von Bedeutung. Er war alleine. Er erhob die Stimme und brüllte den Himmel an. Dann ballte er eine Faust und stieß sie drohend dem Mond entgegen.

21

Betrifft: Deine totgeglaubte alte Kameradin
Datum: Sa. 11. Jan. 1997, 07:51:32 -0700
Absender: June Carver <jcarver@sof.cit>
An: James <McKinnonJ@smnet.com>

Jimmy, hallo!

Verzeih mir, dass ich Dir so lange nicht geschrieben habe. Ich war durcheinander und wusste nicht, was ich sagen sollte. Ich bin noch immer durcheinander, und ich weiß noch immer nicht, was ich sagen soll. Wie dem auch sei, heute Morgen hörte ich im Radio Easy Like Sunday Morning, und obgleich ich in Bezug auf Dich unter einer Schreibblockade leide, musste ich meinem (nicht so) leichtfertigen Südstaatenfreund zu Hause schreiben.

Wo bist Du, wie geht es Dir, was treibst Du? Hier in Sofia ist es eisig kalt, und der Himmel ist grau. Alles hier ist regelrecht TOT. Bäume, Hunde, Autos, Augen, Himmel. Ich muss bald einige Entscheidungen treffen. Anderenfalls ende ich als Tablettensüchtige und stehe nie mehr aus dem Bett auf und hole mir auf rätselhafte Art und Weise an die dreißig Katzen in mein gespenstisches bulgarisches Haus mit den seltsamen (und wahrscheinlich verbotenen) Pflanzen im Garten und den mit Brettern vernagelten Fenstern.

Um Deine Frage nach Ethan zu beantworten ... anscheinend ist es wirklich und wahrhaftig vorbei. Er hat eine Freundin. Es ist etwas Ernstes. Ich weiß nicht, was ich sagen soll, Jimmy. Nur dass es ein schreckliches Jahr war. Aber was einen nicht umbringt, macht einen stärker, nicht wahr? Das ist mein neues Lieblingsmotto. Ich benutze es ständig. Nächstes Jahr um diese Zeit kann ich sicher mit bloßen Händen Stahlträger verbiegen und springe wie nichts von Wolkenkratzer zu Wolkenkratzer. Also verzeih mir, dass ich mich so lange nicht gemeldet habe, und schreib mir zurück, auch wenn Du mir nur mitteilen willst, dass Du nach Deiner Hamlet-Interpretation in Austin Deinen großen Durchbruch als Indiana-Jones-Double in die Universal-Studios geschafft hast.

Ich vermisse Dich auch. Und um Deine Frage zu beantworten, natürlich mache ich mir Sorgen. Im Gegensatz zu Dir bin ich nicht besonders gut im Schauspielern.

JUNE

Gegen Freitagmittag begann Ploshtad Batenberg mit seinem ockerfarbenen Kopfsteinpflaster und seinen eleganten Gebäuden auszusehen wie ein Schlachtfeld. Männer mit Strickmützen hingen in Bäumen, standen auf Dächern und nahmen sich gegenseitig auf die Schultern, um den Feind sehen zu können. Bierflaschen flogen durch die Luft, und Rauchbomben kullerten über den Erdboden. Ein Junge kletterte auf das Tsar-Osvoboditel-Denkmal, das dem »Befreier aus Russland« gesetzt worden war. Die massige Statue, die Alexander den Zweiten zu Pferde darstellte, der gekommen war, um die Bulgaren von ihren türkischen Unterdrückern zu befreien, schien das Parlamentsgebäude noch zu überragen. Der Junge gelangte auf das Denkmal, setzte sich vor den russischen Zar rittlings auf das Pferd und schwenkte seine bulgarische Flagge. Er rief seinen Freunden und seinem Vater etwas zu, voller Stolz auf seinen ungehinderten Blick über die Stadt.

Die Sozialisten bekamen es mit der Angst zu tun. Sie wollten einerseits den Forderungen der Menschenmenge nicht nachgeben, andererseits aber auch nicht deren Wut anstacheln. Sie waren gleichzeitig stur und verängstigt. Draußen stiegen Polizisten in Uniform mit Helmen und Stiefeln aus ihren gepanzerten Mannschaftswagen. Sie hatten große kugelsichere Schilde sowie Schlagstöcke, Kanister mit Tränengas und Gewehre bei sich. Sie bildeten eine Barriere rund um das Parlamentsgebäude und drängten die Menge zurück. Im Innern des Gebäudes schoben die Sozialisten Sofas und schwere Tische vor die Türen und nagelten die Fenster mit Brettern zu. Dann luden sie ihre privaten Schusswaffen.

Nachdem Petko Raina in die Wohnung in Darvenitsa gebracht hatte, war June am Vorabend nicht in ihr Apartment im Stadtzentrum zurückgekehrt. Stattdessen brachte sie Raina zu Bett und schlief in der Küche, für den Fall, dass Raina Übelkeit verspürte oder nicht wusste, wo sie war, oder ganz einfach Angst hatte.

Sie hätte sich keine Sorgen zu machen brauchen. Kaum war die Sonne aufgegangen, stürmte Raina in die Küche und rief: »June, wach auf!«

June, die es sich auf einem Stuhl so gemütlich wie möglich gemacht hatte und im Sitzen eingeschlafen war, schreckte aus dem Schlaf hoch. »Was? Was ist los?«

»Da ich keinen Strom hatte, habe ich seit Tagen keine Nachrichten mehr gesehen oder gehört. Ich habe gerade erst den Fernseher eingeschaltet, und du wirst es nicht glauben, aber auf der Straße wimmelt es von Demonstranten, June. Vor dem Parlament findet eine Protestversammlung statt. Wir müssen uns sofort auf den Weg machen. Ich muss das mit eigenen Augen sehen. Los, beeil dich, wir müssen dorthin!«

June rieb sich die Augen und stand auf. »Du kannst unmöglich zu der Kundgebung. Dir geht es nicht gut.«

»Dann sieh doch her!« Raina begann auf und ab zu hüpfen, wobei ihr Busen über ihrem beachtlichen Bauch in heftige Wallung geriet. Ihre Füße in den dicken Socken erzeugten auf den Fliesen des Küchenfußbodens ein dumpfes Geräusch. »Sie sind auf die Straße gegangen, und sie tanzen. Das musst du sehen!« Sie hielt inne und atmete pfeifend. »Los, gehen wir!«

Es war kalt, aber die Sonne schien. Der Schnee war zum größten Teil getaut und hatte den Matsch und den Dreck weggespült, und Sofia sah ganz anders aus als in den vorangegangen Monaten. Auf den ockerfarbenen Steinen funkelte stellenweise eine dünne Eisschicht. Kinder in dicken Wintermänteln saßen auf den Schultern ihrer Eltern, und ältere Männer und Frauen, teilweise mit Krückstöcken, drängten sich nach vorne, um durch die Stahlgitter zu blicken, die rund um das Parlament aufgestellt worden waren.

Ein junger Mann kämpfte sich durch die Menge zum Sockel des Osvobotitel-Denkmals und rief dem Jungen, der oben vor dem Zaren auf dem Pferd saß, etwas zu. Der Junge hörte zu und erhob dann die Stimme über die Menge: »Sie treffen heute noch keine Entscheidung! Wir müssen warten!«

Wütende und ungläubige Rufe wurden auf dem Platz laut, und dann wurde June von dem allgemeinen Chaos verschlungen und mitgerissen. Die Leute rannten los, und vor Junes Augen tanzte ein Durcheinander von Farben. Sie streckte die Hand nach Raina aus und hielt sich an deren Mantel fest. Alles bewegte sich rasendschnell, und dennoch nahm June alles wie in Zeitlupe wahr.

»Sieh dort!«, sagte Raina und deutete zur linken Seite des Parlamentsgebäudes. Ein paar Männer hatten die Stahlgitter umgelegt und kämpften jetzt mit der menschlichen Wand aus Polizeibeamten. Ziegelsteine wirbelten durch die Luft und krachten in die Fenster des Gebäudes. Ein Demonstrant mit Strickmütze und in blauer Arbeitskleidung schwang sich auf eine Fensterbank. Er stieß eine durch einen Handschuh geschützte Faust durch die Fensterscheibe und entfernte große Glasscherben aus dem Rahmen, um einen Zugang zum Gebäude zu schaffen.

»June! Was tun Sie denn hier?«

June hörte englische Worte und drehte sich um. Sie sah Kyril, den Fotografen, bewaffnet mit seiner Kamera und in Begleitung eines anderen Mannes und einer Frau. »Ich ... ich bin mit meiner Freundin hier«, stotterte sie, voller Angst, dass er sie abermals als amerikanische mutressa beschimpfen würde und dass die Demonstranten in der Nähe sich gegen sie wenden und sie angreifen würden.

Kyril schaute kurz zu Raina, die lauthals auf die Sozialisten schimpfte und dabei mit vier anderen alten Leute den Horo tanzte. »Komm her, June! Mach mit!«

Kyril musterte June nachdenklich von Kopf bis Fuß und meinte schließlich: »Passen Sie auf sich auf.«

»Das werde ich.«

Er wollte offenbar noch etwas anderes hinzufügen, als die Frau an seinem Kameragurt zog, damit er ihr folgte. »Sega idvam«, sagte er zu ihr. Dann legte er eine Hand auf Junes Arm. »Sie sollten wirklich auf sich Acht geben. Aber es freut mich, dass Sie hier sind.« Dann wurde er von der Menge verschluckt.

Am Rand des Platzes parkten die BMWs und Mercedes der Politiker. Menschen kletterten auf die Motorhauben und begannen, die Windschutzscheiben einzutreten. Zwei Studenten öffneten eine Wagentür und schwangen sie derart heftig hin und her, dass ihre Scharniere abrissen. Sie schleuderten die Tür über die Absperrungen, wo sie einige Sicherheitsleute niederstreckte. Vielstimmige Rufe ertönten. »Y predi! Y sega! BSP e Mafia!«

June spürte, wie ein Ziegelstein dicht an ihrem Kopf vorbeiflog, und duckte sich. Dabei zog sie Raina mit nach unten. »Mein Gott!«, stieß sie hervor und bewegte sich zum Rand der Menschenmenge. »Was rufen die denn jetzt?«

»Es ist noch immer, wie es war, die Sozialisten sind die Mafia.« Raina stieß die geballte Faust nach oben. »Y predi! Y sega! BSP e Mafia!« Weitere Ziegelsteine wurden geworfen, und plötzlich ergriff jemand Junes Hand. Alle fassten einander bei den Händen und bildeten eine Menschenkette, um die eintreffenden Polizeitrupps daran zu hindern, in die erste Reihe der Auseinandersetzung zu gelangen. June empfand zum ersten Mal euphorisch ihre Unverwundbarkeit inmitten der Menschenmenge, als die ersten Schüsse fielen und das

Tränengas freigesetzt wurde. Ihre Augen begannen zu brennen, doch ehe sie darauf reagieren konnte, spürte sie, wie sich zwei kräftige Arme um ihre Taille legten und sie hochhoben. Ein Fremder mit massigem Hals und dunklem Haar zog June einfach aus der menschlichen Barrikade heraus.

»Lass sie los!«, kreischte Raina und schlug ihm mit voller Kraft auf den Arm. »Lass sie in Ruhe, du Mistkerl!«

»Der Ringkämpfer will was von der Frau!«, rief jemand. »Hier hat sich ein mutra eingeschlichen!«

June wehrte sich gegen seinen Griff und stellte fest, dass sie sich kein bisschen rühren konnte. »Loslassen!«, schrie sie und verlor Raina in dem Gedränge aus den Augen.

»Seien Sie still, June«, sagte Rossen, und June erstarrte regelrecht zu Eis. Sie war derart geschockt, als sie ihren Namen hörte, dass sie sofort jede Gegenwehr aufgab und die Arme schlaff herabhängen ließ. Er kannte sie. Er war gekommen, um sie zu holen, und sie wusste genau, wer ihn geschickt hatte.

Der Raum, in den Chavdars Gefolgsmann June brachte, war nicht ungemütlich. Die Wände waren ebenfalls geschmackvoll holzgetäfelt wie der übrige Nachtclub, aber hier gab es keine Fenster mit feinen Vorhängen. An der hinteren Wand stand ein rotes Sofa, und auf einem kleinen Beistelltisch standen eine Karaffe mit Mineralwasser, eine Schüssel mit Salzgebäck und eine Obstschale.

Chavdar ließ sich in einen Ledersessel gegenüber June fallen. Seine grün gefleckten Augen waren blutunterlaufen, und er schien, seit sie sich kennengelernt hatten, sichtlich gealtert zu sein. Er blinzelte und schluckte, und wenn sie es nicht besser gewusst hätte, hätte June angenommen, dass er den Tränen nahe war.

»June«, sagte er leise. »Es herrschen schlechte Zeiten für unser Land.« Müde ließ er den Kopf zur Seite sinken. »Ich habe gebetet«, sagte er und flüsterte beinahe, »dass dieser Tag niemals kommen möge.«

»Das kannst du nicht tun, Chavdar«, sagte sie. »Du kannst mich nicht so behandeln. Es geht einfach nicht, dass du deinen Männern befiehlst, mich in deine Höhle zu schleifen, wann immer dir danach zu Mute ist.«

Chavdar öffnete den obersten Knopf seines Oberhemdes. Dann seufzte er. »Ich wollte dich nur beschützen. Und wenn sich erneut eine solche Situation ergäbe, würde ich es sofort wieder tun. Weil du offensichtlich so naiv bist, dass du immer noch nicht begreifst, dass du Schutz brauchst.«

»Nun, wenn ich welchen brauche«, sagte June, während sie sich erhob, »dann nur, weil ich dumm genug war, mich mit dir einzulassen! Aber das kann ich jetzt und hier korrigieren! Lass mich sofort raus!«

»Setz dich und red keinen Unsinn.«

»Ich lasse mich von dir nicht mehr herumkommandieren!«

Chavdar stand auf und packte Junes Arm so fest, dass sie vor Schmerzen zusammenzuckte. »Wirklich? Nun, anstatt dich von mir herumkommandieren zu lassen, bist du vielleicht bereit, einen guten Rat anzunehmen. Der Straßenmob da draußen vor dem Parlamentsgebäude kommt nicht zur Ruhe. Sie zünden Feuer an, warten auf Verstärkung und bereiten sich darauf vor, die ganze Nacht dort auszuharren. Die Polizisten, die das Gebäude abschirmen, sind ausgerüstet mit Helmen und Schutzschilden, aber sie haben teilweise ziemlich schlimme Verletzungen davongetragen. Und es wird sicher noch mehr Blut fließen, June. Und zwar sowohl bei den Anhängern der Opposition als auch bei den Regierungsleuten. Und wenn es wirklich zum offenen Kampf kommen sollte, dann kannst du dich nicht unauffällig aus dem Staub machen. Nicht in deiner Levi's-Jeans und deiner Hundert-Dollar-Bluse, nicht mit deinem hellen Haar und deinen leuchtend weißen amerikanischen Turnschuhen. Deine reizende Art, unsere Sprache zu sprechen, wird bei den Taxifahrern aus Kyustendil ganz bestimmt ihre charmante Wirkung verfehlen. Sie werden in dir nichts anderes sehen als eine hergelaufene reiche Schlampe und dir einen Ziegelstein an den Kopf werfen. Du wirst ein Opfer sein. Sie sind besonders wütend auf Leute mit Geld.«

»Sie sind wütend auf die Mafia.«

»Sie werden glauben, du gehörst zur Mafia. Und wenn Sie rauskriegen, dass du noch nicht einmal eine Bulgarin bist, liegst du längst auf dem Boden, bist wahrscheinlich erheblich verletzt und kannst nicht mehr erklären, woher du kommst oder weshalb du hier bist.«

»Du versuchst nur, mir Angst zu machen.«

Chavdar beugte sich vor und fasste June am Nacken. Er ballte die Hand zur Faust und wickelte ihr blondes Haar um seine Finger, drehte und zog es fester und fester zusammen. Er zwang ihren Kopf nach hinten, sodass ihr Kinn auf seine Brust zeigte. Seine Stimme bebte. »Du solltest Angst haben.«

June schaute zu ihm hoch. Sie hatte eine Gänsehaut, und ihr Herz raste. Sie schluckte krampfhaft. »Es tut mir Leid, Chavdar. Ich habe nicht auf dich gehört. Das hätte ich eigentlich tun sollen, und es wird nie wieder vorkommen.«

Er studierte ihr Gesicht und ließ sie schließlich los. »Okay. Gut. Denn was ich sage, entspricht der Wahrheit, und es wird alles nur noch schlimmer, ehe es wieder aufwärts geht.«

June betastete behutsam ihren Nacken, wo er an ihrem Haar gezerrt hatte. Sie wollte, dass er weiter redete – dass er redete und sie nicht anfasste. »Warum ist das Parlament nicht bereit, Wahlen anzusetzen?«

»Oh, June«, sagte Chavdar mit einem Unterton mühsam unterdrückten Zorns. »Wessen Sprüche plapperst du denn jetzt nach? Was weißt du schon von diesen Dingen?«

»Nichts, Chavdar. Nur das, was die Leute erzählen. Dass die Regierung in den Händen der Mafia ist.«

»Und selbst wenn das zum Teil zuträfe, heißt das, dass das grundsätzlich schlecht ist oder dass es in der jetzigen Regierung keine ehrlichen und anständigen Männer gibt?«

June biss sich auf die Unterlippe und schüttelte den Kopf. »Ich weiß es nicht.«

»Ich will dir mal die andere Seite der Geschichte schildern, okay? Bist du überhaupt bereit, dir einen anderen Gesichtspunkt anzuhören? Hast du schon mal von der BRF gehört? Der Bewegung für Rechte und Freiheit?«

»Nein.«

»Nun, das ist eine mächtige politische Gruppierung in Bulgarien, und sie sympathisiert mit der Union demokratischer Kräfte, der UDK. Die BRF unterstützt die UDK schon seit Jahren sowohl aktiv als auch mit Geld, und beide Gruppen werden sich bald zusammenschließen. Falls die UDK an die Macht kommt, wird man von ihr verlangen, die Zusagen einzulösen, die sie der BRF gemacht hat. Dazu gehört zum Beispiel, dass die türkische und die moslemische Minderheit in Bulgarien einen eigenen Staat gründen kann. Sie verlangen ein Gebiet in den Rhodopen als eine Art Siedlungsland für die Muslime, wo sich die moslemischen Führer und Bürger niederlassen können. Hast du eine Ahnung, welche Grausamkeiten auf dem Balkan begangen werden, um zu verhindern, dass die Muslime an die Macht kommen? Sieh dir doch nur an, was mit den Muslimen in Bosnien geschieht! Oder mit den Albanern! Wenn wir uns jetzt in ein Auto setzen, sind wir schon in zwei Stunden in einer Gegend, wo die Menschen schon jetzt dabei sind, sich genau deswegen gegenseitig umzubringen! Hast du eine Vorstellung, was so etwas zur Folge haben könnte?«

»Jetzt fange ich an zu begreifen.«

»Das solltest du auch! Falls du es noch nicht bemerkt haben solltest, die Menschen auf dem Balkan haben für die islamischen Ungläubigen nicht viel übrig, nachdem sie in unserer Region die Sklaverei geduldet haben, während im übrigen Europa die Renaissance in voller Blüte stand. Die Menschen hier sind bereit zu töten, um sie daran zu hindern, unser Land zu übernehmen, auch wenn die Fläche nur eine geringe ist. Wenn es dazu kommt, dann haben wir es nicht nur mit begrenzten, unbedeutenden politischen Unruhen zu tun, sondern mit einem regelrechten religiösen und ethnischen Krieg, in dem sich Fanatiker gegenüberstehen. Der Hass zwischen Christen und Muslimen hat in diesem Land eine historische Tradition, ebenso wie bei unseren gesamten Nachbarstaaten und im Mittleren Osten. Die UDK begreift nicht, dass sie uns geradewegs in einen Krieg führt. Unruhen greifen auf dem Balkan sehr schnell um sich. Die mazedonische Grenze ist nur hundert Kilometer entfernt, June, und die Slawen dort sind alles andere als glücklich und zufrieden. Vielleicht hast noch nicht die Gerüchte darüber gehört, was in der serbischen Provinz Kosovo im Gange ist? Die Region – nein, die ganze Welt – wartet geradezu auf einen großräumigen christlich-islamischen Konflikt, und wir alle schweben in großer Gefahr. Ich denke, dass wir um einiges zivilisierter sind als unsere serbischen Nachbarn. Aber trotz allem gehören auch wir zum Balkan.«

Junes Blick wanderte zur Seite, schweifte durch den Raum, als suche sie nach einem Fluchtweg. »Ja. Ihr gehört alle zum Balkan. Ich hatte mir das alles bisher nicht bewusst gemacht.«

»Natürlich nicht. Ihr Westler hört euch eure Nachrichten an und glaubt alles. Von Geburt an werdet ihr mit Propaganda gefüttert, und ihr schluckt sie bereitwillig. Auch wir werden mit Propaganda überschüttet, aber wir sind misstrauisch gegenüber allem und jedem, und wir machen unsere Hausaufgaben. Wir bilden uns unsere eigene Meinung, anstatt uns von CNN vorbeten zu lassen, was wir denken sollen. Und wenn wir unsere eigenen Schlüsse ziehen, müssen wir auch unsere eigenen Pläne entwickeln, unsere eigenen Vergeltungsmaßnahmen ergreifen. Ich möchte, dass du dir das klar machst, June, denn es könnte sein, dass du in den nächsten Wochen einige Dinge in den Zeitungen lesen wirst. Dinge über meine Versicherungsfirma, möglicherweise sogar Dinge über mich. Und du solltest begreifen, dass ich das, was ich getan habe, nur aus Loyalität zu meiner Regierung getan habe, aus Liebe zu meiner Kultur, zu meinem Volk und meinem Vaterland.«

June sah ihn fragend an. »Was hast du getan?«

»Ich glaube nicht, dass es im Interesse des Landes ist, wenn die UDK und die BRF an die Macht kommen. Ich will hier keinen Krieg. Wir sind zivilisierte Menschen. Wenn wir das Kriegsrecht ausrufen müssen, um einen Krieg zu vermeiden und das neue sozialistische Kabinett an der Regierung zu halten, dann muss es geschehen. Falls eine bürokratische Notwendigkeit besteht, dass der nationale Notstand erklärt wird, ehe wir das Militär für unsere Zwecke einsetzen können, dann müssen wir dieses Hindernis überwinden. Und wenn der nationale Notstand nur ausgerufen werden kann, wenn Menschen ums Leben kommen, dann ist auch das notwendig.«

»Ich glaube, ich verstehe, was du meinst.«

Chavdar legte den Daumen auf Junes Unterlippe und betrachtete liebevoll ihren Mund. Gleichzeitig streichelte er mit derselben Hand ihr Kinn. »Wenn nicht – dann wirst du es bald.«

June ließ zu, dass er ihr Gesicht liebkoste. Sie rührte sich nicht, während Chavdar ihre Wange streichelte und mit den Fingern durch ihr Haar glitt, das er gerade noch fast brutal zusammengerafft hatte. Nach einigen Sekunden richtete er sich auf, streifte seine Schuhe ab und bettete den Kopf in ihren Schoß. »Das ist schön« sagte er. »Du brauchst mich, June. Aber ich brauche dich auch.«

»Hmmm.«

»Sag mir, dass du mich brauchst. Sag mir, dass du verstehst, dass ich dich beschütze. Weil ich nichts anderes will, als dich zu beschützen und für dich zu sorgen.«

June schloss die Augen, um nichts darauf erwidern zu müssen. »Ich verstehe«, sagte sie. »Ich verstehe endlich, Chavdar.«

»Dass ich für dich sorge.«

»Ja.«

Seine Hand legte sich um ihren Oberarm und drückte fest zu. »Bin ich dein Baby, June?«

June blickte auf sein Gesicht hinab – die düstere Stirn, die eingesunkenen Wangen, das gespaltene Kinn. Es war das perfekte Konterfei eines Mörders. Seine Lippen bewegten sich erneut. »Sag's mir. Bin ich dein Baby?«, flüsterte er und bohrte seine Fingernägel in ihre Haut. Seine Augen waren geschlossen.

»Ja«, antwortete sie und versuchte, den Arm aus seinem Griff zu lösen. Es war unmöglich.

»Dobre mi e taka. So ist es schön für mich. Ich fühle mich bei dir wohl. Sag mir, dass ich dein Baby bin. Sag mir, dass du für mich sorgen wirst, so wie ich für dich sorge.«

»Ich sagte bereits: Ja.«

»Sag es. Sag alles.«

»Du bist mein Baby.« Ihre Finger strichen ihm die dunklen Haarsträhnen aus den Augen und fuhren ergeben durch sein dichtes und zerzaustes Haar.

22

Betrifft: Ich bin okay!
Datum: Mo. 13. Jan. 1997, 03:21:13 -8000
Absender: June <jcarver@sof.cit>
An: Dad <summer2@ncal.tech>,
Lilly <org.beauty@ink.net>

Ja, ja, mach Dir keine Sorgen, es geht mir gut. Vielen Dank, dass Du so schnell zurückgeschrieben hast. Zwei Tage lang war es hier ziemlich beängstigend, aber jetzt brauchst Du Dir keine Sorgen mehr zu machen – ich nehme mich in Acht.

Freitagnachmittag bin ich mit meiner Bulgarischlehrerin zum Parlamentsgebäude gegangen, um mir anzusehen, worum es bei diesen neuerlichen Protesten überhaupt geht. Alle hatten Kerzen, Spruchtafeln und Trillerpfeifen und riefen im Chor »cherveni boklutsi«, was so viel heißt wie roter Müll, »izbori«, was wählen heißt, und »ubiitsi«, Mörder. Dann riefen sie im Chor »Vsichki pri Lukanov«, was heißt, Alle mit Lukanov. Er war es, auf den ein Attentat verübt wurde. Dann demolierten sie die Mercedes und BMWs, die draußen auf der Straße parkten, und schwenkten Tafeln, auf denen stand, dass die BSP zur Mafia gehört.

Gegen Mitternacht hielt der Chef der UDK (Union der demokratischen Kräfte) auf den Stufen der Nevski-Kathedrale eine Rede. Er erklärte, was im Gange war. Grundsätzlich war es so, dass die Kommunisten bzw. Sozialisten »zurücktraten«, dass sie jedoch selbst ihre Nachfolger bestimmten, wozu ihnen die bulgarische Verfassung das Recht gibt. Sie sorgten dafür, dass im Parlament wieder nur Kommunisten bzw. Sozialisten sitzen, daher verlangt die Bevölkerung allgemeine Wahlen. Natürlich sind die Kommunisten dazu in keiner Weise bereit. Dann trat der neue Präsident der UDK auf, Peter Stoyanov, um eine Rede zu halten. Während seiner Rede rannte eine Frau nach vorne und beschwerte sich lauthals, dass die Polizei begonnen hätte, harmlose Leute zu verprügeln, und plötzlich wurde es richtig beängstigend, als Bewegung in die Massen kam und Menschen umherrannten und mit Flaschen und Ästen warfen.

Ich bin zwar erst ein halbes Jahr hier, aber es war für mich wie ein Befreiungsschlag, sehen zu können, wie diese unterdrückten Menschen sich zur Wehr setzten und protestierten. Wenn ich es nach so einer kurzen Zeit schon als Erleichterung empfand, wie muss es dann für die Bulgaren gewesen sein. Am nächsten Tag fanden weitere Kundgebungen und Protestmärsche statt, und jetzt strömen die Menschen auf den Straßen, die in die Stadt führen, herbei, einige von so weit her wie aus Varna und Plovdiv und Kyustendil und schwenken blaue Fahnen aus den Autofenstern.

Die Leute nehmen sogar ihre Kinder zu den Kundgebungen mit und tragen sie auf den Schultern und erklären ihnen, dass sie hier einen historischen Moment miterleben. Ich kann kaum glauben, dass ich hier bin und alles mitansehen kann. Ich muss unbedingt jemanden finden, der einen Fernseher besitzt, um mir anzusehen, wie in den Nachrichten über die Ereignisse berichtet wird.

IN LIEBE, JUNE

June beendete ihr Frühstück aus heißem Tee und einer Beruhigungstablette und schaute auf die Uhr. Es war nach neun. Raina war sicherlich schon wach.

Der Aufstand hatte das öffentliche Transportsystem Sofias zum Erliegen gebracht. Die Straßen waren blockiert, die Taxifahrer streikten, weder Autobusse noch Straßenbahnen fuhren. Menschen, die nicht zur Arbeit gehen oder fahren konnten, blieben zu Hause. Die meisten von denen, die gehen oder fahren konnten, blieben sowieso zu Hause. June kannte nur eine Person, die über ein Auto verfügte, und Chavdar würde ihre Entscheidung, zum Apartmenthaus in Darvenitsa zurückzukehren, um Raina zu besuchen – ebenso wie ihr Bemühen, von ihm wegzukommen, nicht unbedingt begrüßen. Bis sie eine Transportmöglichkeit fand, musste June sich damit zufrieden zu geben, Raina täglich anzurufen.

Dimcho, der dreizehnjährige Sohn von Junes Nachbarin, war auf seinem Fahrrad anderthalb Stunden lang durch Schnee und Matsch in die Stadt gefahren, um von June Geld zu holen. Außerdem hatten sie vereinbart, dass er Raina half, indem er für sie Lebensmittel einkaufte und Besorgungen machte. June entlohnte ihn dafür reichlich. Mit vierzig Dollar harter amerikanischer Währung verdiente er mehr Geld als seine Mutter und sein Vater zusammen.

»ALO!«, rief Raina ins Telefon.

»Alo!«, rief June genauso laut zurück. Wie immer war die Verbindung schlecht.

»June?«, fragte Raina. »Bist du das, June?«

»Ja! Ist Dimcho schon bei dir gewesen?«

»Ja, er war gestern hier. Ich hatte alles, was ich brauche, mach dir keine Sorgen.«

»Ich habe ihm zusätzliches Geld gegeben. Er sollte jeden Tag zu dir kommen. Also, wenn du ihn siehst ...«

»June!«, unterbrach Raina sie.

»Was ist?«

»Du hast noch nicht mal guten Morgen gesagt. Du hast noch nicht mal gefragt, wie geht es dir heute, Raina. Hör auf, dir so viele Sorgen zu machen! Mir geht es gut.«

»Hast du genug zu essen?«

»June!«

»Okay, okay. Übrigens, guten Morgen, Raina, wie geht es dir heute?«

»Beschissen, danke der Nachfrage! Ich wünschte, in dieser Stadt würden endlich die Busse wieder fahren, damit ich meine Schüler zurückbekomme.«

»Dimcho soll dir Saft besorgen. Bitte! Der ist besser für dich als die ganze Zeit nur Raki und Wasser.«

»Ja, ja. Okay. Ciao, milichka.«

»Bis bald, Raina.«

June zog ihre flauschige Wintergarnitur an, in der sie sich nicht mehr lächerlich vorkam, sondern auf eine drollige Art durchaus niedlich. Dann spazierte sie durch die Stadt am Park vorbei zu Roxanne. Sie hielt vor der Tür inne, ehe sie eintrat. »Bevor ich reinkomme – ist, du weißt schon wer, auch da?«

»Nein«, antwortete Roxanne und winkte June herein. »Außerdem sollte es dir egal sein. Du bist die Ehefrau, Liebes. Sie ist nur die Geliebte und Goldgräberin.«

Während June sich ins Wohnzimmer setzte und in den Garten hinausblickte, mixte Roxanne in der Küche für sie beide eine Bloody Mary. June hörte, wie Roxanne eine Schnulze summte, deren Melodie ihr vage bekannt vorkam. Draußen wehte der Wind gelegentlich eine vereinzelte Schneeflocke gegen das warme Fenster. Schließlich kam Roxanne wieder herein, wobei der lange Hausmantel um ihre sorgfältig gepflegten Füße flatterte. Sie trug ein Tablett mit einer Karaffe, zwei Gläsern und einem Strauß Selleriestangen darauf.

June musste nach dem ersten Schluck husten. »Hast du etwa eine ganze Flasche Tabasco hineingetan?«

»Nicht ganz, aber fast. Und eine Menge Pfeffer und einen Spritzer von meiner eigenen geheimen Mischung. Auf meine Bloody Marys bin ich stolz. Ich habe das Rezept für die Mischung von einem ehemaligen Kulturattaché in Thailand. Glaub mir, er weiß, wie man einen Cocktail richtig scharf macht.«

»Warum habe ich das Gefühl, dass in dieser Bemerkung eine auf mich gemünzte Zweideutigkeit versteckt ist?«

»Weil deine Fantasie genau wie meine gelegentlich in die Gosse abtaucht. Apropos scharf, wie geht es meinem Lieblingsgigolo? In welche Skandale hat er dich mittlerweile noch verwickelt?«

Die Selleriestange in Junes Bloody Mary ragte hoch und deutete auf sie wie ein krummer Finger. June fischte sie aus dem Glas und biss das anklagende Ende ab. »Ich habe keine Lust, über ihn zu reden, weißt du?« Sie schlug in ihrem gemütlichen Sessel die Beine übereinander. »Mir geht ständig alles Mögliche im Kopf herum ...« Junes Stimme versiegte, und sie begann, die Selleriestange mit den Zähnen genauso zu zerpflücken, wie sie die Nagelhaut an ihren Fingern weggezupft hatte.

»Das ist in Ordnung«, meinte Roxanne mit einem kehligen Lachen. »Wir müssen nicht über ihn reden. Wir haben genügend Gesprächsstoff, mein Lieblingsthema ... mich, die allzeit Prächtige und Notleidende. Ich brauche jemandem, dem ich probeweise ein paar neue Ideen zu einem Artikel vorstellen kann, an dem ich gerade arbeite ...«

June unterbrach sie plötzlich. »Was meintest du damit, als du Nevena eine Goldgräberin nanntest?«

»Ach, keiner scheint sich für mein Lieblingsthema zu interessieren. Sag bloß nicht, dass du diesen Ausdruck nicht kennst.«

»Nein. Natürlich nicht. Was bringt dich dazu, so etwas zu sagen?«

»Die Tatsache, dass es zutrifft.«

»Willst du damit ausdrücken, dass Nevena in Ethans Mine nach Gold gräbt?«

»Na klar.«

»Das glaube ich nicht.«

»Mach die Augen auf, June.«

June knabberte an ihrem Daumennagel, während sie nachdachte. »Nein. Sie muss ihn glücklich machen.«

Roxanne lachte. »Niemand ist besser darin, einen Mann glücklich zu machen, als eine kleine geldgierige Nutte aus der Dritten Welt, June. Weil sich niemand so sehr anstrengt wie sie. Und glaube mir, June, Nevena zieht dabei wahrscheinlich alle Register. Sie hat mir im vergangenen Sommer erzählt, sie nähme an der Visa-Lotterie teil. Die kleine Träumerin glaubt, sie ginge ausgerechnet nach Colorado, würde von einem Schürzenjäger als Sekretärin engagiert und könnte mit einem reichen Ehemann in einer Villa über den Skihängen ein sorgloses, glückliches Leben führen. Du hättest mal ihre Augen sehen sollen, als ich ihr erklärte, selbst wenn sie ein Visum gewinnen würde, könnte sie ohne einen High-School-Abschluss und ein gewisses Grundkapital auf der Bank nicht in die Vereinigten Staaten einreisen. Sie hat ihre Taktik offenbar schneller geändert, als ich meine Liebhaber wechsle, und arbeitet jetzt an Plan B.« Roxanne holte ihre Zigarettenpackung hervor. »Und Plan B, Schätzchen, ist dein Mann.«

»Ethan ist erwachsen und nicht dumm. Er fällt auf eine solche Nummer nicht herein. Er ...« Junes Stimme versagte, und sie holte tief Luft. »Er ist verliebt.«

»Vielleicht. Vielleicht ist er aber auch nur von einem verzweifelten Mädchen verzaubert. Versteh mich nicht falsch. Ich mag Nevena, habe sie immer gemocht. Sie war stets eine große Hilfe, ehrlich, pünktlich, manchmal hatten wir sogar ein wenig Spaß miteinander. Aber trotz alledem bleibt als Tatsache bestehen, dass sie verzweifelt ist. Ich glaube, sie wusste, dass ich mich mit dem Vizekonsul ganz gut verstehe, und sie nahm sicherlich an, ich könnte ihr helfen. Es war immer ihr Ziel, June, dieses Land hinter sich zu lassen. Und Tatsache ist, dass ich vorhatte, ihr früher oder später dabei behilflich zu sein. Dass ich es bis jetzt noch nicht getan habe, liegt daran, dass gute Hausangestellte nur sehr schwer zu finden sind. Aber ich bin nicht so gemein. Nevena hat bei mir fleißig gearbeitet, sie wollte weg von hier, und ich hatte vor, ihr bei dem zu helfen, was sie sich so inständig wünscht. Aber stattdessen hat sie sich wie eine Zecke an deinen Mann gehängt.«

»Das ist ja schrecklich. Ich meine, ich habe meine eigenen, ganz offensichtlichen Gründe, ihr ein Glas Wein ins Gesicht zu schütten, aber sie eine Zecke zu nennen? Eine Zecke, um Himmels willen?«

Roxanne schwieg, während sie sich eine Zigarette anzündete. »Nun«, sagte sie schließlich, »bei Frauen wie ihr habe ich gewisse Vorurteile. Ich habe dir erzählt, dass mein zweiter Mann Diplomat war. Dadurch lernte ich dieses Leben kennen und schätzen. Und ich erzählte dir, dass er fremdging und wir uns scheiden ließen. Was ich dir jedoch nicht erzählt habe, ist, dass er eine Thailänderin heiratete und in die Staaten zurückging.«

»Das ist ein Scherz.«

»Nein. Und es ist auch kein Scherz, wenn ich sage, dass ich den alten Knacker wirklich geliebt habe. Mitsamt seinem Bierbauch, seinen mageren Beinen, dem Schnarchen und allem anderen.«

»Das tut mir Leid.«

»Es war eine ziemlich freundschaftliche Trennung. Aber richtig schrecklich war, dass die zweiundzwanzigjährige Liebe seines neuen Lebens mit dem Angehörigen einer Thai-Bande in San Francisco durchbrannte und Bob Selbstmord beging, weil er meinte, er wäre wohl zu dumm für dieses Leben. Das«, sagte sie und deutete mit ihrer Zigarette auf June, »war der schlimme Teil. Midlife-crisis, Angst vor dem Sterben, der neue Reiz einer Asiatin, was auch immer einem dazu einfällt. Es gibt sicherlich eine ganze Reihe von möglichen Erklärungen für das, was er getan hat. Aber auch wenn er nur ein geiler alter Mann mit einer Schwäche für schöne junge Mädchen war, so war er immer noch ein gutherziger Mensch. Und er hat dieses Schicksal nicht verdient.«

»Mein Gott, tut mir das Leid«, sagte June und schob die Füße unter die wärmende Decke. Sie fragte sich, wie viel von dieser Geschichte den Tatsachen entsprach und wie viel davon dramatische Ausschmückung war, wie Roxanne sie so gerne lieferte. Wenn sie hätte raten müssen, hätte sie sich in diesem Punkt gründlich geirrt. Nichts an der Geschichte war übertrieben. »Machte sie denn am Anfang den Eindruck einer völlig normalen jungen Frau?«

»Normal! Was meinst du damit?«, fragte Roxanne. »Sie war ein völlig normales Mädchen! Nicht mehr, nicht weniger. Ich für meinen Teil finde, es wäre geradezu *unnormal* für so ein junges Ding, das sein ganzes bisheriges Leben auf den Reisfeldern Thailands verbracht hat, die Chance einer Zukunft in den Vereinigten Staaten nicht mit beiden Händen zu ergreifen. Ich glaube, es wäre ebenfalls unnormal gewesen, wenn sie ihre ganze Jugend Bill geschenkt hätte, der von Tag zu Tag älter und gebrechlicher wurde. Begreifst du, was ich damit sagen will? Sicher, du kannst ihr alle Schuld geben. Du kannst sie eine kleine Hure und ein hinterhältiges Biest nennen. Ich habe sie bestimmt noch viel schlimmer beschimpft. Aber wenn ich in ihrer Situation gewesen wäre, hätte ich wahrscheinlich genau das Gleiche getan. Im Grunde bin ich nur wütend, dass alles so kam, wie es gekommen ist. Ich möchte nicht, dass so etwas noch einmal geschieht.«

»Nun ja, wie auch immer. Ich hasse es, darüber zu reden. Alles ist so schrecklich schief gelaufen.«

»Ach, lass den Kopf nicht hängen, und sei nicht so traurig, June! Du bist fremdgegangen, er ist fremdgegangen. Jetzt seid ihr quitt, wie so gut wie jedes andere Ehepaar auf dieser schönen Erde. Ich für meinen Teil finde, du bist besser dran mit einem Mann, der dich verwöhnt. Aber wenn du so sehr an deinem Mann hängst, dann kämpfe.«

»Das war der Hauptgrund, weshalb ich in dieses Land gekommen bin«, sagte June und schaute hoch. »Ich wollte darum kämpfen, dass wir uns verstehen und alles wie früher würde, aber am Ende war ich zu schwach. Ich war zu schwach, um ihn aufzuhalten, als er mit Nevena anfing, und ich war zu schwach, alleine zu bleiben, während er mit jemandem zusammen war. Und jetzt habe ich das Gefühl, als würde ich schon wieder kapitulieren.«

Roxanne beugte sich vor und schloss ihre glatte trockene Hand um Junes verschwitzte. »Wenn du ihn liebst, wirklich liebst, wie du beteuerst, dann bist du es ihm schuldig, ihn von einer trickreichen und hinterhältigen Zigeunerin fernzuhalten, die sich ins Fäustchen lachen wird, wenn sie mit der Hälfte seines Geldes und einer Green Card von dannen zieht. Ähnliches ist hier in Sofia schon früher passiert mit Ehen, die solider waren als deine. Die arme kleine Zündholzverkäuferin, der die Aufforderung ›Nimm mich!‹ aus jeder Pore strömt, zieht ein, die Ehefrau fliegt zurück nach Hause, und der Trottel ahnt noch nicht mal, dass er aufs Kreuz gelegt wurde, bis er schon nach kurzer Zeit zum zweiten Mal geschieden wird.«

June blickte in Roxannes ernstes Gesicht und lachte schallend. Jetzt war Roxannes Fantasie wirklich mit ihr durchgegangen. Es war zu hässlich, zu absurd, zu viel Balkan, als dass man es ernst nehmen konnte. June konnte sich kaum halten. Sie lachte so unbändig, dass aus ihrem Glas etwas auf die Bluse spritzte und einen roten Fleck genau in der Herzgegend hinterließ. June lachte, bis sie glaubte, ihr Innerstes würde aus dem Mund quellen und sie mit einem Durcheinander von Tabletten, Wein und etwas Schwarzem besudeln, das wie Schuld röche. Abrupt sprang sie auf und rannte zum Badezimmer.

Roxanne folgte ihr und sah, wie June sich in die Toilette

übergab. Sie würgte nichts als Bloody Mary hervor. »O Gott«, sagte sie zwischen den Krämpfen, »ich muss mich hinlegen.«

»Was ist los?«

»Vielleicht ist es das Valium.«

»Valium! Dann darfst du nichts trinken! Bist du verrückt?«

»Ich weiß, ich dachte, es würde helfen und nicht schaden.«

»Hast du was im Magen? Wann hast du das letzte Mal gegessen?«

»Ich wollte nicht mehr über Ethan und Chavdar nachdenken. Ich wollte Ruhe. Eine kleine Pause. Ist es das, was sie erreichen wollte?«

»Wer?«

June wurde schwarz vor Augen.

Jetzt war das Telefon nur Dekoration. Nevena saß auf ihrem Holzstuhl in der kalten Küche und wünschte sich, es möge klingeln, wusste jedoch, dass das nicht geschehen würde. Nicht geschehen konnte. Obgleich es sie zwei Jahre Wartezeit und Roxannes Geld gekostet hatte, bis sie endlich ein eigenes Telefon bekam, hatte Nevena es abgemeldet. Die Gebühren für den Anschluss waren in den letzten Tagen um unglaubliche fünfhundert Prozent gestiegen, und das konnte sie unmöglich bezahlen. Genauso unmöglich wie die Heizung, die sich um dreihundert Prozent verteuert hatte.

Mit atmosphärischen Störungen unterlegte Musik erklang, und Nevena stand auf. Die wenigen trügerisch warmen Tage waren vorbei und von einer Kältewelle abgelöst worden, und sie musste sich bewegen, um sich warm zu halten. Auf der Couch lag ordentlich zusammengefaltet die

Decke, unter die sie und Ethan sich gewöhnlich verkrochen. Nevena schlug sie auseinander, legte sie sich um die Schultern und versuchte, zu dem Rauschen aus dem Radio ein wenig zu tanzen. Die Decke schleifte über den Holzfußboden, und auch Nevenas Bewegungen glichen einem müden Schlurfen. Sie hatte kaum die Kraft oder das Bedürfnis zu tanzen, aber sie tat es trotzdem. Ethan war nicht wie versprochen nach Hause gekommen. Er hatte seine Rückkehr für Montag angekündigt, und jetzt war bereits Mittwoch. Nevena war nicht überrascht, nur tieftraurig. Aber sie gab sich dieser Traurigkeit nicht hin, wie sie es in all den Jahren gelernt hatte. Sie summte trotz ihrer Verzweiflung die Melodie mit und bewegte sich dazu so anmutig wie möglich.

Heute Morgen hatte der Lew erneut an Wert verloren. Diesmal fiel er jedoch nicht nur so wenig, dass die Hausfrauen gezwungen waren, nachzurechnen, wie viele Becher Joghurt sie für das Geld, das sie noch besaßen, kaufen konnten, sondern er war außer Kontrolle geraten und regelrecht abgestürzt. Die Angestellten der Wechselstuben wagten sich am Morgen nur zögernd hinaus auf die Straße, um die neuen Kurse für Verkauf und Ankauf zu notieren. Mit ausdruckslosen Mienen, die ihre eigene Fassungslosigkeit nicht ganz verbergen konnten, löschten sie die Angabe »achthundert Lewa für einen Dollar«. Während sie die Ziffern auswechselten, glaubten die Menschen in der Warteschlange ihren Augen nicht zu trauen. Aber es war kein Irrtum. Für einen amerikanischen Dollar wurden zweitausendfünfhundert Lewa gezahlt. Das war ein furchtbarer Schlag. Die Lewa, die die Bulgaren zum Umtausch bereit hielten, waren plötzlich nicht mehr wert als Altpapier. Jetzt ging es nicht mehr darum, selbst das schimmelige Brot zu essen, mit dem man sonst die Hunde gefüttert hatte, oder Teebeutel immer wieder zu benutzen, bis sie kein bisschen Farbe mehr an das heiße Wasser abgaben. Jetzt ging es ums nackte Überleben. Bei diesem neuen Wechselkurs konnten die meisten Bulgaren mit ihren Ersparnissen so gut wie nichts mehr kaufen.

Vor dem Winter hatte Nevena mit ihren verschiedenen Putzstellen pro Monat in Lewa den Gegenwert von etwa hundertfünfzig Dollar verdient. Es hatte ausgereicht, um ihren Bruder und ihre Schwester zu unterstützen und immer noch genug übrig zu haben, um die Rechnungen zu bezahlen und sich einen gelegentlichen Kinobesuch oder einen Imbiss in einem Café zu leisten. Nun war ihr Lohn in Lewa so gut wie nichts mehr wert.

Mit der Decke über den Schultern schlurfte Nevena in die Küche. Sie hatte die Heizung ausgeschaltet und das Telefon abgemeldet, weil sie wusste, dass sie kein Geld hatte, um die Rechnungen zu bezahlen. Sie öffnete die Speisekammer, schob eine leere Dose Trockenmilch beiseite und griff tief in das Fach hinein. Ihre Finger fanden ein Holzbrett und nahmen es heraus. Dahinter stand ein Glas, das früher einmal mit eingelegten Pepperoni gefüllt gewesen war. Jetzt diente es als Nevenas geheime Bank. Sie holte das Glas aus dem Wandschrank und wischte Spinnweben von seinem Deckel. Eine tote, ausgetrocknete Spinne fiel heraus, als sie den Inhalt auf die Anrichte kippte. In meiner Speisekammer kann noch nicht mal eine Spinne überleben, dachte sie mit dem Anflug eines Lächelns.

Wie alle anderen Leute hatte auch sie harte Währung gespart: Dollars und Deutsche Mark. Nachdem sie alles gezählt hatte, rechnete sie sich aus, dass ihre Ersparnisse etwa den Wert von fünfundfünfzig Dollar hatten. Wenn sie sorgfältig rechnete und versuchte, sich mit den Speisen zufrieden zu geben, die sie heimlich verzehrte, wenn sie für die Ausländer kochte, könnte sie diese schwere Zeit vielleicht überstehen und einstweilen ihre Familie weiter versorgen. Dank Ethans Hilfe hatte Georgi jetzt eine Arbeitsstelle bei einer ausländischen Firma und war einigermaßen abgesichert. Aber Boryana? Nevena betrachtete die zerknüllten Geldscheine auf dem Küchentisch und wusste, was sie für ihre Schwester bedeuteten ... falls Boryana noch lebte.

Nevenas Magen knurrte, und sie presste eine Faust darauf, um ihn zum Schweigen zu bringen. Wenn Ethan dagewesen wäre, hätte sie keinen Hunger verspürt. Trotzdem hatte sie nicht den Wunsch, dass er bei ihr wäre. Sie wollte ihn nicht als heldenhaften Retter sehen. Stattdessen schloss sie die Augen und betete für ihre kleine Schwester und sagte sich, dass sie schon Schlimmeres überstanden hatte, als, wie nicht anders zu erwarten war, von einem verheirateten amerikanischen Mann verlassen zu werden.

Nevena erwachte davon, dass ihr Herz wie wild schlug. Träumte sie, oder drang wirklich Ethans Stimme an ihre Ohren? Sie sprang von der Couch auf, ging zum Fenster und öffnete dabei den unordentlichen Knoten, zu dem sie ihr Haar zusammengesteckt hatte.

Das Fenster war von der Witterung verzogen, konnte daher nicht mehr richtig geschlossen werden und ließ Kälte und Straßenlärm herein. Nevena öffnete es, um sich hinauszulehnen, und die eisige Luft wehte ihr ins Gesicht. Ethan hockte unten auf dem Bürgersteig und hielt einem streunenden Hund, der aufgeregt mit dem Schwanz wedelte, etwas zu fressen hin. »Ethan!«, rief sie nach unten.

Er blickte hoch und winkte. »Ich hab meinen Schlüssel verloren und wollte gerade bei dir klingeln!«

Nevena legte einen Finger auf die Lippen. »Psst, es ist schon spät. Ich komme runter und lasse dich herein.«

Ehe sie die Treppe hinunterlief, zog Nevena sich einen Pullover über das lange Unterhemd, das sie als Nachthemd trug. Unten auf der Straße verschlang der Hund den Rest von Ethans Falafel. Nevena verfolgte, wie der Hund das letzte Stück Sandwich hinunterschluckte, wobei es ihm offensichtlich egal war, dass die dunkelroten, in Essig eingelegten Zwiebeln auf den Erdboden fielen und davonrollten. Die Promenadenmischung hatte an diesem Tag besser gespeist als sie. Nevena hielt mit einer Hand die Tür auf. »Es ist kalt, Ethan. Beeil dich.«

Ethan folgte Nevena die Treppe hinauf. Er stolperte auf den schief getretenen Holzstufen und lachte laut genug, um die Nachbarn zu wecken. Nevena blieb still und fand es gar nicht lustig. In ihrer Wohnung wandte sie sich zu ihm um und schaute ihn vorwurfsvoll an. »Bist du betrunken?«

»Ein wenig vielleicht. Ich war mit Sam unterwegs.«

»Ich glaube, es ist mehr als nur ein wenig.«

»Ach«, sagte er und sank auf die Knie. »Sei doch nicht so.«

»Wie soll ich nicht sein, Ethan? Ängstlich und alleine?«

»Baby, ich habe versucht, dich anzurufen. Stimmt etwas mit dem Telefon nicht?«

»Ich musste es abmelden. Die Inflation ist zu hoch. Ich kann die nächste Rechnung nicht bezahlen.«

»Liebling, du weißt doch, dass ich sie bezahlt hätte.«

»Du warst nicht hier, dass ich dich hätte fragen können.«

»Hör doch, wir hatten in Silistra eine Reifenpanne und mussten den Wagen zu Russe schleppen lassen, damit er ihn reparierte. Woher sollte ich das mit dem Telefon wissen? Ich habe dich fünfmal angerufen.«

Nevena legte den Kopf auf die Seite, musterte ihn mehrere Sekunden lang prüfend und lächelte schließlich. »Na schön. Ich glaube, ich habe mir nur Sorgen gemacht. Du weißt schon, wegen dem, worüber du gesprochen hast, ehe du aus dem Haus gingst.«

»Das tut mir Leid. Ich hätte dich nicht so verlassen dürfen. Das hast du nicht verdient.«

Nevena warf sich ihm entgegen und umarmte ihn. Sie wühlte die Finger in sein Haar und murmelte dicht an seinem Hals: »Es tut mir ebenfalls Leid. Ich möchte mich bei dir dafür entschuldigen, dass ich so kalt war ... und so fordernd. Wir hatten nur eine kurze Affäre verglichen mit dem, was du mit ...« Nevena schluckte und versuchte die Worte *mit deiner Frau* auszusprechen. Sie schaffte es nicht. »... was du mit ihr hattest. Dir steht mehr Zeit zu, und die will ich dir geben.«

»Ich brauche sie nicht. Ich habe eine Antwort für dich. Es sind vielleicht nicht gerade die perfektesten Worte, aber wenigstens sind sie wahr. Ich bin so ehrlich, wie ich es sein kann, nachdem ich feststellen musste, dass so viele Dinge, an die ich geglaubt habe, falsch sind. Ich verspreche dir, Nevena, ich schwöre dir, so lange du mich liebst und immer ehrlich und aufrichtig zu mir bist, werden June und ich nicht mehr zusammenkommen.«

»Danke, Ethan.« Sie küsste ihn. Sein Atem roch nach Whiskey und Bier, aber das machte ihr nichts aus. Sie atmete ihn ein und ließ zu, dass der beißende Geschmack seiner Zunge ihren Mund ausfüllte. »Ethan, komm. Lass uns das Sofa aufklappen.«

Gemeinsam zogen sie die Couch aus und legten sich dann hin. Ethan tat das, was sie sich die ganze Zeit gewünscht hatte. Er rieb seine Füße an ihren, bedeckte und streichelte sie mit heißen Händen. Er küsste sie auf die Wangen und den Hals, und während er mit dem Mund langsam tiefer wanderte, schaute Nevena lächelnd zur Decke. »Das ist es, was ich gewollt habe. Das ist wie der Himmel. Es ist einfach zu schön, um wahr zu sein, dass du bei mir bist. Wenn ich auch noch wüsste, dass Boryana in Sicherheit ist, dann hätte ich nicht den geringsten Zweifel, dass ich noch gar nicht aufgewacht bin und dass all das hier ein Traum ist.«

Den Mund an ihre Schulter gepresst, flüsterte Ethan: »Du kannst absolut glücklich sein. Ich bin hier, und Boryana geht es gut.« Er hob den Kopf, um Nevena in die Augen zu schauen. Sein Lächeln zeigte seine Freude und Befriedigung, ihr solche wunderbaren Neuigkeiten erzählen zu können. »Deine Schwester ist okay. Darin kann ich dich beruhigen.«

Er wollte Nevena wieder küssen, doch sie drehte das Gesicht zur Seite. »Wie kannst du dir so sicher sein?«

»Ich bin es«, meinte er kurz.

»Was soll dieses lächerliche Gerede?«, fragte sie.

»Sei doch nicht so. Es ist doch schön zu wissen, dass mit ihr alles in Ordnung ist, oder nicht?«

»Was glaubst du, wer du bist? Dass du dir einbildest, über meine Schwester besser Bescheid zu wissen als ich? Was weißt du?«

Die Stimmung dieses Augenblicks hatte sich schlagartig verflüchtigt, und er drehte sich auf den Rücken. »Mein Gott, ich bin offenbar betrunkener, als ich annahm. Ich hätte nicht den Mund aufmachen sollen. Ich durfte nämlich nichts verraten.«

»Du hast Geheimnisse vor mir? Über meine eigene Schwester? Seit sie wegging, mache ich mir Tag und Nacht Sorgen wegen ihr. Ständig träume ich von ihr. Ich stelle mir vor, dass sie tot ist oder irgendwo verhungert ...«

»Nichts davon trifft zu.«

»Ethan, sie ist meine Schwester. Für dich ist sie nichts! Wie kannst du nur so überheblich sein und dein Geheimnis bewahren? Ich liebe sie! Ich habe für sie gesorgt wie eine Mutter, und du liegst da, als wäre dein Geheimnis wichtiger als die Tatsache, dass ich deine Geliebte bin! Wem vertraust du mehr? Mir oder dieser Person, der du Verschwiegenheit geschworen hast? Was haben sie mit ihr gemacht? Wer hat dir gedroht, dass du nicht redest?«

»O Gott«, sagte Ethan, rieb sich die Augen und spürte die ersten Vorboten heftiger Kopfschmerzen, als er abrupt nüchtern wurde. »So ist es ja gar nicht. Es war deine Schwester, der ich das Versprechen geben musste.«

»Was? Du kennst meine Schwester noch nicht einmal.«

»Ich habe sie getroffen.

»Wo?«

»Sie tritt als Tänzerin im *Tango* auf und wollte nicht, dass du es erfährst. Sie meinte, du würdest dich schämen.«

Nevena blieb auf die Ellbogen gestützt sitzen, war aber so geschockt, dass sie keinen Ton hervorbrachte. Sie starrte geradeaus ins Leere. Die ganze Zeit, die sie sich wegen Boryanas Schicksal Sorgen gemacht und sich die schlimmsten Dinge vorgestellt hatte, war ihre Schwester nur ein paar Straßen weit weg gewesen. Viele Nächte war Nevena aus dem Schlaf hochgeschreckt, entsetzt von der Vorstellung, Boryanas Gesicht in Schwarzweiß auf einem Stück Papier gedruckt zu sehen, und Ethan hatte neben ihr gelegen und tief geschlafen und sein Geheimnis vor ihr bewahrt. Während Nevena stumme Gebete für sie sprach, hatte Boryana sich für fremde Männer und Angehörige der Mafia ausgezogen. Plötzlich brach Nevena in Tränen aus.

Ethan wollte einen Arm um sie legen, aber sie stieß ihn zurück und schlüpfte aus dem Bett. Ethan seufzte entnervt.

»Nun komm doch, Nevena, komm zurück. Komm in meine Arme.«

Nachdem sie wieder ihren Pullover angezogen hatte, drehte sie sich um und deutete anklagend auf ihn. Sie zitterte und weinte. »Nur einmal in meinem Leben war ich so wütend wie jetzt!«

Ethan richtete sich auf. »Deshalb wollte sie, dass ich dir nichts verrate. Sie wusste, dass du wütend wärst wegen ihrer Stripteasetanzerei und ...«

»Sei still!«, schrie Nevena, der es nun offenbar egal war, ob sie die Nachbarn weckte oder nicht. »Ich bin nicht wegen Boryana wütend. Sie ist noch ein Baby, ein junges Mädchen! Was weiß sie schon? Ich musste ihr die Mutter ersetzen. Ich musste sie bestrafen und mit ihr schimpfen, und sie ist noch nicht alt genug, um zu wissen, wie ich wirklich bin. Sie hat keine Ahnung, dass ich sie verstehen würde! Ihr Irrtum ist durchaus verständlich. Aber du! Du durftest in mein Innerstes blicken und kennst alles, was sich dort angesammelt hat. Hast du wirklich geglaubt, ich würde meine Schwester verstoßen, nur weil sie für Geld ihre nackte Haut zeigt? Erniedrige ich mich wegen Geld nicht sogar ganz genauso? Indem ich die schmutzigen Badewannen reicher Ausländer schrubbe?«

Ethan war entsetzt über ihre heftige Reaktion. Sie weinte noch immer, die Tränen strömten über ihre Wangen und versickerten im Mund. Sie deutete anklagend auf ihn, und sogar ihr Finger zitterte. »Ich habe im Schlaf geweint, weil ich Angst um sie hatte, und du hast mir nichts gesagt! Wie kannst du es wagen herzukommen und mir erklären, dass, wenn ich immer ehrlich zu dir bin, du immer ehrlich zu mir sein wirst und dass wir uns immer lieben werden? Du warst nicht ehrlich zu mir! Du hast mich angelogen, aufs Schlimmste, und das von Anfang an!«

»Bis vor kurzem hatte ich von Boryana keine Ahnung.«

»Das macht keinen Unterschied. Du wusstest Bescheid.«

»Wenn du mir die Gelegenheit gibst, dann kann ich dir erklären, weshalb ich dir nichts gesagt habe ...«

»Jetzt begreife ich, dass wir nicht miteinander reden können«, sagte sie und wich in die Küche zurück. »Du sagst etwas, und ich höre etwas anderes. Ich sage etwas, und du verstehst es ganz anders. Wir kommen aus verschiedenen Welten. Du magst zwar ein Jahr in meinem Land leben, um dein Buch zu schreiben, aber weißt du was? Es wird niemals mehr sein als nur ein Haufen Papier.« Sie lachte trotz ihrer Tränen und nahm einen Ein-Dollar-Schein von der Anrichte, auf der sie das Einmachglas mit dem Geld stehengelassen hatte. Sie wedelte damit vor seinem Gesicht herum. »Was du über uns weißt, wird immer nur so dünn sein wie dieser Schein!«

»Okay, hör auf mit dieser melodramatischen Balkannummer.«

»Ich bin Bulgarin! Was du melodramatisch nennst, ist meine Wirklichkeit!« Sie hob das Glas hoch und zeigte es ihm. »Du verstehst überhaupt nichts, nicht wahr? Schreib in deinem Bericht, was du willst, aber du wirst niemals wissen, wie es ist, wenn man sich durch Berge von Abfall wühlt, weil irgendein Reicher wie du ein schönes, heiles Glas weggeworfen hat! Du hast niemals bei fremden Leuten den Fußboden gewischt oder dich für Geld ausgezogen, und deine ach so perfekte Ehefrau hat es auch nicht tun müssen. Du fütterst Hunde, während Kinder hungern, und du bewahrst Geheimnisse und begreifst nicht, dass du gar nicht das Recht hast, sie zu bewahren. Deine Ehrlichkeit bedeutet mir gar nichts, denn es ist eine wertlose Art von Ehrlichkeit!«

Ethan verließ die Wärme unter der Decke. Er saß mit

hängenden Schultern auf dem Rand der Schlafcouch. Er sah müde und frustriert aus. »Ich habe offensichtlich einen Fehler gemacht, aber ich habe es getan, weil ich es ihr versprochen habe. Ich denke, indem ich mein Versprechen eingehalten habe, habe ich dir bewiesen, dass man mir vertrauen kann. Ich kann nicht gewinnen. Und um ehrlich zu sein, ich bin es Leid, ständig darum zu kämpfen zu gewinnen. Ich bin es überhaupt Leid zu kämpfen.«

Er stand auf und nahm seinen Mantel vom Küchenstuhl. Er fischte zwei zerknüllte Zwanzig-Dollar-Scheine aus einer Tasche und warf sie zu Nevenas restlichem Geld auf die Anrichte. »Das ist für dich, damit ich mir nicht jeden Tag wegen dir Sorgen machen muss.«

Nevena ergriff die Scheine und eilte ihm zur Wohnungstür nach. »Gib mir bloß kein Geld, als wäre ich eine der Prostituierten, die du dir im *Tango* angesehen hast.«

»Deswegen bist du so wütend!«

»Nicht deswegen. Der Teufel soll dich holen! Dich und deine Nutten!«

»Ist es das, was du denkst? Dann hast du Recht! Wir kennen einander überhaupt nicht!«

»Nimm dein dreckiges Geld zurück«, verlangte Nevena mit brüchiger Stimme. Sie versuchte, ihm die beiden Zwanziger in die Hand zu drücken. »Ich will es nicht.«

Ethan trat hinaus in den Flur und sein Gesicht wurde von Dunkelheit verschluckt. Er behielt die Faust geballt und weigerte sich, das Geld anzunehmen. »Du willst es nicht? Wer sagt denn jetzt die Unwahrheit?«

»Ich spucke darauf! Ich spucke auf dein dämliches Geld!«, schrie Nevena, während er sich anschickte, die Treppe hinunterzugehen. Sie hielt die beiden Zwanziger vor sich und bespuckte sie mit einem zischenden Laut. Ihr wurde bewusst, wie kindisch ihre Worte waren und wie lächerlich sie sich verhielt, aber sie konnte nicht aufhören. »Ich spucke darauf!«, schrie sie abermals, obgleich sie Ethan nicht mehr sehen konnte.

Als sie hörte, wie unten die Haustür geöffnet wurde und dann ins Schloss fiel, trocknete sie sich die Augen und drückte die Geldscheine in ihrer Faust zusammen, als könne sie den Speichel aus ihnen herauspressen oder sie verzaubern, sodass Blut aus ihnen herauslief. »Luzhetz!«, sagte sie stützte sich mit einer Hand auf das wacklige Treppengeländer und bemühte sich, regelmäßig und ruhig durchzuatmen. »Luzhetz!«

Ethan war ein oder zwei Minuten weg, als Nevenas Finger sich entspannten. Ihre Hand öffnete sich langsam. Ihre Augen brannten, während sie das Vermögen in ihrer Hand betrachtete. Sie strich die beiden Scheine glatt und trocknete sie an ihrem Pullover ab. Ehe sie zu Bett ging, fügte Nevena die beiden Zwanziger den Ersparnissen aus ihrem Einmachglas hinzu und band das Bündel mit einem Stück Schnur zusammen. Sie stellte das Glas zurück in sein Versteck in der Speisekammer und vergewisserte sich, dass das lose Holzbrett wieder an Ort und Stelle war. Nun, da Ethan gegangen war, empfand sie seine Abwesenheit noch viel quälender als den bohrenden Hunger in ihrem leeren Magen.

Ich habe einen Fehler gemacht, dachte sie. Aber er hat auch einen Fehler gemacht. Sie ging zum Kühlschrank und holte ein Stück altes Brot heraus, das sie für das Frühstück am Morgen aufbewahrt hatte, und schlang es in ein, zwei Bissen hinunter, wobei sie leise vor sich hin weinte. Wenigstens konnte sie jetzt, mit dem zusätzlichen Geld in ihrer privaten Bank, etwas gegen ihre Magenschmerzen tun.

23

Betrifft: Dritter Vierteljahrsbericht
Datum: Mi. 12. März 1997, 09:55:24 -8000
Absender: Ethan Carver <ecarver@sof.cit>
An: Die Locke-Fields Scholar Commission
<grant.schol@acad.com>

Sehr geehrte Komission,

Auf Ihre Anfrage bezüglich der Demonstrationen hier in Sofia schicke ich Ihnen einen Bericht über meine Fortschritte und meine Lage. Wie Sie wissen, hat das Parlament sich den ganzen Januar hindurch gegen einen Kompromiss gewehrt. Die Proteste hielten an, wobei die Opposition sofortige Wahlen forderte und sich mit nichts anderem zufrieden geben wollte. Die Hauptstraßen der Stadt waren gesperrt, die öffentlichen Verkehrsmittel fuhren nicht mehr, die Taxifahrer streikten, und die Temperaturen sanken unter den Gefrierpunkt. Wie Sie sich sicher vorstellen können, ging die Arbeit an meiner Dissertation während dieser schwierigen Zeit in Bulgarien nur langsam voran. Als der Wert des Lew bis auf 1850 sank, kam es zur offenen Revolte. Überall im Land wurden die Universitäten geschlossen, die Arbeiter streikten, und die Hauptverkehrsadern wurden von den Bauern mit großen Landmaschinen gesperrt. In Sofia wurden Sitzbänke herausgerissen und Zeitungskioske umgestürzt und zerstört, um Straßen und Plätze für Protestversammlungen freizuhalten. Überall in der Stadt wurden Feuer angezündet. Die Sozialisten konnten sich der Forderung der Opposition nach einer Reaktion nicht mehr verschließen.

Am Ende erklärte Dobrev sich mit vorgezogenen Wahlen einverstanden. Wenn er sich geweigert hätte, wäre in diesem Land vielleicht schon längst der Bürgerkrieg ausgebrochen. Die Wahlen sind für den April angesetzt. Im Land herrscht Ruhe, und man widmet sich der Lösung der wirtschaftlichen Probleme. Läden sind geschlossen, Waren knapp, man muss sogar nach den Grundversorgungsgütern in langen Warteschlangen anstehen, und die Apotheken haben keine Medikamente mehr. Es gibt hier eine politische Gruppierung mit dem Namen BRF (Bewegung für Recht und Freiheit), die die Islamische Bewegung während des Krieges in Bosnien unterstützt hat. Sie steht in enger Verbindung zur UDF. Wenn die UDF das Parlament kontrolliert, wird die BRF versuchen, ihren Interessen mehr Gehör zu verschaffen. Spannungen zwischen den orthodoxen Christen und den Moslems könnten weitere Probleme aufwerfen. Der Wert der Währung ist weiter gesunken, und zurzeit werden 2750 Lewa für einen Dollar gezahlt. Eine Währungskontrolle ist wahrscheinlich der einzige Weg, um das Land zu retten. Die Fortschritte meiner Arbeit werden durch die alltäglichen Versorgungsengpässe spürbar behindert, und doch weiß ich genau, dass diese Erfahrungen für meine Dissertation von unschätzbarem Wert sind.

Mit den besten Grüßen

ETHAN CARVER

Am ersten Frühlingstag schneite es auf dem Balkan. Der Wind kam von Adriatischen Meer, überquerte Albanien, danach Mazedonien, Serbien und Bulgarien und brachte die Kälte in die vier Länder, die auf der Karte aussahen, als drängten sie sich zusammen, um einander warm zu halten. In dem alten und geschundenen Land Albanien marschierte die Kälte genauso langsam voran wie die Volksmilizen und ihre geraubten Panzer. Chavdar hatte Recht gehabt. Die Unruhe auf dem Balkan war ansteckend. Die Albaner, die mit zerlumpten Mänteln, dicken Socken und durchlöcherten Schuhen bekleidet waren, brachen in Lagerhäuser voller Waffen aus den Zeiten des Kalten Krieges ein, die fast vergessen unter verstaubten braunen Abdeckplanen geschlummert hatten. Sie zogen mit ihren Waffen nach Norden, um die Regierung zu stürzen, die ihnen alles Geld gestohlen und einen Bankenskandal ähnlich dem in Bulgarien inszeniert hatte. Unrasiert, mit vor Müdigkeit trüben Augen und Gelenken, die vom unerträglichen Wetter steif waren, näherte sich die Streitmacht, in der betrunkene Fahrer gestohlene Panzer lenkten, Tirana.

Mazedonien, eingekeilt zwischen Albanien und Bulgarien, vereiste allmählich. Der Gipfel des Vodno, weiß und von Wolken umhüllt, wachte über die Hauptstadt Skopje.

Tief unten gefror der Vardar, der seichte Fluss, der die Stadt durchschnitt, unter der zerfallenden steinernen Fußgängerbrücke, die die christlichen und muslimischen Stadtviertel miteinander verband – oder genauer: die ihre strenge Trennung voneinander markierte. Kinder spielten auf beiden Seiten des eisigen Pfades, der sich zwischen den Ufern des mit Müll bestreuten Grabens erstreckte. Eine Gruppe mazedonischer Jungen und Mädchen zog einen Schlitten nach Süden, und im Norden bewarfen albanische Jungen sich unter lautem Geschrei gegenseitig mit Schneebällen. In der Stadt herrschte eine Stimmung widerstrebender Duldung der Trennung. Es war zu kalt für die Männer, um die Drohungen, die sie zu Hause am Kaffeetisch und vor dem Schwarzweißfernseher ausstießen, in die Tat umzusetzen. Noch war die Zeit nicht reif, den Krieg zu beginnen, der ihrer Meinung nach unvermeidbar war. Auf beiden Seiten des Flusses blieben die Christen und die Muslime in ihren Häusern und beklagten sich bei anderen, die sie als »ihresgleichen« bezeichneten, über die Feinde im anderen Teil der Stadt.

In Sofia war der Aufstand vorüber, ohne dass das jedoch gefeiert worden wäre. Nevena verfolgte zusammen mit Boryana, die sie schließlich im *Tango* aufgesucht hatte, die lahme Nachrichtensendung auf Kanal Eins des bulgarischen Fernsehens.

Boryana hatte auf Nevenas Klopfen hin die Tür ihrer Garderobe geöffnet, wobei sie einen Morgenmantel krampfhaft um sich zusammenraffte. Sie wirkte unglaublich groß, und Nevena bemerkte die oberschenkelhohen Plateaustiefel mit ihren übertrieben spitzen Stilettoabsätzen aus Metall. Ihre Augen waren mit dunklem Make-up verschmiert, und ihr Haar türmte sich in einer unordentlichen Frisur auf ihrem Kopf. Sie sah aus, als sei sie um zehn Jahre gealtert.

Nevena zögerte. Die junge Frau, die jetzt vor ihr stand, sah völlig anders aus als jene, die ein Jahr zuvor von den Stufen der Nationalbibliothek geflohen und die ganze Zeit über spurlos verschwunden war.

Boryana verschränkte die Arme vor der Brust, schien sich noch tiefer in ihren Morgenmantel verkriechen zu wollen und starrte wortlos zu Boden. »Ich wusste, dass du mich irgendwann finden würdest«, sagte sie. Ihre Unterlippe zitterte, und plötzlich war sie wieder die kleine Schwester.

Nevena war total überwältigt. »Oh, Boryana«, sagte sie, machte einen Schritt nach vorn und schloss sie in die Arme. »Ich habe dich schrecklich vermisst.«

Boryana brauchte einige Sekunden, ehe sie ebenfalls die Arme ausbreitete, um die Umarmung zu erwidern. Dann, einander festhaltend, schwankten sie hin und her. Während sie sich Tränen aus den Augen wischte, trat Boryana zurück. »Ich hatte erwartet, du würdest schimpfen. Du warst immer so spießig.«

»Nein«, sagte Nevena, »ich bin nur glücklich, dass du unversehrt bist. Oh, Boryana, milichka, was gibt es Neues bei dir? Du musst mir alles erzählen. Wir haben uns so lange nicht gesehen.«

»Du siehst doch, was es bei mir gibt. Mir geht es gut. Ich habe einen festen Freund.«

»Ist er nett zu dir?«

»Er ist sehr großzügig.«

»Hast du deine Ausbildung abgebrochen?«

»Die Sekretärinnenschule, ja, damit habe ich aufgehört. Aber ich nehme immer noch Englischstunden.«

»Das ist gut.«

»Und was ist bei dir? Gibt es was Neues?«

»Ich war in Vodenicharsko und habe Baba Safi besucht.«

Boryana räusperte sich. »Ich will nicht über zu Hause sprechen. Komm, setzen wir uns.« Sie deutete auf eine Couch an der Wand. Sie ließen sich darauf nieder.

»Wir brauchen nicht von zu Hause zu reden, wenn du das nicht willst«, sagte Nevena. »Wir können reden, über was immer du möchtest.«

»Wer ist der Amerikaner?«

»Ein Freund. Ein neuer, sehr guter Freund.«

»Hat er dir erzählt, wo du mich finden kannst?«

»Ja.«

»Ich wusste es. Ich dachte, dass ich ihm vielleicht trauen könnte, aber es war offensichtlich, dass er dich liebt. Ich wusste, dass er dir über kurz oder lang alles verraten würde.«

»Ich glaube, er hat das Geheimnis so lange wie möglich bewahrt.«

»Ich freue mich für dich. Er schien sehr nett zu sein.«

Nevena senkte den Blick und spielte mit dem Armband, das Ethan ihr geschenkt hatte. »Das ist er.« Nach einem kurzen Moment ergriff sie Boryanas Hand. »Weißt du, du brauchtest keine Angst zu haben, dass ich dich finden würde, Boryana. Wenn du tanzt, dann ist das in Ordnung. Aber wenn du ... wenn du andere Dinge für noch mehr Geld tust, dann wäre ich todtraurig.«

»Das tue ich nicht«, beteuerte Boryana. »Nicht alle Mädchen tun das.«

»Bestimmt hältst du mich für altmodisch und sagst, dass ich entsetzlich übertreibe, aber was ist mit der ...«, Nevena senkte die Stimme zu einem Flüstern herab. »Was ist mit der Mafia? Wenn du wirklich so viel Geld verdienst, wie es den Anschein hat, dann ist offensichtlich, was hier vorgeht.«

»Ich weiß, was du denkst, Nevena. Aber dieser Club ist ein völlig legaler Betrieb. Nur weil er profitabel ist, muss er nicht unbedingt etwas Schlechtes sein. Assen ist ein guter Chef. Er zwingt uns zu gar nichts. Er ist nicht so wie die richtigen mutras.«

»Aber das ist es ja. Gerade weil der Betrieb einen hohen Gewinn abwirft, ist er nicht sicher. Du musst dich in Acht nehmen.«

Boryana baumelte nervös mit den Beinen. »Ich nehme mich schon in Acht«, erwiderte sie, allerdings ohne viel Überzeugung.

»Mal ehrlich, was weißt du von diesen Männern?«

»Alles, was ich wissen muss, ist, wie viel sie mir zahlen.«

»Das verstehe ich nicht unter in Acht nehmen, das ist einfach naiv!«

»Nenn mich nicht naiv, Nevena! Ich bin nicht mehr unschuldig, und ich bin nicht dumm, aber ich hab dir gesagt, ich nehme mich in Acht. Okay? Hör auf. Hör auf, dich aufzuspielen, als seist du für mich verantwortlich. Ich bin jetzt erwachsen. Ich kann selbst auf mich aufpassen.«

Nevena betrachtete stumm ihre Schwester. Dann, als sie nicht länger an sich halten konnte, platzte sie heraus: »Ich wünschte, du würdest das alles nicht tun! Komm zurück, Du kannst bei mir wohnen!«

Boryana erhob sich und richtete anklagend einen Finger auf ihre Schwester. »Ich wusste, dass es darauf hinauslaufen würde! Du kannst mich nicht mehr unterstützen! Wir haben beide unser eigenes Leben, du kannst dich nicht für mich aufopfern! Ich brauche das Geld!«

»Aber kein Geld der Welt ist es wert, sich so in Gefahr zu begeben!«

Boryana begann auf und ab zu gehen. Dabei bedeckte sie

ihre Augen mit einer Hand. Sie war schrecklich mager, und mit den Stiefeln und dem kurzen Hausmantel sah sie aus wie ein kleines Mädchen, das große Dame spielen wollte. »Was soll ich deiner Meinung nach tun? Wegen ein paar Drohungen auf das Geld verzichten?«

»Was für Drohungen?«

Boryana blickte zur Decke und seufzte.

»Was für Drohungen? Sag es mir!«

»Es ist nichts Schlimmes. Wirklich. Irgendein mutra von IZTOK will den Club kaufen. Assen will ihn aber nicht hergeben. Es gibt da ein kleines Problem.«

»Wenn diese Männer beteiligt sind, gibt es keine kleinen Probleme.«

»Ich weiß. Ich warte bloß, ob Assen den Club verkauft oder ob sie ihn sich gewaltsam nehmen. Wenn er nicht verkauft und sie ihn nicht umbringen, bleibe ich. Wenn nicht, dann verschwinde ich. Vielleicht würden sie mich sowieso rauswerfen. Aber für diese anderen Männer arbeite ich ganz bestimmt nicht. Ich weiß genau, was sie von mir erwarten. Und ich werde niemals tun, wozu die anderen Mädchen bereit sind.«

»Versprich es mir, Boryana. Du musst es mir versprechen, bitte.«

»Ich verspreche es. Ich werde schon auf mich aufpassen. Du solltest wissen, dass ich es niemals zulassen würde, dass mir irgendetwas zustößt.«

Nevena sah ihre Schwester lange und eindringlich an. Schließlich nickte sie. »Okay. Solange ich dein Versprechen habe, mache ich mir keine Sorgen.«

Am Ende taten sie das, was bulgarische Frauen immer tun, sie wechselten das Thema. Boryana rauchte eine Zigarette, und nach einer Weile tranken sie eine Fanta Orange, öffneten eine Tüte Salzgebäck und begaben sich in

Assens Büro, um sich die Neun-Uhr-Nachrichten anzusehen.

Das Einlenken der Sozialisten und ihr Versprechen, Wahlen abhalten zu lassen, wurde von allen Menschen, nicht nur von den Petkova-Schwestern, mit Misstrauen und eisiger Reserviertheit begrüßt. *Der Ausgang einer Wahl ist immer ungewiss*, sagten sie. *Noch hat sich nichts geändert.* Anstatt singend durch die Stadt zu marschieren, verfolgten die Bürger Sofias an Schwarzweißfernsehern in öffentlichen Bars langweilige Politikerreden, während die eisige Kälte ihren Atem wie eine einzige weiße Wolke erscheinen ließ, durch die alles nur verschwommen zu erkennen war. Niemand raffte sich zu einem Kommentar auf. Es war zu früh und zu töricht, sich irgendwelchen Hoffnungen hinzugeben.

Der Tatsache hilflos ausgeliefert, dass ihr eigener Lebenszyklus nicht mehr mit dem der Natur in Einklang stand, brachten trächtige Hündinnen in verlassenen Schuppen und Kellern Junge zur Welt. Die unterernährten Hündinnen hatten keine Milch, und das Winseln und Jaulen der verhungernden Welpen war nächtelang überall in der Stadt zu hören. Die Menschen ließen die Kadaver liegen, wo sie waren, zusammengerollt, die Schnauzen zwischen die Hinterbeine geklemmt. Niemand würde sich um sie kümmern, bis das Tauwetter einsetzte und sie zu stinken anfangen würden.

Als die Sozialisten den Forderungen nach vorgezogenen Wahlen nachgegeben hatten, rief die *Union demokratischer Kräfte* die Anhänger der Opposition im ganzen Land auf, die Straßensperren niederzureißen und an ihre Arbeit zurückzukehren. Die Kreuzungen in Sofia waren wieder frei für einen ungehinderten Verkehr, aber auf den Straßen waren nur wenige Autos zu sehen. Das Land wurde von einer neuen Benzinknappheit heimgesucht, und es verkehrten nur vereinzelt Straßenbahnen und Autobusse. Die wenigen, die fuhren, waren noch klappriger als zuvor und immer noch völlig überfüllt mit Fahrgästen. Niemand konnte sie benutzen, ohne zwischen den anderen Fahrgästen mit faulen Zähnen, Krebsgeschwülsten, Körpergeruch und schlimmen Hautkrankheiten eingepfercht zu werden.

Es war ein trüber Mittwochmorgen, als June Raina anrief, um ihr mitzuteilen, dass sie immerhin *versuchen* würde, zu ihr zu kommen, vielleicht sogar einen Schlafsack mitbrächte, um dort zu übernachten und den Prozess, sich von Chavdar zu lösen, voranzutreiben. Das Rufzeichen ertönte, aber niemand meldete sich. June legte auf und versuchte es erneut. Es war nicht ungewöhnlich, dass der erste Versuch fehlschlug. Oft musste man drei- oder viermal wählen, ehe eine Verbindung zu Stande kam. June versuchte es wieder. Und noch einmal. Sie schläft, dachte June. Sie ist betrunken oder auf der Toilette. Sie ist nach unten gegangen und unternimmt einen Spaziergang. »Es gibt keinen Grund, sich Sorgen zu machen«, flüsterte sie, aber plötzlich hatte sie einen derart heftigen Magenkrampf, dass sie sich kaum aufrecht halten konnte. »Kein Grund zur Sorge«, wiederholte sie.

June zog sich ihre wärmsten Kleider an und wartete eine halbe Ewigkeit an der Straßenbahnhaltestelle. Endlich, nach fast zwei Stunden, tauchte der einzige schrecklich ramponierte Straßenbahnwagen, der zwischen der Innenstadt und Darvenitsa verkehrte, aus dem Wald auf und hielt mit kreischenden Bremsen. Knirschend öffneten sich die

Türen, und June zwang sich, einzusteigen und sich zwischen die dichtgedrängten Fahrgäste zu drücken. Sie sah derart erschöpft und besorgt aus, dass ein halbwüchsiger Junge aufstand und ihr seinen Sitzplatz anbot. Es war Mittag, als sie an der vorletzten Haltestelle aus der Bahn stieg, die Gleise überquerte und zu dem großen Wohnblock hinüberging, in dem sie noch vor kurzem zu Hause gewesen war. Kinder, die gerade aus der Schule kamen, rannten mit flatternden Schals auf den Apartmentblock zu, wo das Mittagessen auf sie wartete.

Den Kopf wie zum Schutz vor der Kälte gesenkt haltend eilte June zur Haustür. Ehe sie die Treppe hinaufstieg, machte sie einen Abstecher in den Gemischtwarenladen in der Garage im Parterre. Dimchos Mutter stand hinter der Theke und wickelte Käseportionen und mehrere Stücke Schweinefleisch für zwei ältere Frauen in dickes weißes Papier. Sie sah June hereinkommen und hob grüßend die Hand. Ihre Stirn war von Sorgenfalten zerfurcht, und ihre schmalen Lippen waren ständig zu einem Ausdruck der Missbilligung zusammengepresst. Sie reichte den Frauen die Päckchen, und June konnte erkennen, dass das Einwickelpapier vom Fleisch und dem Käse bereits feucht zu werden begann. Die beiden Frauen verstauten ihre Einkäufe in Plastikeinkaufskörben und verließen dann den Laden.

Dimchos Mutter sprach kein Englisch, daher unterhielt June sich mit ihr mühsam auf Bulgarisch. »Guten Tag, Gosposha Dimitrova.«

»Es war nicht Dimchos Schuld«, beteuerte seine Mutter. Sie wischte sich die Hände an einem Handtuch ab und kam um die Theke herum. »Sie war Alkoholikerin, und sie hat ihm gesagt, was er tun sollte. Sie können meinem Sohn keine Vorwürfe machen.«

»Ihrem Sohn Vorwürfe für was machen?«, fragte June, obgleich das Gesicht der Mutter deutlich verkündete, was geschehen war. Man sah es in den rot geränderten Augen, dem ungewaschenen Haar, der bleichen Haut.

»Sie wissen es nicht?«, fragte Frau Dimitrova erschrocken. »Sie haben sie gestern abgeholt. Dimcho meinte, er wolle Sie anrufen.«

»Wo haben sie sie hingebracht?«

»Keine Ahnung. Wo sie sie immer hinbringen.«

June öffnete die Tür zu ihrer alten Wohnung und spürte die Stille. In der Wohnung war es kälter als draußen auf dem Flur. Sie machte einen zaghaften Schritt ins Wohnzimmer, wo Raina geschlafen hatte. Wer immer sie abgeholt hatte, hatte in dem Zimmer nichts verändert. Aufgerissene Zigarettenstummel und Tabakskrümel bedeckten die Rauchtischplatte rings um Rainas Tabakspfeife, und auf dem Fußboden stand ein Glas mit einem klebrigen Rakirest darin. Die Schlafcouch war ungemacht, und am Fußende lagen alle Decken zusammengeknüllt, die June ihr gegeben hatte, sowie Rainas dicker Mantel und ein Handtuch aus dem Badezimmer. Die flauschige pinkfarbene Mütze lag neben dem Kissen. Das Innere war halb nach außen geschlagen, so als hätte jemand sie von Rainas Kopf entfernt. Gleich in der Nähe, zu einem Knäuel zusammengedrückt, lag der gleichfarbige Schal.

Auf dem Bett gab es keine Spuren von Rainas Tod. June hatte mit einem ganz speziellen Geruch gerechnet, aber da war nichts ... außer dem leichten Hauch von Alkohol und der Schalheit alten Zigarettenrauchs. Sie schloss die Augen und holte tief Luft. Plötzlich sah sie Raina unter all den Decken vor sich, wie sie in einen Mantel schlüpfte und ein Handtuch um ihre Füße wickelte. Am Kopfende des Bettes standen eine leere Rakiflasche und ein Kaffeebecher.

Langsam streifte June die Handschuhe ab. Sie legte die nackten Hände auf den Heizkörper und spürte den kalten Stahl an ihren Handflächen. Die einzelnen Rippen des Heizkörpers waren eisig. »Raina«, sagte sie mit zitternder Stimme. »Was hast du getan? Mein Gott, Raina, was hast du getan?«

Sie rannte hinaus und die Treppen hinunter. Mit flackernden Augen trommelte sie gegen Dimchos Tür. »Wie konnte die Heizung abgestellt werden?«, schrie sie und schlug mit flachen Händen gegen das Holz. »Mach auf und antworte, Dimcho! Wie konnte, verdammt noch mal, die Heizung abgestellt werden?«

Die Tür gab nicht nach, aber nach einer Weile erklang auf der anderen Seite eine leise, ängstliche Stimme. »Sie hat sie nicht bezahlt.«

»Was meinst du damit, sie hat sie nicht bezahlt? Ich habe sie bezahlt! Ich habe dir Geld gegeben, um die Heizrechnung zu begleichen!« Der Junge hätte das Geld nur am Kassenschalter ein Stück die Straße hinunter einzahlen müssen.

»Aber sie hat stattdessen das Geld haben wollen!« Dimcho weinte und stotterte jetzt, als seine Worte von heftigen Schluchzern zerhackt wurden. June konnte ihn durch die Tür kaum verstehen. »Sie sagte ... das Geld wäre für sie, und dass ... dass ... dass der Raki sie mehr wärmen würde als dieser un-n-n-nütze Heizkörper.«

»Du hast ihr Raki gekauft, anstatt die Rechnung für die Heizung zu bezahlen?« June hätte am liebsten die Tür eingetreten und Dimcho geschlagen, weil er so dumm gewesen war, und dann hätte sie am liebsten auch Raina verprügelt, weil sie eine solche Trinkerin war, und gleichzeitig hätte sie am liebsten auch sich selbst geohrfeigt, weil sie bei der einzigen guten Sache, die sie hatte tun wollen, total versagt hatte.

»Sie sagte, bald k-k-käme der Frühling. Und dann bräuchte sie keine Heizung mehr. Jeden Tag beklagte sie sich, sie hätte nicht genug Geld für Zigaretten. Als sie mich bat, Raki und Zigaretten zu kaufen, sagte sie, es wäre für eine P-p-p-party! Bitte, Mrs. Carver, ich wusste es doch nicht anders, ganz bestimmt nicht!«

June stand noch immer vor der Wohnungstür und stützte sich mit einer Hand dagegen, als Dimchos Mutter auf dem Treppenabsatz erschien, in der Hand zwei Flaschen aus ihrem Laden. June weinte jetzt und schlug immer noch gegen die Tür, aber nicht mehr so heftig wie vorher. »Ich dachte, Sie hätten versprochen, ihn in Ruhe zu lassen!«, rief Frau Dimitrova.

»Die Heizung war abgestellt!«, schrie June auf Englisch, obgleich die Frau sie nicht verstehen konnte. »Sie müssen gewusst haben, dass sie fror! Dimcho wusste, dass die Heizung abgestellt war! Wie konnten Sie das zulassen? Wie?«

»Verschwinden Sie von hier«, zischte Frau Dimitrova, während sie versuchte, die Tür zu öffnen, die Dimcho von innen zuhielt.

June verstummte und konnte in der Wohnung Dimcho weinen hören. June riss sich zusammen und atmete heftig nach ihrem Wutausbruch. Dimchos Mutter schaffte es schließlich, die Tür zu öffnen. »Hören Sie, sagen Sie ihm, es täte mir Leid. Ich wollte nicht ihm die Schuld geben.«

Frau Dimitrova schloss die Tür, noch während June redete.

June schlug die Hände vors Gesicht. »Oh Jesus, Jesus. Oh Scheiße. Wie konntest du das zulassen?«, fragte sie abermals. »Wie konntest du nur? Wie?« Diesmal redete sie mit sich selbst.

Raina hatte in Junes Apartment nicht viele persönliche Besitztümer: ein paar Bücher, einen Kerzenständer und ein Kartenspiel. Im Bücherregal stapelten sich all die Bücher für die Kurse, die sie nicht mehr gab, und daneben stand ein Foto von Maria, ihrer Tochter, die in Berlin lebte und nur sehr selten schrieb. In der Küchenschublade befand sich ein Feuerzeug, das sie geliebt hatte – eine silberne Zippo-Imitation mit dem Bild einer Palme darauf. Es gab nichts in der Wohnung, das darauf hinwies, dass Raina jemals eine gescheiterte Ehe geführt und eine Scheidung hinter sich hatte, dass sie mal eine schöne Frau gewesen war, dass sie früher eine intelligente und rebellische Universitätsstudentin gewesen war oder dass sie in ein paar Monaten Großmutter geworden wäre. Es gab kein Album mit Fotos aus ihrer Jugend, keine Erbstücke von ihren Eltern, die aufs Land verbannt worden waren, keine Schubladen mit liebevoll aufgehobenen Briefen mit deutschen Briefmarken auf den Umschlägen. Stattdessen schimmelte in der Küche ein Brot vor sich hin, standen ein Dutzend leerer Flaschen auf dem Balkon und ein Topf mit kalter, fest gewordener weißer Bohnensuppe auf dem Herd.

June sammelte Rainas Besitztümer ein und legte sie auf das Bett. Sie hatte noch vor zwei Tagen mit ihr gesprochen, und Raina hatte ihr versichert, alles sei völlig in Ordnung. Und jetzt gab es sie nicht mehr. June ergriff die Tabakspfeife. Nach einem kurzen Moment lachte sie schallend auf, als sie sich vorstellte, wie die zähe alte Raina dasaß und ihre zusammengekratzten Tabakreste in einer Männerpfeife aufrauchte, bekleidet mit der pinkfarbenen flauschigen Mütze. Natürlich hätte eine solche Frau sich niemals gemeldet, wenn es zu kalt wurde. Sie selbst hatte die Heizung abgedreht, und sie war zu stolz, jemanden um Hilfe zu bitten. Wenn mitten in der Nacht die Decke nachgegeben und ihr eine Schneelawine auf den Kopf gefallen wäre, hätte Raina sich nur eine weitere Wolldecke über den frierenden Körper gezogen und die nächste Flasche geöffnet. Sie war stur, wartete auf den Frühling und die Sonne ... und auf die Wahlen. Sie war so aufgeregt gewesen über die Aussicht auf diese verdammten Wahlen. So aufgeregt, dass sie wahrscheinlich ein paar Drinks gebraucht hatte, um sich zu beruhigen.

June fühlte sich müde und streckte sich kurz entschlossen auf der Couch aus. Es war unendlich gemütlich. Mit den Decken auf ihrem Körper und die Nase in den rauchgeschwängerten Kragen von Rainas Mantel gedrückt, konzentrierte June sich auf den Blick aus dem Fenster und sah das Gesicht ihrer Mutter, Rainas Gesicht und ihr eigenes Spiegelbild. Der Vitosha war zu sehen, abweisend und prachtvoll zugleich. Dahinter trieb eine imposante Wolkenformation, deren Farbe vom hellsten Weiß bis zum tiefsten Schwarz reichte. Vielleicht hatte Raina den Berg betrachtet, während sie ihre letzten Atemzüge machte.

June streckte die Hand aus, berührte den weichen Schal und sah, dass die Handschuhe ebenfalls da waren. Den ganzen Winter über hatte Raina dicke Wollsocken über die Hände gezogen und erklärt, dass sie die zum Schal und der Mütze passenden Handschuhe nur bei einer besonderen Gelegenheit tragen wollte. Raina hatte Dimcho erklärt, der Raki und die Zigaretten seien für eine Party gedacht. June schloss die Augen und verdrängte das. Nur zwei Wochen, und Raina hätte mit ihr auf die Wahlen anstoßen können, dachte June. Stattdessen hatte sie ganz alleine gefeiert.

24

Betrifft: Häh?
Datum: Mo. 10. März 1997, 08:55:12 -0800
Absender: June <jcarver@sof.cit>
An: Lilly <org. beauty@ink.net>

Was weißt Du von meinen Schweigephasen? Was von meinem Mich - Abkapseln? Du lebst in Deinem eigenen Melodrama, in dem Du die Amateurpsychologin bist, die auf wunderbare Art und Weise ihre psychotische Schwester heilt. Wenn Du unbedingt meine Therapeutin spielen willst, dann sollst du erst mal wissen, dass Raina gestorben ist, kannst du das begreifen? Sie STARB und wurde irgendwo beerdigt, und man wollte mir noch nicht einmal mitteilen, wo. Ich bin noch immer hier, und gerade fängt ein neuer Tag in dieser Glasglocke an. Psychoanalysiere meine Einstellung in dieser E-Mail, interpretiere mich, prophezeie mir meine Verzweiflung, tu was Du willst, aber hör endlich damit auf, mir vorzuschwärmen, was für ein wundervoller Ort Kalifornien ist. Auch dort leiden Menschen. Überall. Vergiss es endlich.

Ich liebe Dich, auch wenn Du in den Siebzigern zu viele Trips eingeworfen hast. Du bist meine Schwester, aber manchmal bist Du nur ein nervender Hippie. Und um Deine Frage in einer Deiner länger zurückliegenden Mails zu beantworten: Nein, ich bin nicht okay. Aber was soll's, wer ist das schon?

LIEBE, JUNE

Wieder einmal packte June ihre Siebensachen. Ziellos, zwanghaft rannte sie durch die Stadtwohnung, warf Dinge auf das Bett, trank wiederholt aus der Weinflasche und drehte die Musik auf volle Lautstärke. Seit Raina gestorben war, hatte sie ständig getrunken – besonders heftig, nachdem sie erfahren hatte, dass es keine Beerdigung, nicht mal irgendeine kleine Zeremonie geben würde. Die Tochter kam nicht zurück, ihr Ex-Ehemann könne nicht gefunden werden, und June war von der Einäscherung nicht in Kenntnis gesetzt worden, denn »Wer war sie schon?«

Nachdem sie aus den surrealistischen, irrenhausähnlichen Fluren des Piragov-Hospitals in die eisige Nachtluft hinaus gestolpert war, fühlte June sich plötzlich völlig nüchtern. *Wenn jemand, der einem nahe steht, plötzlich stirbt, betrachtet man sein eigenes Leben ein wenig genauer. Dann ist es unabwendbar, das man sich verändert.* Sie wiederholte im Geiste Rainas Worte wieder und wieder, während sie in die Wohnung zurückkehrte. Sie wusste genau, dass sie keine weitere Nacht unter Chavdars Kontrolle verbringen konnte.

Das Telefon hatte den ganzen Tag geklingelt. Ein Wagen mit getönten Scheiben parkte auf der anderen Straßenseite. Sie war betrunken, verängstigt und traurig und einem hysterischen Anfall nahe. Sie wollte nichts anderes, als ihre Sachen in das Apartment in Darvenitsa schaffen, das Licht löschen, die Tür abschließen, sich auf der Couch zusammenrollen, auf der Raina gestorben war, und dort für immer ungestört liegen bleiben.

Zweimal hintereinander ertönte die Türklingel. June zog den Vorhang zur Seite, nur ein winziges Stück, und spähte aus dem Fenster. Chavdar stand unten und blickte mit wütender Miene herauf. Die Klingel ertönte abermals. Sie konnte geradezu seinen Finger auf dem Klingelknopf sehen, die zornige Beharrlichkeit in seinen Augen. Er riss sich den roten Schal vom Hals, beugte sich erneut vor und ließ diesmal den Daumen auf dem Knopf liegen. Das Klingeln wollte nicht aufhören. Es gab nichts, was June hätte tun können. Sie versteckte den Koffer unter dem Bett, schaltete die Stereoanlage aus, betätigte den Türsummer und ließ ihn ins Haus.

June öffnete die Wohnungstür einen Spaltbreit und trat abwartend zurück. Chavdars schwere Schritte kamen die Treppe herauf. Er stieß die Tür auf und sagte noch nicht einmal »Hallo«. Stattdessen ging er an ihr vorbei ins Schlafzimmer, schaute sich dort um und kehrte dann in die Küche zurück. Er öffnete den Kühlschrank. »Warum ist er leer?«

»Ich habe nicht eingekauft.«

»Gib mir was zu trinken.«

June schenkte ihm ein Glas Wein ein und sah zu, wie er es in einem Zug leerte. Sie schenkte ein weiteres ein. »Ist etwas nicht in Ordnung?«

»Was nicht in Ordnung ist? Alles. Wo zum Teufel warst du?«

»Raina ist gestorben.«

Er erstarrte mitten in seiner Bewegung, das Glas zum Mund zu heben. »Wie?«

June blickte zu Boden. Sie wollte mit ihm nicht über Rente und Armut reden. »Sie hat die Heizung abgeschaltet.

Ich weiß es nicht. Ich habe ihr Geld gegeben, aber sie hat sich davon Raki gekauft. Sie war schon alt.«

Chavdars Gesichtsausdruck veränderte sich, und er kam langsam auf June zu und umarmte sie. In ihr Haar flüsterte er: »Es ist für uns beide eine schlimme Zeit.«

»Was ist denn bei dir passiert?«

»Ich komme gerade von einer Sitzung des IZTOK-Vorstandes. Unser Präsident macht sich Sorgen, dass die Leute anfangen, das Land zu verlassen. Er sagte das zu jedem, und Nestor Patskov erwiderte: ›Ich habe nicht vor, mich wie ein Feigling davonzustehlen. Ich werde nach Hause gehen, meine Sachen packen, meine Frau nehmen und gemütlich mit dem Wagen zum Flughafen fahren. Ich werde dann nach Genf fliegen, wo ich eine Wohnung habe, und in aller Ruhe die Nachrichten aus Sofia verfolgen, bis ich das Gefühl habe, unbehelligt wieder zurückkehren zu können. Weil ich mich nicht mit eingekniffenem Schwanz aus dem Land schleichen will, werde ich die Reise eher früher als später antreten.‹«

»Vielleicht solltest du auch verschwinden.«

»Eh! Nestor hat das Gleiche gesagt. Und ich erwiderte, wenn wir das alle tun, Nestor, wer kümmert sich dann um das Geschäft? Weißt du, was er geantwortet hat?«

»Was?«

»Dass es hier viele Leute gibt, die fähig sind, das Geschäft zu leiten, die aber nicht auf der Liste derer stehen, die eingehender überprüft werden sollen. Dass unsere Firma uns nicht mehr viel nützen würde, wenn wir alle hinter Gittern sitzen oder irgendwo in der Provinz unter Hausarrest stehen.«

»Stehst du auf der Liste?«

Chavdar lachte und zündete sich eine Zigarette an. »Ganz oben, June. Ganz oben. Aber ich will nicht akzeptieren, dass die einzige Lösung für uns darin besteht aufzugeben. Wir sind gerade im Begriff, eine Reihe von Nachtklubs, Spielkasinos, Restaurants und sogar eine Computersoftwarefirma zu erwerben. Jeder von diesen selbstgerechten, habgierigen Bastarden hat seinen Preis. Es ist möglich. Ich habe zu hart gearbeitet, um untätig zuzusehen, wie mir mein Geschäft weggenommen wird. Wir haben schon früher gekämpft, und wir werden auch jetzt kämpfen. Diese neuen Amtsinhaber, glaubst du wirklich, sie wollen ernsthaft mit der Schattenwirtschaft aufräumen und dafür sorgen, dass die Straßen sicherer sind? Nein! Wenn sie wirklich sichere Straßen wollten, würden sie unsere Firma ihren Job erledigen und die Menschen beschützen lassen, was immer unser vordringliches Ziel gewesen ist! Sie wollen Geld und Macht, genauso wie jeder andere. Sie wollen es uns wegnehmen und für sich behalten. Sie haben uns herausgefordert, und verlogen wie sie sind haben sie versucht, das Ganze zu einem Krieg von Gut gegen Böse hochzustilisieren. In Wahrheit sind sie nicht anders als wir! Aber wenn sie gewinnen, dann überleben sie, und die Überlebenden teilen sich die Siegesbeute. Wir dürfen keine Angst haben zu kämpfen. Wie sagt der berühmte amerikanische Bestsellerautor Louis Hay: ›In uns liegt die Kraft.‹«

June lachte hinter vorgehaltener Hand.

»Was? Was ist daran so witzig?«

»Nichts. Ich habe getrunken.«

»Tatsächlich.« Chavdar schaute sie an. Sie stand auf der anderen Seite des Raums und hielt sich auf Distanz. Er konnte wegen des Halbdämmers ihre Augen nicht sehen, aber er erkannte, dass sie die Arme trotzig vor der Brust verschränkt hatte.

Nach ein paar Sekunden seufzte er und legte sich auf die

Couch. Er war nicht in der Stimmung zu streiten. Während der Sitzung war er energisch, leidenschaftlich und brillant aufgetreten, hatte vom Kämpfen und Siegen gesprochen. Im Grunde war er sich vorgekommen wie ein Kind, das sich als Volksredner maskiert hatte. Er war über eins achtzig groß, aber er konnte zerquetscht werden wie ein harmloses Insekt. Er war ein erwachsener Mann, aber er wollte nichts anderes, als seine Wange an eine wohlriechende Brust schmiegen. Er wollte nicht alles verlieren, aber er wusste nicht, wie er es retten konnte. Chavdar hatte keine Ahnung, woher ihm all die begeisterten Worte zugeflogen waren. Vielleicht hatte er die geradezu manische Leidenschaft seines Vaters imitiert, indem er die Unterweisungen wiederholte, die er sich früher als Jugendlicher hatte anhören müssen. Chavdar wollte jetzt genauso wenig kämpfen wie damals auf dem Schulhof, wenn er auf Grund seiner Statur dazu gezwungen war, als Schläger und Rabauke aufzutreten.

Chavdar hatte nicht mehr geweint, seit er ein Junge war, als er verstörende Dinge über seinen Vater erfahren hatte. Wovor hatte er am meisten Angst? Er dachte über die Antwort auf diese Frage nach, während seine Wange auf dem feuchten Leder der Couch ruhte. Die einzige Antwort, die ihm einfiel, war, dass er Angst davor hatte, seinen eigenen Worten nicht mehr zu glauben. Wovor er sich mehr fürchtete als vor allem anderen, war Schande. Und der einzige Weg, Schande und Unehrenhaftigkeit zu vermeiden, war, standhaft an sich zu glauben, so wie sein Vater es immer getan hatte.

»June, komm her.«

»Ich habe im Schlafzimmer zu tun.«

»Ich sagte, komm her.«

Nach einem kurzen Moment folgte sie seiner Aufforderung und blieb vor der Couch stehen. Er ergriff ihre Hand. »Ich werde dafür sorgen, dass alles in Ordnung kommt. Heute kaufe ich einen Club und morgen eine Werbeagentur. Ich werde nicht klein beigeben.«

»Das überrascht mich nicht.«

»Begreifst du nicht, wie schwer das für mich ist? Die IMF und die UDK haben eine falsche Auffassung von den Versicherungsagenturen. Sie erkennen nicht, wie notwendig wir für den Schutz der Menschen sind. Wenn das demokratische Kabinett erst einmal gewählt ist, werden sie zuerst mit der ›Schattenwirtschaft‹ aufräumen, und das bedeutet, mit uns. Wenn die IWF einen Währungskontrollrat einsetzt, wird alles stillgelegt, was sie für korrupt halten. Und das sind wir. Aber was wissen sie schon? Sie sind Geschäftsleute und kommen von der anderen Seite der Erdkugel. Sie werden Bulgarien Geld aus ihren großen Weltbanken leihen, diese Deutschen und Schweizer und Amerikaner, und sie werden die Macht in unserem Land übernehmen mit der Begründung, dass sie ihre Investitionen schützen müssen. Was wissen sie von Geschäften im finstersten Winkel Europas? Sie werden unser Land führen wie ein Haufen Blinde. Und weil sie uns nicht verstehen, werden sie uns umbringen. Ich sagte es dir, June, sie werden uns töten!«

Sie werden nicht uns töten, dachte sie. *Sie werden dich töten, so wie du Raina getötet hast. Und ich werde auf deinem Grab tanzen.*

»Ich habe gehört, dass die Parteimitglieder in Bulgarien als Dinosaurier bezeichnet wurden. Ich habe oft darüber gelacht, aber jetzt komme ich mir selbst vor wie ein Dinosaurier. Nicht nur langsam und alt, sondern kurz vor dem Aussterben. Ich brauche dich jetzt, June. Ich möchte meinen Kopf in deinen Schoß legen und mich ausruhen. Darf ich?«

»Chavdar ...«, wollte sie ablehnen. Stattdessen ließ sie sich mit einer steifen Bewegung nieder. »Ja, komm nur.«

Er schob den Kopf auf ihrem Schoß hin und her, um die weichste, angenehmste Lage zu finden. »So, das ist perfekt. Jetzt bin ich wieder dein Baby.« Während er zu ihr hochsah, streichelte er ihre Wange. »Komm herunter und küss mich.«

June hauchte einen Kuss auf ihre Fingerspitzen und berührte damit seine Lippen.

»Nein. Ich möchte einen richtigen Kuss. Iskam da te izyam, June. Ich will dich schmecken, will dich verschlingen. Komm näher.« Er zog heftig an ihrem Haar.

»Chavdar!«

»Komm schon, einen richtigen Kuss.«

June beugte sich hinab, um seinen Mund mit ihren Lippen leicht zu berühren, doch er zog sie tiefer, und sein heißer Atem drang in ihren Mund.

Sie küssten sich lange, und als er sie schließlich losließ, richtete er sich auf. »Ich möchte mit dir ins Schlafzimmer gehen.«

June erstarrte. Es musste einen Ausweg geben. Ihr fiel nur ein einziger ein – die Wahrheit. Sie hatte entsetzliche Angst vor seiner Reaktion, doch noch mehr fürchtete sie sich davor, eine weitere Nacht mit ihm zu verbringen. »Chavdar, ich muss dir etwas sagen.«

Dann fuhr er fort. »Aber ich kann nicht. Ich muss gehen. Wir leisten die Anzahlung auf das *Tango*, einen Nachtklub draußen in Ovcha Kopel. Es ist ein wichtiger Termin. Der Eigentümer will nicht verkaufen, und nur ich kann ihn überreden. Ich muss dort sein.«

Vielleicht wäre eine Aussprache nicht mehr nötig. June nickte. »Ich verstehe.«

»Danke.« Er betrachtete mit zusammengekniffenen Augen prüfend ihr ausdrucksloses Gesicht. »Du warst in letzter Zeit auffällig verständnisvoll.«

»War ich das?«

»Ja. Das ist bei dir irgendwie ungewöhnlich.«

»Ich versuche nur, nett zu sein.«

Chavdar musterte sie argwöhnisch, während er aufstand. »Nett?«, fragte er. »Na schön. Ich kann auch den Netten spielen.« Er hauchte ihr einen Kuss auf die Nasenspitze, während er eine Hand unter ihr Kinn legte und es leicht drückte. »Pass auf dich auf.«

Matter Lichtschein drang aus dem Fenster der ansonsten dunklen Bibliothek des Zentrums für demokratische Studien, und Nevena konnte sich vorstellen, wie Ethan dort allein vor seinem Computer saß. Wahrscheinlich blinzelte er auf den Schirm, anstatt die Brille zu tragen, die er hasste, und wahrscheinlich trank er dazu, obgleich das sein Schreibtempo erheblich bremste.

Dasselbe Licht war auch durch die Ritzen der geschlossenen Bibliothekstür zu sehen. Es war nicht sehr hell und kam wahrscheinlich von einer einzigen Lampe, nicht von den Leuchtstoffröhren an der Decke. Sie konnte das leise Klacken der Finger auf der Computertastatur hören. Ein Husten, dann ein Räuspern. Nevena drückte die Tür auf ohne anzuklopfen.

Ethan hörte sie nicht eintreten. Wie sie es sich vorgestellt hatte, hockte er mit vornüber gebeugten Schultern vor dem Computer, und ein paar große grüne Flaschen Zagorka-Bier waren wie Bowlingpins auf dem Tisch aufgestellt. Er hielt inne, lehnte sich zurück und rieb sich die Augen.

»Ethan«, sagte sie leise.

Er drehte sich in seinem Sessel um. Sie stand in der

Türöffnung, die Hand immer noch auf dem Knauf, als ob sie nicht wüsste, ob sie die Tür wieder schließen sollte und als rechnete sie damit, dass er sie wegschickte. Nevena trug denselben Schafsfellmantel, den sie am Tag getragen hatte, als sie sich kennen lernten, dazu dieselben alten klobigen schwarzen Schuhe und wahrscheinlich auch dieselben Strümpfe. Ihr Haar hatte sie auch diesmal zu einem Pferdeschwanz mit einigen losen Strähnen zusammengerafft, und doch kam sie Ethan grundlegend verändert vor. Atemberaubend, obgleich er sie niemals im klassischen Sinn als schön empfunden hatte, strahlend, obgleich dieses Strahlen bei ihr eher nach innen als nach außen gerichtet war.

»Hi«, sagte sie mit unsicherer Stimme. »Ich hoffe, es macht dir nichts aus, dass ich ...« Ihre Stimme versiegte. Die Art und Weise, wie er sie anstarrte, verunsicherte sie.

Ethan schob seinen Sessel vom Tisch zurück. Er stand auf, und Nevena genoss den Anblick seines langen Körpers, wie er sich regelrecht entfaltete, seine volle Höhe erreichte und auf sie zukam. Er ließ sie nicht aus den Augen, und als er sie erreichte, sagte er kein Wort. Er schlang einfach und voller Innigkeit die Arme um sie, schloss die Augen und erfreute sich am Geschenk ihres unerwarteten Besuchs.

Sie lachte. »Ich schließe daraus, dass du mir nicht mehr böse bist.«

Er wich gerade weit genug zurück, um ihr in die Augen zu schauen. »Nein. Bist du mir denn noch böse?«

»Ich bin hier, oder nicht?«

»Nev, das mit dem Geld und mit deiner Schwester tut mir so Leid.«

»Nein. Sag nichts mehr dazu. Ich komme gerade von ihr, wir haben uns über dich unterhalten. Ich verstehe jetzt alles.«

»Wirklich? Ich kam mir vor wie ein Zombie. Ruhelos wie ein Zigeuner bin ich durch die Stadt geirrt, habe alles beobachtet, zu viel nachgedacht und versucht, alles zu begreifen und eine Lösung zu finden. Ich bin herumgelaufen und habe gegrübelt, und immer wieder kam ich zu deinem Haus, blickte hinauf zu deinem Fenster, um mich zu vergewissern, dass es dir gut geht. Ich wollte nach Hause kommen, aber ich hatte keine Ahnung, ob du mir verzeihen würdest, und ich fühlte mich ganz schrecklich wegen der Dinge, die ich zu dir gesagt habe. Ich weiß, dass ich unsensibel war. Aber bitte, du musst mich verstehen. Ich dachte, ich würde auf dich aufpassen. Ich war der Meinung, das Richtige zu tun, indem ich das Geheimnis deiner Schwester bewahrte, und nachher, indem ich dir andeutete, dass sie in Sicherheit ist. Damals meinte ich, es sei richtig, dir das Geld zu geben, und ich schwöre, dass ich auf dich aufgepasst habe, auch als ich nicht wusste, ob ich nach Hause zurückkommen durfte. Eines Abends kamst du nicht, und ich konnte die ganze Nacht nicht schlafen. Ich bin in deinem Viertel umhergewandert bis zum Morgen –«

»Ich habe bei Georgi geschlafen«, sagte sie und wusste, dass er die Wahrheit sagte.

»Und am Morgen bist du nach Hause gekommen«, fuhr er fort. »Und ich hatte keine Ahnung, ob du bei einem anderen Mann gewesen bist, aber ich war glücklich, dich von ferne sehen zu können. Ich wusste, dass du okay warst, und das allein war wichtig für mich. Ich war verrückt, Nevena. Ich wollte zu dir kommen und mit dir reden. Ich brauchte nur ein wenig Zeit. Ich habe nur versucht, das Richtige zu tun ...«

»Psst«, sagte sie. »Ich weiß. Es ist okay. Es ist erledigt.«

Der erste Wagen, von Damyan gelenkt, näherte sich dem Wendekreis vor dem Eingang zum *Tango*. Er stoppte, und Sasho stieg auf der Beifahrerseite aus, schaute sich um und holte sein Walkie-Talkie hervor. »Alles ruhig«, meldete er. »Ihr könnt mit ihm kommen.«

Einen kurzen Augenblick später fuhr der zweite Wagen mit den restlichen drei Leibwächtern und Chavdar vor. Stoyan schob sich nach draußen, umrundete den Wagen und öffnete für Chavdar die Hintertür. Petko und Rossen stiegen gleichzeitig durch die Vordertüren aus. Chavdar schwang seine langen Beine aus dem Wagen, stellte sich hin und richtete seine Krawatte. Petko trug den Aktenkoffer mit dem Geld.

Sasho blieb bei den Autos, und die anderen vier Leibwächter flankierten Chavdar, während sie den Club betraten. Der Türsteher winkte sie herein, und hinter der Tür entstand ein hektisches Gedränge, als die Männer erneut ihre Positionen einnahmen. Derweil näherte sich Assen, der Eigentümer, inmitten seiner eigenen Schutztruppe. Die Furcht einflößenden Männer vermieden es, einander anzusehen, und räusperten sich wie zwei trotzige Fußballmannschaften, die einander nach dem Spiel nicht die Hände schütteln wollten.

Assen war rein äußerlich klar der Unterlegene. Er sah eher aus, als gehörte er selbst zu dem Trupp seiner Leibwächter, und weniger wie ein Geschäftsmann, der im Begriff war, sich mit einem der Chefs von IZTOK zu treffen. Chavdar überragte Assen deutlich, während sie einander die Hände schüttelten, er schaute lächelnd auf den Strip-Club-Inhaber mit seinen fettigen Haaren herab, als sei er ein Nichts. »Danke, dass du mich empfängst«, sagte Chavdar.

Assen zuckte die Achseln. »Ist doch klar.«

Stoyan und Rossen tasteten Assen ab, während einer von Assens Männern Chavdar überprüfte. Das sah aus wie ein bizarrer Teil des Händedrucks, wie ein Teil des gesamten Begrüßungsrituals. Zufrieden, dass keiner der Männer bewaffnet war, traten die Leibwächter zurück.

Assen räusperte sich nervös. »Komm, wir gehen in die VIP-Lounge, wo wir ungestört reden können.«

Chavdar nickte Damyan zu, der sich mit vor der Brust verschränkten Armen an der Tür aufstellte. Petko blieb an Chavdars Seite. Er hatte den Aktenkoffer in der Hand. Stoyan und Rossen blieben ein paar Schritte hinter der Gruppe zurück und ließen wachsam die Blicke umherschweifen. Es war kein übler Ort für ein Treffen. Oben auf der Bühne tanzten mehrere Frauen in unterschiedlichen Stadien der Nacktheit.

Damyan, der ganz hinten stand, schaltete sein Walkie-Talkie ein und sagte: »Mir gefällt die in der Mitte.«

Petko und Rossen lachten und blickten genauer hin. Auf der mittleren Bühne tanzte Boryana. Sie trug hohe Lederstiefel, Hotpants und hatte mit Pailletten besetzte Quasten an den Brustwarzen. Sie blickte lächelnd ins Publikum, während sie sich zur Musik bewegte und mit ihrem langen, mit blonden Strähnen durchsetzten Haar spielte. Eine andere junge Frau näherte sich Boryana tanzend, und die beiden begannen einander ohne große Begeisterung zu streicheln. »Das wird ganz schlimm«, meinte Boryana flüsternd zu dem anderen Mädchen.

»Ich weiß.«

Damyan beobachtete die Tänzerinnen und hob sein Funkgerät wieder hoch. »Ui!«, sagte er. »Sieh sie dir an.«

Stoyan nahm jetzt sein Walkie-Talkie an den Mund. »Bleib lieber wachsam, Mann.«

»Und wie«, erwiderte Damyan kichernd.

Assen führte die Männer zu einer abgeschiedenen Nische im oberen Stockwerk des Clubs. Er versuchte mit seinen kräftigeren Leibwächtern Eindruck zu machen, aber es war offensichtlich, dass er sich nicht sehr wohl fühlte. Die Sitzverteilung war ein Debakel, da jeder versuchte, die beste Position zu erkämpfen. Am Ende saß Petko in der Mitte, den Aktenkoffer vor sich, den er mit den Händen bedeckte. Chavdar saß rechts von ihm. Neben Petko befand sich Assens Leibwächter, und nachdem Assen seinen Platz eingenommen hatte, hockte sich eine langbeinige Schönheit in Push-up-Büstenhalter und Minirock auf die Armlehne der Sitzbank und legte eine Hand auf Assens Schulter. Es war eine seltsam angespannte Gruppe.

Assen bemerkte, wie Stoyan Boryana fixierte, die weiterhin auf der Bühne tanzte. »Hast du was gesehen, was dir gefällt?«, rief er.

»Nein«, erwiderte Stoyan und schob sich einen Sonnenblumenkern zwischen die Zähne.

»Schön.« Assen lächelte und entblößte stellenweise faulig schwarze Schneidezähne. Er tätschelte den Po seiner Begleiterin. »Hol Boryana und lass sie mit dem Getränkewagen herkommen, klar?«

Die Frau grinste, strich den Minirock glatt, zeigte dabei die Rückseite ihres fadendünnen Tangaslips, ehe sie in Richtung Tanzfläche davonstolzierte.

Assen wandte sich wieder an Chavdar und registrierte die gepflegten Fingernägel, den überheblichen Gesichtsausdruck und die lässige Haltung des mächtigen Mannes. Arrogantes Arschloch, dachte er. Assen faltete die Hände und beugte sich vor. »Welcher Tatsache verdanke ich das Vergnügen deines Besuchs, Kozhuharov?«

Chavdar klopfte mit einem Finger auf den Aktenkoffer. »Ich kaufe deinen Club.«

»Er steht nicht zum Verkauf.«

»Natürlich tut er das. Alles kann man kaufen.«

»Ich habe diesen Betrieb aufgebaut. Ich habe die Mädchen ausgesucht. Meine Familie arbeitet in der Küche und hinter der Bar. Der Club ist mein Leben.«

»Dein neues Leben befindet sich in diesem Aktenkoffer.«

»Ich verkaufe den Club nicht.«

Chavdar lächelte. Seine Zähne waren schneeweiß und glänzten. Perfekt im Vergleich zu Assens Gebissruine und seinem üblen Mundgeruch. »Du hast dich noch nicht nach der Summe erkundigt.«

»Die brauche ich gar nicht zu kennen. Es ist eine persönliche Sache. Keine finanzielle. Ich weiß, dass du ein legales Geschäft brauchst und das schnell. Aber nicht hier, nicht mit mir und nicht mit meinen Mädchen. Du glaubst, du könntest tun, was du willst, aber weißt du was? Alle sagen, dass deine Zeit vorbei ist. Was hast du denn noch? Außer einer Bande von Schlägern, die Leuten, die selbst nichts haben, ihr letztes Geld abpressen oder gesetzestreue Geschäftsleute bedrängen, dir ihre Betriebe zu überlassen? Nichts. Was produzierst du? Was verkaufst du? Was lieferst du? Jeder sagt, dass du am Ende bist, dass du fertig bist, und ich werde nicht dazu beitragen, dich am Ruder zu halten, indem ich dir meinen Laden überlasse, damit du deine Scheiß-Bücher in Ordnung bringen kannst. Dieser Laden gehört mir und wird mir auch weiterhin gehören.«

Chavdar nickte und trommelte mit den Fingern auf der Tischplatte. »Ich bin beleidigt.« Er wandte sich an Petko. »Meinst du, ich sollte beleidigt sein?«

»Ja«, erwiderte Petko.

Assen lachte, und als er den Kopf nach hinten warf, konnte man sehen, wie sich drahtige Haarbüschel aus dem

Kragen seines Pullovers hervorkräuselten, und man konnte die dunklen Silberfüllungen seiner schwarzen Backenzähne erkennen. Sein fettiges Haar glänzte im grellen Neonlicht. »Ich will dir nicht drohen oder dich beleidigen. Ich will dir nur meinen Standpunkt klarmachen. Lass mich ein guter Gastgeber sein und dir zeigen, dass ich dir nichts übel nehme.« Er schnippte mit den Fingern, und eine andere Frau erschien. »Schätzchen«, sagte er, »das sind unsere besonderen Gäste. Sei nett zu ihnen. Ich möchte nicht, dass sie total unzufrieden nach Hause fahren.«

Die Dunkelhaarige stöckelte zu Chavdar hinüber, der sie desinteressiert mit einer Hand wegstieß. Sie stolperte auf ihren hohen Absätzen und wäre beinahe gestürzt.

»Das ist aber keine Art, eine Dame zu behandeln«, sagte Assen.

»Ich habe eine Dame«, sagte Chavdar. »Eine Hure brauche ich nicht.«

Assen zündete sich eine Zigarette an. »Ich habe von deiner Dame gehört. Es soll eine amerikanische Schlampe sein, die dich um den kleinen Finger wickelt.«

Petko räusperte sich.

Die erste blonde Frau erschien wieder und nahm ihre Position halb auf Assens Schoß ein. »Boryana kommt gleich mit den Drinks«, sagte sie.

»Gutes Kind.« Assen schob eine Hand unter den Minirock der jungen Frau.

Chavdar starrte Assen an, als wollte er jeden Moment über den Tisch springen und ihn erwürgen. »Offensichtlich«, sagte Chavdar, »kennst du den Unterschied zwischen einer Schlampe und einer Dame nicht. Das hätte ich von dir auch nicht erwartet, wenn ich mir die billigen Nutten ansehe, die du dafür bezahlst, dir schöne Augen zu machen.«

»Wenn du findest, dass es in meinem Laden nur billige Nutten gibt, warum willst du ihn dann unbedingt kaufen?«

Chavdar beugte sich vor und lächelte. »Ich bin mit einem anständigen Angebot hergekommen. Die Dinge sind ein wenig schief gelaufen. Ich habe keine Lust, mit dir Beleidigungen auszutauschen. Ich wollte nur eine Anzahlung leisten, um den Betrieb zu kaufen und unsere Verhandlungen abzuschließen. Petko, bitte zeig ihm, was wir anzubieten haben.«

Petko schloss den Aktenkoffer auf und öffnete ihn. Dicke, adrette Bündel amerikanischer Währung füllten den Koffer. Petko drehte ihn, damit Assen hineinschauen konnte.

»Zweihunderttausend US-Dollars. Mehr als eine anständige Anzahlung«, sagte Chavdar.

Boryana erschien mit einem Getränkewagen, der beladen war mit Speisen, unzähligen Flaschen, einem Eisbehälter und Gläsern. Die Räder quietschten und knirschten. Sobald sie in den VIP-Bereich gelangte, nahm sie die herrschende Anspannung wahr und ging langsamer. Sie sah den offenen Geldkoffer, und es verschlug ihr den Atem. Ein Rad des Getränkewagens blieb an einer Teppichkante hängen, und eine Flasche Jack Daniels kippte beinahe vom Wagen herunter. Sie richtete die Flasche unbeholfen wieder auf, nahm Servietten und Schalen voller Nüsse, Kartoffelchips, Würstchen und Käsewürfel herunter und stellte sie auf den Verhandlungstisch. Alle schwiegen. Niemand beachtete sie.

Assen betrachtete das Geld, zog ein Taschentuch aus der Hosentasche und schnäuzte sich. »Du hast nicht die geringste Idee, was dieser Laden wert ist«, sagte er. »Du hast ganz eindeutig keine Ahnung von echten Werten.« Erneut streichelte er den Po der Frau neben sich. »Du bist ein

Schaumschläger, der sich mit amerikanischen Schlampen abgibt und meint, er kriegt alles, was er haben will. Aber du irrst dich. Du kannst meinen Club nicht kaufen.«

»Eh«, sagte Chavdar, als wäre ihm die Angelegenheit mit einem Mal völlig gleichgültig. »Okay! Eigentlich bin ich mir auch gar nicht mehr so sicher, ob ich den Schuppen überhaupt noch kaufen will.«

»Gut«, sagte Assen und beugte sich vor, um Chavdar spöttisch zu fixieren. »Endlich begreifst du, dass ich nicht verkaufen will.«

»Nein«, meinte Chavdar. »Ich wollte ihn kaufen, ehe ich herkam, als ich dir immer noch den Respekt eines anständigen Geschäftsmannes zollte. Nun, da ich weiß, dass du ein arroganter Idiot bist, nehme ich ihn dir vielleicht einfach weg.«

Petko holte seine Pistole aus dem Schulterhalfter und legte sie auf den Aktenkoffer.

Assen starrte Chavdar lange wütend an. Schließlich räusperte er sich und fragte: »Was willst du trinken?«

»Scotch.«

Assen zuckte mit keiner Wimper oder löste den Blick von Chavdar. »Boryana, schenk dem muschigeilen mutra einen Scotch ein.«

Boryana zuckte zusammen, als sie sah, wie der Leibwächter des großen Mannes – der mit dem Aktenkoffer – nach der Pistole griff.

Assen war schneller. Er zog seine eigene Pistole hervor, die unter dem Minirock seiner Begleiterin versteckt war, zielte und feuerte auf Petko. Die Kugel traf den Deckel des offenen Aktenkoffers, ließ ihn über den Tisch kreiseln und bohrte sich in Petkos Schulter. Dieser brüllte auf.

Stoyan und Rossen eilten von ihren Plätzen jenseits des Geländers herbei. Boryana und die Begleiterin Assens ließen sich einfach zu Boden fallen und krochen unter den Tisch in Deckung.

Chavdar, ausgerüstet mit fünf Leibwächtern, aber wie jeder anständige Geschäftsmann ohne eigene Waffe, stand auf und funkelte Assen an. »Schieß auf mich, und du bist innerhalb von zehn Sekunden ein toter Mann. Meine Leute werden deinen Kadaver regelrecht zerfetzen.«

Assen hielt die Pistole auf Chavdars Gesicht gerichtet. Stoyan und Rossen befanden sich hinter Assen, bereit sofort zu schießen, falls er auch nur eine winzige Bewegung machte.

Boryana und die andere Frau kauerten unter dem Tisch inmitten von Bündeln blutbespritzten Geldes. Petkos Bein zuckte, und eine blutbesudelte Serviette rutschte aus seinem Schoß und flatterte zu Boden. Boryana schloss die Augen und blinzelte ihre Tränen zurück, während sie zuhörte, wie die Männer über ihr sich gegenseitig mit ihren Waffen und Egos zu übertreffen versuchten.

»Runter mit der Pistole!«, brüllte Stoyan.

»Leck mich«, brüllte Assen über die Schulter, während er weiterhin auf Chavdar zielte.

Assens Leibwächter zuckte, und Rossen rief: »Greif nur nach deiner Kanone, und du bist tot!«

»Ich hab dir erklärt, Assen«, meinte Chavdar mit ruhiger Stimme, »was hier passieren wird. Entweder du nimmst unser anständiges Angebot an – oder du lehnst es ab und stirbst. Und genau das wird auch jetzt geschehen. Du weißt genau, mich zu töten, wäre der reinste Selbstmord.«

»Wenn ich dich nicht töte, verliere ich meinen Betrieb. Das ist nur eine andere Art von Selbstmord. Was kratzt es mich? Was habe ich zu verlieren? Du Mistkerl!« Assens Finger am Abzug zuckte. »Deine Zeit ist vorüber! Niemand wird dir mehr in den Hintern kriechen!«

Unterm Tisch zog Boryana die Beine an und rollte sich zusammen. Sie hatte Bündel von Geld in den Armen.

Chavdar schaute hoch und sah Stoyan an. Sofort jagte der Chefleibwächter eine Kugel in Assens Rücken. Assens Pistole wurde erneut abgefeuert und traf Petko abermals, diesmal in den Arm. Die Musik im vorderen Teil des Clubs verstummte plötzlich. Der einzige Laut war der von Männern, die vor Schmerzen brüllten. Assen stürzte auf den Fußboden und wälzte sich stöhnend hin und her.

Unterm Tisch zuckten Petkos Beine unkontrolliert. Assen zitterte und schien im Sterben zu liegen. Sein Leibwächter am Tisch nutzte das Durcheinander, um seine eigene Waffe auf Chavdar zu richten, dann begann er, aus vollem Hals zu schreien. Boryana presste die Hände auf die Ohren, schloß die Augen und fing an zu wimmern. »Runter mit der Pistole!«, donnerte Rossen.

Assens hysterischer Leibwächter brüllte Chavdar unverständliches Zeug entgegen, doch dessen einzige Reaktion bestand darin, gelassen das Chaos zu betrachten. Seine Lippen bewegten sich, als er Männer zählte.

Unterm Tisch begann die Begleiterin Assens zu kreischen und zu weinen. Boryana konnte es nicht ertragen. Sie kroch unter dem Tisch hervor und schob sich Richtung Getränkewagen über den Fußboden. Sie wusste, dass jeden Moment die restlichen Männer Assens aus dem hinteren Teil des Clubs herbeikommen würden. Wahrscheinlich gäbe es ein noch größeres Blutbad. Während sie ihr Versteck verließ, glitten ihre Hände über Bündel von mit Gummiband zusammengehaltenen Dollarscheinen. Ihr Boss starb, der Club hatte den Besitzer gewechselt, und sie war verzweifelter als je zuvor. Genauso wie Assen hatte sie nichts zu verlieren. Die andere Frau klammerte sich an Assens Bein, küsste sein stoppeliges Kinn und flehte ihn an, nicht zu sterben, und Boryana war mit unzähligen Geldbündeln alleine. Sie schnappte sich die mit Petkos Blut getränkte Serviette, faltete sie zu einer kleinen Tasche und zog das Geld zu sich heran. Sie stopfte es bündelweise in ihre hohen Stiefel und in ihr knappes Höschen.

Innerhalb weniger Sekunden kamen Damyan und Sasho Rossen zu Hilfe, riegelten den VIP-Bereich ab und überschütteten den letzten von Assens Leibwächtern mit Schimpfworten und Drohungen. Stoyan schnappte sich Chavdar und gab ihm Deckung. Gleichzeitig versuchte er, sie aus dem Club zu lotsen.

Mit wilden Augen und zitternden Händen packte Boryana das blutige Serviettenbündel auf die untere Ablage des Getränkewagens. »Bitte lasst mich raus!«, schrie sie den Leibwächtern entgegen. Ihre Stimme zitterte vor Angst. »Lasst mich raus, ich bitte euch!«

»Schaff, verdammt noch mal, die Schlampe weg!«, brüllte Damyan, während er auf einen von Assens Männern zielte. »Beweg deinen Arsch, Schlampe!«

Boryana benutzte den Getränkewagen als Deckung. Sie rollte ihn aus dem VIP-Bereich, während sie sich dahinter kauerte. Sie weinte und jammerte, man sollte sie in Ruhe lassen, während sie sich einen Weg durch das Gewimmel brüllender Männer suchte.

Als sie sich am Ende des Gangs aufrichtete, schaute sie sich im Club um. Die Gäste waren bereits durch die Tür nach draußen verschwunden. Die Mädchen auf der Bühne pressten sich, so flach es ging, auf den Boden und hielten die Köpfe unten, und das Bedienungspersonal hatte sich hinter der Bar verkrochen. Oben im VIP-Bereich brüllten die Leibwächter einander immer noch an, obgleich Assen längst tot war und Chavdar draußen im Wagen in Sicherheit saß. Es war vorbei.

Boryana bückte sich, ergriff die blutige Serviette und drückte sie gegen ihren Bauch und die Hotpants voller Geldbündel. Vornüber gebeugt rannte sie los – als hätte sie entsetzliche Angst, erschossen zu werden – und verschwand im hinteren Teil des Clubs.

Sie erreichte ihre Garderobe, wo sie hastig ihre Hotpants und die Stiefel leerte und den Inhalt der blutigen Serviette auskippte. Sie stopfte um die siebzigtausend Dollar in den Kleidersack im Wandschrank, warf ihn sich über die Schulter und flüchtete – immer noch in ihren Hotpants, ihren Brustquasten und hohen Lederstiefeln, hinaus auf die nächtliche Straße.

June hatte fertig gepackt. Jetzt musste sie nur noch die Schlüssel zurückgeben. Mit einer schriftlichen Nachricht wäre dieser Vorgang ein symbolischer und aggressionsfreier Abschluss einer Beziehung, die mit lautem Getöse und gegenseitigen Verwünschungen hätte enden können. June war nicht dumm – sie wusste, wozu Chavdar fähig war. Sie hatte die unschönen Auswirkungen seiner Launen oft genug ertragen müssen. Sich weiterhin mit ihm zu treffen, war undenkbar, ihn jedoch in einem persönlichen Gespräch von der Trennung in Kenntnis zu setzen, wäre reiner Selbstmord. Es gab keinen besseren Weg. Die Nachricht, die sie um den Schlüssel wickelte, lautete: *Chavdar, ich kann Dich für eine Weile nicht mehr treffen. Die Dinge haben sich zu schnell und zu intensiv entwickelt, und ich brauche Zeit zum Nachdenken. Ich werde bald zu meiner Familie zurückkehren. Bitte, versuch mich zu verstehen und verzeih mir, und, bitte, lass mich einfach gehen. June.*

Sie hielt ein Taxi an und dirigierte es zu dem Haus, das

Chavdar in der Stadt, am Rand des Parks, unterhielt. Er war wohl noch bei seiner Besprechung, und sein Nachtwächter, Hristo, würde ihr das Päckchen abnehmen und es ihm geben, wenn er nach Hause zurückkehrte.

Das Haus war für die Gegend beeindruckend mit seinen knorrigen Bäumen, die über die hohe Begrenzungsmauer ragten. June hatte nicht sehr viel Zeit in diesem Haus verbracht, denn sie fand es viel zu stickig und steril. Chavdars Mutter hatte ihm dabei geholfen, es mit tristen Bildern an den Wänden und vergilbten Spitzendeckchen auf antiken Möbeln einzurichten.

Der Dobermann hörte auf den Namen Fella und sprang jetzt hinter dem Tor hoch, knurrte und fletschte die Zähne. June brauchte nicht die Klingel zu betätigen. Hristo kam mit einer Taschenlampe in der Hand über den Weg zum Tor. Die andere Hand befand sich im Hosenbund seiner Trainingshose. »Koi e? Wer ist da?« Die verborgene Hand hielt eine Pistole.

»Az sum! June sum!«, rief sie.

Er kam näher und blendete sie mit der Taschenlampe. Dann sah er das Schimmern ihres Haars, ließ die Pistole los und lächelte matt. »June. Wir haben heute Nacht nicht mit Ihnen gerechnet.«

»Tut mir Leid ...«

»Nein, nein«, sagte er und kam näher. Er war älter als die anderen mutras und sah in seinem Trainingsanzug ein wenig seltsam aus. »Kein Problem. Es war nur eine schlimme Nacht. Wir hatten ungebetene Gäste.«

»Wen?«, fragte sie, während sie durch das Tor schlüpfte.

»Die Polizei. Idioten. Sie gehörten zu dieser neuen Operation Moskito, von der in den Zeitungen zu lesen war.«

»Ich dachte, sie würden nur besonders teure Autos anhalten und nachschauen, ob die Fahrgestellnummern unkenntlich gemacht wurden.«

»Sie fangen gerade mit Phase zwei an. Sie belästigen jeden, der in einem großen Haus wohnt. Als sie heute hier waren, haben sie sich ziemlich übel benommen. Ich glaube, sie haben allen Ernstes erwartet, dass Gospodin Kozhuharov Dokumente vorlegen kann, die beweisen, dass er für das Geld, mit dem er dieses Haus und seine Automobile erwarb, Einkommensteuer bezahlt hat. Niemand hat zu Hause solche Dokumente herumliegen. Können Sie sich eine solche Frechheit vorstellen?«

»Unglaublich«, sagte June und war für die Aussicht dankbar, in Zukunft nicht mehr in solche seltsamen Gespräche verwickelt zu werden. »Er ist nicht zu Hause, oder?«

»Sie haben Glück. Er ist soeben eingetroffen. Irgend etwas ist bei seiner Besprechung schief gelaufen, und sie war früher als erwartet zu Ende. Vielleicht können Sie ihn ein wenig aufmuntern.«

So hatte es eigentlich nicht ablaufen sollen. Plötzlich wurde ihr übel, und sie schwankte leicht.

Hristo legte eine Hand auf ihre Schulter. »Ist alles in Ordnung?«

»Klar«, antwortete sie. »Danke, Hristo. Es geht mir gut.«

»Gehen Sie nur rauf.«

»Sicher.« June drehte sich zu den bunten Glasfeldern der wuchtigen Eingangstür um, die vom Schein des großen Leuchters in der Halle erhellt wurden. Sie seufzte und betrachtete den Eingang, als wäre er das Tor zur Hölle. Sie ging langsam darauf zu – wie zu ihrer eigenen Hinrichtung.

Der Türgong hallte volltönend durch das ganze Haus.

June hasste alles an dieser eleganten Villa. Sie war die schlimmste aller Lügen.

Andranika, Chavdars Haushälterin, öffnete. Sie bedeutete June mit einer Geste zu warten und begab sich in ihrem kurzen Rock nach oben in Chavdars Schlafzimmer. Nach einer Sekunde erschien sie wieder auf dem Treppenabsatz und winkte June, sie solle heraufkommen.

Chavdars Zimmer war riesengroß mit eleganten Holzschnitzereien an den Wänden und an der Decke. Sie stammten aus der Zeit um die Jahrhundertwende, und der Raum hatte eine nüchterne und benutzte Atmosphäre, als hätten dort viele Menschen gelebt und auf dem Sterbebett gelegen. Ein paar Holzscheite knisterten im offenen Kamin, und das Bett war ungemacht. Es sah aus, als hätte Chavdar ein Nickerchen gehalten. Jetzt stand er zwischen zwei grünen Ledersesseln, die um einen Tisch arrangiert waren, auf dem sich Zeitungen und Illustrierte türmten. Bekleidet mit einer Pyjamahose und einem kastanienbraunen Hausmantel schenkte er zwei Kognakschwenker ein. »Was für eine nette Überraschung«, sagte er. Er redete mit monotoner Stimme. Seine Bewegungen waren geschäftsmäßig knapp.

»Du brauchst mir nichts zu trinken zu geben«, sagte June. »Ich habe nicht vor zu bleiben.«

»Du bleibst nicht?« In seinen Augen lag ein unsteter Blick, und plötzlich bemerkte June, dass er seinen Bademantel verkehrt herum trug. Dabei achtete Chavdar stets auf seine äußere Erscheinung und duschte gelegentlich bis zu dreimal am Tag. Nun sah er aus, als hätte er geschwitzt, und sein Kinn war dunkel von Bartstoppeln.

»Nein. Ich bin nur hergekommen, um dir etwas zu geben. Es hat mit dem zu tun, worüber ich heute mit dir reden wollte.«

Chavdar sah sie an, und sein Blick war eisig. »Schön. Dann leere ich beide Gläser. Worüber wolltest du reden?«

June zögerte, dann holte sie den Briefumschlag mit den Schlüsseln und ihrer Nachricht aus der Handtasche. Sie reichte ihm das Kuvert. Während er die Nachricht las, meinte sie nervös: »Ich muss für einige Zeit alleine sein, um über Raina und Ethan und dich nachzudenken. Vielleicht habe ich es schon lange gewusst und wollte es nur nicht wahrhaben. Oder vielleicht habe ich auch nie verstanden, nie richtig begriffen ...«

Chavdar zerknüllte die Nachricht und schleuderte den Schlüsselring in den Kamin. Als er sich umdrehte, brüllte er: »Was nicht verstanden, du dämliches Biest?«

June wich einen Schritt zurück und legte die Hand auf den Türknauf.

»Du gehst nirgendwohin!«

»Ich habe dir gesagt, du sollte mir nicht vorschreiben, was ich tun soll und was nicht!«

»Beende deinen verdammten Satz. Was hast du nicht verstanden?«

»Ich wollte dieses Gespräch nicht!«

»Das ist aber verdammt schade!«

June straffte sich und erwiderte seinen Blick. Wenn es denn so ablaufen sollte, dann würde sie ihm die Stirn bieten. »Dass du das Problem bist!«

»Was meinst du damit, dass ich das Problem bin?«

»In dieser Stadt. Für Menschen wie Raina und Kyril und alle anderen. Es ist das, was du tust, und ich will damit nichts mehr zu schaffen haben.«

Chavdar stellte sein Glas ab und ging langsam, sehr langsam, auf sie zu. »Du gibst mir die Schuld an Rainas Tod? Ich habe mich nicht betrunken und die verdammte Heizung abgestellt, oder?«

»Wegen dir hat niemand mehr genug Geld für Heizung.«

»Hm-hm. Du hast wohl wieder mal weitere schreckliche Dinge über uns gehört, nicht wahr? Die Leute sind mittlerweile mit den Agenturen nicht allzu glücklich. Sie starren uns wütend an, wenn wir vorbeifahren, bespucken uns, wenn wir aus unseren Autos steigen. Bestimmt hast du alle möglichen Schimpfwörter gehört, die sie für uns haben. Und offensichtlich glaubst du alles. Willst du hören, wie man dich nennt, June? Kapitalistenschwein. Westlerdreck. Arrogante Schlampe. Amerikanische Fotze.«

June fuhr sich mit einer Hand durchs Gesicht und wischte eine Träne weg. »Ich brauche dich nicht mehr.«

»Ohne mich, du untreues Biest, wärst du längst tot! Verdammte kuchka!«

»Wie kannst du es wagen, mich so zu titulieren!« June schlug ihn, so heftig sie konnte, und er wich mit gerötetem Gesicht zurück.

Er starrte sie mit glasigen Augen an. Sie hielt dem Blick stand und erwiderte ihn, und plötzlich flog sie quer durch den Raum, krachte gegen die Wand und sackte auf dem Fußboden zusammen. Schwarze Schemen flatterten vor ihren Augen. Sie war benommen. Als sie nach unten blickte, erkannte sie, dass ihre weiße Bluse rot war. Blut strömte aus ihrer Nase. Aus der Nase des griechischen Jungen. Aus der Wunde an ihrem Fuß. Ins Meerwasser, wo es sich verteilte. Chavdar kam auf sie zu, und sie konnte sich nicht rühren, denn alles drehte sich um sie, und die kleinen Lichtflecken blendeten sie. Kleine Lichtblitze, die wie rote Blutspritzer zwischen ihnen, ihr und ihm, seinem Mund, seinen Lippen, seinen wie irr glühenden Augen hin und her zuckten.

»Es tut mir Leid«, sagte er. »Mein Gott, es tut mir so entsetzlich Leid. Ich habe noch nie eine Frau geschlagen. Alles ist so schlimm geworden. Das war nicht ich, ganz bestimmt nicht ...«

Aber er war es. Es war genau das, was sie befürchtet und sogar erwartet hatte. June stützte sich mit einer blutbespritzten Hand auf die Sessellehne und versuchte aufzustehen. Die Beine gaben unter ihr nach.

Chavdar streckte eine Hand aus, um ihr zu helfen, doch sie ignorierte diese Geste. »June, es tut mir Leid. Ich werde so etwas nie wieder tun. June ...«

Schließlich stand sie wieder auf den Füßen. Der Geschmack von Blut füllte ihren Mund, ihre Nase, ihre Kehle aus. Sie hatte das Gefühl, als müsste sie würgen, als erstickte sie. Als sie einen Schritt in Richtung Tür machte, kippte das ganze Zimmer zur Seite. Der Hinterkopf, mit dem sie gegen die Wand gekracht war, schmerzte. Es war wie ein dumpfes Pochen. Sie konzentrierte sich auf die Tür.

»Nein. Nein, du kannst nicht einfach so weggehen. Wir müssen reden, June. Ich sagte, es tut mir Leid. Sag etwas. Bitte sag etwas.«

June spuckte einen Mund voll Blut aus und lächelte ihn mit roten Zähnen an. »Ich soll etwas sagen? Okay, Chavdar. Ich weiß, wovor du Angst hast. Ich durchschaue dich. Und weißt du was? Du solltest dich deinetwegen schämen.«

Sie machte kehrt und ging hinaus.

Chavdar stand stocksteif da. Sein Gesicht wurde schneeweiß, und seine Hände zitterten. Als er hörte, wie unten die Tür hinter June ins Schloss fiel, blickte er zur handgeschnitzten Decke empor und brüllte auf. Dann sank er auf die Knie, schlug die Hände vors Gesicht und sackte auf dem

Fußboden zusammen. In seinen wildesten und schlimmsten Albträumen hätte er niemals auch nur entfernt angenommen, dass es so weit kommen könnte – dass er so gründlich besiegt werden konnte.

TEIL DREI

»Die neue Mrs. Carver«

[Mai 1997]

25

Betrifft: Mitleid ...
Datum: Di. 6. Mai 1997, 07:44:48 -0700
Absender: June <jcarver@sof.cit>
An: Laney <laney@smnet.com>

Es war ganz schlimm für mich, Deine Nachricht zu lesen, aber ich muss zugeben, dass ich sie auch schrecklicherweise tröstlich fand. Ich will aus deinem Schmerz keinen Nutzen ziehen, aber wenigstens durfte ich feststellen, dass ich nicht der einzige Mensch auf der Welt bin, der so verdammt durcheinander ist.

Das Schwerste ist, lebenswichtige Entscheidungen zu treffen. Erst jetzt fange ich an zu ahnen, dass ich vielleicht fähig bin, mich zu einer ganz neuen Person zu entwickeln, die nicht abhängig ist vom Wohlwollen von Agenten und Produzenten, von der Zuneigung und Liebe von Schauspielern und Künstlern, von der Freundschaft der L. A.-Elite. Im Augenblick denke ich ständig darüber nach, was ich eigentlich will: nach L. A. zurückkehren mit einem neuen Bewusstsein und mein altes Leben wieder aufnehmen. Oder durch die Welt reisen und Ethan anflehen, mich wieder bei sich aufzunehmen. Oder in Bulgarien bleiben, einen Balkanbewohner heiraten und mit meinen blauäugigen Kindern auf dem

Vitosha Blaubeeren pflücken. Vielleicht sollte ich ganz alleine an einen völlig neuen Ort ziehen und mich dort ins Abenteuer stürzen oder mein Leben der Wohltätigkeit weihen oder in einem inszenierten Segelunfall spurlos verschwinden und mich als eine Art internationale Unterweltspionin mit einer aufregenden neuen Identität und einem Koffer voller Geld neu erschaffen? (Okay, okay – wenn ich wüsste, wie man Letzteres durchziehen könnte, hätte ich es wahrscheinlich schon längst getan, aber Du verstehst, was ich meine ...)

Wie dem auch sei, nach all meinen Fehlern und Irrtümern liege ich manchmal im Bett und mache mir klar, dass ich körperlich keinen Schaden davongetragen habe, auch wenn es so schrecklich wehtut! Es ist nur diese Aura unglaublichen Schmerzes, die einen umgibt. Aber es wird besser, nach und nach, wenn man einfach weitermacht. Wie mein Onkel Bob immer sagt: Wenn herauskommt, dass du die falsche Abzweigung genommen hast, geh zurück. Wenn du eine falsche Entscheidung getroffen hast, dann versuch sie zu korrigieren. Und was ich hinzuzufügen habe, ist: Wenn du jemanden verletzt hast, versuch Abbitte zu leisten. Selbst wenn du selbst es bist, den du verletzt hast.

Du wirst schon das Richtige tun.

LIEBE, JUNE

Reisepass, Flugticket, Computer, Ausdruck der Dissertation, Diskettenkopie der Dissertation. Was fehlt?« Ethan rannte aufgeregt durch Nevenas Wohnung und klopfte die Taschen seiner verwaschenen Jeans ab.

»Was ist mit Kleidung?« Nevena saß auf der Couch und hatte die Beine untergeschlagen. Sie stützte das Kinn in eine Hand und verfolgte belustigt diese Demonstration seiner nervösen Energie. »Und was ist mit Geld?«

»Ja«, sagte er und schnippte mit den Fingern. »Ja, daran sollte ich auch denken.« Auf dem Weg zum Wandschrank küsste er sie auf den Scheitel. »Was würde ich ohne dich tun?«

»Nackt und ohne Geld durch die Straßen von Los Angeles laufen, nehme ich an.«

»Ah, aber was ist so schön daran, sich der Masse anzupassen?«

Nevena lachte und lehnte sich mit einem verträumten Ausdruck zurück. Sie verschränkte die Arme hinterm Kopf und seufzte. »Ich wünschte, ich könnte dich begleiten.«

»Ich auch.«

»Erzähl mir, was du tust, wenn du zu Hause bist«, bat sie und schloss die Augen. »Zu Hause in Amerika. Zu Hause in Kalifornien. Der Pazifik. Das alles klingt so romantisch und exotisch. Ich würde alles tun, um dorthin gehen zu können. Meinst, dass ich all das irgendwann einmal sehen werde?«

»Klar«, sagte er geistesabwesend. Er hielt ein Oberhemd hoch, das früher einmal weiß gewesen war, jetzt aber schmutzig grau erschien. »Meinst du, dieses Hemd wäre zu unordentlich, um es zu meiner Prüfung zu tragen?«

»Wann?«, fragte sie, pflückte eine Fluse von der Couch und wich seinem Blick aus.

»Wann? In den Staaten, Nev. In ein paar Tagen.«

»Nein, ich meine, wann glaubst du, dass ich ihn sehen werde? Den Pazifik.«

»Nevena ...« sagte er und steckte das Hemd in seine Reisetasche. »Ist es dir wirklich ernst damit, dass du dorthin willst?« Er ging zu ihr hinüber, blieb vor ihr stehen und stützte die Hände in die Hüften.

»Ja.«

»Sieh mal, ich bin mir nicht sicher, ob ich jemals wieder für immer in den Staaten leben möchte. Irgendwann wirst du zu einem Besuch mit mir dorthin reisen. Ich kann aber nicht sagen, wann das sein wird, Nev. Das weißt du. Es sei denn, du kannst ein Visum für dich ergattern, was ich jedoch bezweifle. Dann müssen wir verheiratet sein, damit du mich begleiten kannst, und vorher ist da noch meine Scheidung. Es ist wirklich kompliziert.«

»Ich weiß. Alles war immer so kompliziert, und davor habe ich Angst. Dass du nie mehr in diese schreckliche Welt und zu meinen Nörgeleien und zu all den Komplikationen zurückkehren wirst. Und zu dem, was du mein Melodrama nennst.«

»Natürlich komme ich zurück.«

»Ich würde es natürlich verstehen, wenn du es nicht tätest. Ich bin Realistin.«

»Du bist ein wenig dumm.«

»Vielleicht bist du es, der ein wenig dumm ist. Vielleicht sogar naiv. Dinge passieren. Dinge und Menschen ändern sich. Das solltest du am besten wissen.«

»Sei nicht so pessimistisch.«

Nevena zuckte die Achseln, doch schon bald konnte sie nicht anders, als sein Lächeln zu erwidern. »Kennst du den bulgarischen Witz über den Pessimisten und den Optimisten?«

»Nein.«

»Der Pessimist sagt zum Optimisten: ›Unser Leben ist furchtbar. Es könnte nicht schlimmer sein.‹ Da legt ihm der Optimist die Hand auf die Schulter und erwidert: ›Nein, mein Freund, da muss ich dir widersprechen. Es besteht immer die Chance, dass alles noch schlimmer wird.‹«

Ethan ließ sich auf die Couch nieder und strich mit der Fingerspitze über ihre Nase. »Ich werde dich vermissen.«

»Ich hätte mein Telefon nicht abmelden sollen. Zwei Wochen ohne deine Stimme.«

»Aber du hast die Nummer meiner Eltern, richtig? Wenn irgendetwas passiert, dann ruf mich von der Post aus an. Und weißt du, zwei Wochen sind so gut wie nichts. Ich war seit fast einem Jahr nicht mehr zu Hause. Meine Mom und mein Dad würden mich umbringen, wenn ich zurückkäme und sie nicht besuchen würde.«

»Ich fände es sehr interessant, sie kennen zu lernen.«

»Ich würde dich mitnehmen, wenn ich könnte. Das habe ich dir doch schon vorher gesagt.«

»Und was würden sie sagen, wenn du mit einer armen Frau, einem Balkanmädchen aus irgendeinem bananenrepublikähnlichen Land vor ihnen stündest?«

»Du redest völligen Quatsch, aber ich habe eine Idee, wie man dich aufmuntern kann.«

»Was?«

»Vielleicht ...« Plötzlich, wie ein Zauberer, holte er hinter seinem Rücken einen Briefumschlag hervor. »Vielleicht mit einer überraschenden Verlobungsreise nach Istanbul?«

»Wie bitte?« Nevena kreischte auf und griff nach den Tickets.

Sie hüpfte um ihn herum und streckte sich nach dem Umschlag, aber Ethan hielt ihn hoch, sodass sie nicht herankam. »Oh, ich sehe schon, dass du kein Interesse hast«, sagte er. »Ich glaube, ich gebe die Tickets zurück. Ich hätte wissen müssen, dass du keine Lust hast, für eine Woche nach Istanbul und an die Ägäische Küste zu verreisen.«

»Ethan, hör sofort damit auf!«, verlangte sie. »Lass mich mal sehen!«

Er reichte ihr den Umschlag. Darin befanden sich zwei Tickets der Balkan Air nach Istanbul. »Ich beabsichtige, dort im August meinen Job anzutreten. Zumindest haben der Freund meines Dad und ich es so besprochen, und ich muss vorher dorthin, um den ganzen Verwaltungskram zu erledigen. Ein Gespräch hier, ein Formular dort, und die übrige Zeit ziehen wir beide durch die schönsten Cafés, besichtigen riesige Moscheen und essen gegrillten Fisch in einem schwimmenden Restaurant auf dem Bosporus.«

Nevena drehte die Tickets hin und her und betrachtete die Rückseite. Dann strich sie mit einem Finger über ihren Namen, der darauf eingetragen war. »Ich bin noch nie geflogen«, sagte sie leise und schaute dann hoch. »Ich habe dieses Land noch nie verlassen.«

Ethan nahm eine Haarsträhne zwischen die Finger. »Ich weiß.«

»Vielen Dank.«

»Gern geschehen.«

»Du bist einfach sensationell. Was kann ich sagen?«

Ethan schaute auf die Uhr. »Auf Wiedersehen. Zu mehr haben wir jetzt keine Zeit mehr.«

Ich tue das Richtige. Ich tue das Richtige. Ich tue das Richtige. Während Ethan in der überfüllten Halle des Flughafens von Sofia auf einem Plastiksessel saß, hob June gerade ab. Ihr Flug nach Athen startete eine Stunde vor seiner Maschine nach Prag. Während Ethan auf dem Flughafen in seiner Dissertation blätterte und von dem Zigarettenqualm und dem Gestank des defekten Abwassersystems einen Hustenanfall bekam, klammerte June sich an ihrem Sitz fest und dachte in einem fort: Ich tue das Richtige. Ich tue das Richtige.

June seufzte. Sie tat nicht das Richtige. Sie tat das Einzige. Glückseligkeit zu erlangen, war schwierig, und das Leben war kurz. Chavdar war ein Mörder, und Ethan liebte eine andere, Raina war unter der Erde, und June war ein Wrack. Das lag hinter ihr, und es war alles klar. Die Bilder von der Zukunft, die durch ihren Kopf geisterten, waren eine abstrakte Collage, zu der auch James mit seinem bezaubernden Lächeln und seiner undurchsichtigen schwarzen Sonnenbrille, Palmen, Weinkelche, malerische Strände und funkelnde Wolkenkratzer, die gläserne Arme in einen wolkenlosen Himmel reckten, gehörten. Es gab keine Hunde auf den Straßen und keine zerbrochenen Fenster in den Gebäuden. Es war die Welt ihrer Jugend ... der ewigen Jugend. Keine Ehemänner, keine Geliebten, kein Denken, keine Sorgen. Dort gab es keine Liebe, aber wenigstens gab es dort auch keinen Verlust.

Nevena kam spät von der Arbeit nach Hause. Sie summte eine Melodie vor sich hin, während sie die Schlüssel zu ihrer Wohnung aus der tiefen Tasche ihres Schafsfellmantels fischte. Als sie sich ihrem Treppenabsatz näherte, gewahrte sie im Schatten eine Bewegung. Jemand kauerte vor ihrer Wohnungstür. Nevenas Hand fasste unwillkürlich nach dem Treppengeländer, und sie machte einen Schritt rückwärts. »Wer ist da?«

Die Gestalt in der Ecke rutschte herum und kam dann auf die Füße. Nevena drückte auf den Knopf für die Treppenhausbeleuchtung und sah, dass es ein Zigeunerjunge war.

Sie konnte sein Alter nicht schätzen, denn obgleich sein Körper klein und drahtig war, waren seine Augen alterslos, und er trug den Anzug eines Mannes mit hochgekrempelten Hosenbeinen und Sakkoärmeln.

Er hatte eine Hasenscharte und eine Hautkrankheit, die einen Teil seiner linken Ohrmuschel zerstört hatte. Nevena bedeutete ihm mit einer Geste, er könne sich wieder hinsetzen. »Es ist schon in Ordnung. Du kannst hier schlafen. Ich gebe dir auch etwas zu essen.«

»Sie sollen mitkommen«, sagte er, wobei er wegen der straff gespannten Haut seiner Oberlippe kaum zu verstehen war. Er lehnte sich an die Wand, und seine hellen Augen schauten absolut ernsthaft drein, während er mit einem schmutzigen Finger in der Nase bohrte.

»Soll ich das?«, fragte Nevena. »Und warum?«

»Weil eine Dame, die so aussieht wie Sie, mich dafür bezahlt hat, Sie zu holen. Sie bezahlt mir noch mehr, wenn ich Sie zu ihr gebracht habe.«

Der Hauptbahnhof lag nördlich der Innenstadt, zwischen dem Industrieviertel und den schlimmsten Slums der Stadt. Gleise durchschnitten aus allen Richtungen die Gebäude und führten durch den riesigen Bahnhof hindurch. Taxis standen in einer langen Schlange draußen und warteten auf die ständige Flut von Reisenden, die sich durch die Eingangstüren nach draußen ergoss. Mit einschläfernder Stimme kündigte eine Frau über Lautsprecher die Ankunft und Abfahrt der jeweiligen Züge an. Die hohl klingende, widerhallende Ansage verlor sich fast in der Weite des riesigen Bahnhofs und wurde alle paar Minuten wiederholt: »Vlaka za Skopje shte trugne v dvanaiset chasa ot peti kolova, vlaka ot Belgrade shte pristiga na treti kolova ...«

Nevena wandte sich zu dem Jungen um. »Wohin jetzt?«

Er deutete in die Dunkelheit. »Hinunter.«

Am Ende der Treppe waren zwei Tunnels. Einer führte nach Norden, unter dem Bahnhof hindurch, zum fernsten Bahnsteig. Der andere führte nach Süden, unter der Innenstadt entlang, zu einem Ort, vor dem Nevena gewarnt worden war – einem Ort derartigen Schreckens, dass Nevena sich davor fürchtete, ohne genau zu wissen, um was es sich handelte.

Der Junge tauchte in die Dunkelheit des südlichen Tunnels ein. Er hob ein Stück Holz vom Boden auf und scharrte damit an der Wand entlang, während sie dem Verlauf des Tunnels folgten, und Nevena konnte hören, wie er vor sich hin sang. Dicke, gedrungene, quadratische Säulen stützten die Betondecke. Sie waren überall, wie Stalagmiten in einer grenzenlosen Höhle.

Am Ende der Betonhöhle befand sich eine schmutzige öffentliche Toilette. Eine bucklige Frau spritzte mit einem Schlauch den Boden ab, und eine dreckige Brühe strömte von der Tür quer durch den Tunnel. Neben der Toilette befand sich ein vergittertes Fenster, von dem aus einzelne Blätter Toilettenpapier verkauft wurden. Mehrere Männer saßen im Innern und spielten Karten. Hinter ihnen waren zwei Betten mit Kissen zu erkennen und eine Wand, die mit pornografischen Bildern bedeckt war. Der Gestank war unerträglich.

Hinter den Toiletten öffnete sich der unterirdische Saal und reichte, wie ein Amphitheater, so weit man blicken konnte. Nackte Glühbirnen, die an Drähten von der Decke herabhingen, erhellten Holzstände, die beladen waren mit gebrauchten Elektroartikeln, Schmuck, Messern, Zigarettenkartons und allen Arten von Kleidern, die mit Schnüren zu Bündeln zusammengerafft waren. Etwas weiter entfernt waren Lebensmittelstände zu sehen: Glasfenster, dahinter fettige Brötchen, rohe Würstchen, feuchter Käse am Stück, gebratener Brotteig mit Puderzucker, Pleven-Bier, schmuddelige Plastikflaschen, die mit selbst gemachten Raki gefüllt waren, Espresso und dicker, brauner boza.

Unter einem dieser Fenster drängten sich drei Jungen zusammen. Sie ließen untereinander eine blaue Plastiktüte herumgehen und inhalierten Leimdämpfe. Die Augen des ersten Jungen verdrehten sich, und dann fiel sein Kopf nach hinten gegen den Lebensmittelstand. Während er bewusstlos in sich zusammengesunken dasaß, nahm der zweite Junge ihm die Tüte aus der leblosen Hand, um sich seine rechtmäßige Portion zu sichern.

Schlaffe Körper lagen auf dem feuchten Erdboden, und weggeworfene Nadeln glänzten im Müll, der vor den Wänden aufgehäuft worden war. Minderjährige und erwachsene Prostituierte streiften durch die Gänge, ließen sich gelegentlich auf Wasserfässern nieder, um eine Zigarette zu rauchen und mit den Budenbesitzern herumzualbern.

Der Junge ergriff Nevenas Hand, und sie konnte seine rauen Schwielen und seine ungeschnittenen Fingernägel spüren. »Tuk e«, sagte er und zog sie zu einem Kasino mit verschmierten und zerbrochenen Fenstern mit sich.

Nevena folgte dem Jungen ins Haus und drängte sich voller Unbehagen zwischen Tischen voller schäbiger Trinker mit unsteten Blicken hindurch. Ihre Finger waren schwarz und bildeten einen scharfen Kontrast zu den weißen Spielkarten.

In einer Ecke, mit einem Bier auf den Tisch, saß Boryana. Sie stand auf, als sie Nevena sah.

»Bobi!«, sagte Nevena und ging auf sie zu. »Was tust du hier?«

»Ich habe versucht, dich anzurufen«, sagte Boryana. »Hast du dein Telefon ausgeschaltet?«

»Ja, ich musste es. Was ist denn los?«

Boryana holte ein wenig Geld aus ihrer Börse und bezahlte den Jungen. »Setz dich, ich erkläre es dir.«

»Nicht hier. Dieser Ort ist schrecklich. Wir fahren zu meiner Wohnung.«

»Ich kann nirgendwohin.«

»Warum? Was ist geschehen?«

Die beiden Schwestern setzten sich, und Boryana ergriff Nevenas Schulter, um sie ganz dicht an sich heranzuziehen. »Ich habe etwas getan, das ich wahrscheinlich lieber nicht hätte tun sollen.«

»Was denn?«

»Ich weiß nicht, ob ich es dir sagen soll. Ich will nicht, dass du irgendetwas darüber weißt. Ich möchte dich nicht in die Affäre hineinziehen. Es ist nur so, dass ich Hilfe brauche.«

»Du weißt, dass ich alles für dich tue.«

»Erinnerst du dich noch an Assen? Er war mein Boss, in seinem Büro haben wir uns mit ihm zusammen die Nachrichten angeschaut.«

»Ja.«

»Erinnerst du dich auch, dass ich dir erzählte, es gäbe da einige mutras, die ihm den Club wegnehmen wollten?«

»Natürlich erinnere ich mich.«

»Ich habe diesen Männern etwas gestohlen.«

»Boryana!«

»Ich glaube, jemand hat gesehen, wie ich es mir genommen habe. Eins der Mädchen. Ich weiß nicht, ob sie reden würde, aber wenn sie sie bedrohen ...«

»Was hast du dir genommen?«

»Geld. Es gab im Club eine Auseinandersetzung, und einige Leute wurden erschossen. Das Geld fiel auf den Fußboden und war mit Blut besudelt. Alle schrien durcheinander. Es war das reinste Chaos, schrecklich. Ich hatte es nicht geplant. Es ist einfach so passiert. Ich griff zu, Nev. Ich glaube nicht, dass jemand wusste, dass ich es war, aber als ich vorgestern nach Hause kam, sah ich, wie ein Mann sich am Schloss meiner Wohnungstür zu schaffen machte und in meine Wohnung eindrang.«

»Gib es zurück!«

»Sie würden mich trotzdem töten.«

»Was willst du tun?«

»Keine Ahnung. Ich brauchte an diesem Wochenende nicht zu arbeiten, aber wenn ich morgen nicht wieder erscheine, werden sie sich denken können, dass ich es war. Dies ist der einzige sichere Ort, der mir eingefallen ist. Ich würde niemals zu dir oder zu Georgi kommen, weil sie euch vielleicht überwachen.«

»Oh mein Gott, Boryana, warum hast es getan?«

»Wie hätte ich es nicht tun können? Sieh uns an! Schau dir unser Leben an! Und dann sieh dir die Stiernacken an, die genug Geld mit sich herumschleppen, um ein ganzes Jahr lang zehn Familien zu unterstützen, und die es nicht mal so dringend brauchen, dass sie es bewachen oder schützen! Das ist einfach falsch!«

»Aber was du getan hast, war auch falsch.«

»Ich glaube nicht. Wirklich nicht. Sie haben uns genug gestohlen. Oder etwa nicht? Ich hasse diese verdammten mutras.«

»Sie werden dich finden.«

»Irgendwann sicherlich. Deshalb brauche ich deine Hilfe.«

»Aber was können wir tun?«

»Ich weiß es nicht. Vielleicht ist es hoffnungslos, vielleicht aber auch nicht.«

Nevena konnte zu all dem nichts sagen. Die Ringkämpfer standen über dem Gesetz. Sie waren das Gesetz. Nevena legte einen Arm schützend um Boryanas Schultern und blickte zur Decke hoch, über der sich eine dicke Erdschicht befand. Das Gefühl der Enge und der Gestank waren überwältigend. Als wären sie und ihre Schwester lebendig begraben. Nevena hatte keine Ahnung, was sie tun konnte. Es war unmöglich. »Wir werden es schaffen, Boryana«, versprach sie. »Ich lasse mir etwas einfallen. Ich helfe dir schon.«

26

Betrifft: Inspiration
Datum: Mi. 7. Mai 1997, 18:05:31 -0700
Absender: Laney Nathaniel <laney@smnet.com>
An: June Carver <jcarver@sof.cit>

Liebste June, vielen Dank für Deine tröstende E-Mail. Ich habe jetzt keine Zeit, um zu schreiben, weil ich, als ersten Schritt, um mein Leben nach Eric wieder in den Griff zu bekommen, in eine Klinik gehe, um diese dumme Magersucht ein für alle Mal zu überwinden. Hier ist etwas, von dem ich annehme, dass es dir gefällt ...

»Ich bitte niemanden um Hilfe, weder um jemanden für mich zu töten, mir Blumen zu schenken, ein Manuskript zu korrigieren, noch um mit mir ins Theater zu gehen. Ich gehe alleine dorthin, als Mensch, aus eigenem Entschluss. Und wenn ich Blumen haben möchte, dann gehe ich zu Fuß, ganz alleine, in die Alpen.«
George Sand

Halte die Ohren steif. Ich melde mich bei Dir, wenn Du aus Griechenland zurück bist und ich den Klinikaufenthalt hinter mir habe.

LIEBE, LANEY

Kinder spielten ohne Mäntel und Schals auf der Straße, und es schien, als wäre ihr Lachen den ganzen Winter hindurch ebenso eingemummelt gewesen wie ihre kleinen Körper zum Schutz vor der Kälte. Nun waren sie laut und ausgelassen, kreischten und jagten einander auf den Betonspielplätzen, die von Metallzäunen umgeben waren. Ihre Stimmen waren der Klang des Sommers. Im Kichern eines Mädchens auf dem Spielplatz konnte man die Freude über Softeis, Picknicks am Vitosha, Sandburgen am Schwarzen Meer und die mutigen Sprünge vom Sprungturm über dem chemisch behandelten Wasser im Schwimmbecken im Park hören. Halbwüchsige Jungen blieben in der Wärme länger draußen und tranken Bier in den Hinterhöfen der Häuser.

Es war falsch. Für Chavdar war es unbegreiflich, dass Liebespaare Arm in Arm durch den NDK-Park spazierten und rosa Zuckerwatte aßen. Er hatte niemanden, dessen Hand er hätte halten können. Am sonnigsten Tag des Jahres befand er sich in der düstersten Stimmung seines Lebens. Er schaute sich um, suchte nach der Quelle der irritierend fröhlichen Volksmusik und entdeckte einen Dudelsackspieler, der auf dem Bürgersteig stand und für ein Trinkgeld spielte. Rentner saßen in großen Gruppen auf den Bürgersteigen, hielten sich an Spazierstöcken fest und schauten den Kindern auf ihren seltsamen, frisch importierten Rollerblades zu. Sein Blick sprang zwischen Pudeln und schönen Frauen in kurzen Röcken hin und her. Er litt unter diesem Szenario.

Chavdar wanderte an den von Ratten bevölkerten, unter Unmengen von Abfall erstickenden Büschen entlang, bis er die zentrale Attraktion des Parks erreichte: eine düstere, monströse Skulptur, die aus einer tiefen Grube aufragte. Diese massive moderne Skulptur wurde allgemein *Das*

Dreizehnhundert-Jahre-Denkmal genannt. Dahinter hatte sich eine Gruppe von Skinheads versammelt, um Marihuana zu rauchen und harten Hiphop aus einem Ghettoblaster zu hören. Sie tanzten in Arbeitsstiefeln um einen großen Stein herum, der mit einer roten Fahne bedeckt war. Auf einem Spruchband, das aus einem Baum herabhing, war die Inschrift »Rot oder tot« zu lesen.

Chavdar ließ sich auf eine Bank sinken und betrachtete die gequälten Gesichter, die in die Stahlklötze des Denkmals eingraviert worden waren. Auf dem Sockel standen die Worte: »Wir sind in der Zeit, und die Zeit ist in uns. Wir verändern sie, und sie verändert uns.«

Chavdar hatte sich noch nie so verändert gefühlt. Die Dinge veränderten sich so schnell, und er, der sich stets mit seiner Fähigkeit brüstete, sich anzupassen, hatte irgendetwas versäumt. Wer waren diese glatzköpfigen Jungen in Jeans und Arbeitshemden, die laut herumbrüllten und vor ihrer roten Fahne salutierten? Sie hatten mit Chavdars Vater nichts gemein. Sie hatten wahrscheinlich noch nie auch nur ein Wort von Marx gelesen. Wer waren diese Kinder, die auf Rollerblades herumflitzten und Baseballmützen der *New York Yankees* trugen? Welche riesige Hand hatte sich vom Himmel herab gesenkt und ein sieben Meter hohes McDonald's-Logo auf das Gebäude gegenüber dem Denkmal gesetzt? Chavdar kratzte sich am Kinn. Das große goldene Emblem hatte, als er das letzte Mal über den Platz gegangen war, noch nicht auf den Park hinuntergeschaut. Genauso wie der Frühling hatte es seinen Platz leise und schnell eingenommen.

Die Zeit hatte Bulgarien verändert. Die letzten vier Monate kennzeichneten den Regierungswechsel, und nichts würde jemals wieder so sein, wie es gewesen war. Als die Ergebnisse der Wahlen im April bekannt gegeben wurden, hatte die *Union demokratischer Kräfte* gewonnen, und die neue Regierung hatte die Absicht, ihre Wahlversprechen einzuhalten. Sie nannten es einen Vier-Stufen-Plan. Die ersten und wichtigsten Missionen der demokratischen Regierung sahen vor, Reformen im Einklang mit der Weltbank durchzuführen, gegen das organisierte Verbrechen zu kämpfen, die geheimen Polizeiakten über populäre Persönlichkeiten zu öffnen und den Eintritt Bulgariens in die Europäische Union und die NATO in die Wege zu leiten.

Chavdar beugte sich auf der Bank vor und stützte die Ellbogen auf die Oberschenkel. Seine khakifarbene Hose rutschte nur ein kleines Stück hoch und entblößte seine dunklen Socken. In seinem frisch gestärkten weißen Hemd und mit der Sonnenbrille auf dem Kopf sah er unbesiegbar aus. Eine weitere Ironie, denn zum ersten Mal in seinem Leben wusste er, dass er genau das nicht war. Als er an diesem Morgen in sein Büro kam, waren die Nachrichten ein genauso heftiger Schlag wie die Erkenntnis, dass es eine neunzig Pfund schwere Stripperin gewesen war, die sich mit siebzigtausend Dollars von seinem Geld aus dem Staub gemacht hatte. Genauso wie die Meldung vom Wahlsieg der Demokraten im April war diese Nachricht einfach unglaublich.

Plamen hatte ihm die Meldung durchs Telefon übermittelt. Rossen hatte ihm die Morgenzeitung unter die Nase gehalten. Die Worte hallten in seinem Kopf wider: »Ältere Regierungsmitglieder aufgrund von Verbindungen zur Mafia entlassen. Die UDK hat einen zentralen Service für die Kontrolle des organisierten Verbrechens sowie ein Antiterrorkommando ins Leben gerufen, und zusammen mit dem *National Investigation Service* führen sie überall im Land verdeckte Operationen durch. Der regionale Staatsanwalt von Kardzhali sitzt hinter Schloss und Riegel. Örtliche Steuer- und Gemeindebedienstete befinden sich hinter Gittern. Staatsanwälte im Ministerium und in der Armee mussten den Dienst quittieren und sitzen in Untersuchungshaft.«

Chavdar hatte zugehört und ungläubig geblinzelt, dann hatte er weiter zugehört. »Bestechung. Erpressung. Betrug. Unterschlagung. Sechs illegale Fabriken, in denen Waren für den Schwarzmarkt produziert wurden, hat man in Pleven und Sliven geschlossen. Acht in Vidin und Pernik. Die Fabriken standen mit zwei berüchtigten Versicherungsagenturen in Verbindung. Weitere Verhaftungen folgen.«

Rossen hatte die Zeitung wütend zerknüllt. »Das sind wir! Die Zeitung berichtet über uns, und dieses Antiterrorkommando hat Maschinen und Waren im Wert von über einer Million beschlagnahmt. Wir gehen den Bach runter, und dich interessiert nur, wie schnell du einen Flug nach Griechenland bekommen kannst, um eine Frau zurückzuholen, die dich nicht will!«

Chavdars Gesicht war aschfahl gewesen, seine Hände eiskalt. Er hätte all das schon viel früher erfahren sollen, aber seine Informationskette begann zusammenzubrechen. Die Menschen hatten Angst. Chavdar nahm es ihnen nicht übel. »Ich mache einen Spaziergang.«

»Was?«, fragte Rossen und lief rot an. »Was hast du vor? Was? Was?«

»Einen Spaziergang machen«, sagte Chavdar. »Um nachzudenken.«

»Oh! Auf jeden Fall! Nimm dir ein wenig Zeit für dich selbst. Sieh zu, dass du einen klaren Kopf bekommst!« Rossen zerrte mit dicken Fingern an seinem Hemdkragen, und seine blutunterlaufenen Augen brannten geradezu. »Und in der Zwischenzeit?«

»Versuch zu zählen.«

»Zählen?«

»Zähle nur im Kopf. Wie in Elijah Winklers Bestseller *Me, Money and Meditation*. Zähle anstatt zu denken.«

Jetzt saß Chavdar im Park und sah einem Clown dabei zu, wie er Luftballons zu spaßigen Gebilden formte. Er zählte die Hunde, die einander über den Platz jagten und die Vögel am Himmel. Eins, zwei, drei. Er war wie eine defekte Schallplatte: June, June, June.

Er hatte June verloren, er hatte sein Geschäft verloren, er hatte seine Selbstachtung verloren, er hatte seine Macht verloren, und er hatte die Grenze aus den Augen verloren. Wo er sie überqueren sollte, wie weit er gehen und wann er zurückkehren sollte. Nachdem er June geschlagen hatte, sodass sie quer durch sein Schlafzimmer geflogen war, war es für ihn völlig natürlich gewesen, seinen Männern zu befehlen, das Mädchen, das sein Geld gestohlen hatte, zu töten, sobald sie sie aufspürten. Nun steckte in seiner Tasche ein Ticket nach Griechenland. Er und einer seiner Leibwächter würden an diesem Abend noch aufbrechen, um June zu suchen und festzustellen, wer mit ihr das Doppelzimmer im Sunset Villas bewohnte. Er hasste June, denn es war ihre Sturheit gewesen, die ihn gezwungen hatte, Dinge zu tun, die er nicht hatte tun wollen, Dinge, die wider seine Natur waren, Dinge, die eine Veränderung seines Wesens in Gang gesetzt hatten.

Die Veränderung seines Wesens, dachte Chavdar. So betrachtet wirkte es wie ein anderer Teil seines Lebens. Wie es auf dem Denkmal stand: »Die Zeit verändert uns.« Besser sollte es heißen: »Die Zeit raubt uns unsere Träume, die Zeit öffnet unsere Augen für die Hässlichkeit, die Zeit lässt unsere

Körper schrumpfen und schwach werden, die Zeit tötet uns, aber zuerst lässt sie alles in uns absterben, was an Gutem jemals in uns war.« Chavdar war nun zu Dingen fähig, an die er früher niemals auch nur gedacht hätte. Früher war alles so glatt gegangen! Sein Vater hatte ihn mit allen wichtigen Leuten bekannt gemacht und war dann zu einem günstigen Zeitpunkt gestorben, sodass Chavdar seine Position übernehmen konnte. Türen hatten sich geöffnet, Angebote waren eingegangen, und Geld war in Strömen geflossen. Es hatte niemals die Notwendigkeit für Grausamkeiten bestanden. Chavdars Initiation erschien nun so einfach! Hier ein gestohlenes Automobil, dort ein gebrochenes Bein, ein Einbruch, eine Brandstiftung. Erst vor kurzem war er mit solchem Schmutz in Berührung gekommen und warum? Weil er erst vor kurzem ernsthaft herausgefordert worden war. Herausgefordert von June, vom Gesetz und von seinem Vaterland.

Nun ja. Die Zeit verstrich, und er veränderte sich, und der Himmel war blau, und die Menschen tranken Eiskaffee unter Coca-Cola-Sonnenschirmen und küssten einander unter den goldenen McDonald's-Bögen. Weitere Veränderungen und noch mehr Gewalt lauerten hinterm Horizont, bereit, in seine Welt einzudringen. Heute Abend würde er sie sehen. Das war der einzige Gedanke, der sein Leben möglich machte. Sie zu sehen, sie um Verzeihung zu bitten, sie im Arm zu haben, sie zu hassen. Er hasste sie wirklich.

Chavdar stand auf und schlenderte weiter, hin und her, vor und zurück, rauf und runter, von Bürgersteig zu Bürgersteig. Eine Stunde später war er wieder dort, wo er losgegangen war, ohne genau zu wissen, wo er überhaupt entlang gegangen war. Ziellos setzte er seinen Weg fort und starrte auf das Pflaster. Er zählte die Fugen zwischen den Steinen.

Die Sonne versank hinter dem weißen Rumpf der Fähre, und James McKinnon wartete auf dem Pier, sein Gepäck neben seinen Füßen. Als June ihn entdeckte, hatte er alle Farben des Sonnenuntergangs als Kulisse hinter sich. »Jimmy!«, rief sie und winkte aus dem Taxi. »Hier bin ich!«

James kam herüber und öffnete die Taxitür. June stieg aus, bekleidet mit einem langen hellblauen Sommerkleid, Holzsandalen und einem Strohhut. »Verdammt, Mädchen!«, sagte er lächelnd und nahm sie in den Arm. »Du siehst aus wie damals auf der Hochzeit meiner Schwester.«

»Wie süße sechzehn?«

»Genauso. Damals, als du noch recht zahm warst, vor deiner Gruftigirl-Phase. Wo sind deine weiten Hosen und die Plateauschuhe geblieben?«

»Wir sind nicht mehr in Los Angeles.«

James ergriff ihre Hand und ging mit ihr zur Fähre. Griechen, die Urlaub machten, tranken Champagner und küssten sich, während sie darauf warteten, dass das Schiff auslief. Musik erklang, und Kinder beugten sich über die Reling und winkten mit Wunderkerzen. »Nein, Liebling«, sagte er. »Das sind wir nicht.«

June spürte, wie ihre Schwermut verflog. Es war genauso, wie sie es sich vorgestellt hatte. Die Glückseligkeit der Vergangenheit stellte sich am glücklichsten Ort ein, den sie im Augenblick kannte. »Es tut gut, dich zu sehen, Jimmy.«

»Danke, dito.«

Als sie an Deck einen Sitzplatz gefunden hatten, holte James eine Geschenktüte hervor, die von Papierservietten überquoll. »Ich musste Lilly versprechen, dir dies hier sofort zu überreichen.«

»Yoga im Selbstunterricht«, sagte June lachend, noch ehe sie die Hand überhaupt nach der Tüte ausgestreckt hatte.

»Woher wusstest du das? Geschwisterliche Telepathie?«

June öffnete die Tüte, und es war, wie sie angenommen hatte, das Buch, das Lilly ihr hatte schicken wollen, und eine Vanille-Gesichtsmaske gegen das Ekzem, das schon vor Monaten abgeheilt war. »Ich wusste es.«

»Weißt du, was ich dir mitgebracht habe?«

»Du brauchtest nichts mitzubringen.«

»Ich habe während deiner langen Abwesenheit irgendwann deinen Geburtstag vergessen, nicht wahr?«

»James ...«

»Aufmachen«, verlangte er und reichte ihr eine kleine Schachtel.

Sie hatte die Größe einer Zigarettenpackung. »Du weißt, dass ich mir das Rauchen abgewöhnt habe«, sagte June.

»Mach sie einfach auf.«

Es war ein Nachtlicht in der Form einer Palme. Oben stand in schwarzen kursiven Lettern die Inschrift *Endless*. Unten lautete sie *Summer*.

»Wo hast du das denn gefunden?«, flüsterte June. Es war das gleiche Nachtlicht, das Claire ihr geschenkt hatte, als sie neun war und immer Angst hatte, in dem neuen Haus in Sherman Oaks alleine in ihrem Zimmer zu schlafen.

»Ich war dabei, als deine Mutter es gekauft hat«, sagte James. »In dem Sommer, den ich bei euch verbrachte, als mein Vater in der Reha-Klinik war. Ich erinnerte mich an den Souvenirladen auf dem Hollywood Boulevard, denn dorthin gingen wir sofort, nachdem wir aus dem Wachsmuseum kamen.«

»Claire war mit dir in einem ... einem *Wachsmuseum*?«

»Ja. Und dann haben wir dir ein Geschenk gekauft. Und in dieser Nacht schlief ich im zweiten Bett neben dir. Die ganze Nacht hindurch brannte das Licht und verkündete ›Endless Summer‹, und ich betete, dass ich den ganzen

Sommer bei dir bleiben könnte und nicht nach Texas zurückgeschickt würde. Ich wollte meinen Ewigen Sommer haben.«

»Claire hat mich niemals in ein Museum mitgenommen«, sagte June. »Ich hätte nicht gedacht, dass sie überhaupt wusste, wo ein Museum war.«

»Ich habe nach dem Laden gesucht«, sagte James. »Aber sie hatten keine Nachtlichter, nur T-Shirts und Pieper. Also schaute ich in einer Million anderer Souvenirläden auf dem Hollywood Boulevard nach, aber keiner führte diesen Artikel.«

»Und wie hast du dieses Stück gefunden?«

»Habe ich gar nicht. Ich habe dein altes Licht säubern und reparieren lassen. Du kannst dir gar nicht vorstellen, wie schwierig es ist, jemanden zu finden, der bereit ist, ein billiges Nachtlicht von 1975 liebevoll und sorgfältig zu restaurieren. Das ist wahrscheinlich genauso schwierig wie ...« Er lächelte. »In Sofia auf der Post eine Briefmarke zu bekommen.«

»Heißt das, dies ist ...«

»Dasselbe, das deine Mutter dir geschenkt hat. Es lag in deiner Spielzeugkiste auf dem Speicher bei deiner Großmutter Penny, unter dem Fliegenden Teppich. Neben einem Foto von dir mit einer Krone auf dem Kopf als Miss Ventura.«

»Tatsächlich? Das hatte ich schon lange vergessen. Ich dachte, ich hätte es weggeworfen, als ich aufs College ging.«

»Ich habe das Foto mitgebracht. Du kannst es dir ansehen, wenn wir auspacken. Okay?«

»Okay.« June streckte sich auf der Strandliege aus und blickte hinauf zum Mond – so groß wie der Fingernagel einer Prinzessin, wie Claire immer sagte. Sie schloss die Augen und stellte sich vor, wie Claire die *Endless-Summer-Lampe* und das Schönheitsköniginnenfoto ihrer Tochter in eine Holzkiste unter dem Fliegenden Teppich auf dem Speicher ihrer trunksüchtigen Mutter deponierte, ehe sie sich entschloss, aus dem laufenden Film auszusteigen. Claire hatte in Los Angeles in einer Seifenopernwelt eigener Schöpfung gelebt und war dort gestorben. June hatte sich mit ihrer Mutter am Küchentisch wegen Kalorien, Schulkleidung und der Qualität und Menge ihrer Freunde gestritten, aber nachts, wenn June schlief, war Claire leise ins Zimmer gekommen und hatte ihre Tochter auf die Stirn geküsst, so wie der Prinz es bei Schneewittchen im Wald getan hatte. Claire mochte melodramatisch und überaus fordernd gewesen sein, aber sie war auch fähig gewesen, zu lieben und Stolz und Bewunderung zu empfinden. Sie hatte die Plastiklampe aus Liebe aufbewahrt. Und sie hatte ein zerkratztes und verblichenes Foto gerettet, das June in den Müll geworfen hatte. Diese Gegenstände, so kindisch und billig und oberflächlich sie auch erscheinen mochten, waren Claires Schatz gewesen – heilige Symbole eines Kindes, das sie unendlich geliebt hatte, ungeachtet der Art und Weise, wie sie sich aus dem Mutter-Tochter-Drama geflüchtet hatte.

June flüsterte: »Danke«, und James drückte ihre Hand. Sie sagte nichts zu ihm, aber er war da, und er verstand.

27

Betrifft: Eine Filmidee
Datum: So. 18. Mai 1997, 13:59:43 -0700
Absender: June Carver <jcarver@sof.cit>
An: Benny <bgatwick@asb.com>

Eigentlich sollte ich Ferien machen, aber mein Computer ist noch online. Hier eine kleine Story, die Dir vielleicht gefällt. Es ist ein Sciencefictionfilm, der um 1975 spielt und von einem bulgarischen Fotografen namens Kyril skizziert wurde, der mich früher gehasst hat, aber jetzt möchte, dass ich mit ihm arbeite.

Die Story: Dieser Bulgare hat sich um ein Visum bemüht, um für zwanzig Jahre nach Amerika zu gehen. Endlich, als alter Mann, gewinnt er in der Lotterie und trifft Vorbereitungen für die Reise. Er wird in einen tristen Raum gerufen, wo ihn ein mit Russen besetztes Komitee erwartet. Sie erklären ihm, dass Amerika überhaupt nicht existiert. Es ist ein Mythos, ein Märchen für Kinder, so wie der Weihnachtsmann. Es war die Idee der Moscow Studios, dem größten Filmstudio der Welt, und sie haben all die berühmten amerikanischen Filme gedreht, um den Leuten etwas zu geben, wovon sie träumen und worauf sie hoffen können, während sie in Bulgarien ihr ärmliches Dasein fristen. Moscow Studios hat damit die wirkungsvollste Propaganda geschaffen: einen Himmel ohne Religion, in den auf Erden einzugehen man sich erarbeiten, um den man sich bewerben und auf den man hoffen kann. Nun, da der Bulgare ausgewählt wurde, nach Amerika zu reisen, wird er tatsächlich nach Sibirien verfrachtet, und der KGB schickt seiner Familie wunderschöne Bilder und Briefe, während er als Sklave in einem Arbeitslager im tiefsten Winter schuften muss. Daraus folgt, dass jeder, der die Chance erhält, in den Himmel zu kommen, in Wirklichkeit in der Hölle landet.

Ich glaube, ich bin so weit, mich von dem Traum zu verabschieden.

ICH LIEBE DICH, JUNE

Anrufbeantworter waren eine Neuheit in Bulgarien, und nur die Reichen besaßen sie. Nevena hatte in ihrem ganzen Leben nur drei solcher Nachrichten hinterlassen: alles Anrufe bei ausländischen Arbeitgebern, um Bescheid zu sagen, dass sie sich verspäten würde. In jedem Fall hatte Nevena es als erniedrigend empfunden, zu reden, wenn niemand zuhörte. Es war ihr peinlich, dass jemand eine Aufnahme von ihrem schlechten Englisch besaß, von ihrer unbeholfenen Ausdrucksweise, und, was am schlimmsten war, von ihrer stockenden, zitternden Stimme, die verriet, dass sie vor der Maschine regelrecht Angst hatte.

An diesem Morgen war sie zur Hauptpost gegangen, hatte vierzig Minuten in der Warteschlange gestanden und dafür bezahlt, dass die Telefonistin für sie eine Überseeverbindung herstellte. Nevena wusste, dass Ethan unmöglich schon in Nordkalifornien sein konnte, aber sie hatte gehofft, die Nachricht übermitteln zu können, dass in Sofia ein Notfall eingetreten war. Anstatt seine Eltern zu erreichen, war sie jedoch von der Aufnahme einer süßlichen Frauenstimme, die schwungvoll und ziemlich aufdringlich klang, begrüßt worden. »Hallo!«, säuselte Ellen melodisch. »Sie sind mit den Carvers verbunden, aber es tut mir Leid, wir sind im Augenblick nicht zu Hause. Hinterlassen Sie Ihren Namen, Ihre Nummer und eine kurze Nachricht, und entweder George oder ich werden uns so bald wie möglich bei Ihnen melden. Ich wünsche Ihnen einen schönen Tag. Und hier kommt schon der Piepton!«

Nevena hatte den Mund geöffnet, um zu antworten, aber kein Laut drang über ihre Lippen. Wie sollte sie sich kurz fassen? Wie konnte sie auf eine solche fröhliche und selbstzufriedene Aufforderung reagieren? Die Aufnahme teilte Nevena mit, dass das Leben im Heim der Carvers schön und sorglos war und dass der Garten in voller Blüte stand. Ellens Begrüßung warnte Nevena, ihre himmelblaue Vorstadtidylle ja nicht mit ihrem zaghaften »Ich bin die andere Frau« und ihrem skandalösen Unterweltnotfall zu stören. Sie legte in einem plötzlichen Anflug von Panik auf, und der nächste Wartende betrat die Telefonzelle. Mittlerweile betrug die Wartezeit für Überseeverbindungen eine Stunde. Zu viele Leute hatten ihre privaten Telefone abgemeldet. Nevena griff nach ihrer Tasche, seufzte und machte sich auf den Weg zu Roxanne, um mit ihrer Arbeit anzufangen.

Nachdem sie das Haus betreten hatte, blickte Nevena zur Decke. Jemand lief oben herum, und sie hörte Roxanne kichern.

Sie ging schnell in die Küche, in der Hoffnung, dass, wer immer dort die Nacht verbracht hatte, sich bald verabschieden würde. Nevena musste über Geld reden, und Roxanne war die einzige Person, von der sie annahm, dass sie ihr zuhören würde.

Wie auf ein Stichwort erschien Roxanne in der Türöffnung des Gästebades, wo die Waschmaschinen standen. »Guten Morgen«, sagte sie und lehnte sich an den Türpfosten.

»Hi«, sagte Nevena und kam näher. »Ich bin froh, dass Sie schon auf sind, denn ich muss mit Ihnen etwas Wichtiges besprechen.«

»Natürlich«, erwiderte Roxanne fröhlich und deutete auf die Küche. »Komm, wir trinken einen Saft und reden.«

Nevena folgte dem Geruch von Zigaretten und dem Flattern von Roxannes hauchdünnem Morgenmantel in die Küche. Roxanne holte eine Karaffe aus dem Kühlschrank und schenkte jedem von ihnen ein Glas Tomatensaft ein. »Wodka?«

Nevena wischte sich die Hände an ihrem Rock ab. Sie war nervös. »Bitte.«

»Hey! Endlich sagt sie mal ja, wie schön. Setzen wir uns an den Tisch. Es ist für mich noch viel zu früh, auch nur einen Blick in mein Büro zu werfen.«

Nevena setzte sich, die Knie züchtig zusammengepresst und die Füße halb unter dem Stuhl. Roxanne knabberte an ihrer Selleriestange. »Ich weiß, was es mit deiner wichtigen Angelegenheit auf sich hat. Ethan ist hier fertig, nicht wahr? Auf ihn wartet dieser tolle Investmentbankjob in Istanbul, stimmt's? Er zieht weiter, und du möchtest mit ihm ziehen.«

»Nicht ganz ...«

»Lass mal, ich weiß Bescheid. Wirklich.« Sie legte eine

Hand auf Nevenas Arm. »Du möchtest raus hier. Das nehme ich dir gar nicht übel. Ich glaube, mir reicht es auch allmählich. Na ja, mir ist klar, dass ich nicht immer besonders nett zu dir gewesen bin, aber ich habe dich immer geschätzt, Nevena. Immer. Und zu meiner Verteidigung muss ich sagen, dass ich erst ein wenig sauer war, als du diese lächerliche Geschichte mit Ethan angefangen hast.«

»Roxanne ...«

»Weißt du, June ist meine Freundin. Du bist meine Freundin. Ethan ist mein Freund. Ich möchte, dass meine Freunde stets das kriegen, was sie sich wünschen. Ich glaube an den Wert von Beziehungen. Ich weiß, dass du schon immer nach Amerika wolltest, Schätzchen! Glaubst du, das wüsste ich nicht? Wenn ich ausgehe, dann schleichst du hier herum wie eine Diebin und wühlst in meinen Sachen. Du bist eine Tagträumerin, und das verstehe ich! Aber hör gut zu. Ethan mag vielleicht ein Ticket für die Vereinigten Staaten sein, aber, Schätzchen, in Wirklichkeit ist er ein Postschiff nach China. Wenn du einen Fuß auf den Boden des Landes der unbegrenzten Möglichkeiten setzt, ist er längst aus dem Alter raus, um an deine Tür zu klopfen. Hast du verstanden?«

»Ich glaube, Sie verstehen nicht.«

»Oh, *au contraire*. Ich verstehe besser, als du denkst. Es scheint, als wäre der Zeitpunkt gekommen, dass sich unsere Wege trennen, und ich möchte dir ein Abschiedsgeschenk machen.« Roxanne erhob sich schwankend und ging zu der Schublade unter dem Radio.

»Aber das Problem, das ich im Augenblick habe, ist viel ...«

Roxanne drehte sich zu Nevena um und hob einen dicken weißen Umschlag hoch. »Es ist Geld.«

»Hm? O Gott.« Nevena trank den ersten Schluck von ihrer Bloody Mary.

Roxanne lächelte, während sie den Umschlag vor Nevena auf den Tisch legte. »So viel ist es nun auch wieder nicht. Wenn du in den Staaten für mich gearbeitet hättest, hätte ich hundertmal so viel bezahlen müssen, um jemanden, der so gut ist wie du, dazu zu bewegen, die ganze Zeit bei mir zu bleiben.«

»Roxanne!«

»Ich habe bei dem Handel viel besser abgeschnitten, Schätzchen, das kannst du mir ruhig glauben. Und weißt du was?« Roxanne beugte sich vor und legte Nevena die Hände auf die Schultern. Ihre wässerigen roten Augen fixierten Nevenas große braune Augen. Ihr Atem roch schal. »Weißt du, Nevena, das dort, dieses Bündel Hundert-Dollar-Scheine, ist noch nicht mal der beste Teil. Leonard!« Roxanne wandte sich zur Tür um, legte die Hände wie einen Schalltrichter an den Mund und rief abermals: »Leonard!«

Eine Sekunde später betrat ein Mann in einem Frotteebademantel die Küche. Er war glatzköpfig und hager, hatte knochige Knie und behaarte Füße. Er bemerkte Nevena und wich einen Schritt zurück. »Ho ho!«, sagte er. »Ich wusste gar nicht, dass sie schon hier ist.«

Nevena wandte den Blick von seinen nach außen gerichteten Füßen ab. Sie erkannte in ihm einen der Freunde, die gelegentlich mal eine Nacht mit ihrer Arbeitgeberin verbrachten.

»Ja, sie ist da«, meinte Roxanne freundlich und klang dabei wie eine glückliche Mutter: »Das ist Nevena, Leonard. Nevena, das ist der nette Mann aus dem Konsulat, der dir ein Visum verschaffen wird.«

Nevena starrte beide mit schockgeweiteten Augen an. Sie

blickte zu Roxanne, dann zu Leonard und schließlich, total überrumpelt, auf Leonards Füße. Ihre Hand, die den Umschlag festhielt, zitterte so stark, dass sie ihn fallen ließ. Ihre Stimme war nicht mehr als ein mattes Flüstern. »Ich weiß nicht, was ich sagen soll.«

»Sag noch nichts«, entgegnete Roxanne und ging neben Nevenas Stuhl in die Hocke. Ihr Lächeln war übertrieben, und Nevena entdeckte Lippenstiftspuren an ihrem Kinn. »Das ist völlig richtig, Kindchen. Wenn etwas klingt, als wäre es zu schön, um wahr zu sein, dann ist es das wahrscheinlich auch. Das ist ein altes amerikanisches Sprichwort. Sag nichts, ehe du alles gehört hast.«

Der Mond stand hoch am Nachthimmel und zog eine lange, bleiche Spur über das Meer zum Festland. June saß alleine auf den Felsen am westlichen Ende der Insel. Sie trug Jeans und hatte ihre Schuhe ausgezogen.

Hinter ihr, in den winkeligen Straßen von Santorin, wogte das Nachtleben. Gepflasterte Wege führten zu weißen Treppen, über die man zu wunderschönen blauen Türvorhängen und einschmeichelnder Musik gelangte. Bonbonfarbene Kleider leuchteten in den Schaufenstern der Boutiquen, und mit Früchten verzierte Cocktails wurden auf Tischen serviert, die unter freiem Himmel standen und von Blumen umgeben waren. Während sie ihre Zehn-Dollar-Whiskeys und Coca Colas tranken, klopften die Männer gelegentlich auf ihre Jacketts, wo ihre Handys steckten. Die Frauen rauchten dünne Zigaretten und waren üppig mit Silberarmbändern behängt.

June stellte sich vor, wie James in einem der Cafés mit weiß gestrichener Fassade die Einheimischen mit Kartentricks, James-Dean-Monologen und Marlon-Brando-Imitationen unterhielt. Sie hatte ihm erklärt, er solle sich ohne sie die Zeit vertreiben. Auf der Insel mit dem Weihnachtsschmuck in den Bäumen, der Musik, die die Luft erfüllte, und der Jugend und Schönheit, die sich in den Straßen zwischen den weißen Hausfassaden drängte, hatte June alleine sein wollen. Sie hatte noch nicht den Umschlag geöffnet, in dem sich das Porträt der alten June befand, das Symbol ihres früheren Ichs schlechthin.

James hatte das Foto in einen Schnellhefter gelegt, einen ganz gewöhnlichen, wie High-School-Schüler ihn zu benutzen pflegen. June zog ihn aus dem Umschlag und holte die Porträtaufnahme hervor. Sie war schwarzweiß, zwanzig mal zweiundzwanzig Zentimeter groß, mit einem weißen Rand. Junes Zähne leuchteten. Es war ein bezauberndes Lächeln, so offen und ansteckend, dass jeder, der es sah, ebenfalls lächeln würde. Ihr Haar war fein wie Seide, ihre Augen funkelten, und die Schmucksteine der Krone zauberten blitzende Lichtreflexe auf die Perlen ihres Kleides und auf ihre glänzenden Lippen. Zuerst erkannte sie sich gar nicht – das Bild unterschied sich so grundlegend von dem, das sie erst vor kurzem im Spiegel ihres winzigen Badezimmers und in den Spiegeln hinter den Bars in den bulgarischen Tavernen betrachtet hatte. Das Foto stammte von ihrem vorletzten Wettbewerb. Als sie gerade vierzehn und eine Saalkönigin gewesen war.

June nickte, während sie das Foto betrachtete. Sie erinnerte sich plötzlich an ihre Entscheidung, es zusammen mit den Schulheften, den zerschlissenen T-Shirts und den alten Illustrierten in den Plastikmüllsack zu stopfen, als sie ihr Zimmer ausgeräumt hatte, um zur UCLA umzuziehen. June konnte erkennen, dass trotz des Lächelns kein Triumph in ihren Augen lag. Viel eher schienen sie prüfend die Menge zu betrachten. Jetzt, nach so langer Zeit, erkannte June den Anflug des Unmuts. Sie wusste, nach wem sie Ausschau gehalten hatte. Die Erinnerung an ihre Mutter, die zwischen den Menschen stand und applaudierte, traf sie wie eine Faust in der Magengrube. Warum hatte sie Claire keine Kusshand zugeworfen? Warum hatte sie ihr nicht gewunken, ihre Anwesenheit begrüßt und mit dem Mund die liebenden Worte geformt, nach denen Claire sich so sehr gesehnt hatte?

»O Gott«, flüsterte sie. »Es tut mir Leid.« Sie drehte das Foto um, brauchte jetzt den Anblick der weißen, leeren Rückseite, irgendetwas, um nicht den Ausdruck in ihren braunen Augen betrachten zu müssen, den sie plötzlich verstand und zutiefst bedauerte.

Aber die Rückseite des Fotos war nicht weiß und leer. In der rechten unteren Ecke war etwas in schwarzer Schreibschrift zu lesen. Es war die Handschrift ihrer Mutter. Claire hatte geschrieben: »Ich wollte nichts anderes, als dass Du immer glücklich bist. Es tut mir Leid, wenn das, was ich mir für Dich gewünscht habe, nicht dasselbe war, was Du für Dich gewünscht hast. Hol es Dir, mein Liebling. Hol Dir mehr, als ich Dir geben konnte und zu was ich Dich drängen wollte – und hol es Dir auf Deine Weise. So wirst Du mich auch weiterhin stets mit Stolz erfüllen. Ich liebe Dich, June. Claire.«

June knickte eine Ecke des Fotos um, als sie es an ihre Brust drückte. Sie zitterte vor Erleichterung und ließ ihren Tränen freien Lauf. Dann spritzte sie sich Meerwasser ins Gesicht. Claire war nicht enttäuscht gewesen. Wahrscheinlich hatte es nicht daran gelegen, dass aus ihr nicht das geworden war, was Claire sich für sie gewünscht hatte und was Claire das hatte tun lassen, was sie getan hatte. June blickte zum Himmel, bedankte sich bei ihrer Mutter und verabschiedete sich sowohl von ihr wie auch von Ethan. »Adieu. Ich liebe euch.«

Sie beglückwünschte sich und stellte sich der Wahrheit. Mit James oder mit jemand anderem zusammen zu sein, konnte sie nicht vervollkommnen. Noch nicht. In Los Angeles, in dem Bemühen, sich Claire gewogen zu stimmen und ihr zu gefallen, hatte June sich in den Spiegeln der eleganten Vorzimmer der Filmstudios, in den Spiegelbildern der Swimmingpools bei den Premierenpartys sowie in den Kristallgläsern der Whiskeys on the Rocks, die sie so vielen ihrer Chefs serviert hatte, immer nur selbst gesucht. Die Bilder, die sie damals sah, waren allesamt verzerrt gewesen. Später hatte sie sich bemüht, sich zu vervollkommnen, indem sie vorwärts strebte – indem sie versuchte, Teil von etwas Größerem, Stärkerem und Sicherem zu werden. Am Ende war sie überhaupt nicht sicher und stark gewesen – nicht bis zu diesem Moment. Die Ewigkeit mit Ethan, an die sie hatte glauben müssen, wäre eine Ewigkeit voller Zweifel gewesen. Das reichte nicht aus.

Für eine sehr kurze Zeit hatte Chavdar ihr gegeben, was sie brauchte. Er hatte ihr ein Gefühl vermittelt, wertvoll zu sein. In seiner Welt war Wert etwas Simples. Es war Geld, und das hatte er ihr gegeben in Form von Geschenken – Reisen, Schmuck, Luxus, Tabletten. Das hatte auch nicht funktioniert, und June hatte ihn verlassen, um weiter zu suchen, um zurückzugehen und andere Wege einzuschlagen, die sie weiter zu führen schienen. Ehe, Arbeit, Sex, Erfolg, Macht, Liebe. Raina hätte dafür nur ein buh, buh, buh, buh, buh, buh übrig gehabt. Am Ende hatte June nach Werten gesucht, indem sie das als Maß benutzt hatte, was sie *fälschlicherweise* für Claires Kriterien gehalten hatte. Die Suche hatte jedoch nichts Wertvolles hervorgebracht. Da war sie nun, auf einem Felsen in Griechenland, machte ihre Hausaufgaben und gelangte zu einer Lösung. Endlich hatte sie genug Selbstvertrauen, um an die Richtigkeit ihrer eigenen Antwort zu glauben.

28

Betrifft: Gut für Dich!
Datum: Do. 29. Mai 1997, 22:41:23 -0400 (EDT)
Absender: Lilly <org.beauty@ink.net>
An: June <jcarver@sof.cit>

Hermana mía, tu alma está libre, no? Ich habe Joaquín gefragt, wie man sagt »Deine Seele ist frei.« Jetzt, wo ich höre, wie Deine alte Stimme aus den E-Mails auf dem Computerschirm zu mir spricht, verspüre ich weitaus weniger das Bedürfnis, Dich zu drängen, endlich nach Hause zurückzukommen. Wie ich schon sagte, die Grundlagen der Entwicklung sind Hingabe, Konzentration und Zielstrebigkeit. Du hast das Problem identifiziert, und jetzt kannst Du mit den Reparaturen beginnen. Quäl Dich nicht mit der Vergangenheit. Genieße Deine Freiheit und schau in Dich. Und immer schön einen Schritt nach dem anderen.

Übrigens, ich bin verliebt. *Yo estoy enamorada de Joaquín.* Dad ist nicht gerade darüber begeistert, aber ich denke, jetzt, wo er sich zur Ruhe gesetzt hat, wird er zunehmend umgänglicher. Trotz (oder vielleicht deswegen?) dem, was mit Mom geschah, begreift er, dass menschliche Gemeinschaft rätselhaft und problematisch ist und dass seine Töchter tun sollten, was immer sie tun müssen, um glücklich zu sein.

TE AMO, LILLY

Es war ein unvollkommener Plan. Unglücklicherweise war es der einzige Plan, den sie hatten. Seitdem sie Roxannes Vorschlag zugestimmt hatte, musste Nevena gegen ein bohrendes Gefühl der Übelkeit ankämpfen, aber immer, wenn sich ihr Gewissen allzu übermächtig meldete, zwang sie sich, daran zu denken, was mit Boryana geschehen könnte, wenn sie weiterhin im Lande blieb und gefunden würde.

Im Konsulatsbüro hatte Nevena Leonard nicht in die Augen blicken können, als er sie befragte und ihre Papiere vorbereitete. Als er ihr das Visum überreichte und ihren Reisepass abstempelte, sagte er: »Herzlichen Glückwunsch!« Er war so freundlich und entgegenkommend, dass es schien, als verteilte er dauernd Visa an ungebildete, bettelarme Immigranten.

Er hatte keine Ahnung, dass sie ihn und Roxanne belog. Anstatt Leonards und Roxannes Verhalten kritisch zu betrachten, gab Nevena sich ganz alleine die Schuld. Sie hatte das Geld und das Visum unter Bedingungen angenommen, die sie total ignorieren würde. Aber, so sagte sie sich, dieser Betrug wäre nur vorübergehend. Wenn Ethan zurückkehrte, würde sie Roxanne ihr Geldgeschenk irgendwie zurückzahlen. Was das Visum betraf, vielleicht würde Leonard es widerrufen. Aber dann wäre Boryana längst in den Staaten untergetaucht, hätte ein neues Leben begonnen und wäre weit weg von den Leuten, die ihr nach dem Leben trachteten.

Roxannes Bedingungen waren sehr klar und einfach gewesen. Verschwinde sofort und gib keine langen Erklärungen ab. Das war es. Nevena wusste, was Roxanne annahm. Wenn sie sich auf den Handel einließ, dann wäre das der Beweis, dass sie nie etwas anderes gewollt hatte als ein Ticket in die Vereinigten Staaten. In diesem Fall wäre es besser für Ethan, sie los zu sein, und Roxanne hätte jedem einen Gefallen getan, June inklusive. Wenn sie den Handel abgelehnt hätte, wäre das ein Beweis für ihre Liebe zu Ethan gewesen.

Es gab jedoch keine Demonstration herzerwärmender Loyalität. Nevena hatte Roxannes Haus verlassen mit einem Bündel Geld und einem Termin im Amerikanischen Konsulat. Sie war gegangen und hatte ihren Stolz zurückgelassen. Während des Heimwegs wurde Nevena von der Erinnerung an Roxannes bitteres, wissendes Lächeln gequält, als sie erklärt hatte: »Okay, ich tue es.«

Jetzt wartete Nevena voller Nervosität an der Ecke vor ihrem Apartmenthaus. Jedes Mal, wenn sich ein Taxi näherte, begannen ihre Hände zu schwitzen, während sie dachte: *Es ist soweit*. Jedes Taxi, das mit einem anderen Ziel an ihrem Wohnhaus vorbeifuhr, weckte aufs Neue in ihr die Sorge, dass irgendetwas schiefgegangen war. Sie schaute auf die Uhr. In weniger als zwei Stunden würde die Air France-Maschine des Flugs 2122 vom Flughafen in Sofia starten. Sie würde einmal in Paris zwischenlanden, ehe sie nach New York weiterflog, und wenn sie in den Staaten landete, dann säße Boryana in der Maschine. Jedenfalls war das Nevenas innigster Wunsch.

Nevena öffnete ihre Handtasche, um sich erneut zu vergewissern, dass ihr Reisepass darin war. Sie klappte ihn auf und strich mit einem Finger über den amerikanischen Visumstempel und blätterte dann weiter bis zum Passfoto. Es war ein Schwarzweißfoto, vor mehreren Jahren aufgenommen und nicht besonders vorteilhaft. Jedes Muttermal war deutlich zu erkennen. Die Ränder unter ihren Augen waren grau, und das Haar sah aus, als sei es bis zu den Wurzeln fettig. Sie klappte den Reisepass zu und verstaute ihn wieder in ihrer Handtasche. Es war besser, das Foto nicht allzu genau mit Boryanas zwar ähnlichen, aber deutlich härteren Gesichtszügen zu vergleichen.

Morgen um diese Zeit wäre Nevena wahrscheinlich erleichtert und entspannt, wenn sie sich vorstellte, dass ihre Schwester in Amerika eingetroffen wäre. Sie könnte allerdings genauso gut in einer Arrestzelle auf einem Plastikstuhl sitzen und die Fragen kettenrauchender Polizeibeamten beantworten. Falls das geschähe, falls sie und ihre Schwester erwischt würden, dürfte es nicht allzu lange dauern, bis Boryana die Strafe erhielt, die die mutras für angemessen hielten. Schon wieder einmal würden sich ihre Welt und Wirklichkeit und die ihrer Schwester praktisch über Nacht verändern – zum Guten oder zum Schlechten.

Endlich hielt ein Taxi vor Nevena an. Sie öffnete die Tür und setzte sich neben den Fahrer auf den Beifahrersitz. Georgi war schneeweiß und stumm, und Boryana sah aus, als wäre ihr todschlecht. Nevena griff über die Rückenlehne ihres Sitzes und drückte die Hand ihrer Schwester.

Keiner von ihnen sagte während der Viertelstunde, die das Taxi bis zum Flughafen brauchte, ein Wort. Als sie den Wendekreis vor dem kleinen, unscheinbaren Terminal erreichten, parkte davor die übliche Ansammlung von Taxis und Polizeifahrzeugen. Georgi erklärte dem Fahrer, er solle sie ein Stück weiter aussteigen lassen, auf keinen Fall in der Nähe der Menschenmenge, die sich vor dem Eingang drängte. Der Fahrer stieg aus, drückte mit dem Fuß seine Zigarette aus und öffnete den Kofferraum. Darin befand sich ein ramponierter brauner Koffer und ein roter Marlboro-Sportsack mit einem Gurt, der zu einem matten Rosa verblichen war. Boryana nahm den Sportbeutel, und Georgi trug den Koffer zum Bürgersteig.

»So«, sagte Nevena schließlich. »Da ist der Reisepass.«

Georgi griff danach. »Das Foto sieht ihr gar nicht ähnlich.«

»Das weiß ich«, sagte Boryana. »Das Ganze ist völlig verrückt. Warum tun wir das?«

»Es ist die beste Möglichkeit, dich so weit wie möglich von hier wegzuschaffen. Und das Bild sieht dir ähnlich«, sagte Nevena. »Wenn Ethan dich mit mir verwechselt hat, dann werden einem Flughafenangestellten die Unterschiede erst recht nicht auffallen. So lange du nicht am ganzen Leib zitterst und schwitzt und aussiehst wie das personifizierte schlechte Gewissen.«

»Nevena«, sagte Boryana, »ich tue das überhaupt nicht gerne. Eigentlich solltest du fliegen.«

»Ich will nicht. Das wird nie geschehen. Denk nicht länger darüber nach.«

Georgi reichte Boryana den Reisepass. »Tu es«, sagte er. »Geh einfach rein und tu es.«

Boryana blickte auf ihre Uhr. »O Gott.«

»Komm her«, verlangte Nevena. Sie holte eine Puderdose aus ihrer Handtasche und überpuderte den Angstschweiß auf Boryanas Stirn. »Es wird alles gut gehen.«

Boryana holte tief Luft. »Ganz bestimmt. Natürlich wird alles gut gehen.«

Nevena biss sich auf die Unterlippe und versuchte, ein Lächeln zu Stande zu bringen. »Du bist startbereit. Eigentlich solltest du dich freuen.«

»Vielleicht sehe ich keinen von euch jemals wieder«, sagte Boryana, putzte sich die Nase und ruinierte damit die ganze Arbeit, die Nevena mit dem Puder geleistet hatte.

Nevena küsste sie auf die Wange. »Du solltest jetzt lieber gehen.«

Der Sportbeutel hing immer noch über ihrer Schulter. Boryana öffnete ihn und holte ein in Geschenkpapier eingewickeltes Päckchen hervor. »Es ist nur etwas Kleines«, sagte sie. »Ein Abschiedsgeschenk.«

Nevena begann, an der Schleife zu ziehen.

»Nein, nein«, sagte Boryana. »Dazu ist jetzt keine Zeit, und ich will es auch gar nicht mitansehen. Mach es auf, wenn ich weg bin.« Sie hob den Koffer hoch und versuchte, eine zuversichtliche Miene aufzusetzen. Stattdessen schien sie gegen Tränen anzukämpfen, als sie ihnen winkte. »Sbogom«, sagte sie und benutzte als Abschiedsgruß das Wort, das so viel wie »Geh mit Gott« bedeutet. Es war nur noch selten zu hören, und Boryana hatte es noch nie zuvor benutzt. Es war für endgültige Abschiede reserviert.

»Sbogom«, flüsterte Georgi.

Nevena wollte das Wort nicht benutzen. »Ciao. Ich wünsche dir einen guten Flug. Und ich liebe dich.«

Boryana schickte sich an zu gehen, und Nevena versetzte Georgi, der seine Gefühle nur schwer zeigen konnte, einen Rippenstoß. »Ich liebe dich auch«, sagte er und schaute mit geröteten Augen hoch. »Sehr sogar.«

»Sie wird es schaffen, Georgi«, flüsterte Nevena, während Boryana davonging. »Sie hat ein wenig Glück im Leben verdient.«

Im Flughafen erhielt Boryana das, was sie verdiente. Die Passkontrolle winkte sie nach einem flüchtigen Blick weiter, und sie gab den braunen Reisekoffer ohne Problem auf. Sie absolvierte die Sicherheitsüberprüfung, ohne dass der Sportbeutel angerührt oder irgendwelche Fragen gestellt wurden. Innerhalb einer Stunde saß sie im Bus und wurde über das Rollfeld dorthin gefahren, wo das Flugzeug wartete. Glück gehabt. Als die Maschine startete, wappnete Boryana sich für den großen Moment, zum ersten Mal in ihrem Leben ließ sie den festen Boden unter sich. Das Gefühl war wunderbar. Sie fühlte sich frei und sicher und ... reich. Als die Stewardess mit dem Wagen voll zollfreier Waren vorbeikam, bat Boryana um eine Stange Marlboro-Zigaretten, eine Flasche Poison-Parfüm und den besten amerikanischen Whisky, den man kriegen konnte. Sie konnte es sich leisten. Im Sportbeutel, eingewickelt in Schlüpfer und zusammengerollt in Strümpfen, steckten vierzigtausend Dollars.

Während der Fahrt zurück in die Stadt im Taxi wussten Nevena und Georgi nicht, ob sie lachen oder weinen sollten. Sie umarmten einander und versteckten, was sie in den Händen hielten, so gut es ging vor den Blicken des Fahrers. Die Nachricht im Geschenkpäckchen von Boryana lautete: *Fünfzehntausend für jeden von euch. Ich habe mir vierzig genommen. Bitte verzeiht mir, aber Amerika ist sehr teuer. Ich liebe euch. Boryana.*

Während Chavdar im Hotel duschte, machte Stoyan sich auf die Suche nach Zigaretten und einem Imbiss. In Santorin waren Sonnenblumenkerne nicht so leicht aufzutreiben wie in Sofia, aber Stoyan hatte Erfolg. Er wirkte zwischen den Reichen und Schönen Europas irgendwie fehl am Platze, wie er ständig die Schalen auf den Bürgersteig spuckte und das Paradies mit finsteren Blicken betrachtete. Der Überfluss und die Weltoffenheit der Insel irritierten ihn. Schwule in pastellfarbenen Hosen spazierten Arm in Arm umher, und was die Leute für Getränke ausgaben, hätte seine Eltern für einen ganzen Monat ernähren können. In seiner schwarzen Jeans und seiner schwarzen Lederjacke war es Stoyan entsetzlich heiß, und er schwitzte. Er stampfte schwerfällig durch die Straßen und brauchte fast die gesamte Breite der engen Gassen. Als seine Blicke auf die Cafétische fielen, die mit verwöhnt aussehenden Frauen oder weibischen Männern besetzt waren, spuckte er Schalenreste in ihre Richtung. Ihre Sprache klang genauso frivol wie die rhythmische griechische Discomusik aus Lautsprechern, die in den Palmen hingen. Die Menschen in diesem fremden Land zollten Stoyan nicht den angemessenen Respekt. Er hielt sich lieber in Sofia auf, wo er, wie das bulgarische Sprichwort sagte, »ein Stein mit Gewicht« war.

Stoyan hatte nach einer gemütlichen dunklen Taverne Ausschau gehalten, wo er ein paar Biere trinken und eine Mahlzeit aus Wurst und Pommes frites verzehren konnte. Er fand jedoch kein Lokal, das seinen Ansprüchen und seiner Laune gerecht wurde. Anstatt dunkle, verrauchte Kneipen sah Stoyan ausschließlich helle sonnige Gärten und mit Weinranken drapierte Höfe, voller elegant aussehender Gäste, die Salate, gegrillten Fisch und Obst verzehrten. In jedes dieser Etablissements schaute er hinein, spuckte ein paar Schalen auf den Boden und verließ es unter einem lauten Krachen, wenn er die in hellen Farben gestrichenen Türen heftig ins Schloss warf.

Am Ende kaufte Stoyan sich zwei große Biere, einen Schinken-Käse-Toast und eine Packung dunkler griechischer Zigaretten. Er setzte sich mit seiner Mahlzeit in den Park gegenüber Junes Hotel und verzehrte sie mit mürrischer Miene auf einer Bank unter prachtvollen Bougainvilleas, die von einem in saftigem Grün stehenden Baum herabhingen. Nachdem er das erste Bier getrunken hatte, warf er die Flasche auf den Rasen vor seinen Füßen. Und nachdem er den Toast verzehrt hatte, knüllte er die fettige Papiertüte zusammen und ließ sie neben sich auf die Bank fallen. Um seinen Imbiss abzurunden, zündete er sich eine der stärksten Zigaretten des Landes an und hustete fünf Minuten lang, umwabert von einer dichten Qualmwolke, bis er glaubte, seine Lungen würden jeden Moment explodieren. Umgeben von seinem eigenen Abfall und mit würzigem Rauchgeschmack im Mund fühlte er sich einigermaßen wohl.

Er holte sein Mobiltelefon hervor und wählte Chavdars Nummer. »Eh. Ich sitze vor ihrem Hotel. In Ordnung. Ich rufe an, sobald sie heimkommt.«

Die Mücken tanzten in Nordkalifornien, aber die Carvers waren dagegen unempfindlich. Das Holzdeck war von einem dünnen Fliegengitter umschlossen, und neben der Hundeklappe war eine elektrische Insektenfalle in die Steckdose gestöpselt. Als Untermalung zu Ethans Unterhaltung mit seiner jüngeren Schwester und seinen Eltern konnte man das leise Geräusch sterbender Mücken ausmachen. »Wer möchte noch ein wenig Huhn?« Zipp. »Ich. Reich es mal bitte herüber.« Zipp. »Nimm von der Safransauce. Sie schmeckt köstlich dazu.« Zipp.

Die vier saßen um einen Tisch, der mit einer für einen Nachmittagskaffee ungewöhnlichen Auswahl gedeckt war. George hatte gegrilltes Huhn, Ellen Safransauce, Reis mit

Granatapfelsamen sowie ein tunesisches Auberginengericht zubereitet, und Ethan hatte einen bulgarischen Shopskasalat mit Fetakäse beigesteuert.

»Ellen«, sagte George, »ich weiß nicht, warum du so tust, als hättest du das nicht kommen sehen. Du hast immer gemeint, June wäre ein wenig flatterhaft.«

»George, das habe ich nicht! Um Himmels willen, wie kannst du so etwas behaupten!« Ellen schaute Ethan mit einem Ausdruck des Bedauerns an. »Ich habe June innig geliebt.«

»Sie war nicht flatterhaft«, sagte Carrie. »Sie war nur ein wenig originell. Und da sei Gott vor, dass jemand originell ist, Dad.«

»Ich glaube, ich habe mal gesagt, dass ihre Schwester flatterhaft wäre«, fuhr Ellen fort, »nicht June.«

George wandte sich an Ethan und deutete auf Carrie. »Weißt du, was ihre Vorstellung von originell ist? Sich einen Delphin auf den Fußknöchel tätowieren zu lassen. Sie ist fünfundzwanzig Jahre alt und benimmt sich noch immer wie ein gottverdammter Teenager.«

»June hat ein Tattoo«, sagte Carrie und hob die Augenbrauen. Sie lächelte selbstzufrieden.

Ethan ließ die Gabel auf seinen Teller fallen. »Woher weißt du das?«

»Sie hat eins, nicht wahr?«

»Ich wiederhole, woher weißt du das?«

»Sie hat es mir gezeigt.«

Ellen trank von ihrem Bier. »Ich kann diese jungen Mädchen von heute absolut nicht verstehen.«

»June hat dir ihre Tätowierung gezeigt?« Ethans Gesicht spiegelte blankes Entsetzen wider.

»Mein Gott, Ethan. Es ist doch nicht so, dass ich nicht schon vorher einen fremden Hintern gesehen hätte.«

»Carrie!«, rief Ellen.

George hustete in seine Serviette. »Das reicht jetzt. Aber entschieden. Ellen, hol den Champagner.«

Ellen stand auf und bedachte Carrie mit einem vorwurfsvollen Blick, ehe sie ins Haus ging. Carrie warf ihr Haar mit einer ruckartigen Kopfbewegung zurück und lümmelte sich in ihren Sessel. »June war die Einzige hier, mit der man richtigen Spaß haben konnte.« Nach ein paar Sekunden stand sie auf und folgte ihrer Mutter in die Küche.

Ethan massierte seine Schläfen. Er hatte keine Idee, wie er mit dem Thema Nevena anfangen sollte.

George beugte sich zu Ethan vor, blickte zur Fliegentür, die ins Haus führte, und fragte im Flüsterton: »Was ist es?«

»Was ist was?«

»Junies ominöse Tätowierung. Was für eine ist es?« Sein Vater schien total fasziniert zu sein, und Ethan gab es auf. Er würde ihnen die Geschichte mit Nevena zu einem anderen Zeitpunkt auftischen.

Drei niedliche Teenager in Strandshorts, Sandalen und Bikinioberteilen flüsterten miteinander, als James und June während ihres Heimwegs von einem späten Abendessen an einem Gartenlokal vorbeikamen, das vorwiegend von Oberschülern frequentiert wurde. June blickte zu James, der in seiner schlichten verwaschenen Bluejeans und einem Hemd mit Buttondownkragen einfach atemberaubend aussah. Er errötete. »Was ist?«

»Diese Mäuschen sind ganz weg von dir. Du Ladykiller.«

»Nein, das sind sie nicht«, widersprach er, aber man konnte erkennen, dass er sehr wohl bemerkt hatte, wie sie ihm nachschauten.

»Das war offensichtlich. So offensichtlich, dass sie wahrscheinlich denken müssen, ich wäre deine Mutter oder so was.«

»Und nicht meine ...?«, fragte er und hob eine Augenbraue.

»Deine *Altersgenossin*«, antwortete sie lachend. »Guter Versuch.«

»Oh. Hm-hm.« James legte den Kopf nach hinten, um wieder den Mond zu betrachten. »Du gibst keinen Millimeter nach, oder?«

»James ...«

Er ergriff plötzlich ihre Hand und zog sie vom Bürgersteig in den Innenhof eines Restaurants mit einem Terrassendach, das unter Blumen und wildem Wein verschwand. Drinnen spielte eine griechische Band eine Liebesballade, und James wirbelte June einmal, zweimal herum, bis sie in seinen Arm sank. »Du willst nicht über uns sprechen. Das hast du nie besonders ausgiebig getan, aber jetzt tust du es noch weniger.«

»Ich bin einfach nur froh, dass du hier bist. Das reicht schon, damit ich mich besser fühle. Ich brauche nicht über alles zu reden. Manchmal macht man es damit nur schlimmer.«

»Solange du nur okay bist. Ich vermute, deshalb habe ich dir auch das Nachtlicht mitgebracht und kein Buch und keine CD oder ein Paar Ohrringe. Ich habe das gemacht, weil du keine Angst haben oder dich einsam fühlen sollst, wie damals, als wir noch Kinder waren. Aus deinen E-Mails klang es so, als wäre es wieder soweit.«

June schlang die Arme um James und legte den Kopf auf seine Brust. »Du kennst mich so gut, aber ich habe das Gefühl, ich würde dich nicht gut genug kennen. James, gibt es im Augenblick in Los Angeles jemand Besonderen?«

»Da ist eine Frau. Jemand, mit dem ich ausgehe, klar. Aber Liebling, ich habe niemals auch nur im Entfernten daran gedacht, nicht herzukommen, um bei dir zu sein. Ich bin ja ein Teil der Ursache, dass dein Leben derart durcheinandergeraten ist, und ich wollte herkommen, um mich zu entschuldigen. Und um es wieder gut zu machen, wenn das möglich ist. Aber mit Marnie ist es nichts Ernstes. Sie ist Anwältin und auf das Showgeschäft spezialisiert, sozusagen eine Showanwältin.«

James ergriff die Gelegenheit, ihr Kinn zwischen Daumen und Zeigefinger zu nehmen. »Sie ist nicht du.«

Er senkte den Kopf zu ihr herab, und June stellte sich schnell auf die Zehenspitzen, um ihn auf die Wange zu küssen. »Ich kann nicht«, sagte sie. »Tut mir Leid.«

»Nun, ich kann auch nicht«, meinte er.

»Wirklich?«

»Nicht jetzt. Nicht, wenn die Dinge so liegen. Irgendwann später vielleicht, wenn du keine Tausende von Meilen von mir entfernt lebst. Vielleicht irgendwann, wenn wir beide das Gleiche wollen.«

»Ich liebe dich.«

»Das weiß ich, aber das Einzige, was wir im Augenblick veranstalten können, ist eine Schlafparty. Wir kehren ins Hotel zurück, stöpseln *Endless Summer* ein und schreiben uns gegenseitig Liebesgedichte auf die Fußsohlen.«

»Habe ich dir schon gesagt, dass ich dich liebe?«

»Ja.«

Stoyan verfolgte, wie James und June zum Hotel kamen. Sein Arm lag um ihre Taille, und sie deutete auf etwas oben im Baum. James schaute hoch, klatschte in die Hände, machte einen Tanzschritt und vollführte dann eine Drehung.

June beugte sich in der Hüfte tief hinunter. Als sie sich wieder aufrichtete und das Haar nach hinten warf, glitzerte das Licht der Straßenlaterne in den Lachtränen unter ihren Augen. James lachte ebenfalls und zwar so laut, dass Stoyan ihn hören konnte. Sie klangen so glücklich. Er wählte Chavdars Nummer. »Sie ist zurück. Was soll ich tun?«

Stoyan hielt inne. »Bist du sicher? Ich finde, ich sollte mitkommen. Du weißt nicht, wie man mit solchen Dingen umgeht. Nein, nein. Wenn du alleine hin willst, dann bleibe ich hier. Ruf mich – egal, was passiert ist.«

Im kleinen Foyer des Hotels zog June an James' Hemdzipfel. »Ich hole den Wein jetzt, und du bereitest die Schlafparty vor.«

»Okay. Weiß.«

»Rot.«

»Weiß.«

»Eine Flasche von jedem.«

»Ich bin in zehn Minuten bei dir.«

June summte einen griechischen Popsong, dessen Text sie nicht kannte und eigentlich auch nicht brauchte, während sie die schmale Gasse zum Hotel hinunterging. Sie befand sich in einem totalen Gleichgewicht – in einer Hand eine Plastiktüte mit einer Flasche weißen griechischen Retsinas und in der anderen eine Plastiktüte mit einem spanischen Rotwein. *Der liebe Jimmy sollte heute Abend besser einen anständigen Durst mitbringen*, dachte sie. Zum ersten Mal seit langem ging es ihr gut, und sie dachte an nichts anderes als an ihre jüngst gewonnene Erkenntnis und an die sich daraus ergebenden positiven Folgen für sich.

Die matte Lampe im Eingang des Hotels flackerte in einiger Entfernung und ließ bizarre Schatten über die weiß gekälkten Mauern der alten Stadt tanzen. Sie leuchteten regelrecht. June war überwältigt von all der Schönheit, dankbar dafür, dass diese Schönheit sich ihr erschloss und sie zutiefst berührte, und glücklich über all die kleinen und großen Dinge, ganz gleich ob verloren oder gewonnen.

Als eine dunkle Erscheinung aus einer Gasse zwischen ihr und ihrem Ziel heraustrat, bedeutete das zuerst nur ein Hindernis zwischen June und dem, was sich vor ihr befand. Dann erkannte June die kräftigen Schultern, die schmalen Hüften und die langen Beine, die gespreizt auf dem Pflaster standen, um ihr den Durchgang zu verwehren. Es kam ihr vor wie ein völlig anderes Leben, jener Tag, an dem sie diesen Mann getroffen hatte, der sie auf einer anderen kopfsteingepflasterten Straße mit einem Blumenstrauß in der Hand erwartete, um sanft ihren Ellbogen zu fassen und sie eine Treppe hinauf zu geleiten.

Nun starrte dieser einst viel versprechende Liebhaber sie voller Hass und in der Hoffnung an, sie vor sich zittern zu sehen.

Irgendwo in ihr regte sich die Frage, ob sie sich das vielleicht alles nur einbildete, ob es nur ein neuer Albtraum war, ähnlich denen, die sie heimsuchten, seit sie die Schlüssel zu dem Stadtapartment abgegeben und er sie durch sein Schlafzimmer geschleudert hatte. Dies war der Moment, vor dem sie sich gefürchtet hatte, und doch trat er genau zu dem Zeitpunkt ein, als sie sich fähig fühlte, sich der Konfrontation zu stellen. *Das Leben ist schon seltsam*, dachte sie, *seltsam und wohlwollend, indem es einem stets gibt, was man nötig hat und einen daran erinnert, dass alles aus einem ganz speziellen Grund geschieht*.

Etwas in ihr hatte sich verschoben. Sie hatte sich nicht verziehen, sich auf diese Affäre eingelassen zu haben – wegen der Zeit, die sie damit vertan hatte und wegen dem, wohin es sie gebracht hatte –, aber sie war bereit, sich den Konsequenzen zu stellen. Sie wusste schon seit langem, wer er war und mit was er sich befasste – mit Bestechung und Bombenattentaten, mit Überwachung, Behinderung und Manipulation. All das hatte sie gelähmt, aber sie war plötzlich entschlossen, diese machtlose Rolle nicht mehr weiterzuspielen. Sie konnte es nicht länger ertragen, darüber nachzudenken, wann und wo er sie aufstöbern würde und was er tun würde, wenn er sie fände. Es war besser, jetzt gleich alles hinter sich zu bringen. Entweder würde sie damit fortfahren, ihr neues Leben zu gestalten, oder er würde sie ganz ohne Leben zurücklassen. Egal wie, es war auf jeden Fall besser als diese ständige Beschäftigung mit dem Unbekannten, jener ständig wiederkehrenden Vision von Einengung und Kontrolle, die immer mehr ihr ganzes Leben bestimmt hatte. Damit wäre es auf die ein oder andere Weise bald zu Ende. June machte sich auf das Schlimmste gefasst. »Sieh mal, wer da ist«, sagte sie betont locker. In den Worten lag Ablehnung.

Chavdar blinzelte, während ein Ausdruck der Verwirrung über sein Gesicht huschte. Das war vermutlich die einzige Reaktion, die er nicht erwartet hatte.

»Ich hatte mich schon gefragt, wann ich dich wieder sehen würde«, sagte sie und stellte die beiden Plastiktüten mit den Weinflaschen auf dem Pflaster ab. Sie ging langsam auf ihn zu und legte leicht den Kopf auf die Seite. »Ich hätte nicht gedacht, dass es so bald geschehen würde, aber es ist okay. Ich bin bereit.«

»Nun, du musst gewusst haben, dass ich nicht zulassen würde, dass du einfach davonläufst. Du wusstest, dass ich dich nicht so einfach verschwinden lassen würde. Ohne mir, wie ich wohl berechtigterweise erwarten kann, eine erschöpfende Erklärung für diesen Schritt zu liefern.«

»Ja«, sagte sie und blieb ein paar Schritte von ihm entfernt stehen. Er überragte sie, und sie musste den Kopf beinahe in den Nacken legen, um ihn anzusehen. »Ich habe keine Ahnung, wie es sich verhält, aber ich dachte, du schickst wie üblich einen deiner Schläger. Ich nahm an, du gibst einen Befehl und lässt ihn von jemand anderem ausführen. Ich hatte damit gerechnet, um die Ecke zu biegen und auf Stoyan oder Petko zu treffen, die nur darauf warten, mich abfangen und zu dir bringen zu können. Heißt das ...?«

Sie hielt inne, als sie die Umrisse einer Pistole durch seinen Hemdenstoff wahrnahm. Sie war überrascht, aber klug genug, diese Reaktion zu verbergen. Die Pistole passte nicht ins Bild. Er trug sie völlig falsch, und sie bezweifelte, dass er mit ihr umzugehen wusste. Diesen Zweifel und ein Aufflackern von Verachtung war es, das er gewahrte, als sie ihm wieder in die Augen schaute. »Heißt das, du hast endlich beschlossen, deine Dreckarbeiten selbst auszuführen?«

»Was ich beschlossen habe, ist, dass wir beide miteinander reden müssen. Du wirst mir mitteilen, ob du in Begleitung hier bist. Wenn ja, wirst du mir sagen, wer es ist. Und dann werde ich dir einige Dinge sagen.«

June studierte ihn aufmerksam, registrierte die dunklen Ränder unter seinen Augen und die Bartstoppeln am Kinn seines blutleeren Gesichts, von dessen griechischer Urlaubsbräune nichts mehr übriggeblieben war. In seinem beinahe verzweifelten Blick lag etwas Hilfloses, Zerrüttetes. Was er verloren hatte, war deutlich sichtbar, sogar in den abgestoßenen Schuhen und dem unordentlichen Sitz seiner maßgeschneiderten Hose. »Tatsächlich.«

»Ja.«

June trat auf ihn zu und streckte das Kinn vor zu seiner Schulter, um in sein Ohr zu flüstern. »Ich glaube nicht, dass du nur zum Reden hergekommen bist.« Die Stimme war verlockend, und ihre trägen Bewegungen hatten etwas Aufreizendes. Ihre Hand legte sich um seinen Oberarm und rutschte dann nach unten, bis sie in Höhe seiner Taille verharrte, genau über den Umrissen der Pistole.

Sie brachte den Mund ganz dicht an sein Ohr heran, während sie an seinem Oberhemd zog. »Habe ich Recht?«

Er atmete zischend ein. »June ...« Ihr Name, mit so viel Inbrunst geflüstert, verriet seine Hoffnung auf Versöhnung.

Sie zog weiter an seinem Hemd, und plötzlich lag die Pistole frei. June griff danach, aber Chavdars linke Hand fing ihre mit einem vertrauten, brutalen Druck auf. Sie trat zurück, aber er ließ sie nicht los.

»Siehst du?«, sagte sie. »Du bist nicht nur hergekommen, um zu reden, aber am Ende wird es nur beim Reden bleiben.«

»Darin solltest du dir nicht zu sicher sein.«

»Also wirklich, Chavdar, was willst du denn mit dieser Pistole?«

»Was meinst du denn, was ich damit tue?«

»Ich glaube, du wirst dir am Ende damit noch selbst eins verpassen.«

Chavdar biss knirschend die Zähne zusammen und verstärkte gleichzeitig den Druck auf ihre Hand. June schrie auf, als ihre Knochen knackten. »Du Biest«, flüsterte er. Er drückte noch fester zu, und sie hatte plötzlich das Gefühl, als würde sie gleich ohnmächtig. Sie sah Blutspritzer auf dunkler Haut und pinkfarbene Angorahandschuhe um erstarrte tabakbraune Finger.

Völlig widersinnig lachte sie. »Erinnerst du dich noch daran, wie wir das erste Mal miteinander schliefen?«

Er schloss die Augen, entspannte sich, erwartete und wünschte sich mehr solche Worte.

»Du hattest meine Tätowierung gesehen, und ich erklärte dir, dass die Schmerzschwelle einer Frau zehnmal höher ist als die eines Mannes.« Sie schaute kurz auf ihre Hand, die in seiner zerquetscht wurde. »Meine ist jetzt sogar noch höher.«

Eine Ader pulsierte auf seiner Stirn, und er musste die Lippen zusammenpressen, um nicht laut hinauszuschreien. Er steigerte den Druck seiner Faust immer mehr. Sein ganzer Arm zitterte vor Wut und dem Bemühen, den Druck zu steigern. Seit er sie kannte, hatte er den Wunsch, dass sie sich ihm unterwarf – er war sich so sicher gewesen, dass sie es tun würde. Er fühlte sich durch seinen Wunsch, sie zu zerdrücken, und durch seine Unfähigkeit, es wirklich zu tun, wie gelähmt.

Eine Träne quoll aus James Augenwinkel, aber sie schaute nicht weg oder gab auch nur andeutungsweise ihr wissendes Lächeln auf.

»Sag mir, ob du mit jemandem hier bist.« Er hatte Mühe, seine Stimme unter Kontrolle zu behalten. »Sag mir, wer oben in diesem Zimmer ist.«

Sie erwiderte trotzig seinen Blick. »Das geht dich nichts an. *Ich* gehe dich nichts mehr an.«

»Da irrst du dich *total*!«

»Nein, du irrst dich. Und du weißt es.«

Damit erkannte er, dass sie nicht nachgeben würde, sie würde nicht *Gnade* sagen – dieses magische Wort, das sie ihn gelehrt hatte und das er so dringend hören musste. Es gab nur noch eine Möglichkeit, sie zu verletzen, und er konnte nicht anders. Er beendete sein zerstörerisches Werk mit der zarten Hand. Ihre Knochen knackten und kapitulierten. Sie keuchte auf, und ihre Beine gaben nach. Zuerst sackte ein Knie nach unten, dann das andere, bis sie vor ihm auf dem Erdboden lag, ihr Atem nicht mehr als ein flaches Hecheln.

»Ich sollte dich erschießen!«, sagte er und zog die Pistole heraus. Er hatte sie zusammenbrechen sehen wollen, aber nicht so wie in diesem Moment. Er fühlte sich eher machtlos als siegreich. »Alle meinen, du wärst nichts anderes als eine arrogante amerikanische Schlampe!«

»Dann tu's«, sagte sie. Sie schwankte hin und her und kämpfte gegen die Schwärze an, die sich von den Rändern ihres Gesichtsfeldes hervortastete. »Alle haben mir erklärt, du wärest nichts anderes als ein Feigling und ein Krimineller. Beweise diesen Leuten, dass du wirklich der bist, für den sie dich halten. Ich fände es herrlich, wenn du ihnen den Beweis liefern würdest, dass sie Recht haben.«

»Ich werde es tun«, zischte er, obgleich er plötzlich erkennen konnte, wie diese Angelegenheit enden würde – mit einem Ausdruck des Triumphs auf ihrer überheblichen Miene. Er verdrängte diesen Gedanken und zielte mit schwankender Waffe auf sie. »Wenigstens das jetzt will ich richtig machen.« Sein Finger zuckte am Abzug, aber er schoss nicht.

James erschien plötzlich auf dem Weg, barfuß, in einer Hand eine Zigarette. Er betrachtete die Szene, ließ die Zigarette fallen und riss verwundert die Augen auf. »Was zum Teufel geht hier vor?«

June blickte auf. »James, geh weg!«

Chavdar fuhr mit wilden Blicken und einem rudernden Arm herum. Er sah James in seiner amerikanischen Bluejeans, seinem weißen T-Shirt und mit sonnengebräunten Armen. Er schluckte krampfhaft, als wäre ihm schlecht, und feuerte unkontrolliert. Die Kugel erwischte James, kurz nachdem er vollends aus dem dunklen Eingang aufgetaucht war, am Knöchel. Er stürzte zu Boden und umklammerte sein Bein.

Chavdar atmete mühsam, während sein Blick von James' zusammengesunkener Gestalt zu June wanderte, die ihn furchtlos ansah. Er zielte auf ihre Stirn, und sein Finger legte sich erneut um den Abzug, schickte sich erneut an zu schießen. Schweiß sickerte in seine glasigen Augen, und er musste seine andere Hand zu Hilfe nehmen, um die Waffe ruhig zu halten. James kroch zur Tür, um Hilfe zu holen, und hinterließ auf den grauen Pflastersteinen eine schwarze, blutige Spur. June blieb auf den Knien, fast wie ein Schulmädchen, das darauf wartet, die Kommunion zu empfangen. Chavdar schien schwankend über dieser mitleiderregenden Szene zu schweben, eingehüllt in ein Durcheinander von dunkler, schweißgetränkter Kleidung, Feindseligkeit und Unentschiedenheit.

»Tu es«, forderte sie ihn heraus und breitete die Arme aus. Die gebrochenen Finger standen in einem unnatürlichen Winkel von der Hand ab. Sie achtete nicht auf den Schmerz. Stattdessen konzentrierte sie sich mit einem ruhigen Glanz in den grünen Augen ausschließlich auf ihn.

Ihre Provokation war geradezu obszön, die Gleichgültigkeit machte ihn rasend. Chavdar fröstelte und spürte, dass hinter ihrer Bereitschaft für das, was er anzubieten hatte, etwas Hurenhaftes lauerte. Dann akzeptierte er es. Was sie sagte, entsprach der Wahrheit. Er konnte ihr nichts antun, ihr keinen Schaden zufügen. Sie interessierte nicht, was er mit ihr machte, und auch er selbst interessierte sie nicht mehr. Seine Welt durchlief eine letzte, nicht zu verleugnende Veränderung.

»Tu es«, verlangte sie abermals. »Zeige mir, wer du bist. Ich weiß es nämlich. Beweise mir, wer du bist. *Tu's.*«

Er schirmte seine Augen vor ihrem Anblick ab und – was vielleicht noch wichtiger war – kaschierte seinen eigenen Zusammenbruch. Er machte mit unsicheren Schritten kehrt, stolperte dabei und verstaute die Pistole in seiner Hose. Mit gesenktem Kopf und unsicheren Schritten zog er sich in das Labyrinth der Stadt zurück. June verfolgte, wie er kleiner und kleiner wurde – dunkler und unsicherer, langsamer und schlurfender –, während er verschwand. Sie schaute ihm nach, bis er nicht mehr war als ein undeutliches Gebilde in der Ferne. Dann bog er um eine Ecke und verschwand vollständig.

June war völlig benommen und desorientiert. Immer noch hockte sie auf den Knien. Ihr kam es so vor, als erwachte sie aus einem Albtraum. Sie war traumatisiert von seinen Worten, seinen anklagenden Augen und von ihrem Schuldgefühl, für diesen Mann jemals etwas übrig gehabt zu haben. James, der blutend nach einem Krankenwagen rief, holte sie in die Wirklichkeit zurück.

Sie ging zu ihm hin, ließ sich in Lotushaltung auf dem Erdboden nieder und bettete seinen Kopf in ihren Schoß.

»Was war das, Junie?«, flüsterte er. »Was ist passiert?«

Die starken Worte, die sie noch vor wenigen Sekunden benutzt hatte, wollten nicht über ihre Lippen. Das Blut ihres besten Freundes war auf dem Pflaster um sie herum verteilt, und sie fühlte sich dafür verantwortlich, fühlte sich schuldig und leer. Sie war zum höchsten Punkt der Klippe emporgestiegen, hatte hinunter geblickt und war gesprungen. Nun war sie unten, schnappte nach Luft und kämpfte ums Überleben. »Es tut mir so Leid«, flüsterte sie. »Das war etwas, von dem ich glaubte, es tun zu müssen – etwas, das ich beenden musste.«

»Er hat dich beinahe getötet. Bist du verrückt?«

»Ja. Ich war verrückt. Völlig von Sinnen.« Erst jetzt wurde ihr klar, dass sie nur an sich gedacht hatte. »Es tut mir so Leid«, sagte sie. »Bitte, verzeih mir.«

In diesem Moment begann sie zu schluchzen. Sie hatte James nicht in Gefahr bringen wollen: Sie war mit ihrer ganz eigenen Tragödie ausgefüllt gewesen, und dafür schämte sie sich. *Ich bin ganz und gar nicht morbide und deprimiert und finde das besonders toll.* Sie erinnerte sich an diese Worte, die sie Raina bei ihrer ersten Begegnung gesagt hatte. *Es sind eigentlich die Umstände.* Die Umstände hatten sie niedergedrückt, und sie war gezwungen gewesen, sich dagegen aufzulehnen. Chavdar hatte sein Leben inmitten von Menschen verbracht, die gefallen waren, von Menschen, von denen er nie erwartet hatte, dass sie aufstehen würden. Raina hätte diese Vorstellung gefallen. Sie hätte Junes slawischem Pragmatismus und ihrer Entschlossenheit applaudiert – der kaltblütigen Art, wie sie mit dem Mörder umgesprungen war. Aber June war hier fremd, und ihr Herz meldete sich. Sie wurde daran erinnert, wie zerbrechlich ihr eigenes Leben war und das all jener, die sie liebte. *Dumme zhena*, dachte sie, *du warst dumm, jemand anderen in Gefahr zu bringen, dumm, nicht endlich über diesen Tränen zu stehen. Buh, buh, buh.*

»Ich wollte niemals, dass du verletzt wirst. Was ich getan habe, war furchtbar. Es tut mir so Leid.«

»Es war nicht furchtbar«, widersprach er und streckte eine Hand aus, um ihre Wange zu streicheln. Zum ersten Mal hatte er einen vagen Eindruck von dem gewonnen, was sie durchgemacht hatte, und was gerade geschehen war, erschien absolut logisch. »Was du getan hast, war grandios.«

Irgendwie war es richtig, angenehm und sehr real, dass sie sprachlos war. Nachdem sie sich bei James entschuldigt hatte, gab es für sie nichts mehr zu sagen, zu erklären, zu verteidigen, zu überzeugen, zurückzunehmen oder zu erwidern. Es war einfach das, was sie empfand, und es setzte sich fort und hörte nicht auf. Während sie James in den Armen wiegte, genoss sie den Ansturm undefinierbarer Empfindungen. Raina war hart, aber nicht ohne Empfindungen, ohne Gefühle gewesen, und sie war es auch nicht. Sie war Teil dessen, was sie ganz früher gewesen war, und Teil dessen, was sie gerade erst durchgemacht hatte. Trotz allem, was während des vorangegangenen Jahres geschehen war, hatte ihre Fähigkeit zur Liebe nicht abgenommen. June blickte auf James hinab und auf ihre verbogenen Finger und die geschwollene Handfläche. Seine Wunde blutete, und ihre Strümpfe wurden nass. Es war nicht fair ihm gegenüber, sie trug daran die Schuld. Dennoch hörte sie Raina sagen: »Hör auf mit dem amerikanischen Unsinn von wegen fair, fair, fair. So ist das Leben.« Eine solche Erkenntnis wäre ihr früher niemals gekommen. Sogar James mit seinem Ausdruck schmerzerfüllter Bewunderung und geradezu heiligenähnlicher Duldsamkeit war dafür eine Bestätigung. June war sich jetzt sicher.

Sie und James waren mit Blut beschmiert und voller Blessuren. *»Buh, buh, buh«*, sagte sie halblaut.

»Was ist?«, flüsterte James.

»Nichts. Es tut mir nur schrecklich Leid«, wiederholte sie und streichelte seine Stirn, »aber es kommt alles in Ordnung. Glaub mir nur, Liebling, wenn ich dir verspreche, dass all diese Verletzungen irgendwann verheilt sind.«

29

Betrifft: Von Dad
Datum: So. 1. Juni 1997, 22:41:23 -0400 (EDT)
Absender: Dad <Summer2@ncal.tech>
An: June <jcarver@sof.cit>

Mir geht es gut und Adelaide auch. Ich habe mir Sorgen gemacht, weil Du krank warst. Ich hoffe, du bist mittlerweile wieder okay. Du musst wahrscheinlich ein paar Pfund zunehmen, damit Du stark genug bist, ein paar Tage ohne richtige Mahlzeiten zu überstehen. In letzter Zeit habe ich gelegentlich vergessen, wo ich den Nomad geparkt habe, daher habe ich mir einen batteriegetriebenen Schlüsselanhänger gekauft, der eine Lampe und einen Speicher für akustische Aufzeichnungen besitzt, sodass man darauf sprechen kann, wo man seinen Wagen geparkt hat. Eigentlich passt so etwas nicht zu einem klassischen Oldtimer, aber ich stelle fest, dass ich alt werde.

Letztes Wochenende waren Adelaide und ich in Palm Springs und haben ein paar Tage bei Lilly und einem Mexikaner verbracht, mit dem sie befreundet ist. Ich glaube nicht, dass es etwas Ernstes ist. Wir haben einen Einkaufsbummel gemacht und waren im Kino, »In and Out«. Es war ein Komödie über Homosexuelle. Er hatte gute Kritiken, aber ich finde, so toll war er nun doch nicht. »Der Pferdeflüsterer« kommt demnächst in die Kinos. Robert Redford hat Regie geführt. Nun, so viel vom Filmkritiker. Über die politische Lage in Bulgarien habe ich nicht allzu viel gehört. Sind die Verhältnisse unter dem neuen Ministerpräsidenten besser? Weißt Du, June, ich habe Dir mal gesagt, die Ehe wäre ein Vertrag, den man nicht brechen sollte. Ich weiß nicht, was da drüben vorgeht, aber ich möchte Dir mitteilen, dass es meiner Meinung nach kein Weltuntergang wäre, wenn ihr einige Probleme habt und Du aussteigen müsstest. Deine Schwester und ich haben uns lange unterhalten. Ich hoffe, ich habe mich klar ausgedrückt. Ich sage es vielleicht nicht gerade oft, aber Du weißt, was ich für Dich empfinde. Ich bin Dein Vater.

ALLE GUTEN WÜNSCHE, DAD

Nevena lag mit einem Buch auf der Couch, aber sie las nicht. Stattdessen lag das Buch aufgeschlagen auf ihrer Brust, und ihre Augen waren auf die Decke gerichtet. Fliegen summten, und der Geruch von gebratenem Fleisch drang aus einem benachbarten Apartment bis zu ihr. Nevena stellte sich vor, wie Boryana in New York unterwegs war, den Times Square überquerte, mit dem Fahrstuhl aufs Empire State Building fuhr, interessante Menschen traf und mit Freunden Kaffee trank. Nevena konnte Boryana außerdem sehen, wie sie durch die Stadt wanderte und Arbeit suchte, wie sie Bewerbungen schrieb und in Restaurants und Läden abgewiesen wurde. Ihr Geld würde nicht sehr lange reichen. New York war teuer, und Boryana hatte keine besonderen Fertigkeiten. Sogar ihr Englisch war ziemlich schlecht.

Nevena war gerade im Begriff aufzustehen, um Tee zuzubereiten, als die Türklingel ertönte. Endlich. Sie durchquerte den Raum und schloss die Tür auf. Dabei fragte sie: »Georgi? Bist du das?«

Plötzlich drehte sich der Türknauf in ihrer Hand, und die Tür wurde kraftvoll nach innen gedrückt. Die Sicherheitskette spannte sich und zerbrach, und Nevena wurde so heftig nach hinten gestoßen, dass sie beinahe hinstürzte. Damyan kam herein, zog seine Pistole, und die ersten Worte aus seinem Mund lauteten: »Nicht schreien, sonst bist du tot.«

Nevena stand in der Mitte ihres Zimmers, mit einem langen T-Shirt bekleidet. Ihr Haar hatte sie auf dem Kopf zu einem Knoten zusammengesteckt, und ihre mageren Beine steckten in Stricksocken.

Für einen kurzen Moment glaubte Damyan, er hätte das Mädchen gefunden, welches das Geld gestohlen hatte. Milena, eins von Assens Mädchen, das er verhören musste, hatte gesagt, sie hätte die magere Stripperin in den roten Hotpants mit einem Bündel Geld in der Hand gesehen – es war die, die Damyan besonders gut gefallen hatte. Was für ein Glück. Die Kleine wohnte bei ihrer Schwester, und da war sie, nur einen Schritt entfernt. Dann schaute er genauer hin und erkannte, dass diese Frau ein wenig älter und nicht ganz so schön war. Sie trug kaum Make-up und wirkte weniger aufreizend. »Bist du Nevena Petkova?«, fragte er, während er sie langsam taxierte.

»Ja«, antwortete Nevena.

»Hast du eine Schwester namens Boryana?«

»Ja.«

»Wann und wo hast du sie zum letzten Mal gesehen?«

Ehe Boryana sich endgültig verabschiedet hatte, war Nevena mit ihr mehrmals all die Anzeichen durchgegangen, die sie während der Passkontrolle als Lügnerin entlarven würden. Nun achtete Nevena darauf, ganz still dazustehen, nicht die Arme wie zum Schutz vor der Brust zu verschränken und dem Mann in die Augen zu sehen. »Ich habe gehört, sie soll als Stripteasetänzerin arbeiten. Ich ging in diesen schrecklichen Club, um ihr zu sagen, wie wütend ich darüber wäre. Wir bekamen Streit, und seitdem habe ich nichts mehr von ihr gesehen oder gehört. Das war vor mehr als einem Monat.«

»Sie hat sich seitdem nicht bei dir gemeldet?«

»Nein. Was ist denn mit ihr los?«

»Sei still. Nenn mir die Namen all ihrer Verwandten.«

Nevena verlagerte ihr Gewicht und machte einen Schritt rückwärts. »Unsere Eltern sind gestorben, als wir noch ganz jung waren. Wir waren die einzigen Kinder.«

»Dann die Namen der Freunde.«

Nevena überlegte kurz. Sie wollte ihm keine Namen nennen, die er nicht schon hatte. »Sie hatte einen Freund, der im Club gearbeitet hat. Und sie war mit einer der Tänzerinnen befreundet. Ein Mädchen namens Svetlana. Ihre Freunde waren Leute aus dem Club. Sonst weiß ich niemanden.«

»Maika ti«, sagte Damyan. »Das ist schlecht für dich. Deine Schwester ist eine Diebin, und sie steckt in großen Schwierigkeiten. Sie hat einen Haufen Geld gestohlen, und ich denke, dass du ihre Schulden übernehmen musst. Hast du mich verstanden?«

»Boryana hat immer irgendwelchen Ärger verursacht. Ich will mit ihr nichts zu tun haben.«

»Das ist schade.« Er packte Nevenas Kinn und drückte

ihr Gesicht nach oben. »Fang an, deine Schwester zu suchen. Ich gebe dir Zeit bis morgen Mittag, sie zu finden. Wenn du das nicht schaffst, dann zahlst du entweder ihre Schulden, oder du wirst bestraft. Und versuch ja nicht, ebenfalls vom Erdboden zu verschwinden. Ich habe der Polizei deinen Namen genannt, und egal wohin du auch gehst, sie werden dich zu mir bringen.«

»Wenn ich sie finde, versprechen Sie mir dann, mir nicht weh zu tun? Wenn ich Ihnen sagen kann, wo sie ist, lassen Sie mich dann für immer und ewig in Ruhe? Ich will mit ihrem Ärger nichts zu tun haben.«

Damyan lächelte. Dieses Mädchen würde es ihm leicht machen. »Du bist ein kluges Kind. Ja. Wenn du mir sagen kannst, wo sie sich versteckt, dann bist du vom Haken. Dann werde ich dir nie wieder einen Besuch abstatten. Das garantiere ich dir.«

»Danke«, flüsterte Nevena und senkte respektvoll den Blick. »Herr.«

Sie war wirklich hübsch. Und hübscher, als er zuerst geglaubt hatte. Eine Träne perlte an ihrer Wange herab, und Damyan konnte nicht anders, als die Hand auszustrecken und sie aufzufangen. Er entschied, dass er sie doch besuchen würde, so oder so.

Georgi tauchte eine Stunde später auf. Er und Nevena verriegelten alle Türen, löschten alle Lampen, setzten sich dicht nebeneinander auf die Couch und unterhielten sich flüsternd. Wie lange würde der Mann wohl brauchen, um herauszufinden, dass Nevena ihn angelogen und Boryana auch noch einen Bruder hatte? Nicht sehr lange. Was würden sie mit ihnen machen, wenn sie Boryana nicht fanden? Was sie wollten. Was sollten sie als nächstes tun? Keine der

Antworten war einfach. Warten, um zu erfahren, wie ernst es den mutras war, und am Ende getötet werden? Sich irgendwo in irgendeiner winzigen Stadt verstecken, voller Angst, dass die örtliche Polizei sie aufgreifen und wieder einsperren könnte? Um Hilfe bitten und hoffen, dass, wer immer es war, den sie fragten, nicht auf der Lohnliste der mutras stand?

Der Morgen graute schon fast, als Nevena und Georgi sich auf eine einzige Lösung einigten. Sie hatten diesen Denkprozess schon einmal durchlaufen, als Boryana die Einzige gewesen war, die Schwierigkeiten hatte, und auch jetzt fiel die Antwort nicht anders aus. So lange sie gefunden werden konnten, konnten sie sich nicht sicher fühlen. Das Einzige, was ihnen blieb, war, das Land zu verlassen. Der einzige Grund, dass dies eine durchaus realisierbare Lösung wäre, war der, dass sie zum ersten Mal in ihrem ganzen Leben genug Geld hatten, um dieses Vorhaben in die Tat umzusetzen.

»Aber Georgi«, sagte Nevena und presste plötzlich die Hand auf den Mund. »Oh mein Gott. Ich habe Boryana meinen Pass gegeben!«

»Verdammt«, sagte Georgi und stand auf. »Wie konnte sie uns das nur antun?«

»Nun lass mal, Georgi. Dafür hat sie uns mehr Geld gegeben, als wir uns je erträumt haben.«

»Na schön. Dann tun wir folgendes. Ich werde Stan alles erklären. Er kann mir ein Visum ausstellen, dass ich mit ihm im Auftrag des Zentrums für demokratische Forschung in die Türkei reisen muss. Er besitzt nämlich ein Auto. Er wird uns nach Istanbul bringen, und wenn wir die Grenze überqueren, kletterst du in den Kofferraum. Die Türken machen den Amerikanern an der Grenze nie irgendwelche Schwierigkeiten.«

»Georgi! Im Kofferraum?«

»Hast du eine bessere Idee? Du hast keinen Reisepass. Eigentlich solltest du längst in Amerika sein! Sie haben Dokumente darüber, dass du das Land verlassen hast!«

Nevena stützte den Kopf in die Hände. Die Sonne ging auf, und der Himmel verblasste allmählich. »Meinst du, Stan würde das tun?«

Georgi stützte die Hände in die Hüften. »Wenn er es nicht tut, dann wird er es sein, der Ethan nach seiner Rückkehr erzählt, was mit dir passiert ist. Das werde ich ihm sagen.«

Wie oft in seinem Leben hatte er seine Sachen gepackt, um zu verreisen? Unzählige Male. Ethan hatte das Packen noch nie langfristig geplant, daher geschah es immer in größter Eile. Die Eile war ein Teil des Rituals. Wenn er sich zu viel Zeit ließ, dann wusste er, dass er vor seinen Besitztümern sitzen und komplizierte Überlegungen darüber anstellen würde, was er mitnehmen sollte, obgleich es in dieser Hinsicht nichts zu überlegen gab. Ethan wollte nicht die Zeit haben, seine Unmengen von Fotografien zu durchwühlen und darüber nachzudenken, welche er einpacken sollte. Er wollte keine Schuhkartons voll alter Liebesbriefe entdecken oder sich die verschiedenen Wanderungen ins Gedächtnis rufen, die er mit einem bestimmten Paar ausgelatschter Schuhe unternommen hatte. So etwas ging ihm einfach nur auf den Geist. Als Kind hatte er zu viele umständliche Abschiede über sich ergehen lassen müssen.

Ethan befand sich in seinem Zimmer im Haus seiner Eltern, und es hatte sich in den vorangegangenen zehn Jahren kaum verändert. Nichts in dem Zimmer erschien real. Die Modellflugzeuge und der *Sports-Illustrated-Kalender* schienen jemand anderem gehört zu haben, jedenfalls nicht Dr. Ethan Carver. Nun sammelte er Kriegsauszeichnungen, seltene Münzen, und sein Kalender war eine Auswahl von Gemälden von Paul Gauguin.

Seine Stereoanlage stand noch immer in der Ecke, und darauf, ordentlich aufgestapelt, lagen massenweise Kassettenaufnahmen von alten Bands, die er in den achtziger Jahren am liebsten gehört hatte. In den Wandregalen standen vorwiegend College-Lehrbücher, die weiterzuverkaufen er sich nie die Mühe gemacht hatte. Einige Schlüssel mit einem blau-goldenen Bruin-Schlüsselanhänger lagen neben einer alten Medizinflasche und setzten Staub an. Die Medizin könnte Tetracycline gegen seine Akne gewesen sein, aber was die Schlüssel betraf, so hatte er keine Ahnung, in welches Schloss sie passen mochten. Er würde es nie erfahren.

Sein arthritischer Hund bellte im Garten, und er konnte hören, wie seine Eltern in der Küche im Erdgeschoss Geschirr wegräumten. Er kam sich vor, als wäre er wieder auf dem College und in Begriff, nach einem Wochenende zu Hause nach L. A. zu seinem Studentenheim zu fahren. Alles legte einen solchen Zeitsprung nahe. An der Pinnwand aus Kork hing sogar ein Foto von June.

Es war schon immer sein Lieblingsfoto gewesen. Sie gehörte zum Drehteam eines Studentenfilms und trug Jeans und ein weißes T-Shirt mit aufgekrempelten Ärmeln. Der Drehort war der Vasquez Rock, und June saß auf einem Felsklotz neben einem Berg Requisiten. Sie hatte ein Notizbuch auf dem Schoß, einen Bleistift hinterm Ohr und eine Nelkenzigarette zwischen den Fingern, wo sie offenbar verglühte. Ethan lächelte. Die Phase der Nelkenzigaretten war vorübergegangen und durch irgendeine seinerzeit aktuelle indische Marke ersetzt worden. Diese wiederum wurde am Ende von ordinären Marlboro Lights abgelöst. Vor ein paar Jahren hatte June dann ganz mit dem Rauchen aufgehört, und ihre Küsse schmeckten nicht mehr nach Gewürzen und Rauch. Er streckte eine Hand aus, um das Foto zu berühren ...

»Liebling!«, rief seine Mutter.

Ethan zuckte zusammen. »Was ist?«

»Möchtest du auf dem Weg zum Flughafen noch bei *Sal's* auf einen kleinen Imbiss einkehren?«

»Ich komme! Bin gleich unten!«

»In Ordnung! Dein Vater fährt schon den Wagen raus!«

Ethan sah sich ein letztes Mal in seinem Zimmer um. Er wusste, dass er etwas vergessen hatte. Es war nicht schlimm. Er hatte gelernt, dass ihm die Dinge, die er zurückließ, nicht fehlten. Er knipste das Licht aus. Nachmittägliche Schatten senkten sich herab auf die Trophäe des Debattierclubs an der High-School, auf zerknüllte Einkaufszettel für längst vergessene Grillfeste, auf Adressbücher voll unbekannter Namen und Werbezettel für Partys, an die er sich kaum mehr erinnern konnte. Er schloss die Tür und erzeugte damit einen Lufthauch, der den Staub auf den Regalbrettern aufwirbelte. Das Foto von June flatterte leicht und kam wieder zur Ruhe. Der Sonnenaufgang in der Wüste hinter ihr wurde durch eine dünne Schmutzschicht gedämpft. In Ethans altem Zimmer betrachtete June lächelnd die Schatten und Erinnerungsstücke. Im Parterre klingelte das Telefon, aber die Carvers waren bereits unterwegs.

30

Betrifft: Wichtige Nachricht für Ethan
Datum: Di. 17. Juni 1997, 12:33:29 -0400 (EDT)
Absender: Georgi Petkov <CDSCC@sof.cit>
An: Ethan <M&Dcarver@tech.com>

Hallo an Mr. und Mrs. Carver, können Sie bitte diese Nachricht an Ethan weitergeben? Es tut mir Leid, dass ich zu Ihnen nach Hause schreibe, aber es ist für mich einfacher zu schreiben, als Nachricht auf einer Nachrichtenmaschine zurückzulassen, wenn niemand antwortet. Ethan, imam gulyam problem i vednaga triabva da napusna stranata. Stan shte mi pomogne. Shte te chakam v Turtsia, v nashiat hotel po predvaritelnia plan Lipsvash mi mnogo. Obicham te. N*

* Übersetzung: Ethan, ich habe ein großes Problem und muss sofort das Land verlassen. Stan hilft mir. Ich warte entsprechend unserem Plan im Hotel auf Dich. Ich vermisse Dich so sehr. Ich liebe Dich. N

Betrifft: RE: Wichtige Nachricht für Ethan
Datum: Do. 19. Juni 1997, 12:33:29 -0400 (EDT)
Absender: Ellen <M&Dcarver@tech.com>
An: Georgi Petkov <CDSCC@sof.cit>

Mr. Petkov - Wir erhielten von Ihnen hier eine Nachricht für unseren Sohn Ethan. Er hat während der nächsten Monate, bis er nach Istanbul umsiedelt, keine feste Adresse oder E-Mail. Wenn es ein Notfall ist, können Sie es vielleicht bei seiner Frau June in Sofia unter 980-0140 versuchen.

BESTE GRÜSSE, ELLEN CARVER

»Georgi, ich glaube nicht, dass das eine gute Idee ist.« Stan wischte sich mit der Hand über seinen fast vollständig kahlen Schädel und ordnete die wenigen verschwitzten Haare über den Ohren.

Nevena kam aus Stans Apartmenthaus. »Noch immer keine Antwort von Ethans Eltern.«

»Ich versichere euch beiden«, meinte Stan, »ich habe keine Ahnung.«

»Ich auch nicht«, erwiderte sie und verschränkte die Arme. »Aber was können wir tun? Hierbleiben?«

»Scheiße, Scheiße, Scheiße«, sagte Stan und verfolgte, wie Georgi Gepäck in den Kofferraum seines geliebten Opel lud. »Nein, ihr solltet nicht hier bleiben. Scheiße, ich weiß es nicht.«

Nevena stand schweigend neben Stan, und zusammen schauten sie zu, wie Georgi die Gepäckstücke im Kofferraum arrangierte. Er hatte eine Decke nach unten gelegt. Wenn sie dicht vor der Grenze wären, würde Nevena sich unter die Decke legen, und das Gepäck würde darauf gelegt. Leise sagte sie: »Stan, ich möchte nicht, dass Sie etwas tun, was Sie nicht tun wollen.«

Stan drehte sich zu ihr um. Seine Metallbrille rutschte auf dem Schweißfilm auf seiner Nase nach unten. »Ich bin Anwalt, Nevena. Ich lebe für das Gesetz.«

»Georgi«, sagte sie. »Nimm die Koffer und Taschen aus dem Wagen. Das geht zu weit.«

Georgi schlug den Kofferraumdeckel mit einem lauten Knall zu und drehte sich zu ihnen um. »Es könnte noch viel weiter gehen. Wenn sie uns finden, Stan, was sollen wir dann Ihrer Meinung nach tun?«

»Sei nicht so, Georgi. Wenn er sich dabei nicht wohl fühlt, können wir ihn nicht zwingen, uns zu helfen.«

Stan schluckte und bewegte den Kopf hin und her, erst nach rechts, dann nach links.

Georgi seufzte und öffnete den Kofferraum wieder. »In Ordnung.«

»Warten Sie einen Moment«, bat Stan. »Nehmen Sie nichts heraus. Lassen Sie mich nur für einen Augenblick nachdenken.«

»Stan.« Georgi legte eine Hand auf die Schulter seines Chefs. »Ich hab Ihnen doch gesagt, wenn sie Nevena finden sollten, dann sage ich, dass ich den Kofferraum für Sie beladen habe und dass Sie keine Ahnung hatten, dass sie ebenfalls im Wagen war. Ich nehme die ganze Schuld auf mich.«

Stan nickte, wobei sein Kinn auf und nieder zuckte wie der Kopf eines Vogels, der Körner aufpickt.

»Aber niemand wird sie finden. Wie oft sind Sie schon nach Istanbul gefahren?«

»Achtmal«, antwortete Stan. »Nein, sechsmal. Sechsmal, weil ich zu den letzten beiden Tennisturnieren geflogen bin.«

»Und wie oft wurden Sie aufgefordert, den Kofferraum zu öffnen?«

»Keinmal.«

»Also«, fuhr Georgi fort, »warum sollten sie ausgerechnet diesmal nachschauen?«

»Weil ich diesmal einen illegalen Ausländer bei mir habe, dessen Schwester gesucht wird und eingewickelt in eine Decke in meinem Kofferraum liegt und jeden Moment ersticken kann.«

»Sie wird schon nicht ersticken.«

Nevena hatte lange genug zugehört. »Das wär's. Ich bin todmüde, und ich ...«

Sie verstummte und verfolgte gebannt, wie ein glänzender, langer schwarzer Mercedes in die Straße einbog. Sofort blickten auch Georgi und Stan in die Richtung. »Mein Gott«, flüsterte Georgi und trat auf den Bürgersteig. Der Wagen rollte auf sie zu, und Stan streckte eine Hand aus, um sich an der Hauswand abzustützen. Der Wagen mit seinen getönten Scheiben und funkelnden Chromleisten glitt nahezu lautlos an ihnen vorüber. Das schwarze Heck verschwand um die nächste Ecke und war nicht mehr zu sehen.

Nevena räusperte sich. »Ich schätze, wir alle sind ein wenig nervös.«

Georgi sah aus, als würde er jeden Moment zusammenbrechen. Er war einem hysterischen Anfall nahe. »Das hätten sie sein können. Vielleicht waren sie es sogar. Wenn sie es waren, dann wäre es wenigstens vorbei und wir bräuchten nicht mehr darauf zu warten, dass sie uns aufstöbern. Dann würden sie sich nämlich an Nevena halten und an ihr ein Exempel statuieren.«

Stan nahm Georgi die Wagenschlüssel aus der Hand. »Scheiße«, sagte er. »Fahren wir lieber los, ehe ich wieder anfange, den Anwalt zu spielen.«

Sie gelangten zügig nach Plovdiv, wo die Straße sich verengte und durch zunehmend brachliegendes Ackerland schlängelte. Sie passierten einen Eselskarren nach dem anderen, und eine Gruppe Zigeuner winkte ihnen zu, während der Opel an ihren bunt bemalten Wohnwagen mit ihren Dächern aus Plastikplanen vorbeirauschte. Zwei Stunden später erreichten sie die letzte bulgarische Raststätte außerhalb von Svilengrad. Verkaufsstände für Obst, Spirituosen, Käse und Eiskrem säumten die schmale Autobahn. Zahlreiche Fahrzeuge parkten auf dem Randstreifen, und die Insassen drängten sich um die Grillroste, auf denen kiofte brutzelten und appetitlich dufteten.

Sie bogen von der Hauptstraße auf einen Feldweg ab, der ins Nichts zu führen schien. Ein Ziegenhirte ließ seine kleine Herde auf einem schmalen Feld grasen, während er unter einem Baum lag und sich ausruhte. Er verfolgte mit ausdrucksloser Miene, wie der teure Wagen mitten auf dem Feld anhielt und eine junge Frau durch eine der hinteren Türen ausstieg. Zwei Männer halfen ihr, in den Kofferraum zu klettern, bedeckten sie vorsichtig mit Gepäckstücken und schlossen behutsam den Kofferraumdeckel. Einige Sekunden später schleuderten die Räder lockeres Erdreich hoch, hüpften über ein paar dicke Steine, und dann entfernte der Wagen sich in Richtung Autobahn. Der Ziegenhirte verscheuchte ein paar Fliegen, die um seinen Kopf summten, nahm einen Schluck aus einer Rakiflasche und streckte sich zu einem Nickerchen im Gras aus.

Stan und Georgi fuhren schweigend zur Grenze. Stan

blickte hinüber zu den Wachtürmen, die zwecks nächtlicher Tarnung schwarz gestrichen und durch einen Stacheldrahtzaun gesichert waren. »Vor dem Umschwung haben sie von diesen Türmen aus Jagd auf harmlose Leute gemacht, nicht wahr?«

Georgi nickte. »Ja.«

»Auf Leute, die flüchten wollten, hm?«

»Bitte, reden wir nicht darüber.«

Von Ferne wirkte der erste Grenzposten wie eine Mautstation. Während sie sich dem Posten näherten, drehte Stan die Klimaanlage für kurze Zeit auf volle Leistung, um sein Gesicht abzukühlen und den Schweiß auf seinem kahlen Schädel zu trocknen. Als sie an das erste Fenster heranrollten, flüsterte Georgi: »Schalten Sie die Lüftung ab.«

Der bulgarische Grenzsoldat trat an den Wagen heran. »Sprechen Sie Bulgarisch?«

»Ich spreche es«, antwortete Georgi. »Aber er nicht.«

Der Wächter schüttelte den Kopf und verlangte die Reisepässe. Er warf einen kurzen Blick auf Stans Dokument, unterzog Georgis Pass jedoch einer eingehenden Prüfung. Er kontrollierte den Visumstempel, bückte sich, um Georgi besser in Augenschein nehmen zu können, und inspizierte erneut das Visum. »Wohin wollen Sie?«

»Nach Istanbul«, antwortete Stan ein wenig zu eifrig.

»Ich rede mit ihm«, wies der Wächter ihn zurecht.

»Nach Istanbul«, erwiderte Georgi. »Dienstlich mit meinem Boss.«

»Ist das keine Vergnügungsreise?«, fragte der Wächter.

Georgi streifte Stan mit einem kurzen Blick und beugte sich dann zu dem Wächter vor. Er lächelte ihn verschwörerisch an und sagte dann etwas in schnellem Bulgarisch, das nur ein Einheimischer verstehen konnte. »Meinen Sie, es ist ein Vergnügen, mit einem solchen Idioten durch die Gegend zu fahren?«

Der Wächter grinste, stempelte die Pässe und gab sie zurück. »Fahren Sie weiter.«

Am nächsten Posten wurde Stan aufgefordert, die Wagenpapiere vorzulegen. Zwei Männer beugten sich über die Dokumente und murmelten miteinander. »Grüne Versicherungskarte?«, fragten sie schließlich.

Stan sah sie für einen Moment verwirrt an, dann hellte seine Miene sich auf. »Ach ja. Für den Wagen, ja.« Er reichte das verlangte Dokument nach draußen, aus dem hervorging, dass er berechtigt war, mit dem Wagen das Land zu verlassen. Sie kontrollierten das Dokument, gaben es zurück und winkten den Wagen mit einer desinteressierten Geste weiter.

»Okay«, sagte Georgi. »Zoll Nummer eins.«

Stan ließ den Wagen langsam weiterrollen, und ein Mann trat aus einem Wachhäuschen und stoppte sie mit einer roten Kelle. »Scheiße, Scheiße, Scheiße.«

Stan lenkte den Wagen zu dem bulgarischen Zollbeamten hinüber. Er bückte sich zum Seitenfenster hinunter, und in seinem Bart waren Brotkrümel zu sehen. Sie hatten ihn beim Essen gestört. »Amerikaner?«

»Er«, antwortete Georgi und deutete neben sich. »Ich bin Bulgare.«

»Wohin wollen Sie?«

»Nach Istanbul«, sagte Georgi. »Geschäftlich.«

»Was haben Sie bei sich?«

»Kleidung. Dokumente. Persönliche Dinge.«

»In Ordnung. Sie dürfen weiterfahren.«

Während der kurzen Fahrt durchs Niemandsland wischte Stan sich über die Stirn und schaltete die Klimaanlage wieder hoch. »Akt eins wäre geschafft, folgt Akt zwei«, sagte Georgi.

»Sagen Sie nichts«, warnte Stan. »Noch nicht.«

Eine Senke in der Straße war mit einer chemischen Lösung gefüllt, und sie lenkten den Wagen langsam hindurch, wobei die Reifen desinfiziert wurden. Am anderen Ende legten sie erneut die Wagenpapiere vor, dann fuhren sie weiter zur türkischen Einreisekontrolle. Stan musste den Wagen abstellen und zum Kassenschalter gehen, um das Einreisevisum zu bezahlen. Georgis Visum, das gesondert ausgestellt wurde, war an diesem Morgen in der türkischen Botschaft beantragt worden. Nachdem sie wieder im Wagen saßen, fuhren sie weiter, zeigten ihre Reisepässe, die umgehend abgestempelt wurden. »Und jetzt«, meinte der türkische Beamte zu Georgi, »rollen Sie vor zum Zoll. Schalten Sie den Motor aus, öffnen Sie alle Türen und den Kofferraum und warten sie draußen neben dem Fahrzeug.«

»Was hat er gesagt?«, wollte Stan wissen.

Georgi war blass geworden. »Parken Sie dort.«

»Aber was hat er gewollt?«

»Wir sollen dort parken, aus dem Wagen steigen und die Türen und den Kofferraum öffnen.«

»Scheiße!«

»Tun Sie es. Und starren Sie mich nicht so an. Sie beobachten uns.«

Stan legte den Gang ein, und der Wagen machte einen kleinen Satz vorwärts. Dabei starrte Stan mit einem benommenen, leeren Ausdruck geradeaus. Er parkte und reichte Georgi die Schlüssel. Er traute sich nicht zu, den Kofferraumdeckel zu öffnen. Er glaubte noch nicht einmal, neben dem Wagen stehen zu können, ohne dass seine Beine zitterten.

Georgi schwang sich lässig aus dem Wagen und öffnete

den Kofferraum. Während der türkische Zollbeamte auf sie zu schlenderte, flüsterte Georgi: »Verhalt dich ganz ruhig.«

Zuerst war Nevena dankbar für das Licht und die frische Luft. Sie dachte, sie hätten die Grenze bereits hinter sich, und wollte sich aufrichten, als sie die Warnung ihres Bruders vernahm. Beim Klang seiner Stimme erstarrte sie, und es schien, als würde ihr wildes Herzklopfen den ganzen Wagen erbeben lassen.

Stan schaffte es schließlich, ebenfalls das Fahrzeug zu verlassen und die beiden hinteren Türen zu öffnen. Er lehnte sich gegen die Motorhaube und vergrub die Hände in den Hosentaschen, damit niemand sehen konnte, wie sie zitterten.

»Die Pässe!«, verlangte der türkische Beamte.

Georgi hatte beide und reichte sie ihm. Der Beamte interessierte sich besonders für Georgis Reisepass. »Benzin?«, fragte er und deutete auf den offenen Kofferraum.

»Nein«, antwortete Georgi. »Kein Benzin.«

Der Beamte bückte sich in den Kofferraum und sog prüfend die Luft ein. Dabei kam er mit der Nase der Decke so nahe, dass er Nevenas Haarshampoo riechen konnte. Er atmete tief ein, schaute dann Georgi an und sagte: »In Ordnung. Zumachen.« Dann blickte er ins Wageninnere, sog abermals Luft durch die Nase und bedeutete ihnen dann weiterzufahren.

»Mein Gott«, sagte Stan, als er wieder hinterm Lenkrad saß. »Was sollte das?«

»Sie wollen nicht, dass wir billiges bulgarisches Benzin schmuggeln«, erklärte Georgi. »Danach haben sie gesucht. Wir haben es geschafft.«

Sie speisten an diesem Abend gemeinsam in einem Kumkapi-Fischrestaurant in Istanbul. Lichterschnüre waren über ihren Köpfen in die Bäume geflochten. Ihr Tisch war bedeckt mit halb leeren Tellern gegrillter Calamares, Muscheln, Tintenfische, gebratenem Seebarsch, verschiedenen Gemüsen und Reis. Eine Kapelle spielte neben ihrem Tisch, und Stan und Georgi waren betrunken von türkischem Raki mit Wasser.

»Warum sind Sie so still geworden, Nevena?«, fragte Stan, der ausgelassen die Musik mitgesummt hatte, obgleich er viel zu betrunken war, um der Melodie folgen zu können.

Sie dachte gerade daran, was für ein schöner Abend es hätte sein können, wenn Ethan bei ihnen gewesen wäre. Nicht mehr lange, und er wäre wieder da, und gemeinsam würden sie zurückkommen zu romantischer Musik, Raki und köstlichen Speisen unter himmlischer Beleuchtung. »Ich denke an Ethan.«

»Ja«, sagte Stan, als die Kapelle zu einem anderen Tisch weitergezogen war. »Teilen Sie mir nur für alle Fälle mit, in welchem Hotel sie mit Ethan verabredet sind.«

»Also, ich treffe ihn im *Four Seasons*, aber vorher bin ich im Hotel *Sede*«, antwortete Nevena und beugte sich vor. »Es ist nicht so teuer und befindet sich südlich der Blauen Moschee, in nächster Nähe des *Four Seasons*. Sagen Sie ihm, er soll sich an den Plan halten und dass ich ihn am Tag seiner Ankunft in unserem Zimmer erwarte.«

»Aber Sie rufen ihn doch ebenfalls an, nicht wahr?«

»Er hat die Staaten bereits verlassen. Ich werde mich bei Ihnen melden müssen, um zu erfahren, wo er sich in Sofia aufhält. In meiner Wohnung kann er nicht mehr bleiben.«

»Er wohnt bei mir.«

»Dann rufe ich Sie an. Oder er soll mich im Hotel *Sede* anrufen.«

Stan lächelte und steckte die Serviette in die Tasche. »Das wär's dann. Alles läuft bestens.« Er hob sein Rakiglas, stieß erst mit Georgi und dann mit Nevena an. »Prost. Ich trinke darauf, dass Ihre Probleme hinter Ihnen liegen.«

31

Betrifft: Treffen mit James
Datum: Do. 19. Juni 1997, 12:33:29 -0400 (EDT)
Absender: June <JCARVER@sof.cit>
An: Audra McKinnon <audram16@nettx.com>

Hi, Audra -

ich habe mein Ticket gekauft und treffe nach dem Feiertag in Austin ein. Es überrascht mich gar nicht, dass James in allem so prima reagiert - Dein Bruder ist wirklich ein ganz feiner Mensch. Ehe er abreiste, meinte er zu mir, die ganze Sache hätte auch ihr Gutes, denn jetzt hätte seine Rolle in der *Katze auf dem heißen Blechdach* etwas durch und durch Authentisches.

Ich freue mich darauf, Dich wieder zu sehen, Audra. Es war vor vier Jahren - auf Lillys dreißigstem Geburtstag -, dass wir beide in diesem Kühlraum in jenem verrückten Sushi-Laden in North Hollywood eingeschlossen wurden.

Danke, dass Du Shelleys Angebot, das Produktmanagement bei ihrem neuen Projekt zu übernehmen, an mich weitergeleitet hast. Stimmt es, dass sie in Prag drehen wollen? Das wird sicher lustig! Aber ich kann nicht mitmachen. Im Augenblick arbeite ich mit einem bulgarischen Filmemacher an einer Dokumentation über die allgegenwärtige Korruption hier und über den Aufstand im letzte Winter. Die *George Soros Foundation* unterstützt uns großzügig, damit wir das Projekt vollenden können. Ich bin von dieser Sache total begeistert - anderenfalls wäre es mir nicht im Traum eingefallen, das tolle Angebot auszuschlagen. Solltest Du in nächster Zeit noch einmal mit Shelley sprechen, richte ihr meine Grüße aus und dass ich ihr bei CRASH viel Glück wünsche, und klar, ich drücke ihr die Daumen, dass sie Brad Pitt für die Hauptrolle kriegen. Noch einmal danke, dass du so toll für mich gesorgt hast.

Bitte gib James von mir einen Kuss und sag ihm, dass ich stolz bin auf ihn und dass ich bald bei Euch sein werde.

ALLES LIEBE AN EUCH ALLE, JUNE

Als die Sonne über Nevenas Hotel in Istanbul aufging, erhellte sie in Sofia gerade erst den östlichen Horizont mit ihrem Schein. Ethan stürmte die Treppen zu Nevenas Wohnung hoch, holte den Schlüssel aus der Tasche und bückte sich zum Schloss hinunter, um die Tür zu öffnen. Es klappte nicht. Er klingelte mehrmals, ohne Erfolg. Dann klopfte er laut und hörte in der Wohnung ein Rascheln. »Wer ist da?« Es war die Stimme einer müden alten Frau.

Ethan schaute sich prüfend um und überzeugte sich, dass er sich in der richtigen Etage befand. Er trat dicht an die Tür heran. »Nevena?«, rief er verwirrt. Es war möglich, dass sie nicht alleine war. Vielleicht hatte sie Besuch von Baba Safi aus Vodenicharsko.

»Nyama ya! Sie wohnt hier nicht mehr!«

Ethans Hand schlug gegen die Tür, und er konnte nicht anders als laut zu rufen: »Molya?«

»Gehen Sie weg! Wissen Sie, wie spät es ist?«

Er trommelte gegen die Tür. »Ich gehe nicht weg! Ich weiß, dass Nevena hier wohnt!«

Die Tür wurde einen Spaltbreit geöffnet, und eine Frau mit zerzaustem, rot-grauem Haar schaute heraus. Unter den Augen hatte sie rote Schwellungen. Sie sah aus, als hätte sie schon seit Jahren nicht mehr geschlafen. »Sie ist nicht da. Ich bin die Hausmeisterin.«

»Was ist passiert?«

»Ich bin eingezogen, bis ich einen neuen Mieter gefunden habe.«

»Ich meine, was ist mit Nevena passiert?«

»Sie ist ausgezogen. Das ist alles, was ich weiß.«

»Wo ist sie hingegangen? Was hat sie gesagt? Ich bin ihr Verlobter.«

»Sie ist ausgezogen. Ich sagte Ihnen schon, das ist alles, was ich weiß. Dovishdane.« Damit schloss die alte Frau die Tür. Ethan konnte hören, wie sie in ihren Hausschuhen davonschlurfte und sich anschließend auf die knarrenden Sprungfedern der Schlafcouch fallen ließ.

Ethan starrte auf den Boden. Wo war Nevena? Zu müde, um sich ein freies Zimmer in einer Pension zu suchen, hielt Ethan ein Taxi an und ließ sich nach Darvenitsa bringen. June sollte erst in ein paar Tagen aus Griechenland zurückkehren, und er hatte immer noch einen Schlüssel zu ihrer alten gemeinsamen Wohnung. Es war ein Schock gewesen, Nevenas Apartment verlassen vorzufinden, aber dafür musste es eine einleuchtende Erklärung geben. In Darvenitsa, so war er sicher, würde er wenigstens keine solche Überraschung erleben.

Ethans Schlüssel passte jedenfalls noch ins Schloss der Wohnungstür. Als er die Tür aufdrückte und über die Schwelle taumelte, war er bereits halb eingeschlafen. Er stellte sein Gepäck in die Diele, zog hinter sich die Tür zu und schleppte sich zum Wohnzimmer. Er bog um die Ecke und – erhielt von der Seite einen heftigen Schlag auf den Kopf. Um ihn herum wurde alles schwarz, und er sackte zu Boden.

June ging neben ihm in die Knie. In ihrer linken Hand befand sich noch immer die Bratpfanne, die sie ihm auf den Schädel gehauen hatte. Ihre rechte Hand steckte in einem weißen Verband. »Ethan! Es tut mir Leid. Ich dachte, du wärst einer von Chavdars Schlägern. Ethan?«

Er drehte benommen den Kopf hin und her. Allmählich konnte er June erkennen. Sie trug ein kurzes Trägerhemd, eine seiner alten Boxershorts und zerschlissene Pantoffeln. Sie sah ihn beschwörend an, streichelte seine Wange, und ihr Mund bewegte sich. »Ethan? Ethan?«

»Waaas?«, fragte er und richtete sich endlich auf. »Was ist passiert?« Für ein paar Sekunden hatte er geglaubt, er wäre noch auf dem College und hätte zu viel getrunken. Es war viel zu oft vorgekommen, dass er so aufgewacht war, mit Junes verschwommenem Gesicht vor sich und von ihren Händen fürsorglich gestreichelt.

»Ich habe dir eins auf den Schädel verpasst. Ich hatte nämlich diese Bratpfanne ins Bett mitgenommen für den Fall, dass Chavdar jemanden vorbeischickt, der mich kontrollieren soll. Komm. Setz dich hin. Ich helfe dir auf die Couch.«

Ethan blinzelte, und sein Blick klärte sich. Er betastete seinen Kopf und fand eine schmerzende Stelle. Sie begann bereits anzuschwellen. June ergriff seine Hand, und er ließ sich von ihr auf die Füße hochziehen.

»Dorthin«, sagte sie und klopfte auf die Couch. »Lass dich nieder. Ich bereite dir eine Tasse Kaffee.«

»Keinen Kaffee«, sagte er und massierte seinen Kopf. »Ich will nur schlafen.«

»Bist du sicher?«, fragte June, beugte sich über ihn und berührte vorsichtig die Beule. »Es ist gar nicht gut, wenn man nach einem Schlag auf den Schädel sofort schläft. Dabei sollen Leute schon ins Koma gefallen sein.«

Ethan schlug ihre Hand weg. »Ich falle schon nicht ins Koma. Lass mich in Ruhe.«

»Nett«, sagte June und ging sofort auf Distanz. »Entschuldige, dass ich mir Sorgen gemacht habe.«

»Überhaupt, warum bist du nicht in Griechenland?«

»Es gab ein Problem – einen Unfall –, und ich kam früher zurück als geplant.«

»Bist du okay?«

»Ja. Danke der Nachfrage.«

»Sieh mal, es war ein schlimmer Vormittag.«

June setzte sich neben ihn. Sie biss sich auf die Lippe und berührte dann zaghaft seinen Arm. »Hast du schon von Nevena gehört?«

»Was?«, fragte er, und sein Kinn ruckte hoch. »Was ist mit Nevena?«

»Oh«, sagte sie und zog die Hand zurück. »Tut mir Leid. Eigentlich sollte nicht ich es sein, die es dir erzählt.«

Stan genoss seine Rückfahrt nach Bulgarien. Die Grenze war ein Kinderspiel, und jetzt, da er alleine war, legte er eine Country-and-Western-Kassette ein und drehte die Lautstärke auf. Shania Twain schmetterte die Geschichte von ihrem tapferen Geliebten und einer Saloonschlägerei, und Stan sang den Text mit. Er fühlte sich froh und unbeschwert, weil er eine gute Tat begangen hatte. Stan, der Möchtegern-Macho, der immer der musterhafte Jurastudent mit der intelligenten Brille gewesen war, hatte sich auf ein großes Wagnis eingelassen und war am Ende Sieger geblieben. Der Gesetzestreue hatte die Herrschenden herausgefordert. Stan der Einzelkämpfer, Stan der Retter, Stan das Einmann-Untergrundnetzwerk für Flüchtlinge vor der bulgarischen Mafia. Das klang richtig toll. Toll genug, um in einem Country-and-Western-Song verewigt zu werden.

Er malte sich in strahlenden Farben aus, wie er Ethan seine Heldentaten schilderte. »Ich habe deine Freundin gerettet, Kumpel. Du warst nicht da, also musste ich mich um die Angelegenheit kümmern. Nevena, sagte ich, ich weiß eine Lösung. Sie ist zwar gefährlich, aber es ist die einzige Chance. Sie und Georgi wollten anfangs nicht mitziehen, aber ich wusste, dass es ihre einzige Hoffnung war. Ich musste sie nur überzeugen, das Risiko einzugehen.«

Stan johlte zu der Musik und überlegte sich bereits, wie er die Geschichte ausschmücken könnte, wenn er sie seinen Ex-Kommilitonen zu Hause erzählte. Er, der gute Geist der Revolution! Was für eine selbstlose Demonstration von unglaublichem Mut! Ach, es war im Grunde eine Kleinigkeit. Er war derart vertieft in seinen Traum vom Ritter in schimmernder Rüstung und in die raue Stimme der Country-and-Western-Sängerin, dass er den Wagen, dessen Scheinwerfer ihn hektisch anblinkten, nicht bemerkte. Mit dem Fuß auf dem Gaspedal, erreichte er die Kuppe des nächsten Hügels und war geradezu berauscht, als er spürte, wie die Räder des Wagens leicht vom Asphalt abhoben. Stan der Rennfahrer.

Er bretterte über den Berg, und vor ihm tauchten eine

KAT-Station und eine Polizeisperre auf. Das Lenkrad rutschte ihm fast aus der Hand, als er hektisch nach dem Schalthebel griff. Sein Fuß hämmerte das Bremspedal fast bis aufs Bodenblech, aber es war zu spät. Als er mit kreischenden Reifen schlingernd vor den orangefarbenen Plastikzylindern zum Stehen kam, war der Gestank von versengtem Gummi überall. Er brauchte den Beamten gar nicht anzuschauen, um zu wissen, dass er in Schwierigkeiten war. Es war okay, kein Problem. Er hatte schon einige Verwarnungen wegen zu schnellen Fahrens erhalten, und seine Brieftasche war voller Geld. Seine größten Sorgen hatte er sicher in Istanbul zurückgelassen. Im Vergleich damit war dies hier eine harmlose Geschichte.

Die Straßensperre befand sich dreißig Kilometer vom Stadtzentrum Plovdivs entfernt auf der Autobahn nach Sofia. Stan war zehn Minuten nördlich der Zuckerfabrik, Stoyans alter Heimat, angehalten worden. Die Jagd auf die Mafia und ihre Organe hatte in Sofia begonnen und die Sicherheitsagenturen in Plovdiv noch nicht erreicht, geschweige denn beeinträchtigt. In der Zuckerfabrik hatte sich nicht viel verändert, nur dass man dort mittlerweile um einiges gereizter reagierte.

Ein massiger Beamter mit ausladendem Bauch gab Stan durch ein Handzeichen zu verstehen, dass er aus dem Wagen steigen sollte. Er rief etwas, deutete in den Wagen und streckte fordernd die offene Hand aus.

Stans Bulgarisch war ein Trauerspiel. »Ne razbiram«, sagte er. »Ich verstehe nicht.«

Der Beamte kniff die Augen zu Schlitzen zusammen und bellte erneut ein paar Worte. Er deutete zum zweiten Mal auf das Armaturenbrett des Wagens und wedelte drohend mit der Hand in der Luft.

Das Ein-Mann-Untergrund-Netzwerk fühlte sich auf einmal gar nicht mehr so toll und siegreich. »Bitte, reden Sie ein wenig langsamer. Ich spreche nicht sehr gut Bulgarisch.« Dann hielt er inne und griff nach seiner Brieftasche. Das war die Art und Weise, wie solche Affären meistens beigelegt wurden. »Wie hoch ist die Strafe?«

Der Beamte verfolgte, wie Stans Finger einladend in die Brieftasche eintauchten. Er blickte wieder in Stans hoffnungsvolle, gespannte Miene. »Kommen Sie mit.«

Der Beamte ergriff Stan am Arm und schob ihn vor sich her zur KAT-Station. Sein Hemdzipfel rutschte aus der Hose und enthüllte seinen beträchtlichen Bauch. »Wie hoch ist die Strafe?«, fragte Stan abermals über die Schulter. »Sagen Sie mir nur, was ich bezahlen muss!«

Stan wurde in ein kleines Büro gestoßen. Der Raum war in einer Farbe gestrichen, die an Eiter erinnerte und beim unvorbereiteten Betrachter spontan einen Anflug von Übelkeit auslöste. Ein weiterer Beamter saß hinter einer mechanischen Schreibmaschine, und auf dem Tisch hinter ihm befanden sich einige ungeöffnete Flaschen Raki und ein paar Stangen Zigaretten. Diese offensichtlichen Zeichen für Bestechung machten Stan Hoffnung, und er hielt sich an seiner Brieftasche fest, als wäre sie ein Rettungsanker.

Der Beamte, der Stans Oberarm umklammerte, sagte etwas zu dem anderen Beamten. Der Kollege quittierte ihre Anwesenheit mit einer Handbewegung, bearbeitete jedoch weiter seine Schreibmaschine. Stan wurde auf einen Klappstuhl gestoßen, um zu warten, während er dem schwerfälligen Klick-Klick der Schreibmaschinentasten lauschte.

Schließlich hatte der zweite Beamte sein Dokument fertig gestellt und drehte sich zu ihnen um. »Da?«

Der korpulente Beamte ließ Stans Arm los. »Wir brauchen einen Dolmetscher.«

Der zweite Beamte war anders gekleidet als sein Kollege. Er trug einen zerknautschten Anzug und eine Mütze, die in einem verwegenen Winkel auf seinem Kopf saß. »Was sprechen Sie, mein Herr? Deutsch? Englisch?«

»Englisch.«

»Sind Sie Tourist?«

»Ein Terrorist! Nein, um Himmels Willen! Sehe ich aus wie ein Terrorist?«

»Ein *Tourist*, Sir. Beruhigen Sie sich.«

»Nein, ich bin kein *Tourist*. Ich arbeite in Sofia.«

»Tatsächlich?« Der Beamte sagte eine paar schnelle Worte zu seinem Partner und wandte sich wieder an Stan. »Darf ich mal Ihren Reisepass sehen, Sir?«

Er händigte das Gewünschte dem Beamten aus, und dieser untersuchte den Pass eingehend. »Was genau ist Ihre Tätigkeit, Sir?«

Stan straffte sich auf seinem Stuhl. »Ich bin Rechtsanwalt.«

»Aber kein Diplomat?«

»Fast ein Diplomat. Im Grunde schon ein Diplomat.«

»Fast. Das bedeutet fast nichts, oder?« Der Beamte nahm einen Kugelschreiber und begann auf einem Blatt Papier herumzumalen. »Und welche Arbeit leisten Sie in Bulgarien?«

»Ich arbeite an der Modernisierung der Gesetze. Im Auftrag der CEELI, der Central and Eastern European Law Initiative.«

»Aha. Sie schreiben unsere Gesetze neu. Ich verstehe.« Er sagte wieder etwas zu dem anderen Beamten, der daraufhin den Raum verließ. Als er und Stan alleine waren, nahm der zweite Beamte seine Mütze ab. Darunter klebte das Haar an seinem Kopf. Er fuhr mit der Hand darüber und lehnte sich in seinem ramponierten Bürosessel zurück.

»Nehmen Sie mir meine Fragen bitte nicht übel. Manchmal fragen wir uns schon, was ein amerikanischer Anwalt in Bulgarien zu suchen hat. Wenn man doch als Anwalt in Ihrem Land so viel Geld verdienen kann.«

»Wie ich schon sagte, ich arbeite für die CEELI. Speziell bin ich im Rahmen eines Programms tätig, das von der Universität von Des Moines entwickelt wurde. Das liegt in Iowa.«

»Hm-hm. Und welches Interesse haben die Amerikaner daran, die bulgarischen Gesetze um- oder neu zu schreiben? Sir?«

Stan wurde allmählich unruhig. »Wir wollen den Bulgaren helfen, Sir. Was geht hier eigentlich vor? Darf ich jetzt meine Strafe bezahlen und weiterfahren? Das ist doch lächerlich. Ich weiß noch nicht mal, warum Sie mich hier ausfragen. Haben Sie mir überhaupt mitgeteilt, wessen ich beschuldigt werde?«

»Noch nicht. Das brauche ich auch gar nicht, wenn ich Sie festhalten will.«

»Nein, nein, natürlich nicht. Wenn es anders wäre, dann würde das eine gewisse Logik erkennbar machen. Eine Art von Vernunft oder Infrastruktur. Dinge also, die in diesem absurden hinterwäldlerischen Land ganz und gar nicht existieren!«

»Sie sind sehr schnell gefahren. Rücksichtslos schnell.«

»Und ich bin sicher, Sie wissen genau, welche Strafe für zu schnelles Fahren zu zahlen ist. Wenn Sie so nett wären und mir den Betrag nennen würden, dann bezahle ich, und wir beide können wieder unserer eigentlichen Tätigkeit nachgehen.«

»So einfach stellen Sie sich das vor? Sir, ein Gesetz wurde gebrochen. Als Anwalt ist Ihnen sicherlich klar, dass es unser unwidersprochenes Recht ist, Sie zu verhören. Sie hätten ja betrunken sein oder unter Drogeneinfluss stehen können.«

»Ja, ja. Jetzt weiß ich, wie es läuft. Ich habe das schon früher erlebt.« Stan legte seine Brieftasche auf den Tisch. »Wenn Sie jetzt so freundlich wären, und mir die Höhe der Strafe mitteilen würden? Ich habe nämlich noch eine Menge Arbeit zu erledigen.«

»Noch mehr Gesetze zu modernisieren?«

»Ja, genau.«

»Sie kennen das neue Gesetz, das uns das Recht gibt, Luxusautos anzuhalten und die Eigentümer aufzufordern, uns nachzuweisen, dass sie für solche Güter Einkommensteuer bezahlt haben?«

»Oh, lieber Gott im Himmel.«

»Es ist ein sehr junges Gesetz. Vielleicht haben Sie sogar mitgeholfen, es zu formulieren? Operation ...« Er erzeugte ein summendes Geräusch. »Wie nennen Sie noch mal dieses unangenehme, Blut saugende Insekt?«

»Moskito. Es heißt Operation Moskito. Aber jetzt hören Sie mal ...«

»Nein, Sie hören mir zu.« Der Beamte klappte Stans Reisepass auf und warf einen Blick hinein. »Mr. Nordford. Sie können nicht erwarten, in einem Land, in dem Sie vorübergehend leben, neue Gesetze zu schaffen und sich selbst nicht daran halten zu müssen. Haben Sie in Ihrem Handschuhfach irgendeinen Beweis dafür, dass sie für das Geld, mit dem Sie das Automobil erwarben, Einkommensteuer gezahlt haben?«

Stan atmete aus und legte die Hände flach auf die Knie. »Nein. Nein, das habe ich nicht.«

»Und wenn wir unter die Motorhaube schauen und nach der Seriennummer suchen, was finden wir dann? Etwas, das nicht ganz in Ordnung ist?«

Stan verstaute die Brieftasche wieder in seiner Hosentasche. »Scheiße«, sagte er. »Scheiße, Scheiße, Scheiße.«

Überall waren Kleider verstreut, beide Lampen waren umgekippt, und an der Wand konnte man den Abdruck einer Schuhsohle erkennen. June saß zwischen den Trümmern und blickte ruhig aus dem Fenster des Apartments.

»Du!«, hatte Ethan gebrüllt und anklagend mit dem Finger auf sie gezeigt. Er war von einem Ende der Wohnung zum anderen gestürmt und hatte alles zerstört, was ihm in die Quere kam. Mit einer einzigen Bewegung hatte er ihre sämtlichen Schminksachen vom Toilettentisch gewischt. Flaschen waren an der Wand zerschellt, und ihr Inhalt floss daran herab, sodass es aussah wie eine blutende Wunde. Er hatte den Tisch in der Küche umgeworfen, wobei ihr Drucker auf den Fußboden gekracht war. Mit beiden Händen hatte er ein Gemälde, das sie aus Griechenland mitgebracht hatte, von der Wand gerissen und auf einer Stuhllehne zerschmettert. Dann hatte er demselben Stuhl einen Tritt versetzt, sodass er ins Fenster neben dem Balkon donnerte.

Anschließend war er ins Wohnzimmer zurückgekehrt, wo June in einer Ecke saß, die Knie ans Kinn hochgezogen. Sie schrie nicht zurück oder bewarf ihn mit irgendwelchen Gegenständen. »Das hast du getan!«, brüllte er, während ihm die Tränen über das fleckige Gesicht liefen. »Du konntest es nicht ertragen, dass ich glücklich war.«

»Du irrst dich.«

»Wie konntest du? Wie konntest du nur?« Ethan blickte zur Decke und gab einen erstickten Laut von sich. Dann wirbelte er herum, trat gegen die Wand, dass Putzbrocken durch die Luft flogen.

»Ich habe nichts getan.«

»Lüg mich nicht an! Du hast sie gegen mich aufgehetzt! Du hast sie gekauft!«

»Das habe ich nicht. Roxanne ist so was wie die böse Alte im Theater, immer löst sie irgendwelchen Ärger aus, und das Ganze war alleine ihr Werk. Ich hatte nichts damit zu tun. Ich habe erst davon erfahren, als sie schon weg war.«

»Du bist krank, weißt du das?«

June schaute vom Fußboden zu ihm hoch. »Ethan, dass Roxanne das Ganze inszeniert hat, tut mir aufrichtig Leid, aber ich hatte nichts damit zu tun. Du kannst unmöglich wegen Nevenas Handeln auf mich wütend sein.«

Als June das sagte, explodierte Ethan erst recht. »*Ihrem* Handeln? Ich könnte dich umbringen.« Er warf ein Bücherregal um. »Rede nicht so über sie. Rede am besten gar nicht über sie!«

Sie wünschte, sie könnte ihn in die Arme schließen, ihn festhalten, aber das würde nie wieder geschehen. Nichts, was sie sagte, könnte ändern, was er jetzt für sie empfand. Schweigen war das Einzige, was helfen würde. Sie würde tun, was Ethan verlangt hatte, und nicht über Nevena reden. Sie würde überhaupt nicht reden.

Schließlich schien Ethans Zorn sich ein wenig zu legen. Er blinzelte, massierte sein Gesicht und schaute sich in dem demolierten Raum um, als wäre er gerade erst aus einem langen Schlaf erwacht. Er stolperte zur Tür. Ohne ein weiteres Wort ging er hinaus auf den Flur. June konnte jeden seiner schweren Schritte auf der Treppe mitverfolgen. Er brauchte eine Ewigkeit, um bis nach unten zu gelangen. Er hatte die Tür offen stehen lassen, aber ein Windstoß, der durch das zerbrochene Fenster fuhr, ließ sie zufallen. Dann konnte June nichts mehr von ihm hören.

Endlich war es vorbei. Irgendwie wusste sie, dass sie ihn nie wieder sehen würde. June hatte alles verloren und war jetzt frei. Frei! Es lag etwas Erlösendes darin, nichts und niemanden zu haben. Noch vor ein paar Wochen hatte sie sich geschworen, kein weinerliches Mädchen mehr zu sein. Stattdessen ein betrunkenes Mädchen, ein sarkastisches Mädchen, ein umherziehendes, mobiles Mädchen. Gefährlich oder in Gefahr. Es wurde Zeit, dieses Gelübde in die Tat umzusetzen.

June hatte jedem in ihrer Familie geschrieben, hatte James' Hand bis zur letzten Sekunde gehalten, als sie ihn ins Flugzeug schoben, und hatte ihren Ehemann zum letzten Mal gesehen. Nun, das war das Beste, was sie für James und für Raina und für sich selbst tun konnte. Falls irgendetwas schief ging, war sie bereit, die Konsequenzen zu tragen. June nahm den Telefonhörer in die Hand und rief das geheime, inoffizielle Büro an, das von Kyril und seinen Kollegen benutzt wurde. »Alo?«, sagte sie. »Kyril, molya? Kyril, hier ist June. Ich bin bereit. Ich rufe wieder an, wenn ich ganz fertig bin.«

Stan war in Schwierigkeiten. Tief in der Scheiße, wie er seinem Chef zu erklären versuchte, als die Polizei in Plovdiv ihm endlich gestattete, ein Gespräch von ihrem uralten Wählscheibentelefon aus zu führen. »Bill!«, brüllte er in die Sprechmuschel des altmodischen Hörers. Er konnte ein Rauschen, schrille Pieptöne und das leise Murmeln eines fremden Gesprächs hören. »Bill! Kannst du mich hören?«

»Stan? Bist du das?«

»Ich bin's, Bill! Ich stecke tief in der Scheiße. Ich bin in Plovdiv ...«

»Stan? Bist du das?«

»Ja! Ja, Bill, ich bin's. Ich wurde von der Polizei angehalten, und es stellte sich raus, dass es ein Problem mit meinen Wagenpapieren gibt. Der Wagen gehörte mal einem Diplomaten in Rumänien, aber er wurde gestohlen und kam nach Bulgarien, und deshalb wurde die Motornummer entfernt. Ich schwöre, ich dachte ...«

»Stan, wir haben eine schlechte Verbindung. Irgendetwas stimmt mit der Leitung nicht. Ruf mich gleich noch einmal an.«

»Nein! Nein! Leg nicht auf! Bill? Bill?« Die Leitung war tot.

Niedergeschlagen gab Stan dem Beamten vom Dienst den Telefonhörer zurück. »Ich weiß, dass einer von Ihnen ein Handy besitzt, das ich benutzen kann«, sagte er und gestikulierte mit den Händen, um klar zu machen, was er wollte. »Handy? Na los, kommt schon, ich zahle dafür. Zahlen? Ich bezahle mehr als nötig dafür. Nun macht schon!«

»Später.« Der Beamte vom Dienst drückte auf eine Taste an seiner Sprechanlage, und ein anderer Beamter erschien, um Stan in die Zelle zurückzubringen, die er sich mit einem Leim schnüffelnden Dieb teilte.

Stan ließ den Kopf hängen, während sie durch den Korridor gingen. Der Englisch sprechende Beamte kam ihnen entgegen, blieb stehen und tippte Stan auf den Arm. »Sie durften Ihr Telefongespräch führen, richtig?«

»Das Telefon funktionierte nicht!« Stans Gesicht war gerötet. Er hasste den jammernden Tonfall seiner Stimme, aber er konnte nichts dagegen tun. Er wollte mit der Faust drohen und schimpfen: »Das ist nicht fair! Unerhört!«

»Das tut mir sehr Leid. Es ist nicht immer leicht, mit solchen Unzulänglichkeiten zu leben. Vielleicht haben Sie morgen mehr Glück.«

»Ich kann nicht bis morgen warten.«

»Haben Sie Geduld, Mr. Nordford. Ihnen ist doch klar, dass solche Dinge in diesem Land ihre Zeit brauchen.«

»Wollen Sie mir etwa weismachen, dass dieses antike Mist-Telefon mit seiner dämlichen Wählscheibe morgen besser funktioniert als gerade eben?«

»Wie gut die Verbindungen sind, kann man nie voraussagen. Vor einer Stunde, als ich mit einem Kollegen in Sofia über Sie sprach, war alles störungsfrei. Laut seiner Information wurde ihr blauer Ausweis für ungültig erklärt, und Sie haben sich nach einem halben Jahr noch immer nicht bei der Polizei gemeldet. Er erzählte auch, dass Sie ein großes Haus in Simeonovo bewohnen. Und wie Sie wissen, sind solche Luxusbauten das Ziel des zweiten Teils der Operation Moskito.«

Stan knirschte mit den Zähnen und wehrte sich aus reiner Hilflosigkeit gegen seine Handschellen. »Das ist Schikane. Reine Willkür.«

»Unglücklicherweise glaube ich nicht, dass jemand schon die Zeit gefunden hat, die Gesetze in diesem Bereich zu aktualisieren. Oder, Mr. Nordford?«

Chavdar saß in seinem Büro und starrte ins Leere, während er sich der Erkenntnis stellte, dass alles um ihn herum auf eine Katastrophe zutrieb. Er musste einen kühlen Kopf bewahren. Er zählte. Edno, dve, tri. Edno, dve, tri. Er zählte und dachte nach.

Zahlen waren wichtig. Die Anzahl von Lewa, die man im Jahr verdiente. Die Zahlen in den Geschäftsbüchern. Die Anzahl von Verhaftungen, die Anzahl von Sitzen im Parlament, die Anzahl von Angestellten, die sich gemeldet hatten. Die wachsende Anzahl von toten Geschäftsleuten, die Anzahl von Agenturen, die ihre Lizenzen verloren hatten, die Zahlen, die die Menge Geld bezifferten, das man durch die Beschlagnahmungen verloren hatte. Edno, dve, tri.

Eins, zwei, drei. Alles bereit, Kamera ab. Chavdar lachte, dann riss er sich zusammen. Er räusperte sich und gewann seine Haltung zurück.

Während er sich in seinem Sessel zurücklehnte und an den Untergang der Firma dachte, spuckte er auf seine Hand und rieb sie geistesabwesend an seinem Hosenbein. Seltsam, dachte er, wie die Tage ineinander überzugehen schienen. Er begann die letzten Tage zu zählen, die Tage, an die er sich erinnern konnte.

Die Woche war wie im Fluge vergangen und wäre bald vorbei. Für Valezhkov war sie schon jetzt vorbei. In der Hierarchie der Firma nahm Valezhkov die gleiche Position wie Chavdar ein. Er leitete das Büro in Levski. Oder, genauer, er *hatte* das Büro in Levski geleitet. Einen Tag zuvor hatte Valezhkovs Frau ihn auf dem Bauch im Swimmingpool treibend aufgefunden. Ein Unfall, wie Chavdar gehört hatte. Er fragte sich, ob die Tage für Valezhkov ebenfalls ineinander übergegangen waren. Hatte er ebenfalls angefangen, die Stifte auf seinem Schreibtisch zu zählen oder die Male, die seine Freundinnen nicht bei ihm zurückgerufen hatten, oder die Anzahl von amtlichen Polizeifahrzeugen auf der Straße?

Was jedoch noch wichtiger war als das Zählen und Berechnen, war seine Idee, in Prag von vorne anzufangen. Chavdar lächelte bei dem Gedanken, sich in der alten Stadt im Filmgeschäft zu betätigen. Chavdar der Boss, Chavdar der Häuptling würde zu Chavdar dem Filmproduzenten. Immer noch der Geldgeber, aber einer mit kreativen Perspektiven und guten Ideen. Oh, wenn er nur an die Geschichten dachte, die er erzählen konnte! Er spuckte erneut in seine Handfläche und rieb sie wieder an seinem Hosenbein. Dann griff er nach dem Telefon und rief seine Sekretärin an. »Geh bitte runter zum Zeitungskiosk und bring mir jede Filmzeitschrift, die du kriegen kannst. Egal wie viele. Aber mindestens vier. Auf keinen Fall weniger als vier.«

»Sagten Sie Filmzeitschriften, Gospodin Kozhuharov?«

»Ja. Und von der Ecke eine Portion Popcorn. Und eine Cola und einen Schokoriegel.« Cola und Süßigkeiten, die trostreichen Dinge, die er sich mit seinem Vater in angenehm kühlen Kinos geteilt hatte, lange bevor alles den Bach hinunter ging.

»Sofort, Gospodin Kozhuharov.«

»Und vergiss nicht die Tüte Popcorn. Eine mittlere Portion.«

Nach kurzem Zögern erwiderte seine Sekretärin unsicher: »Natürlich.«

Während er auf seine Bestellung wartete, legte Chavdar die Füße auf den Tisch. Sein Handy meldete sich, und er hatte das Vergnügen, sich mit etwas anderem beschäftigen zu können. Er griff nach dem Telefon und schaute auf das Display. Es war Junes Nummer in Darvenitsa. Plötzlich überkam Chavdar eine quälende Übelkeit. Er starrte auf das Handy, das in seiner Hand weiter klingelte. Er war zu geschockt, um zu reagieren. Schließlich drückte er auf die Antworttaste.

»Alo?«

»Ich bin's.«

»Ich weiß, ich weiß, June. Ich hätte nicht gedacht, dass ich noch einmal von dir hören würde.«

»Das hätte ich auch nicht gedacht.« Stille. Nach einer längeren Pause fuhr June fort: »Wie geht es dir? Nach dem, was geschah, habe ich mir Sorgen gemacht. Du warst völlig verwandelt.«

Chavdar richtete sich ruckartig auf. »Ja! Genau, ich war nicht ich selbst. June, es tut mir so Leid. Kannst du mir jemals verzeihen?«

»Ehrlich gesagt, das weiß ich nicht. Ich hatte schreckliche Angst, und du hast meinen Freund verletzt.«

»Er war nur ein Freund?«

»Ja. Jemand aus meiner Vergangenheit, aus meiner Kindheit.«

»Ich war verrückt. Du hast Recht. Wir beide waren verrückt. Aber, June, wir verhalten uns nur deswegen so seltsam, weil wir so viel füreinander empfinden.«

»Ich denke, wir sollten uns treffen und über alles reden.«

»Natürlich! Ich lade dich heute Abend zum Essen ein. Ich lasse einen Tisch reservieren und ...«

»Ich muss dich jetzt sehen. Ich glaube, ich kann nicht bis heute Abend warten. Ich bin zu unruhig.«

»Ich auch. Jetzt ist absolut perfekt. Wo sollen wir uns treffen?«

»Du kannst zu mir kommen, wenn du willst. Aber, Chavdar, bitte lass deine Leibwächter zu Hause. Es geht nur um dich und mich. Sie machen mir Angst, und ich will keine Angst mehr haben. Ich will, dass wir wie ein normales Paar miteinander umgehen. Kannst du alleine kommen?«

»Ja, ich mache mich sofort auf den Weg.«

»Okay. Ich warte.«

Chavdar legte auf, und sein Blick zuckte hin und her. Ihr Einlenken war das Einzige, das seine Wut und seine Depression durchdringen konnte. Er könnte in einer Viertelstunde dort sein. Vielleicht sogar noch eher. Er würde noch nicht einmal einen Fahrer rufen. Zu viel Zeitverschwendung. Tick, tick, tick.

Chavdar schlüpfte in sein Sportsakko. Er verließ sein Büro, ohne Rossen oder Sasho Bescheid zu sagen, und eilte zum Fahrstuhl. In der Kabine stand er wie auf glühenden Kohlen, während die Stockwerke vorbeiglitten. Schneller, schneller. Nervös rieb er wieder seine Hand an seiner Hose.

Er trat hinaus in den Sonnenschein und setzte seine Sonnenbrille auf. Er bog um die Ecke, sah seinen Wagen. Etwas daran sah anders aus. Er brauchte einige Sekunden, um sich daran zu erinnern, was an diesem Morgen geschehen war. Oder war es gestern Morgen gewesen?

Er und Svetoslav, sein neuer Fahrer, waren auf dem Weg zum Büro von der Polizei an einer Straßensperre angehalten worden. Svetoslav hatte das Fenster heruntergedreht. »Was gibt's?«

Der Beamte deutete auf den IZTOK-Sticker am Heckfenster des Wagens. »Entfernen Sie das. Die gelten nicht mehr.«

»Aber«, erwiderte Svetoslav und blickte nach hinten zu Chavdar, »das ist unsere Versicherungsfirma. Das ist die Markierung für unsere Kunden.«

»Diese Aufkleber sind jetzt verboten. Entfernen Sie sie, oder wir nehmen Sie mit.«

Chavdar hatte sich das auf dem Rücksitz ruhig angehört und sich nicht dazu geäußert.

»Das kann ich nicht«, meinte Svetoslav und sah erst den Beamten und dann Chavdar an.

»Tu, was der Beamte verlangt, Svetlio.«

»Sind Sie sicher, Gospodin Kozhuharov?«

»Ja«, antwortete er und blickte geistesabwesend aus dem Fenster. »Eigentlich nein. Aber was soll's. Ich tue es selbst.« Er lehnte sich nach hinten und zupfte an einer Ecke des Aufklebers, bis er sich von der Scheibe lösen ließ. Er hielt ihn ins Licht.

»Geben Sie her«, sagte der Beamte.

»Unbedingt«, erwiderte Chavdar und reichte ihn Svetoslav. »Vernichten Sie ihn von mir aus.«

Jetzt konnte Chavdar die Umrisse erkennen, wo sich der Aufkleber befunden hatte. Der Sticker hatte den Wagen nicht nur davor beschützt, gestohlen zu werden, er hatte auch dafür gesorgt, dass die Scheibe darunter nicht schmutzig oder zerkratzt wurde. Die Stelle, wo die Versicherungsmarke geklebt hatte, war kreisrund und völlig klar. Sie sah aus wie ein Loch in der Scheibe.

Chavdar richtete den Schlüsselanhänger auf den Wagen. Er drückte zweimal auf den Knopf, um die Alarmanlage auszuschalten. Eins, zwei. Er schloss die Fahrertür auf, wollte sich hineinsetzen, als plötzlich ein Pistolenlauf gegen seinen Hinterkopf gedrückt wurde.

»Her mit deiner Waffe, und steig ein. Los. Es ist niemand da, der dich beschützen könnte, und ich habe nichts zu verlieren, wenn ich dich gleich hier und jetzt erschieße.«

Chavdar reichte seine Pistole nach hinten und rutschte hinter das Lenkrad. Der Mann öffnete die hintere Tür und stieg hinter Chavdar in den Wagen. Dabei blieb die Pistolenmündung ständig an Chavdars Hinterkopf. »Fahr aus der Stadt raus.«

»Wohin geht die Reise?«

»Nimm die Straße nach Simeonovo, und halt die Klappe.«

»Woher wusstest du, dass ich alleine bin?«

»Das geht dich nichts an, du mutra-geiles Stück Scheiße.«

»Es war June.«

»Was?«

»Sie hat gemeint, ich solle alleine kommen.«

»Ich kenne keine June. Fahr den Berg hoch. Wir haben einige Fragen an dich. Sei ganz ruhig. Es sind nur Fragen.«

»Natürlich«, sagte er. »Natürlich war sie es. Eine wunderschöne Nummer. So zu tun, als ob. Ich hätte es wissen müssen.« Er lächelte ungläubig mit einem Ausdruck widerwilliger Bewunderung.

Chavdar lenkte seine eigene Limousine aus der Stadt, während hinter ihm ein Mann mit einer Gesichtsmaske saß und einen Pistolenlauf gegen seinen Nacken presste. Es passte ins Bild, dass er nicht wusste, wohin er fuhr. Letztendlich ging es nirgendwohin. Seine Knöchel waren weiß, als er den Schalthebel umklammerte und in einen höheren Gang schaltete. Er hatte es eilig, zu seinem Bestimmungsort zu gelangen, und er dachte noch nicht einmal daran, in den Rückspiegel zu schauen. Er zählte die Wagen, die ihm entgegenkamen und in die entgegengesetzte Richtung unterwegs waren. Das Zählen rettete ihn. Vor ihm war der Berg, und während er die Stadt hinter sich ließ, sah er, dass der Himmel eine riesige schwarze runde Linse war, die sich öffnete und schloss. Die das Geschehen aufzeichnete. Dies war also sein Abgang, und am Ende war June an der Regie beteiligt gewesen. Es passte perfekt. Deswegen würde er sie nie vergessen oder während der nächsten Stunden nicht, ganz gleich, wie lange er noch am Leben blieb.

Chavdar war tapfer, sogar schicksalsergeben – er war kein feiger Krimineller, wie sie es von ihm behauptet hatte. Er wandte sich zu seinem Entführer um und meinte: »Ein schöner Tag für so etwas, wirklich.« June hätte dieser Satz sicherlich gefallen. Wenn sie doch nur zugegen sein könnte, um das Finale ihres eigenen Dramas mitzuerleben.

Frauen. Hinterlistige, verlogene, habgierige, betrügerische Frauen. Ethan war alleine, so wie es ihm von Anfang bestimmt gewesen sein musste. Das Zimmer im Hotel *Serdika* stank. Die Wände waren braun, die Tagesdecke auf dem Bett war braun, und der Teppich war braun. Das Zimmer passte genau zu seiner Stimmung. Musik dröhnte unter ihm. Sie kam aus der *Tequila Bar*. Da unten waren Studenten von der Universität. Sie lachten ausgelassen und warteten darauf, dass die Band endlich zu spielen begann. Sie flirteten und verliebten sich. Arschlöcher.

Ethan hatte June nicht geglaubt. Er war schlauer, aber wie sich herausstellte, war er ganz und gar nicht so schlau. Tatsächlich war er der größte Hanswurst der Welt. Ein Narr. Ein Trottel. Roxanne hatte es bestätigt. Die Botschaft ebenfalls. Verdammt, er hatte sogar eine Angestellte im Büro der Air France bestochen, und auch sie hatte es bestätigt. Nevena Petkova hatte ihr Gepäck aufgegeben und Bulgarien mit Flug 2122 nach New York verlassen. Ihr Apartment war gekündigt worden, ihr Bruder war mit Stan auf einer Dienstreise, und Boryana war nicht aufzufinden.

Das Hotel hatte Ethan ein einziges schmuddeliges Glas zur Verfügung gestellt. Er hatte es mit dem braunen Wasser aus dem Kran gespült, es dann immer wieder mit Raki gefüllt. Sonst nichts. Im Zimmer gab es keinen Fernseher und kein Radio, daher hatte Ethan in aller Stille getrunken und das Treiben der Kakerlaken auf dem Teppich beobachtet. Jedes Mal, wenn er sein Glas neu gefüllt hatte, prostete er damit seinem Konterfei in dem schmuddeligen Spiegel über dem Waschbecken zu. »Auf dich, du Idiot!« Später zwinkerte er seinem Ebenbild zu und meinte: »Das geschieht dir recht, alter Junge.« Und am Ende, als das Zimmer sich um ihn zu drehen begann und er gar nichts mehr empfand, stand er schwankend da. »Dieser ... dieser ... auf die wahre Liebe.«

Dann ließ er sich nach hinten aufs Bett fallen, verhüllte das Gesicht und stöhnte. Wie konnte er nur so dumm gewesen sein? Als er sie zum zweiten Mal gesehen hatte, probierte sie Roxannes Kleider an, las *Cosmo* und *Glamour*, trank Coca Cola und sah MTV. Sie war ein Kind. Sie hatte ihre Absichten Millionen Mal verraten. Und er hatte es einfach ignoriert, vielmehr geglaubt, dass sie viel lieber mit ihm zusammen sein wollte, als nach Amerika zu gehen.

Plötzlich schlug er sich mit der Hand vor den Kopf. Er erinnerte sich an ihr Gespräch kurz vor seiner Abreise. »Was meinst du, wann werde ich den Pazifik sehen?«, hatte sie gefragt.

Anstatt zu antworten, »Irgendwann vielleicht«, hätte er sagen können, »Bald.« Wie anders wäre sein Leben jetzt, wenn er ihr gesagt hätte, was sie hatte hören wollen?

»Nein«, sagte er und richtete sich auf. »Schluss.« So wollte er nicht denken. Er sollte nicht darüber nachdenken, wie er es hätte retten können, wenn es nicht gerettet hatte werden sollen. Warum sollte er sich wünschen, dass Nevena jetzt bei ihm wäre, wenn sie niemals etwas für ihn empfunden hatte? Warum sollte er sich vorwerfen, sie verloren zu haben, wenn er sie niemals wirklich gehabt hatte? Warum sollte er überhaupt noch einen Gedanken an sie verschwenden, außer um sich gelegentlich klar zu machen, was für ein Narr er gewesen war? Weil er sie liebte, so schrecklich liebte, so unendlich, dass er am liebsten auf der Stelle gestorben wäre.

Er hätte alles dafür gegeben, wenn er damit all diese Gedanken hätte verscheuchen können: Es war alles eine Lüge gewesen, sie hatte ihn nie geliebt, sie hatte von Anfang an einen bestimmten Plan verfolgt, und sie lachte ihn wahrscheinlich in diesem Augenblick aus. Er hatte sogar flüchtig daran gedacht, sich selbst zu töten. Ein Mensch wie er, mit einer solchen Schwäche für nicht erstrebenswerte Gefährtinnen, sollte kapitulieren und die restliche Welt ihren oberflächlichen Gewohnheiten des Lügens und Betrügens, des miteinander Schlafens und des sich grußlos Verdrückens nachgehen lassen. Offensichtlich waren die Romantiker eine aussterbende Rasse. Nur die Stärksten überlebten.

Ethan wusste natürlich, dass er seinem Leben niemals ein Ende setzen würde. Zum einen war Selbstmord etwas, das er eher June zuordnete. Es schien, als wäre das eine spezielle Art der Konfliktlösung bei den Summers. Außerdem, so sagte er sich nach kurzem Nachdenken, wäre es einfach zu lächerlich. Der effizienteste und direkteste Weg, dem Genbestand der Welt seinen unbedeutenden Beitrag vorzuenthalten, wäre, sich zu erhängen. Und zwar genau hier, in diesem Zimmer, mit einem Gürtel, über der *Tequila Bar*. Die Kakerlaken würden es lieben. Das Problem bei dieser Methode war jedoch Ethans Vorstellung von seinem eigenen baumelnden Körper. Das Letzte, was er sich wünschte, war, dass sein Tod bestätigte, was er sein ganzes bisheriges Leben lang gewesen war: eine Puppe, die zuckte und baumelte und leicht manipuliert werden konnte.

Es kam Ethan so vor, als revanchierte er sich am besten, indem er am Leben blieb und aus seinen Fehlern lernte. Irgendwann vielleicht würde er beweisen, dass er weder blind noch dumm war. Wenn er sich entsprechend wappnete, dann würde er gewiss über seine Neigung, sich schnell zu verlieben, triumphieren. All die Jahre hatte er politische Wissenschaften und Soziologie studiert und wusste dennoch so gut wie nichts über die Menschen. Worin genau war er eigentlich Experte? Welche Bedeutung hatte sein Doktortitel, wenn er zu naiv war, um zu erkennen, wann er benutzt wurde? Er hatte June als Monster beschimpft, aber jetzt spürte er, dass er sich geirrt hatte. Nevena war mindestens ebenso falsch gewesen wie June. Vielleicht war er das Monster. Vielleicht war er derjenige, der irgendeinen Defekt hatte, ohne es zu ahnen. Gewiss war diese spezielle Mutation nicht von irgendeinem Vorteil. Die Fähigkeit zu lieben war im Grunde nichts anderes als die Fähigkeit, verletzt zu sein.

Während er in seinem braunen Zimmer auf der braunen Bettdecke lag, machte Ethan sich Vorwürfe, immer nur die falschen Fächer studiert zu haben. Er wusste jetzt, dass er sich unbedingt mit dem Leben auseinandersetzen musste. In der Vergangenheit hatte er viele Dinge hinter sich gelassen, und dieses Jahr gehörte dazu. Er war entschlossen, zumindest für eine Weile seine Dissertation, den Job, der auf ihn wartete, seine Frau und seine Geliebte zu vergessen.

Ethan stand auf und ging ins Bad. Er schöpfte mit den Händen das rostbraune Wasser aus dem Becken und benetzte damit sein Gesicht. Er fühlte sich hellwach. Bereit, eine neue Lektion zu lernen. Nevena war nach New York geflogen, und seine erste Aufgabe bestand darin, sich zu zwingen, die entgegengesetzte Richtung einzuschlagen. Am liebsten wäre er ihr gefolgt und hätte nach Antworten auf zahlreiche Fragen gesucht, aber er verdrängte diesen Wunsch. Er würde ihr in Gleichgültigkeit in nichts nachstehen. Einfach so zu verschwinden erforderte ein Herz, das so grau und hässlich war wie die Steine, aus denen ihre Stadt erbaut war. Nevena war nach Westen gegangen, und Ethan würde ihr nicht folgen. Am Morgen würde er sich in einen Autobus setzen und weder June, noch seinen Eltern, seiner Uni oder seinem zukünftigen Arbeitgeber eine Nachricht hinterlassen. Er würde nach Osten gehen und in der Stadt anfangen, in der er einen Urlaub für Verliebte hatte verbringen wollen. Dort wäre er alleine. Lektion eins: Entwickle keine Zuneigung zu bestimmten Orten, trauere keinen unvollendeten Vorhaben nach. Am Morgen würde er aufbrechen, um sich in der Anonymität von Istanbul zu verlieren.

Am Morgen des lange herbeigesehnten Tages stand Nevena schon früh auf. Sie wusch ihre besten Sachen und ihre beste Unterwäsche und hängte sie im Dachgarten zum Trocknen auf. Alleine setzte sie sich in ein Café und träumte davon, sich mit Ethan an diesem Abend in einem großen, schönen Bett zu lieben. Auf dem Rückweg zur Pension kaufte sie Henna-Shampoo und eine nach Hibiskusblüten duftende Bodylotion. Ehe sie ihre frisch gewaschenen Kleider anzog, duschte sie, kämmte sich Henna ins Haar und cremte ihre Haut ein, als sie noch feucht war. Dann stellte sie sich vor den Spiegel und lächelte. Die Sonne schien durchs Fenster und brachte den vom Henna erzeugten kastanienbraunen Schimmer ihres Haars zum Leuchten. Ihre Haut war weich und erstrahlte von einem inneren Glanz. Ihr war deutlich anzusehen, was sie in diesem Moment war: eine bildschöne junge Frau, die ihren Geliebten erwartete.

Sie und Georgi hatten sich darauf geeinigt, dass sie Ethan alleine treffen und ihm erklären würde, was passiert war. Sie würden die Nacht verbringen und sich am nächsten Tag mit Georgi treffen und gemeinsam über die Zukunft beraten. Als Nevena nach ihrer Reisetasche griff, um aufzubrechen, schaute Georgi von dem Buch hoch, das er las. »Ich wünsche dir viel Spaß.«

Nevena wusste, dass ihr Bruder Ethan nicht in gleichem Maße vertraute wie sie. Sogar nach Ethans großzügigem Verhalten und seiner Hilfe konnte Georgi sich nicht überwinden, das Verhältnis seiner Schwester mit einem verheirateten Mann, noch dazu mit einem unzuverlässigen Amerikaner, gutzuheißen, und sie war dankbar, dass er es sich nicht anmerken ließ. »Danke. Jouro – hab ein wenig Vertrauen.«

Während Nevena in Istanbul zum Hotel *Four Seasons* spazierte, um Ethan zu treffen, stieg Damyan in Sofia die Treppe in ihrem alten Mietshaus hoch, um Nevena einen Besuch abzustatten. Sein Kinn glänzte fettig und gelb von der kebabche-Wurst auf altem Brot, die er kurz vorher verzehrt hatte. Er hatte Appetit auf eine Zigarette, hatte jedoch beschlossen, damit zu warten, bis er sich mit der reizenden und offenbar älteren Schwester der Stripperin unterhalten hatte. Er schaute auf die Uhr. Wahrscheinlich war sie noch nicht zu Hause, aber das war kein Problem. Er würde sich Zugang zu ihrer Wohnung verschaffen, es sich dort gemütlich machen und auf ihr Eintreffen warten. Falls sie keine Informationen oder Geld für ihn hatte, dann, so hatte Chavdar ihm befohlen, sollte er sie töten.

Damyan erreichte den obersten Treppenabsatz und klopfte laut an Nevenas Tür. Er wartete ein paar Minuten, bis er das Schloss aufbrach. Auf dem Rauchtisch stand ein benutzter Teller. Jemand hatte kurz vorher einen Salat gegessen, und auf der Wäscheleine hing eine Damenunterhose zum Trocknen. Sie war noch feucht. Sie sah ein wenig zu weit und zu altmodisch aus für die magere Frau, wie er sie in Erinnerung hatte, aber einige Frauen hatten keine Ahnung von reizvoller Unterwäsche.

Zufrieden, dass sie nicht geflüchtet war, ging Damyan zum Kühlschrank. Was für ein Glück ... darin stand eine kalte Flasche Raki und ein wenig Zitronenlimonade. Er schenkte sich davon ein. Dann wanderte er durch die Wohnung und hielt Ausschau nach Anzeichen für neuen Reichtum, der darauf hinweisen würde, dass Nevena vom Diebstahl ihrer Schwester profitiert hatte. Er brauchte nicht lange, um sich einen Überblick über die Behausung zu verschaffen. Sie war praktisch leer bis auf ein paar hässliche Kleider im Wandschrank, ein paar alte Kleidungsstücke in den Schubladen einer Kommode und einen Stapel zerfledderter Bücher in einem Wandregal.

Damyan schaltete das klapprige Kofferradio auf dem Tisch neben der Couch ein, drehte es ganz leise und setzte sich hin. Er lehnte seinen schweren Kopf nach hinten und legte ihn auf die Rückenlehne der Couch, sodass er zur Decke blickte. Er stellte sich vor, wie er reagieren würde, wenn er ihre Schritte auf der Treppe und den Klang des Schlüssels im aufgebrochenen Schloss der Wohnungstür hören würde. Bevor sie noch ahnte, was vor sich ging, hätte er sie aus dem Flur in die Wohnung gezerrt.

Damyan veränderte seine Lage und suchte sich eine bequemere Position. Er holte die Pistole aus dem Hosenbund und legte sie auf ein Kissen neben sich. Nachdem er ein paar ermüdende Minuten lang den Blick durch das ärmliche Apartment hatte wandern lassen, begann er die Musik aus dem Radio mitzusummen. Er seufzte, kratzte sich und schaute auf die Uhr. Schließlich schob er eine Hand in den Hosenbund seiner Adidas Trainingshose. Das Mädchen war so zierlich und verschreckt und hatte so große Augen. Er war überzeugt, sie würde weinen und um Gnade betteln. Sicherlich würde sie versuchen wegzulaufen, würde winseln und sich in einer Ecke verkriechen. Seine Hand begann, sich in seiner Trainingshose zu bewegen und half mit, ihm die Zeit zu vertreiben, bis die Kleine bekam, was sie verdiente. Er lächelte bei dieser Vorstellung, und sein Atem beschleunigte sich. Er schloss die Augen.

Plötzlich flog die Wohnungstür nach innen, und Damyan riss die Augen auf. Die rechteckige Türöffnung wurde von einer fünfundsechzigjährigen übergewichtigen baba in einem weiten schwarzen Kleid mit ausgefranstem Saum und mit einem Joghurtbecher in der Hand ausgefüllt. Sie erblickte den mutra in Trainingshose und mit einer Goldkette um den Hals, wie er auf ihrer Couch masturbierte, stieß einen Schrei aus und ließ den Joghurtbecher fallen. Der Plastikbehälter zerplatzte auf dem Fußboden vor ihr, die milchig weiße Flüssigkeit spritzte nach allen Seiten und ergoss sich auf ihre krummen, mit dicken Krampfadern überzogenen Beine.

Damyan zog die Hand aus der Hose und suchte nach der Pistole, um die kreischende baba mit ihrem verrückten roten Haar und ihren orangefarbenen Lippenstift zum Schweigen zu bringen. Ehe er die Waffe ergreifen konnte, hatte die wie irr kreischende Frau bereits ihre eigene Pistole aus einer schmuddeligen, ehemals weißen Kunstlederhandtasche gezogen. Sie zielte, atmete zischend ein und feuerte eine Kugel mitten in sein Herz.

Damyan stieß ein leises *ooof* aus. Er kam von der Couch hoch, griff sich an die Brust, machte ein paar schlurfende Schritte zur Seite. Er schwankte und kippte auf die Armlehne der Couch. Nachdem er dort für einen kurzen Moment hängenblieb, landete er schließlich so wuchtig auf dem Fußboden, dass die ganze Wohnung erbebte.

Die baba stand vor ihm. Ihre riesigen Brüste wogten, und die Laufmaschen in ihren Strümpfen befanden sich genau auf seiner Augenhöhe. Sie richtete die Pistole nach unten und schoss abermals. Dabei nahm sie beide Hände zu Hilfe. Nach dem Rückschlag trat sie zurück und blickte auf den Körper – sah die zuckenden Finger und das krampfartig zitternde Bein. Sie wartete einen kurzen Moment, blinzelte nervös. Dann stieß sie einen weiteren Schrei aus, zog den Fuß zurück und trat ihm mit ihrem dreckigen Schuh in den Bauch. Die abgelöste Sohle klatschte laut, während sie immer wieder mit dem Fuß ausholte. Blut sickerte aus seiner Brust und verteilte sich zusammen mit dem Joghurt im Muster des staubigen Teppichs. Der Schuh der alten Hausmeisterin löste sich allmählich auf, und ihr altes Herz raste, aber sie trat immer wieder zu und rief bei jedem Treffer »Scheiß mutra.«

Mit ihrer kleinen Tasche über der Schulter ging Nevena die paar Straßen, die ihre bescheidene Pension von dem weitläufigen und eleganten *Four Seasons* entfernt war, zu Fuß. Sie war richtig eingeschüchtert, als sie durch den Garten und die gläserne Drehtür ging. Kaum war sie in der Halle, erschien ein Page, um ihr die Tasche abzunehmen, und Nevena erschrak. Sie entriss sie ihm wieder und begriff erst dann, dass er nur seinen Job machte. Verlegen und mit vor der Brust verschränkten Armen, als wollte sie sich damit einen Schutzwall schaffen, ging sie weiter und hielt Ausschau nach dem Empfangstisch.

Eine elegante türkische Frau mit glänzendem schwarzem, zu einem Nackenknoten frisiertem Haar saß unter einem Schild mit der Aufschrift *Rezeption* an einem Computer. Obgleich ihre Kleidung sauber war, wünschte Nevena sich, dass ihr blaues Kleid nicht so verblichen war und ihre schwarzen Schuhe nicht so abgestoßen und abgetragen waren. Plötzlich fühlte sie sich mit ihrem Haar mit dem rötlichen Schimmer nicht mehr wohl und drehte es zu einem festen Knoten zusammen. Nach kurzem Zögern näherte sie sich dem Pult. Die Frau schaute hoch. »Iyi gunlair!«, sagte sie freundlich.

»Ich spreche kein Türkisch.« Nevenas Stimme war leise und schüchtern.

»Ich spreche Englisch«, erwiderte die Frau und verzog ihren perfekt mit Lippenstift geschminkten Mund zu einem einladenden Lächeln. »Was kann ich für Sie tun?«

»Ich möchte ein Zimmer.«

Der Frau wandte sich zum Computer um und brachte die Hände über der Tastatur in Position. Ihr Nagellack hatte die gleiche Farbe wie ihr Lippenstift. »Haben Sie eine Reservierung? Wir haben nämlich nichts mehr frei.«

»Mein Verlobter hat ein Zimmer bestellt. Sein Name ist Ethan Carver. Ist er schon eingetroffen?«

»Ich glaube nicht«, sagte die Frau, während ihre Finger über die Tasten flogen. Ihre goldenen Ohrringe klingelten leise, während sie tippte. »Nein ... nein.«

»Was meinen Sie, nein? Nein, ist er noch nicht da?«

»Nein, ich finde keine Reservierung unter diesem Namen.«

Nevena schluckte und versuchte, ruhig nachzudenken. Sie suchte in ihren Taschen und holte den Zettel hervor, auf dem sie die Information notiert hatte. »Ist dies das *Four Seasons*?«

Die Frau betrachtete sie mit einem seltsamen Blick. »Natürlich.«

»Aber sehen Sie, znam, znam che ...« In ihrer Panik stotterte Nevena und wechselte zwischen Englisch und Bulgarisch hin und her. »Izviniavaite! Iskam da kazha ... ich weiß, dies ist das Hotel. Sigurna sum. Ich weiß, es ist das richtige Datum. Ich habe mehrmals nachgeschaut.« Sie hielt den Zettel mit ihrer Handschrift darauf hoch. »Vizhte. Tuk pishe Four Seasons, nali? Bitte, molya vi se, ich weiß es genau –«

»Es ist schon gut, Miss. Ganz ruhig.« Die Frau sah sie mitfühlend an. Das arme Mädchen zitterte praktisch am ganzen Leib. »Vielleicht ist es ein Missverständnis. Warten Sie.«

Auf dunkelblauen Schuhen mit hohen Absätzen, die zu ihrem eleganten Kleid passten, ging die Frau in ein anderes Büro. Durch ein Fenster konnte Nevena beobachten, wie die Frau sich über einen anderen Computer beugte.

Nach ein paar Minuten kam sie wieder zurück, und Nevena spürte, wie sie eine Gänsehaut bekam. Ihr Magen verkrampfte sich. Die Frau lächelte, aber Nevena war nicht beruhigt. »Ja, Miss. Wir haben Angaben zu dieser Reservierung.«

»Oh!« Nevena atmete erleichtert auf und lehnte sich gegen das Pult.

»Ja, aber sie wurde gestrichen.«

»Wie bitte?«

»Mr. Carver hat angerufen und die Reservierung streichen lassen.«

»Wie bitte?«

»Offensichtlich werden Sie und Ihr Verlobter woanders in Istanbul absteigen.«

»Ich verstehe nicht«, sagte Nevena.

Die Frau presste die Lippen zusammen und sagte dann sehr langsam: »Die Reservierung wurde zurückgenommen, Miss.«

»Aber das würde Ethan niemals tun.«

»Ich fürchte, er hat es getan. Wir hatten seine Kreditkartennummer wegen einer Anzahlung, und er hat sie bestätigt, als er wegen der Streichung anrief. So lauten unsere Geschäftsbedingungen.«

»Haben Sie eine Nachricht für mich?«

»Keine Nachricht.«

»Kommt er nicht her?«, fragte Nevena, wandte sich ab und redete mit niemand bestimmtem. Sie streckte die Hand aus, um sich am Pult abzustützen.

»Es ist ein Missverständnis, Miss, das ist nicht der Weltuntergang.«

»Nishto ne znaesh«, sagte Nevena tonlos. *Sie wissen gar nichts.*

Es ist das Ende. Sie ging vom Empfangspult ins Foyer,

wo sie sich auf eine Couch gegenüber dem Eingang sinken ließ. Ihre Tasche fiel auf den Boden, und sie ließ zu, dass der Tragegurt ein Stück über den Teppich rutschte. Mehrere Stunden saß sie so da, den Blick starr auf die Drehtür gerichtet, die nicht zur Ruhe kam. Sie drehte sich in einem fort. Ihre Augen fielen halb zu, doch sie behielt die Tür weiterhin im Auge, verzweifelt hoffend, dass er plötzlich erschien, lächelte und die Arme ausbreitete. Je mehr Zeit verstrich, desto stärker wurde bei ihr das Gefühl, dass sie auf die Vision eines Heiligen wartete. In diesem Moment wusste sie es. »Es ist stimmt. Es ist vorbei.«

Er war in die Vereinigten Staaten zurückgekehrt und mit seinem schönen Automobil an der Küste entlang zum Haus seiner Eltern gefahren, wo seine perfekte Mutter mit der perfekten Anrufbeantworterstimme wohnte, und hatte erkannt, dass er sich selbst belogen hatte. Das Schlimmste war eingetreten. Ethan war nach Hause gegangen und hatte beschlossen, nicht mehr zurückzukehren. Davor hatte Nevena sich immer gefürchtet – nach jedem Streit, nach jeder Phase der Unsicherheit. Was wäre, wenn er in seine Heimat geht und feststellt, dass der leichteste Weg, sich aus der Beziehung mit einem aufmüpfigen bulgarischen Mädchen zu lösen, der ist, nicht mehr zu ihr zurückzukehren?

Ethan war als verheirateter Mann nach Sofia gekommen. Nevena hatte seinen Schmerz gelindert und seine Lust befriedigt, als er und seine Frau sich getrennt hatten. Vielleicht hatte er tatsächlich geglaubt, er wollte für immer mit ihr zusammen sein. Vielleicht, während er in Bulgarien war, umgeben von Armut, hatte er vergessen, wie schön sein Leben vorher gewesen war. Nun war er ein Doktor, und er war immer der Sohn einer christlichen, reichen Familie gewesen. Ethan war nach Hause gegangen, und das hatte ihn daran erinnert, wer er war. Ganz sicher nicht der Ehemann eines ungebildeten bulgarischen Mädchens. Dass es dazu kommen würde – das war Nevenas geheime Befürchtung gewesen. Ein Leben der Unterdrückung, des geringen Selbstwertgefühls und ein Bewusstsein nationaler Minderwertigkeit konnten nicht durch neun Monate Schmeicheleien und liebevolle Aufmerksamkeit ausradiert werden. Er war in seine Welt zurückgekehrt, und sie hatte ihre Welt soeben verlassen. Das war ihre Wirklichkeit, ihr Leben. Sie war dazu bestimmt, verlassen zu werden, und zwar für immer. Das war es, was das Schicksal für alle Bulgaren bereithielt. Die Menschen in ihrem Land wussten, dass alle Hoffnung nur Enttäuschung im Gefolge hat. Alle Glückseligkeit mündete in Verlust. Dagegen konnte man nichts tun.

Nevenas Erkenntnis traf mit dem Erscheinen des Managers zusammen, der sie fragte, was ihr einfiele, sich stundenlang auf dem Sofa des teuersten Hotels von Istanbul herumzulümmeln. Ehe der Manager Gelegenheit hatte, sie einem eingehenderen Verhör zu unterziehen, blinzelte Nevena, stand auf und griff nach ihrer Tasche. Sie betrachtete die Pracht des überwölbten Foyers: Zuerst das Blumenmeer, dann den Marmorbrunnen und schließlich die vielen vergoldeten Spiegel, in denen sie wiederholt das Bild einer ärmlich gekleideten Bediensteten gewahrte. Es waren mehr Bilder als in Roxannes Wandschrank, und sie zeigten alle eine arme, zur Unterschicht gehörende, billige türkische Hure.

Der Ausdruck auf Nevenas Gesicht ließ den Manager verstummen. Stattdessen senkte er den Blick und räusperte sich nervös. Nevena straffte sich, reckte das Kinn vor und schwang die Tasche auf die Schulter. »Danke«, sagte sie. »Ich gehe jetzt. Machen Sie sich keine Sorgen. Ich bin schon weg.«

32

Betrifft: Danke, Dad
Datum: Mo. 30. Juni 1997, 22:41:23 -0400 (EDT)
Absender: June <jacerver@sof.cit>
An: Dad <Summer2@ncal.tech>

Hi, Dad. Danke für Deine letzte Nachricht. Ich möchte Dir mitteilen, dass es mir gut geht, wirklich. Für eine Weile war das nicht so, aber jetzt geht es wieder. Ich bin gerade dabei zu begreifen, dass ich frei bin und tun kann, was ich will. Ich kann zur Uni gehen und slawische Sprachen studieren oder Psychologie studieren, oder ich kann mich beim Friedenscorps bewerben, oder ich kann nach Hause kommen und bei Lilly arbeiten, oder ich kann wieder zum Film gehen, allerdings in Europa, oder ich kann auch hier bleiben und bei der amerikanisch-bulgarischen Organisation namens *Say No To the Fear* arbeiten, die gegen die Mafia und Menschenhandel kämpft und an der Aufklärung ethnischer Säuberungen arbeitet. Sie bereiten eine Dokumentation vor und haben eine eigene Zeitung und organisieren im Augenblick ein Filmfestival. Sie haben Verwendung für mich, und das ist es, was ich brauche. Nachdem ich James besucht habe, werde ich für einige Zeit hierher zurückkehren. Es ist okay. Ich bin glücklich, Dad.

ALLES LIEBE, JUNE

Ende Juni war jeder alleine, und die Welt stand auf dem Kopf. Die Vereinigten Staaten hatten abermals Soldaten nach Bosnien und Serbien entsandt, nachdem in den meisten westlichen Nachrichtensendungen zunehmend Bilder von zerstörten Städten, Massengräbern, vergewaltigten Frauen und missbrauchten Kindern gezeigt wurden. Gerüchte über grässliche und unvorstellbare Vorgänge im Kosovo, dreihundert Kilometer von der bulgarischen Grenze entfernt, machten die Runde. Amerikaner wurden mit Armeehubschraubern aus Albanien herausgeholt. Sie wurden auf kürzestem Wege nach Sofia gebracht, dem nächstliegenden Zufluchtsort mit relativer Sicherheit auf dem Balkan. Bulgarien ... ein Ort der Geborgenheit. Diese Vorstellung reichte aus, um jeden, der es besser wusste, zum Lachen zu bringen – oder zum Weinen.

Die Regensaison hatte sich in Sofia mit Wolkenbrüchen zurückgemeldet, und Roxanne verließ ihr Haus nicht mehr. Dass sie alleine war, lag zum Teil daran, dass June ihre Anrufe nicht erwiderte. Sie wusste, dass June missbilligte, was sie getan hatte, anstatt sich bei ihr zu bedanken, wie sie gehofft hatte. Es schien, als hätte Roxanne ihre einzige Freundin verloren. Sie hatte keine neue Haushälterin engagiert, und ihr Haus sah aus wie ein Schlachtfeld. Roxanne vermisste Nevena sogar. Nicht die Sauberkeit, sondern vielmehr die ruhige Art der jungen Frau, wie sie sich durch das Haus bewegte, ihre liebevollen Worte für die fette Perserkatze und ihre Gewohnheit, in allen Radios einen Sender einzustellen, der Volksmusik aus den Rhodopen brachte. Überall waren überquellende Aschenbecher zu sehen, leere Wodkaflaschen standen dicht an dicht an der Wohnungstür, und die Möbel waren feucht, weil die

Fenster während der Unwetter offen blieben. Alles wirkte vernachlässigt.

In der oberen Etage saß Roxanne alleine im Bett, umgeben von einer Reihe von Fotos. Sie trug ein hauchdünnes Negligé. Im grauen Lichtschein des Regenwetters draußen rauchte sie und schob die Fotos hin und her, während sie die Musik aus dem Radio mitsummte. Es war ein Klang, der die Einsamkeit fühlbar machte.

Die Fotos bildeten ein Muster der Tragik auf ihrem Bett. Sie war darauf in den Armen eines Asiaten zu sehen, viel jünger als sie, vor dem üppig grünen Hintergrund einer Berglandschaft. Dort, auf einem anderen Foto, küsste der junge Mann sie und bog sie nach hinten. Sie lachte, und ihr Haar hing in einer wundervollen schwarzen Flut herab. Sie sah glücklich aus und wirkte wie ein völlig anderer Mensch.

Sie hatte June angelogen, als sie erzählt hatte, dass ihr zweiter Mann, Bob, sich wegen des Verlustes seiner jungen thailändischen Ehefrau das Leben genommen hatte. Was hieß es schon, dass sie die Törichte gewesen war, die Bob wegen eines Achtundzwanzigjährigen mit schneeweißen Zähnen und brauner Haut und einem Lachen verlassen hatte, das ihr das Gefühl vermittelte, zehn Jahre jünger zu sein. Was hieß es, dass sie ihn geheiratet und ihn nach Hause nach New Orleans mitgenommen hatte, nur um zu erleben, wie er ein halbes Jahr später verschwand? Was hieß es, dass eigentlich sie es gewesen war, die versucht hatte, sich das Leben zu nehmen, und dass sie und nicht Bob ihr weiteres Leben mit gebrochenem Herzen verbracht hatte? Die Wahrheit war, dass es wirklich keinen großen Unterschied machte. Roxanne drückte das Foto ihres jungen Freundes gegen ihre mit Seide bedeckte Brust, und ihr Schluchzen verlor sich im Prasseln des Regens. Sie hatte sich bemüht, dass es nicht schon wieder geschah, aber es war auf jeden Fall eine Tragödie. Nach allem war es immer die gleiche Geschichte. Mehr oder weniger.

Der Regen, der gegen Roxannes Fenster anstürmte, attackierte ebenfalls unbarmherzig die weiß gekrönten Wellen vor der Küste. Aus dem Schwarzen Meer gelangten die verschmutzten Fluten in den Bosporus und strömten weiter in die Ägäis, wo sie sich im türkisfarbenen Wasser vor der griechischen Küste, das in Junes Träumen so blutig erschienen war, mischten. Dieses Wasser stand in Verbindung mit dem Thyrrenischen und dem Ionischen Meer und vereinigte sich im Westen mit dem Mittelmeer. Alles war miteinander verbunden. Die Strömung ließ sich nicht steuern, daher breitete die Verschmutzung sich aus und verteilte sich. Schließlich ergossen sich diese kleineren Gewässer in die Ozeane und umgekehrt. Am Ende würde dasselbe glänzende, ölige Wasser, das unter den verfaulenden Balken des Santa-Monica-Piers in Los Angeles schwappte, seinen Weg zum östlichen Rand der Vereinigten Staaten finden und die Insel Manhattan umspülen.

Der Tag, an dem Boryana in New York eintraf, hatte als der glücklichste ihres ganzen Lebens begonnen. Sie dachte kaum über das nach, was sie zurückließ, sondern blickte gespannt nach vorne auf den Beginn eines freundlichen, neuen, reichen Lebens. Sie verließ die Maschine auf dem John F. Kennedy International Airport und fand sich zu ihrer Überraschung in einem röhrenförmigen Tunnel wieder, anstatt über eine fahrbare Treppe auf den Asphalt hinunterzugehen. Sie hatte sich vorgestellt, aus dem riesigen silbrigen

Flugzeug in die helle Sonne und den Wind vom Atlantischen Ozean mit seinen funkelnden Wolkenkratzern am Horizont hinauszutreten. In dem Tunnel bekam sie sofort Platzangst und drückte ihren Sportsack krampfhaft an ihren Körper. Der Klang fremder Sprachen begrüßte sie, als sie den Flughafen betrat. Nicht nur Englisch, sondern Französisch, Spanisch, Italienisch, Chinesisch, Japanisch und Russisch. Ansagen dröhnten in einem Durcheinander unverständlicher Worte durch das riesige Gebäude.

Während sie zur Pass- und Zollkontrolle ging, sogen sich die Ärmel von Boryanas Seidenbluse mit Schweiß voll. Sie versuchte, es zu ignorieren. Nevena hatte sie instruiert, auf keinen Fall unnötige Aufmerksamkeit auf sich zu lenken. Boryana sollte sich ganz normal benehmen und lächeln. Sei ganz ruhig und kontrolliert. Schau den Leuten in die Augen und starre nicht verlegen zu Boden. Demonstriere Ruhe und Selbstvertrauen.

Am Einreiseschalter wurde ihr Reisepass nach einem flüchtigen Blick auf das Visum abgestempelt, und Boryana konnte endlich wieder normal atmen. Jetzt musste sie nur noch den Zoll mit ihrem mit Bargeld gefüllten Sportbeutel hinter sich bringen, und dann wäre sie frei. Danach wäre alles andere ein Kinderspiel.

»Haben Sie etwas zu verzollen?«, fragte eine übergewichtige schwarze Frau mit monotoner Stimme. Sie schaute Boryana noch nicht einmal an, während sie die Frage stellte. Ihr Blick war auf die Wanduhr in der Ecke gerichtet.

»Nein«, antwortete Boryana.

»Willkommen in Amerika.«

»Danke«, sagte Boryana und war seltsam berührt. Sie heißen mich willkommen. Sie freuen sich, dass ich da bin. Stolzerfüllt verließ sie den Flughafen, um nach einem Taxi Ausschau zu halten. Sie wusste nur ganz vage, wo sie hin wollte. In die Stadt. Sie hatte keine Vorbereitungen getroffen, kannte keinen einzigen Menschen und hatte nicht mal den Namen eines Hotels. Nichts davon war von Bedeutung. Dafür hatte Boryana Geld.

Auf der Straße herrschte das absolute Chaos. Boryana schaute sich verwirrt um. Sie streckte die Hand aus und winkte den vorbeiflitzenden Taxis. Keine Reaktion. Sie trat hinaus auf die Fahrbahn und lächelte Hilfe suchend. Immer noch keine Reaktion. Sie schminkte ihre Lippen nach und drehte sich verstört zu den Leute um, die sie herumschubsten.

»Gerade angekommen?«

Boryana drehte sich zu dem Mann um, der sie angesprochen hatte. Er hatte einen Akzent, aber Boryana konnte ihn nicht identifizieren. In seinem weißen Anzug, dem schwarzen Oberhemd, dem schwarzen Gürtel, den auf Hochglanz polierten schwarzen Schuhen sah er aus wie ein Schauspieler aus einer Sitcom aus den 70er Jahren. Sein Polyesterhemd mit Buttondownkragen war am Hals offen, und er trug mehrere goldene Halsketten sowie eine protzige goldene Uhr. Eine große, grün getönte Sonnenbrille verdeckte einen Großteil seines Gesichts, sodass sein auffälligstes Merkmal ein sorgfältig gestutzter brauner Schnurrbart war. »Ich frage, Sie gerade erst angekommen? Sprechen Sie Englisch?«

»Ja«, antwortete Boryana. »Und ja, ich gerade angekommen.«

»Ich wollte einen Freund abholen, aber er hat seine Maschine verpasst. Brauchen Sie eine Fahrgelegenheit?«

Boryana warf einen Blick auf die einschüchternd lange Warteschlange bei den Taxis.

»Ich will in die Stadt und fahre jetzt. Wollen Sie nun mitkommen oder nicht?«

In der Ladezone parkte ein altes, weißes Chrysler LeBaron Kabriolett mit flauschigen schwarzen Polsterbezügen. Es war verbeult, und ein Teil der Seitenverkleidung war abgerissen, aber Boryana sah nur einen westlichen Sportwagen ohne Verdeck. Es wäre wie ein Traum, mit einem weißen Kabriolett vom Flughafen in die Stadt zu fahren. Es war wie in einer Illustrierten oder in einem Film. Sie sah wieder den Mann an. Er wischte sich gerade den Schweiß von der Stirn und trat von einem Fuß auf den anderen. »Was ist das Problem? Sie verzichten auf einen kostenlosen Transport? Prima. Nehmen Sie nur ein Taxi. Fünfzig Bucks bis in die Stadt. Ich versuche nur, mich wie ein Gentleman zu benehmen, okay?«

»Ja«, sagte sie schließlich.

»Prima, wie auch immer. Wo wollen Sie hin? Wo soll ich Sie absetzen?«

Boryana setzte sich auf den Beifahrersitz und lehnte sich genussvoll zurück. Sie runzelte die Stirn, während sie nachdachte.

»Wissen Sie nicht, wo Sie hin wollen? Sind Sie das erste Mal in Amerika?«

Sie senkte den Blick und begann mit ihrem neuen Armband aus dem Dutyfreeshop zu spielen. Sie fühlte sich gar nicht mehr so selbstsicher wie vorher. »Ich will zu einem schönen Hotel.«

»Ich zeige Ihnen etwas, wo Sie unterkommen können, okay? Dort sind viele nette Mädchen, okay? Kein Problem?«

»Ist es ein Hotel? Kennen Sie ein schönes Hotel für mich?«

»Es ist so etwas Ähnliches. Es wird Ihnen bestimmt gefallen. Es ist sehr nett. Kein Problem. Viele hübsche Mädchen sind dort. Sie sind neu in diesem Land, Sie brauchen Freunde. Ich kann Ihnen helfen.«

Viele Haare hatte Stan schon vorher nicht mehr auf dem Kopf gehabt, aber jetzt waren es sogar noch weniger. Er war sichtlich geschrumpft. Er hatte fast zehn Pfund verloren, teils durch Stress und teils durch die Gefängnisdiät aus Kuttelsuppe und altem Toastbrot. Nicht einmal in seinen wildesten Träumen hätte er angenommen, dass er jemals so viel Zeit in einem bulgarischen Provinzgefängnis zubringen würde, in einer Zelle zusammengesperrt mit einem Leim schnüffelnden Autodieb aus Stara Zagora, der kaum einmal vollkommen bei Bewusstsein war. Er hatte keine Bücher, keine Zeitungen, kein Fernsehen und keine Spielkarten. Es war eigentlich gar nicht schlimm, denn der Leimschnüffler hatte am zweiten Tag ihres Zusammenlebens Stans Brille zerbrochen (bei dem Versuch, ihm das Nasenbein zu brechen). Es gab für ihn in dieser dreckigen Gefängniszelle nichts anderes zu tun, als auf seiner Pritsche zu sitzen und von zu Hause zu träumen. Des Moines – sicheres, normales, faires, geordnetes Des Moines. Als er schließlich entlassen wurde, war Stan ein Schatten seiner selbst und dachte nur an zu Hause. Ein Nationalchauvinist. Ein xenophobischer amerikanischer Patriot.

Zurück in Sofia brauchte Stan ein paar Tage, um seine rapide anwachsenden rechtlichen Probleme in den Griff zu bekommen. Danach machte er sich auf die Suche nach Ethan, um die ganze Nevena-Affäre aufzuklären. Jetzt betrachtete er sie noch mehr als vorher als großen Reinfall. Stan hatte regelrecht vergessen, dass er zu schnell gefahren war und aus voller Brust Countrysongs geschmettert hatte, als man ihn angehalten hatte. Nun betrachtete er die »Flucht-Mission« als Ursache für seine Verhaftung und alles darauf folgenden Unglücks. Wegen dieses Wahnsinnsplans, Ethans dürre Freundin zu retten, war er ins Gefängnis geworfen worden, würde er vor Gericht gestellt und am

Ende seinen Job verlieren. Die Enthüllung, dass er neben dem Erstellen einer falschen Steuererklärung und dem Handel mit Diebesgut auch noch mitgeholfen hatte, einer Bulgarin zur illegalen Einreise in die Türkei verholfen zu haben, würde sich für seine Zukunft als Rechtsanwalt sicher nicht als ausgesprochen förderlich erweisen.

Stan plante, Ethan zu suchen, ihm die Meinung zu sagen und ihn schwören zu lassen, dass er alles für sich behielt. Unglücklicherweise war Ethan nirgends zu finden. Stan führte alle dazu notwendigen Telefongespräche: mit June, mit den Carvers in Palo Alto, mit Ethans zukünftigem Arbeitgeber in Istanbul. Er verriet niemandem, weshalb er Ethan suchte, denn die Erklärung betraf, trotz allem, ein geheimes Komplott mit Mitverschwörern und einer ganzen Reihe unvorstellbarer Auswirkungen. Niemand wusste, wohin Ethan gegangen war, und niemand wusste, wann er zurückzukehren gedachte.

Nicht einmal Ethan selbst wusste, wohin er wollte, oder ob und wann er nach Hause zurückkehren würde. Er wusste es nicht, und es war ihm egal. Der Taksim Platz lag im neueren und weltoffeneren Teil von Istanbul, und dort hatte Ethan eine Bleibe gefunden. Er hatte mit June in Sultanahmet gewohnt und vorgehabt, auch mit Nevena dort abzusteigen, daher gefiel es ihm dort nicht mehr. Er war glücklich in Taksim, wo die Bars mit schwarz gekleideten Studenten gefüllt waren und Drogensüchtige in den Cafés ihren Rausch ausschliefen. Ethan hatte es ein spezieller Laden unweit der Hauptstraße besonders angetan. Er hatte niedrige Tische, gepolsterte Hocker, servierte nur Bier und Raki und verfügte, wie das Hotel *Serdika*, über jede Menge Kakerlaken auf dem Fußboden, an den Wänden und auf den Tischen.

Ethan saß dort alleine und blätterte einen kleinen Stapel Reisebücher durch. Indien wäre gut, desgleichen Südostasien. In Wahrheit war ihm ziemlich egal, wohin er ging. Wo immer er hinkäme, würde er eine Bar wie diese finden, sich dort auf einen Drink hinsetzen und an Nevena denken. Sie verfluchen. Versuchen, sie zu hassen. Und wenn es spät wurde und er keine Drinks mehr bekäme, würde er nach Hause stolpern und dabei denken, wie dumm es von ihm gewesen war, sich in sie zu verlieben. Sie immer noch zu lieben. Das war es, was er seit seiner Ankunft in Istanbul getan hatte. Bisher hatte er sich als schlechter Schüler des Lebens erwiesen.

Er legte sein Buch beiseite, zündete sich eine türkische Zigarette an und blickte aus dem Fenster. Auf der anderen Straßenseite konnte er einen Friseur sehen und durch das schmutzige Fenster erkennen, dass er gerade jemandem die Haare schnitt. Nebenan hing ein nicht näher identifizierbarer Tierkadaver an einem Haken von der Decke eines Metzgerladens. Zigeunermädchen liefen auf der Straße auf und ab und verkauften kleine Packungen Papiertaschentücher, und trendy aussehende Mädchen in Jeans mit ausgestellten Beinen spazierten Arm in Arm zu den Bars in den Nebenstraßen.

Dort, inmitten der Vergnügungssüchtigen, war die zierliche, sich entfernende Gestalt einer jungen Frau, die zwischen den anderen Leuten irgendwie fehl am Platze wirkte. Ethan zog an seiner Zigarette und verfolgte, wie das Mädchen langsam die belebte Straße hinunter ging. Sie hielt sich fast genauso wie Nevena, den Kopf erhoben und die schmalen Schultern zurückgenommen. Selbst das blaue Kleid und die klobigen Schuhe des Mädchens sahen so wie die aus, die auch Nevena tragen würde. Der einzige Unterschied war vielleicht die rötliche, durch Henna erzeugte Haarfarbe der Frau und die Tatsache, dass, obgleich ihr Oberkörper kerzengerade gehalten wurde, ihre Füße zu schlurfen schienen, so als hätte die Frau keine Energie, dorthin zu gehen, wohin sie wollte. Ethan widerstand dem Drang, hinter dem Mädchen herzulaufen und sie eingehender zu betrachten, nur um sich zu beruhigen. Er tat es nicht. Das Mädchen verschwand zwischen den anderen Menschen auf der Straße, für immer verloren, und Ethan verspürte nur einen winzigen Stich der Enttäuschung. Er lernte.

Wie bei seinen Vorgängern war Chavdars Verschwinden eine Zeitungsmeldung wert. Keine Schlagzeile, nur ein kleiner Artikel. Er sagte nichts über ihn als Mensch, nur dass er überall so viele Feinde und so viele Gründe gehabt hatte, aus dem Land zu fliehen, dass die Umstände seines Verschwindens wahrscheinlich niemals aufgeklärt würden. Der Artikel deutete an, dass Chavdar ganz sicher irgendwann gefunden werden würde. Nicht in Prag oder Genf, sondern eher irgendwo verscharrt in den Bergen. June las den Artikel an ihrem Schreibtisch in ihrem neuen Büro, wo sie zum ortsüblichen Lohn an der Dokumentation arbeitete. Sie musste einen beträchtlichen Stapel Papiere durcharbeiten. Neben ihrer Mitarbeit an der Dokumentation war sie auch noch verantwortlich für die Organisation eines mittel- und osteuropäischen Filmfestivals, das einerseits den Blick auf die jungen Talente des ehemaligen Ostblocks lenken und andererseits die Mafia in den um Selbständigkeit ringenden Ländern entglorifizieren sollte. Sie war müde und überarbeitet und fühlte sich ganz einfach gut.

Auf der anderen Seite des Zimmers schnitt ein Mädchen namens Gergena Aufnahmen von den Protestmärschen. Anstatt zu arbeiten, las June den Zeitungsartikel immer wieder und erwartete, dass er ihr jedes Mal etwas mehr mitteilte.

Kyril hatte sich geweigert, June zu erzählen, was auf dem Berg an dem Tag geschehen war, an dem sie Chavdars Entführung arrangiert hatten. Er sagte nur, es wäre besser für sie, nichts zu wissen. June hatte erfahren, dass Chavdar zu einem Geständnis gezwungen und dann verhaftet werden sollte, aber dieser Plan war offensichtlich fehlgeschlagen. June wusste nicht, was schlimmer war: sich Chavdar vorzustellen, wie er im Morast kniete und auf seine Exekution wartete oder wie er sich befreite und so schnell er konnte durch den Wald davonrannte. Sie konnte sich gut vorstellen, wie er erst seinen Häschern entkam und dann außer Landes flüchtete. Vielleicht zog er jetzt mit dunkler Sonnenbrille und in maßgeschneiderten Anzügen durch die Welt. Mit einem unwillkürlichen ängstlichen Erschauern stellte sie sich ihn in Paris oder Prag oder Budapest vor, wo er in den besten Restaurants dinierte, Konzerte besuchte und bildschöne Frauen verführte. Vielleicht würde er tatsächlich Filmproduzent. Vielleicht konnte er sich tatsächlich neu erschaffen und von vorne anfangen – und die Ruinen der finstersten Ecke Europas hinter sich lassen, um in den größeren und helleren Städten der Welt das Abenteuer zu suchen. Tot? June nahm es nicht an und hatte entschieden, dass sie es auch nicht genau wissen wollte. Falls jemand dem Tod von der Schippe springen konnte, dann Chavdar. Sie hoffte nur, dass er nicht nach ihr suchte.

June blickte aus dem Fenster. Bald würde sie zu einem Besuch nach Amerika reisen – aber der Gedanke, nicht hierher zurückzukehren, war unmöglich. Es gab hier so vieles zu tun.

Unten auf der Straße spielten einige Kinder Fußball. Alle paar Sekunden prallte der Ball gegen einen Wagen, und ein

Alarm erklang. Sobald das Sirenengeheul des einen Wagens erstarb, erklang das eines anderen. Sie seufzte und kaute auf ihrem Bleistift. Chavdars Verschwinden hatte sie an das Verschwinden anderer Leute erinnert ... Claire, Raina, sogar Ethan. Diese Menschen waren weg, verschwunden, aber sie blieben in ihren Gedanken. Es schien, als tauchte jeden Tag ihre Sprachlehrerin Raina neben ihr auf, um ihren Arm zu ergreifen und mit nach Zigarettenrauch riechendem Atem in ihr Ohr zu flüstern: »Wenn jemand, der dir nahe steht, stirbt, meine Liebe, ist es unausweichlich, dass du dich veränderst.«

Betrifft: SEHR WICHTIG – DRINGEND
Datum: Mo. 1. Dez. 1997, 05:43 -0400
Absender: June Summer <jcarverqsof.cit>
An: Ethan Carver <ecarver@smnet.com>

Lieber Ethan,

ich habe heute Deine Eltern angerufen, und sie haben mir mitgeteilt, dass Du endlich wieder aufgetaucht bist und tatsächlich eine E-Mail-Adresse hast. Wie ist das Leben in Dschibuti? Ich gebe nur ungern zu, dass ich noch nie davon gehört habe, aber wenn Du dort bist, dann ist es ganz bestimmt aufregend. Ich vermisse Dich und wünsche mir, nach all der Zeit, dass wir Freunde sein können. Vielleicht wird das, was ich Dir mitzuteilen haben, dazu beitragen.

Nevenas Bruder Georgi ist nach langem Aufenthalt in Istanbul wieder nach Sofia zurückgekehrt. Ich habe ihn vergangene Woche bei einer Wohltätigkeitsveranstaltung für das Zentrum für demokratische Studien getroffen. (Meine Organisation sammelt zurzeit Spenden für das Kosovo – es sieht so aus, als wäre die Situation dort am schlimmsten von allen.) Ethan, es gibt etwas Wichtiges, das Du unbedingt wissen musst. Nevena ist in Istanbul. Sie arbeitet dort als

Kellnerin. Georgi hat ihre Adresse, und Du kannst ihn im Zentrum erreichen. Offensichtlich gab es ein Riesenmissverständnis, und sie ist gar nicht nach Amerika gegangen. Es war alles ein Irrtum. Ich bin kaum die Richtige, um Dir zu erklären, was geschehen ist, aber ich rate Dir, sie zu suchen. Du musst sie finden. Sie liebt Dich, Ethan. Es war ihr absolut ernst.

Ich liebe Dich auch. Immer noch. Bitte versteh, dass dies für mich sehr schmerzlich ist, und doch ist es die letzte gute Sache, die ich für Dich aus Liebe tun kann.

JUNE

P. S. Laney hat auf mich abgefärbt, und ich fange ebenfalls an, Zitate zu verschicken. Dies hier gefällt mir ganz besonders.

»Wenn dieses Leben nicht ein echter Kampf ist, in dem durch einen Erfolg dem Universum ein ewiger Nutzen erwächst, ist es nicht viel besser als eine Folge ganz privater Laienspiele, aus denen man sich jederzeit zurückziehen kann.« – William James

»Eine Liebesgeschichte, ein Thriller, eine Studie über den Menschen und seine Seele ... Einfach großartig.«
The Daily Telegraph

Wegen des Geldes nimmt Simone einen lukrativen Job als Richterin an und zieht mit ihrer Familie in ein Haus am Meer, gelegen in der düsteren Marschlandschaft Ostenglands. Und dann trifft eines Tages ein merkwürdiger Brief aus New York für sie ein. Jemand, den sie versucht hat zu vergessen, hat sie nicht vergessen. Michael, einst ihre große Liebe, schickt ihr kompromittierende Fotos und scheint sie erpressen zu wollen. Doch bald schon wird Simone klar, dass der Erpresser kein Geld will.

ISBN 3-404-15114-3

Drei Schwestern auf der Suche nach dem Glück

April, May und March sind die drei Töchter der englischen Familie Rising. Jede von ihnen hat einen anderen Weg eingeschlagen. March wird von dem Mann betrogen, der Vater ihres Kindes ist und den sie trotz allem liebt. May ist schwanger. Doch der zukünftige Vater ist Musiker und will vom Familienleben nichts wissen. April ist als einzige verheiratet, doch ihr Mann leidet immer noch unter seinen traumatischen Kriegserlebnissen. Werden die drei ihren Traum von Liebe und Glück finden?

ISBN 3-404-15090-2

BASTEI LÜBBE

Der neue New-York-Times-Bestseller von Fannie Flagg

Elmwood Springs, Missouri, 1945–2000: In der idyllischen kleinen Stadt ist die Welt noch in Ordnung. Fannie Flagg ist es wieder gelungen, Figuren zu erschaffen, die dem Leser ans Herz wachsen. Sie macht den Leser neugierig auf das bunte Kaleidoskop der Sorgen und Freuden, das diese durchleben. Im Mittelpunkt steht die Familie Smith: Mutter Dorothy versorgt die Bewohner der näheren Umgebung mittels ihrer Radioshow mit dem neuesten Klatsch und leckeren Rezepten. Doc Smith gehört der einzige Drugstore am Ort, und er erfährt in seiner Funktion als Apotheker mehr über die Geheimnisse der Nachbarn, als ihm lieb ist. Teenagertochter Anna Lee wird langsam erwachsen – was natürlich einige Probleme mit sich bringt – und der 10-jährige Bobby hält alle mit seinen Streichen in Atem.

ISBN 3-404-15123-2

BASTEI LÜBBE